혼혼 삼

초판 인쇄	2013년 8월 10일
초판 발행	2013년 8월 15일

지은이	이진수
펴낸이	진수진
펴낸곳	도훈
디자인	심지섭
마케팅	윤기석

주소	경기도 고양시 일산동구 중산동 1682번지
출판등록	2013년 5월 30일 제2013-000078호
전화	031-944-3145
팩스	031-946-4832
홈페이지	www.haeminbooks.com

ISBN	979-11-85254-20-3 (04810)
	979-11-85254-17-3 (세트)

정가	16,000원

※낙장 및 파본은 교환해 드립니다.
※본 도서는 무단 복제 및 전재를 법으로 금합니다.
※저자와의 협의하에 모든 저작권은 도훈출판사에 있습니다.

혼

이진수 장편소설

삼

도훈

혼술

삼

우리 사회에서 부모로부터 버림받은 고아들은 자기들만의 독특한 세계를 가진다. 누군가가 손을 내밀어 주지 않는 이상 그들은 그들만의 세계를 만들어 나갈 수밖에 없다. 주인공 춘호는 고아원에서 자라 기업계와 정치계로까지 손을 뻗치면서 오로지 성공만을 위해 몸을 던진다. 그래야만 자신을 믿고 따르는 후배들이 이 세상에서 떳떳하게 살아갈 수 있었으므로.

우리가 알지 못하는 그들의 세계를 엿본다는 것은 그들을 포용하는 것이다. 그들이 우리 사회에서 살아남기 위해서 어떠한 눈물을 흘리고 있는가를 알아야 그들의 친구가 될 수 있다. 그들은 우리의 적이 아니라, 우리와 같이 살아가는 친구들인 것이다.

춘호는 후배들을 위해 자신이 할 수 있는 것들은 다 하는 인간이다. 목숨까지도 버릴 줄 아는 남자이지만 사랑을 위해 자신을 버릴 줄 아는 인간이다. 배운 것이 없어도 의리 하나와 뚝심 하나로 이 세상을 제패한다고 하면 믿을 수 있겠는가. 오늘날 우리에게는 그러한 뚝심이 필요하다.

이 소설을 통해서 우리는 더 많은 세계를 경험하기를 바란다. 아름다운 동행이 되리라 믿어 의심치 않는다.

2013년 5월에
저자 이진수

혼
혼 삼

흔흔 삼

울진석유 주식회사

    고성에서의 석유탐사는 수포로 돌아갔다. 그동안 열두 군데의 시추공을 파봤지만 울진에서만큼 가스밀도가 높은 석유는 나오지 않았다. 결국 고성에서는 철수할 수밖에 없었다. 장비를 실은 대형트럭들이 다시 울진으로 향했고, 바다 위에 떠 있던 시추선은 울산의 기지로 향하지 않고 곧바로 울진 앞바다의 시추를 돕기 위해 울진으로 향했다.

    텅 빈 백사장은 황량함 그 자체였다. 그동안 수많은 트럭들이 드나들었고, 백사장에는 든든한 철조망이 쳐져서 경비를 맡았던 곳에는 컨테이너 사무실이 있었던 흔적만 남아 있었다.

    바닷바람을 맞으면서 서 있던 춘호는 담배를 바닷물에 던지고는 돌아섰다.

    "여긴 끝났어. 이제 가지."

희준이었다. 정만과 은수, 영호는 에쿠스 옆에 서서 춘호 회장이 오기를 기다리고 있었다.

그 뒤쪽에는 희준이 부하들이 차 옆에 서 있었다.

몸을 돌린 춘호는 망망한 동해 바다를 쳐다보다가 힘없이 몸을 틀었다.

차에 오른 춘호는 백사장을 빠져나가는 동안, 고성 앞바다에서 눈길을 떼지 못하고 있었다.

그동안 얼마나 애착을 가졌던 곳인가.

숱하게 바다 밑을 파헤쳤던 그곳에는 황량한 바닷바람만 불어오고 있었다.

차는 곧 바닷가를 빠져나와 속초를 향해 달렸다.

희준은 뒤차에 타고서 춘호의 차를 따라오면서 다시 한 번 뒤를 돌아보았다. 한 남자의 야망을 산산이 조각내 버린 고성 앞바다를 봐두기 위해서였다.

희준은 핸드폰을 꺼내 춘호에게로 전화를 걸었다.

"기분이 어떠냐?"

"……."

춘호는 훅, 하고 웃고 말았다.

"됐어! 울진이 있잖냐. 그것만 해도 돼."

희준이 던진 위로의 말이었다.

"그래. 또 시작하는 거다."

"뭘?"

"이번에는 일본이 있지."

"그래. 좋아. 넌 하면 다 되는 놈이야. 난 강릉에서 서울로 올라갈께."

"그래. 강릉에서 보자."

"알았다."

핸드폰을 덮은 춘호는 동해를 바라보다가 머리를 뒤로 눕혔다. 그리곤 눈을 감았다. 남자의 야망이란 것은 쉴 새 없이 도전하는 것이라고 자위하고 있었다. 눈을 감고 있던 춘호는 번쩍 눈을 떠서 다시 한 번 동해를 바라보았다.

"강릉에서 세워라."

"네."

차는 국도를 달리다가 강릉에 다다라서 길가에 차를 세웠다. 뒤차는 곧 정지를 했다.

차에서 내린 그들은 뒤차에서 내린 희준이 다가오는 것을 보고는 다가갔다.

"그동안 수고했다. 서울로 가면 전화해라."

"넌 언제 올라올 거냐?"

"신문에 기사가 나면 올라가지. 울진에는 누가 맡을 거고."

"그래. 정만이 너 수고해라."

희준은 정만에게 그렇게 말하고는 춘호의 손을 잡았다. 그동안 희준은 춘호 옆에서 한 달을 같이 보낸 셈이었다. 고아원에 헤어진 뒤로 오랜 시간 동안 같이 있어보기는 처음인 셈이었다.

"네. 형님. 잘 올라가십시오."

정만은 희준에게 깊숙이 절을 했다.

희준의 부하들이 일제히 절을 하고선 뒤차에 올라탔다.

차는 곧 출발했다.

동해안을 따라 달리는 동안 춘호는 깊은 잠 속으로 빠져들었다. 간이휴게소에 들러 정만과 은수, 영호가 바깥바람을 쐬기 위해서 차에서 내렸는데도 춘호는 잠에서 깨어날 줄 몰랐다.

"회장님이 많이 피곤한가 보다."

"그럴 걸. 어젠 술을 무척 마셨으니까."

밤하늘에는 별똥 하나가 스러지고 있는지 새카만 하늘에 밝은 빛을 그으며 떨어지고 있었다.

밤늦게 울진에 도착한 춘호는 환하게 불이 켜진 백사장과, 고성으로 올라가기 전에는 없었던 건물들이 새로 생겨나 불을 밝히고 있는 것을 볼 수 있었다.

춘호의 차가 다가가자, 경비실에서 검은 옷을 입은 경비들이 우르르 몰려나와 양쪽으로 늘어서서는 춘호에게 거수경례를 붙여왔다. 그리곤 곧 차단기가 위로 올라갔다.

차는 차단기를 지나 곧바로 바닷가로 달렸다.

경비대장인 차 왕수가 급히 달려와 차문을 열어주고선 춘호가 차에서 내리자 허리를 깊숙이 숙이면서 인사를 해왔다.

"보트 대라."

"네! 회장님."

차 왕수는 미리 준비시켜놓은 보트에 올라타고선 시동을 걸었고, 춘호와 그의 부하들은 보트로 올라탔다. 보트는 곧 시추선을 향해 출발했다.

"넌 몇 기냐?"

춘호가 차 왕수에게 물었다.

"네. 삼십사기입니다."

차 왕수가 대답했다. 삼십사기란 영등포 훈련원 출신이라는 뜻이었다. 춘호가 고성에 있을 때에 서울로 올라간 배호는 울진에 필요한 부하들을 영등포 훈련원에서 차출을 했고, 배호의 부하 중에서도 골라 뽑은 이들을 울진으로 내려보냈던 것이다.

울진 석유단지에는 새로운 인물들로 채워져 있었다.

시추선 위로 올라가자, 위렌과 반느, 그리고 알렉스와 강 재구가 나와서 회장을 맞았다.

그 옆에는 낯선 얼굴들이 많았다.

사무실로 들어선 춘호는 자리에 앉자마자, 위렌에게 물었다.

"위렌. 하루 얼마나 나오나?"

"이천 배럴씩 나오고 있다."

"그만하면 됐어. 앞으로도 계속 그 정도 양이 나올 건가?"

"야스! 더 나올 수도 있다."

"더 나온다고? 그럼 더 나오게 하지 그래?"

"백사장에 있는 저장 탱크가 부족하다. 빨리 터뜨려서 정유사들을 끌어들여야 한다. 언제 터뜨릴 건가?"

춘호는 백사장으로 들어오면서 하얀 저장탱크가 우뚝 서 있는 것을 보았던 것이다. 그 주위로는 철조망으로 둘러쳐져 있어서 경비들이 10미터 간격으로 보초를 서고 있는 걸 봤던 것이다.

"알았어. 터뜨리지."

춘호의 말에 그곳에 있던 기술자들과 황제파의 조직원들은 일제히 환호성을 터뜨렸다. 바야흐로 울진 앞바다에서 석유가 터졌다는 기사가 신문지상을 도배할 것이기 때문이었다.

춘호는 백호가 다가와 절을 하자 반갑게 물었다.

"응. 그래. 백호 너도 왔냐?"

"네. 회장님. 배호 사장님께서는 비서진에 영등포에서 새로운 동생들을 뽑았습니다. 우선 이곳에 내려가서 회장님을 모시라고 그랬습니다."

"그래? 잘 왔다. 배호 사장이 여기다가 더 신경을 쓰는 거구만. 니들 다 내려왔네?"

"네. 회장님."

배호는 옆으로 다가선 상율과 만수, 택기, 찬웅이를 가리키며 말했다.

"좋다. 열심히 하자."

춘호는 일어나 밖으로 나왔다. 그 뒤를 따라 사무실에 있던 부하들이 모두 따라나왔다. 난간에 선 춘호는 바다 위에서 검붉은 가스가 활활 타오르는 모습을 지켜보며 가슴을 열려지는 걸 느낄 수 있었다.

"백호."

"네. 회장님."

백호가 춘호 옆으로 다가서면서 허리를 굽혔다.

"지금 각 방송사하고 신문사에 팩스를 넣어라. 오늘 오전 열시에 여기서 기자회견을 할 거라고. 울진에서 어마어마한 양의 석유 유전이 터졌다고 그래."

"알겠습니다."

백호는 곧바로 절을 하고는 사무실로 들어갔다. 그는 국제관광단지에서 미리 뽑아온 각 방송사와 신문사의 팩스번호가 적힌 노트를 꺼내 팩스를 보내기 시작했다.

울진석유주식회사.
- 14일 오전 11시에 기자회견 있음.
- 하루 2,000배럴 석유가 나옴.
- 회견장소 울진 시추선상 위. 오전 11시.

위렌과 반느는 백호가 팩스를 보내는 것을 보고는 웃음을 짓고선 다시 컴퓨터 모니터로 눈길을 돌렸다. 모니터에서는 뿜어져 올라오는 석유의 양이 수시로 체크되고 있었다.

시추선에서 뽑아 올려진 석유는 송유관을 타고 백사장에 있는 저장고로 보내지고 있었다. 백사장에서는 두 개의 저장고로는 부족했기 때문에 날마다 저장고를 짓느라 수많은 인부들이 새벽부터 백사장을 뒤덮고 있었다. 그들은 새벽 시간부터 저장고 설치 작업을 하고는 저녁 해가 질 무렵에는 퇴근을 했다가 다시 다음날 새벽이면 울진석유 주식회사로 출근하는 것이었다.

울진에 있는 인근 마을에서는 돈을 벌기 위해 수많은 사람들이 모여들었다. 그들은 경비들의 삼엄한 경비 속에 저장고를 짓느라 여념이 없었다. 새벽이면 인부들을 가득 실은 봉고 차량들이 바닷가로 속속 들어왔다.

춘호는 숙소에서 일어나 출근해서 백사장에서 벌어지고 있는 작업현장을 둘러보면서 오늘 오전에 있을 기자회견에서 어떤 말을 할까 생각 중이었다.

처음 해보는 기자회견이었다. 간단하면서도 짧게 울진석유 주식회사의 위용을 알리는 메시지가 들어가게 하려면 어떠한 말을 해야 할까 하고 생각하다가, 옆에 있는 정만에게 말했다.

"회견 준비 됐나?"

"네. 원고를 한 번 검토해 보시지요."

정만이 한 장 짜리 원고를 건네주었다. 그 원고는 어젯밤 백호가 머리를 짜내어서 작성한 것이었다.

"……"

춘호는 원고를 읽어보았다.

여러분들을 이 자리에 오시게 해서 저는 영광으로 생각합니다.

오늘 우리는 기어코 해냈습니다.

그동안 우리는 충분한 매장량의 석유가 뿜어져 나오기만을 기다리다가 하루 이천 배럴의 석유가 나오는 유정을 발견하게 되었습니다.

우리 국민 모두의 승리입니다.

앞으로 저희 회사는 더욱 열심히 석유를 발굴하여 조국의 미래에 힘찬 도약의 발판으로 삼겠습니다. 감사합니다.

원고 밑에는 인터뷰에 대비해서 예상되는 기자들의 질문이 적혀 있었고, 울진 선유주식회사의 회장인 춘호가 대답할 말들이 적혀 있었다. 그 내용은 아주 정확한 것이어서 춘호는 씨익 웃어보이고는,

"이거 누가 만들었나? 잘 했는데?"

정만에게 물었다.

"백호가 작성했답니다. 아마도 명희 비서실장이 작성한 것 같은데요."

정만은 대답을 하면서 백호를 돌아보았다.

"맞습니다. 회장님. 어젯밤에 비서실장과 통화를 해서 얻어낸 것입니다."

백호의 말이었다.

"좋아. 이만하면 됐어!"

춘호는 원고가 마음에 들었다. 아무리 돌머리라고 하더라도 그 정도의 원고는 충분히 외울 수 있다고 생각되었다. 원고를 접어 안주머니에 집어넣은 춘호는 다시 작업하고 있는 인부들

을 둘러보고 있었다.

차 왕수가 춘호의 옆에 따라다니며 일일이 설명을 하고선,

"하루 백오십 명이 일하러 나옵니다. 저쪽 저장고가 다 지어지면 다음에는 그 옆에다가 지을 겁니다."

"그럼 바닷가 옆으로 쭉 늘어서겠군. 혹시 해일이나 폭풍이 불어오면 끄떡없겠나? 그건 알아봤나?"

"네. 염려 마십시오. 포항 설계사 사무실에서 다녀갔습니다. 그놈들 말로는 동해안의 간조가 심하지 않기 때문에 미리 해일이나 폭풍 때를 대비해서 최대한의 거리를 두고 짓고 있습니다."

"알았네."

춘호는 그런 것까지 신경을 썼다.

백사장의 저장고 잡업을 둘러본 뒤에 시추선으로 가서 오전 작업상황을 지켜보았다. 위렌과 반느는 알렉스와 강 재구를 데리고서 무언가 자료를 열심히 뽑아내고 있었다. 모니터 옆에 설치돼 있는 프린터에서는 쉴 새 없이 석유가 뿜어져 나오는 양을 체크하는 그래프가 인쇄되어 나오고 있었다.

"위렌. 오늘 기자회견하는데 할 말이 있을지 모르니까 준비 좀 해놓지."

"야스!"

위렌이 활짝 웃었다.

"반느도, 강 재구도 혹시 모르니까 기술적인 문제만 이야기해."

"알겠습니다."

강 재구의 대답이었다.

이제 준비는 완벽한 셈이었다. 이제 조금만 있으면 들이닥칠 기자들을 맞기만 하면 되었다. 혹시 모자라는 부분이 있으면 알아서 처리하라고 하고선 분주한 사무실을 나왔다. 춘호는 시추선 밖으로 나오게 되면 난간으로 가서 담배를 피우거나, 바닷물 속에서 석유가스가 뿜어져 나와 불을 뿜고 있는 파이프를 올려다보는 일이었다. 그는 또 백사장을 둘러보면서 뿌듯한 감정에 젖어들곤 했다.

춘호는 핸드폰을 꺼내 배호에게로 전화를 걸었다.

"응. 나야."

춘호가 먼저 말을 꺼냈다.

"오늘 기자회견 한다며?"

배호는 벌써 명희에게서 보고를 받아 알고 있었다.

"응. 준비 다 끝났어. 주식회사 설립 건에 대해선 알아봤나?"

"변호사 사무실에 다 맡겼다. 세무서에 넣기만 곧바로 나올 거다. 울진석유 주식회사 맞지?"

배호는 기업체의 이름으로 울진석유주식회사라는 것을 다시 한 번 강조했다.

"그래. 주주는?"

"넌 회장이고, 나는 사장으로 올렸다. 그리고 감사에는 정혜하고 오만용, 전무에는 백호, 총무부장에는 정만이, 회계부장에는 은수, 조직부장에는 영호, 이사에는 희준이, 성숙이, 진란이, 천기, 성기, 명쾌, 호숙이, 명희, 찬만이, 상율이, 찬욱이, 만수, 찬융이를 올려놨다. 됐나?"

배호는 춘호가 시킨 대로 중요한 직책은 모두 황제파의 고참들로 채웠다. 그들은 그동안 춘호와 생사고락을 같이 한 인물들이었다. 황제파의 식구들로 회장단과 이사진, 그리고 주주들을 만들어놓도록 한 것은 바로 춘호의 생각이었다.

지방에 있는 황제콜라텍의 보스들과 조직원들까지도 울진석유 주식회사의 주주로 채워놓은 이유는 춘호가 그들에게 황금알을 쥐어주기 위해서였다. 그동안 조직을 위해서 피땀을 흘린 조직원들에 대한 배려의 차원이었다.

"근데 주식회사에도 조직부장이라는 직책이 있나? 하하. 좀 이상하지 않나?"

"하하. 만들면 되지. 안 될 게 뭐 있나? 안 그래?"

배호가 큰 웃음을 터뜨렸다. 사실 그랬다. 조직부장이라는 것은 황제파에서만 있는 부서였다. 배호가 사장으로 있는 국제관광단지에도 조직부장이라는 직책에는 초창기 황제파의 멤버랄 수 있는 택기를 그 자리에 앉혀 놓고서 따로 전국적인 조직원들을 관리하도록 해놓았던 것이다. 황제파는 조직관리가 무엇보다 중요하게 생각했다. 조직의 구성원들이 전부 고아원 출신이었기 때문에 더욱 그러했다. 누구보다도 고아 출신들의 성격이나 돌출적인 행동, 그리고 약할 때는 한없이 비굴해지는 고아들의 습성을 뿌리뽑기 위해서는 조직부장이라는 든든한 선배를 둠으로써 조직원들은 똘똘 뭉치는 습성이 있었다.

"근데 오 창용? 누구지?"

춘호는 정혜와 같이 감사직에 넣었다는 오 창용이라는 이름에 대해서 물었다.

"오 창용 몰라?"

"누구야?"

감사직이라면 황제파의 초창기 멤버이거나, 적어도 춘호나 배호의 측근이어야 하는데 전혀 낯선 이름이었다.

"하하. 알아맞혀 봐. 누구인가."

"혹시? 요시이를 말하는 거냐? 맞나?"

"그래. 요시이라고 그대로 넣으면 일본 야쿠자라는 것이 드러날까봐 한국 이름으로 집어넣었다."

"좋아! 잘했어. 이천 억은 들어 왔나?"

"응. 어제 다라시가 왔다가 갔다."

"혼자?"

"응. 회장한테 안부를 물어달라고 하고선 곧바로 홍콩으로 날아갔어. 올 때도 홍콩으로 돌아서 들어온 거 같다."

"그러겠지. 홍콩에서 들어온 건가? 홍콩 달러냐?"

춘호의 말은 일본에서 직접 돈을 가져온 것이 아니라, 홍콩에서 자금을 세탁해서 들어왔느냐는 질문이었다.

"아니, 미국 달러다."

"그래? 그 많은 달러를 어떻게 들여왔지? 다라시 혼자서?"

"야. 나도 그걸 보고 놀랐다. 작은 컨테이너 박스 속에 달러가 꽉 차 있더라. 그걸 어떻게 들여왔는지 물어봤더니 다라시는 입을 열지 않더라. 그놈들 정말 대단해."

배호도 놀랐다는 듯이 말했다.

"흠. 그런 쪽으로는 일본이 귀신이겠지. 달러라면 문제없어."

"내 생각에는 홍콩에서 배로 들어온 거 같다. 비행기로는 들어올 수 없지. 인천항으로 들어온 거 같은데."

"됐어! 그만하면 믿을만해."

"이제 바쁠 시간이네?"

"조금 있으면 들이닥치겠지. 조촐하게 할 거야."

춘호는 오늘 있을 기자들의 인터뷰와 축하 파티에 대해서 검소하게 한다는 방침이었다.

"명희가 오늘 아침에 비행기를 타고 내려갔을 거다. 포항에서 내려 올라갈 거다. 아직 도착 안 했나?"

"명희가? 왜?"

"뭐가 왜긴 왜야. 그런 일이 있으니까 내려간 거지."

"그래. 알았어. 내가 황 의원한테 부탁해서 빠른 시간 내에 주식이 상장되도록 하지."

"아마 상장되면 눈이 튀어나올 거다. 하하."

배호는 변호사가 했던 말을 그대로 옮겼다. 울진주식회사의 주식이 상장되기만 하면 곧바로 돈방석에 앉는다는 말을 들었기 때문이었다. 그것은 춘호뿐만 아니라, 황제파 조직원들이 모

24

두 커다란 황금알을 거머쥐는 것이나 마찬가지였다.

배호가 올린 주주의 주식 숫자는 위에서부터 서열 순으로 주식을 할당해 놓았기 때문이었다. 주식의 할당율을 높이기 위해서 춘호는 돈세탁을 거친 국제관광단지의 막대한 자금과, 민족교와 방송국의 금융자산을 최대한 투자를 해놓았으며, 희준의 남대문파에서도 검은 자금을 최대한 끌어들였다.

총 자산 규모는 3조원에 육박했다. 3조원의 액면가에 대한 주식이 발행된다면 황제파의 조직원뿐만 아니라, 희준의 조직에도 그만큼 많은 주식이 돌아가게 돼 있었다. 요시이가 다라시를 통해서 보낸 자금도 석유자본에 포함시켰다.

춘호와 배호의 생각은 일본 긴자파에도 그만한 주식을 배분해 주어서 그들과의 믿음에 있어서 신뢰를 구축해 놓은 셈이 되었다. 일단 이쪽에서는 돈을 받았다는 것만 확인해 주었지만 요시이에게는 따로 주식을 발행해줄 계획이었다.

오 창명이라는 인적 사항과 주주로서의 권리를 확보하기 위해서는 실제 인물이 들어가야 했으므로 그 모든 서류적인 일들은 고문변호사인 안상술 변호사에게 일임해서 완벽하게 처리하도록 배호가 지시를 해놓았던 것이다.

한편, 정혜는 새벽 일찍 주차장을 나설 준비를 하고 있었다. 어젯밤에 방송국 취재 차량들이 울진으로 출발했을 때에 정혜는 같이 가지 않았다. 따로 혼자서 울진이라는 곳엘 가보고 싶었던 것이다.

성숙이가 졸리운 눈을 비비면서 따라나와서는 시동을 걸고 차 안에 앉아 있는 정혜의 손에 무언가를 쥐어주었다.

정혜의 손에 하얀 봉투가 쥐어졌다.

"이게 뭐니?"

정혜가 묻자,

"이따, 거기 가서 뭐 좀 사가지고 가야잖아. 가다가 뭐 좀 사 갖고 가."

성숙이는 긴 하품을 하면서 손으로 입을 가렸다.

"뭘 이런 걸 주니? 야, 나도 사장이다 야."

정혜는 명색이 그래도 방송국 사장인 자신에게 선물이라도 사갖고 가라며 돈을 쥐어주는 성숙을 쳐다보며 피식, 웃었다.

"그래. 네가 보내준 거라고 말할께."

"응. 언니. 조심해서 몰아."

"걱정마. 시간은 충분해. 울진까지 다섯 시간이면 충분히 간다."

성숙은 정혜의 벤츠가 주차장을 빠져나가는 것을 보고는 손을 흔들어주었다.

정혜는 룸미러로 쳐다보면서 오른손을 들어주었다가 내렸다.

곧 차는 찻길로 나와서 한적한 새벽 거리를 달리기 시작했다.

'내가 내려가면 놀라겠지.'

미리 연락도 취하지 않고서 내려가고 있는 정혜의 마음속에는 뿌듯함이 자리잡고 있었다. 차는 곧 고속도로로 접어들어 동해안 쪽을 향해 달렸다.

그 무렵, 명희는 비행기 안에서 곧 착륙한다는 아나운서 멘트를 들으면서 창밖을 내려다보고 있었다. 산과 들이 알맞게 조화를 이룬 아래쪽의 풍경은 한가롭기 그지없었다. 오전의 밝은 햇살이 들녘, 그리고 산과 강물들을 시리도록 맑게 빛나게 하고 있었다. 화창한 날씨 탓에 명희는 기분마저 상쾌했다. 비행기의 날개가 은빛으로 반짝이는 것을 보면서 명희는 거울을 꺼내 화장을 고치고 있었다. 비행기는 고도를 낮추면서 푸른 바다가 보이는 포항 공항으로 내리고 있었다.

공항에 내린 그녀는 핸드백만을 달랑 메고 있었다. 청사 앞을 빠져나와 택시를 타는 승차장으로 갔다. 지방 공항이라선지 순서를 기다릴 필요도 없이 곧바로 택시를 탈 수 있었다.

"울진으로 가요."

"네, 알겠습니다."

명희는 택시가 출발하는 것을 보면서 공항 근처의 논밭을 내다보고 있었다. 들녘에는 푸른 벼들이 자라고 있었고, 얕은 산에는 초록의 잎들이 점점 그 색깔이 옅어가고 있는 중이었다. 택시는 동해안 해안국도를 따라 위쪽으로 달리기 시작했다.

춘호는 사무실에서 나와 백사장에서 작업하는 인부들을 바라보고 있다가 난간에 서서 핸드폰을 꺼냈다. 미리 연락을 드리지 못한 황 의원과 국정원의 박 국장에게 전화를 해드려야 한다고 생각하고 있었다. 황 의원의 비서가 전화를 받았다.

"네. 황진모 의원님의 사무실입니다."

"안녕하십니까. 나, 춘호요. 그간 잘 계셨고요?"

춘호의 인사말에 비서는 얼른 정중하게 나왔다.

"아, 네. 황 의원님이 아직 도착을 안 하셨는데. 지금 오시고 있는 중입니다. 그쪽으로 전화를 돌려 드리겠습니다."

남자 비서는 얼른 황 의원의 핸드폰으로 전화를 돌렸다.

"응. 나야."

황 의원이 목소리가 흘러나왔다.

"형님. 접니다. 춘홉니다. 미리 전화를 드려야 하는데 늦었습니다."

"오, 어쩐 일인가? 이렇게 일찍 전화를 다 주고. 그래. 서울로 왔나?"

황 의원은 반가운 목소리였다.

"아닙니다. 오늘 울진에서 기자회견을 할 참입니다. 오전 10시쯤에 기자회견을 할 생각입니다."

"그래? 뭣 때문에?"

황 의원은 출근길에 의자 깊숙이 몸을 기대고 있다가 몸을 바로 세우면서 물었다.

"석유가 터졌습니다! 미리 말씀을 못 드려서 죄송합니다."

"언제?"

황 의원이 목소리가 갑자기 커졌다. 빅뉴스에 상당히 놀란 듯했다.

"며칠 전부터 그런 기미가 보였습니다. 어제 터졌습니다."

"어허. 그럼 대박이군! 이거 완전히 경사가 아닌가. 내가 한 건 터뜨릴까?"

"네? 무슨 말씀이신지……."

"이건 보통 일이 아니잖는가? 자네 개인의 차원이 아닐세. 청와대에도 보고를 해야 하고, 우리 국회에도 터뜨려서 전 국민들의 관심이 그쪽으로 가도록 해야잖은가. 핫하. 이거 완전히 대박이군. 그래. 오늘 기자회견한다고? 몇 시에?"

"오전 10시에 한다고 알렸습니다."

"좋아! 나도 한 건 터뜨리지! 여긴 내가 알아서 하겠네. 하루 나오는 양이 얼만가?"

"약 이천 배럴쯤 될 겁니다."

"좋아! 알았네. 이만 끊지. 내가 또 연락함세."

황 의원은 마치 특별한 정보를 입수한 것처럼 서두르기 시작했다.

"알겠습니다. 형님."

황 의원은 곧 바로 청와대로 전화를 걸었고, 남상진 정책수석에게 그 사실을 알려주고선 직접 대통령에게 보고를 하겠다고 했다.

"황 의원. 내가 하지."

"아니다. 내가 직접 할 거니까 그냥 알고만 있어."

"내가 하면 안 되겠나?"

"하하. 내가 먼저 정보를 입수했으니까 내가 직접 하는 게 좋겠어. 각하께 전화 좀 바꿔주지."

황 의원의 밀어붙이기 식의 말에 정책수석은 할 수 없이 대통령에게 전화를 바꿨다.

"울진에서 석유가 터졌다는 보고입니다. 황진모입니다."

"그래?"

곧 대통령의 목소리가 흘러나왔다.

"황 의원. 정말인가?"

"네. 각하. 그렇습니다. 하루 이천 배럴이 나올 거라고 합니다. 오늘 오전 열시에 울진에서 기자회견이 있다고 합니다."

"확실한 정보인가?"

대통령은 하루 이천 배럴이 나온다는 말이 믿기지 않는 모양이었다.

"확실합니다."

"그렇다면 오늘 국무회의에서 이 안건을 말하고 나서 산자부 장관하고 같이 울진으로 내려가겠네. 황 의원도 내려갈 수 있나?"

"각하께서도 가실 겁니까?"

"가봐야지. 이건 우리나라에서 엄청난 일이 아닌가. 외신 기자들도 불렀나?"

"그건 모르겠습니다."

"그럼 알아보고 다시 정책수석에게 전화를 주게. 이건 외신으로도 터뜨려야 할 문젤세. 그래야 미국측에서도 우리한테 겁을 낼 게 아닌가. 우리가 그만한 양의 석유를 캐냈다고 하면 미국도 아마 놀랄 걸세. 황 의원."

"네. 각하."

"빨리 조치하도록 하고. 기자회견은 12시로 하도록 해. 정책
수석 바꿔주지."

"알겠습니다. 각하!"

황 의원은 곧 정책수석과 다시 통화를 했다.

"황 의원. 기자회견 좀 기다리라고 그래. 아마 각하께서 직접
내려가실 모양이야. 외신 기자들도 불러야 되겠어."

"알았어. 내가 연락하지."

황 의원은 정책수석이 직접 대통령에게 보고를 하지 못하게
한 것이 마음에 걸렸지만 어쩔 수 없었다.

황 의원은 다시 춘호에게로 전화를 걸었다.

"날세. 방금 각하께 보고를 했네. 기자회견을 12시로 미루고,
외신기자들도 불렀는가?"

"형님. 그건 못했습니다. 각하께 보고를 드렸습니까?"

"그렇네. 아마 각하하고 산자부 장관이 내려갈 걸세. 나도 금
방 지금 차를 돌려서 곧바로 청와대로 들어갈 걸세. 외신 기자
들도 연락하고. 12시로 회견을 늦추게."

"형님. 알겠습니다."

춘호는 곧바로 실행에 옮겼다. 잠시도 지체할 수가 없었다.
사무실 안은 곧 시끄러워졌고, 위렌과 반느는 춘호가 지시하는
자료를 뽑느라 바빴다.

황 의원과 통화를 한지 불과 한 시간도 못 되어 백사장에는 청와대 경호실의 경호원들이 들이닥쳐서 경비원들의 몸을 샅샅이 수색하고 있다는 연락이 들어왔다.

그들은 백사장에 있는 경비원들과 곳곳을 수색하고는 그곳에다 경호원들을 철통같이 배치하고는 나머지 인원들이 보트를 타고 올라와서 시추선 안에 있는 사람들을 샅샅이 검색했다.

그들은 무전기를 들고 백사장에 있는 경호원들과 수시로 무전연락을 취하면서 시추선 곳곳에 배치가 되었다.

갑자기 분위기가 살벌해졌다.

그러나 그들은 경호만 맡았을 뿐, 사무실 안의 직원들이 일을 하는 것에는 관심을 두지 않았다. 백사장에 있는 경비대장으로부터 서울에서 명희가 도착했다는 연락이 왔다.

춘호는 정만이를 보내 명희를 데리고 오라고 지시를 내렸다. 명희는 보트를 타고 시추선으로 올라왔다.

"회장님. 그동안 잘 계셨어요? 어머, 얼굴이 새카맣네요."

"그래. 오느라고 수고했어. 배호 사장한테서 연락을 받았다."

춘호는 반가웠다. 악수를 하고 말했다.

"외신 기자들한테 팩스 좀 넣어라. 빨리. 시간이 없어. 오늘 낮 12시라고 정정해서 보내."

춘호가 급하게 말하자, 명희는 숨 돌릴 틈도 없이 곧바로 핸드폰을 꺼내 신공항의 비서실로 전화를 넣었다.

"응. 나야. 방금 도착했다. 근데 외신 기자들 주소 있지? 그쪽으로 어제 보냈던 신문기자들한테 넣었던 그대로 보내. 빨리 서둘러야 돼. 오늘 기자회견 시간이 12시로 늦춰졌어. 빨리 해야 돼."

"네. 실장님. 넣고 다시 연락드릴게요."

차 주옥 대리도 급한 일인지 얼른 대답을 해왔다.

"너, 안으로 들어가서 준비 좀 해줘라. 원고는 다 읽어봤다."

춘호는 명희가 일찍 도착한 것이 무엇보다 반가웠다. 간단하게 기자회견을 할 거라는 당초 계획이었지만 대통령 각하와 장관들이 착석할 거라는 연락을 받고서부터 그는 당초의 조촐하게 치르려 했던 기자회견의 계획을 바꿔야만 했다.

명희는 사무실 안으로 들어가서 기자회견의 모든 계획을 검토하면서 고칠 것은 새로 고치는 식으로 일을 해나갔다. 당초에 계획했던 일들이 다시 수정이 되기 시작했다.

국내 언론사 기자들이 속속 나타나기 시작했다. 백사장에는 방송차량들의 행렬이 이어졌고, 차량에서 내린 기자들과 카메라맨들은 백사장에서부터 촬영에 들어갔다. 백사장에 있는 석유저장고와 주변의 경비상황을 취재한 기자와 카메라맨들은 보트를 타고 시추선으로 올라왔다.

춘호는 난간에 서서 기자들이 시추선 곳곳을 취재하는 것을 지켜보고만 있었다. 명희는 급히 고친 기자회견용 보도문을 작성해서는 도착한 기자들에게 나눠주고는 낮 12시에 기자회견이 있다는 것과, 대통령과 장관들이 착석하기 때문에 기자회견이 늦어졌다는 사실을 알려주느라 바빴다.

시추선 안은 도착하기 시작하는 각 언론사들의 취재 경쟁으로 어수선해졌다.

"회장님도 여기 계신다는데 누구시죠?"

기자들은 시추선 안의 곳곳을 취재하고 나서 회장을 찾았다. 일에 바쁜 명희는 기자들의 질문에 고개도 들지 못하고서,

"바깥에 계세요."

그 말에 기자들은 다들 밖으로 나왔다. 춘호가 작업복을 입고서 난간에 서 있었지만 기자들은 그가 울진석유회사의 회장이라는 것을 알지 못했다.

회장을 찾느라 우왕좌왕하던 기자는 춘호에게로 다가와서,

"저, 여기 회장님이 누구십니까?"

물었다.

"아직 안 오셨는가 본데……."

춘호의 대답이었다.

"안에서 회장님이 도착했다는데. 아직 도착을 안 했습니까?"

"네."

춘호는 담배를 꺼내 물면서 기자들에게 대답을 했다.

기자들은 다시 커메라맨들을 데리고 사무실 안으로 들어갔다. 춘호는 일부러 그들에게 그렇게 말해버린 것이다. 기자회견을 하기 전에 미리 인터뷰를 하기 싫어서 거짓말을 했던 것이었다.

그러자 기자들은 다시 명희에게로 가서 다그쳤다.

"회장이 아직 도착을 안 했다는데. 회장님이 아직 도착 안 했

어요?"

"잘 모르겠어요. 금방 도착하실 거예요."

명희는 분명히 회장이 밖에 있는데도 기자들이 그런 말을 하는 것을 알고선 춘호 회장이 기자들의 피곤한 질문을 따돌리려고 그러는 것으로 알았다.

기자들은 카메라를 들고서 의자로 가서 앉아 기다릴 생각이었다. 사무실 안은 기자들로 북적거렸다.

명희는 대통령까지 온다는 말에 준비하는 데에 여념이 없었다. 그곳에서 준비한 자료들은 형편없었다. 다시 새로 만들어야 할 판이었다. 프린터로 자료를 뽑아냈고, 모르는 것이 있으면 강재구 기술담당에게 질문해서 다시 자료의 내용을 수정했으며, 위렌에게 물어보아서 위렌의 약력도 간단하게 소개해 놓았다.

춘호 회장의 인사말을 다시 정리해서 그녀는 밖으로 나갔다.

"대통령께서 오신다고 해서 인사말을 다시 고쳤어요. 한 번 봐요."

명희는 인사말이 적힌 용지를 내밀었다. 춘호가 인사말을 보고 있는 동안에 그녀는 백사장에서 보트를 타고 시추선으로 다가오고 있는 기자들을 보면서 말을 꺼냈다.

"괜찮은 것 같아요?"

"됐다. 인사말에 존경하는 대통령 각하라는 말을 넣었군."

"네. 내빈들에게 돌릴 자료도 뽑아놨어요."

"그래. 됐어. 명희가 여기 오니까 제대로 일이 되는 것 같군.

배호는 잘 있나?"

"네. 대통령께서 오신다니까 사장님도 오셨으면 좋았는데.."

"지금 몇 시지?"

춘호는 얼른 시계를 보았다. 9시 삼십 분이었다.

"오시라고 그럴까요?"

"그래. 오는 게 좋겠다고 그래봐."

"알겠습니다."

명희는 핸드폰을 꺼내 사장실로 전화를 걸었다. 배호가 출근해서 책상에 앉으려다가 핸드폰이 울려서 전화를 받았다.

"사장님. 저예요. 회장님께서 급히 내려오시라고 그러는데요. 대통령 각하께서 이곳으로 오신다고 합니다."

"그래? 명희는 잘 도착했나?"

"네. 포항에서 비행기를 타고 왔어요. 여기 오니까 일이 엉망이예요. 지금 무척 바빠요."

"그래. 알았다. 춘호에게 곧 내려간다고 그래. 늦더라도 간다고 그래봐라."

"사장님. 기자회견이 12시로 늦춰졌어요. 대통령 각하께서 오신다고 해서 늦춰졌어요."

"그래? 그럼 최대한 빨리 도착한다고 그래."

그 말을 하고선, 배호는 택기를 불러 울진으로 내려갈 수 있는 항공편을 알아보라고 지시를 했다.

택기는 공항으로 전화를 했다가 김포에서 뜨는 국내선 비행기도 시간이 맞지 않아 공항 육군 경비대로 전화를 해서 헬리콥터를 띄울 수 있는가를 물어보았다.

신공항 국제광관단지의 사장이라는 배호의 위치는 막강했다. 육군 경비대의 헬리콥터를 빌리는 데에 성공했다.

"회장님. 경비대의 헬리콥터를 빌렸습니다. 그곳에서 오래 있으면 안 된다고 합니다."

택기의 보고였다.

"그래? 그럼 니들이 차를 몰고 울진으로 내려와라. 난 먼저 비행기로 그곳에 가 있을 테니까."

"알겠습니다."

배호는 곧장 밖으로 나와 육군 경비대로 향했다. 작전 중에만 뜰 수 있는 헬리콥터를 빌린 셈이었다.

택기가 운전한 차에서 내린 배호는 곧바로 헬리콥터로 걸어갔다.

"천천히 내려와라."

"네, 알겠습니다."

헬리콥터가 뜨는 것을 보고 택기는 신공항 청사로 달렸다.

오전 열한시가 가까워오자, 각 언론사 기자들과 정부의 관료들이 속속 도착했다. 울진 바닷가에 대통령이 온다는 연락을 받은 경북 도지사와 울진 군수, 도경 경찰서장과 울진 경찰서장이 속속 들어와 바닷가의 경비는 더욱 삼엄해졌다.

동해안 부대에서 차출된 군병력들이 바닷가로 들어와서는 백사장을 샅샅이 뒤지다시피 수색을 하고 나선 보초를 섰다. 군병력을 싣고 온 트럭과 지프차가 바리케이트를 치듯이 10미터 간격으로 서 있었다.

배호가 탄 헬리콥터가 울진 바닷가 상공에 도착하자, 경비를 서고 있던 군인들과 경비원들이 일제히 하늘을 쳐다보았고, 시추선 안에 있던 기자들이 밖으로 몰려나와 취재 경쟁에 열을 올렸다. 카메라가 연신 터졌다.

백사장 위를 맴돌던 헬리콥터 조종사는 백사장에 군병력들이 쫙 깔려 있는 광경을 보고는 배호에게 물었다.

"군인들이 쫙 깔려 있는데 어떻게 된 일입니까?"

"오늘 대통령께서 오신다는 것 때문에 그런가 본데……."

"그렇습니까? 그럼 이거 큰일났군."

조종사는 얼른 공항 기지로 타전을 했다. 울진 바닷가에 대통령 각하께서 오기로 했다는 보고를 하고 아서 어떻게 할 것인가를 묻고 있었다. 공항 기지에서는 울진에 대통령이 내려온다는 말에 놀라서 얼른 기수를 돌려 다른 곳으로 착륙하라는 지시가 떨어졌다.

"알았다. 오버!"

조종사는 곧 상공으로 떠올라 백사장을 순시 비행하고 있는 것처럼 해보이고선 그곳을 벗어나기 시작했다.

헬리콥터는 그곳에서 떨어진 바닷가에 내렸다.

"사장님. 할 수 없습니다. 그곳에 내렸다간 큰일날 뻔했습니다. 여기서 차를 타고 가시죠."

"알았어요. 수고했어요."

배호는 인사치레로 하얀 봉투를 하나 꺼내 조종사에게 주면서 말했다.

"올라가면 항공대장한테 들르겠다고 말하쇼."

"네, 알겠습니다. 여기서 조금만 내려가면 될 겁니다. 나가시면 모래가 눈에 들어오니까 눈을 감고 뛰십시오."

헬리콥터에서 나온 배호는 모래바람이 눈 속으로 들어오는 걸 방지하기 위해 목표를 정해서 뛰어갔다.

엄청난 바람이 등 뒤에서 내려치는 듯했다.

배호를 내려놓은 헬리콥터는 곧 상공으로 떠올랐다.

바닷가에서 국도로 걸어나온 배호는 지나가는 차를 잡기 위해 서 있었다.

한편, 정혜는 강릉을 거쳐 해안도로를 따라 울진으로 향하고 있었다.

울진에 거의 다 왔다고 생각되었으므로 더욱 엑셀을 세게 밟으면서 시계를 보았다. 정각 열한시였다. 초행길이라 한 시간 가량 늦어진 셈이었다.

'벌써 시작했겠는데……'

이미 한 시간이나 늦어버린 셈이어서 정혜는 기자회견에는 참석할 수 없다는 생각에 체념할 수밖에 없었다.

그녀는 옆에 있는 바다를 힐끗 보면서 모처럼만에 혼자만의

드라이브를 즐기는 기분으로 내려가고 있는 중이었다.

차는 기분 좋게 내달리고 있었다.

"……?!"

정혜는 바닷가의 도로 옆에 서 있는 남자가 손을 들고 서 있는 것을 발견하고는 깜짝 놀랐다. 급브레이크를 밟았다. 차는 10여 미터 미끄러지다가 정지를 했다. 그녀는 룸미러를 통해 배호가 다가오는 것을 보고는 다시 놀랐다.

정혜는 차문을 열고 나갔다.

"어? 여기 웬일이야? 왜 여기 있어?"

"아. 정혜구나. 웬일로? 울진가는 길이야?"

배호도 놀라는 표정이었다.

"응. 근데 왜 여기 있어? 언제 내려온 거야? 여기야?"

"하하. 나, 신공항에 있는 육군항공대의 헬리콥터를 타고 왔잖나. 근데 백사장에 내리려고 보니까 군인들이 쫙 깔렸잖아. 그래서 급하게 기수를 돌려서 여기다가 내린 거야."

"왜?"

"대통령이 온다고 해서. 거기에 군인들이 쫙 깔렸어. 하마터면 그곳에 내렸으면 민간인이 헬리콥터를 이용했다고 야단났을 거다. 하하."

"그랬구나. 타. 여기서 가까워?"

"다 왔어. 조금만 가면 돼."

배호는 낯선 곳에서 정혜를 만난 셈이었다. 차에 탄 배호는 핸들을 잡고 있는 정혜를 보고는 싱글싱글 웃었다. 차는 곧 출발했다.

"야아. 이런 데서 만나다니 정말 묘하네."

정혜는 아직도 놀라움을 금치 못하고 있었다.

"하하. 그래. 언제 출발한 거냐?"

"새벽에. 5시 경에 출발했는데 이제 내려오는 거야, 초행이라 늦었다."

"어떻게 알았어?"

"응. 성숙이가 말해서 알았는데. 이런 데에 안 와보면 안 될 것 같아서."

"잘했어. 나도 안 내려올까 했다가 대통령이 뜬다고 연락이 와서 할 수 없이 헬리콥터를 빌린 거야. 명희는 미리 내려와서 고생하고 있어."

"명희도 왔어?"

정혜는 다시 놀라는 표정이었다.

"그래. 오전에 도착해서 일 하느라 무지 바쁜 모양이더라."

"그럼 나한테도 연락하지……."

정혜는 약간 서운한 듯이 말을 뱉아냈다.

"……."

차는 곧 울진 바닷가로 접어들었다. 바닷가로 들어가는 길목에는 차량 행렬들로 붐비고 있었다.

바닷가에 도착한 정혜는 하얗게 칠해진 무지막지한 저장 탱크들과 삼엄한 경비를 보고선 우선 놀랐다.

차단기 앞에 선 차는 검문을 받아야 했다.

"민족 방송국 사장입니다."

그 말에, 경비들은 거수경례를 하고선 차단기를 올려주었다.

"아, 네. 들어가십시오."

곧 경비대장을 맡고 있는 백호가 뛰어와서는 절을 해왔다.

"사장님. 이제 오십니까?"

"그래. 각하께서는 왔나?"

"아직 도착 안 하셨습니다. 기자들하고 도지사, 군수, 도경 서장들이 와 있습니다. 군에서도 와 있습니다."

"그래. 수고해라."

배호가 탄 차는 곧바로 백사장 안까지 들어갔다. 차에서 내린 그들은 곧바로 보트를 타고서 시추선으로 다가갔다.

시추선 위에는 국내외 신문사 기자들과 방송국 기자들이 장 사진을 이루고 있었다. 그들은 대통령이 직접 온다는 말에 취재에 더욱 열을 올리고 있었다.

춘호는 이미 울진석유주식회사의 회장으로써 간단한 인터뷰를 마친 상태였다. 방금 들이닥친 배호와 정혜를 보고 말했다.

"오느라고 수고했어. 이렇게 커질 줄은 몰랐다."

악수를 하고 나서, 춘호가 말했다.

"명희도 안에 있어. 일 하느라 정신이 없다."

"축하해. 이런 일이 있을 줄은 꿈에도 생각 못 했지."

정혜의 말이었다.

"하하. 그래. 우리 황제그룹의 최대 꿈이 이뤄진 거지. 자, 안으로 들어가봐."

춘호의 말에 배호와 정혜는 안으로 들어갔다. 발을 들여놓을 수 없을 정도로 꽉 찬 사무실 안은 난장판이나 마찬가지였다. 기자들이 방송장비들을 설치해놓느라 사람들이 들어설 자리조차 없었다.

앞쪽에는 대통령과 장관들이 도착하면 인터뷰를 할 수 있도록 단상이 마련돼 있어서 좁은 공간에 기자들로 꽉 차 있었다. 앞쪽엔 경북 도지사와 군수, 경찰서장과 군관계자들이 의자에 앉아 담소하고 있었다.

"명희야. 수고가 많네."

정혜는 바쁘게 일을 하고 명희의 어깨를 툭 치며 반가워했다.

"언니도 왔네? 어떻게 왔어? 차 갖고?"

"그래. 이 맹꽁아. 여길 온다면 나하고 같이 왔으면 더 좋지. 넌 비행기로 왔니?"

"응. 포항에서 내려서 택시로 왔어. 언니는?"

"차로 왔어. 오다가 배호 사장을 만나서 같이 온 거야."

정혜는 동해안 바닷가를 달리다가 도로에 서 있는 배호를 만났다는 것을 이야기했다. 두 사람은 서로 이야기를 주고받으면서 명희가 하는 일을 돕기 시작했다.

"사장님 오셨습니까?"

민족교 방송국 기자들이 우르르 다가와서 인사를 했다.

"오늘 취재 잘해요. 각하께서 오신다니까."

"걱정 마십시오. 카메라 다섯 대가 동원이 됐습니다."

"알았어. 나 바빠."

정혜는 기자들을 물리치고는 명희의 일을 돕기 시작했다.

그때였다. 갑자기 밖이 소란스러워졌다.

"대통령 각하가 도착한 모양이다!"

누군가 바깥에서 들어오면서 소리를 치자, 거기 있던 기자들이 우르르 몰려나갔고, 앞쪽에 앉아 있던 도지사와 경찰서장, 군관계자들이 벌떡 일어나서 밖으로 나갔다.

백사장에는 아파치 헬리콥터 두 대가 백사장 상공에 떠서 착륙할 준비를 하고 있었다.

밖으로 나온 고급관리들과 군관계자들은 보트를 타고 나가 헬리콥터가 내려앉을 지점에서 부동자세로 대기하고 서 있었다.

곧 헬리콥터는 하얀 먼지를 일으키면서 내려앉았다. 헬기의 프로펠러가 멎을 때까지도 안에서는 아무도 내리지 않았다. 헬기의 엔진이 멈추고 나서야 시커먼 선글라스를 쓴 경호원들이 먼저 헬기에서 뛰쳐나왔고, 그들은 곧 선착장으로 도열해서 각하가 내리기를 기다리고 서 있었다.

경호원들의 손에는 조그만 권총이 숨겨져 있었다.

대통령은 천천히 헬기에서 내려 바다 쪽을 힐끗 바라보고는 앞을 향해 걷기 시작했다. 그 옆으로는 산자부 장관과 국정원장이 서서 걸었고, 약간 뒤쪽으로는 경제부총리와 황진모 의원이 뒤를 따르고 있었다.

경호원들 사이에 서 있던 경북도지사와 도경국장이 앞으로 나서서 각하에게 인사를 했다.

"오, 왔는가?"

각하는 도지사와 악수를 하고 나서 다시 경찰국장과 악수를 나눴다.

"먼 곳까지 오시느라 노고가 많으셨습니다."

경찰국장은 거수경례를 했다.

장관들과 악수를 나눈 그들은 제일 뒤쪽으로 가서 각하의 뒤를 따랐다.

선착장에서 두 대의 보트에 오른 그들은 곧바로 시추선으로 다가갔다. 시추선에서는 긴급히 만든 철제 사다리를 내려서 그들이 올라갈 수 있도록 해놓았다.

춘호와 배호는 시추선 위에 서 있다가 각하를 맞이하고는 정중히 허리를 굽혀 인사를 했다.

"이 분이 울진 석유주식회사의 나 춘호 회장입니다."

산자부 장관의 설명이 곁들여졌고, 다시 장배호가 인사를 했다.

"이 분은 신공항 국제관광단지의 장배호 사장입니다."

장관의 설명이 있자, 각하는 손을 내밀었다. 곧 이어서 기자들의 카메라가 작열하기 시작했다.

"먼 데까지 오시게 해서 송구스럽습니다."

춘호는 겸손하게 말했다.

"수고가 많네. 우리나라에서는 처음 있는 일이니까. 이건 기적일세."

각하의 치사가 있었고, 춘호는 더욱 겸손하게 허리를 굽혔다.

"근데 신공항 국제관광단지 사장이 여길 왜 왔지?"

대통령이 산자부 장관에게 물었다.

"이곳 나 회장은 원래 신공항 단지의 회장이면서 민족교 종주이기도 합니다. 신공항 단지와 민족교에서 합작 출자해서 만든 회사입니다."

산자부 장관이 다시 설명을 하자, 그제야 각하는 고개를 끄덕였다.

대통령은 시추선 위에 서서 바다를 둘러보고는 바닷물 속에 박혀 있는 쇠파이프에서 검붉은 연기가 치솟는 것을 보고 물었다.

"여기서 하루에 얼마나 나오나?"

옆에 서 있던 춘호에게 물었다.

"하루 이천 배럴이 나옵니다."

춘호의 대답은 짧고 간결했다. 미리 비서실에서 교육을 받은 그대로 짧고 간단하게 대답한 것이었다.

"호! 대단하군. 매장량은?"

다시 대통령의 질문이 이어졌다.

"이백 억 배럴쯤 됩니다."

춘호의 대답이 있자, 대통령이 산자부 장관을 보며 물었다.

"이백 억 배럴이면 얼마나 되나? 장관. 얼마나 되지?"

"앞으로 십년 동안 계속 파내야 할 정도의 양입니다. 우리나라 수입의 삼분의 일을 차지하는 양입니다."

"좋아! 이만하면 됐네."

각하는 흡족한 듯이 고개를 끄덕이고는 옆에 빙 둘러서 있는 기자들에게 빙긋 웃어보이며 말했다.

"기자분들도 왔군 그래. 우리나라에서 이만한 양의 석유가 나왔다는 것을 크게 신문에 내지. 이제 우리나라도 산유국이 됐으니까 말이야. 이젠 중동에 굽실거릴 이유가 없지. 하하하."

각하는 큰 웃음을 짓고선 춘호의 안내에 따라 사무실로 들어가서 미리 마련된 의자로 가서 앉았다. 그 옆으로 장관들과 황의원이 앉았고, 도지사와 경찰국장, 그리고 사단장과 참모들이 착석하자, 기자들이 서로 앞다투어 자기 자리를 차지하느라 약간 소란스러워졌다.

내외신기자들이 자리를 잡고 나서, 방송 카메라들이 플래시를 비추기 시작하자, 명희가 앞으로 나서서 떨리는 목소리로 식순을 진행하기 시작했다.

"오늘 존경하는 대통령 각하를 모시고, 저희 울진 석유 주식회사에서 그동안 공들인 이 현장에서 우리나라에도 석유가 발굴되었다는 뿌듯한 감정을 감출 수가 없습니다. 내외신 기자분들과 여러 내빈들을 모시고 저희 회사가 그동안 석유발굴을 위해서 어떻게 해왔는가를 간략히 설명하도록 하겠습니다."

명희의 목소리는 떨려나오고 있었다. 명희는 어떻게 보고를 했는지 자신도 알 수가 없을 정도였다. 보고를 마치고 나서 각하의 치사가 이어졌다.

　"오늘 이런 일이 한국에서 일어날 줄은 아무도 몰랐습니다. 전 세계가 우리 한국을 지켜보고 있을 것이라 생각됩니다. 이를 위해서 끝까지 노력해준 울진 석유주식회사와, 나 춘호 회장과, 신공항 관계자 여러분, 그리고 이런 일이 있도록 뒤에서 뒷받침해준 산자부는 앞으로 더욱 분발해서 국민들의 기대에 어긋나지 않는 훌륭한 일을 해주기를 바랍니다."

　대통령의 말이 끝나자, 우뢰와 같은 박수소리가 터져 나왔다.

　이어서 산자부 장관의 치사가 있고 나서 각하는 곧 자리에서 일어났다. 그러자, 앞쪽에 앉아 있던 장관들과 황 의원, 그리고 경찰국장과 군 수뇌부들이 일어나서 춘호와 배호에게 악수를 하고는 밖으로 나갔다.

　춘호와 배호는 각하가 보트를 타고 떠나는 것을 보고서 다시 안으로 들어왔다.

　기자회견이 막 시작되려는 그때에 경비실로부터 전화가 걸려왔다. 경비대장인 차 왕수가 핸드폰으로 전화를 걸어왔다.

　"회장님. 일본 요시이라는 분이 한 시간 전부터 여기서 기다렸습니다."

　"뭐? 왜 안 들여보내? 언제 오셨나?"

　춘호는 깜짝 놀랐다.

"대통령께서 계실 때에는 못 들어갔습니다. 경호원들이 못 들어가게 했습니다."

"아. 맞아. 빨리 들여보내."

춘호는 얼른 지시를 내렸다. 그리고는 배호를 데리고 밖으로 나갔다. 백사장에서 보트가 들어오는 것을 지켜보고 서 있었다. 보트에는 요시이, 히라카이, 다라시가 타고 있었다. 요시이는 시추선 위에 춘호와 배호가 나란히 서 있는 것을 손을 들어 보였다.

"깜빡 했군. 갑자기 대통령이 오는 바람에."

춘호는 악수를 청하며 미안한 표정을 지었다.

"이해한다. 경비실에서 안 들여보내준 게 차라리 다행이다."

그 말을 하면서 요시이가 웃었다.

"왜?"

춘호가 의아하게 물었다.

"안으로 들여보내는 사람은 몸수색을 하던데. 나는 몸수색을 하면……."

요시이는 양복 안주머니를 툭 치며 곤란해졌을 거라는 듯이 인상을 찌푸렸다.

"권총이냐? 무기?"

춘호의 말에 요시이는 고개를 끄덕였다.

"그걸 어떻게 갖고 들어왔나? 괜찮았나?"

"그럼! 갖고 들어오는 방법이 있다."

"알았다. 들어가지. 지금 기자회견 중이다."

춘호와 배호가 그들을 데리고 안으로 들어가자, 기자들은 기다렸다는 듯이 질문공세가 시작되었다.

다시 식순이 예정대로 진행되었다.

춘호의 회사의 설립과 석유개발에 대한 포부의 설명이 있고 나서 다시 명희가 이번에는 위렌을 대신해서 기술적인 문제에 대해서 설명을 하고선 기자들의 질문이 이어지는 순서였다.

명희는 기자들의 질문에 위렌에게서 들은 그대로 설명을 했고, 모르는 부분에 대해선 한국말에 서툰 위렌에게 마이크를 넘겨 대신 설명하도록 했다.

기자들의 질문은 두 시간이나 계속되었다.

특히 외신 기자들은 한국 기자들에 비해 더 열성적인 취재열을 보였다.

위렌은 외신 기자들에겐 영어로 설명을 했고, 내신 기자들에겐 더듬거리면서 한국말로 설명하느라 힘이 들긴 했지만 나름대로 신이 난 듯한 표정이었다.

"……."

요시이는 위렌의 설명을 들으면서 그저 웃고만 있었다. 위렌은 기자들의 질문에 기술적인 문제를 설명하면서 요시이 일행을 쳐다보긴 했으나 어색한 듯이 눈길을 피하진 않았다.

위렌도 반느도 이젠 춘호의 막강한 힘을 의지하고서 당당한 표정을 짓고 있었다.

히라카이는 귓속말로 요시이한테 말했다.

"쟤들이 우릴 배신한 것 같습니다."

"……."

요시이는 히라카이의 손을 잡고선 아무말도 하지 않았다.

"……."

히라카이와 다라시는 요시이의 얼굴만 쳐다보다가 다시 기자
회견으로 눈길을 주었다.

기자회견이 끝나고 나서 부페식의 파티가 시작되었을 때, 춘
호는 케이크를 자르는 순서를 가졌다. 샴페인을 터뜨리는 순서
에서 배호를 옆에 세우고는, 요시이를 불렀다.

"내빈입니다. 나오시죠."

춘호는 요시이를 부르면서 그의 이름을 부르지는 않았다. 요
시이가 놀라 잠시 머뭇거렸지만 춘호가 자신의 이름을 부르지
않고 그냥 나오라는 말을 한 데에 안심을 하고선 앞으로 나갔다.

그곳에는 일본 후지TV와 요미우리 신문 등 일본 언론사들의
기자들이 모두 참석해 있었다.

케이크 앞에 선 그들은 유리잔을 들고서 춘호가 샴페인을 터
뜨려서 배호와 요시이의 잔에 따라주었다. 그것은 바로 피를 나
눈 형제의 결속을 의미하는 자리였다. 그러나 내외신 기자들은
그러한 것을 전혀 모르고 있었다.

건배가 있고 나서 요시이는 점잖게 자리로 돌아갔다.

사무실 안에 있는 동안, 요시이 일행은 귓속말 외에는 입을
열지 않았다. 파티가 끝날 때까지 그들은 일체 말하지 않았다.

기자들이 카메라를 챙겨서 보트를 타고 떠나는 것을 보고서 춘호는 명희에게 시켜 일일이 사례 봉투를 건네주도록 지시를 해놓았기 때문에 명희와 정혜는 시추선 위에서 기자들에게 하얀 봉투를 나눠주고 있었다.

　　그것은 기사를 쓸 때에 최대한 커다란 기사를 실어달라는 의미도 있었지만 울진에서 석유가 터져 나왔다는 기쁨의 선물이기도 했다. 기자들에겐 한 팀당 천만 원짜리 수표가 들어 있었다.

　　"안녕히 가세요."

　　명희는 친절하게 기자들을 배웅하고 나서야 비로소 몸이 젖은 솜처럼 푹진해지는 것을 느꼈다.

　　이제 기자들과 내빈들은 다 떠나고 식구들만 남은 셈이었다.

　　"오늘 모두들 수고했어. 경비대들만 여길 지키라고 하고. 경비대도 수고했으니까 그쪽은 내일 회식하라고 그래. 오늘은 여기 있는 식구들이 시내로 나가서 한 잔 하지. 요시이 상도 오셨고……."

　　춘호는 흡족한 기분으로 요시이를 보며 웃었다. 요시이도 춘호를 보며 웃음을 띠었다.

　　사무실 안은 마치 썰물이 빠져나간 것 같았다. 대충 정리를 끝낸 명희와 정혜를 보고서 그들은 보트를 타고 밖으로 나왔다.

　　"니들은 내일쯤 회식해라."

　　배호가 백호에게 지시했다.

　　"네, 알겠습니다. 사장님."

백호는 배호 사장을 향해 고개를 숙였다.

에쿠스 다섯 대와 봉고차 한 대에 나눠 탄 그들은 울진 읍내로 나와 그곳에서 제일 큰 불고기 식당으로 들어갔다.

축배의 술잔들이 돌려졌다.

춘호와 배호는 위렌과 반느와 같이 오늘의 주인공이 된 셈이었다. 요시이와 히라카이, 그리고 다라시는 춘호와 배호 옆에 앉은 위렌과 반느를 보면서도 전혀 어색한 분위기가 아니었다.

"자, 긴자파에서도 우리한테 관심을 갖고 있었으니까 이젠 우리도 긴자파한테 은혜를 갚을 때가 됐지."

춘호가 천천히 술잔을 들면서 말했다.

"하하. 그래. 맞아. 요시이 상은 끝질긴 면이 있어. 결국 우리가 항복한 거지."

배호의 말이 이어졌다.

"춘호 상. 우리 보스는 한 번 한다 하면 끝까지 하는 오야붕이지요. 이젠 우리를 도와줘야지요."

다라시의 주문이었다.

"좋다. 우리는 약속을 지킨다. 술을 많이 받아라."

춘호는 다라시의 빈 술잔에 술을 가득 채워주었다.

그러나 위렌과 반느는 일본 야쿠자들에게 술을 따라주지 않았다. 일본 야쿠자 역시 그들에게 아는 척을 하지 않았다. 그저 술자리에 기술 고문으로 참석한 석유 기술자 정도로만 생각하고 있는 듯했다.

그들은 밤늦도록 술을 마셨다. 그때까지도 춘호는 취하지 않았다. 요시다 역시 취한 것 같지 않았다.

명희와 정혜는 요시다 일행이 춘호와 배호에게 깍듯이 대하는 것을 보면서 가슴 한켠이 뿌듯해져 왔다.

새벽 다섯 시가 다 되어서야 술파티는 끝이 났다. 춘호는 요시이 일행이 모텔로 가는 것을 보고 나서 위렌과 반느를 숙소로 돌아가는 것을 지켜본 후에 일행들을 데리고서 요시이 일행이 묵은 모텔에서 조금 떨어진 다른 모텔로 들어갔다.

"오늘 수고했어. 잘 자."

"네. 회장님. 사장님도 잘 주무세요."

춘호와 배호는 명희와 정혜가 한 방에 드는 것을 보고 맞은편 방으로 들어갔다.

방으로 들어선 명희는 피곤했다. 기자회견을 하는 동안에 줄곧 서 있었던 탓인지, 아니면 술기운 탓인지 온몸이 노곤해졌다.

"언니. 내가 먼저 샤워하고 나오면 안 돼?"

"그래라. 난 늦게 해도 괜찮아."

샤워를 하고 난 명희는 그동안의 피곤이 싹 가시는 듯했다. 혼자 맥주를 마시고 있는데 정혜가 막 샤워를 마치고선 물기가 뚝뚝 떨어지는 채로 나왔다. 놀랍게도 정혜는 알몸 그대로였다.

"언니……."

"왜? 너하고 단 둘이 있는데 뭐 어떠니? 보기 싫니?"

정혜가 웃으면서 명희를 보며 물었다.

"아니. 언니는 아직도 이십대 초반 같아. 난 언니가 부러운 걸."

명희가 대답했다.

"괜히 그러는 거지. 네가 나보다 더 낫드라."

"언니는. 그렇게 하고 있으면 시원해?"

"응. 여자는 외로울 때에 이렇게 알몸으로 벗는다지 아마. 내가 외로워 보여?"

정혜는 그 말을 하면서 웃음을 지었다.

"외로울 때?"

"그래. 나도 어디선가 그런 글을 읽었던 적이 있어. 남자는 외로울 때, 혼자서 술을 마신다고 하고, 여자는 외로울 때에 혼자 알몸으로 있고 싶어한다는 얘기. 옷 벗고 이렇게 있으면 홀가분한 걸."

정혜는 화장대 앞으로 가서 맛사지 크림을 바르면서 뒤로 돌아앉아 있었다. 쭉 뻗어내린 허리선이 작고 도톰한 엉덩이에서 완만한 굴곡을 이루고 있었다. 명희가 보기에도 같은 여자로서 탐날 정도로 아름다운 몸매였다.

정혜는 거울 속을 들여다보면서 열심히 맛사지를 했고, 명희는 소파에 앉아서 혼자서 맥주를 마시고 있었다.

"언니도 한 잔 할래?"

"그래."

명희는 맥주 한 잔을 따라서 정혜의 옆으로 갔다. 그녀 앞에 맥주잔을 내려놓고는 거울 속에 비친 그녀의 투명한 얼굴을 쳐다보고 서 있었다.

"왜 자꾸 보니?"

거울 속의 자신을 물끄러미 쳐다보는 명희를 보고 물었다.

"언니는 결혼 안 해?"

"해야지."

정혜가 웃으면서 말하자,

"정말? 좋아하는 사람 있어?"

"응."

정혜는 대답을 하면서 또 웃었다.

"나한테 말해주면 안 돼? 결혼할 거야?"

"근데……."

정혜는 맞사지를 하다 말고 잠시 손을 멈추고선 거울 속에 비친 명희의 얼굴을 쳐다보았다.

"……."

명희가 쳐다보고 있자,

"사랑하는 사람이 있으면 뭐해. 그 사람은 결혼할 생각이 없는데……."

"언니. 그 사람 나한테 말해주면 안 돼? 어떤 사람인데?"

명희는 정혜의 뒤로 가서 어깨를 안아주었다.

"너도 결혼하고 싶니?"

"난 아직……. 그런 상대도 없고……."

명희는 전에 총무과의 유망한 차장이 자신에게 청혼을 했었다는 것을 꺼낼까 하다가 그만두었다.

"그쪽에는 좋은 사람들 많잖니? 마음에 안 들어?"

"별로……."

명희는 거울 속의 정혜의 시선을 비키면서 말을 했다.

"난……. 그 사람이 마음에 들지만……."

정혜가 말을 꺼냈다.

"그럼? 사귀면 되잖아?"

"서로 떨어져 있어. 만날 기회도 없고."

"이메일 같은 걸로 주고받으면 되잖아? 아니면……. 전화도
할 수 있고."

"그럼 사람이 아냐."

"……."

"난, 그 사람이 나를 좋아하는지도 몰라. 그것도 모르면서 이
래. 사람 마음이라는 것은 참 이상하지. 그냥 좋은 사람은 그냥
좋다는 거야. 느낌이란 것이 그래. 그런 느낌만으로 사랑하는
마음이 생겨버린 거지."

"나이 많아?"

"나와 동갑이야."

"그럼 결혼할 나이가 됐네 뭐. 자주 만나다가 보면 서로 마음
이 통할 수도 있잖아."

"그럴 여유가 없어."

"누가? 언니가?"

"아니……."

정혜는 고개를 가로저었다.

"그럼 그 사람이 시간이 없으면 언니라도 그 사람 가까이 다가가봐. 남자는 뭐, 무신경한 사람은 그런다더라. 여자가 가까이 오면 비로소 사랑의 감정을 느끼는 사람도 있다고. 일에 열심인 사람은 그래."

"……."

"언니가 좋아하는 사람이 사랑의 감정을 느끼도록 하는 것도 언니의 책임이야. 그래도 할 수 없으면 어쩔 수 없지만……."

"넌 그렇게 할 수 있니?"

정혜가 돌아보았다. 명희는 자신을 쳐다보는 정혜에게 고개를 가로저었다.

"난 못 그래. 왠지……. 그건 아마 고아원에서 자랄 때에 눈치를 보면서 자라서 그런지……. 내가 그렇게 하지는 못할 거 같애."

그 말을 하면서 명희는 가슴이 답답해졌다.

"넌 대학도 수석으로 졸업했고, 지금 넌 일류 회사에서 실장으로 있잖아. 그런 위치에 있으면 그런 것 갖고 망설일 필요가 없을 텐데……."

"언니."

명희는 정혜의 목덜미를 꼬옥 껴안으면서 불렀다.

"응."

"난 말야. 결혼할 생각이 없을지도 몰라."

"왜?"

정혜는 다시 돌아보았다.

"그냥……. 내가 나 자신을 너무 잘 알잖아. 난 자신이 없어."

"결혼을 자신감으로 하는 건 아냐."

"알아. 언니. 그렇지만……. 난 결혼이라는 것만 들어도 왠지 힘이 빠져. 결혼할 마음이 없나봐."

"그건 누구나 다 그래. 그런다고 결혼 안 하니."

"……."

명희는 할 말이 없었다. 자신의 과거에 대해 아무것도 모르는 정혜 언니에게 모든 걸 털어놓고 싶었다. 그러나 그럴 용기가 나지 않았다. 지금 청주 정신감호소에 있는 그 남자를 생각하면 마치 자신이 죄인이 된 기분이었다.

두 사람은 일어나 창가에 있는 소파로 가서 앉았다.

"언니, 맥주 더 마실까?"

정혜가 고개를 끄덕이는 것을 보고서 명희는 냉장고에서 맥주를 꺼내왔다.

"우리 불 끄고 마시자."

정혜의 말에 명희는 일어나서 불을 껐다. 창밖에서 스며들어오는 달빛에 방 안은 어둡지가 않았다.

두 사람은 술잔을 비우기 시작했다. 둘만의 오붓한 시간이었다. 같은 여자일지라도 정혜와 명희의 생각은 서로 다른 점이 있었다. 정혜의 성격이 다소 과감성이 있는 반면에 명희는 그러질 못했다.

"참 좋다. 이런 데서 살았으면 좋겠어. 언니는 안 그래?"

명희가 창밖을 바라보며 정혜에게 말했다.

"시골에는 다 그래. 달빛이 유난히 밝아. 달빛을 한참 올려다보고 있으면 괜히 슬퍼지거든."

"언니가 살던 시골도 이래?"

"응. 고등학교 다닐 때는 얼마나 시골을 떠나고 싶었던지. 그때는 서울로 가는 것이 꿈이었어. 대학교만 붙으면 서울서 살수 있을 거라고 생각했거든. 난 서울이 좋아."

"언니. 난 시골서 살아봤으면 싶어. 이런 달빛이 비치는 곳에서. 아무도 없는 산골짜기라도 좋을 거 같아. 산토끼도 가끔 내려오는 초가집에서 살았으면 좋겠어."

"너도 참. 이제 이 세상에는 그런 집이 거의 없어졌을 거다. 있다고 해도 다 허물어졌거나. 시골 사람들도 많이 변했어. 내가 살 때만 해도 그러지 않았는데……."

정혜는 맥주잔을 들어 한 모금 마시고는 내려놓았다. 그리곤 그녀는 쓸쓸해졌다. 남동생 준희는 벌써 대학을 졸업해서 대학의 강사로 있으면서 결혼할 여자가 있다는 소식을 듣고서 그녀는 누나로써 대견스러울 뿐이었다.

"언니. 사람은 변해도 세상은 변하지 않는다고 봐. 그것을 바라보는 우리의 눈이 달라지는 거라고 봐."

"그럴 수도 있지."

정혜는 짧은 한숨을 내쉬었다.

"난 고아원에 있을 때에 나를 낳아준 부모가 얼마나 미웠는지 몰라. 사랑해서 아이를 낳았다면 어떻게 고아로 만들 수 있는가 해서. 아마 나뿐만 아니라, 거기 있었던 모든 애들이 털어놓지는 않았지만 다 그런 마음이었을 거야. 언니는 사랑이 뭐라고 생각해?"

"그야, 사랑이 뭐 따로 있겠니? 내가 좋아하는 사람과 같이 산다는 거지. 그것보다 더 좋은 게 어디 있을까?"

"그럼 언니도 결혼해. 그래서 아이 낳고 행복하게 살면 되잖아."

"그게 마음대로 되니?"

정혜는 힘없이 웃었다. 정혜를 바라보는 명희의 가슴 속으로 아련한 슬픔같은 것이 차올랐다가 슬며시 사그라들었다.

한편, 춘호와 배호 역시 술잔을 기울이고 있었다.

"오늘 명희가 잘하데."

배호의 칭찬이었다.

"비서라고 추켜세우는 거 아냐?"

춘호는 소주잔을 입으로 가져갔다.

"그래도 실수 안 하고 잘한 거야. 목소리가 약간 떨긴 했지만. 하여튼 우리는 해냈어. 대통령까지 오고 말이야. 난 대통령하고 악수를 하는데 가슴이 떨리더라. 하하."

"그러겠지. 요시이하고 히라카이, 다라시는 잠들었나 모르겠네."

"자겠어? 이런 날은 다들 술을 마시고 있을지도 모르지."

"전화 한 번 해볼까?"

"……?"

춘호는 곧 핸드폰으로 요시에게 전화를 걸었다. 신호가 가자
저쪽에서는 곧 전화를 받았다.

"하이. 요시이데스."

"나, 춘호요. 아직 안 잡니까?"

"아, 춘호 상."

요시이는 한국말을 몰랐기 때문에 머뭇거리고 있었다. 그러
나 간단한 말은 알아들을 수는 있었다.

"술 한 잔 마시고 있는 중인데, 배호 형하고 같이. 오늘같은
날에는 요시이 상하고 같이 술을 마셨으면 좋았는데……."

"하이. 아리가또……."

"아침에 밥 먹으러 같이 갑시다."

"하이. 아리가또."

"그럼 잘 주무시오. 나도 술 좀 더 마시다가 잘 겁니다."

"하이."

통화를 마친 춘호는 배호를 보며 씨익 웃었다.

"그쪽도 안 자지?"

"응."

"앞으로 일본으로 진출할 거냐?"

"해야지."

춘호의 대답이었다.

"이젠 석유도 나왔고 한데…… 좀 위험하지 않을까? 긴자파에게 그냥 손을 잡았다는 시늉만 해주고서 여기 석유사업에 같이 뛰는 건 어떠냐?"

"형."

"왜?"

"우리는 조직이야. 일본 야쿠자들도 돈을 벌기 위해서만 존재하는 게 아냐. 그건 우리도 마찬가지야. 돈은 있다가도 없어지는 거지만. 만약 우리 고아들이 돈만 있다고 해서 다 되는 게 아니잖아?"

"그럼?……"

"돈이 없으면 고아들은 쓰러지기 딱 맞아. 돈만 갖고서는 안 돼."

"……?"

"고아들에겐 힘이 필요한 거야. 그 힘 때문에 자존심이 생기는 거고. 그 힘이 없어지면 우리 고아들은 다시 고아원 생활로 돌아가는 것이나 마찬가지야. 돈? 돈만 갖고 돼?"

춘호는 어린 시절의 뼈저린 비굴함을 아직도 잊지 못하고 있었다. 춘호만 그런 것이 아니라, 그 당시나 지금이나 마찬가지로 부모없는 아이들이란 나중에 사회에 나와서 무슨 일을 하더라도 비굴함을 벗어버릴 수가 없었다.

춘호는 그러한 고아들의 습성을 잘 알고 있었다.

고아란 나중에 설사 돈과 명예를 샀다고 하더라도, 언젠가는 삐뚤어진 마음으로 자랐기 때문에 그러한 비굴함이 엉뚱한 방향으로 드러날 수 있다고 생각하고 있었다.

어차피 인격적으로 모자람이 있는 사람은 갑자기 돈이 생긴다고 해서 인격이 갖춰지는 것이 아니라고 생각했으며, 어려웠던 지난날들을 생각하며 선한 삶을 살기보다는 돈을 앞세워 잘못된 인생으로 나아가기가 쉽다는 것을 누구보다도 더 잘 알고 있었다.

"형은 알잖아. 고아가 사회에 나와서 떳떳하게 살 수 없다는 것을. 그래서 우리는 조직을 만든 거고. 이 조직 안에 있으면 그 누구도 우리 애들을 건드릴 수 없어. 난 그걸 바라는 거다."

"그래. 알았다. 그럼 일본으로 진출해서? 어떻게 하겠다는 거냐?"

배호가 진지하게 물어왔다. 두 사람은 말없이 술잔을 부딪쳤다.

"조직을 키우는 거다."

춘호의 단호한 말이 입에서 흘러나왔다.

"일본에서?"

"안 될 건 없어. 긴자파를 앞세워서 우리 황제파가 일본을 정복할 수도 있는 거다."

"……?!"

배호는 놀란 얼굴로 춘호를 쳐다보았다.

"일본도, 중국도 우리가 마음만 먹으면 가능한 거다. 형은 지금 우리가 석유가 터졌다고 해서 그런 장사나 해서 이제 편안하게 살고 싶지는 않겠지?"

"……."

"형은 만약에 우리 고아 출신들이 그냥 사회로 나온다면 발을 붙이고 살 것 같아? 형도 나도 지금쯤 중국집에서 보이 노릇을 하고 있을지도 몰라. 누가 우리를 잡아주겠어? 누가 우리같은 고아 출신들을 보살펴 주겠어?"

"그래. 니 말도 맞다. 내 말은······."

배호는 술잔을 들이키고는 빈 잔을 춘호 앞에 놓고서 술을 따라주었다.

"내 말은 일본이란 데에 가서 우리가 어떻게 하겠다는 거며, 만약에 중국에까지 간다고 한다면 우리가 낯선 곳에서 어떻게 하겠다는 건가 말이다. 지리에 밝지 못한 우리가 개네들과 싸울 수 있어?"

배호가 염려하는 것은 바로 그것이었다. 만약에 일본에 진출한다고 한다면 피할 수 없는 전쟁이 붙었을 때를 생각해서 하는 말이었다.

"우리 조직은 이제 너무 컸어. 한국은 좁아. 좀 더 시야를 넓힐 필요가 있어. 그냥 이대로 돈만 버는 데에만 신경 쓰다가 보면 우리 황제파라는 조직은 기업체로 변해버릴 지도 몰라. 힘이 뭉쳤을 때에, 우리가 어떤 목표를 가졌을 때에 우리들의 힘은 비로소 우리들의 힘을 발휘하는 거라고 본다. 우리의 힘은 조직이다. 조직 외에는 아무것도 없어."

"······."

"난 형을 믿어. 이때까지 한번도 형을 안 믿어본 적이 없어.

이번에는 일본을 쳐서 황제파의 힘을 테스트해보자는 거지. 이
번이 좋은 기회라고 생각해."

"……."

배호는 묵묵히 술잔을 비웠다.

"……."

춘호도 술잔을 비우고는 배호에게 술을 따라주었다. 담배를
꺼내 배호에게 권하고는 춘호도 담배에 불을 붙였다.

"형은 신공항 사장으로 만족하지마. 우리 애들의 장래를 생각
해서 더 큰 꿈을 가져야 된다고 봐. 이왕 일어선 거 한 번 크게
일어서보는 거다."

"그래. 알았다."

그제야 배호는 고개를 끄덕이며 술잔을 비워냈다.

"형. 우리 조직원들은 많아. 지금도 고아원에서 올라올 애들
이 많지. 앞으로 그런 애들을 더 불러올려서 우리들만의 제국을
만드는 거다. 한국이 좁으면 일본으로도 가는 거고, 일본이 좁
다면 중국으로도 커가는 거다. 형. 내 꿈은 일본과 중국을 집어
먹으면 동남아까지도 다 거머쥘 수 있다고는 생각 안 해?"

"……?"

배호는 놀라는 얼굴로 춘호를 쳐다보았다.

"돈? 있어. 조직? 조직도 있어. 그러면 된 거 아닌가?"

"……."

"지금도 고아원에선 우리 애들이 미국이나 유럽으로 팔려나

가고 있잖아. 우리나라가 못 살아서 외국으로 팔려나가? 어렸을 때에 낯선 코쟁이들한테 팔려간다고 생각해봐. 그런 애들은 평생 잊어버리지 않을 거다. 나중에 크면 걔들은 한국을 어떻게 생각할 거 같애? 한국이 자신을 버렸노라고 말이지."

"⋯⋯."

배호는 할 말이 없었다.

"형. 술김에 하는 말 아니다. 난 아직 술이 안 취했어."

"⋯⋯ 안다."

"앞으로 형도 운동을 더 열심히 해. 나도 더 열심히 할 테니까."

"알았다."

춘호는 자리에서 일어나서 창가로 걸어갔다. 커튼을 활짝 열어젖히자, 바닷바람이 몰려 들어왔다. 춘호의 굳어진 얼굴에 바닷바람이 와닿았다.

그의 눈에서는 가느다란 물줄기가 흘러내리고 있었다.

동경의 야경

각 신문에서는 연일 특보가 터져나오고 있었다. TV방송에서도 뉴스 시간대마다 울진에서 터져 나온 석유시추에 관한 보도가 2,삼십 분간 방영되었고, 심야 프로에서는 한국의 미래라는 제목으로 심층보도가 계속해서 터져 나오고 있었다.

한국의 바다 밑에서 거대한 유징이 발견되었다는 소식은 급전을 타고 외신으로까지 번져나갔고, 이웃 일본에서는 가까운 한국에서 유징이 발견되었다는 소식을 전하면서 일본 오끼나와 근해에 대한 탐사가 시작되었다는 뉴스가 흘러나오고 있었다.

한국은 이제 모든 경제정책이 전부 수정이 되어야 할 판이었다. 울진에서 터져 나온 석유에 대한 소식은 전 국민들을 놀라게 하고도 남았다. 신문마다 한국의 미래, 앞으로의 전망이라는 타이틀로 대형 기사가 실려나왔다.

정부에서는 무제한 지원을 약속했고, 더 나아가서 남북경협을 통해서 이북 동해안도 석유 가능성이 있는가를 확인하기 위해서 남북한의 경제팀들이 회담을 통해서 울진석유 주식회사를 끌어들이려고 하고 있었다.

요시이 일행이 돌아가고 난 다음에 울진에는 백호를 사장으로 앉혀놓았다.

배호의 심복이었던 백호를 그곳 사장으로 앉힌 춘호는 서울로 떠나기 전날 밤에 춘호는 배호, 백호, 정만, 은수, 영호, 정혜, 명희를 데리고서 바닷가로 나갔다.

경비초소에서는 환한 서치라이트 불빛이 시추선 쪽으로 비추고 있었고, 밤늦은 바다 한가운데에 떠 있는 시추선에서는 야간작업을 하는 인부들이 환한 불빛 아래서 작업에 임하고 있었다.

철조망으로 둘러쳐진 백사장으로 걸어간 춘호는 바다를 마주보며 섰다. 달빛만이 바다 위를 비추고 있었다.

"……."

춘호의 뒤를 따라오던 그들도 발걸음을 멈추었다. 배호가 옆으로 와서 섰다. 그리고 정혜와 명희가 옆으로 섰고, 그 다음으로 정만과 은수, 영호가 나란히 서는 걸 보고서 춘호가 무겁게 입을 열었다.

"백호. 앞에 서라."

"네. 회장님."

백호가 무거운 발걸음으로 그들 앞에 섰다.

"넌 이제 이곳 사장으로 임명한다. 종이조각으로 임명하는 건 우리 조직의 뜻이 아니다. 우리는……."

춘호는 잠시 말을 끊었다가 바다 쪽을 바라보면서 다시 입을 열었다.

"영원히 고아라는 것을 잊지 않는다. 백호."

"네."

백호의 얼굴은 달빛을 받아 하얗게 빛나고 있었다.

"넌 이제 우리 고아들의 희망이라는 것을 명심해라."

"네."

백호가 백사장에 엎드려 절을 하고 일어났다.

"오늘부터 여기 사장으로 임명한다!"

춘호는 그 말을 하고서 배호를 돌아보았다. 배호의 품에서 날선 칼이 나왔다. 그 칼은 곧 백호의 앞에 가서 꽂혔다.

백호는 그 칼을 주어 두 손으로 공손히 하늘을 향해 들었다.

"저는 우리 황제파의 일원임을 확인한다! 회장님과 사장님, 그리고 여러 형님들 앞에서 황제파의 의리를 저버리지 않을 것임을 맹세한다!"

그 말을 한 백호는 순식간에 칼을 쥐고선 백사장에 구부리면서 왼손바닥을 짚음과 동시에 오른손의 칼을 내리꽂았다.

백호의 손가락 하나가 잘려나갔다.

그는 잘려나간 손가락을 집어 일어나서는 칼과 손가락을 바닷물로 내던졌다.

"……."

그것을 본 춘호와 배호는 말없이 돌아서서 걷기 시작했고, 그 뒤를 따라 부하들이 발걸음을 옮겨놓기 시작했다.

의식은 그렇게 간단하게 끝났다.

다음날 아침, 숙소에서 일어난 춘호의 일행은 미리 출근해 있는 백호의 배웅을 받으며 서울로 출발했다. 검은색 에쿠스 세 대는 일정한 간격으로 동해안 바닷가를 거쳐 영동고속도로를 달리고 있었다.

춘호는 정혜를 내려놓고선 신공항으로 향했다.

사장으로 복귀한 배호는 그날부터 전국에 있는 고아원들에게 공문을 보내서 지망자는 무조건 다 받아들인다는 약속의 공문을 발송했고, 영등포에 있는 훈련원도 배호의 직속으로 만들었다.

배호는 출근하자마자 신공항 청사 옆에 지어진 국제 훈련원에 도착해서 그들의 일과를 점검했고, 성숙은 출근하자마자 배호한테로 훈련원의 상황을 전화로 보고하도록 해놓았다.

그리고 나서 배호는 신공항 관광단지의 업무회의를 시작할 정도였다.

업무회의 끝나는 오전 9시쯤에 그는 운동복으로 갈아입고서 훈련원으로 가서 훈련생들과 같이 고된 운동에 참여했다. 배호는 검도, 유도, 태권도, 합기도 등 모든 운동종목에서 고단자였으므로 훈련생 두 명이 동시에 덤비도록 해서 체력을 단련하고 있었다.

"형! 빈틈이 보여! 자세를 낮춰!"

훈련원에는 항상 춘호가 와서 지켜보고 있었다.

"알았어! 걱정마."

배호는 훈련원생들이 동시에 덤벼들도록 일부러 빈틈을 보인 셈이었다. 훈련원생들이 발로 가격해오기를 기다렸다가 순간적으로 발을 날려 두 명의 발길을 걷어차고선 튕겨 날아오를 듯이 떠올라선 공중에서 발길질을 날렸다.

배호의 그런 몸놀림은 날마다 날렵해갔다.

가끔, 춘호와 배호가 붙었을 때는 춘호의 몸이 더 날렵했다. 공격을 받은 배호는 휘청거리다가 다시 일어서곤 했다.

춘호는 숨 쉴 틈조차 주지 않고 공격해왔다. 배호는 한쪽으로 몰리면서 춘호의 발길질을 피하면서 공격을 맞아냈지만 결국은 춘호의 발이나 주먹의 공격에 맞아서 나가떨어졌다.

춘호의 몸은 예전이나 지금이나 차이가 없었다. 마치 튕겨오르듯이 날아오르는 공격에는 고단수인 배호도 막아낼 방법이 없었다. 피하면서 발길을 날려보지만 번번이 춘호의 발길에 채여 공격이 무위로 끝나버리는 경우가 많았다.

검도를 할 때는 목검이 아닌 진검으로 할 때도 더러 있었다. 머리에 황제파라고 쉬어진 두건만 두른 채로 대결을 할 때에도 춘호의 칼끝이 정확하게 급소에 가서 멈출 때에는 보는 훈련원들이 경악을 지를 정도였다. 춘호의 칼끝은 정확하게 급소 앞쪽 1센티 정도에서 멈춰 있었다.

칼끝은 마치 용접이라도 해놓은 것처럼 한 치의 흔들림도 없을 정도였다.

"졌다!"

"하하. 이제 그만하지."

그들은 하루 동안 몇 시간씩 맞대결을 했지만 피곤한 줄은 몰랐다. 옷을 갈아입고 훈련원생들과 같이 점심식사를 하고 나서는 그들과 똑같이 식판을 들고서 개수통으로 가서 식판을 반납하고는 훈련원을 빠져나가곤 했다.

훈련생들은 회장과 사장이 직접 대결을 하는 모습을 보면서 더욱 피나는 훈련에 임할 수밖에 없었다.

초현대식으로 만들어진 훈련원은 체대보다도 더 좋은 시설을 자랑하고 있었다. 각 훈련장마다 그들의 고아원 선배들이 조교로 있어서 가혹하리만치 혹독하게 훈련을 시켰다.

훈련원생들이 졸업할 때는 회장인 춘호와 배호, 그리고 민족교 방송국 사장인 정혜, 그리고 영등포 훈련원의 사장인 성숙이 있는 자리에서 직접 대결을 통해서 엄격한 심사를 거친 후에라야 비로소 황제파 훈련원을 졸업할 수가 있었다.

그동안에 그들은 신공항과 영등포의 훈련원에서 생활하면서 낮에는 운동으로 몸을 다졌고, 밤에는 검정고시를 공부하면서 체육대학을 졸업해야만 비로소 훈련원도 같이 졸업할 수가 있었다.

4년 동안 그들은 오로지 훈련에만 열중해야만 했다.

졸업식 때에 춘호는 거기 모인 모든 훈련원생들에게 이런 말을 잊지 않았다.

"너희들은 이제 몸과 마음을 수련한 사람들이다. 어디를 가더라도 우리 황제파의 정신을 잊어버리면 안 된다. 초창기, 우리 조직이 수원에서 처음으로 서울로 올라올 때에 영등포파와 싸우다가 숨진 선배가 있다. 나는 오늘 여러분들이 영광스런 졸업식을 하면서 상만이라는 그 친구가 죽었다는 것을 잊지 말라고 당부하고 싶다. 이제 너희들은 이 세상의 어느 누구와 싸우더라도 절대로 지지 않을 것이라는 것을 확신한다. 우리는 고아다. 고아는 내가 내 몸을 지킬 줄 알아야 된다. 이상!"

춘호의 졸업식사는 언제나 짧고 간단했다. 그가 잊지 않고 하는 말은, 황제파의 초창기 때에 칼을 맞고 쓰러져간 상만의 죽음과, 우리는 영원히 고아다라는 말을 빼놓지 않았다.

졸업식이 끝날 때쯤이면 훈련생들의 가슴에는 황제라는 글씨가 씌어진 금배지가 주어졌다. 춘호와 배호가 단상에 서서 일렬로 서서 다가오는 훈련생들에게 일일이 황제 금배지를 달아주었다.

금배지를 달기까지 모진 훈련을 통과해야만 했던 그들은 눈시울이 붉어졌지만 절대로 울지 않았다. 이때까지 이런 영광을 맛본 적이 없었던 그들의 가슴 속에는 영원히 황제라는 이름이 각인되어졌다.

졸업식이 끝난 그들은 고된 훈련을 통과한 영웅들이었다.

그날은 황제 호텔의 특별룸에서 축하파티가 있었다. 비밀을 지키기 위해서 투숙객들 외에는 일체의 연회를 예약받지 않은 그곳에서 그들만의 축하파티가 벌어졌다.

특별룸 바깥은 이미 훈련원을 졸업한 선배들인 특별경호원들이 문을 지키고 서 있었고, 전국에 있는 황제콜라텍의 사장들이 후배들을 축하해주기 위해서 올라와 있었다.

단상에는 춘호와 배호, 그리고 초창기 황제파들이 자리를 했고, 울진석유 주식회사의 사장으로 있는 백호도 후배들을 격려하기 위해서 올라와 있었다. 그리고 양옆의 벽쪽으로는 전국에서 올라온 황제파의 보스들이 자리를 지키고 앉아 있었다.

그들이 그곳을 졸업해서 전국에 있는 황제콜라텍의 조직원으로 임명을 받아서 축하파티가 있은 다음날이면 곧바로 보스를 따라서 가도록 되어 있었다.

파티는 성대하게 이뤄졌다.

명희의 사회로 전국 보스들에 대한 소개가 있고 나면 그들은 곧 그동안의 고된 훈련을 보상받기라도 하는 듯이 즐거운 파티로 접어들었다.

춘호와 배호는 그날만큼은 술이 취할 정도로 마셨다.

불이 꺼지고 나면 대신 사이키 조명이 돌아가면서 춤과 노래가 한데 아우러졌다. 훈련생들은 그동안 받은 엄격한 훈련에서 절도 있게 파티를 즐겼다. 노래를 하고 싶은 사람은 누구라도 무대에 올라 노래를 부를 수 있었고, 춤을 추고 싶은 사람은 일어나서 마음껏 춤을 출 수가 있었다. 그러나 노래를 부르다가 눈물을 흘리거나 감상에 젖어 흐느끼는 것은 있을 수 없는 일이었다.

그날의 파티는 어느 누가 술잔을 권하더라도 절대로 술잔을 거절하면 안 되었다. 상대방이 따라주는 술잔은 보는 앞에서 기필코 마셔야만 했다.

밤새도록 술을 마셨지만 자세가 흐트러지는 사람은 없었다.

아침이 되어서야 파티는 끝이 났다.

자리에서 일어선 춘호와 배호는 그들의 배웅을 받으며 숙소로 돌아왔고, 그들은 그제야 잠을 청할 수 있었다. 이미 배정된 호텔방이 그들을 기다리고 있었다.

숙소로 돌아온 춘호와 배호는 뿌듯한 감정이 젖어 들었다.

바닥에 누운 춘호는 쉽게 잠이 오질 않았다. 이번에 졸업한 훈련생들 중에 고급 유단자들이 많아서 더욱 기분이 좋았다.

배호가 따로 신공항 경호원으로 차출해놓은 훈련원생들은 그동안 훈련원에서 우수한 성적으로 열심히 운동을 한 이들로만 채워놓았던 것이다.

이틀 뒤면 다시 입소생이 전국 각지에서 올라오게 돼 있었다.

배호는 벌써 가는 코를 골며 잠들었지만 춘호는 잠을 뒤척이다가 담배를 피우고 나서야 겨우 잠이 들 수 있었다.

그들이 일어났을 때는 호텔에서 잤던 훈련생들이 보스들을 따라 전국 각지의 황제콜라텍으로 떠난 뒤였다.

배호는 오전 11시쯤에 출근해서 명희로부터 보고를 받았다.

"어제 수료한 졸업생들은 오전 9시에 모두 출발했고요. 서울 쪽은 벌써 도착했다는 연락이 들어왔습니다."

"또? 다른 건?"

"우리 신공항 경비대 소속 훈련생들은 숙소로 귀가했습니다."

"직원회의는?"

"아직……."

"지금 불러들여."

"네, 알겠습니다."

명희는 곧 고개를 숙이고는 밖으로 나갔다. 비서실에서 각 부서에 직원회의가 있다는 연락을 했고, 연락을 받은 간부들은 회의실로 모여들었다.

배호는 미리 회의실로 가서 비서실장인 명희가 갖다놓은 결재서류들을 훑어보다가 일어나서 창밖을 내다보고 있었다.

"똑똑."

"들어와."

황제 그룹의 중역들이 하나 둘씩 안으로 들어와서 앉았다. 그들이 다 들어와서 자리를 차지하고 앉았을 때서야 배호는 사장 자리로 가서 앉았다.

"다 들어왔습니다."

황제골프장 사장인 김 용성의 보고가 있자,

"보고하지."

배호는 어젯밤 마신 술기운이 조금 남아 있었지만 몸은 거뜬
할 뿐이었다.

"네. 골프장 보고부터 하겠습니다."

　김 용성이 전날 매출에 대해서 보고를 했고, 골프장의 홀을 더
늘리는 계획에 대해서 설명했다. 아직 남아 있는 공터에 잔디와
나무를 더 심는 공사발주를 성안건설에 맡겼다는 보고였다.

"다음."

"네. 민속식당가 보고입니다. 어제 삼천 이백만 원입니다. 보
사부에서 위생검열이 있었습니다. 아무런 이상이 없었습니다."

　민속식당가의 사장인 백일수의 보고가 끝나자, 배호가 다시
지시했다.

"다음!"

　배호는 황 일도 사장을 바라보았다.

"네. 면세매점은 십삼억 이천만 원입니다. 한스 모피에서 입
점하겠다고 해서 허락했습니다. 앞으로 매상이 더 올라갈 것 같
습니다."

　면세매점의 사장인 황 일도의 보고가 있자, 배호는 차 활영을
보며 물었다.

"입점가는 얼마나 된다고 그랬나?"

"보증금 십억에 월 삼천만 원입니다."

"흠……."

　배호는 메모지에 기록했다.

"다음."

이번에는 공항관리단 사장인 차 왈영이 다시 말을 했다.

"네. 공항관리단의 매출액은 한스 모피에서 들어온 보증금 10억과, 어제 매출, 주차장에서 들어온 수입 이천 이백만 원, 그리고 이번달 월세가 이십이억 사천만 원입니다. 직원식당에서 들어온 수입이 팔백만 원입니다."

"또."

배호가 이번에는 경비대장인 오 상율을 쳐다보았다.

"이번에 수료한 원생 백 명에게 옷과 피복, 그리고 생활용품들을 오늘 지급할 생각입니다. 그리고 이틀간은 잔디깎기 작업을 시킬 계획입니다."

오 상율의 대답이었다. 이틀 간의 휴가 중에라도 훈련생들에게 작업을 시키겠다는 보고였다.

"휴가가 끝나면 개들을 데리고 바닷가에서 훈련시키는 건 어때?"

"……?"

오 상율이 배호 사장을 쳐다보자, 배호가 재차 지시했다.

"바다 훈련도 좀 시키라는 말이야."

"아, 네, 알겠습니다."

오 상율이 고개를 숙였다.

"다음."

"오늘 내려간 조직원들을 합한 전국의 인원을 보고드리겠습니다."

조직부장인 함 택기는 전국에 있는 황제콜라텍의 조직원 수를 일일이 보고하고 나서,

"울진에 내려간 인원은 해안초소와 시추선의 경비를 맡기도록 했습니다. 차 왕수 경비대장과 상의를 해놨습니다."

차 왕수 대장이란 울진 경비대장이었다.

"다음."

이번에는 언제나 마지막 재무부장인 인종택이 어제 하루 동안의 수입과 지출 내역서와 직원 삼만 이천 명의 후생복지비로 나간 장려금 십오억을 보고했다. 훈련생들이 졸업하게 되면 신공항 단지에 근무하는 삼만 이천 명의 모든 직원들에게 격려금 형식으로 보너스를 지급하고 있었다.

신공항에 근무하는 모든 직원들이 훈련생들의 졸업식에 참석하지는 못했지만 그 대신에 보너스 형식의 격려금을 지불함으로써 훈련생들과 기존 선배들 간의 돈독한 형제애를 심어주는 한 방편이 되었다.

"그럼 앞으로 우리 조직이 어떤 방향으로 나가는가에 대해 이야기하겠다."

배호는 서두를 꺼낸 다음에 각 사장단들을 둘러보고는 인터폰을 눌러 명희에게 사업계획서를 갖고 들어오라고 말했다.

"……."

사장단들은 비서실장인 명희가 들어올 때까지 조용히 기다렸다. 곧 명희가 안으로 들어와서 프린트물을 배호 앞에 내려놓고

는 밖으로 나갔다.

"이거 돌리지. 보고 나서 그 자리에 놓고 나가."

배호의 말에 김 용성이 일어나서 명희가 갖고 들어온 프린트 유인물을 각 사장들에게 돌리고 나서 배호가 입을 열었다.

"그걸 보면 알겠지만, 앞으로 콜라텍에서 올라오는 교부금을 삼십퍼센트 정도로 올려서 내려보내고. 울진석유에서 막대한 수입이 나올 거라 생각돼서 이젠 각 지부마다 골프장을 지을 생각이다. 그래서 앞으로 내려보낼 교부금하고, 여기서 내려보낼 지원금 30억으로 적당한 부지를 마련하도록 하겠다. 사장들은 프린트를 잘 보고 각자 알아서 할 일이 있으면 최대한 도와주도록 해라. 특히 재무부장은 이번 일에 특별히 신경써서 일을 처리하도록."

"네, 알겠습니다."

프린트는 다섯 장으로 된 사업 계획서였다.

그 내용에는 각 콜라텍에서 신공항으로 올려보내는 수익금에서 교부금으로 다시 내려보내는 십퍼센트의 교부금을 삼십퍼센트로 올려서 내려보내고, 황제그룹에서 골프장 부지 조성금으로 삼십억을 내려보낸다는 계획서였다.

향후, 우리나라가 주5일 근무제가 완전히 도입되면 레져시설에 투자해서 돈을 벌어들인다는 취지의 사업목적성이 간략하게 보고되어 있었다. 그리고 각 지부마다 기존의 콜라텍에다 골프장이 새로 신설이 되면 골프장에서 나오는 수익금은 전액 황제그룹으로 올려보내서 교부금으로 내려보낸 삼십억 원에 대한 금액을 환수한다는 방침이었다.

그 대신에 콜라텍에서는 십퍼센트의 교부금이 삼십퍼센트로 늘어나기 때문에 재정상의 불이익은 없을 것이며, 초기에는 골프장에서 나오는 수익금을 전액 황제그룹으로 올려보내지만 어느 시기가 도래하게 되면 골프장에서 올라오는 수익금 중에서도 일정액을 교부금으로 다시 내려보낸다는 구체적인 계획이 들어 있었다.

"이건 고문변호사와 검토해서 계획서를 만든 것이다. 이상한 부분이 있으면 사장들이 말하라. 조직부장은 앞으로 고아원에서 더 많은 훈련생들이 올라오기 때문에 각 지부마다 더 많은 인원을 배정하기로 하고. 신공항에도 우수한 인원들을 계속 확보해 놓아라. 그건 우리 황제파가 일본으로 진출하기 위한 것이라는 것을 여러 사장들도 알고 있어라."

"네, 알겠습니다."

조직부장인 함 택기가 허리를 굽혔다.

사장단들은 별다른 의견을 내놓진 않았다. 어젯밤 훈련원생들의 졸업식에서 밤새도록 같이 있었을 배호 사장이 피곤할 것이라는 생각이 들기도 했다.

회의는 간단하게 끝났다.

사장실로 들어간 배호는 비서실장인 명희에게 인터폰을 해서 영등포 사장인 성숙을 바꿔달라고 했다. 명희는 곧 영등포로 전화를 해서 성숙을 바꿔주었다.

"응. 나다. 잘 들어갔나?"

"네. 회장님. 몸은 괜찮으세요?"

성숙의 목소리는 약간 부어 있었다. 밤새도록 술을 마신 탓인지 피곤한 탓인지 아직도 피곤한 기색이 묻어나왔다.

"그래. 춘호는 아침에 운동하고 자고 있다. 난 방금 직원회의를 끝내고 전화를 하는 거다."

"네."

"앞으로 훈련원생들이 더 많이 들어오면 좀 더 강도높은 훈련을 시켜라."

"네, 알겠습니다."

"이번에도 영등포 출신들은 거의 지방으로 내려갔냐. 신공항에서 고된 훈련을 시켜놔서 그래. 앞으로 영등포도 좀 더 세게 시켜. 그래야 신공항이나 서울 쪽에 많이 보낼 거 아니냐."

"네. 죄송합니다."

성숙은 어젯밤 영등포 출신의 훈련생들이 신공항 훈련원생보다 성적이 우수하지 못해서 황제그룹의 동맥이랄 수 있는 신공항 단지에 경호원으로 남지 못하고 거의가 지방의 콜라텍으로 내려가게 된 것이 그동안 훈련을 철저하게 시키지 못했다는 자책감을 느끼고 있었다.

"그건 됐고. 앞으로 고아원에서 더 많은 인원들이 올라오면 수용할 수 있나?"

"새로 산 건물을 오피스텔로 개조했으니까 충분합니다."

성숙의 대답이었다.

"그래. 수고했어. 뭐 필요한 거 있으면 이야기해. 정혜 누나는 가끔 들르나?"

"정혜 언니도 자주 못 와요. 방송국에서 퇴근하기가 바쁜가 봐요."

"하하. 다들 바쁘군. 그래, 알았다. 이만 끊자."

오후에는 모처럼 한가해졌다.

배호는 밖으로 나가 신공항 단지를 둘러본 뒤에 골프장으로 갔다가 그곳에서 잔디를 깎고 있는 어제 졸업한 훈련원생들을 볼 수 있었다. 배호가 다가가자, 훈련원생들 중에서 제일 선임 인 후배가 일어나서 차렷, 경례를 외치자 다른 후배들도 일어나 서 배호에게 인사를 해왔다.

배호는 그들 속으로 들어가서 쪼그려앉았다. 그리곤 잡풀을 뽑기 시작했다.

"넌 어디 출신이냐?"

배호가 앞에 있는 후배를 쳐다보며 물었다.

"네. 구미입니다."

"그래? 모두 몇 명 올라왔지?"

"네. 열 명이 올라왔습니다."

"너만 여기 남은 거냐?"

"아닙니다. 다른 친구 하나가 더 남았습니다."

"그래? 열 명이 올라와서 니들 두 명만 열심히 했군 그래. 여기 남는 사람은 특별경호원이라는 거 알지?"

"네. 알고 있습니다."

그는 배호가 현재 신공항 이사장이라는 것과, 신공항 훈련원의 원장이기도 했으며, 춘호 회장과 같이 훈련원에 와서 체력을 단련했기 때문에 더욱 존경심이 더했다.

더구나 선을 배우면서 명상을 갖는 시간에 강사로부터 춘호 회장과 배호 사장의 어렸을 적의 고아원에서의 성장과정과, 고아원을 탈출해서 남대문과 오류동의 중국집을 전전하면서 절단된 손가락 때문에 중국집에서도 퇴짜를 맞아야 했던 과거의 이야기와, 수원에서 콜라텍을 운영하면서 황제콜라텍이 황제파의 발판을 마련하게 되었다는 것과, 수원에서 영등포로 올라오면서 영등포의 역전파와의 싸움에서 장렬히 숨겨간 상만이라는 선배에 대한 이야기를 수도 없이 들었던 탓에 훈련원생들은 선배들의 고된 역경을 모르는 이가 없었다.

훈련원에서는 춘호와 배호, 그리고 남대문파의 보스로 있는 희준이에 대한 삶에 대해서 존경심을 드러냈다. 고아로 커서 고아원을 탈출하면서부터 시작된 그들의 파란만장한 삶의 이야기는 훈련원생들에겐 마치 역동감이 넘치는 드라마와도 같았다.

따라서 그곳 신공항 단지의 사장인 배호가 산책을 나왔다가 골프장에서 잡풀을 뽑고 있는 훈련생들과 같이 쪼그리고 앉아서 풀을 뽑는다는 것은 곧 존경의 대상이었던 배호 사장을 가까이서 대할 수 있었으므로 그들은 존경의 눈길을 보낼 수밖에 없었다.

"너는 앞으로 무엇이 되고 싶나?"

배호는 열심히 풀을 뽑고 있는 그 청년에게 물었다. 나이는 아마도 스물 한두 살 정도 된 듯했다.

"저도 배호 사장님처럼 되고 싶습니다."

"그래? 하하. 좋지. 그럴려면 자신과의 싸움에서 피나는 노력을 해야 돼."

"네."

그 청년은 이미 그럴 각오라도 한 듯이 당당하게 대답했다.

"꿈과 이상은 희망을 주지만 현실은 힘을 가지라고 말해. 힘이 없으면 눌리는 거다. 우리 사회는 약자를 돕는 그런 사회가 아니다. 약자는 영원히 약자로 살아야 돼."

"네."

"넌 나보다 춘호 회장을 닮아야 한다. 회장은 나하고 같이 어렸을 때에 중국집에서 찰가방을 들고 배달을 다녔던 사이다. 그때, 춘호 회장은 남대문에서 도망쳐 나와서 새끼손가락 하나를 잘렸지. 손에 천을 동여매고 나타났는데, 다른 중국집에서는 안 받아줬어. 고아에다 손가락 하나까지 잘린 사람을 쓰겠냐? 그래서 내가 있는 광명시에 있는 중국집에서 같이 배달을 했다. 고아들은 갈만한 데가 없어. 껌팔이를 하거나, 가게 점원을 하거나, 중국집에서 배달을 하거나, 잘하면 레스토랑으로 들어가서 뽀이를 하는 일밖에 없을 거다."

"네"

"니들도 꿈이 있으면 언젠가는 나나 춘호 회장같이 될 거다. 우리 황제파에 있는 사람들은 모두 다 선배거나 후배라는 것만 알면 된다. 우린 황제가 되기 위해서 주먹을 쥔 사나이들이니까. 안 그래?"

배호는 어린 후배에게 존경의 눈길을 받으면서 호탕하게 웃었다.

"알겠습니다. 사장님. 꼭 그렇게 되겠습니다."

"그래. 조직을 위해서라면 뭐든지 열심히 해. 그러면 그만한 보답이 돌아간다. 우리 황제파는 니들을 위해서 있는 거다."

"알겠습니다."

그 청년은 고개를 숙이면서 존경의 표시를 했다. 그 옆에 있는 청년들도 역시 마찬가지로 배호가 하는 이야기를 귀담아 듣고 있으면서 배호에게는 존경의 표시를 보냈다.

배호는 다시 옆자리로 옮겨 다른 청년들과 어울렸다. 풀을 뽑으면서 다시 그런 이야기들을 들려주었다. 배호의 이야기를 들은 청년들은 하나같이 진지한 표정으로 들었다.

배호는 다음날도 직원회의가 끝나면 골프장으로 가서 그들과 같이 풀을 뽑으면서 그런 대화를 나누었다.

어린 후배들에게 꿈과 희망을 들려주는 것은 배호 역시 기분 좋은 일이었다. 한창 겁없이 자란 그들에겐 황제파의 붉은 피가 흐르도록 하는 것이 배호의 희망이었다.

"사장님. 이런 데서 풀을 뽑으십니까?"

조직부장인 택기가 와서 만류했지만,

"그냥 가만 있어. 나도 애들과 풀을 뽑으면서 고아원에 있을 때에 마당에 돋아난 풀을 뽑으면서 얼마나 힘들었는지 모른다. 택기, 너도 한번 뽑아봐라. 그러면 우리가 어렸을 때에 땡볕 아래서 풀을 뽑던 시절이 생각날 거다."

훈련생들은 그러는 배호 사장이 더없이 존경스러웠지만 바로 위 선배로써 훈련대장을 맡고 있는 택기가 풀을 뽑는다는 건 두려움 그 자체였다.

택기도 마지못해 풀을 뽑았지만,

"넌 일어나. 훈련대장이 애들하고 같이 풀을 뽑으면 쓰나. 난 그냥 풀을 뽑을 테니까 넌 애들 훈련이나 잘 시켜."

"알겠습니다. 사장님!"

택기는 곧 일어나서 다른 곳으로 가버렸다.

배호는 풀을 뽑고 있다가 명희로부터 전화를 받았다. 춘호가 사무실에 와 있다는 전갈이었다.

"알았어. 곧 간다고 그래."

배호는 일어나서 건물 청사로 들어갔다.

사무실에는 춘호가 와서 신문을 뒤적이고 있었다.

"좀 잤나?"

"응. 어디 갔다 오는 길이야?"

"응. 풀 좀 뽑으러. 애들하고 같이 풀을 뽑았어."

"하하. 그랬어?"

"그래. 풀을 뽑다가 보니 애들하고 친해질 수 있고, 우리가 어렸을 때에 고아원 마당에 자란 풀을 뽑을 때가 생각나서. 그런저런 생각을 하며 풀을 뽑았지."

"형."

"왜?"

배호는 소파로 가서 앉으면서 춘호를 쳐다보았다.

"내일쯤 일본에 갔다가 와야 할 거 같아."

"그래? 연락이 왔나?"

"요시이가 한 번 들어오라고 그러네. 그쪽에서 다 부담한다고."

"언제?"

"될 수 있으면 빠른 시간 내에 한 번 와줬으면 하는데?"

"언제쯤 갈 건데?"

배호는 담배를 꺼내 춘호에게 내밀고는 자신도 한 개피를 꺼내 물었다. 두 사람은 담배를 피우면서 이야기를 계속했다.

"모레쯤 애들 데리고 한 번 갔다가 오지."

"누구랑 같이? 몇 명이나 데리고 갈래?"

"일단 이삼십 명 데리고 가지. 그쪽에서 경비를 책임진다니까. 그쪽의 조직도 한 번 보고."

"알았어. 택기 불러올까?"

"그래. 불러."

배호는 곧 명희를 시켜 택기를 들어오라고 지시를 했다. 택기는 곧 사장실로 들어왔다.

"앉아라."

"네."

"모레쯤 춘호 회장이 일본에 간다. 긴자파에서 초청이 왔으니까 한 이삼십 명쯤 데리고 갈 식구들을 수배해놔라. 회장. 누구누구 데리고 갈 거냐?"

배호의 말에,

"야, 택기. 너하고 이번에 졸업한 훈련생 중에서 우수한 놈을 열명쯤 골라뽑아. 그리고 나머진 콜라텍 사장급으로 열명쯤 고참으로 뽑아라. 모레 출발한다."

춘호가 말을 덧붙였다.

"네, 알겠습니다."

택기는 춘호와 배호에게 고개를 숙여 절을 하고는 자리에서 일어났다.

"그리고 혹시 모르니까 무기도 지참하고."

"네, 알겠습니다."

택기는 무기를 준비하라는 말이 무엇을 뜻하는지 미리 알고 있었다. 그리고 최고참 콜라텍 사장급으로 열 명을 뽑고, 그 나머진 이번에 졸업한 우수한 실력을 갖춘 훈련생들로 채우라는 지시가 무슨 뜻인가를 알아차렸다.

택기가 나가고 난 뒤에,

"그쪽 애들하고 한 판 붙어볼 거냐?"

배호가 웃으면서 물었다.

"핫하. 일본에 갔으면 당연히 그래야지. 그쪽의 실력도 알아볼 겸. 그래야 우리도 작전을 세우지."

"맞아!"

배호도 웃었다.

숙소로 돌아오면서 춘호는 신공항에서 빠져나가 바닷가의 솔밭으로 걸었다. 매일 아침에 일어나면 조깅을 하면서 솔밭을 돌아 백사장을 뛰면서 체력을 단련하던 곳이었다.

솔밭으로 들어간 그는 커다란 소나무 앞에 서서 힘차게 발을 뻗었다. 춘호의 발은 소나무 몸체에 맞고선 잽싸게 튕겨나와 다시 이단 옆차기로 왼쪽 발을 날렸다. 그의 발은 소나무 몸체의 위쪽 부분을 맞고선 땅에 사뿐 내려앉았다.

모래밭에 엎드려 팔굽혀펴기를 200회 하고선 일어났다. 그의 이마에는 작은 땀방울이 맺혀 있었다.

다음날 저녁, 일본으로 떠날 조직원들이 다 모인 자리에서 배호와 춘호는 특급 지시를 내렸다.

"내일 일본으로 떠난다. 긴자파는 우리 황제파와 손을 잡으려고 애를 쓰고 있다. 너희들은 앞으로 우리 황제파를 대신해서 그들에게 절대로 져서는 안 된다. 일본에게 져서는 안 된다는 말이다."

"네!"

그들은 일제히 고개를 숙였다.

"택기는 항상 나와 같이 행동한다!"

"네!"

택기의 대답이었다.

"이번에 훈련원을 졸업한 너희들은 선배들이 어떻게 행동하는가를 잘 보고 배워둬라."

"네! 알겠습니다."

열 명의 훈련생들이 일제히 고개를 숙였다.

"됐다. 오늘은 일찍 자라. 내일 아침 7시 비행기다."

그들은 곧 일어나서 숙소인 호텔로 향했다.

"너도 일찍 자지."

둘만 남은 회의실에 배호가 입을 열었다.

"형하고 같이 술이나 한 잔 하고 자지. 어때?"

"명희도 불러?"

"명희는 아직 퇴근 안 했나?"

"퇴근할 때가 됐을 걸."

배호는 곧 인터폰을 들고서 명희의 목소리를 확인했다.

"응. 나야. 아직 퇴근 안 했네. 시간이 있으면 이리로 와. 내일 일본으로 떠나니까 간단하게 술이나 한 잔 하자."

배호의 권유로 명희가 물었다.

"네. 회장님도 거기 계세요?"

"그래. 빨리 와라."

인터폰을 내리고 나서 잠시 뒤에 노트소리가 났고, 명희가 안으로 들어왔다.

"자, 가지. 오늘은 명희가 한 잔 쏘지? 어때?"

배호의 말에, 명희가 웃으면서 대답을 했다.

"그럴게요."

그들은 건물 밖으로 나와 무작정 걷기 시작했다.

"어디로 갈래요? 오늘은 제가 톡톡히 쏠게요. 월급 많이 받으니까 비싼 걸로 주문해도 돼요."

명희는 기분이 좋았다. 마침 퇴근하려던 참에 내일 일본으로 떠나는 춘호와 같이 술을 마실 수 있다는 것이 무엇보다 기분이 좋았다.

"하하. 그래. 오늘 명희가 사겠다니 오늘은 우리가 얻어먹지. 뭐 비싼 데로 가지. 어때? 솔밭에 있는 포장마차로나 갈까?"

춘호가 말했다.

"어머. 회장님도. 그런 데가 비싼 데예요? 진짜 비싼 데로 가도 돼요."

명희가 춘호를 보며 쏘아붙쳤다.

"괜찮아. 거기도 비싸. 바닷가에서 소주하고 회를 먹으면 되지."

춘호의 말에 그들은 웃으면서 바닷가로 걸어갔다.

바닷가의 포장마차에 앉아 바다를 바라보았다. 알전구가 달린 포장마차는 솔밭 주위를 비추고 있었다.

"회장님은 이런 델 좋아하시죠?"

"응. 이런 데서 술 마시는 게 좋아. 바다도 볼 수 있고, 바닷바람도 쐴 수 있으니까 좋은 거지."

그들이 이야기를 하고 있는 동안에 간이용 탁자 위에 회와 소주가 나왔다.

명희가 먼저 춘호에게 술잔을 채워주고는 배호의 잔에도 채워주었다. 술잔을 채운 그들은 잔을 부딪치고는 술잔을 비워냈다. 명희는 반쯤 마시고는 안주를 집었다.

"우리 명희가 일을 아주 잘해. 이번에 일본에 따라갔으면 좋은데 말이야."

배호의 말에, 명희가 바로 되받았다.

"정말이세요? 저도 일본어 잘하는데."

"하하. 다음에 갈 때 데려가지. 이번은 남자들만 가는 데니까."

"다음에 갈 때는 저도 일본에 한번 데려가봐요. 통역해도 되잖아요."

"그러지."

춘호의 대답에 명희는 활짝 웃었다.

다시 술잔이 채워지고 밤시간의 바닷가의 솔밭에 앉은 그들은 시원한 바닷바람을 맞으면서 술잔을 비워내고 있었다.

"명희가 시집가면 비서실은 어떻게 하나."

춘호가 괜히 걱정스런 듯이 말을 꺼내자,

"전 시집 안 갈 거예요."

명희가 곧바로 대답했다.

"왜?"

"그냥요. 전 배호 사장님 옆에 있을 거예요. 여기 있는 게 좋아요."

"오호. 배호 형은 좋겠다. 비서가 짱짱하니 일도 잘 처리하고. 우리 황제의 인재지."

춘호는 명희를 추켜세웠다.

"그럼 회장님은 왜 결혼 안 해요?"

명희는 세 잔의 술에 벌써 얼굴이 붉어지고 있었다.

"나? 나야 뭐 결혼할 여자가 있어야지. 주먹잡이한테 누가 시집을 오겠나. 안 그래? 형."

"하하. 네가 마음만 먹어봐라. 대한민국의 여자들이 보따리 싸가지고 찾아올 거다."

"헛. 그러면 얼마나 좋아. 형도 결혼하지 그래. 남자가 이만하면 된 거지. 사장에다 몸 좋고. 뭐 부러울 게 있나."

"하하. 그런 말하는 너부터 결혼해라. 명희도 결혼하고."

"전 결혼 안 해요."

"하하. 그럼 명희는 비서실에서 늙어 죽을 거야? 남자 직원들이 눈독을 들이는 것 같던데. 안 그런가?"

배호의 농섞인 말에 명희는 눈을 흘겼다. 모처럼만에 오붓하게 세 명이서 술자리를 같이 한 자리였다.

"그래? 그러면 학벌 좋고 인물 좋은 친구 하나 잡아서 시집이나 가지. 명희는 똑똑하니까 일류대를 나온 직원도 괜찮은 거야. 명희만큼 인물 좋은 여자도 어디 있나."

춘호는 아까부터 계속 농담 섞인 말을 했다.

"전 안 갈래요. 회장님하고 사장님이 먼저 가면 갈지 몰라도."

"뭐? 하하. 그러면 나이가 들어서 가고 싶어도 못 가. 좋은 자리에 있을 때에 좋은 남자를 만나서 가는 거야. 그러면 형하고 나도 부조금 두둑하게 얹어줄께."

"싫어요."

명희는 애교 있게 거절을 했다.

"어떤 남자가 좋아? 말하면 그런 남자 찾아줄께."

배호가 다시 농담삼아 묻자,

"전 이 세상에서 마음에 드는 남자 없어요. 이때까지 그런 남자 한번도 못 봤어요."

"허어, 그래?"

춘호는 술잔을 비워냈다. 명희가 소주병을 들어 춘호의 잔을 채웠다.

"회장님은 어떤 여자가 마음에 들어요."

"나? 나는 없다니까."

"회장님도. 맨날 일만 하다가 결혼같은 건 생각도 안 하는 거죠. 후배들이나 키우면서 황제조직이나 키우면 그걸로 다라고 생각하죠. 내 말 맞죠?"

오늘따라 명희는 춘호와 배호의 농담섞인 말에 지지 않았다. 그런 분위기여서인지 몰라도 명희는 다소 솔직한 말을 하곤 했다.

"하하. 그런지도 모르지. 난 우리 후배들이 이 세상을 잡는 것을 보는 것이 꿈이거든."

"나도 그래."

배호는 일부러 명희를 놀리듯이 맞장구를 쳤다.

"호호. 사장님도. 둘이서 짠 거 같아."

"짜? 뭘 짜?"

배호의 물음에 명희는 웃기만 했다.

"형도 이젠 결혼해. 사장이니까 결혼해도 돼. 형이 결혼하면 조직원들이 다 형을 축하해줄 거다."

"야. 춘호야. 난 영원히 고아다. 네가 그랬잖아. 우린 영원히 고아라고."

"그게 뭐야? 난 그런 뜻으로 말한 게 아냐."

"하하. 그러니까 난 결혼 안 한다는 거지. 영원히 고아로 혼자 살 거니까."

"하하하. 그렇게 되나?"

"……."

명희는 말이 없었다.

"명희야. 여자는 일찍 결혼해야 돼. 나이가 들면 아무래도 표가 나게 돼 있어. 일찍 결혼해서 애를 낳고 남자 뒷바라지를 하면서 행복을 느끼는 거야. 우리가 고아로 자랐다고 해서 여자들도 혼자 살 필요가 없는 거지. 이젠 니도 행복해야 된다."

춘호가 진지하게 말을 했다.

"알아요. 그렇지만……. 아무도 결혼하지 않으려고 하잖아요. 나도 결혼할 마음이 없어요."

"나하고 형은 우리 황제파를 위해서 몸을 바치는 거지. 넌 우리하고 틀려. 정혜나 성숙이나 진란이도, 호숙이도 때가 되면 결혼해야지. 그래야 우리도 옆에서 지켜보면서 행복이 어떤 것이라는 걸 느낄 수 있는 거다. 성숙이는 결혼 안 한대?"

춘호는 화제를 성숙에게로 돌렸다.

"모르겠어요. 자주 통화를 해도 결혼 이야기 같은 건 안 해봤어요."

"큰일났군. 형. 우리가 너무 심하게 했나?"

춘호의 말에 배호는 술잔을 들며 말했다.

"그러게 말이다. 아무래도 명희 네가 먼저 테이프를 끊어야겠다. 그래야 걔들도 결혼할 마음이 생기지 않겠냐."

"전 친구들이 다 가고, 정혜 언니도 가고 나서 젤 나중에 가면 모를까. 그 전에는 갈 생각이 없어요."

그들의 대화는 끝이 없었다. 요시이에 대한 이야기를 하다가, 울진에 대해서 이야기를 했고, 다시 서울에 있는 콜라텍의 사장들에 대해서 이야기를 나누었다. 황제조직 안에서 일어나는 일들에 대해서 이야기를 나누다가 밤이 깊어서야 자리에서 일어났다.

"이건 제가 낼께요."

명희는 얼른 술값을 계산하고는 배호의 팔짱을 끼고선 바닷가로 데리고 갔다. 춘호는 천천히 바닷가로 내려갔다.

"저, 보기 어때요?"

명희가 보란 듯이 춘호에게 물었다.

"음. 좋아! 딱 좋아!"

"그럼 이번에는 회장님하고 같이 해요."

명희는 그렇게 말하고는 춘호의 옆으로 와서 팔짱을 끼었다. 장난삼아 그렇게 한 것이지만 명희의 가슴 속에는 아련한 슬픔 같은 것이 치밀어 올라오고 있었다. 왠지 모르게 가슴 한 켠이 시려오는 듯했다.

춘호는 명희가 그러는 것이 싫지 않았다. 마치 고아원에서 자랄 때에 소꿉장난을 하고 있는 것 같은 착각이 들었다.

"사장님. 우리 어때요?"

명희가 그렇게 묻자, 배호는 좀 전에 춘호가 했던 말을 그대로 했다.

"응. 좋아! 딱 좋아!"

그러자, 명희는 춘호의 어깨 위에 얼굴을 기대고선, 입술을 삐죽 내밀면서 말했다.

"그 말 거짓말 같다. 아까 회장님이 했던 말 그대로 하는 거잖아요."

"하하하."

춘호와 배호는 서로 마주보며 웃었다.

"전요. 남 속이는 게 젤 싫어요."

명희는 그 말을 하면서 괜히 눈물이 날 뻔했다.

"왜?"

배호가 명희를 보며 물었다.

"고아원에서 맨날 그랬잖아요. 거짓말하면 지옥간다고. 그런 말만 들어서 그런지 거짓말하는 사람이 제일 싫어요."

명희는 아직도 춘호의 팔짱을 풀지 않고 있었다.

"하하하. 맞다. 고아원에선 거짓말하면 지옥 간다는 말만 지독하게 들었지. 뭘 훔쳐 먹을까봐 그러는 거야."

"그래그래. 맞다. 춘호 말마따나 고아원에선 우리들이 뭘 훔쳐 먹을까봐 원장이나 총무가 맨날 쓰던 말이지. 명희 너는 그 말을 믿냐?"

"네."

명희가 씩씩하게 대답했다.

"우하하하. 명희는 아직도 어린애네. 아직도 고아원에 있는 거같은 생각을 하는 거 아냐?"

배호가 놀렸다.

"사장님도. 어른이 돼서도 거짓말은 안 좋잖아요."

"그런가?"

"전 거짓말이 슬픔을 안고 있다는 거 알아요. 그래서 거짓말이 싫거든요."

"거짓말이 슬픔을 안고 있다고? 꽤 어려운 말이네."

배호가 바닷가로 걸어가며 말했다.

"맞아요. 슬픔이 왜 슬프냐고 하면 거짓말을 하기 때문이래요 뭐. 진실한 슬픔은 그렇게 슬프지 않대요."

"……."

춘호는 자신의 팔짱을 끼고 있는 명희가 한 말이 왠지 모르게 가슴에 와닿았다. 어렸을 때에 귀가 닳도록 들었던 거짓말이라는 단어가 생소하게 느껴져왔다.

"……."

명희는 춘호 옆에 서서 밤바다를 바라다보았다. 파도가 출렁이는지 하얀 물살이 비늘처럼 반짝이다가 사라지곤 했다.

"명희야."

춘호가 나지막히 불렀다.

"네……."

"난 말이다……."

춘호는 무언가 말을 해야겠다고 생각을 했었지만 말끝을 흐리고 말았다.

"……."

명희는 춘호의 입에서 어떤 말이 나올까 하고 바다만 쳐다보고 있었다.

"……."

춘호는 말없이 걷기만 했다. 명희 역시 춘호의 옆에 서서 바닷가를 걷고 있었다.

배호는 혼자서 저만치 걸어갔다가 백사장에 앉아서 바다를 바라보며 담배를 피우고 있었다. 그의 얼굴에서 빨간 불빛이 피어올랐다가 사그라드는 것이 보였다.

"넌 형을 잘 보살펴라."

"……."

"내 말 알겠냐?"

"……."

명희는 대답이 없었다.

"형은 외로운 사람이야. 나보다 형이지만 이때까지 나한테 한 번도 시비를 붙어본 적이 없다."

"……."

"나도 형을 무척 아껴. 너만큼."

"……."

명희는 춘호를 쳐다보았다. 그러나 춘호의 눈길은 바다 쪽으로 향하고 있었다.

"이제 가자. 일찍 자야지."

"…… 네."

명희는 춘호가 발길을 돌리는 대로 따라서 걸었다. 저 만치 걸어갔을 때에 백사장에 앉아 있던 배호가 일어나서 그들의 뒤를 따라왔다.

다음날 아침, 신공항의 국제관광단지 청사 앞에는 황제파의 일본 출정에 배호와 명희, 그리고 민족교 방송국 사장인 정혜, 성숙이, 그리고 관광단지의 전 직원들이 나와 도열해 있었다.

"잘 다녀오십시오."

간부들과 직원들이 춘호에게 일제히 고개를 숙였고, 춘호는 손을 들어 답했다. 택기와 선발된 조직원들은 환송나온 그들에게 인사하는 것으로 답했다.

관광단지에서 신공항 청사까지는 불과 500미터의 거리였다.

청사 앞에까지 따라온 배호와 명희, 정혜, 성숙은 춘호에게 인사를 했다.

"그래. 들어가라."

춘호는 그 말을 하고선 부하들을 데리고 안으로 들어갔다.

그들은 곧 수속을 마쳤다. 탑승구로 빠져나가는 그들을 바라보며 배호와 정혜, 명희는 손을 흔들어 인사를 보냈다. 활주로로 나간 그들은 곧 탑승이 시작되었다.

곧 비행기는 바퀴를 구르면서 날아오르기 위해 쐐액, 하는 소리를 내며 공중으로 날아올랐다. 춘호는 맨 앞쪽 일등석에 앉았고, 그 옆에는 택기가 자리잡고 있었다. 그 뒤로는 황제파의 간부들과 훈련원생들이 앉았다.

일본 나리타 국제공항에 내린 그들이 출구를 통해 나오자마자 미리 요시이 일행들이 마중 나와 있다가 이쪽을 알아보고는 손을 흔들었다.

"요시이 상. 반갑소."

요시이가 악수를 먼저 청해왔고, 춘호는 웃음을 띠며 말을 건넸다.

"반갑소. 춘호 상. 또 만나게 돼서. 갑시다."

요시이 일행들은 춘호의 일행들 앞과 뒤를 호위하면서 공항 청사를 빠져나갔다. 청사 앞에는 일본 리무진 버스가 대기하고 있었다.

요시이가 전세를 낸 두 대의 버스였다. 춘호와 요시이는 제일 앞쪽으로 가서 나란히 앉았다.

버스는 공항을 빠져나가 시내 쪽으로 달렸다. 나리타 공항에서 시내로 들어오는 길은 아주 먼 것처럼 느껴졌다. 북서쪽에서 남동쪽으로 내려가면서 시속 백킬로미터로 달려도 일본의 최고 도시라는 동경까지는 아주 먼 거리처럼 느껴졌다.

"울진에서는 큰 걸 해냈군."

요시이가 창밖을 내다보고 있는 춘호에게 말을 꺼냈다. 그 말을 받아 다라시가 옆에서 통역을 했다.

"덕분에. 그동안 잘 있었나?"

"하이."

요시이는 춘호가 일본말을 하지 못한다는 것을 알고서 될 수 있으면 짧게 대답했다.

"먼저 산장으로 가겠다. 오늘은 우리가 연회를 열겠다."

"좋다."

춘호는 고개를 끄덕였다.

버스는 시내로 들어가면서 번화한 곳을 돌아서 한적한 산길로 접어들었다. 산길을 조금 달리자 조용한 곳에 커다란 산장이 나타났다. 넓은 정원 안에 멈춘 버스는 곧 문을 열었다.

그곳 산장의 여급들이 두 줄로 서서 춘호 일행을 맞았다. 그들은 일일이 고개를 숙여 인사를 하고는 가방을 받아 뒤로 물러났다.

요시이와 춘호를 따라 부하들이 움직였다.

일본식으로 지은 산장은 한국으로 말하자면 호텔과 같은 곳이었다. 극빈을 모시는 장소로 이용되는 곳이었다.

넓은 방으로 들어간 그들은 일본측과 한국측이 서로 마주보고 앉도록 넓은 나무상이 중간에 놓여 있었다.

요시이가 일어나자 그의 부하들이 일제히 일어났다. 그리곤 요시이가 바닥에 손을 대고 절을 하자, 그의 부하들도 동시에 절을 해왔다.

"어허. 이러면……."

춘호가 일어나려하자, 말렸다.

"우리 일본의 극진한 인사법이다. 춘호 상은 그냥 받으라."

요시이가 그 말을 하고선 정좌를 하고 앉았다. 그의 부하들도 점잖게 정좌로 앉았다.

"우리도 인사를 하겠다. 전부 일어나라."

춘호가 일어나자 그의 부하들도 전원 일어났다. 그리곤 요시이를 향해 절을 했다.

춘호가 앉는 것을 보고서 요시이가 말을 꺼냈다.

"오시느라고 수고했다. 나는 춘호 상과 여러분들이 우리 일본에 온 것을 환영한다."

요시이는 그 말을 하고선 히라카이를 돌아보자, 히라카이는 탁자 위에 있는 벨을 눌렀고, 곧 이어서 미닫이 문이 열리면서 기다렸다는 듯이 기모노를 입은 네 명의 젊은 여자들이 커다란 음식상을 들고 들어왔다.

넓은 식탁 위에는 갖가지 음식들이 차려졌다. 하얀 도자기의 술병이 놓여졌다. 일본 여자들은 남자들이 음식을 집어먹을 수 쉽도록 놓아주고선 조용히 인사를 하고는 나가버렸다.

"춘호 상. 드시지요."

요시이는 춘호에게 말하고는 그의 부하들에게도 들라는 표시를 해왔다. 춘호 역시 그들에게 호의를 표시하고는 식사를 하기 시작했다.

곧 술잔이 채워졌다.

식사가 끝나고 나서 술을 마시는 동안에 일본 여자들이 들어와서는 방 안에 놓인 가라오케를 틀어 일본 노래를 불렀고. 일본 노래가 끝나자, 이번에는 조용필의 '돌아와요, 부산항에.'와 여자 가수가 부른 '립스틱 짙게 바르고.'를 불렀다.

여흥이 계속되는 동안에 요시이는 춘호에게 가까이 다가앉아 술잔을 권하고 있었다.

"춘호 상. 오늘은 편히 쉬고, 내일은 시내 관광이 있을 겁니다. 일단 시내를 둘러보고 나서. 모레는 나하고 여행이나 같이 합시다."

"그러지요."

"춘호 상은 일본에 처음입니까?"

"그렇소. 태어나서 처음 와본 거요."

"나도 한국에는 별로 가보지 못했소. 이제 네 번째 가봤을 뿐이오. 한국에 대해서 너무 몰랐다는 생각이 들지요. 앞으로 자주 갈 일이 있을 것 같습니다."

"하하. 앞으로 자주 오시오. 한국은 가볼 데가 많습니다. 나도 안 가본 데가 많지요."

"좀 있다가 숙소에 들면……. 춘호 상의 부하들에게 일본 여자를 들여보내도 되겠소? 춘호 상의 생각은 어떻소?"

요시이가 다라시를 통해 조용히 물어왔다.

"무슨 말이오?"

춘호는 다시 다라시에게 물었다.

"여기까지 오신 춘호 상과 부하들에게 호의를 베풀고 싶어서 그렇소."

"그런 건 안 해도 됩니다. 우리 식구들은 그런 걸 안 합니다."

"알겠소."

요시이는 자신의 호의를 정중하게 거절하는 춘호의 말을 듣고선 고개를 끄덕였다.

"여기서 주무시면 됩니다. 저희들은 이만……. 내일 아침 몇 시에 오면 되겠소?"

"여섯 시면 다 일어납니다."

"그럼. 춘호 상. 편히 쉬시지요."

요시이는 춘호에게 악수를 하고는 부하들을 데리고 나갔다.

춘호 일행은 각자 방 하나씩을 배정받았다. 산장이라고는 하지만 여흥과 숙박을 같이 할 수 있는 호텔과도 같은 곳이었다.

춘호는 부하들이 각자의 방으로 들어가고 난 후, 자신의 방으로 들어와 샤워를 하고는 창문을 활짝 열어젖혔다. 시원한 바람이 불어왔다.

창밖에는 커다란 정원이 있었다. 숲으로 어우러진 그곳에는 연못이 있었고, 연못 주위에는 석등이 불을 밝히고 있었다.

주위는 조용하기만 했다. 마치 산 속 암자에 들어와 있는 것 같은 기분이었다. 술자리가 파한지 얼마 되지 않았지만 어디에서도 사람 소리는 들리지 않았다.

'……'

일본의 산장에서는 손님이 잠을 들지 못할까봐 최대한 신경을 쓰는 듯했다. 춘호가 있는 방에서 보면 'ㄷ'자로 방들이 있어서 넓은 유리창 너머로 낮은 촉수의 등을 밝혀놓은 복도가 어렴풋이 보였다.

담배를 꺼내 불을 붙인 춘호는 길게 연기를 뿜어내며 정원을 내다보고 있었다.

'멋진 놈이군. 역시 일본은 무사정신이 남아 있군.'

춘호는 요시이가 절도있게 행동하는 것을 보면서 왠지 모르게 믿음이 갔다. 그가 모레쯤 시모노세키에 같이 가자는 말을

108

은근히 해왔을 때, 춘호는 마치 요시이가 오래 된 친구처럼 느껴졌다.

정원 밖으로 나 있는 숲길이 달빛에 하얗게 드러나 있었다. 길 양편으로는 빽빽한 숲이 우거져 있어 차만 들어올 수 있도록 만들어놓은 것 같았다.

담뱃불을 비벼끈 뒤에 냉장고에서 맥주를 꺼내 그라스에 따랐다. 소파에 앉아 맥주를 한 모금 마신 그는 텔레비젼을 켜보았다. 심야방송이 흘러나왔지만 춘호는 일본어를 몰랐기 때문에 채널만 이리저리 옮기다가 TV를 꺼버렸다.

다다미 방 안의 벽쪽으로 2인용 침대가 놓여 있었다. 춘호는 불을 꺼버리고는 침대로 가서 누웠다. 고개를 돌리면 바로 눈앞에 정원의 모습이 보였다. 바깥에서는 안이 안 보이도록 칼라가 들어간 두꺼운 통유리창이 한쪽 벽을 장식하고 있었다.

춘호는 새벽까지 잠을 설치다가 잠이 들었다.

바깥이 소란스러워 눈을 떠보니 벌써 일어난 택기가 부하들을 데리고서 운동을 나갈 채비를 하고선 연못 옆에 서 있었다.

시계를 보니 5시 40분이었다.

춘호가 운동복으로 갈아입은 뒤에 정원으로 나오자, 택기가 먼저 인사를 해왔다.

"잘 주무셨습니까."

"다들 모였나?"

"네."

택기가 허리를 숙이면서 인사를 해왔다.

춘호가 먼저 뛰기 시작하자, 택기와 그의 부하들이 춘호의 뒤를 따라 정원 밖으로 나갔다.

숲길을 따라 나갔지만 차가 다니는 도로는 좀처럼 나타나지 않았다. 도로를 만난 곳에서 다시 산장을 향해 뛰기 시작했다.

그들의 몸에선 하얀 김이 피어나기 시작했다. 그들이 정원으로 들어와서 간단한 운동을 하고 났는데도 안에서는 사람의 기척조차 없었다. 간간이 여자들의 말소리가 들리긴 했지만 도무지 알아들을 수가 없었다.

그들은 샤워를 하고 나서 어젯밤에 여흥을 즐겼던 넓은 방으로 갔을 때, 젊은 여자가 문을 노크하고 들어와서는 일본식으로 절을 하고는, 인사를 했다.

"잘 주무셨습니까? 조반을 올릴까요?"

"하이! 아리가또오 고자이마스."

택기가 대답을 대신했다.

곧 아침 식사를 하고 있는데 요시이 일행이 들어왔다.

"춘호 상. 잘 잤습니까?"

"네. 하하. 덕분에. 아침 식사는?"

"먹었지요. 빨리 드십시오."

요시이 일행은 식사가 덜 끝난 모습을 보고는 정원으로 나가서 기다렸다. 춘호는 그들이 정원의 돌 위에 앉아 기다리고 있는 모습을 볼 수 있었다. 정원 입구에는 리무진 버스 두 대가서 있는 게 보였다.

식사가 끝나고 나서 그들은 곧 버스에 올랐다. 동경 시내로 나간 그들은 긴자파의 본부 건물로 올라갔다. 긴자파의 본부 건물은 중심가에서 약간 벗어난 곳에 위치하고 있었다.

요시이는 건물 안에 있는 훈련소부터 구경을 시켜주었다. 그 곳에는 정좌를 하고 있던 요시이의 부하들이 일제히 일어나서 절을 해왔다.

"지금 참선을 하고 있는 중입니다. 선이 끝나면 무술로 들어가지요."

요시이는 설명을 하고 나서 앞쪽에 있는 의자 쪽으로 그들을 데리고 갔다. 의자에 앉은 춘호는 요시이의 부하들이 선을 끝내고 나서 벽에 걸린 검도를 빼내어서 검도를 시작하는 장면을 볼 수 있었다.

검도가 끝나고 나자 이번에는 짧은 칼을 갖고서 대련을 하는 모습을 보여주었다. 그들은 사시미칼 정도의 칼을 갖고서 상대방의 허점을 공격하면 상대방은 발이나 손을 이용해서 칼을 후려치면서 공격해 들어가는 모습이었다.

"저거 진짜 칼인가?"

"그렇다."

"흠……."

춘호는 턱을 괴고서 그들의 단도술을 지켜보았다.

그 다음에는 합기도였다.

우리나라의 태권도와 같이 팔과 손을 이용한 공격이 이어졌고, 공격을 당한 사람은 요령껏 피하면서 다시 공격해 들어갔다.

그들의 무도 수준을 지켜보면서 춘호는 속으로 미소를 짓고 있었다.

"요시이 상. 신주쿠파는 어떤가?"

"우리와 비슷하다고 보면 된다."

"그럼 숫자가 많다는 말인가?"

"그렇다."

무도를 선보인 요시이의 부하들은 춘호와 요시이에게 깊은 절을 하고선 정좌를 하고 앉았다.

"이번에 일본에 오신 한국의 황제파 보스인 춘호 상을 소개하겠다. 춘호 상은 어렸을 적에 부모님을 잃고 고아원으로 들어가서 살았다. 한국의 고아원은 우리 일본의 고아원과는 틀리다. 한국에선 고아원에서 먹을 것이 없어 굶기가 일쑤이며, 바깥 사회단체에서 보내온 성금이나 구호물품은 부족할 정도라고 보면 된다. 그래서 춘호 상은 현재 한국에서 공항 안에 있는 국제관광단지의 사장으로 있는 배호라는 사장과 같이 고아원을 탈출해서 전철 안에서 껌을 팔거나, 신문을 팔면서 앵벌이 조직의 두목에게 갖다바쳐야만 하루의 식사를 할 수 있는 그곳으로 들어갔다가 손가락 하나를 잘리는 일을 겪었다. 그리고 나서 중국집에 들어가서 춘호 상과 배호 상이 서로 만났다. 그리고 나서 황제콜라텍이라는 청소년 업소를 하면서 전국에 잇는 고아들을 불러들여 거대한 황제파라는 조직을 만들었다. 지금은 울진석유주식회사에서 엄청난 석유가 터졌다고 해서 우리 일본의 언론에서도 기사가 나간 걸 봤겠지만, 오늘 우리 긴자파와 좋은 관계를 유지하기 위해 우리 본부에 들른 것이다. 이제 춘호 상의 말씀을 듣겠다!"

요시이는 진지한 모습으로 차분하게 말을 하고선 춘호의 손을 잡아주었다. 요시이의 손에 일어난 춘호는 요시이가 섰던 자리로 가서 입을 열었다.

"나는 나 춘호다. 한국에서 왔다. 여러분들과 같이 몸을 단련하면서 힘이 있어야 한다는 일념으로 살아왔을 뿐이다. 우리 조직은 특이하게도 한국 내에 있는 고아원에서 지원해서 올라온 고아들로 채워져 있다. 우리 황제파의 모든 조직원들은 다 고아라고 보면 될 것이다. 신공항 청사에서 근무하는 사무직원들을 빼고선 전원이 우리 황제파의 조직원들이다. 나는 요시이 상과 여러분들을 만난 것을 영광으로 생각한다. 이상!"

춘호의 말은 다라시가 통역을 했다. 춘호의 말이 끝나자 요시이의 부하들은 일제히 박수로 환영했다.

긴자파 본부의 건물 안에 있는 모든 시설들을 둘러보고 난 뒤에 다시 버스에 오른 그들은 이번에는 시내 곳곳을 누비며 일본인들의 모습을 살살이 둘러볼 수 있었다. 퇴근 후의 시간대에 길거리에서나 술집에서 어떠한 삶을 살아가고 있는가를 봐두는 것도 일본에 대해서 전혀 생소한 춘호로서는 매우 유리한 것이었다.

일본의 술집들은 그 지역을 거머잡고 있는 야쿠자들에 의해서 움직인다고 해도 과언이 아니었다. 술집에서 필요로 하는 일체의 모든 것들이 야쿠자들이 운영하는 술도매상과 음식 재료상에서 공급하는 것들만 받아서 썼으며, 술집에서 발행하는 세금계산서까지도 야쿠자 조직이 운영하는 업소의 세금계산서를 이용하도록 해서 술집의 매상전표를 다른 가게의 매상인 것처럼 속여서 세금을 탈세하는 방법을 쓰고 있었다.

요시이는 일본의 술집과 대형 식당들이 그런 식으로 야쿠자 조직들과 연계가 되어 있다고 설명했다.

"그럼 큰 회사나 정치계는 어떻게 움직이나?"

춘호의 질문이었다.

"아직 일본은 노조가 없다. 그러나 극심한 경제불황으로 몇십년 동안 데리고 있던 직원들도 잘라내야 할 판이다. 그동안에는 자기가 데리고 있던 직원들을 자르는 것은 일본의 기업 전통에서는 없었던 일이었지만 지금은 그렇지 않다. 모든 경제가 붕괴하고 있는 마당에 옛날처럼 끝까지 직원들을 남겨둘 수 없는 지경에 이르렀다. 앞으로 큰 기업들이나 작은 기업들도 노조가 생겨날 것이다. 지금 벌써 직원감원 바람이 불고 있다. 그래서 불안한 노동자들이 노조를 만들고 있는 중이다. 그래서 기업들은 노조를 막기 위해서는 일본 전체를 거머쥐고 있는 우리 야쿠자의 힘이 필요한 것이다. 기업들에겐 우리가 힘이 되어주고,

기업은 그 대가를 우리한테 지불하는 것이다. 그래서 우리 야쿠자들은 기업들과 손을 잡고 있는 것이다."

"그렇다면 정치 쪽은?"

춘호가 다시 질문했다.

"정치? 하하. 그건 이미 오래 전부터 이어져 내려온 관습이다. 무사시대로부터 야쿠자와 정치는 불가분의 관계였다. 우리 야쿠자들은 정치인들을 상대로 칼로 협박하거나, 그들의 정적을 죽이는 일은 하지 않는다. 우리는 정치계와 오래 전부터 연관을 맺어온 탓에 그럴 필요가 없다. 우리는 정치계가 살아나갈 수 있도록 돈을 대주는 일이다. 그것이 정치계를 먹여살리는 일이다. 우리 일본은 뇌물을 받는 것을 증오한다. 그래서 정치인들은 뇌물을 받기보다는 우리 야쿠자와 손을 잡고서 정치 흥정을 하는 것을 다 반긴다. 우리 일본이 한국의 야쿠자와 다른 점이라면 바로 그것이다."

요시이는 진지하게 설명을 했다.

"흠. 경제대국이라던 일본도 불경기가 있군."

춘호가 혼잣말처럼 한 것을 다라시가 통역을 했다.

"그렇다. 경제가 침몰하면 우리 야쿠자의 세계도 변화가 오게 된다. 우리가 돈을 벌어들이는 곳에서 변화가 있으니까. 그건 당연한 일이 아닌가?"

"그렇겠지."

동경 시내를 천천히 돌면서 창밖의 광경을 바라보고 있는 춘호에게 요시이는 일본에 대해서, 일본 사람들의 생활에 대해서, 야쿠자에 대해서, 현재 일본의 경제위기에 대해서 춘호가 알아 듣기 쉽게 설명하느라 애를 쓰는 듯했다.

"춘호 상. 우리 일본에 대해서 간단히 설명하면 한국의 백제 문화가 우리 일본으로 들어온 때인 아스카 시대부터 일본은 꽃을 피우기 시작했다. 그 당시에 우리 일본은 한국의 불교와 비슷한 신토는 원래 일본의 토착 종교라고 보면 된다. 씨족신과 수호신을 절대신으로 섬기는 종교이다. 일본 천황이 신사참배 하는 것이 바로 신토에서 나온 것이다."

"음……."

춘호는 요시이의 얼굴을 쳐다보았다.

"원래 일본에는 신토를 숭배하던 모노노베 가(家)와 백제권에서 들어온 불교를 숭배하던 소가 가(家)의 세력다툼에서 소가 가(家)가 이김으로써 소가 상은 천황을 능가할 정도의 권력을 가졌던 사람이다. 그러다가 가마쿠라 시대에 접어들면서 우리 일본은 무사도 정신이 확립되었다. 일본의 무사란 정말 신사적이었다. 남에게 결코 뒤에서 공격해서 피를 흘리게 하지 않는다는 원칙이 있다."

요시이는 차분하게 설명하고 있었다.

"요시이 상."

"뭔가?"

"일본 야쿠자들은 역사에 대해서도 공부하나?"

"아니다. 난 대학에서 역사학을 전공했다."

요시이가 웃음을 지었다.

"그랬구나……."

춘호도 웃어보였다.

"16세기에 접어들어 토요토미 히데요시가 천하를 제패하면서 일본의 불만세력들을 한국 침략에 이용했던 인물이다. 그리고 나서 토요토미 히데요시가 죽고 나서 도쿠가와 이에야스가 정권을 잡으면서 일본식의 나라가 서게 되었다. 그래서 우리 야쿠자들은 가마쿠라 시대의 무사정신에서 출발해서 오늘날까지 그 정신이 이어져온 것이다. 우리들은 절대로 비겁한 행동을 하지 않는다."

"비겁한 행동이란?"

춘호가 진지하게 물었다.

"상대방이 칼을 들고 있는데, 총을 쏘지 않는다는 것이다. 상대방이 맨주먹으로 싸우자는데 칼로써 베어버리지 않는다는 것을 말한다."

"흠……."

"나는 한국에 대해서는 조금 배웠을 뿐이다. 한국의 주먹세계는 우리 일본과 같이 무사도의 정신적인 뿌리가 없기 때문에 주먹과 칼로써 상대방을 이기기만 하면 된다는 것으로 알고 있다. 내 생각이 틀리는가?"

"맞는 말이다. 그러나 다 그렇지는 않다. 우리 한국에도 김두한 때까지만 해도 안 그랬다. 그 이후부터 조직세계가 정치판에 뛰어들면서 정치판의 권모술수를 배우면서 상대방을 죽이는 것이 곧 이기는 것이다라고 생각햇던 것 같다. 요시이 상이 말한 것처럼 인정할 부분은 인정한다. 그러나 다 그렇지는 않다고 생각한다."

춘호는 일본 야쿠자의 정신적인 토대랄 수 있는 무사도 정신이 부러웠지만 그렇다고 한국의 주먹들에게서 배울 점이 없다는 건 아니었다. 의리 하나로 살아온 의협들이 적지 않았음을 말해주고 싶었다.

"춘호 상. 나도 김두한 상에 대해서 알고 있다. 그리고 현재 부산에 살고 있는 김두한의 후계자, 김 동회 상을 알고 있다."

"뭐? 김 동회 어른을 알고 있다고? 정말인가?"

춘호는 놀라서 요시이를 쳐다보았다.

"그렇다! 김 동회 상은 김두한 상이 죽기 전, 어린 나이로 김두한 상의 총애를 받았던 사람 아닌가. 아주 어렸을 때부터 김두한을 따라다니며 문시중을 들었을 정도로 김두한을 존경했던 사람으로 알고 있다."

"……?"

춘호는 다시 놀랐다. 요시이가 그런 세밀한 부분까지 알고 있다는 것이 신기했다.

"우린 부산에 살고 있는 김 동회 상을 움직이려고 했다. 그 어른이 움직이면 아직까지도 힘이 있기 때문에. 그러나 서울이 아닌 부산이라는 것이 마음에 걸렸다. 옛날에는 한국의 조직들이 각 지방마다 있어서 서울에 있는 조직과 지방에 있는 조직들이 서로 힘겨루기를 했지만 지금의 한국은 서울의 조직들이 전국을 장악하고 있다는 것을 알고는 그만뒀다. 그러나 나는 그분을 존경한다."

"전에 부산의 칠산파를 우리 황제파로 흡수할 때에 김 동회 어른이 그 자리에 나오셨다. 우리가 이기게 되자 그 분이 중간에 나서서 싸움이 끝났다고 하면서 말렸다. 다행히 큰 사고는 없었다."

"알고 있다."

"알고 있었다고? 어떻게?"

춘호는 또 한번 놀라지 않을 수 없었다.

"나는 한국과 손을 잡기 위해 한국에 관심이 많았다. 부산의 칠산파와는 어느 정도 거래가 있었다. 유 창용 상과는 서로 인사가 있었다. 그러나 지금은 황제파로 들어가버려서 서로 인사가 없어져버린 것이다."

그 말을 하면서 요시이는 겸연쩍게 웃었다.

"하하. 그런가?"

"그렇다. 부산은 우리 긴자파와 가까이 지냈던 사이였다. 전에는 서울을 통해서 들어간 것이 아니라, 주로 부산 김해를 통해서 들어갔던 적이 있었다. 다라시가 한국에 자주 다녀서 한국어에 능통한 것이다."

"그렇군."

춘호는 다라시를 쳐다보았다. 다라시는 춘호에게 고개를 숙여보였다.

"나는 한국과 일본의 무사정신이 손을 잡으면 아시아 전체를 휘어잡을 수 있다고 생각한다. 춘호 상은 내 말뜻을 이해하겠는가?"

"아시아 전체를?"

"그렇다. 우리 일본의 야쿠자들은 조직이 서로 이질감이 심하기 때문에 불가능하다. 그러나 내가 보기에는 춘호 상의 황제파는 가능하리라 본다. 아시아를 움직일 수 있는 조직으로 춘호 상의 황제파가 적격이라고 나는 생각한다."

"그렇지 않다. 우리는 아직 신흥 조직에 불과하다. 너무 과찬하는 것 같다."

춘호의 겸손한 말에 요시이는 흡족한 듯한 웃음을 지어보였다.

"일단 점심이나 먹고 가자. 일식이 어떤가? 한식도 있다."

"일식으로 하지."

요시이는 곧 다라시에게 말해서 식당으로 차를 대라고 지시했다.

버스는 곧 시부야로 향했다. 거리는 온통 젊은이들로 가득했다. 일본에서는 최첨단 유행이 일렁이는 곳이었다. NHK 방송국 건물 앞을 지나 우회전을 하면서 시부야 도부호텔로 향했다. 버스 기사는 일부러 시부야 중심가를 지나서 NHK 방송국 앞을 돌아서 도부호텔로 향한 것이다.

호텔에 도착한 버스에서는 춘호의 일행과 요시이의 일행이 같이 내렸다. 미리 연락을 받은 지배인과 종업원들이 로비에 나와 서 있었다.

"어서 오십시오."

지배인은 춘호가 한국인임을 얼른 알아보고선 인사를 해왔다. 지배인의 안내를 받아 올라간 그들은 넓은 회의실로 들어갔다.

그곳에는 이미 일식이 차려져 있었다.

시부야에서 이름이 난 도부호텔이었다. 휘황찬란한 조명과 아늑한 실내는 한국의 호텔과는 또 다른 분위기를 느끼게 해주는 곳이었다. 자리에 앉은 그들은 서빙하는 종업원들의 시중을 받으면서 식사에 들어갔다.

요시이와 춘호는 나란히 앉아 대화를 나누면서 식사를 하고 있었다.

"여긴 내 구역이다. 식사를 하고 나서 신주쿠로 가보겠다."

"좋지."

춘호는 신주쿠를 가보고 싶었던 참이었다.

"우린 쉽게 충돌하지 않는다. 어떤 일이 있으면 만나서 해결해보고, 그것이 안 될 때는 결투로 나가지만 그 전에는 절대로 충돌이 없다. 부하들이 싸움을 벌여도 보복같은 건 안 한다."

"그런가?"

춘호는 한국의 조직세계와는 다른 일본의 야쿠자 세계를 들여다볼 수 있었다.

"우리는 대의를 위해서 싸울 뿐이다. 정치계와 손을 잡을 때는 다른 조직에서도 눈감아주는 편이다."

"후우, 그건 좋은 일이군."

요시이는 춘호에게 씨익 웃으면서 백포도주잔을 들어보였다. 건배하자는 뜻이었다. 춘호는 요시이의 잔에 포도주잔을 가볍게 부딪고는 입으로 가져갔다.

식사를 마친 그들은 엘리베이터를 타고 내려와 다시 버스를 탔다.

버스는 시부야에서 신주쿠로 향했다.

니시신주쿠로 들어서자, 초고층 빌딩들이 눈에 들어왔다. 한국으로 치면 광화문 같은 곳이었다.

"여긴 신주쿠 거리다. 신주쿠는 니시신주쿠와 히가시신주쿠와, 가부키초로 나눠진다. 니시신주쿠가 고층빌딩이라면, 히가시신주쿠는 상가, 음식점, 영화관들이 있는 곳이다. 가부키추는 한국으로 말하자면 강남의 유흥가라고 보면 된다. 니시신주쿠에서 히가시신주쿠, 그리고 가부키초로 갈 예정이다."

요시이는 가이드 처럼 설명을 했다.

버스는 니시신주쿠를 서서히 지나 히가시신주쿠로 접어들었다. 게이오백화점 앞을 지나 넓은 길을 따라 천천히 움직였다. 마이시티의 거리에는 온갖 패션 상점가와 인테리어 상점가들이 밀집해 있었다. 다시 이세탄 앞을 지나서 가부키초 거리로 들어섰다.

한 눈에 봐도 일본의 대표적인 유흥가임을 알아볼 수 있었다.

"긴자파의 돈줄이 여기서 나온다. 여긴 유흥가들만 모여 있는 곳이다. 술집, 영화관, 나이트클럽, 성인업소들이 여기 다 있다. 긴자파의 본부도 여기 있다. 그쪽으로 가볼까."

요시이는 대형극장인 코마극장 옆에 있는 8층 건물을 가리켰다. 그 앞을 지나면서 요시이는 다시 입을 열었다.

"긴자파의 다이몽은 원래 가부키초의 술집 사장을 하던 사람이다. 지금도 술집을 여러 개 갖고 있으면서 상가 건물을 세를 주고 있다. 다이몽의 아버지는 자위대 헌병 출신으로, 군에서 나와 이곳 가부키초에서 술잔을 해서 돈을 번 사람이다. 그래서 다이몽은 고등학교 중퇴밖에 안 된다. 주먹으로 가부키초를 중심으로 세력을 키운 놈이다."

"주먹이라면? 정식으로 운동을 했다는 말은 아니겠지?"

"그냥 칼로써 일어섰다고 보면 된다. 정식으로 운동을 한 사람은 아니다."

"알았다. 한국으로 치면 시정잡배에서 주먹으로 한 몫 잡은 사람이라고 보면 되겠구만."

춘호가 호탕하게 웃었다.

"술집들은 원래 뭉치는 습성이 있다. 그래서 큰 것이다. 이곳에서는 경찰이나 관공서에서 손을 대지 못한다."

"그거야 다른 곳도 마찬가지 아닌가?"

"그렇다. 우리는 범법행위는 최대한 안 하기 때문에 경찰이 손을 낼 수가 없다. 살인, 마약은 최대한 비밀리에 하기 때문에 경찰들도 알아채질 못한다."

"그럼 살인도 하나?"

요시이에게 묻는 말이었다.

"때에 따라서는⋯⋯."

요시이는 짧게 말하고는 창밖으로 눈길을 돌렸다.

"마약은?"

"우리 일본은 전 조직이 마약에 관계돼 있다고 보면 된다. 그것이 돈줄이다. 일본 유흥가에서는 마약이 꼭 필요한 존재다. 마약과 유흥가는 떼어놓을 수 없다. 한국에서도 마약에는 손을 대지 않는가?"

"우리 황제파는 아직 그런 건 취급하지 않는다."

"호오, 내가 일기론 한국의 마약제조책이 황제파와 손을 잡고 있다고 들었는데? 그게 사실이 아닌가?"

"뭐? 우리 황제파가 마약에 손을 대고 있다고? 어디서 들은 말이냐?"

춘호는 깜짝 놀랐다.

"그런 정보가 있다. 난 춘호 상이 거짓말을 하지 않을 거라고 본다. 그런 사실이 없다고?"

이번에는 요시이가 이상하다는 듯이 춘호를 바라보았다.

"그건 잘못된 말일 것이다. 우리는 절대로 그런 건 취급하지 않는다. 신공항 국제관광단지를 갖고 있는 우리 조직이 그런 걸

취급한다는 것은 한국에서는 절대로 용납되지 않는 일이다."

춘호가 자신있게 대답했다.

"그렇다면 내가 잘못 들은 정보인지도 모르겠다. 한국에 있는 늙은 사장이 마약을 제조하는 기술을 갖고 있다고 들었다. 그 기술자가 황제파의 돈줄이라는 정보를 들었던 것 같다. 춘호 상은 그럴 리가 없다고 말하니까 나도 그대로 믿겠다."

"하하. 믿어도 좋다! 나는 그런 곳에는 손을 대지 않는다. 배호 사장도 역시 그렇다."

춘호는 요시이가 무언가 잘못 알고 있다고 생각했다. 생각지도 않은 요시이의 질문에 춘호는 큰 웃음으로 대꾸했다.

"우리 일본에 한국 제품들이 많이 들어온다. 한국이 중간 기착지일 때도 있고, 한국산이 곧바로 들어오기도 한다. 요즘은 서울 신공항보다는 부산에 있는 김해공항을 통해서 들어오는 것이 더 허술하다. 내가 알기론 우리 긴자파도 그렇지만 신주쿠파나 가미카제파도 한국과 거래를 하고 있다."

"그래?"

"내 말이 맞다! 한국산은 보면 금방 안다. 동남아산과는 달리 한국산이 더 가루가 곱다는 것만 봐도 금방 알 수 있다. 그만큼 한국이 더 기술이 좋다는 말이다."

"음……."

"우린 마약 거래에서 큰 돈을 만진다. 전체의 팔십퍼센트 가량을 마약거래에서 이뤄진다. 그 나머진 술집이나 식당가에서 거둬들이는 돈이다. 그리고 조직마다 상가나 건물임대를 해서 벌어들이기도 한다."

"그렇다면 한국의 조직과 마약거래를 한다는 말인가?"

"당연하다. 한국에서 들어온 것은 품질이 우수하다. 그래서 믿고 거래한다."

"그럼 누구지?"

춘호가 궁금한 듯 물었다.

"그건 나도 모른다. 우린 물건만 확실하면 되니까. 황 사장이 라는 것만 알고 있을 뿐이다."

"황 사장? 이름은 모르는가? 그럼 나이는?"

"우린 이름도 알지 못한다. 나이는 아마 육십이 좀 넘었을 것이다. 그놈은 절대로 정체를 드러내지 않는다. 일 년에 단 한 번 바다 위에서 거래를 하는 놈이다. 일년에 한 번, 그것도 일월 일일 날이다."

"일년에 단 한 번? 그것도 일월 일일 날에? 어떻게 거래를 한다는 말인가?"

춘호는 한국의 황 사장이라는 인물에 대해서 궁금했다.

"그렇다. 우리는 일년치 마약을 사둬야 하기 때문에 거금이 들어간다. 그래도 그쪽에서는 우리가 원하는 양만큼 다 주질 않는다. 황 사장이란 사람은 아주 특이한 사람이다. 우리 일본에서 거래하고자 하는 조직들은 배 한 척밖에 띄우지 못한다. 제주도에서 아래쪽으로 내려가서 해상에서 거래를 한다. 이쪽에

서는 배 한 척밖에 다가갈 수 없게 돼 있다. 그렇지만 그쪽에서
는 다섯 척의 배가 떠 있어서 이쪽에서 배가 다가가면 네 척의
배가 둘러싸고서 배 한 척과 흥정을 해야 한다. 그만큼 그놈은
치밀하고 확실하게 거래하는 놈이다. 한 번 거래가 틀어지면 다
음부턴 절대로 거래하지 않기 때문에 이쪽에서는 저쪽이 의심
살만한 행동을 하지 않는다. 그리고 처음 거래할 때는 절대로
많은 양을 내어주지 않는다. 작은 양부터 시작하는 것이다. 그
러다가 거래가 확실해지면 저쪽에서 양을 늘여나가는 것이 그
놈의 수법이다. 그래서 이제까지 한번도 일이 터져본 적이 없는
사람이다."

"……?"

춘호는 놀랐다. 한국에 그런 인물이 있다는 것이 믿기지가 않
았다.

"우린 그래서 일년치를 한꺼번에 사기 위해서 양을 늘리지만
그쪽에서는 우리가 양을 늘였다는 걸 알고서 거래할 물건의 양
을 저쪽에서 먼저 깎아버린다. 그놈은 아주 영특한 놈이다."

"호오. 그렇군. 그렇다면 배에서 거래를 할 때에 봤을 거 아닌
가? 얼굴을 본 적이 있나?"

"없다. 한번도 본 적이 없다. 배에서 거래를 할 때에는 저쪽의
사람들이 전부 가면을 하고 있기 때문에 볼 수가 없다. 그리고
그 가운데에서 누가 황 사장인지 알지를 못한다."

"흠……."

춘호는 짧은 신음소리를 냈다.

"그놈의 정체는 알 수가 없다. 다른 조직에서 단 한 번 목소리를 들었던 적이 있는데, 목소리로 대충 나이를 짐작할 수밖에 없다. 나이는 아마 60대 가까운 목소리라는 말만 들었다. 그리고 또 다른 특이한 점은."

요시이는 춘호가 관심을 나타내고 있자, 다시 흥미로운 사실 하나를 더 말해주었다.

"그놈은 거래가 끝나고 나면 다른 일을 저질러서 일부러 교도소에 들어가버린다는 소문이 있다."

"교도소에? 다른 일로? 그렇다면 교도소로 피신한다는 얘기 아닌가?"

"그렇다. 일년치를 팔아치운 다음에 그놈은 일부러 도둑질을 하거나 강도짓을 하거나 음주에다 일부러 교통사고를 내서 교도소로 들어가버린다고 들었다."

"그렇다면 교도소에 수감이 되면 본명을 알 수 있을 텐데?"

"그것도 모른다. 그놈이 어느 교도소에, 어떤 일로 들어가는지 아는 사람이 없다. 내 생각에는 아마도 다른 사람의 이름으로 들어가지 않나 하는 생각이 든다."

"……?!"

춘호는 다시 놀랐다. 그런 머리를 쓸 줄 안다는 것은 생각지도 못할 일이었다. 과연 마약의 대부답다는 생각뿐이었다.

"지금 우리는 몇 년째 마약 거래를 하지 못했다. 아마 그놈이 마약에서 손을 씻었거나, 우리 일본과 손을 끊고서 동남아 쪽으로 접선을 하지 않나 하는 생각이 든다."

"그럼 거래를 못하고 있나?"

"그렇다. 지금은 중국에서 들어오고 있다."

춘호가 심각한 얼굴로 창밖의 거리를 내다보자, 요시이도 창밖으로 시선을 주었다.

"여긴 아카사카 록폰기라는 곳이다."

요시이의 말이었다. 거리는 온통 식당 건물들의 간판과 길가의 포장마차들이 꽉 차 있었다. 빌딩들은 일류 호텔이거나, 대사관이 밀집해 있었다. 이제까지 본 일본 건물들과는 달리 다소 이국적인 시가지 풍경이었다.

"가미카제파가 있는 곳이다. 록폰기 거리는 최신 문화거리여서 젊은 애들이 많이 모이는 곳이다. 밤이 되면 환락가로 변한다. 저기가 국회의사당이다."

요시이는 손가락으로 창밖을 가리켰다. 우측으로 의사당 건물이 보였다. 버스는 의사당앞을 지나 대장성이 있는 앞길을 달리고 있었다.

"저곳이 대장성이다."

요시이는 다시 대장성의 건물을 가리켰다.

요시이는 아카사카의 굴직굵직한 건물들을 소개하고선 버스가 레인보 브리지를 건너 오다이바로 들어가면서 다시 설명했다.

"지금 우리는 도쿄만을 건넜다. 여기서부터는 오다이바다.

여긴 동경 시내를 벗어난 곳이다. 원래 이곳은 바다였는데 인공으로 섬을 만든 것이다. 여긴 후지TV 본사가 있고, 해양박물관 등이 있다. 저길 봐라."

요시이가 바다를 가리켰다. 방금 건너온 레인보 다리가 아름답게 보였다. 그리고 해변공원이 아름답게 펼쳐져 있는 것이 보였다.

"여긴 주로 드라이브를 즐기러 오는 사람들이 많다. 밤에는 야경이 아주 인상깊은 곳이다."

버스는 해변공원을 돌아 다시 레인보 브리지를 건너 시내로 들어갔다.

하루에 동경 시내 곳곳을 돌아다닌 셈이었다.

저녁 해질 무렵에 산장으로 돌아온 그들은 버스에서 내려서 정원 옆에 놓인 벤치에서 잠깐 피로를 씻은 다음에 각자 방으로 들어가서 샤워를 하고는 연회실로 모였다.

넓은 방 안에 어젯밤과 다른 분위기의 음식들이 차려져 있었다. 양식과 한식이 주로 차려져 있었다.

서빙을 하는 일본 여자들이 곱게 한복을 입고 나와서 시중을 들기 시작했다.

"한국 사람들인가?"

요시이를 보면서 춘호가 반가운 듯이 물었다.

"그렇다. 한국말로 해도 된다."

요시이가 대답했다.

"안녕하세요. 반가워요. 한국에서 왔지요?"

서빙을 하는 아가씨가 먼저 인사를 해왔다.

"반갑다. 이런 곳에서 한국 여자들을 만나다니. 니들 언제 여기 왔나?"

춘호가 궁금한듯 말했다.

"네. 일년쯤 됐어요. 우리도 반가워요."

아가씨들은 남자들 사이에 무릎을 꿇고 앉아 술을 따라주거나 음식을 앞에 놓아주곤 했다.

"돈 벌러 온 거냐?"

"네."

춘호는 아가씨가 따라주는 술잔을 받으면서도 왠지 모르게 기분이 서글퍼지는 걸 느꼈다. 엔화의 가치가 높으니까 한국 아가씨들이 이런 곳에까지 와서 손님들의 시중을 들고 있는 것이라고 생각하니 몸이 굳어지는 듯한 기분이 들었다.

"춘호 상. 일본에는 동남아에서 온 사람들이 많다. 노가다부터 시작해서 이런 산장에까지 다 들어와 있다고 보면 된다. 같은 한국인이라고 해서 너무 기분 나쁘게 생각하지 마라. 저 애들도 다 돈을 벌기 위해서 들어온 것이다."

"……."

"민족이 잘 살지 못하면 원래 그렇게 되는 것이 아닌가? 우리 일본도 옛날에는 미국에 들어가서 온갖 험한 일을 했다고 한다. 그러나 지금은 그렇지 않다. 나라가 힘이 없으면 민족이 그만한 고생을 해야 하는 것이다. 춘호 상."

"뭔가?"

"여기 있는 아가씨들이 이런 데서 일을 한다고 해서 수치로 여기지 말기를 바란다. 나는 춘호 상이 존경한다. 한국에 황제파라는 조직이 있다는 것이 부러울 뿐이다."

"좋다. 요시이 상의 말을 듣겠다."

춘호는 옆에서 술을 따라준 한국 아가씨에게 술잔을 권했다.

"감사합니다. 유인숙이라고 합니다."

아가씨가 공손하게 두 손으로 받았다.

"그래. 요시이 상의 말이 맞다. 넌 돈을 벌러 이곳까지 왔으니까 열심히 일해서 돈을 벌어가야 한다."

"네. 명심하겠습니다."

유인숙은 고개를 숙여 답했다.

"인수기 상. 이 분은 한국에서 오신 아주 점잖은 분이다. 알아서 잘 모셔라."

요시이가 일본어로 말했다.

"하이."

인숙은 대답을 하고선 춘호를 쳐다보았다.

"요시이 상. 오늘은 술이나 마시는 자리이니까 여자들은 빼는 게 좋겠다."

춘호가 요시이에게 말했다.

"그렇게 하지. 어이, 우리끼리 중요한 이야기가 있으니까 나가지."

요시이는 다라시를 통해 아가씨들에게 나가도 좋다고 말을 했다. 아가씨들은 곧 일어나서 손님들에게 정중히 인사를 하고는 밖으로 나갔다.

그제야 춘호는 마음이 가벼워졌다.

"춘호 상. 한국 아가씨들이 들어왔다고 해서 너무 기분나쁘게 생각하지 마라. 이곳에선 춘호 상이 왔다니까 특별히 한국 아가씨들을 들여보낸 것이다. 내가 미리 그런 것을 말해줬더라면 좋았을 걸. 미안하다."

요시이가 대신 사과를 해왔다.

"괜찮아. 자, 술 받지."

그들은 술잔을 주고받았다. 춘호는 오늘따라 마음껏 취하고 싶었다. 다라시와 히라카이가 주는 술도 마다하지 않았다. 그리고 요시이의 부하들이 따라주는 술도 그대로 받아마셨다.

요시이 일행은 술자리가 파하고 나서야 돌아갔다.

다음날 아침, 구보를 하고 돌아오자 요시이 일행이 미리 와서 기다리고 있었다.

그들과 같이 아침 식사를 하고선 춘호의 부하들과 요시이의 부하들은 다시 리무진 버스를 타고서 시내 투어에 나섰지만 춘호와 요시이는 단 둘이 요시이의 볼보를 타고서 산장을 빠져나갔다.

동경 시내로 나온 그들은 하네다 공항으로 가서 차를 세웠다.

주차장에다 차를 세운 요시이는 춘호의 문을 열어주었다.

"어디로 갈 건가?"

춘호가 서툰 일본어로 말하자,

"비행기를 타고 시모노세키로 갈 생각이다. 가도 괜찮은가?"

요시이가 춘호를 보며 물어왔다.

"좋다."

그 말에 요시이는 춘호의 어깨를 툭 치고는 손을 잡았다.

공항 청사로 들어간 그들은 국내선 전용인 하네다 공항에서 출발하는 비행기에 올랐다.

두 사람은 나란히 좌석에 앉았다. 비행기는 곧 이륙했다.

"춘호 상. 나도 한국어를 배우고 싶다."

요시이가 더듬거리며 한국말로 했다.

"우린 둘 다 일본어와 한국어를 모르는 사람들이다. 이건 정말 우스운 일이군."

"천천히 배우게 되겠지."

"지금도 한국말을 하게 되면 차별이 있나?"

"이젠 그렇진 않다. 그러나 내가 한국인의 핏줄이라는 것이 알려지게 되면 곤란하다. 그건 춘호 상이 이해해라."

"알고 있다."

비행기는 동경에서 출발해서 1시간 40분만에 후쿠오카 비행장에 내려앉았다. 공항 청사 밖으로 나온 요시이는 택시를 잡았다.

"시노모세키로 가자."

택시 운전수에게 그렇게 말하자, 운전기사는 뒤를 힐끗 보고는 곧바로 공항을 빠져나갔다. 택시는 넓은 도로를 달리면서 기타큐우를 거쳐 시모노세키에 도착해서는 다시 한 번 요시이에게 물었다.

"어디로 갈까요?"

"역 뒤쪽으로."

요시이의 말에 기사는 다시 차를 움직였다. 곧 역 앞쪽을 돌아 역사가 있는 뒤쪽으로 들어가서 세웠다.

택시에서 내린 그들은 한인시장을 거쳐 안으로 들어갔다. 일본어와 한국어로 된 상점간판들이 눈에 띄었다.

춘호는 한국어로 된 간판을 보고선 놀랐다.

"여긴 내가 태어났던 곳이다. 이곳이 시장이 된 거지."

요시이가 시장 안으로 들어가면서 설명했다.

"그럼 어머니는 아직 살아 계신가?"

"죽었다. 내가 고등학교에 다닐 때에 교통사고로 돌아가셨다. 그때부터 나는 고학을 하면서 대학을 마쳤다."

"……."

"낮에는 학교에 가고, 밤에는 술집에 나가 돈을 벌었으니까. 힘든 아르바이트였지."

"바닷가에서 자랐군."

춘호는 앞에 나타난 바다를 바라보면서 중얼거렸다.

"힘들 때는 바다로 나가서 바다를 보는 것이 낙이었다. 우리 아버지도 그랬다. 부두 노동자로 일하면서 술이 취하면 언제나 바닷가로 나가서 울곤 했어."

"왜?"

"그건……. 고향이 그리워서겠지. 아버진 맨날 술에 취해서 살았어. 일을 할 때도 그랬고, 일을 하지 않을 때도 술을 마셨어. 그리곤 이 바닷가에 나와서 혼자 앉아 있을 때가 많았어. 저기, 저쪽을 바라보면서 말이야."

"……."

춘호는 요시이가 가리키는 바다 쪽을 바라보았다.

"저 건너편에 한국땅이 있지. 지금도 페리호가 다니지만
…….."

요시이는 방파제 앞에 서서 담배를 꺼내 춘호에게 내밀었다. 춘호는 그가 내민 담배를 꺼내 입에 물고선 라이터를 꺼내 불을 붙였다. 부드러운 바닷바람이 불어왔다.

춘호 옆에 선 요시이는 담배를 피우면서 먼 바다를 향해 눈길을 주고 있었다.

"난 이곳에서 자라면서 아버지가 왜 한국인이었다는 걸 말해 주지 않았는지 몰랐거든. 그냥 이 바닷가에서 망연히 앉아서 바다만 바라보다가 집으로 돌아오곤 했어."

"징용인가?"

"부두 하역노동자로 온 거다."

"……."

"그럼 어머니는?"

"일본인이었다."

"……?!"

춘호는 요시이를 쳐다보았다.

"아버지는 이곳에서 술집에 팔려온 엄마를 만나서 결혼한 거지. 그때 당시에 부두 노동자 일년치의 돈을 주고 여자를 산거다."

"……."

"내 어머니는 정말 좋으신 분이었다. 한국인이 잘 먹는 김치를 담글 줄도 아는 사람이었다. 난 어렸을 때에 마늘냄새가 나는 김치를 싫어했지. 아버지는 왜 그때 한국인들이 자주 먹는 김치를 좋아하셨는지 그 이유를 알지 못했다. 나중에……. 어머니를 통해서 아버지의 고향이 한국이라는 것을 알았다."

"아버지의 고향에는 가봤나?"

"아직……."

요시이는 고개를 숙이고선 담배를 비벼 껐다. 그리고 나서 바다 쪽을 응시했다.

"다음에 한국에 나올 때는 고향에 가보고 싶지 않나? 만일 가보고 싶다면 내가 안내를 하겠다."

"고맙다. 그러나 나는 아직 때가 아니라고 생각한다. 내가 마음이 내킬 때쯤, 그때는 춘호 상과 같이 아버지의 고향에 가보고 싶다."

"······."

"나는 긴자파의 보스다. 한국인이라는 게 알려지면 좋을 게 없지. 신주쿠파나 가미카제파가 가만있지 않을 거다. 그동안에 일본 최고의 도시, 도쿄라는 곳에서 보스의 자리를 지켜왔다는 것이 한순간에 무너질지도 모르는 일이다."

"음. 그럴 수도 있겠다."

춘호는 고개를 끄덕였다.

"일본은 아직도 민족차별이 남아 있다. 일본의 속과 겉은 다르다. 일본 최고의 자리에는 아직도 다른 민족이 올라갈 수가 없다는 것을 알아야 한다. 밑바닥에서는 다른 민족이 진출하는 것을 막지 않지만 높은 곳은 그들이 용납하지 않는다. 이것이 일본이다."

"음······."

"그러나 내가 일본인으로 한국의 황제파와 손을 잡는다는 것은 용납이 된다. 중국과 손을 잡는 것도 용납이 될 것이다. 물론 그것도 처음에는 쉽게 용납이 되지 않겠지만 그래도 일본인인 내가 조직을 키우기 위해, 우리 일본이 주도하고 한국과 중국이 일본을 따라오는 것이라면 일본인들은 환영하는 것이다. 나는 그걸 생각하고 있다."

"그래. 요시이 상. 우리는 요시이를 돕겠다."

"춘호 상. 고맙다."

요시이는 춘호의 어깨를 잡고선 힘있게 끌어당겼다가는 포옹

138

하듯이 해서 일어났다.

시모노세키 항에는 갈매기들이 하얗게 날고 있었다. 춘호와 요시이의 주위로 모여들어 먹을 것들을 찾느라 끼룩대며 날아다니고 있었다.

"여긴 이제 아무도 없나?"

"아무도 없다."

"어머니의 친척들도 없나?"

"없다. 어머니의 아버지는 대동아 전쟁에 나가서 돌아가셨다. 그리고 어머니는 남편이 사망했다는 연락을 받고 집을 나가서 행방불명이 된 이후로 우리 어머니는 전쟁고아가 된 셈이다. 어렸을 때부터 유곽에서 식모살이를 하다가 어린 기생이 되었다가 시모노세키로 들어와서 술집에서 식모 일을 하다가 아버지를 만났으니까."

그 말을 하는 요시이의 눈가에 물기가 번져나갔다. 춘호는 요시이의 옆모습을 보라보다가 하역작업을 하고 있는 항구 쪽으로 눈길을 돌렸다.

햇빛에 눈이 부신 탓인지 춘호의 가슴 속에도 알지 못할 서글픔이 밀려왔다. 일본에도 자신과 같이 힘든 세상을 살아왔다는 요시이가 있었다는 것을 생각하면서 춘호는 어린 날의 고아원 생활이 떠올랐다.

"이제 가지."

요시이가 입을 열었다.

그들은 시모노세키 항을 벗어나 다시 시장 쪽으로 걸었다.

시장 안은 시끄러웠다. 생선 비린내가 나는 그곳은 큰 어물전
이 있어서 생선을 토막내어 파는 모습과, 흥정을 하는 일본 주
부들의 모습을 볼 수 있었다.

"여, 요시이가 아닌가? 맞지?"

나이 든 장사꾼이 요시이를 알아보고는 반가운 인사를 해왔다.

"안녕하십니까? 아저씨."

요시이는 자신을 알아보는 아저씨에게 정중하게 인사를 했다.

"그래. 요즘 동경에서 큰 일을 한다면서? 그런 소문이 났지."

나이 든 아저씨는 머리에 흰 수건을 동여매고선 요시이한테
로 다가왔다. 요시이의 손을 잡고선 옆에 서 있는 춘호를 쳐다
보았다.

"손님입니다."

요시이가 춘호를 바라보면서 말했다.

"아, 그래. 동경에서 최고 가는 조직의 보스가 됐다는 소문은
들었네. 자네가 어떻게 그런 자리에 올라갈 수 있었나? 여긴 아
무도 없는데 어떻게 왔지?"

나이 든 아저씨는 어렸을 때의 요시이를 기억하고는 어깨가
떡 벌어져 달라진 모습의 요시이를 알아본 것이 대견하기라도
한 듯이 손을 잡았다.

"그냥 바다를 보고 싶어서 왔습니다. 장사는 잘 됩니까?"

"그냥 그렇지. 요즘 경기가 좋지 않네. 자네 아버지도 지금쯤

살았으면 여기서 생선 장사나 하면서 노년을 보냈을 텐데 말일세. 나도 전쟁터에 나갔다가 간신히 고향으로 돌아왔네. 난 이 옆에 살아."

아저씨는 요시이에게 자신이 사는 집을 가리켰다. 시장통에서 가까운 곳이 산다는 말이었다.

"네. 오야마 상은 어디서 삽니까?"

"오야마는 자네하고 아주 친했지. 오야마는 지금 미국에 가 있네. 미국에서 슈퍼마켓을 하고 있지."

"그럼 이민을 간 겁니까?"

"그렇다네. 미국에서 공부하고 와서 다시 이민을 간 걸세. 연락처 줄까?"

"네. 아저씨."

요시이는 오야마가 보고 싶었다. 중학교 다닐 때까지 줄곧 이웃에서 잘랐던 절친한 친구였다.

아저씨는 장부 겉표지에 적어놓았던 오야마의 전화번호를 적어서 주었다.

요시이는 쪽지를 받아서 핸드폰을 꺼내 번호를 눌렀다. 곧 잠결에 전화를 받는 여자의 목소리가 들려나왔다.

"밤늦게 죄송합니다. 오야마 상 있습니까?"

"누구세요?"

일본 여자의 목소리였다.

"시모노세키의 요시이라고 합니다. 마침 시모노세키에 왔다가 아저씨를 만나 오야마의 주소를 알았습니다. 부인이세요?"

"네. 반가워요. 잠시만요."

곧바로 황급하게 전화를 받는 듯한 오야마의 목소리가 들려나왔다.

"요시이라고?"

"그래. 미국에 산다고?"

"응. 근데 지금 시모노세키에 와 있나? 아버지 가게에?"

"그래. 언제 이민 갔나?"

"삼년 전에. 아버지한테서 네 이야기 들었다. 도쿄에서 보스라며? 너, 많이 변했구나."

오야마는 보스라는 말에 힘을 주었다. 어렸을 때는 요시이가 야쿠자의 세계와는 전혀 딴판인 분위기였었는데 일본 제일의 도시인 도쿄에서 긴자파라는 조직의 보스가 돼 있다는 말을 듣고서 놀란 오야마였다.

"애들도 있고?"

"응. 아들하고 딸하고 둘이야. 넌?"

"나? 아직 결혼을 안 했지."

"참, 네 엄마는 같이 사나?"

"돌아가셨지. 내가 고등학교 때, 엄마가 돌아가셨으니까."

"그래? 그럼 넌 친척도 없잖아? 그럼 어떻게 살았어?"

"하하. 그냥 살았어. 낮에는 학교 나가고, 밤에는 일 나가고 하면서. 대학을 마치고 도쿄로 올라갔으니까."

"그랬구나……."

오야마는 서글픈 듯이 목소리가 낮아졌다.

"다시 연락하지. 네 아버님 바꿔줄까?"

"낮에 일어나면 전화한다고 그래줘. 여긴 지금 밤이야."

"그래. 잘 지내. 다시 연락할게."

요시이는 전화를 끊었다.

"아저씨. 오야마가 좀 있다 전화를 드린답니다. 한참 자고 있는 중에 전화를 받은 거 같습니다."

"그래. 전화 자주 온다. 그놈도 사느라 바쁜 모양이더라."

아저씨는 핏줄인 오야마에 대한 걱정부터 했다.

"그럼 전 이만 가보겠습니다. 나중에 또 오면 들르겠습니다."

요시이는 정중하게 인사를 했다.

"그래. 손님이 있으니까 그렇구나. 시간이 있으면 더 놀다 가도 되는데……."

요시이는 다시 한 번 인사를 하고는 춘호와 같이 걸어나왔다.

"저 아저씨는 나와 절친한 오야마의 부친이시다. 중학교 때까지 항상 붙어 다녔지."

시장을 벗어나 역 쪽으로 걸었다.

그곳에서 신칸센을 타고 도쿄로 향했다. 열차를 타고 가면서 요시이는 어린 날의 추억에 젖어 있었다.

"요시이 상."

"……?"

요시이가 춘호를 쳐다보았다.

"전후 일본에 대해서 말해달라. 지금 일본의 사정도 알고 싶다."

"전후 우리 일본은 패망 그 자체였다. 일본인들은 좌절에 빠졌고, 모든 것이 무너져내린 참담함으로 전 국민들이 패배의식에 젖어 있었다. 그동안 사무라이 정신이 깊이 뿌리박혔던 일본 사람들이 패망했다는 것은 곧 죽음을 의미했다. 그만큼 충격이 컸던 것이다."

"……."

춘호는 요시이가 아주 천천히, 일본말과 서튼 한국말을 섞어서 최대한 쉽게 설명하고 있었다.

"우리 일본의 사무라이 정신부터 말해주겠다. 그것을 알아야 진짜로 일본을 알 수 있다."

요시이는 사무라이 정신과 무사도에 대해서 설명했다. 원래 사무라이라는 말은 '섬긴다.' '봉사한다.'라는 어원을 갖고 있으며, 원래의 어원은 '사부라우.'에서 유래되었다고 말했다. 초기의 사무라이라는 뜻은, 궁을 지키던 무사들을 의미했으나, 지방의 제후들에게 충성과 봉사의 의무를 무사의 계급 전체를 가리키는 말로 변하게 되었다는 말이었다.

사무라이는 칼을 찰 수 있었고, '기리스테고멘'이라 하여 무례를 범한 사람에게는 가차 없이 목을 베어버릴 수 있는 특권을 가지고 있었다고 했다. 그러한 권리와 특권을 갖고 있었던 사무라이들은 권리와 특권이 큰 만큼 그에 못지않은 혹독한 자기 관리와 수양과 청빈한 생활을 보여야만 했다. 만약 그것을 어겼을 경우는 스스로 자기 관리를 못했다는 자책감의 일환으로써 자기 배를 갈라 할복하는 모범을 보여줄 정도였다.

일본의 대침략정신이 사무라이 정신에서 출발했다는 것과, 그러한 정신이 일본의 자존심으로 작용하기도 했다. 그러한 정신은 주군을 섬기는 일에는 그 어떠한 일도 서슴치 않았으며, 만일 그러한 약속을 어겼다고 생각될 때에는 자기 자신에 대한 혹독한 자결을 감행하기도 했다는 말이었다.

침략과 무역으로 부를 축적한 거상들과 사무라이들은 항상 불가분의 관계였다. 상인들은 사무라이들이 남의 나라에 침략해서 영토를 빼앗고 나면 그 나라에 제일 먼저 들어가서 무역을 해서 돈을 거머쥔 다음에 그런 발판을 마련해준 사무라이들에게 고마움의 표시를 했던 것이 오늘날의 정치계와 사무라이들이 밀접한 관계를 유지하도록 만든 정신이라고 설명했다.

"오늘날과 같이 우리 야쿠자들과 정치인들이 밀접한 관계를 갖는 것은 당연한 일이다. 그건 옛날부터 이어져 내려온 일본의 중요한 정신이다. 막후들은 정치나 다른 나라를 침략하는 데에 우리 사무라이들을 이용했다. 그리고 나서 침략을 하고 나서 그곳에다 사무라이들을 상주시켜 상인들과 같이 돈을 벌어먹도록 했고, 돈을 번 상인들은 사무라이들을 숭상하게 되었다. 오늘의 일본은 정치계나 상인들이 다른 나라를 침략하는 데에 크나큰 공를 세운 사무라이들의 덕분에 발전할 수 있었다."

신칸센 열차는 빠른 속도로 달리고 있었다. 차창 밖으로는 주변의 풍경들이 쏜살같이 지나갔다. 농촌의 아담한 집들이 보이고, 푸른 논밭들은 정겹게 오비기까지 했다.

춘호는 요시이의 말을 들으면서 오늘의 일본이 어떻게 발전해 왔는가를 깊이 생각하고 있었다.

"도요토미 히데요시는 참 행운아라고 볼 수 있다."

요시이가 다시 말을 꺼냈다.

"왜 그런가?"

춘호가 흥미 있다는 태도를 보였다.

"십육세기에 이르러 일본은 오다 노부나가에 의해 평정이 되었다. 그 전에는 각 지방마다 제후들이 있어서 농민들과 노동자들을 사무라이들을 시켜서 감독하고 있었지만, 노부나가가 최고 실력자로 나서면서 잔국 통일을 앞두고 있는 마당에 그의 시종에 의해 암살되고 말았다. 그래서 도요토미 히데요시가 권력을 장악하면서부터 전국의 토지 조사를 실시했고, 농민들이 반란을 일으키지 못하도록 무기를 몰수해 버렸다. 그럼으로써 히데요시는 마침내 천하를 통일할 수 있었다. 이 시대에는 무역을 통해 부를 얻은 상인들과 사무라이들이 결합하여 최고의 시대를 구가했던 것이다."

요시이는 히데요시에 대해 설명했다.

"흠……."

춘호는 고개를 끄덕였다.

"그러나 히데요시는 그럴듯한 후계자가 없었다. 히데요시가 세상을 떠나고 나자, 천육백년 세키가하라 전투에서 승리를 거둔 도쿠가와 이에야스가 패권을 잡으면서 현재의 동경인 에도에 막부를 열게 되었다. 히데요시는 매우 영리한 실력자였다. 지방의 영주인 다이묘들의 가족들을 에도에 남게 해서 영주들이 꼼짝못하도록 만들었던 것이다. 말하자면 에도에 지방 영주들의 가족들을 볼모로 잡아둔 셈이다. 그리고 히데요시는 쇄국정책을 펴서 일본의 독자적인 발전을 꾀해서 사무라이 시대의 전성기를 구사한 사람이었다. 우리 일본은 그러한 사무라이 정신이 박혀 있어서 지금까지도 야쿠자들을 통해서 내려오고 있는 것이다."

"흠……."

"신의를 저버리는 자는 곧 죽는다는 것이 일본의 정신이다."

"그렇다면 한국은 어떻게 보는가?"

춘호가 질문했다.

"어려운 질문이다. 난 일본의 역사에 대해서만 전공을 했다. 한국이란 나라는 대륙에 붙어 있지만 사소한 것에 싸움을 잘하는 민족으로 알고 있다."

"왜 그렇게 생각하나?"

"이조시대의 당파싸움이 그랬고, 육이오 전쟁에서 민족 간 피를 흘린 것을 보면 알 수 있다. 그리고 한국의 정치세계는 정당의 사리사욕에 따라 자주 정권의 색깔이 바뀌는 것을 보면 안타까운 생각이 든다."

"그런 건 사실이다."

춘호는 요시이의 말에 시인을 했다.

"우리 일본은 그렇지 않다. 신의라는 것을 항상 내세우기 때문에 신의를 저버리면 어디에서건 살아남을 수 없다. 그것이 오늘의 일본의 경제와 정치를 살린 사무라이 정신이다."

"그렇다면 요시이 상은 우리 황제파를 높이 보는 이유가 어디 있나?"

"황제파는 좀 특이하다."

"어떤 것이?"

춘호는 요시이를 바라보았다.

"황제파는 그 발생 자체가 아주 특이하다는 점이다. 마치 우리 일본의 사무라이들이 목숨을 겁내지 않고 충성을 다했듯이, 한국의 황제파는 고아원 출신들이 맨주먹으로 싸우면서 일어섰기 때문에 무섭다는 것이다. 사람은 아무도 의지할 데가 없을 때가 가장 무서운 법이다. 목숨까지도 내어놓을 수 있다는 말이다."

"……."

"나는 그런 점을 높이 본다. 야쿠자들은 목숨을 소중히 여기지 않는 것이 생명이라고 생각한다. 조직을 위해 목을 내어놓을 수 있을 때에 그 조직은 가장 막강한 것이라고 생각하고 있다."

"……."

"그리고 또 있다."

요시이가 창밖을 내다보면서 말을 이어나갔다.

"난 한국인의 피가 흐르고 있다. 나중에 커서 알았지만 내가 한국인의 후손이라는 것을 알고부터 왠지 모르게 한국에 대한 생각이 나를 지배해왔다. 한국에 황제파가 있다는 것을 알고 나서 한국에 대한 나의 생각이 바뀌게 되었다."

"……."

"역시 나는 조선인이다. 그러나 아직은 내 뿌리가 한국이라는 것을 밝혀서는 안 될 것 같다."

"알았다. 나도 요시이 상의 마음을 이해한다."

춘호는 요시이가 자신만큼 기구한 운명을 살았을지도 모른다는 생각이 들었다. 한국인에 대한 차별이 심한 일본이라는 나라에서 아버지의 조국을 숨기고 살아야 했던 요시이의 어린 날을 생각해 보았다.

요시이의 아버지는 요시이의 앞날을 위해서 그러한 선택을 했을지도 모른다. 일본인으로 알았다가 나중에서야 한국인의 핏줄이라는 것을 알았다면 요시이는 충격을 받았을 것임이 분명했다.

"그럼 일본인이 아니라는 것을 알고 나서 요시이 상의 기분은 어땠나?"

"그거야……. 처음에는 나도 놀랐다. 그러나 곰곰 생각해보니 아버지의 모든 행동이 한국인의 습성을 닮았다는 추측을 할 수 있었다. 김치를 좋아하는 것과, 한국인의 배에서 가져온 소주나 막걸리를 좋아하시던 것을 이해할 수 있었다. 그리고 시모노세키 바닷가에 나가 술을 마시면서 하루 종일 서해바다 쪽을 바라보시다가 집으로 돌아오시는 아버지를 이해할 수 있었다. 비록 돌아가시고 난 뒤의 일이지만……."

"유언도 안 하고 돌아가셨나?"

"그렇다. 그건 비극이다. 분명히 아버지는 나한테 어떤 유언을 남기시고 가실 줄 알았다. 그러나 내가 학교에서 돌아왔을 때에는 아버지가 이미 돌아가신 뒤였다."

"……"

신칸센 열차는 소리 없이 빠른 속도로 달리고 있었다. 잔잔한 진동만이 의자를 타고 올라올 뿐이었다.

신칸센은 시즈오카를 막 출발하고 있었다.

이제 동경까지는 20분 정도의 거리였다.

"춘호 상. 이제 도전장을 낼 차례다. 어떻게 했으면 좋겠나?"

"날짜를 정해라."

"좋다. 일주일 뒤에 정식으로 도전장을 내겠다."

"됐어. 그럼 나도 준비를 해두겠다."

춘호는 동경에 도착해서 산장으로 가서 요시이 일행과 같이 회의를 가졌다. 벌써 산 속은 어둠이 짙게 깔리고 있었다. 그동안 외부 손님을 일체 받지 않은 그곳은 조용하기만 했다.

정원에서 바라보면 산장에서 불이 켜져 있는 곳이란 연회장인 연꽃룸밖에 없었다. 방 안에는 긴 테이블을 사이에 두고 요시이 일행과 황제파의 조직원들이 마주보고 앉아 있었다.

엄숙한 분위기 속에서 춘호가 입을 열었다.

"이제 일주일 후면 동경에서 우리의 행동이 개시된다. 택기는 배호 사장한테 연락해서 지원군을 더 보내달라고 전화를 넣어라."

다라시가 곧 통역을 했다.

"네, 알겠습니다. 몇 명쯤 보내달라고 할까요?"

택기의 물음이었다.

"일반 관광객으로 위장해서 서울과 부산 김해에서 각각 출발하라고 해라. 고수급들만 골라서 삼백 명을 보내라고 그래라."

"네, 알겠습니다."

택기는 곧 일어나서 밖으로 나갔다. 밖으로 나온 택기는 핸드폰으로 신공항 측으로 전화를 때렸다.

"네. 국제관광단지입니다."

비서실장인 명희의 목소리였다.

"응. 나야. 택기. 사장님 계시나?"

"네. 일본이세요?"

"응. 좀 바꿔줘. 회장님의 지시다."

"알겠습니다. 잠시만요."

명희는 춘호 회장이 잘 있는가 물어보고 싶었지만 택기의 목소리에 긴장감이 감도는 것을 느끼고는 얼른 인터폰을 눌렀다.

"사장님. 일본에서 조직부장의 전화가 걸려왔습니다."

"그래? 알았어."

배호는 사장실에 앉아 있다가 얼른 전화를 받았다.

"응. 나다. 택기냐?"

"네. 사장님. 지금 회의를 하고 있는 중입니다. 회장님이 내일 당장 삼백 명의 고수급들을 일본으로 보내달라는 지시입니다."

"삼백 명? 그럼 전투를 시작하겠다는 건가?"

"네. 그런 것 같습니다. 서울과 김해에서 각각 따로 보내달라는 지시입니다. 일반 관광객으로 위장해서 분산해서 보내라는 지시입니다."

"좋아. 그럼 도쿄로 보내면 되나? 마중은 나올 거지?"

"네. 우리가 나갈 겁니다."

"알았어. 좀 있다 내가 회장한테 따로 전화를 넣는다고 그래. 지금 회의 시작했다고?"

"네. 나중에 다시 보고를 드리도록 하겠습니다."

"그래 알았어."

배호는 곧 명희를 불러들였다.

"춘호 회장이 급히 삼백 명을 일본으로 보내라는 연락이 왔어. 명희, 너는 경비대장 상율이를 불러서 명단을 뽑고, 일본으로 가는 비행기나 배의 수속을 알아보고, 걔들이 일반 관광객으로 가야 하니까 신경 좀 써라."

"네, 알겠습니다."

명희가 나가려고 하자, 배호가 다시 말했다.

"상율이를 좀 오라고 그래."

"네."

곧 신공항 경비대장인 상율이가 사장실로 들어왔다. 상율이의 인사를 받자마자 배호는 곧 책상에서 일어나서 소파로 가서 앉았다.

"앉아라."

"네."

"비서실장한테서 들었나?"

"네."

"지금 일본으로 애들 삼백 명을 뽑아서 보내라는 연락이다. 긴자파와 힘을 합치는 거니까 상율이 너는 고수급으로만 골라서 뽑아. 내일 중으로 출발할 거니까. 내가 직접 갔다가 올 거다."

"네, 알겠습니다. 그럼 명단부터 뽑아서 올리겠습니다."

상율이는 어깨에 힘을 주며 깊숙이 절을 하고는 밖으로 나갔다. 잠시 뒤에 다시 상율이가 노크를 하고선 들어왔다.

"다 뽑았습니다. 일단 오늘 저녁 아홉 시까지 신공항으로 집결하라고 명령을 내려놨습니다. 명단입니다."

상율은 보고를 하고 명단을 책상에 내놓았다.

"명희한테도 한 부 줬나?"

"네."

배호는 명단을 훑어보았다. 황제파의 초창기 멤버 중에서 황제콜라텍의 사장직을 맡고 있는 이는 빼고서, 울진에 내려가 있는 고수급들을 제외시킨 나머지 고수급들은 다 들어 있었다.

그리고 훈련원에서 우수한 성적으로 졸업해서 서울 시내의 황제콜라텍으로 배치된 부하들도 명단에 들어 있었다.

"됐다. 오늘 저녁에 신공항에 도착하면 호텔에 투숙하도록 해 놔라."

"네, 알겠습니다."

"남대문에 있는 희준이도 알아보지 그래. 갈지도 모르니까."

"네, 알겠습니다."

상율이가 나가고 나서 명회를 불러들인 배호는,

"나도 갈 거니까 내 여권도 준비해놔라. 그리고 상율이가 남대문의 희준이도 간다고 하면 여권을 준비해줘라."

"알겠습니다."

신공항에서는 갑자기 분주해지기 시작했다. 상율은 남대문 파의 희준에게 연락을 취했다.

"형님. 상율입니다. 일본에서 춘호 회장님께서 삼백 명을 뽑 아 보내라는 연락이 왔습니다. 사장님께서 희준 형님에게도 연 락을 해보라고 해서 연락을 드렸습니다."

"그러냐? 배호 형님, 사무실에 계시냐?"

"네."

"그래. 알았다. 내가 전화하지."

희준은 배호에게로 전화를 걸었다.

"형님. 갈 겁니까?"

"그래. 오랜만이다. 너도 갈 거냐?"

배호는 반갑게 말을 했다.

"그럼 가야지요. 춘호도 거기 가 있는데, 당연히 가야지요. 우리 식구들은 얼마나 데리고 갈까요?"

"얼마나 데려갈 수 있나?"

"말씀만 하십쇼. 애들이야 데리고 갈만한 애들이 많으니까. 요즘 애들도 손이 근질근질합니다. 하하."

"그럼 오십 명만 뽑아. 오늘 저녁까지 신공항으로 와. 여기서 자고 출발할 거니까. 여권부터 보내."

"알겠습니다. 형님."

배호는 희준의 부하들이 간다고 하니까 350명이 출발하는 것으로 결정을 지었다. 곧 명희에게 그 사실을 전화하고선 춘호에게로 전화를 걸었다.

"회의 중이냐?"

"응. 그곳은 어때?"

춘호의 목소리였다.

"여기야 잘 있지. 내일 삼백 오십명이 출발한다. 희준이도 오십명을 데리고 오기로 했다. 여기서 자고 내일 출발할 거니까."

"그래? 알았어. 비행기로 다 올 거지?"

"서울과 김해에서 비행기로 출발하고, 부산 페리호에서도 출발 거다. 많은 인원이 한꺼번에 움직인다는 것이 그러니까 나눠서 출발할 거니까."

"하하. 알았어. 좋아!"

"요시이한테 나도 간다고 그래. 희준이도 가고."

"알았어! 지금 회의 중이야. 그대로 전하지."

전화를 끊고 나서 배호는 다시 상율에게 전화를 해서 신공항에서 출발하는 인원을 빼고 김해 비행장이나 부산에서 페리호로 일본으로 들어갈 인원들은 오늘 저녁에 미리 부산으로 출발시키라고 지시를 내렸다.

춘호는 배호의 전화를 받고 나서 회의 도중에 요시이에게,

"내일 일본에 도착한다. 총 삼백오십 명이 들어올 것이다. 배호 사장과 남대문의 희준이도 오기로 했다. 비행기로 오고, 페리호로도 올 것이다."

춘호의 말에,

"삼백오십 명? 배호 상하고 희준이 상도 온다고?"

요시이가 놀라는 표정이었다.

"그렇다. 고수급들만 오기로 돼 있으니까 나머지 준비는 요시이 상이 해두기를 바란다. 페리호는 시모노세키항으로 들어올 텐데 그것도 준비해줘라."

"알았다!"

요시이는 곧 자신의 부하들에게 그 사실을 말하면서 내일 도착할 한국의 야쿠자들을 맞을 준비를 할 수 있도록 지시를 내렸다.

회의는 다시 진행되었다.

"한국의 황제파가 우리 일본에 들어와서 우리 조직과 함께 일본 근해 석유시추를 한다고 기자회견을 할 것이다. 그렇게 되면

일본의 모든 야쿠자들이 기사가 난 신문이나 방송을 보고서 놀랄 것이다. 일차적으로 그렇게 내보낸 다음에 이차적으로 신주쿠파와 가미카제파에게 정식으로 도전장을 내면 될 것이다. 그렇게 되면 한국의 황제파와 손을 잡은 우리가 무슨 뜻으로 도전장을 낸 것이라는 것을 알아차릴 것이다. 이 계획은 어떤가?"

"흠……."

춘호는 요시이를 쳐다보면서 그의 부하들을 둘러보았다. 요시이의 부하들은 요시이 옆으로 빙 둘러앉은 채로 춘호를 쳐다보고 있었다.

"……."

요시이는 춘호의 생각을 듣고자 원하고 있었다.

"문제는 없겠는가? 한국의 조직이 일본에 들어왔다는 것 때문에."

"그래서 우리는 일본 근해에 석유시추를 하기 위해 울진에서 석유를 캐낸 황제파와 기술적인 제휴를 하는 것으로 발표하는 것이다. 석유채굴을 위해 손을 잡은 것처럼 발표를 한다는 이야기다."

"그렇게 하면 괜찮은가? 일본의 사정에 대해선 모르니까 요시이의 정확한 생각은 어떤지 말해달라."

"우리 일본측에선 별로 문제될 것은 없다고 본다. 한국의 황제그룹이 울진에서 석유를 채굴하는 성과를 냈고, 황제그룹은 국제공항 안에 국제관광단지까지 갖고 있는 일류기업으로 알고 있을 것이다. 그것을 기자들에게 부각시키면 될 것이다."

"……."

춘호는 결정을 내려야만 했다. 그러나 일본에서 소문이 엉뚱하게 난다면 곧바로 한국의 신문에서 거대한 폭력조직으로 보도가 나갈 수 있으므로 염려되는 부분이 없지 않았다.

요시이는 춘호의 표정없는 얼굴을 지켜보고 있다가 입을 열었다.

"방송과 언론은 책임지겠다. 그만한 것은 각오하고 있다. 그렇게 하지 않으면 우리를 도와줄 수 없다."

요시이의 설명이 이어졌다.

"좋다. 모든 방송과 언론에 대한 책임은 요시이 상이 알아서 해줬으면 좋겠다. 한국의 황제그룹이 일본에 투자한다는 것만 강조해달라."

"그건 걱정마라. 우리가 방송과 신문사들을 요리하겠다. 그 대신에 내일 들어오는 춘호 상의 부하들은 낮에는 절대로 움직이지 않도록 했으면 좋겠다. 대신에 밤에만 활동하는 것으로 하면 좋겠다고 생각한다."

"그렇게 하도록 하겠다."

그들의 계획은 구체적으로 나타나고 있었다. 일단 굵은 것부터 합의가 되고 나니 세밀한 것은 서로의 의견을 구해서 쉽게 절충할 수가 있었다.

회의가 끝나고 나서 술파티가 벌어지면서 그들은 회의에서 있었던 이야기는 전혀 꺼내지 않았다.

"춘호 상. 우리의 앞날을 위해서 건배하지."

요시이의 주문에 춘호는 술잔을 들었다. 거기 있는 모든 조직원들도 술잔을 높이 들고서 춘호와 요시이를 쳐다보았다.

"우리의 영원한 동지를 위해!"

요시이의 말에 그의 부하들이 복창을 했고, 다라시의 통역에 의해 자시 한국측에서 복창을 했다.

"우리의 영원한 동지를 위해!"

술자리는 밤이 깊은 줄 모르게 깊어갔다. 요시이는 춘호와 같이 술을 마시는 것이 무엇보다 기분이 좋았다. 춘호가 따라주는 술을 받아 마시면서 이때까지 조직을 이끌어왔지만 마음 한 켠으로 든든한 적은 없었다.

조직이란 늘 불안했다.

일정한 구역을 맡고 있다가 보면 어느 구역에서 어떤 사고가 일어날지 모르는 일이었다. 더구나 동경이라는 일본 최대의 도시에서 세 개의 조직들이 건재하고 있었기 때문에 서로 충돌이 일어나지 않으려면 각 조직에서 긴장하지 않으면 안 되었다.

전후 일본에서 각 지방에 있는 야쿠자들이 세력을 확장하려고 할 때에는 영역다툼이 수시로 일어나곤 했다. 싸움에서 패한 조직은 보스가 할복하거나, 조직원들이 뿔뿔이 흩어지는 비운을 맛보아야만 했다.

조직세계에서의 패배란 곧 죽음을 의미했다.

한 조직에 몸담고 있다가 그 조직이 싸움에서 패하고 나면 집단으로 할복한 경우도 있었다. 일본에서의 야쿠자 세계란 그만큼 냉혹한 것이었다.

그래서 전후 일본에서는 야쿠자들 간에 피비린내 나는 세력다툼을 하지 않겠다는 비밀협상이 있었고, 그 다음부터 겉으로는 평온했지만 속으로는 지역다툼이 끊이지 않았다가 점점 정치권으로부터 외면을 당하면서부터 야쿠자 세계는 정치권과의 타협을 위해서 다시 세력다툼을 중단하는 계기가 되었었다.

그때부터는 각 지역을 담당하는 야쿠자들의 존재를 인정하게 되었고, 다른 신흥조직이 기존의 야쿠자 세계를 넘보지 못하게 되었다. 만일 신흥 야쿠자 조직이 기존의 야쿠자 조직에 대해 도전장을 냈을 때는 여러 야쿠자 조직들이 힘을 합쳐 신흥조직을 분쇄해 버렸던 것이다.

도쿄 시내에 있는 신주쿠파와 긴자파는 오래 전부터 존재했었다면, 가미카제파는 아카사카, 록폰기가 신흥 유흥가로 떠오르면서 신주쿠파와 긴자파의 틈새를 비집고 새로 등장한 야쿠자 조직이었다.

아카사카, 록폰기가 새로운 유흥가로 떠오르기 시작했을 때에 도쿄 시내를 관장하고 있던 신주쿠파와 긴자파는 서로 경계하면서 새롭게 부상하기 시작하는 유흥가인 아카사카와 록폰기에 손을 뻗치기 위해서 조심스럽게 상대방 조직을 탐색하고 있는 동안에 가미카제파가 급부상한 셈이었다.

요시이는 기분이 좋았다. 오늘밤만큼은 마음껏 취하고 싶었다. 그는 춘호에게 술잔을 따라주고는 춘호가 건네는 술잔을 그대로 받아마셨다.

"춘호 상. 오늘 밤새도록 술을 마시는 건 어때? 여기 있는 우리 모두가 오늘 밤새도록 술을 마시는 거 어때?"

요시이는 약간 취한 듯했다. 눈가가 약간 붉어져 있었다. 그러나 그의 눈빛만은 또렷하게 빛났다.

"밤새도록?"

호는 부하들을 돌아보면서 기분 좋아 하는 모습을 보고선, 흔쾌히 대답했다.

"좋다! 그렇게 하지."

그들은 술을 마시다가 바깥으로 나갔다. 정원 옆으로 가서 돗자리를 깔고서 다시 술을 마셨다. 연못 주위에 있는 석등에서 은은한 조명이 흘러나왔고, 달빛은 연못의 수면에 비쳐서 부드럽게 반짝이고 있었다. 마치 연못 주위는 그림 속에서나 나올법한 아름다운 경치를 드러내고 있었다.

술이 떨어지면 서빙하는 아가씨를 불러 술을 더 가지고 오라고 했고, 안주가 떨어지면 안주를 다시 시켰다.

요시이는 춘호 일행이 기분 좋게 술을 마시는 모습을 보면서 절로 기분이 좋은 듯했다.

"춘호 상. 난 당신을 믿는다. 춘호 상은 나를 믿나?"

"그럼! 난 요시이 상을 믿지."

"하하. 좋아! 우리는 형제의 도를 지킨다. 내 말 맞지?"

"하하하. 형제의 도도 좋고. 친구의 도도 좋다. 사나이들이 한 말은 곧 약속이다."

달빛은 어느새 서산으로 기울고 있었지만 정원 숲 사이에서는 요시이 일행들과 춘호의 일행들이 시간이 가는 줄도 모르고 술을 마시고 있었다.

아침이 밝아올 때쯤에서야 그들의 술자리는 파했다. 술에 잔뜩 취한 그들은 아무 방이나 들어가서 잠을 청했다.

"춘호 상. 오늘밤은 같이 있고 싶다. 괜찮나?"

요시이의 말이었다.

"그러지. 들어가지."

춘호는 아직도 술이 취했다기보다는 술기운에 기분이 좋을 정도였다. 방으로 들어간 그들은 불을 환하게 켜놓고선 옷을 벗기 시작했다. 춘호는 무심코 요시이의 알몸을 보다가 흠칫 놀라고 말았다.

"그게 뭔가?"

"이거? 칼이지. 볼래?"

요시이의 허벅지에는 작은 칼이 꽂혀 있었다. 살갗을 뚫고서 작은 칼날이 위로 향한 채로 삐죽 나와 있었다. 그리고 그의 온몸은 문신으로 가득 차 있었다. 가슴 앞쪽에서부터 다리에까지 호랑이 문신이 칼라로 새겨져 있었고, 그가 등을 돌리자 이번에는 등쪽에서부터 다리에까지 용이 꿈틀거리는 듯한 칼라 문신이 현란하게 새겨져 있었다.

"언제 한 거냐?"

"이건 내가 대학을 졸업하고 곧바로 야쿠자의 세계로 들어서면서 한 거다. 이건 일종의 의식이다."

"의식?"

"일본 사무라이 정신을 뜻한다. 용과 호랑이는 사무라이라는 뜻이다. 그리고 이 칼은 야쿠자의 세계로 접어들면서 허벅지에다 칼을 꽂아놓은 것이다."

"아프지 않나? 그걸 거기에 꽂나?"

춘호는 가까이 다가가서 요시이의 허벅지 살갗 속에 꽂혀 있는 작은 칼을 내려다보았다. 아주 오래 전에 꽂아놓은 칼인 듯했다. 칼 주위의 살갗은 이미 굳은 살이 박혀 있어서 마치 살갗이 칼을 꽉 물고 있는 듯했다.

"하하. 내가 괜한 걸 보여줬군. 한국에는 이런 의식이 없나?"

"그런 건 안 한다. 난 이 손가락 하나를 잘렸지."

"왜?"

요시이가 춘호의 손가락이 하나 없는 손을 쳐다보았다.

"고아원에서 탈출하다가 들켜서 잘린 것이다. 아주 어렸을 적에."

"저번에 희준 상을 봤을 때, 희준 상의 손가락 두 개가 없는 걸 봤다. 그럼 희준 상도 그렇게 잘린 것인가?"

"그렇다."

"우리 일본에는 그런 짓은 안 한다. 정 죽이고 싶으면 칼을 던져준다. 그 칼로 할복하라는 뜻이지."

요시이가 웃으면서 말했다.

두 사람은 같이 욕실로 들어가서 샤워 꼭지를 틀었다. 세찬 물줄기가 쏟아져내렸다.

"춘호 상. 난 네가 마음에 든다."

샤워를 하던 요시이가 물끄러미 서서 춘호를 바라보고 서 있었다.

"왜?"

춘호는 비누칠을 하고선 물을 끼얹어 비눗물을 씻어냈다.

"결혼은 왜 안 했나?"

요시이가 엉뚱한 질문을 해왔다.

"그럼 넌? 한번도 결혼한 적이 없나?"

"없다. 우리 야쿠자들은 결혼을 안 한다. 그러나 애인은 갖고 있다."

"야쿠자들은 다 결혼 안 하는 건가?"

"그렇다. 결혼한다는 것은 곧 야쿠자의 세계를 떠난다는 뜻이다."

"그럼 애인은?"

"일본 여자다. 동경대를 나온 수재다. 후지방송국에 근무하고 있다."

"그래?"

"넌?"

"난 그런 거 없다. 결혼도 안 했고."

164

"애인도 없나?"

"없다."

춘호는 씨익 웃어보이고는 몸에 묻어 있는 비누칠을 벗겨냈다. 그리고는 타월로 물기를 닦아내기 시작했다. 요시이도 비누칠을 씻어내고는 춘호의 뒤를 따라나왔다.

두 사람은 오랜 친구처럼 알몸으로 서서 서로의 몸을 살펴보고 서 있었다.

"부하들은 어느 정도 수준인가?"

요시이는 춘호의 탄탄한 몸매를 바라보면서 물었다.

"훈련원에서 체대를 졸업할 때까지 태권도, 합기도, 검도, 유도를 고단수로 배워야만 졸업이 된다. 고수라고 보면 된다."

"그럼 춘호 상도?"

"그렇다. 우리는 다 유단자들이다. 배호나 희준이도 그렇다."

"흠."

요시이는 소파로 가서 앉았다. 그는 담배를 꺼내 춘호에게 내밀고선 한 개피를 꺼내 입에 물었다.

춘호는 담배에 불을 붙여 소파로 가서 앉았다.

"앞으로 우리도 그런 식으로 키우겠다. 춘호 상의 부하들은 다 체대를 졸업해야 하는가?"

"그렇다. 체대를 졸업하지 못하면 조직원이 될 수 없다."

"좋은 계획이다. 우리도 앞으로 그런 식으로 해야 할 것 같다."

요시이는 부러운 듯이 춘호를 바라보았다.

"한국에서 고아들이란 다른 사람의 가게에 들어가서 심부름하는 일밖에 하지 못한다. 혼자의 힘으로는 절대로 일어서지 못한다. 그래서 나는 고아원에서 차출되어 온 애들에게 검정고시 공부를 시킨다. 훈련원에 있으면서 검정고시를 거쳐서 체대에 입학해야만 된다. 체대를 졸업할 때는 우리 훈련원에서 적어도 고단수가 되지 못하면 졸업이 안 된다."

"그렇다면 저번에 울진에서 사회를 봤던 여자도 훈련원 출신인가?"

"그렇다. 여자들 역시 훈련원을 거치는 건 필수다."

"흠……."

요시이는 춘호의 황제그룹이 그만큼이나 철두철미하게 조직이 짜여져 있다는 것을 비로소 알 수가 있었다.

"이제 자지."

춘호의 말에 요시이는 침대로 올라갔다.

"난 침대 체질이 아니다. 여기서 잘 거다."

춘호가 바닥의 다다미 위에 드러눕자, 요시이가 벌떡 일어나서 내려왔다.

"왜?"

"원래부터 그런 체질이다. 넌 위에서 자라."

"그렇다면 나도 여기서 자겠다."

요시이는 춘호 옆에 누웠다.

"불을 끄지."

춘호의 말에 요시이가 리모컨을 눌러 방 안의 불을 꺼버렸다.

"……."

춘호는 창문의 커튼 사이로 스며드는 달빛을 올려다보고 있었다. 그 옆에는 요시이가 팔베개를 하고선 누워 있었다.

"우리 아버지도 그랬다. 내가 어렸을 적에 다다미 위에서 자곤 했지. 그때는 침대가 없을 때였지만……."

"……?"

춘호가 돌아보자, 요시이가 말을 이었다.

"아, 생각난다. 몹시 추웠던 그날, 아버지는 밤중에 일어나서 벽을 부수기 시작했지. 내가 깊이 잠들어 있다가 벽을 깨는 소리에 놀라 일어났더니 아버지는 벽 아래쪽을 깨서 그곳에다 장작불을 피우고 있었지."

"……?"

"난 그것이 뭔지 몰랐다. 나중에서야 알았지만 방바닥에다 불을 지피느라 그랬던 거다. 아버지는 그렇게 방을 데웠어. 일본에서는 그렇게 방을 데우지 않거든."

"그건 군불이라는 거다."

"군불?"

"방바닥에 나무를 때서 방바닥을 덥히는 거지. 그걸 군불이라고 그래."

"군불?"

"그래. 그렇게 방을 덥히고 나면 차츰 방바닥이 따뜻해져 오지. 내가 어렸을 때에 고아원에서도 그런 식으로 페치카에 불을 피웠어. 나무가 없어 싸늘한 방바닥에서 잠을 잤을 때가 더 많지만."

"……"

"아마 요시이의 아버지는 어렸을 때에 그런 걸 봤으니까 방에 불을 피우면 따뜻해진다는 것을 알았겠지."

"그래. 난 방이 따뜻해져서 깊이 잠들 수 있었어."

"그래도 넌 아버지의 집에서 그런 호강을 받으면서 자랄 수 있었겠지만……. 우리 고아들은 찬 마룻바닥에서 잠을 잤다. 돌아가면서 페치카 당번이 있었지만 나무가 있어야지……. 페치카 당번은 졸리운 눈으로 일어나서 나무를 찾았지만 나무가 없어서 그냥 페치카 옆에서 졸기 일쑤지. 너무 추워서 자다가 잠을 깨보면 페치카 당번인 아이가 무릎 사이에 얼굴을 파묻고서 자다가 훌쩍훌쩍 우는 소리가 들리곤 했어."

"……"

"밤도 괴로운 시절이었다. 다른 아이들은 따뜻한 방에서 이불을 덮고 잠을 잘 시간이지만 우리들은 서로를 껴안고서 억지로 잠이 들었다. 아침에 겨우 일어나면 따뜻한 햇살이 차라리 더 좋았다. 찬바람이 쌩쌩 부는 처마 밑으로 달려가서 따뜻한 햇살을 받는 것이 더 따뜻했으니까."

춘호는 천정을 올려다보며 말을 했다.

"……"

"우린 그렇게 컸다. 고아원에서 도망치면 먹고 살 수 있을 거라고."

"그래서 도망쳤나?"

"그렇다. 나하고 희준이가 같이 도망쳤다가 남대문에서 붙잡혀 앵벌이 조직으로 들어갔다."

"앵벌이?"

"하하."

춘호는 갑자기 웃었다. 그리고는 웃음을 뚝 그치고는, 요시이에게 말했다.

"앵벌이. 그 말뜻이 뭔지 아나?"

"뭔가?"

"앵앵거리며 운다는 뜻이다. 껌을 한 통 들고 버스나 지하철에 올라타서 손님들의 무릎 위에다가 껌을 한 통 올려놓고는 서글픈 목소리로 구걸하면서 운다는 뜻이다. 그래야 손님들에게서 껌을 팔 수가 있다."

"껌을 팔아서 산다는 건가?"

"앵벌이 조직에는 보스가 있다. 그 보스에게 돈을 갖다바치지 않으면 희준처럼, 나처럼 손가락 하나를 잘리게 된다. 껌을 팔아서 먹을 것을 사먹었다는 죄로."

"흐음……."

요시이는 낮은 신음소리를 냈다.

"희준이는 두 번이나 도망치다가 잡혀서 손가락 두 개를 잘렸다. 난 기어이 앵벌이 조직을 탈출했다. 중국집으로 가서 일자리를 얻으려고 했지만 손가락 하나를 잘린 나를 받아주지 않았다. 서울에서 중국집 일자리를 찾지 못해 멀리 떨어진 곳으로 갔다가 그곳 중국집에서 일하는 배호 형을 만났다."

"그랬나?"

춘호는 고개를 끄덕였다.

"배호 형도 서울에 있는 고아원에서 도망쳐 나와서 거기 중국집에서 배달을 하고 있었다. 손가락 하나가 없는 내가 그곳으로 들어가자, 배호 형은 나를 마치 친동생처럼 대해주었다."

"그랬구나……."

"거기서 일하다가 배호 형이 오토바이 사고를 내서 교도소에 들어갔고, 난 그 중국집에서 나와 교도소에 면회를 갔다가 어떤 여사장을 만나게 됐다. 그 여사장은 나를 술집에 데려다놓고 심부름을 시킬 생각으로 내려간 거지."

"흠……."

춘호는 여사장이라는 말을 하면서 자신도 모르게 창밖을 올려다보았다. 달이 기우는지 달빛만 방 안으로 스며들고 있었다.

"술집 여사장이 칼에 맞아 죽고 나서 나는 그 술집을 콜라텍으로 만들었다. 거기서 우리는 황제파라는 조직을 만들었다."

"그럼 고아원에서 나온 애들을 모았다는 말인가?"

"그렇다."

춘호는 거기까지 말하고는 눈을 감았다.

"……."

요시이는 춘호가 눈을 감은 것을 보고는 반듯이 누운 채로 창밖을 내다보고 있었다. 시모노세키의 겨울이 생각났다. 매운 바닷바람이 지붕을 쓸어버릴 듯이 불어올 때면 차가운 다다미 방 안에는 살얼음이 얼곤 했다.

아침이면 허술한 유리창에 얼음이 얼어붙어 있었던 기억이 났다. 밤새도록 아버지는 소주를 마시면서 몸을 데웠고, 어머니는 휑하게 뚫린 부엌으로 나가서 아침밥을 짓곤 했다.

밤새도록 술을 마신 아버지는 부두로 나가 뼈빠지게 하역작업을 하고선 녹초가 되어서 집으로 돌아올 때는 아버지의 옆구리에 찬 보자기에는 언제나 한국배에서 가져온 소주병이 들려져 있었다.

요시이는 그런 아버지를 원망했었다.

희망이 없이 하루하루를 살아가고 있는 아버지를 볼 때마다 요시이는 일본인 중에서 가장 못난 아버지라고 나무라고 있었다. 결국 아버지가 동네 남자들에게서 몰매를 맞고서 더 이상 부두 하역일을 할 수 없게 되었을 때에 시모노세키를 떠날 수밖에 없었다.

낯선 도시에서 요시이는 고학을 하면서 학교를 다녔고, 어머니는 생선을 머리에 이고서 길거리로 나가 생선을 팔아서 아버지의 약값을 대곤 했던 것이다.

요시이는 고개를 가로저었다.

일본 제국

　다음날, 도쿄에는 신공항에서 출발한 황제그룹 조직원들이 나리타공항에 도착했고, 경남 김해비행장에서 출발한 조직원들도 나리타에 내리고 있었다.

　한편, 부산에서 페리호로 바다를 건넌 조직원들은 시노모세키항에 내려서 후쿠오카 비행장에서 다시 국내선을 타고서 하네다 공항에 내렸다.

　검은 양복을 입고 내린 그들은 마중 나온 요시이와 춘호를 보고는 깊숙이 고개를 숙였다.

　"잘 왔다."

　춘호는 자신의 부하들과 배호, 그리고 희준을 보자 반가웠다.

　"배호 상, 희준 상. 반갑소."

　요시이는 배호와 희준에게 악수를 하고는 대기하고 있던 리무진 버스로 향했다. 그들의 만남은 극히 짧았다. 공항에서 시간을 끌면 기자들의 취재에 들킬까 싶어 인사만 하고선 재빨리 버스로 이동했다.

리무진 버스는 곧바로 산장으로 향했다.

그리고 나서 김해에서 출발한 조직원들 역시 그런 식으로 산장에 도착했고, 시모노세키에서 하네다 공항에 도착한 이들은 저녁 늦게서야 산장에 도착할 수 있었다.

긴자파의 산장은 외부 손님을 일체 받지 않고서 황제파와 긴자파의 숙소가 된 셈이었다. 산장의 총책을 맡고 있는 요시무라는 조용한 인물이었다. 그는 요시이의 명령에 따라 산장으로 들어오는 숲길의 입구를 닫아버리고는 '산장 휴업.'이라는 푯말을 달아놓았다.

넓은 정원에는 방금 도착한 리무진 버스 두 대가 서 있었고, 산장에는 방마다 환하게 불이 켜져 있었다. 방에서 흘러나온 불빛이 정원의 연못 위에 어른거렸다.

넓은 연회장은 앉을 자리조차 부족했으므로 탁자를 걷어내고선 방을 잇는 칸막이까지 없애버렸다.

춘호와 배호, 그리고 희준과 여시이는 앞쪽 벽쪽에 앉아 있었고, 그들의 부하들은 전부 다 무릎을 꿇고 앉아 있어야만 할 정도였다.

연회장 안에 빽빽이 들어찬 조직원들이 무릎을 꿇고 앉아 있어야만 했다. 그들을 둘러본 요시이는 자리에서 일어났다.

"오늘 여기까지 오느라 수고가 많은 황제파 조직원들에게 감사를 드린다. 황제파에서 고수급들인 여러분들이 우리 긴자파를 찾아주어서 무어라고 감사의 말을 드려야 할지 모르겠다. 나는 긴자파의 요시이다."

요시이는 절도 있게 말을 하고는 옆에 앉아 있는 히라카이와 다라시를 소개했다. 그리고는 다시 입을 열었다.

"여기, 배호 사장과 남대문파의 희준 상을 소개하겠다."

그 말이 있자, 긴자파의 부하들에게서 우뢰와 같은 박수소리가 터져 나왔다. 배호와 희준은 자리에서 일어났다가 다시 앉았다.

"앞으로 우리는 한 형제처럼 지낼 것이다. 일본에 있는 동안 불편한 점이 없도록 최선을 다하겠다. 오늘 도착한 황제파의 사람들이 도쿄 시내를 알 수 있도록 이 삼일 간 투어를 할 것이다. 그건 다라시가 맡아서 할 것이다."

요시이의 말에 다라시가 일어나 인사를 하고는 자리에 앉았다.

"이제 춘호 상이 말하겠다."

요시이가 자리에 앉았다. 춘호가 일어나서 입을 열었다.

"방금 요시이 상이 말한 것처럼 우리는 이제 한 배를 탄 조직원들이 된 셈이다. 여기 도쿄에서 활동하고 있는 신주쿠파와 가미카제파에게 도전장을 낼 생각이다. 이제 여러분들은 한국과 일본을 떠나 같은 조직이라고 생각해야 한다. 우리 황제파는 어디에서든 절대로 지지 않는다. 나는 긴자파의 여러분들의 실력을 믿고 있다. 이번에 우리는 도쿄 시내를 완전히 장악할 거라고 믿는다. 이상!"

춘호의 말이 끝났다. 다시 박수소리가 터져나왔다.

그동안에 정원에 만찬을 차려놓은 요시무라가 들어와서 요시이에게 귓속말로 말햇다. 그러자 요시이가 좌중을 향해 큰소리로 말했다.

"여긴 좁으니까 정원에서 다음 시간을 갖도록 하겠다. 전부 밖으로 나간다."

춘호와 요시이, 배호와 희준이 먼저 방을 빠져나갈 때까지도 그의 부하들은 꼼짝도 하지 않았다. 그들은 천천히 일어나서 밖으로 나왔다.

정원에는 가로등이 켜져 있었고, 그 밑에는 돗자리들이 깔려 있었다. 아직까지도 서빙을 하는 아가씨들이 식탁 위에다가 음식과 술들을 갖다놓고 있었다.

자리를 잡은 춘호와 요시이 옆에는 배호와 희준, 그리고 일본 측에서는 다라시와 히라카이가 나란히 앉았다.

숲 사이에 넓게 퍼져서 앉은 조직원들은 연못 바로 옆에 자리를 정한 춘호와 요시이 쪽을 지켜보고 있었다.

"전부 술을 따라라."

요시이의 말이 떨어지자, 그들은 일제히 술잔을 채웠다. 달빛에 비친 그들의 모습은 장엄하기까지 했다. 하얀 달빛에 높이 처든 술잔이 반짝 빛났다. 술잔을 든 그들의 모습은 마치 석고상처럼 굳어 있었다.

요시이는 허벅지에 박혀 있던 작은 칼을 빼내 손가락 하나를 그었다. 그러자 곧 검붉은 피가 솟구쳐 나왔다.

그는 자신의 술잔에 손가락을 담그고는 빼내서 춘호의 잔에 손가락을 담구었다. 춘호의 술잔에는 곧 피가 번져나왔다.

요시이는 춘호에게 자신의 술잔을 건네주고는 춘호가 들고 있던 술잔을 받아쥐었다.

"오늘로써 우리 긴자파와 황제파는 영원히 한 배를 탄 동지들이 되었다!"

두 사람이 먼저 술잔을 비워내자, 그들 앞에 앉아 있던 조직원 모두가 일제히 술잔을 들이켰다.

요시무라가 얼른 요시이에게 하얀 손수건을 건넸다.

이로써 황제파와 긴자파의 엄숙한 의식은 끝이 난 셈이 되었다. 정원에선 한국측과 일본측의 구분이 없이 술파티가 벌어졌다. 황제파 조직원들은 일본말을 몰라도 웃는 것만으로도 긴자파들과는 남자들만의 뜻이 통했다.

술파티가 끝나고 나서 그들은 방으로 들어가서도 한국측과 일본측의 구분이 없었다. 몸짓과 발짓을 하면서 서로의 의사를 전달하곤 했다.

"요시이 상. 괜찮나?"

춘호는 요시이에게 물었다.

"괜찮다. 희준 상."

요시이는 희준에게 눈길을 주었다.

"난 희준 상이 우리 일본에 무서운 존재로 알려져 있다. 남대문에서 들려오는 소문이 일본 조직에게 알려져서 알고 있다."

요시이는 일본말로 했다.

"하하. 그런가? 난 일본에 대해서 잘 알고 있다."

희준 역시 유창한 일본어로 말했다.

"배호 상. 어젯밤 춘호 상한테서 많은 이야기를 들었다. 두 분이 황제파를 일으켰다는 말을 듣고 나도 배울 점이 많았다. 나는 배호 상과 춘호 상에게 존경을 표시한다."

이번에는 요시이의 말을 희준이 받아서 통역을 했다.

"고맙다. 일본인으로서는 화끈한 요시이 상을 존경한다."

배호 역시 요시이에게 존경의 표시를 보냈다.

그 말에 요시이는 춘호를 쳐다보았다. 춘호는 요시이가 한국인의 핏줄이 흐르고 있다는 것을 말하려 하다가 그만두고는 배호의 어깨를 쳤다.

"형. 요시이는 좋은 일본인이다. 우리와 같이 피를 나눈 동지가 된 셈이다."

희준의 통역을 했다.

"알았다. 춘호의 말이라면 우리 황제파에서는 곧 법이다. 여기 있는 희준도 긴자파를 도울 것이다."

배호가 희준을 보며 말했다. 그러자 요시이가 화답했다.

"이 은혜는 잊지 않겠다."

요시이는 정중하게 고개를 숙였다.

그들이 한 방에 누워 있는 동안에 옆방에서는 한국말과 일본말이 뒤섞여 떠들고 있었다. 그런 소리를 들으면서 요시이와 춘호는 나란히 누워 있었다.

"형. 희준아."

"……."

　요시이 옆에 누워 있던 배호와 희준이 춘호에게 고개를 돌렸다.

"요시이 상은 한국인이다."

"뭐? 한국인?"

　배호와 희준은 놀라면서 잠자코 누워 있는 요시이를 바라보기만 했다.

"그래. 원래 요시이 아버지는 한국인이었다. 경남 함안에서 이곳 일본으로 끌려온 징병이었다. 시모노세키에서 어린 날을 보냈다. 나도 시모노세키에 가봤다. 한국이라는 것 때문에 그동안 핏줄을 감춰왔던 것이다."

"그게 정말이냐?!"

　배호와 희준이 벌떡 일어나 앉았다.

"……."

　요시이는 잠자코 눈을 감고 있었다.

"맞는 말이다. 이건 아무도 모르는 일이다. 형과 희준이는 절대 비밀로 해라."

"……."

"이건 하늘이 돕는 거다. 핏줄끼리 만날 수 있도록 신이 돕는

178

거다. 일본 도쿄에서 그것도 긴자파를 이끌고 있는 요시이 상이,
아니다. 오 창명이라는 본명이다. 요시이는 오 창명이라는 이름
을 갖고 있다. 나중에 한국에 오면 우리가 해야 할 일이 있다."

"……."

"형하고 희준이는 그렇게만 알아라."

춘호는 나직하게 말을 하고는 요시이의 손을 잡았다. 캄캄한
어둠 속에서 일어나 앉은 배호와 희준의 모습이 보였다.

"요시이 상. 정말인가?"

희준이 물었다.

"그렇다. 난 분명히 조선인이다. 경남 함안에서 아버지가 일
본으로 왔고, 나는 어렸을 때도 아버지가 한국인이라는 걸 몰랐
다. 우리 엄마는 일본 여자다. 아버지가 돌아가시고 나서야 엄
마가 나한테 그 사실을 말해주었다. 난 이미 일본에서 야쿠자의
세계에 들어와 있었을 때였으니까."

"……?"

"나의 모든 것을 비밀로 해 달라. 희준 상."

"말하라."

"배호 형에게 정확히 말해다오. 내가 한국인의 핏줄이라는 것을."

요시이의 목소리는 낮게 흘러나왔다.

"알았다. 형. 요시이는 우리 한국인이다. 그걸 말해달라는 거다."

"그래."

배호는 요시이의 얼굴을 내려다보았다. 요시이의 얼굴에선

굵은 눈물이 흘러내리고 있었다.

"이제 자자. 이젠 우리가 할 일만 남았으니까."

배호가 그렇게 말하고서 눕자, 희준도 옆자리에 누웠다.

요시이는 더 이상 말이 없었다.

춘호는 요시이의 따스한 손을 느낄 수 있었다. 마치 어렸을
적에 고아원에서 잠을 자다가 문득 다른 아이의 손을 꼭 껴안고
있는 것 같은 착각이 들었다.

희준 역시 쉽게 잠이 오지 않았다.

동경의 긴자파 보스인 요시이가 한국인의 핏줄이라는 사실이
믿겨지지 않았다. 그동안 희준이 알고 있기로는 동경의 긴자파
라면 가장 역사가 있는 조직이면서 정통파 야쿠자의 정신을 갖
고 있는 조직으로만 알고 있었다.

남대문에 드나드는 일본인들을 통해서 들은 바로는, 요시이
가 동경에서 가장 유력한 조직을 갖고 있으면서도 신주쿠파에
게 밀려 2위의 자리를 고수하고 있다는 것쯤은 알고 있었다. 거
기에다가 아카사키와 록폰기를 장악한 신흥조직인 가미카제파
의 도전을 받고 있으면서 한국과 중국에 손을 잡으려는 움직임
까지도 이미 알고 있던 터였다.

"그런 요시이가 한국인이라니……."

희준의 생각 역시 어린 날의 고아원으로 되돌아가고 있었다.
부모도 모르는 고아들만 모여 있는 그곳에서 춥고 배고픈 시절
을 보내면서 이 세상 어딘가는 자신을 낳아준 부모가 살아 잇을

거라는 막연한 기대 속에 얼른 커서 어른이 되면 지긋지긋한 고아원을 벗어나서 새로운 세계에서 살면서 자신을 낳아서 고아원에 버린 부모를 찾고 싶었던 것이다.

그러나 너무 많은 세월이 흘러버린 지금 희준은 이제 더 이상 부모에 대한 생각은 하지 않기로 마음먹었던 것이다.

그런데 지금 요시이가 일본인이 아니라, 경남 함안에서 징용으로 끌려온 아버지와 일본인 여자와의 사이에서 태어난 한국인 2세라는 사실을 듣고서 어린 날의 추억 속으로 돌아가고 있었다.

황자파의 탄생

　요시이 일행이 떠나고 난 뒤, 산장의 오전은 조용한 가운데 긴장감이 감돌고 있었다. 어젯밤 황제파의 회장과 긴자파의 요시이가 의식을 치루고 나서 황제파의 조직원들은 자신들이 왜 일본에 왔는가를 충분히 알 수 있었다.

　아침 운동을 마치고 나서도 정원에 뿔뿔이 흩어져서 몸을 푸느라 운동에 열심들이었다. 생소한 일본에 온 그들은 이미 신주쿠파와 가미카제파에 대한 정보를 들었으므로 어떤 일이 벌어지더라도 충분히 감당할 수 있다는 자신감에 차 있었다.

　욕실에서 샤워를 하고 나온 배호는 창밖을 내다보면서 그들이 운동에 열중하고 있는 모습을 지켜보고 있다가 춘호와 배호의 옆으로 다가왔다.

　"요시이는 언제 온다는 거냐?"

"좀 있다가. 저녁쯤에."

춘호의 대답이었다.

"기자회견을 하면 일본이 놀라겠지. 미리 말해둘 것을 생각해놔라."

배호의 조언이었다.

"응. 우리 황제그룹과 긴자파의 부흥물산이 오십대 오십으로 투자를 하는 거다."

춘호는 요시이와 약속한 말을 상기시키듯이 말했다. 일단 황제파와 긴자파가 황제그룹이라는 한국의 기업과 요시이가 일본에서 운영하고 있는 부흥물산의 이름으로 합작투자를 한다는 합의의 내용을 배호와 희준도 들어서 알고는 있었지만 기자회견을 앞두고 다시 한 번 상기시키는 셈이었다.

"양복을 입어야지?"

"하하. 물론. 일본 방송과 전 신문사에 다 나가는데. 건달처럼 보여서야 쓰나."

춘호의 말에, 희준이 토를 달았다.

"야. 춘호야. 난 카메라에 얼굴을 드러내지 않는 게 좋을 거 같다."

"왜?"

"일본측에서 나를 알아볼 거다. 그냥 뒤로 빠져 있는 게 좋을 거 같다."

"같이 서 있는 게 좋지 않을까? 일본에서 우리 황제파와 네가 손을 대고 있다는 것을 보여주는 것도 괜찮지."

춘호의 생각은 그랬다.

"아니다. 난 될 수 있으면 빠지는 게 좋겠다. 춘호 너와 배호 형님이야 신공항과 울진석유단지 회장이라는 감투가 있지만 나야 조직세계의 건달밖에 더 되겠나. 내가 끼면 일본 언론에서 이상하게 볼지도 모르지."

희준의 생각은 자신이 카메라에 찍히게 되면 일본 조직에서 얼른 알아볼 거라는 우려가 앞섰다.

"그것도 그렇군. 그럼 알아서 해라. 카메라에는 찍히지 말고 우리들을 호위해서 온 식으로 나오면 되지."

"그게 좋겠어. 이런 일에 조직세계가 끼어 있다는 것을 보여주는 건 좋지 않다."

"알았어. 나가서 운동이나 하자."

춘호의 말에 그들은 일어섰다. 밖으로 나온 그들은 운동에 열심인 부하들이 땀을 흘리는 모습을 지켜보며 정원의 벤치로 가서 앉았다.

택기는 두 명의 훈련원생들과 맞대결을 하고 있었다. 진검을 든 두 명의 훈련원생들이 동시에 택기를 공격해 들어가면 택기는 들고 있던 진검으로 한 명의 칼을 제끼고 나서 비틀거리는 틈을 이용해서 급소에 칼을 대고선 다시 재빨리 공격해 오는 상대방의 급소에다가 칼을 들이댔다.

급소에 칼을 댄다는 것은 곧 치명상을 입힌 셈이었다. 상처가 나지 않게 급소 부위에서 칼끝이 멈췄다.

"늦어! 다시!"

택기의 호통에 두 명의 훈련원생들은 진검을 다시 고쳐잡았다. 그리곤 두 명이 눈빛을 주고받았다가 일시에 공격해 들어왔다. 이번에는 택기가 미처 피할 틈도 없이 거의 동시에 칼끝으로 공격해왔기 때문에 택기가 피하느라 잠시잠깐 빈틈을 보였다.

두 명의 칼끝이 택기의 어깨 바로 밑 급소와 허벅지 안쪽 급소를 공격해왔다.

"날아!"

춘호가 소리쳤다.

그 순간에 택기의 몸이 공중으로 붕 날아오르면서 칼을 후려쳐 한 명의 칼끝을 휘청거리게 만들고선 다시 땅에 착지하면서 남은 훈련생의 칼끝을 향해 공격했다.

택기의 칼놀림은 수준급이었다. 단번에 한 명의 급소를 향하고 나서 달려드는 훈련생의 옆구리에 칼을 겨누었다.

"하하. 잘 했어. 야, 니들은 빈틈을 찾아서 빨리 공격해야지. 머뭇거리다간 급소를 맞는 거야."

이번에는 배호가 칭찬을 해주었다. 그리고선 배호가 앞으로 나섰다.

배호는 훈련생의 칼을 들고서 택기 앞에 마주섰다.

"사장님."

택기가 난처한 듯이 춘호와 희준을 쳐다보았다.

"임마. 여기서는 사장이 아냐. 훈련할 때는 사장이라는 이름을 부르지 마. 자, 덤벼봐."

배호가 칼끝을 겨누며 폼을 잡자, 택기는 칼을 움켜잡고서 배호가 먼저 공격해 들어올지도 모른다고 긴장하고 있었다.

"내가 먼저 자세를 흩트려놓지. 자, 공격이다."

배호는 날쌔게 칼끝을 찌르며 공격해 들어갔다가 택기가 칼끝을 걷어내기 위해 몸을 트는 순간에 허점을 발견하고서 가슴을 향했다. 택기가 아차, 하면서 칼로 배호의 공격을 막아냈다.

배호는 다시 빈틈을 보고선 칼끝을 날렸다. 택기가 몸을 움직일 때마다 배호는 택기의 몸놀림에서 빈틈을 찾아내어 새로운 공격을 시도하고 있었다. 택기는 파상적인 배호의 공격을 막아내기에도 바빴다.

결국 배호의 칼은 택기의 아랫배 앞에 가서 멈췄다.

"끝났어! 택기는 몸을 움직일 때마다 허점이 보여. 움직이면서 어디를 공격해 들어올 건가 생각하면서 움직여라."

"알겠습니다."

택기는 칼을 내리고서 깊숙이 허리를 숙였다.

"다시 해봐."

배호는 칼을 훈련생에게 건네주고서 그들의 다시 맞대결하는 장면을 지켜보기로 했다.

하루 종일 훈련을 한 그들은 점심식사를 하고 나서도 정원에 모여 훈련에 열중했다. 검도를 하는 이들은 검도를 하고, 태권도를 하는 이들은 태권도로 맞대결을 했고, 각목을 들고서 맞대결을 하는 이들도 있었다. 그들에겐 손에 쥐어지는 것이 곧 무기였다.

저녁 무렵에 요시이 일행들이 산장으로 찾아왔다. 요시이와 다라시, 히라카이는 백 명 가까운 조직원들을 대동하고서 정원으로 들어서고 있었다.

"훈련 열심히 하고 있군. 들어가지."

요시이는 춘호의 어깨를 툭 치고는 배호와 희준을 데리고서 안으로 들어갔다.

바깥의 정원에선 방금 도착한 일본 긴자파 조직원들과 한국의 황제파 조직원들이 맞대결을 벌이고 있었다.

택기는 히라카이와 승부를 겨루었다.

맨주먹으로 하는 대결이었다. 히라카이에게 먼저 공격을 해 보인 택기는 히라카이가 어떻게 나오는가를 보고 싶었다. 히라카이의 방어가 있고 나서 히라카이는 곧 합기도로 공격해왔다.

"으랏차!"

택기는 회전 돌려차기로 히라카이의 발길을 걸어차 내고선 공중으로 붕 날아오르면서 히라카이의 얼굴을 향해 발을 날렸다.

"이마!"

히라카이의 외침과 동시에 히라카이의 주먹이 택기의 발길을 향해 날아왔지만 택기는 벌써 히라카이의 공격을 염두에 두고 있다가 다시 왼발을 날렸다.

히라카이는 예상치 못한 택기의 재빠른 공격에 어깨를 맞고서 뒤로 물러났다.

"이미 승부는 끝난 거다. 이번에는 목검으로 하지."

택기의 말뜻은 한 번 어깨를 맞았으면 재차 공격으로 이어져서 이미 승부가 났다는 뜻이었다.

"요시!"

히라카이가 한국인 훈련생이 건네준 목검을 들고 앞으로 나섰다. 택기 역시 목검을 들고서 히라카이의 얼굴을 겨누고 있었다.

거리를 좁혀 들어가던 히라카이가 먼저 목검을 찌르면서 공격해 들어왔다. 목검을 쳐들지 않고 그대로 찌르듯이 공격해 들어오는 건 그만큼 공격의 시간을 벌기 위함이었다.

택기의 발은 어느새 재빨리 오른쪽으로 움직이면서 태권도에서 상대방의 공격을 피해 곧바로 공격해 들어가듯이 택기의 목검이 히라카이를 향해 내리꽂았다. 히라카이 역시 만만치 않았다. 미리 예상이라도 했다는 듯이 목검으로 막아냈다.

두 사람은 다시 떨어져서 목검을 겨누었다.

그 광경을 보고 있는 조직원들은 모두 검도의 고수급이라는 것을 알 수 있었다. 그들의 몸놀림이 빠르다는 것을 알 수 있었다.

승부는 좀처럼 나지 않았다.

몇 번이나 맞부딪쳐 검도를 내리쳤지만 히라카이의 검도실력은 만만치가 않았다. 택기와 히라카이의 대결은 삼십 분 간이나 계속되었지만 쉽게 승부가 나지 않았다.

한편, 방으로 들어간 요시이는 넓은 유리창 앞에 서서 바깥에서 일어나고 있는 택기와 히라카이의 검도 대결을 지켜보고 있었다.

"쉽게 승부가 나지 않을 것 같군."

요시이의 말이었다.

"택기 저 놈은 실력이 있는 놈이다. 태권도, 합기도, 검도, 유도 다 고수급이다."

"흠……."

그들 옆에는 배호와 희준도 서서 창밖을 내다보고 있었다.

택기의 검도 실력은 고수급이었다. 일본에서 알아주는 히라카이를 맞아 여유 있게 맞받아치고 있었다.

결국 히라카이의 거센 공격을 받은 택기는 발로써 승부할 수밖에 없었다. 히라카이의 목검을 돌려차기를 하면서 목검이 비틀거리는 찰나에 히라카이의 뒤목을 향해 목검을 내리쳤다. 히라카이의 목 바로 가까이에서 멈추고 택기가 말했다.

"끝났다."

"요시! 졌다."

히라카이의 명쾌한 패배였다.

그들은 서로 포옹을 하듯이 안고선 목검을 내려놓았다. 그들의 이마에선 굵은 땀방울이 떨어지고 있었다.

"택기도 무서운 인물이군."

요시이가 돌아서면서 말하자,

"히라카이도 만만치 않군."

춘호가 한마디했다.

"하하. 저쪽으로 가서 앉자."

배호의 말에 그들은 소파로 가서 앉았다.

"오늘 저녁 8시에 도쿄 중심부에 있는 기타노마루 공원 옆에 있는 일본무도관에서 기자회견을 하기로 했다. 이미 보도자료를 보냈다. 내신과 외신 기자들이 몰려올 것이다. 거긴 신주쿠파의 관할이다."

"왜 거기서 하는가?"

신주쿠파의 관할인 일본무도관에서 기자회견을 한다는 요시이의 말에 희준이 물었다.

"나도 생각이 있다. 거기서 하면 신주파도 알 것이다. 내가 어떤 식으로 밀고 들어오는가를. 불상사는 없을 것이다."

"흠……."

"기자회견 내용은 저번에 말했던대로다. 지분 오십대 오십을 출자하는 방식이다. 회사 이름은 황제파와 긴자파의 합성어인 황자 석유주식회사로 정했다. 어떤가?"

"좋다."

"내가 춘호 상의 황제그룹을 소개하고 나서 춘호 상과 배호 상, 그리고 희준 상을 소개할 것이다. 그러면 우리 긴자파와 합작으로 일본 근해에서 석유를 발굴하는 황자 석유시추를 설립하는 것이라고 발표하면 된다. 그건 알아서 답변하면 될 것이다."

요시이의 말이었다.

"요시이 상이 알아서 준비해라. 우리는 기자회견장에 나가서 요시이의 말대로 움직이겠다."

춘호는 모든 걸 요시이에게 일임했다. 그동안 요시이를 바온 춘호로서는 요시이를 믿을 수 있었다.

요시이는 합작조인서를 보여주었다.

"한국어로 따로 작성해 놓았다. 이걸 보면 된다."

요시이는 일본어로 된 주인서와 한국어로 작성된 합작조인서를 동시에 꺼내놓았다.

조인서를 검토한 춘호와 배호는 동시에 같은 의견을 말했다.

"이건 형식적이니까 중요하지 않다. 됐다."

모든 걸 요시이에게 일임하기로 했으므로 형식적으로 황제그룹과 긴자파와의 합작 건이 그리 중요한 문제가 아니었다.

저녁 식사를 하고 난 그들은 리무진 버스 네 대에 나눠타고서 산장을 빠져나왔다. 도쿄 시내로 들어가 일본무도관으로 향했다.

이미 그곳에는 내신 기자들과 외신 기자들이 모여 있다가 들어서는 리무진 버스로 몰려들었다.

요시이의 부하들이 먼저 내려서 기자들을 뚫고서 길을 만들었다. 춘호와 요시이, 그리고 배호와 희준이, 다라시와 히라카이가 그 뒤를 따라 내렸다.

곧 기자들이 우르르 달라붙었다.

"요시이 상. 한국의 황제그룹과 합작하게 된 동기에 대해서 한 말씀 부탁드립니다."

기자들의 질문이 터져 나왔다.

"이따 기자회견 때에 말씀드리지요."

요시이는 불필요한 인터뷰는 하지 않겠다는 어투로 말하고선 성큼성큼 무도장 안으로 들어갔다.

기자들이 따라붙어서 질문들을 퍼부었지만 요시이는 일체 입을 열지 않았다.

회견장에는 벌써 방송사들의 방송장비들이 들어차 있었다. 각 국의 기자들은 방금 들어온 요시이와 낯선 한국인들을 보고서 다시 질문이 이어졌다.

"잠깐 소개를 좀 해주시죠. 정식으로 회견에 들어가기 전에 잠시 소개를 부탁드립니다."

NHK의 여자 기자였다.

"알겠습니다. 우선 제가 이번 일을 추진한 부흥물산의 요시이라는 것은 다 알 겁니다. 여기 있는 분이 한국의 황제그룹 회장이신 나 춘호 회장입니다. 그리고 그 옆에는 한국 국제공항에 있는 국제관광단지 사장인 장배호 사장입니다. 이 두 분은 황제그룹의 회장님과 사장님으로써 이번에 한국의 동해안에서 석유를 시추한 분들입니다."

요시이는 간단하게 소개를 하고는 춘호와 배호에게 앉으라

고 자리를 권했다. 자리에 앉자, 기자들은 다시 질문을 퍼부어
왔다.

"그렇다면 우리 일본에서도 근해에서 석유가 나올 가능성이
있다는 말입니까? 그것만 말씀해 주십시오."

기자들은 성급했다. 오늘 회견의 정확성을 탐지하고자 하는
열성을 곧바로 드러냈다.

"그렇습니다. 한국과 일본은 가까운 거리입니다. 한국 근해
에서 석유가 발견되었다는 것은 곧 우리 일본에서도 석유 가능
성이 있다는 얘깁니다. 구체적인 것은 좀 있다 기자회견에서 정
확히 말씀드릴 수 있습니다."

요시이는 기자들의 질문이 더 이상 이어지지 않도록 방어선
을 쳤다.

기자들은 곧 술렁거렸다. 단상에 마련된 의자에 요시이와 춘
호, 배호가 나란히 앉았고, 그 옆에는 통역을 맡은 다라시가 앉
아 있었다.

"춘호 상. 지금 여긴 일본 방송사들과 전 신문사들이 다 와
있어. 그리고 신주쿠파들의 얼굴도 보이는군."

요시이의 말에 춘호는 기자들을 둘러보았다. 기자들은 카메
라와 노트북을 갖고 앉아 있었지만 기자가 아닌 사람들은 그냥
의자에 앉아 있었다. 요시이가 말한 신주쿠파라는 사람들을 대
번에 알 수가 있었다.

"탐문하러 온 건가?"

"그렇다. 저긴 가미카제파도 와 있어."

요시이가 슬쩍 눈짓을 해보인 곳은 입구 쪽이었다. 그곳에는 건장한 청년들이 단정한 양복을 입고서 서성거리고 있었다.

"어떻게 알았지? 기자들만 오는 곳이 아닌가?"

"그거야 간단하다. 야쿠자 조직들은 방송 언론 쪽에도 손을 뻗치고 있다. 연락을 받고 달려왔겠지."

"……."

춘호는 건성으로 보았던 기자들 사이를 유심히 살피기 시작했다. 기자들 사이에 말쑥한 양복을 입고 앉아 있는 이들은 거의가 신주쿠파이거나, 가미카제파임이 틀림없었다.

기자회견 시간이 가까워오자, 다라시가 일어나서 마이크를 잡았다. 다라시는 지금부터 기자회견을 하겠다고 말하고선,

"오늘 이렇게 기자분들을 모시게 되어 반갑습니다. 저희 부흥물산에서는 한국에서 석유를 발굴해낸 황제그룹과 손을 잡고서 합작투자를 하게 되었습니다. 상세한 것은 요시이 회장님의 말씀해 주실 것입니다. 그리고 나중에 기자회견이 끝나고 나서 따로 질문하는 시간을 드리도록 하겠습니다."

다라시가 요시이를 소개하자, 요시이가 일어나서 단상 앞으로 가서 섰다. 그는 품 속에서 종이를 꺼내 펴놓고서 차분하게 입을 열었다.

"오늘 우리 부흥물산과 한국의 황제그룹은 일본 근해 석유시추사업에 합작하기로 하고, 지분은 오십대 오십의 비율로 투자

하기로 합니다. 황제그룹은 이미 한국 내에서 동해안에 있는 울진이라는 곳에서 매장량 이백 억 배럴 규모의 유징을 발견하여 지금 시추하고 있는 중입니다. 하루 이천 배럴씩 석유를 뽑아내고 있는 황제그룹의 기술진과 합자하여 우리 일본에서도 근해에서 석유가 발견될 가능성이 매우 높다는 연구보고서가 나와 있습니다. 이에 우리 부흥물산은 앞으로 석유사업에 진출할 것임을 알려 드립니다."

요시이가 말을 하고 있는 동안에 내 외신 기자들은 연신 카메라를 터뜨리며 취재에 열을 올렸다. 방송사 카메라와 플래시가 요시이의 얼굴을 환하게 비추고 있었다.

요시이의 말이 끝나고 나서, 다라시가 다시 마이크를 잡았다.

"한국측을 대표해서 황제그룹의 회장이신 나 춘호 회장님이 나오셔서 보충 설명을 하도록 하겠습니다."

다라시는 말을 끝내고서 춘호에게로 시선을 주었다. 춘호는 자리에서 일어나 단상으로 걸어 나갔다.

"오늘 이렇게 여러분들을 만나뵙게 되어 감사하게 생각합니다. 그리고 일본 부흥물산의 회장인 요시이 상과 저희 황제그룹은 적당한 지분을 갖고서 근해 석유발굴사업에 뛰어들 것입니다. 그동안 한국과 일본의 두 회사는 돈독한 친밀감을 갖고서 일본 해역에서 석유가 나오기를 위해 노력해 왔습니다. 앞으로 더욱 튼튼한 우애를 갖고서 본 사업에 임할 것입니다."

춘호의 말이 끝나자 기자들에게서 박수소리가 터져 나왔다.

"어제 도착하신 황제그룹의 사장님을 소개하겠습니다. 나오시죠. 한국의 황제그룹 사장님은 장배호 사장님이십니다."

다라시의 소개에 배호가 앞으로 나섰다.

"여러분, 반갑습니다. 저는 한국 신공항 공단의 사장으로써 이번 일에 적극적으로 참여할 것입니다."

다시 박수소리가 터져나왔다.

곧바로 질문시간으로 들어가자, 각 언론사 기자들의 질문이 쏟아지기 시작했다. 이번에는 요시이가 나서서 일일이 질문에 대해서 답변을 했다. 요시이는 미리 연습한 내용대로 한 치의 오차도 없이 완벽하게 질문에 대답을 했고, 기자들은 요시이가 설명하는 답변을 듣고서 열심히 노트북을 두드리고 있었다.

요시이가 단상에 서서 설명하는 동안에 춘호는 회견장 안에 들어와 있는 신주쿠파와 가미카제파의 조직원들의 동태를 살피고 있었다. 그들은 회견장의 분위기와 요시이의 설명을 들으면서 무언가 저희들끼리 귓속말을 주고받는 모습이 보였다.

기자회견은 성공리에 끝났다.

회견이 끝나갈 즈음, 회견장 안에 있던 신주쿠파와 가미카제파의 조직원들이 먼저 자리를 뜨고 나서 회견은 곧 끝이 나게 되었다.

기자들이 웅성거리며 빠져나가고 난 다음에 춘호는 요시이의 어깨를 툭 치며 말했다.

"수고했어. 잘 된 거 같은데."

"덕분에. 내일 아침이면 조간에서 시작해서 전 신문사와 방송들이 대서특필할 거다. 그러면 전국에 있는 조직들이 놀라겠지. 하하."

요시이의 웃음이 터져 나왔다.

"자, 가지. 오늘은 술이나 한 잔 하지."

배호가 말하자,

"좋다! 오늘은 우리가 대접하지. 가자."

요시이의 말이었다.

그들은 회견장을 빠져나가기 시작했다. 무도관 앞마당에서 리무진 버스에 오른 그들이 막 출발하려고 할 때였다.

요시이의 핸드폰이 울렸다.

"네. 요시입니다."

"축하한다. 우리한테 도전장을 보낸 거냐? 뭐냐?"

신주쿠파의 다이몽의 목소리였다. 요시이는 대번에 알 수 있었다.

"고맙다. 다이몽. 기자회견일 뿐이다. 오늘 애들이 왔더구만."

"하하. 긴자파가 한국의 황제그룹과 손을 잡다니. 남대문파의 희준 상과도 손을 잡았다니 대단하군."

"용건이 뭐냐? 축하한다는 거냐?"

"용건? 내 구역에 들어와서 기자회견을 했다는 것이 의도가 뭐지? 도전장이 아니냐?"

"……"

요시이는 침묵하고 있었다. 사실 그건 도전장이나 마찬가지였다.

"나를 건드리겠다는 거냐?"

"언제 한 번 만나자."

"언제?"

"조만간."

"조만간? 도전이냐?"

"만나서 이야기하자."

"좋아. 알았다. 이건 명심해두지. 한국의 황제파를 끌어들여 도쿄를 통일하겠다는 생각은 접는 게 낫지. 우리 일본은 조선의 힘을 빌리지 않는다."

"……."

"명심해라."

다이몽은 그 말을 하고선 일방적으로 전화를 끊어버렸다. 핸드폰에서는 뚜뚜, 하는 소리가 들려나왔다.

"요시이 상. 뭐냐?"

희준이 물었다.

"다이몽이 축하한다는 말을 해왔다."

"다이몽? 신주쿠에서?"

"그렇다."

"무슨 뜻이냐?"

"아까 회견장에 신주쿠 애들이 와 있었다. 그래서 전화가 온

198

거 같다. 신경 쓰지 마라."

"……."

희준은 요시이의 굳어진 얼굴을 보면서 춘호에게 그대로 통역을 했다. 춘호 역시 요시이를 쳐다만 봤을 뿐, 아무런 말이 없었다.

"니시신주쿠를 돌아서 히가시신주쿠를 거쳐서 센츄리 하얏트 호텔로 가자."

요시이가 버스 기사에게 지시를 내렸다.

"네, 알겠습니다."

버스는 곧 가던 방향을 틀어서 니시신주쿠로 향했다. 요시이는 다이몽의 전화를 받고서 일부러 신주쿠 시내를 돌아서 센츄리 하얏트 호텔로 향했다.

"다라시. 센츄리 하얏트에 연회장 예약해라."

요시이의 명령이 떨어지자,

"알겠습니다."

다라시는 곧 하얏트 호텔로 전화를 걸었다.

"네. 감사합니다. 센츄리 하얏트입니다."

프런트 아가씨의 상냥한 말이 흘러나왔다.

"지배인 바꿔라."

"네. 잠시만요. 무슨 일이신데요? 예약입니까?"

"그래. 빨리 바꿔."

다라시의 말에 지배인이 곧 나왔다.

"지금 그쪽으로 가니까 큰 연회장 준비해놔라. 인원은 사백 명이다."

"네? 알겠습니다. 어느 모임이지요?"

"부흥물산."

"네네, 알겠습니다."

호텔 예약이 끝난 셈이었다.

버스는 신주쿠 시내를 돌아 하얏트 호텔로 들어섰다. 정문에 들어서자 지배인과 종업원들이 나와서 인사를 해왔다. 연회장으로 올라가는 동안에 사백 명이나 되는 조직원들이 요시이와 춘호의 뒤를 따랐다.

대형 연회장에는 갑자기 예약을 받고서 음식을 준비하느라 서빙하는 여자들과 남들이 조용하면서도 분주하게 움직이고 있었다.

"춘호 상. 오늘 회견 잘 했다."

요시이는 춘호와 배호, 희준이 앉는 것을 보고서 말을 꺼냈다.

"하하. 요시이 상도 수고했다. 다라시도."

춘호의 말에, 요시이가 말을 했다.

"이제 내일이면 조간신문에서부터 방송사까지 떠들썩할 것이다. 그동안에 우리는 산장에서 조용히 지켜보기만 하면 된다."

"정식 도전장은?"

"그 일은 앞으로 춘호 상과 협의하겠다."

"호오. 좋지."

춘호는 요시이의 어깨를 툭 쳤다.

밤늦도록 그곳에서 술을 마신 그들은 새벽에서야 산장으로 돌아왔다. 요시이는 내심 신주쿠파가 시비를 걸어오지 않을까 기대했지만 그런 일은 없었다.

다음날 아침, 일본 전 신문사와 방송사에서는 특종이 터져 나갔다. 황자 석유회사가 일본과 한국의 기업에 의해 합작으로 일본 근해에 석유시추에 들어간다는 대서특필 보도였다.

아침에 산장으로 온 요시이가 신문을 보여주었다.

마침 운동을 마치고 식사를 끝낸 뒤에 TV를 켰다가 아침 뉴스 시간에 어제 있었던 일본무도관에서의 기자회견 장면이 흘러나오고 있던 중이었다.

요시이는 TV에서 흘러나오고 있는 뉴스 장면을 지켜보면서 갖고온 각 신문들을 펼쳐 보여주었다.

각 신문에는 1면 톱으로 커다란 회견장면의 커다란 사진과 함께 '일본에도 석유발굴 시작.'이라는 헤드라인이 굵은 활자로 씌어져 있었다.

"좀 있다 일본무도관으로 가서 훈련하는 게 어떤가?"

요시이가 말했다.

"일본무도관?"

"그렇다. 거긴 긴자파의 구역이다. 그곳에서 훈련하고 싶다. 춘호 상의 생각은 어떤가?"

"좋다."

춘호는 배호와 희준을 돌아보면서 대답을 했다.

잠시 뒤에 그들은 버스에 올랐다.

일본무도관에 도착한 리무진 버스에서는 수많은 조직원들이 빠져나오고 있었다. 무도관 안을 꽉 채운 그들은 운동복으로 갈아입고서 훈련에 들어갔다.

요시이와 춘호도 간단한 훈련을 마치고는 의자로 가서 앉은 채로 훈련에 임하고 있는 부하들의 모습을 지켜보고 있었다.

그들은 실전을 방불케 하는 피나는 연습에 임하고 있었다. 버스에 싣고온 진검과 파이프, 운동복만 해도 버스 통로를 가득 채울 정도였었다. 오전 연습이 끝나고 나서 그들은 근처에 있는 식당으로 가서 식사를 하고 와서는 다시 오후 훈련에 들어갔다.

그들이 일본무도관에 와서 훈련하고 있다는 사실은 곧 긴자파의 다이몽에게로 들어갔다.

"이 자식들이. 우리 구역 안에 들어와서 훈련을 해?"

다이몽이 화가 난 목소리였다.

"아마 그놈들이 무슨 수작이 있는 거 같습니다."

오하라의 말이었다. 센키와 기요타로가 다이몽을 쳐다보았다.

"자식들. 조선인들을 끌어들여 무얼 하겠다는 거야. 그런 정신을 갖고 있는 요시이 놈을 깨버려야 한다."

다이몽이 주먹을 불끈 쥐었다.

"회장님. 한 번 쳐들어가서 붙어버릴까요? 이럴 때에 깨버리면 차라리 낫지 않겠습니까? 기자회견을 하고 나서 한 번 깨지고 나면 긴자파는 왕창 무너질 겁니다."

"아니다. 저 놈들도 무슨 속셈이 있을지도 모르지. 혹시 우리가 덤벼들기를 기다리는지도 모른다. 야, 애들 보내서 일본무도관에서 어떻게 하고 있는지 보고 오라고 그래."

"알겠습니다."

오하라는 센키를 데리고서 밖으로 나갔다.

"기요타로."

"네. 회장님."

"혹시 모르니까 가미카제파한테도 연락을 해봐."

"네, 알겠습니다."

기요타로는 가미카제파의 보스인 사카다와 통화를 했다.

"신주쿠의 기요타롭니다. 회장님께서 연락을 드리라고 해서 그럽니다."

"그래. 뭐냐?"

"지금 긴자파하고 한국의 황제파가 일본무도관에 와서 훈련을 하고 있습니다. 알고 있습니까?"

"그래? 오늘 신문에 난 거 봤다. 다이몽은 걔들이 어떤 일을 할 거 같다고 그래?"

사카다는 다이몽의 생각을 물었다.

"무슨 냄새가 나는 것 같다고 그랬습니다. 더 이상은 모르겠습니다."

"냄새? 어떤 냄새?"

기요타로는 얼른 다이몽 회장의 얼굴을 살펴보았다. 다이몽은 사카다와 통화를 하고 싶지 않다는 듯이 손을 가로저었다.

"확실히는 모르겠습니다. 일본 조직에서 한국의 조직을 끌어들였다는 것이……. 회장님의 생각은 그렇습니다."

"맞아! 나도 그렇게 생각해. 어딜 감히 한국놈들을 끌어들여. 다이몽 회장한테 말해. 우리 도쿄는 일본인들이 지키는 거야. 한국놈들이 들어와서 도쿄를 휘저으면 가만 안 둔다고 그래."

"알겠습니다."

그리고는 사카다는 전화를 끊어버렸다.

"회장님. 사카다가 우리 일본에 한국놈들이 들어와서 설치면 가만 안 둔다고 그럽니다."

기요타로의 말이었다.

"알았어."

다이몽은 일단 가미카제파의 사카다에게 슬쩍 불을 질러놓은 셈이었다. 일본의 중심지랄 수 있는 도쿄에 감히 한국인들을 끌어들인 긴자파에 대해 가미카제파도 좋지 않은 감정을 가질 것은 분명한 일이었다.

"기요타로."

"네."

"오하라에게 말해서 걔들이 움직이는 걸 잘 보라고 그래."

다이몽의 말은 긴자파의 움직임을 잘 파악하라는 뜻이었다.

"알겠습니다."

일본 전역에서는 오늘 발행된 신문과 방송사에서 특급뉴스로 다루고 있는 황자석유회사에 대한 보도가 하루종일 나가고 있었다. 시내에서는 가판대에 있는 신문마다 한국에서 석유를 개발한 황제그룹에 대한 소개의 기사가 상세하게 보도가 되고 있었다.

신주쿠파에서는 요시이 조직이 어떠한 행동을 취하는지 예의 주시하고 있었다.

도쿄에서 최고 조직이랄 수 있는 신주쿠파는 두번째 조직인 긴자파가 옛날의 최고 조직으로 되돌아가기 위해서 안간힘을 쓰고 있다는 것을 이미 감지하고 있었다. 긴자파가 원래 도쿄에서 최고의 조직으로 있을 때에 신주쿠파는 유흥가를 중심으로 세력을 규합해서 지금의 신주쿠파로 도쿄에서는 최고의 조직이 된 것이었다. 오하라는 센키와 부하들을 데리고서 일본무도관으로 갔다.

벤츠 승용차가 정문을 들어서서 멈추자, 그 안에서 오하라와 센키, 그리고 세 명의 부하들이 그들을 따랐다.

그들은 무도관 안으로 들어가서 실내체육관 관중석으로 올라갔다.

그곳에서는 아래쪽이 훤히 내려다보였다.

약 사백 명이나 되는 한국과 일본의 조직원들이 엉겨 붙어서 땀을 흘리며 무술을 하는 장면을 내려다볼 수 있었다.

오하라는 앞쪽에 앉아 있는 요시이와 춘호, 그리고 배호, 희준을 지켜보고 있었다.

요시이가 문득 고개를 돌리다가 관중석에 앉아 있는 오하라를 발견했다.

"다라시. 저쪽에 오하라가 와 있다."

요시이의 말에 다라시는 얼른 그쪽을 쳐다보았다.

"쟤들이 언제 왔는지 모르겠습니다."

다라시의 말이었다.

"그냥 놔둬. 보고 가게."

"알겠습니다."

요시이는 오하라 일행이 지켜보고 있는 걸 무시하고선 열심히 무술을 연마하고 있는 조직원들을 지켜보고 있었다.

그들의 실력은 한국측이 우세했다. 일본과 한국이 붙으면 2대 3정도로 한국측의 황제파가 이기는 셈이었다. 한국측은 검도를 하면서도 태권도의 발을 이용해서 상대방의 칼을 제압하고서 칼로 후려치는 방법이 압권이었다. 태권도의 이단 옆차기라던가, 돌려차기를 해서 순식간에 상대방의 칼을 눠어버리는 특기가 절묘하게 튀어나오곤 했다.

그럴 때마다 요시이는 박수를 치며 웃음을 지어보였다.

"춘호 상. 한국의 태권도는 무척 빨라. 순식간에 발이 날아오는데."

"거기에 맞으면 아프지. 돌려차기에 맞으면 몸이 휘청거릴 걸."

춘호도 기분 좋게 웃었다.

오하라와 그의 부하들이 심각한 표정으로 그 모습을 지켜보고 있는 것을 보았다.

"저놈들이 보게 내가 한 번 태권도를 해보이지."

춘호는 일어나서 웃통을 벗어젖히고는 앞쪽으로 내려갔다. 춘호의 단단한 알몸이 구릿빛으로 빛나고 있었다.

"택기. 나하고 한판하지."

춘호의 말에, 택기는 훈련을 하다 말고 춘호 앞에서 대련자세를 취했다.

"택기. 지금 신주쿠파들이 보고 있다. 나한테 인정사정없이 덤벼라."

"네, 알겠습니다."

택기는 주먹을 불끈 거머쥐었다. 춘호 회장의 말에 실전과 같은 마음가짐으로 단단히 자세를 취했다.

두 사람은 서로의 빈틈을 노리면서 발과 팔로써 공격해 들어가기 위해 몸짓 운동을 하면서 발을 옮겨놓았다.

춘호가 약간 빈틈을 보이자, 택기는 순간적으로 허점을 파고들면서 공격해 들어왔다.

춘호는 택기의 공격을 기다렸다는 듯이 발길질을 날리기 시작했다. 불과 1초 사이에 두 번의 발길질이 택기의 가슴과 어깨 위로 파고들었다. 바람을 가르는 듯한 발길질이었다.

택기는 주춤거리며 뒤로 물러났다가 다시 공격해 들어갔다. 이번에도 역시 춘호의 발길질은 무서운 속도로 택기의 공격을 막아냈다. 택기는 춘호의 날쌘 발길질에 공격해 들어가다가도 빈틈을 보이면서 도리어 역공에 휘말렸다.

춘호가 공중으로 붕 날아오르면서 택기의 머리를 향해 발이 날아가면서 춘호의 몸이 회전하면서 이단 옆차기로 들어왔다. 택기의 주먹이 막아냈지만 이미 춘호의 발은 또 다시 공격으로 이어지고 있었다.

한 번 발길에 맞은 택기는 무참하게 발길질의 공격을 당해야 만 했다. 일단 공격이 주효하게 적중하면 태권도라는 것은 상대 방이 숨 쉴 틈을 주지 않고 연속적으로 파고드는 통에 택기는 춘호의 발과 주먹의 공격에 방어할 틈도 없이 얻어맞을 수밖에 없었다.

택기가 뒤로 물러나서 다시 공격해 들어갔다. 이번에는 택기 의 발길이 불을 뿜는 듯했다. 춘호가 주춤하는 사이에 택기의 발길질은 연속으로 춘호를 몰아부치면서 들어왔다. 그리곤 주 먹으로 춘호의 얼굴을 향해 날아왔다.

"으랏차!"

춘호는 어렵사리 택기의 주먹을 탁 치고선 회전 돌려차기로 택기의 옆구리를 명중시켰다. 택기는 곧 허공으로 날아올랐다 가 바닥에 쓰러졌다.

싸움이 격렬했던 만큼 춘호의 발길질도 힘이 들어가 있었던 듯했다. 바닥에 쓰러진 택기는 얼굴을 찡그리면서 일어나고 있 었다.

"됐다. 수고했어."

춘호는 가뿐하게 몸을 풀고선 요시의 옆자리로 와서 앉았다.

"춘호 상. 역시 고수답다. 몸이 무척 빠르군."

"하하. 나보다 희준이가 더 날쌔지. 희준이는 나보다 칼을 잘
쓰니까."

"배호 상도 실력을 한 번 보여주시지요. 부족하지만 저와 한
번 대결을 해보면 어떻습니까?"

요시이의 정중한 제안이었다.

"좋다."

배호는 선뜻 응했다. 두 사람은 자리에서 일어나 대련장으로
나아갔다.

요시이와 배호의 대결이 시작되자, 체육관 안에 있던 모든 조
직원들은 하던 운동을 중지하고는 두 사람의 대련을 지켜보고
있었다.

배호는 태권도의 자세를 취하면서 요시이를 바라보고 있었
다. 요시이 역시 합기도의 자세를 취하고선 공격할 자세를 취했
다. 두 사람의 시선은 서로의 빈틈을 찾고 있었다.

배호가 옆으로 움직이면서 요시이가 움직이도록 만들었다.
요시이는 배호의 접근에 따라 옆으로 움직이면서 자세를 흐트
리지 않았다.

배호의 공격이 먼저 시작되었다.

"으랏차!"

배호의 날쌘 발이 슬쩍 요시이의 앞을 공격했다가는 얼른 발을 거둬들이는 순간에 요시이의 공격이 들어왔다. 배호는 재빨리 옆으로 피하면서 요시이를 공격해 들어갔다.

요시이 역시 배호의 공격을 잘 피해냈다. 요시이의 주먹이 날아왔지만 배호는 발로 주먹을 걷어차냈다. 요시이가 약간 흔들리는 것 같았으나 다시 공격의 자세로 들어갔다.

두 사람의 치열한 공격과 방어는 계속됐다. 몇 번이나 공격이 계속됐지만 그때마다 상대방은 재빠르게 피하면서 다시 공격해 들어왔다. 요시이도 만만치 않았다. 배호는 발을 들어올려 후려치기로 요시이의 공격자세를 흩트렸다. 그 순간에 요시이가 공격해 들어오자 이번에는 이단 옆차기를 시도했다.

요시이가 다시 발로 막아냈다.

배호는 기다렸다는 듯이 공중으로 붕 날아오르면서 내려찍기로 공격하면서 다시 후려치기를 시도했다. 요시이는 미처 피할 틈이 없이 방어에 성공하긴 했지만 배호의 돌려차기의 힘에 밀려 몸이 휘청거리다가 멈췄다.

"그만하지. 이번에는 검도로 해볼까?"

배호가 조직원들이 들고 있던 목검을 가리키자,

"요시!"

요시이는 조직원들이 갖고 있던 목검을 들었다. 배호는 목검을 들고서 요시이가 다가오기를 기다리고 있었다.

목검 승부 또한 만만치가 않았다. 두 사람의 기합소리가 실내를 쩌렁쩌렁 울렸다. 요시이의 날카로운 목검이 배호의 가슴을 파고들었다. 배호의 칼이 맞부딪쳤다가 칼을 옆으로 밀어냈지만 요시이의 칼은 꼼짝도 하지 않았다.

배호는 순간적으로 날아오르면서 발로 공격해 들어갔다. 그러나 요시이의 칼날이 배호의 하체를 겨누고 들어왔으므로 배호는 다음 공격을 할 수가 없었다. 요시이로부터 떨어져 내린 배호는 바닥에 착지하면서 다시 칼을 겨누었다.

다시 두 사람이 붙었지만 칼과 칼이 서로 맞닿았다.

"허, 승부가 안 날 것 같군."

"그만하는 게……."

요시이의 말이었다.

"좋다. 무승부다."

두 사람의 대결을 지켜보고 있던 조직원들은 고수급의 실력을 보면서 경이에 찬 눈빛이었다.

오하라 역시 의자에 앉아 두 사람의 실력을 보면서 내심 두려운 마음을 갖고 있었다.

"형님. 가시죠."

센키가 오하라를 보며 말했다.

"그러지. 실력들이 상당하군."

오하라의 신음 섞인 말이 튀어나왔다.

그들이 밖으로 나가는 것을 본 요시이는 옆에 있는 춘호에게 넌지시 말을 했다.

"저 놈들이 나갔어. 우리가 무언가를 보여준 거지. 하하."

요시이가 웃었다.

"이만하면 됐어. 이젠 때를 기다리는 거지."

춘호 역시 마음이 홀가분했다. 일본의 수준을 본 것도 그렇지만 춘호의 눈에는 이미 배호가 한 수 위라는 걸 알 수 있었다. 배호가 실력을 그대로 보여주지 않았다는 것을 춘호는 알 수 있었다.

다시 조직원들의 훈련이 시작되었다.

훈련은 밤늦도록 계속되다가 열시가 되어서야 끝이 났다. 중간에 간식을 먹었기 때문에 산장으로 돌아와서야 저녁식사를 할 수 있었다. 저녁식사가 끝나고 나서 조직원들에게는 자유 시간이 주어졌다.

그들은 샤워를 하고 나서 뿔뿔이 정원으로 나가서 벤치에 앉아 대화를 하거나, 방 안에서 TV를 보거나 했다. 한국의 황제파 조직원들은 긴자파 조직원들과 어울리면서 일본어를 배우는 시간이 되었고, 일본측에서는 한국어를 배우는 시간이었다.

춘호와 배호, 그리고 희준이, 요시이는 방 안에 앉아 회의를 하고 있는 중이었다.

오늘 낮에 신주쿠파들이 일본무도관으로 와서 관람한 것에 대해 요시이는 별로 대수롭지 않게 생각하고 있었다.

"이미 걔들은 우리 쪽에서 먼저 움직이기 시작했다고 생각하고 있다. 그러니까 오하라를 보냈지."

"오하라는 누구인가?"

배호가 묻자 요시이는 희준을 쳐다보며 씨익 웃었다.

"희준 상도 알 것이다. 오하라는 다이몽의 바로 밑 부하다."

요시이가 말하고는 맥주잔을 입으로 가져갔다. 요시이는 맥주를 마시면서 목울대가 벌컥벌컥 움직였다. 요시이는 안주를 집으면서, 재차 입을 열었다.

"이제 선전포고만 남았으니까."

요시이가 확정적으로 말했다.

"언제쯤?"

다시 배호가 물었다.

"모레쯤이 어떤가? 너무 길게 가면 저쪽에 시간을 주는 셈이 될 테고."

"좋다. 어떻게 할 건가?"

이번에는 춘호가 말했다.

"보소반도에 있는 디테야마 바닷가로 나오라고 하겠다."

"바닷가? 디테야마가 어딘가?"

"도쿄에서 가까운 바닷가다. 차로 삼십분 거리에 있다. 그쪽으로 나오라고 하면 저쪽에서 알아챌 것이다."

"그렇다면 무기는?"

배호가 비장한 목소리로 물었다.

"일단 주먹으로 한다. 저쪽에서 검도로 하자면 검도로 하고. 그러나 검도로 하자고는 하지 않을 것이다."

"왜?"

"경시청에서 알면 둘 다 좋지 않으니까. 나중을 생각해서 조용히 하는 게 저쪽에서도 좋다고 생각할 것이다."

"흠……."

배호가 턱을 괴면서 맥주잔을 들어 단숨에 비워냈다.

"모레 저녁 11시로 하겠다. 그 시간이면 바닷가도 조용해진다. 이쪽에서 맡던, 저쪽에서 맡던 해안으로 사람이 못 들어오도록 할 것이다."

"혹시 문제가 터질 염려는 없나?"

이번에는 희준이 물었다.

"도전장에다 조용히 만나자고 써 보낼 것이다. 그리고 어차피 둘 다 조용하게 끝내는 게 좋을 것이다."

"그럼 가미카제파는?"

다시 희준이 물었다.

"일단 신주쿠파를 깨고 나면 가미카제파는 쉬울 것 같다."

요시이는 확신에 찬 얼굴로 춘호를 쳐다보았다.

그때까지 말을 않고 있던 춘호가 입을 열었다.

"신주쿠파에서 비겁하게 나오지는 않을 건가? 조용히 하자는 것은 저쪽에서 만약에 비겁하게 나오더라도 이쪽에선 모르지 않는가?"

"그때를 대비해서 칼과 무기를 가져간다. 그러면 됐지 않은가?"

"권총은 사용하나?"

"그래서 도쿄에서 가까운 바닷가로 정했다. 그쪽에서 총소리를 내면 도쿄까지 들린다."

"……."

"혹시 경시청에서 눈치챌 리는 없나?"

희준이 다시 물었다.

"그건 내가 알아서 하겠다. 저쪽에서 경시청에다 미리 연락하지는 않는다. 그건 곧 패배를 의미한다."

"흠……."

춘호는 다시 맥주를 따라 비워내고는 요시이에게 잔을 건네주었다. 요시이는 잔을 두 손으로 받아서는 따라주는 맥주를 받았다.

잠시 침묵이 흘렀다.

모든 일은 요시이에게 맡기는 수밖에 없다고 생각했다. 요시이도 빈틈없는 사나이라는 것을 알고 있는 춘호로서는 배호와 희준이 더 이상 질문할 것이 없으면 자신은 이미 결전의 마음가짐을 갖고 있었다.

"앞으로 이틀. 좋아!"

배호가 말하자,

"요시이. 알았다."

희준 역시 동의를 해왔다.

"그럼 나머진 요시이가 알아서 해라. 우리는 준비를 할 테니까."

춘호가 요시이에게 말했다.

"알았다. 내일쯤 연락을 보내도록 하겠다."

요시이가 대답했다.

그들은 맥주를 따라서 잔을 채우고는 건배를 했다. 요시이의 진지한 눈빛이 춘호와 배호, 그리고 희준을 뚫어지게 쳐다보고 있었다.

춘호는 잔을 비우고 요시이를 보며 물었다.

"긴자파에서는 몇 명이나 동원이 되나?"

"만일을 대비해서 천 명을 동원하겠다. 그러나 그렇게 많은 인원이 필요치는 않을 것 같다."

"왜?"

희준이 따지듯 물었다.

"다 싸울 필요는 없으니까. 저쪽에다 천 명을 동원하라고 하겠다."

요시이가 대답하자,

"아니지. 그렇게 하면 위험해. 이쪽에서 천 명을 동원하자고 하면 저쪽에선 천 오백 명이 나올 수 있지 않겠나?"

배호가 허점을 짚고 나왔다.

"그럴 수도 있다. 도쿄에서 삼십분 거리밖에 안 된다. 그곳에서 연락해도 도쿄에서 삼십분이면 올 수 있는 거리다. 그렇다면 오백 명으로 정하고 나서 저쪽에서 비겁하게 나온다면 우리도 동원이 될 수 있도록 해놓겠다. 미리 준비시켜 놓으면 된다."

"흠……."

춘호는 요시이를 쳐다보았다. 요시이는 어려운 문제를 푸는 학생처럼 진지한 눈빛으로 그들을 쳐다보고 있었다.

"만약에 경시청에 개입하면?"

다시 희준이 질문이 던져놓았다.

"그럴 리는 없을 것이다. 우리 일본은 곧 패배를 의미한다. 만약에 경시청이 개입하면 춘호 상과 황제파들이 먼저 대피하라. 그 뒷일은 우리가 책임지겠다. 만일 황제파가 개입되었다고 하면 나중에 곤란해지니까."

"알았다."

춘호는 그제야 요시이가 치밀하게 생각해왔던 것이라고 결론을 내릴 수 있었다.

그들이 이야기를 주고받고 있는 동안, 바깥의 정원에서는 조직원들이 노래자랑을 하고 있었다. 한국 노래와 일본 노래가 섞여서 들려왔다. 창밖을 내다보니 가라오케 반주에 맞춰 노래를 부르는 모습들이 보였다.

"오늘밤은 우리 조직원들이 경비를 서도록 할 것이다."

"무슨 말이냐?"

"만일을 대비해서다. 신주쿠파에서 먼저 기습을 해올지 모르니까 이곳을 지키도록 하겠다. 물론 내일밤도 우리가 책임진다."

요시이는 그렇게 말하고선 핸드폰으로 다라시를 불러들였다. 곧 다라시와 히라카이가 방으로 들어왔다.

"오늘밤은 우리가 여길 경비한다. 조를 짜둬라."

"네, 알겠습니다."

다라시와 히라카이는 곧 밖으로 나갔다.

정원에서는 곧 노래자랑이 끝나고서 한국측 조직원들이 들어오는 모습이 보였다. 정원에 남은 긴자파 조직원들이 히라카이의 말을 듣고 있는 모습이 보였다.

"이제 자라. 나갔다 오겠다."

요시이는 그 말을 하고선 정원으로 나갔다.

그날 밤에는 요시이가 방으로 들어오지 않았다.

정원에는 긴자파의 조직원들이 서너 명씩 짝을 지어 경비를 서는 모습이 보였다. 그러나 요시이의 모습은 보이지 않았다.

밤의 결투

다라시와 히라카이는 요시이의 도전장을 들고서 신주쿠 거리에 있는 신주쿠파의 본부로 향했다.

볼보를 타고 신주쿠파의 건물에 도착한 그들은 수위실에 들러 긴자파에서 왔다고 말하자, 수위는 곧 어디론가 전화를 하더니 말했다.

"내려오겠답니다."

다라시와 히라카이는 입구에 있는 의자로 가서 앉았다.

곧 오하라, 센키, 기요타로가 모습을 드러냈다. 엘리베이터에서 나온 그들은 다라시와 히라카이를 발견하고는 잽싸게 다가왔다.

"뭐냐?"

"우린 요시이 회장님의 편지를 갖고 왔다. 이거다."

다라시가 편지를 내밀었다.

"호오. 무슨 편지지?"

오하라는 다라시의 아래 위를 훑어보며 빈정거리듯이 말했다.

"모르겠다. 다이몽 회장께 전해주면 된다."

"그래? 어제 무도관에서 보니까 재밌던데? 한국놈들과 대련을 하다니. 긴자파는 조센징 놈들과 손을 잡은 모양이지?"

"……."

다라시는 벌떡 일어났다. 곧 히라카이가 다라시의 손을 잡았다.

"후하하. 여긴 우리가 있는 곳이다. 함부로 일어서면 어떻게 할 텐가?"

"……."

다라시는 히라카이의 손에 이끌려 몇 발자국 뒤로 물러섰다.

"알았어. 회장님께 전해주지. 어느 앞바다를 팔지 모르겠네. 하여튼 석유나 많이 캐. 조센징을 끌어들이는 주제에……."

그 말을 하고선 오하라는 센키와 기요타로를 데리고 엘리베이터 쪽으로 가버렸다.

다라시가 그들을 노려보고 있자, 히라카이가 손을 채듯이 다라시를 데리고 나갔다.

"가자."

건물 밖으로 나온 그들은 곧장 산장으로 향했다.

한편, 오하라로부터 편지를 건네받은 다이몽은 천천히 읽어 내려가다가 버럭 소리를 질렀다.

"뭐? 나한테 도전한다고? 이봐. 이거 누가 갖고 왔어?"

"네. 다라시와 히라카이가 왔습니다."

"그놈들 갔나?"

"네."

오하라가 고개를 숙이자,

"이런 빌어먹을! 요시이가 황제파를 끌어들인 건 완전히 도쿄 시내를 다 먹겠다는 거다. 석유 발굴은 무슨 석유 발굴이냐."

다이몽이 씩씩거리며 말했다.

"회장님……."

"왜?"

다이몽이 버럭 소리를 질렀다.

"우리한테 도전하겠다는 겁니까?"

"그래. 임마. 이거 봐."

다이몽이 편지를 휙 집어던졌다. 오하라는 편지를 집어 읽어 내려갔다.

다이몽 회장께.

내일 저녁 11시에 보소반도에 있는 디테야마 바닷가로 나오라.

각각 500명씩이다.

경시청에서 알아봐야 둘 다 손해일 것이다.

디테야마의 외진 바닷가로 나오라.

기다리겠다.

요시이.

편지를 읽은 오하라의 얼굴이 묘하게 일그러졌다.

"회장님. 이건 도전장입니다."

"그래서?"

다이몽은 다혈질이었다. 오하라에게 거친 성격을 드러냈다.

"우리도 준비해야지요."

"좋아! 전부 다 준비시켜! 오백 명? 미친 놈! 도쿄 시내에 있는 애들 다 모아. 그리고 칼 잘 쓰는 놈들을 따로 뽑아놔!"

"알겠습니다."

오하라는 고개를 숙여 보이고는 잽싸게 핸드폰을 꺼냈다. 니시신주쿠와 히가시신주쿠에 나가 있는 사토를 찾았다.

"네. 형님."

사토의 목소리였다.

"나다. 긴자파로부터 방금 도전장을 받았다. 내일 저녁 11시. 디테야마 바닷가로 나오라는 도전장이다. 지금 빨리 애들을 모아라. 모아서 본부로 와!"

"긴자파가요? 넷. 알겠습니다."

사토는 곧 실행에 옮겼다. 신주쿠 시내에 퍼져 있는 조직원들을 급히 끌어모았다. 그리고는 본부의 건물로 모여들었다.

신주쿠파에게는 비상이 걸린 셈이었다.

다이몽은 회장실 안에서 오하라와 센키, 기요타로와 함께 작전을 꾸미고 있었다.

회장실의 문을 두드린 사토는 곧바로 안으로 들어갔다.

"회장님. 다 모아놨습니다."

"알았다. 나가 있어."

다이몽은 아직도 화가 나 있었다. 사토는 급히 문을 닫고는 밖으로 나왔다.

건물 복도에는 방금 도착한 조직원들로 발 디딜 틈도 없이 꽉 차 있었다. 무슨 일로 갑자기 소집이 떨어졌는지 모르는 그들은 회장실에서 나온 사또에게 인사를 하며 물었다.

"형님. 무슨 일입니까?"

"강당으로 모여. 긴자파에서 도전장이 왔다."

"네? 긴자파가? 그 새끼들이……."

그들은 곧 비장한 얼굴이 되어 강당으로 몰려갔다.

강당 안은 먼저 도착한 조직원들과 방금 도착한 조직원들이 뒤섞여서 잡담을 나누고 있었다.

"다들 앉아!"

사토의 말에 그들은 순간 조용해지면서 의자로 가서 앉았다.

잠시 뒤에 나타난 다이몽은 오하라, 센키, 기요타로와 함께 단상에 섰다.

"다 모였나?"

"네. 아직 도착하지 못한 놈도 있습니다. 곧 도착할 겁니다."

사토가 대답했다.

다이몽은 벌개진 얼굴로 단상 위를 왔다갔다 하다가 중앙에 서서 말했다.

"내일 저녁 열한 시에 디테야마 바닷가에서 만나자는 연락이 왔다. 긴자파에서 도전장이 온 것이다. 너희들은 내일 결전을 벌인다. 도쿄 시내를 잡아먹으려는 긴자파를 멋지게 해치울 수 있는 기회다. 여기 모인 니들은 이곳에서 한 발자국도 움직이지 마라."

다이몽의 거친 목소리였다. 그 말을 하고선 뒤로 가서 앉아버렸다.

오하라가 대신 앞으로 나섰다.

"내일이다. 저녁 11시. 너희들은 그동안 손이 근질근질했을 것이다. 이번에 우리가 긴자파까지 먹을 수 있는 기회다. 가미카제파도 우리와 손을 잡기로 했다. 이제 도쿄는 우리와 가미카제파가 남을 것이다. 내일 본때를 보여줘야 한다. 지금 긴자파는 한국에서 온 조센징들을 데리고 훈련을 하고 있다. 니들도 무기를 철저히 챙겨라."

오하라의 지시가 내려졌다.

조직원들이 술렁이기 시작했다. 이때까지 도쿄에서 조직 간의 영토싸움은 없었었다. 일본 최고의 도시이었으므로 만약에 싸움이 붙는다면 나라 전체가 떠들썩할 수 있는 일이었기 때문에 그동안에 신주쿠파가 탄생해서 급부상할 때도 긴자파와는 큰 충돌없이 니시신주쿠와 히가시신주쿠를 장악할 수가 있었다.

이제 일본의 경제가 기울면서 야쿠자의 세계에도 자금줄이 줄어드는 마당에 세 개의 야쿠자 조직이 두 개로 줄어들 수 있는 기회이기도 했다.

그렇게 되면 도쿄 시내를 두 개로 나눠서 신주쿠와 가미가제가 장악하게 된다면 다이몽으로선 더없이 좋은 기회가 아닐 수 없었다.

"오하라."

"네."

"지금 애들 데리고 가서 작업해놔."

다이몽의 지시였다.

"네, 알겠습니다. 저녁에 출발하겠습니다."

오하라는 저녁이 되자, 센키와 기요타로를 데리고서 밖으로 나갔다. 조직원들을 대여섯 명 데리고 나와 트럭에다 무언가를 싣기 시작했다.

그들은 곧장 신주쿠를 벗어나 보소반도로 향했다.

그들이 탄 트럭이 밤길을 비추면서 해안으로 들어가는 동안에 산장에서는 낮 동안에 훈련하던 조직원들이 저녁식사를 하고 있는 중이었다.

요시이도 긴장이 되는지 말이 없었다.

춘호는 식사를 마치고 나서 정원으로 나가 산책을 하고 있었다. 산장의 바깥에는 요시이의 부하들이 10미터 간격으로 두 명씩 조를 지어 철통같이 경비를 서고 있는 모습이 보였다. 그들이 식사를 하기 위해 교대하는 모습이 보였다.

춘호는 나무숲에 있는 벤치에 앉아 담배를 꺼내 물었다. 하얀 연기가 피어올랐다.

핸드폰을 꺼내 다이얼을 누르고선 귀에 갖다댔다.

"네. 비서실입니다."

"응. 나다."

"어머. 회장님. 식사는 하셨어요?"

명희가 반갑게 전화를 받았다.

"그래. 넌?"

"전 아직 안 했어요. 퇴근해서 집에 가서 하려고요. 사장님도 잘 계시죠?"

"응. 울진에서는 어떠냐?"

춘호는 매번 전화를 할 때마다 울진부터 물어보았다.

"백호 사장한테서 이천오백 배럴로 올린다고 연락왔어요. 정유사에서 단가를 낮춰달라는 요구가 많이 들어온대요."

"그건 들어주지 말라고 그래. 내가 다시 백호한테 전화하겠다. 당분간 그 단가대로 고수한다."

"네, 알겠습니다."

명희의 목소리는 밝아보였다. 하루에 한 번 내지는 이틀에 한 번씩은 걸려오는 춘호의 전화를 받을 때마다 명희는 회사의 중요한 보고를 했지만 일본에 가 있는 춘호 회장의 근황이 궁금할 뿐이었다.

"일은 잘 되세요?"

"그래. 신공항에는 별일 없지?"

춘호는 꼭 전화를 끊기 전에 물어보는 버릇이었다. 그럴 때는 명희는 애가 탔다. 좀 더 이야기를 나누고 싶지만 춘호는 늘 간단한 말만 하고선 전화를 끊곤 했다.

"네. 김 용성 사장이 잘 알아서 하고 있거든요. 회장님, 일본은 어때요?"

"왜?"

그제야 춘호는 웃으면서 말했다.

"저도 일본에 가보고 싶어서요. 아직 한번도 외국에 나가본 적이 없어서…… 일본이면 여기서 가까운데……."

"그래. 나중에 일본에 와보면 되지 그래. 휴가를 받아 여행도 좀 다니고 그래. 맨날 회사일에만 매달리지 말고."

그렇게 말하는 춘호가 다정하게 느껴지면서도 한편으로는 거리를 두는 듯한 인상을 지울 수가 없었다.

"식사는 잘 하세요?"

"그럼! 성숙이는 잘 있나?"

춘호는 바쁜 와중에도 영등포 쪽에도 신경을 쓰고 있었다.

"네. 이번 달에 원생들 250명이 올라왔데요. 이번에는 영등포에서 받고, 다음달에는 여기서 받으면 될 거 같다고 말하데요."

"그래? 그렇게 해도 되겠군. 이제 성숙이도 애들 훈련시키는 것에 관심이 많아진 거 같네."

"네. 맞아요. 이번에는 영등포에서 몽땅 받아서 아주 멋진 훈련생들을 키워낼 거라고 말하데요."

"하하. 그래. 좋지. 정혜는?"

"요즘 광고 때문에 바쁜가 봐요. 울진에 투자했다는 것 때문에 광고들이 많이 들어오는가 봐요."

명희는 춘호가 정혜에 대해서 관심을 보이는 것이 약간 서운하기는 했지만 업무상의 일이라 어쩔 수 없는 것이었다.

"하하. 그러겠지. 민족교 방송국에서 울진에 투자를 했으니 주가가 올라가겠지. 광고주들이 우리 민족교 방송국이 이제 탄탄해졌다는 것을 알 거다."

"네."

"그래. 이만 끊자. 급한 거 있으면 수시로 전화해라."

"네."

명희는 춘호와 통화가 끝날 때쯤이면 왠지 모르게 허전했다. 전화기 속에서 들려오는 춘호의 목소리가 끊어질 것 같은 생각에 얼른 보고할 것들이 있는가 생각해 보았지만 별다른 보고사항이 없었다.

춘호에게서 먼저 전화가 툭 끊어지고 나면 명희는 끊어진 전화기를 그대로 귀에 대고 있었다.

"여기 있었구나. 밖이 시원하군."

언제 방에서 나왔는지 배호가 옆에 서 있었다. 그 뒤로 희준이 담배를 피워 물고서 다가오고 있었다.

"응. 방금 신공항에다 전화를 했다. 별일 없다는 거야."

"그래? 나도 마침 전화를 넣을까 그랬는데. 그럼 됐지."

배호가 옆으로 와서 앉았다.

"이번에 이백오십 명이 올라왔는데, 이번에는 영등포에서 다 받았다는군. 다음달에는 싱공항에서 받도록 하겠다는데?"

"성숙이가?"

"응."

"호오. 성숙이가 다 받아서 한 번 크게 키워보겠다는 말이로군. 그거 잘됐네 뭐."

"그래. 이제 성숙이도 훈련원생들에게 깊은 애정을 갖기 시작한 거 같아."

"하하. 잘 된 거지 뭐냐. 여자의 보호본능이랄까. 뭐 그런 것도 있어야지. 이제 시집도 안 가고 하니까 훈련생들이나 거둬서 잘 키우겠다는 마음씨가 고맙지 뭐."

배호도 성숙의 그런 자세에 칭찬을 아끼지 않았다.

"야. 춘호야. 니네들 훈련원에서 키운 애들 나한테도 좀 보내줘라. 나도 좀 데려다 쓰면 안 되나."

희준이 씩 웃으면서 말을 했다.

"하하. 고아원 후배들은 우리가 다 맡아서 키운다. 대학까지 시켜서 인물을 만들어놓으면 네가 데려다 공짜로 써먹겠다는 거냐?"

춘호가 희준에게 악의 핀잔을 주었다. 그러자 희준이 말했다.

"그래. 니 말이 맞다. 전에 네가 후배들을 키워서 멋진 놈으로 키우겠다는 말이 이제 맞는 말이라는 것을 알겠다. 춘호 네가 그런 일을 한 것은 잘한 일이다."

"그래. 우리가 안 거두면 개들은 사회에 나와서 아무 곳에도 발붙일 곳이 없다. 맨날 빌어먹게 놔둘 수는 없는 일이 아니냐. 개들은 우리들보다 더 불쌍한 놈들이다. 알겠냐."

"훗. 그래. 이젠 고아원이나 하나 차리면 되겠다."

희준이 웃으면서 그 말을 하자, 춘호가 되받았다.

"그건 고아원에서 맡고, 우리는 개들이 사회에 나가서 설움을 받고 사는 것보다 황제파로 들어와서 떳떳하게 살도록 해주는 것이 선배인 우리들의 의무가 아니냐. 우리들 위에 있던 선배들이 사회로 나가서 구두닦이나 하고, 미장공이나 하고, 가판신문대에서 일이나 하고, 노가다 일이나 뛰는 거 보면 한심하다는 생각밖에 안 든다. 사람은 발을 디딜 곳이 없으면 어쩔 수 없는 일이다. 희준이, 너도 남대문에서 애들을 데려다가 키워. 그러면 나중에 너도 후배들로부터 좋은 선배라는 말을 들을 것이다. 안 그러냐."

"후훗. 그 일은 아무나 하는 거 아니다. 너나 배호 형처럼 후배들을 아끼는 사람들이나 하는 일이지. 나야 못난 후배들을 보면 어릴 적 생각이 나서 막 패주고 싶어져서 안 돼. 나도 고아원에 있을 때에 그랬지만, 어쩌다가 독기를 품고서 남대문에서 지금 이 자리에 오게 됐지만…… 난 그런 일 못할 거 같다."

"희준이 너도 우리 후배들이 얼마나 못 배우고 무능한지 그걸 알면 지금 너한테 있는 힘으로 조금만 도와주면 개들은 멋진 후배들이 될 수 있는 거다. 사람은 처음부터 잘 된 놈은 없다. 얻어맞고 배고픔을 당하면서 크는 거다."

"알았다. 난 너처럼은 되지 못할 거다. 내가 그동안 많이 변해버린 거지. 그런 건 너한테서 배우는 거 아니냐."

그 말을 하고선 희준은 활짝 웃었다.

"춘호야. 내일 자신 있나?"

배호가 약간 염려스러운 듯이 말을 꺼내왔다.

"형. 걱정마. 일본애들 수준이 있으니까 우리들이 이긴다. 그건 걱정 안 해도 될 거 같다. 요시이도 빈틈없는 놈이다."

"이제 들어가서 자지."

"들어가. 난 좀 더 있다 들어갈 테니까."

배호와 희준이 먼저 방으로 들어가고 나서 춘호는 그 자리에 앉아 있었다. 왠지 모르게 불안했다. 배호와 희준 앞에서는 그런 내색을 하지는 않았지만 낯선 일본에서 요시이만 믿고서 결투를 벌인다는 것은 모험이 아닐 수 없었다.

더구나 섬나라에 와서 경시청이나 검찰에서 알게 된다면 꼼짝없이 일본에 갇히게 될지도 모르는 일이었다. 그러나 일본이란 나라의 야쿠자들은 신사적이라는 데에 일말의 안도감이 들긴 했지만 내일 신주쿠파가 어떻게 나올지 자꾸만 불안해졌다.

다음날 아침, 잠에서 깨어난 춘호는 곤히 자고 있는 배호와 희준이를 흔들어 깨웠다.

운동복으로 갈아입고 정원으로 나왔을 때는 이미 조직원들이 운동을 나갈 채비를 하고 있었다. 구보를 하고 난 후, 아침 식사를 하러 방으로 들어갔을 때에 요시이와 다라시, 히라카이가 들어왔다.

"잘 잤나?"

"방금 운동하고 들어오는 길이다."

"오늘도 신문에 대서특필돼서 나왔다."

요시이는 조간 신문들을 탁자 위에 올려놓았다. 일본에서 석유채굴이 시작되었다는 일면 톱기사가 보였다.

"준비는?"

"오늘 저녁쯤에 할 것이다."

"저쪽의 움직임은 없나?"

춘호가 물었다.

"있다. 저쪽에선 어제 급하게 애들을 끌어모으고 있다는 정보를 들었다. 우리도 최대한 많은 인원을 끌어모아 놨으니까 걱정 안 해도 된다."

"흠. 볼만하겠군."

희준이 옆에서 거들었다.

"식사나 하지."

그들은 곧 아침식사를 하고선 정원에 세워져 있는 리무진 버스로 가서 탑승했다. 버스가 정원을 출발하자,

"오늘은 비토로 가서 실전으로 바닷가에서 훈련하는 게 좋겠다."

요시이가 말했다.

"미토? 어딘가?"

배호가 묻자,

"디테야마와 반대편이다. 북쪽에 있는 바닷가다. 도쿄에서 한 시간 거리쯤 되는 곳이다."

"그것도 좋지. 실전에서 해보는 것도."

희준의 말이었다.

버스는 도쿄 시내를 벗어나서 시바 쪽이 아닌, 북동쪽으로 올라갔다. 미토에 도착한 버스는 바닷가를 향해 달렸다.

그들이 버스에서 내리자, 바닷가에는 수많은 그들의 부하들로 가득 찼다. 그들의 손에는 진검과 목검, 쇠파이프 등이 들려져 있었다.

택기와 히라카이가 앞에 나서서 그들을 지휘하기 시작했다.

"우선 주먹으로 한다! 피는 보지 않도록! 최대한 실전에 가깝게 싸우기 바란다!"

한국측과 일본측이 서로 나눠져서 맞대결을 하는 것이었다.

춘호와 요시이가 중간에 서서,

"시작!"

구호와 함께 한국의 조직원들과 일본의 조직원들이 서로 맞붙어서 싸우기 시작했다. 그들은 온갖 기술을 다 동원해서 상대방을 물리치기 위해 혼신의 힘을 다했다.

"……"

춘호는 자신의 부하들이 긴자파의 조직원들보다도 한 수 위라는 것을 금방 알 수 있었다. 한국 조직원들의 몸놀림이 훨씬 빨랐다. 발로 치고 빠져나오는 동작을 보면 알 수 있었다.

"역시 다르군."

요시이의 말이었다.

그들이 한참 맞붙어 싸우고 있는 도중에 히라카이가 손을 들었다.

"그만!"

히라카이와 다라시는 약간 언짢은 듯한 표정으로 앞으로 나가서 말을 했다.

"이건 황제파의 승리다. 니들이 졌다!"

히라카이는 약간 화가 난 듯이 긴자파의 조직원들에게 소리쳤다.

"이제 목검으로 하겠다. 목검 들어라!"

히라카이의 말에 백사장에 놔둔 목검을 찾아 드는 것을 보고선 히라카이는 다시 소리쳤다.

"일대 일로 붙어라! 얼굴에는 상처를 내지 않도록! 시작!"

히라카이의 그 말에 한국측과 일본측은 대오를 이뤄 앞으로 나가아면서 서로 일대 일로 맞붙었다.

목검이 공중으로 날아올랐고, 직선으로 가슴을 찌르며 공격해가는 모습이 보였다. 넓은 백사장에는 수백 명의 조직원들이 서로 일대 일로 맞붙어서 싸우고 있었다.

이미 살갗에 목검이 닿은 조직원은 항복의 표시로 백사장 밖으로 물러났다. 이긴 자 역시 목검을 들고서 가장자리로 물러나고 있었다. 한국측보다도 일본측이 열세에 가까웠다.

"흠. 검도도 우리가 지다니……."

요시이는 턱을 괸 채로 그 광경을 지켜보고 있었다.

승부가 날 때까지 오랜 시간 그 광경을 지켜보던 춘호는 점점 일본측의 숫자가 줄어드는 것을 보고는 얼굴에 미소를 지었다. 히라카이 역시 긴자파의 조직원들이 한국측에 밀리는 것을 바라보면서 요시이를 힐끗 쳐다보았다.

"……."

요시이는 말이 없었다. 담배를 꺼내 불을 붙이고는 아예 먼 바다 쪽으로 시선을 두고 있었다.

"그만!"

히라카이의 외침이 흘러나왔다.

목검을 든 조직원들이 일제히 목검을 거두고선 상대방에게 예를 표했다. 히라카이는 앞으로 나섰다.

"검도는 우리 일본의 무기다. 그런데 너희들은 황제파에게도 졌다. 오늘 저녁에 잇을 싸움에서 어떻게 할 텐가? 니들은 앞으로 좀 더 열심히 기술을 익혀야 한다. 오전 대결은 이상으로 끝!"

히라카이의 말에 조직원들은 일제히 히라카이에게 절을 하고선 백사장 바깥으로 물러나서 그 자리에 앉았다.

히라카이가 곧 요시이 옆으로 다가왔다.

"히라카이."

"네."

"좀 더 훈련을 시켜라. 아직 멀었다."

요시이의 비장한 목소리였다.

"네, 알겠습니다."

"다라시."

"네."

"이건 우리 일본의 수치다. 깊이 명심해라."

"네, 알겠습니다."

다라시는 깊이 고개를 숙이고는 뒤로 물러났다.

"춘호 상."

요시이가 이번에는 춘호를 바라보았다.

"왜?"

"역시 황제파의 무서움을 본 것 같다. 대단한 실력들이다."

"하하. 우리 애들은 다들 공인 고수급들이다. 그냥 얻어지는 게 아니다. 그동안 피나는 훈련을 시켰다."

"명심하겠다."

요시이는 황제파 조직원들이 백사장에 앉아 있는 모습을 둘러보며 부드러운 눈길을 보내고 있었다.

"오전 식사를 마치고 나서 다시 붙어보지."

춘호가 요시이에게 재도전을 제안했다.

"다라시. 히라카이."

요시이는 두 사람을 불렀다.

"오후에 다시 붙어봐라."

"네. 알겠습니다."

춘호와 요시이, 배호와 희준이는 바닷가를 거닐기 시작했다. 바다에서 불어오는 바람이 햇살과 함께 따갑게 느껴졌다. 모래톱을 적시는 바닷물을 내려다보며 걷던 요시이는 춘호에게 말을 꺼냈다.

"난 동경을 휘어잡았으면 좋겠다."

"그렇게 될 것이다."

춘호는 요시이에게 자신감을 주었다.

"내가 한국인이라는 것. 언제까지 숨겨야 할지 모르겠다."

요시이의 고뇌에 찬 말이었다.

"……."

"난 죽을 때까지 일본인으로 살아야 하는가 하는 질문을 수없이 던져왔다. 차라리 한국에서 태어났더라면 하는 마음이다."

"흠……."

"운명이란 참 묘한 거다. 내가 중학교에 다닐 때에 시모노세키 중학교에 한국인 아버지를 둔 애가 있었다. 난 그 애를 조센징이라면서 두들겨 패준 적이 있었다. 주먹이라면 나도 한 가닥 했으니까."

"그래?"

춘호가 요시이를 보며 씨익 웃었다.

"그 친구는 결국 죽었지."

요시이는 비감하게 말했다.

"왜?"

"또 다른 일본애들한테 맞고서 바다에 빠져 죽었지. 자살한 거다."

"……."

"난 지금도 그놈을 잊지 못한다. 내가 한국인이라는 걸 알고 나서부터 지금까지……."

"그때는 몰랐을 때 아닌가."

"……."

"그래도 넌 한국인이다. 한국인의 피가 흐르고 있다는 것을 잊지 마라."

"난……. 시모노세키 중학교를 졸업하고 나서 시모노세키를 떠나면서 그 친구를 잊을 수 없었다. 그래서 바닷가로 가서 그 친구에게 제사를 지내주고 싶더군."

"……?"

"불쌍한 조선인이라는 생각이 들면서……. 그때는 내가 조선 인이라는 걸 모를 때였으니까."

"근데 왜 그런 생각이 들었지?"

"그건 나도 모른다. 시모노세키 중학교에서 내가 센 축에 들 었기 때문에 내가 그 애를 때린 것이 발단이 돼서 결국 일본애들 이 그 애를 무차별 구타를 했다는 것 때문이다."

"……."

"생선 한 마리를 사들고 가서 마지막이라면서 제사를 지내주었지. 미안하다는 말과 함께……. 그 뒤론 시모노세키에는 가지 않았다."

"……."

"나중에 어머니로부터 내가 한국인의 핏줄이라는 것을 알고 나서……. 얼마나 후회했는지 모른다."

"왜?"

"내가 불쌍한 한국인이었다는 것을 알고부터."

"왜 불쌍하다고 생각했나?"

춘호가 요시이를 쳐다보았다. 요시이의 말이 이어졌다.

"난 이미 그때 야쿠자의 세계에 발을 들여놓았을 때였으니까 내가 불쌍한 게 아니라 그때 나한테 맞았던 그놈이 불쌍해지기 시작한 거다. 물론 나도 불쌍하다고 생각했지."

"요시이 상은 한국인이라는 것 때문에 괴로웠었나?"

배호가 사뭇 진지하게 물었다.

"아니다. 내가 불쌍한 게 아니라, 시모노세키 부둣가에서 일본인들에게 손가락질을 받으면 살았던 조선인들이 불쌍하게 생각된 거다."

"흠……."

"그때부터 나는 철저하게 나를 숨기기 시작했다. 절대로 한국인이 아니기를 바라면서. 누구에게도 말할 수 없었다."

"……."

"일본은 아직도 한국인을 그렇게 생각하나?"

희준이 묻자,

"그렇다. 겉으론 그렇지 않은 것처럼 행동하지만 일본 안에서 높은 자리에는 절대로 올라가지 못한다. 그건 곧 한국인에 대한 차별이라고 봐도 된다."

"흠……."

춘호는 입에서 갑자기 낮은 신음소리가 튀어나왔다.

"내가 괜한 말을 한 것 같다. 이쯤하자."

요시이는 얼른 굳어진 얼굴 표정을 지우면서 밝게 웃으려고 애를 썼다.

"그래. 좋다. 일본에 요시이라는 인물이 있다는 것만으로도 우리는 동지를 얻은 것 같다. 이건 나와 배호 형, 그리고 희준이도 역시 마찬가지일 것이다. 우리 한국은 일본에게 절대로 지지 않는다."

춘호의 확신에 찬 목소리였다.

"이제 돌아가지."

요시이가 말했다. 그들은 곧 오던 길을 돌아서서 다시 걷기 시작했다. 바닷가 옆에선 휴식을 취하고 있는 조직원들의 모습이 보였다.

오후 훈련 역시 황제파의 승리로 끝이 났다.

"저녁에 싸우려면 쉬게 하는 것이 좋을 것 같다."

요시이는 그렇게 말하고는 솔밭을 둘러보다가 옆에 있는 춘호에게, 제안했다.

"여기서 쉬는 게 어떤가? 밤 열 시쯤에 내려가면 될 것 같다."

"그렇게 하지. 낮 시간에 피곤했을 거니까."

그 말에 요시이는 히라카이에게 지시를 해서 솔밭 사이에서 잠을 자두라고 지시를 내렸다.

조직원들은 백사장에서 나와 솔밭 사이로 들어갔다. 한낮의 따가운 햇살을 피해 솔밭으로 들어간 조직원들은 나무 그늘 속에서 잠을 청했다.

버스 안에서 잠든 요시이와 춘호는 저녁 늦게 일어나 조직원들을 버스에 태우고는 미토 시내로 들어가서 식당으로 들어갔다.

식사를 하면서 미테야마에 도착할 시간을 계산해서 그들은 식당에서 나왔다. 버스는 곧 밤길을 달리면서 해안도로를 따라 내려갔다.

미테야마의 바닷가에 도착하기 전에 춘호는 요시이에게 말했다.

"여기 동네 근처에서 내려서 걸어서 가지."

"왜? 바닷가로 바로 가지 않고?"

"밤에는 버스가 헤드라이트를 켜야 하기 때문에 신주쿠파로부터 습격을 당할 경우도 있을지 모른다. 동네에서 내려 걸어가는 것이 좋지 않나?"

"……?"

요시이는 춘호의 그런 생각에 번뜩 떠오르는 것이 있었다. 요시이는 곧 고개를 끄덕였다.

"다라시. 버스는 동네 한쪽에 안 보이는 곳에 세우라고 그래라. 우리는 걸어서 간다. 무기는 각자한테 나눠줘라."

"네, 알겠습니다."

그들은 곧 버스에서 내려 한국측과 일본측이 나란히 서서 바닷가의 백사장을 걷기 시작했다. 마치 군인들이 행군을 하듯이 모래톱을 따라 걷고 있었다.

그들의 손에는 진검과 목검, 그리고 쇠파이프들이 들려져 있었다. 하얀 달빛에 그들의 손에 들려져 있는 진검과 쇠파이프에서 반짝거리는 모습이 보였다.

미테야마의 바닷가를 걸어가면서 춘호는 어린 날 고아원의 철조망을 뚫고 나와 고아원 옆에 있던 고구마밭으로 기어가서 고구마를 캐내서 입에 집어넣던 기억이 났다. 생고구마를 버썩 깨물어서 하얀 물이 나오는 것을 허겁지겁 훔쳐먹었던 기억들이 떠올랐다.

"희준아."

춘호가 조용히 불렀다.

"왜?"

"너, 고아원에서 고구마 훔쳐먹던 거 기억나나?"

"훗, 그거?"

희준도 그런 생각을 하고 있었는지 하얀 이를 드러내어 웃어 보였다.

"그 고구마 훔쳐먹을 때……."

춘호는 그 말을 하면서 무심코 솔밭 쪽을 바라보았다가 사람의 인기척을 느끼고선 발걸음을 멈추었다.

"……?!"

요시이가 먼저 춘호의 그런 낌새를 알아차리고선 발걸음을 멈추었다. 그리고 배호와 희준도 춘호의 이상스런 행동에 앞쪽 솔밭숲을 노려보았다.

"쉿! 누가 있어."

춘호는 납작 엎드리듯이 그 자리에 앉았고, 뒤이어 요시이도 낮게 앉았다. 뒤따라오던 다라시와 히라카이가 얼른 손짓을 해서 뒤쪽의 조직원들에게 신호를 보냈다.

신호는 곧 뒤쪽으로 이어지면서 조직원들이 낮게 몸을 낮추었다.

"……."

갑자기 정적이 감돌았다. 모래톱에는 수백 명의 조직원들이 몸을 낮춘 채로 앞쪽에서 일어나는 행동을 지켜보고 있었다.

"저기서 만나자고 한 건가?"

춘호가 나지막하게 요시이에게 물었다.

"아니다. 백사장이라고 그랬다."

요시이가 낮게 말했다.

"그럼 저기 솔밭에 있는 건 뭐냐? 혹시 신주쿠파에서 미리 숨겨놓은 거 아냐?"

"⋯⋯?"

요시이는 앞쪽 솔밭에 눈길을 주고 있었다. 솔밭에는 사람의 그림자와 두런거리는 소리가 들려왔다.

"흠. 다이몽이 선수를 치는군."

요시이의 말이었다.

"그렇다면 뭔가 있다. 저쪽에 조직원들을 풀어놓을 정도라면 비겁하게 나올 수 있지. 일단 저 숲에 있는 놈들부터 처치하는 게 어때? 여기서 백사장까지 거리는?"

"저 솔밭만 지나면 백사장이 나온다. 여기서 얼마 떨어지지 않았다."

"흠⋯⋯."

춘호는 잠시 생각했다. 고구마밭에 들어갔을 때에 숨을 죽이며 철조망 밑으로 기어서 들어갔던 기억이었다.

"요시이. 여기다가 반쯤 떼어놓고 우리는 뒤로 돌아서 당당하게 바닷가로 들어가는 게 좋겠다. 나중에 여긴 남아 있는 조직원들이 저 솔밭에 숨어 있는 놈들을 몽땅 해치우는 것이 좋겠다."

"죽인다는 말인가? 그건 안 되는 말이지."

"왜? 사건이 될 거 같은가?"

"그렇다. 저쪽에서도 살인사건이 나는 건 원하지 않는다. 그렇게 되면 둘 다 죽는다는 걸 알고 있다."

"그렇다면 왜 저기에 조직원들을 풀어놨나?"

"그건 다이몽이 우리를 속이려고 한 것일 거다. 숫자를 속이는 것이 분명하다."

"그래?"

춘호는 다이몽의 생각을 알아차릴 수 있었다.

"그럼 여기다가 반쯤 떨어뜨려 놓고서 반만 데리고 나간다. 저쪽에서 나오는 것을 보고서 여기에 있는 조직원들이 솔밭에 있는 놈들을 때려잡으면 된다. 내 생각이 어떤가?"

춘호는 배호와 희준를 쳐다보았다.

"요시이. 그게 좋겠다. 저쪽에서 방심하도록 해서 일단 싸움이 시작되면 싸우는 것을 봐서 이쪽에서 치는 것도 괜찮을 것 같다."

희준의 말이었다.

"……"

요시이는 고개를 끄덕였다. 요시이는 곧 다라시와 히라카이를 불러 춘호가 말한대로 반 정도를 이곳에 남게 해서 여차하면 이쪽에서 먼저 공격을 하라는 말을 했다.

다라시와 히라카이는 신속하게 움직여 뒤쪽으로 갔다가 다시 앞으로 나아왔다.

"회장님. 반쯤 남아 있으라고 말했습니다."

"됐어. 우리는 다시 뒤쪽으로 해서 마을로 해서 돌아서 들어간다. 따라와."

요시이는 춘호와 같이 뒤쪽으로 이동했다. 뒤쪽으로 이동한 그들은 절반 정도의 인원을 남겨놓고는 마을로 해서 백사장으로 걸어갔다.

마을은 조용했다. 마을 앞쪽으로 난 백사장을 따라 2열로 걸었다.

바닷가에는 벌써 도착한 신주쿠파들이 서 있는 게 보였다. 달빛이 파도에 부서지면서 일렬로 쭉 늘어선 그들이 음영처럼 보였다.

요시이와 춘호, 그리고 배호, 희준이 그들 앞 100여 미터 전방에 가서 옆으로 서자, 조직원들은 일제히 옆으로 대열을 이루며 넓게 퍼졌다.

"왔군. 요시이."

다이몽이 웃으며 말해왔다.

"반갑다. 일찍 왔군."

요시이가 대답했다.

"한국놈들을 믿고 이러는 거냐? 석유를 캐겠다고? 도쿄가 어디 네 맘대로 될 것 같다고 생각하나?"

"긴 말이 필요없다. 정정당당하게 싸우지."

"……?"

다이몽의 얼굴이 일순 굳어졌다. 다이몽의 옆에는 오하라, 센키, 기요타로. 기요타가 서 있었다.

그들은 맨손으로 서 있었다.

"인사하지. 여긴 춘호 상이다."

요시이가 옆에 있는 춘호를 가리켰다.

"……."

다이몽은 춘호를 유심히 쳐다보았다.

"여긴 배호 상이다. 그리고 이 사람은 희준 상이다."

요시이는 소개를 하고 나서 다이몽을 쳐다보았다.

"우리 일본은 한국인들을 좋아하지 않는다. 우리가 한국을 지배한 나라라는 것을 잊었나?"

"어떻게 시작할까? 서로 피해가 없게 하기 위해서는 맨주먹으로 하는 게 어떤가?"

"좋다! 인원은?"

"오백 명으로 하지. 우리가 웃통을 벗겠다. 그러면 서로 알아보기 쉬울 거 같다."

"좋다!"

요시이는 그 자리에서 꼼짝도 하지 않은 채로 옷을 벗으라는 듯이 손을 내려보였다. 그러자, 옆으로 쭉 늘어선 조직원들이 웃통을 벗기 시작했다. 그들이 벗은 옷은 백사장 뒤쪽으로 휙 날아갔다.

신주쿠파와 긴자파의 거리는 약 백 미터 정도였다.

긴자파가 옷을 벗는 동안에 신주쿠파들은 기다리고 서 있었다.

"요시이. 우리가 유리하다. 바다를 뒤에 두고 있는 저 놈들이 생각을 잘못 했어."

춘호가 입술만 움직이면서 낮게 말을 하자, 요시이 역시 꼼짝도 하지 않은 채로,

"어떻게 할 건가?"

요시이 역시 입술만 조금 움직여 말을 했다.

"바다 쪽을 등지고 있는 놈들이니까 처음부터 화끈하게 밀어 부치는 것이 좋다. 한꺼번에 확 밀어버리는 것이다."

"알았다."

요시이는 대답하고선, 지시를 내렸다.

"다라시. 히라카이. 옆으로 전달해라. 한꺼번에 바다로 밀어 버린다."

"하이."

다라시와 히라카이는 곧 그 말을 옆으로 전달했다.

잠시 뒤에 요시이가 다이몽에게 입을 열었다.

"이제 나가지."

"그러지."

다이몽은 요시이가 조직원들에게서 빠져나가는 것을 보고서 조직원들에게서 빠져나왔다.

다이몽과 요시이, 그리고 춘호가 백사장 한켠으로 나와서 섰 다. 그제야 다이몽은 바로 가까이서 춘호라는 한국인을 볼 수 있었다.

다이몽이 먼저 요시이에게 손을 건네 악수를 했지만 춘호에 게는 손을 내밀지 않았다. 춘호가 한국인이라는 이유로 그는 손 을 내밀지 않은 듯했다.

춘호가 먼저 손을 내밀면서 말했다.

"다이몽. 반갑다."

서툰 일본말로 악수를 청했다. 그러나 다이몽은 웃기만 할 뿐, 손을 내밀지는 않았다.

춘호는 다이몽이 악수를 하지 않을 거라는 걸 알고 있었으므로 손을 거두면서 씨익 웃어주었다.

"시작하지. 무기는 들지 않는다. 시간은 지금부터 한 시간이다. 그 안에 승부가 난다. 지금 몇 신가?"

요시이의 말에,

"좋다. 지금 시간이 11시 15분이다. 정확히 12시 15분에 끝난다."

다이몽의 대답이었다.

"춘호 상. 시작이라는 말을 해라."

요시이는 재빨리 춘호에게 그 말을 했다. 그러자 다이몽이 잠시 당황하는 듯했다. 그러나 춘호의 입에선 커다란 소리가 터져 나갔다.

"시작! 시작해라!"

춘호의 말이 떨어지자마자 다이몽이 소리쳤다.

"깨부숴라!"

그 말이 있고 나자 양편으로 갈라선 신주쿠파와 긴자파는 삽시간에 격투가 벌어졌다. 백사장은 삽시간에 아수라장이 되었다. 건장한 조직원들의 몸뚱이들이 메뚜기 뛰듯이 이리 치고 저리 치는 식으로 혼잡한 격투가 벌어졌다.

배호와 희준은 웃통을 벗은 놈으로 제일 먼저 신주파로 파고
들었다. 그 뒤를 따라 다라시와 히라카이가 파고들면서 바닷가
에 있던 신주쿠파들을 무참하게 쓰러뜨려 나갔다.

희준의 발은 마치 신이 들린 것처럼 날기 시작했고, 주먹이
불을 뿜을 때마다 신주쿠파 조직원들의 입이 터지거나, 얼굴이
터지는 일이 벌어졌다. 배호는 공중으로 날아오르면서 닥치는
대로 발길질을 날렸다. 이단 옆차기로 한꺼번에 두 명을 날려보
내는 활극을 보여주고 있었다.

다라시와 히라카이 역시 희준과 배호의 적진 침입을 기회로
해서 실력을 유감없이 발휘하고 있었다. 배호와 희준이 신주쿠
파의 중앙을 파고들어서 양쪽으로 갈라놓은 셈이 되었다.

그리고 다라시와 히라카이가 배호와 희준의 옆에서 양쪽으로
나뉘어진 신주쿠파들이 다시 합치려는 시도를 봉쇄하고 나섰
다. 그러나 한국측의 조직원들과 긴자파의 조직원들이 달려들
면서 신주쿠파들을 바닷가로 몰아부치고 있었다.

춘호는 다이몽의 얼굴을 쳐다보았다. 다이몽은 당황하는 기
색이 역력했다. 그러나 다이몽은 애써 태연하게 서 있었다.

춘호는 담배를 꺼내 불을 붙이고선 그들이 싸우는 장면을 지
켜보고 있다가 반쯤 탄 담배를 백사장에 비벼 끄기 위해서 구둣
발로 문지르다가 문득 발밑에 만져지는 것이 있었다.

쇠파이프였다.

다이몽과 요시이가 바닷가의 싸우는 장면을 지켜보고 있느라

미처 춘호의 그런 모습을 보지 못하고 있었다. 춘호는 얼른 쇠파이프를 모래로 묻고는 요시의 옆으로 다가갔다.

"요시이. 밑에 쇠파이프가 묻혀 있다. 조심해라."

"…… 뭐?"

요시이는 춘호의 말에 얼른 다이몽을 쳐다보았다.

다이몽은 요시이가 웃고 있는 모습을 보고는 기분이 나쁜지 고개를 휙 돌려버렸다.

신주쿠파의 열세가 이어지자, 다이몽은 담배를 꺼내 피우다가 말고 백사장의 공중으로 휙 던지는 모습이 보였다.

그때, 어디선가 오하라의 외침이 들려왔다.

"들어라! 쳐라!"

오하라는 다이몽이 담뱃불이 공중으로 날아오르는 것을 신호로 외친 것이었다.

신주쿠파들이 일제히 백사장을 파헤쳐 쇠파이프를 집어들기 시작했다.

"백사장에 파이프가 있다. 찾아서 들어라!"

요시이가 소리치고는 다이몽을 휙 돌아보았다.

"다이몽! 이건 약속이 틀리지 않나!"

요시이가 다이몽에게 다가왔다.

"할 수 없지. 조선인들에게 질 수는 없는 거 아닌가."

다이몽은 태연한 척 말을 했다.

"좋다!"

요시이는 다시 몸을 돌려 바닷가 쪽을 바라보았다. 이미 쇠파이프를 든 신주쿠파들은 긴자파를 향해서 쇠파이프를 휘두르고 있었지만 미처 쇠파이프를 집어들지 못한 신주쿠파들은 백사장에 감춰진 쇠파이프를 찾느라 방심하는 사이에 긴자파의 무참한 공격을 받고 있었다.

긴자파들 역시 백사장에 미리 쇠파이프가 숨겨져 있다는 사실을 알고선 쇠파이프를 찾아냈다.

"희준아. 쇠파이프!"

배호는 백사장에서 건져낸 쇠파이프 두 개를 집어들어 한 개를 희준에게 던졌다. 희준은 배호가 던져준 쇠파이프를 들고서 날렵하게 휘둘러댔다. 희준이 휘두르는 쇠파이프는 신주쿠파의 어깨와 머리통을 내려찍었다.

곳곳에서 쇠파이프가 내려찍히면서 살갗에서 터져 나오는 소리가 들려나왔다.

바닷가에는 이미 널브러진 신주쿠파의 조직원들이 점점 늘어가고 있었다. 이미 기세를 빼앗긴 그들은 점점 바닷가로 몰리면서 두 군데로 나뉘어져 있었다. 양쪽을 각각 포위한 긴자파의 조직원들과 황제파의 조직원들은 마음껏 쇠파이플 휘두를 수 있었다.

"다이몽. 이제 끝이 났다."

춘호가 소리쳤다.

"……."

다이몽은 말없이 춘호를 노려보기만 했다.

"야! 완전히 쓸어버려라!"

춘호의 말이 떨어지자, 조직원들의 주먹과 발길질은 더욱 신이 난 듯했다. 이미 승산이 나버린 상태에서 춘호의 그 말은 불 속에 기름을 끼얹는 격이었다. 쇠파이프들이 신주쿠파의 어깨 위로 내려찍어졌고, 피가 터지는 소리가 들려나왔다.

희준의 쇠파이프는 더욱 작렬했다. 아직도 힘을 쓰겠다고 덤 벼드는 놈을 향해 무차별적으로 파이프를 휘둘렀다. 희준의 쇠 파이프를 휘두르는 솜씨는 그야말로 경지에 이른 듯했다. 마치 무당이 작두 위에서 춤을 추듯 가볍게 날아올라서 내려찍을 때 마다 두 세 명의 신주쿠파들이 맥없이 나동그라졌다.

마지막 삼십 명 가량이 긴자파에게 대항하고 있었다.

"그만!"

희준의 외침이었다. 그러자, 그때까지 파이프를 휘둘러대던 긴자파의 조직원들이 하던 동작을 멈추었다.

희준은 배호와 같이 삼십명 정도 남은 신주쿠파들에게로 다 가섰다.

"이제 항복하지. 다이몽은 니들이 죽을 때까지 지켜보고만 있 겠다 이 말인가?"

희준의 얼굴에는 핏자국이 튀어 있었다. 희준의 싸늘한 얼굴 에서 웃음이 감돌았다.

"……?"

신주쿠파의 조직원들은 긴자파의 조직들에 의해 포위된 상태에서 점점 바닷물 쪽으로 물러서고 있었다. 이제 뒤쪽은 바닷물이어서 더 이상 뒤로 물러날 수 없는 형편이었다.

"다이몽! 항복해라!"

희준이 뒤쪽을 향해 소리쳤다.

"……."

다이몽은 서 있기만 했다. 참혹하게 무너진 조직원들을 바라보면서 비장한 표정이었다.

오하라가 머리가 깨진 얼굴로 피범벅이 되어서 기어서 다이몽에게로 다가왔다. 오하라는 다이몽의 다리를 잡고서는 풀썩 쓰러졌다.

"오하라! 일어나라! 넌 일본인이다! 일어나!"

다이몽이 오하라의 어깨를 발로 찼지만 오하라는 꼼짝도 하지 않았다. 요시이가 다가가 오하라의 상체를 일으켰다. 오하라는 숨만 내쉴 뿐, 기절한 듯했다.

요시이가 일어났다.

"이제 다 끝났다. 다이몽. 깨끗한 승복을 하라."

"……."

다이몽은 꼼짝도 하지 않고 서 있었다.

배호와 희준이 다가왔다. 땀으로 범벅이 된 희준의 얼굴은 하얀 달빛을 받아 번쩍거렸다.

"다이몽. 한국인에게 패해서 치욕스러운가? 무얼 망설이는 거지?"

희준은 그 말을 하고선 다이몽 앞에 칼을 내던졌다.

"······?!"

요시이가 놀라 희준을 쳐다보았다. 희준은 다이몽의 곁으로 가기 위해 발걸음을 옮겨놓는 순간, 다이몽이 바닥에 떨어져 있는 칼을 집어 요시이를 향해 몸을 날렸다.

"요시이! 피해!"

희준이 소리지름과 동시에 발길이 날아갔다. 희준의 발은 다이몽의 뒤어깨에 가서 꽂히면서 다이몽이 앞으로 고꾸라지고 있었다.

다시 희준이 공격할 태세를 갖추자, 다이몽은 이번에는 자신의 복부를 향해 칼을 찔렀다.

순간적으로 일어난 일이었다.

그 모습에 놀란 요시이가 얼른 다이몽의 칼을 든 손을 잡았지만 다이몽은 이미 무릎을 꿇으면서 내려앉고 있었다.

"다이몽! 졌다고 해라! 그러면 끝난다!"

요시이의 고함이 터져 나왔다.

그러나 다이몽은 끝내 입을 열지 않고서 바닥으로 쓰러져 내렸다.

"센키! 기요타로! 기요타! 어딨나!"

요시이는 소리쳤고, 바닷가에 있던 그들이 허겁지겁 달려왔다. 그들도 이미 누군가의 파이프에 맞아 상처 투성이였다.

"다이몽이 스스로 배를 찔렀다. 빨리 병원으로 후송하라."

그 말에 다이몽의 부하들이 몰려왔다.

이미 깊은 상처를 입은 그들은 다이몽을 들쳐업고서 솔밭 뒤에 숨겨놓은 차로 달려갔다. 패전병처럼 널브러져 있던 다이몽의 부하들이 움직이면서 그들의 뒤를 따라갔다.

바닷가에는 이제 요시이와 춘호, 배호, 희준이가 서 있었고, 긴자파와 황제파의 조직원들이 그들을 에워싸고 있었다.

"모두들 수고했다. 이번 일은 황제파에게 고마움을 전하고 싶다."

요시이의 말이었다.

그 말을 들은 긴자파의 조직원들이 일제히 무릎을 꿇었다.

"요시이. 그리고 긴자파 여러분들의 승리다. 이제 도쿄에서 긴자파만이 있을 뿐이다."

춘호가 엄숙하게 말을 했다.

달빛에 비친 그들의 얼굴에는 비장함이 감돌고 있었다. 승리를 이룬 모습들이었다.

"일어나라."

춘호의 말에 긴자파의 조직원들이 일어났다.

"이제 끝났으니까, 바닷가에 쓰러져 있는 사람들을 수습해라. 신주쿠파나 긴자파나 다 차에 태워라. 죽은 놈은 없나?"

요시이의 말에 그의 부하들이 바닷가로 달려갔다. 군데군데 쓰러져 있는 사람들을 확인하고는 등에 업고선 버스로 실어 날랐다. 다행히 쇠파이프에 맞아 죽은 자는 없는 듯했다.

버스로 돌아온 요시이와 춘호는 앞자리에 앉아 버스에 싣고 있는 부상자들을 지켜보면서 얼굴을 찡그렸다.

신주쿠파의 부상자들이 버스에 실려졌다. 그들은 겁을 집어먹은 얼굴로 긴자파의 조직원들을 쳐다보고 있었다.

"야. 싸움은 다 끝났어. 다이몽이 배를 갈랐다. 병원으로 후송했으니까 니들은 치료만 하면 된다. 하하."

긴자파의 조직원들은 승리의 웃음을 터뜨렸다. 그 기세에 눌린 신주쿠파의 조직원들은 상처 난 몸을 이끌고서 의자에 앉아 있었다.

버스는 조직원들을 다 태우고서 바닷가를 빠져나갔다.

도쿄의 황제

신주쿠파가 긴자파에 의해서 무너졌다는 소식은 전 일본 조직 내로 퍼져나갔다.

요시이는 곧바로 가미카제파에게 도전장을 냈다.

사카다는 요시이를 만나겠다는 연락을 취해왔다.

이미 신주쿠파가 무너진 마당에 신주쿠파와 손을 잡았던 가미카제파는 협상을 하자는 식으로 나왔다.

도큐호텔에서 만난 사카다는 요시이 옆에 있는 춘호와 배호, 희준부터 쳐다보았다.

"요시이 상. 우리는 싸우고 싶지 않다."

사카다는 옆에 있는 가가야와 무라사끼를 돌아보며 말했다.

"그럼 어떻게 하겠다는 건가?"

요시이가 싸늘하게 말을 꺼냈다.

"다이몽이 중상이다."

"그래서?"

요시이는 사카다가 비굴하게 나올 것이라는 걸 미리 알고 있었다.

"그건……."

사카다는 난처한 표정을 지었다가,

"우리 구역을 그대로 두면 안 되겠는가 하는 말이다. 그러면……."

사카다는 말을 머뭇거렸다.

"……?"

요시이는 사카다의 다음말을 기다렸다.

"그러면 가미카제파가 긴자파로 들어가겠다."

"항복인가?"

"그렇다."

사카다는 다시 춘호를 쳐다보았다.

"그건 안 되는 말이다. 나는 정정당당하게 도쿄를 내 손 안에 집어넣고 싶다. 그런 협상은 필요없다."

"……?!"

사카다는 순간 당황하면서 얼른 다음 말을 꺼냈다.

"그럼 싸우자는 말인가?"

"순순히 항복하겠다면 그쪽 구역을 우리한테 넘겨라."

"그럼 도쿄를 떠나라는 말인가?"

"그렇다."

요시이의 결론은 단호했다.

사카다는 담배를 꺼내 입에 물려다가 요시이가 아직 담배를 꺼내물지 않았다는 것을 알고선 담뱃갑을 도로 내려놓았다.

"그렇다면 내가 보스 자리를 내어놓고 조직들을 넘겨주는 건 어떤가? 그러면 완전 항복한 것이 되지 않는가."

사카다의 입에서 전혀 예상치 못한 말이 튀어나왔다.

요시이는 사카다가 그렇게 나올 줄은 생각지 못했다. 그 말을 듣고서 요시이뿐만 아니라, 춘호와 배호, 희준도 속으로 놀랄 뿐이었다.

사카다는 난감한 표정으로 요시이를 건너다보고 있었다. 사카다의 옆에 있는 가가야와 무라사끼는 담담한 표정으로 요시이를 쳐다보고 있었다.

"사카다. 너는 조직을 사랑해서 하는 말이냐? 아니면 조직을 그대로 놔두면서 우리와 손을 잡겠다는 뜻이냐?"

요시이가 정곡을 찌르면서 나왔다.

"그건 아니다. 난 조직을 위해 마지막 선택을 한 것뿐이다. 내가 그동안 일궈놓은 조직들을 망가뜨릴 수는 없는 일이다."

그 말은 사카다의 진심인 듯했다. 사카다는 지금 비굴한 심정을 어떤 식으로 다스릴 줄 몰라 약간 당황하고 있는 것이 분명했다.

요시이는 사카다의 진심임을 알아차리는 데에 약간의 시간이 필요했다. 사카다의 표정과 그 옆에 앉아 있는 가가야와 무라사끼의 표정을 살피면서 그들에게 적당한 조건을 제시하고 싶었다.

"그럼 도쿄를 떠나라. 난 사카다의 조직이 필요치 않다. 도쿄를 떠난다면 그만한 대가를 지불하겠다."

"대가?"

이번에는 사카다가 놀라는 표정이었다.

"도쿄를 떠나는 조건으로……. 20억 엔을 주겠다. 어떠냐?"

"…… ?!"

사카다는 놀라는 표정이었다.

"그건 많지도, 그렇다고 적지 않는 돈이다. 타협의 대가로 지불하는 돈일 뿐이다. 우리와 싸우면 어차피 그 돈은 없어질 돈이다. 나는 사카다 상이 이런 식으로 협상에 나올 줄은 생각지 못했다. 내 성의라고 생각하면 된다."

"……."

사카다는 말을 하지 못했다. 그만한 돈에 조직을 완전히 철수하는 조건이라면 억울한 감이 없지 않았다. 아카사카와 롯폰기에서 벌어들이는 수입만 해도 엄청난 마당에 요시이가 제시한 돈의 액수란 사카이에게 있어서 아무것도 아니랄 수 있었다.

다만, 조직을 망가뜨리게 된다면 도쿄를 떠나 어느 곳에 가더라도 발을 붙일 곳이 없게 되는 셈이어서 사카다는 요시이의 조건을 흔쾌히 받아들일 수가 없었다.

"그럼 내일까지 결정해라. 우리와 싸우고 싶다면 언제든지 받아주겠다."

요시이는 그 말을 남기고선 자리에서 일어섰다. 춘호와 배호, 희준이도 일어났다.

사카이는 그들이 나가는 것을 지켜보고 있었다.

밖으로 나온 요시이는 걸음을 멈추고서 담배부터 꺼내 물었다. 차 안에서 대기하고 있던 다라시와 히라카이가 차 밖으로 나와 기다리고 있었다.

"춘호 상. 어떻게 생각하나?"

요시이는 춘호와 배호, 희준에게도 담배를 권해놓고서 불을 붙여주었다.

"잘한 일이다. 가미카제파를 받아봐야 긴자파의 물만 흐릴 뿐이다.

"배호 상은?"

다시 요시이가 물어왔다.

"나도 마찬가지다."

요시이는 희준에게 웃었다.

"사카다는 희준 상을 잘 알고 있는 놈이다. 그래서 미리 협상 카드를 들고 나온 것인지도 모른다."

요시이가 그 말을 하고 자동차로 걸음을 옮겼다.

산장으로 돌아온 그들은 산장 주인인 요시무라가 준비한 성대한 저녁식사를 하고 나서 모처럼만에 편안한 시간을 가질 수 있었다. 산장 주위에는 긴자파의 조직원들이 경비를 서고 있었고, 나머지 조직원들은 철수시켜버린 뒤였다.

황제파의 조직원들은 바닷가에서의 결투에서 부상한 인원들을 치료하면서 다치지 않은 사람들은 편안히 쉬도록 했다. 다라시와 히라카이는 긴자파에게 승리를 안겨준 황제파가 편안히 쉴 수 있도록 경비를 서는 일과, 그들이 쉬는 동안에 필요한 것들을 공급해주면서 요시이와 같이 행동하고 있었다.

요시이는 퇴근하지 않고 줄곧 산장에서만 머물렀다. 다이몽 일행이 신주쿠가에서 스스로 철수할 때까지는 그곳을 침범하지 않았다. 그들은 부상자가 많았으므로 치료할 시간을 주는 것이 사나이의 도리라고 생각했기 때문이었다.

"요시이 상. 이제부터는 가미카제파의 동정을 살필 필요가 있고, 다이몽이 다 낫는 것을 보면 이제 신주쿠를 접수하는 것이 좋겠다."

희준의 말에 요시이가 대답했다.

"알았다. 다이몽에게도 치료비조로 돈을 보내겠다. 그리고 나서 신주쿠가에 애들을 보내서 관리하도록 하겠다."

요시이가 씨익 웃었다.

그들은 아직까지도 마음을 놓을 수 없는 입장이었다. 가미카제파가 어떤 행동을 취할지 모르는 판국에 그들이 어떤 연락을 해오는가를 지켜보면서 기다리는 순간이었다.

저녁식사를 하고 나면 춘호는 요시이, 배호, 희준과 같이 정원으로 나가서 벤치에 앉아 이야기를 나누면서 휴식의 시간을 가졌다.

"배호 상. 맥주나 할까?"

"좋지."

요시이는 곧 요시무라를 불러 정원에다 파티를 열으라고 지시를 했다. 요시무라는 곧 아가씨들을 데리고 나와서 정원의 벤치 앞에다 식탁을 차려놓고선 술과 안주를 만들어놓았다.

식탁에 둘러앉은 그들은 다라시와 히라카이를 불러 맥주를 마시고 있었다.

다라시와 히라카이는 황제파의 춘호와 배호, 그리고 남대문파의 희준에게 깍듯이 형님이라고 불렀다.

술을 따라줄 때에도 공손하게 두 손으로 술을 따랐다.

그 모습을 지켜보고 있는 요시이는 왠지 모르게 기분이 좋았다. 황제파와 긴자파는 한 형제와도 같이 끈끈한 의리로 뭉쳐지고 있었다.

춘호는 다라시와 히라카이에게 관심을 갖고서 술을 따라주었다. 다라시와 히라카이는 요시이가 한국인의 핏줄이라는 것을 모르고 있었기 때문에 춘호로서는 요시이를 회장으로 모시고 있는 그들에게 좀 더 깊은 애정을 갖고서 친근하게 대했다.

"요시이. 앞으로 일본에도 전국을 통일하는 것이 좋지 않나?"

춘호가 맥주를 마시다가 불쑥 말을 꺼내자,

"전국을 통일하라고?"

요시이가 술잔을 들다 말고 물었다.

"그렇다. 여기 있는 다라시와 히라카이도 제 역할을 다할 수

264

있도록 일본을 통일하는 것이 어떠냐는 것이다. 도쿄를 장악했으니까 우리 황제파처럼 굵직굵직한 대도시의 조직들만 깨부수면 전국 통일은 쉬울 것 같다."

"흠……."

요시이는 술잔을 내려놓고 입을 열었다.

"일본은 옛날부터 막후시대가 있어서 지방을 통일하는 것이 쉽지 않다. 지방에는 지방색이 강해서 도쿄의 영향력이 지방에까지 미치지 못한다. 그걸 알아달라. 일본은 한국과는 조금 다른 특색이 있다."

"다라시."

춘호가 불렀다.

"네. 회장님."

다라시가 춘호에게 고개를 숙였다.

"다라시는 어떻게 생각하나. 주먹세계란 전국 통일이 가능하다고 본다. 그리고 우리 황제파는 지방 조직을 흡수하고 나서 지방마다 황제콜라텍을 열어서 그곳에서 나오는 수입에서 다시 지방의 콜라텍으로 교부금을 내려보내고 있다. 이번에는 각 지방마다 골프장을 세우라고 교부금 외에 각각 삼십억씩 내려보냈다. 그 돈이면 골프장을 지을 땅을 매입하고 남는다. 교부금도 삼십퍼센트씩 올려서 내려보낸다. 이제 골프장이 완성되고 나면 지방에선 황제콜라텍과 골프장에서 나오는 수입만 해도 엄청날 것이다. 물론 지방에서 벌어들이는 수입을 중앙에 있는 황제파로 올려보내지만, 우리는 지방으로 다시 수입금 중에서 삼십퍼센트를 교부금으로 내려보내고 있다."

춘호의 설명이었다.

"……."

"요시이. 한 번 생각해볼 필요가 있을 것이다. 그렇게 하면 지방의 조직들을 껴안을 수 있을 것이다. 조직이란 돈이 곧 생명줄이다. 돈을 벌게 해주면 조직은 흐트러지지 않을 것이다. 어떤가?"

"그러나 한국에서는 황제파라는 것이, 전국에 있는 고아원에서 조직원들을 불러올려서 키워서 지방으로 내려보내지만 아직 일본에는 그런 것이 허용되지 않는다. 일본에는 고아원이란 곳이 한국처럼 아무렇게나 취급받지 않는 곳이기 때문에 고아원에서 인원을 조달받는 것은 위험한 일이다."

요시이의 말이 이어졌다.

"하하. 요시이. 그렇다면 다른 방법이 있지."

춘호가 크게 웃었다.

"어떤?"

요시이가 춘호를 바라보았다.

"전국에 있는 체대를 이용하면 될 것이다. 체대를 졸업하는 학생들에게 긴자파로 들어오도록 하는 방법이 있다. 아니면 체대에 다니는 우수한 학생들을 골라 장학금을 지급하면서 미리 조직원들을 키워내는 일이다. 그건 가능하지 않나?"

"……?"

"그것부터 하면 쉬울 것이다. 체대에 다니는 어려운 학생들에게 장학금을 지급하면서 졸업하면 스카웃하는 방법을 써보라. 만일에 체대를 졸업하고서 경시청이나 자위대 쪽으로 들어가도 좋은 일이다. 장학금을 받은 애들이 그런 쪽에 가서 일해도 결국은 나중에는 긴자파의 조직원은 아니더라도 긴자파에게 힘이되어 줄 수 있을 것이다."

"아. 맞는 말이군. 좋아!"

요시이가 흔쾌히 받아들였다.

"뿌리는 것만큼 거둬들인다는 생각을 하라. 그것도 일종의 투자니까."

"하하. 좋은 생각이야! 어때? 다라시? 히라카이?"

요시이는 곧바로 다라시와 히라카이에게 물었다.

"좋습니다. 회장님."

"일본에는 체대가 얼마나 되나?"

"수도 없이 많다. 대학마다 체대는 다 있으니까. 백여 군데는될 것이다."

"그렇다면 인원은 충분하다. 한 대학에 체대 정원이 오십 명은 넘으니까 한 해에 체대를 졸업하는 인원이 오천 명은 되지 않겠나. 그 중에서 십퍼센트만 장학금을 줘도 한 해에 오백 명은 건질 수 있다."

"그렇겠군. 오백 명에게 장학금을 일인당 얼마씩 주면 되나?"

요시이가 구체적으로 물어왔다.

"그건 알아서 해라. 오백만 엔을 주면 충분할 것이다. 그 돈이면 학비를 쓰고도 남는 액수지 않겠나?"

"흠."

요시이는 흡족한 표정을 지었다.

"그리고 일본에도 황제콜라텍과 같이 지방의 각 조직에다 콜라텍을 하는 건 어떤가? 우리는 황제콜라텍으로 일어섰으니까."

이번에는 배호가 그런 안을 내놓았다.

"콜라텍. 좋지."

"조직은 자금이 안정적으로 확보돼야 좋다. 자금이 원활치 못하면 다른 곳으로 눈을 돌리게 된다. 만약에 자금만 안정적으로 확보된다면 마약같은 건 손을 안 대도 된다. 우리는 마약에는 절대로 손을 대지 않는다."

"알았다. 깊이 생각해보겠다."

요시이는 술잔이 비어 있는 희준의 잔에 술을 따라주었다.

"앞으로 황제파는 어떻게 나갈 것인가?"

"음. 우리는 당분간은 각 조직에서 골프장을 짓는 것하고, 울진에서 나는 석유에 관심을 가질 것이다. 배호 형이 신공항 공단을 맡고 있으니까 거기는 형이 다 알아서 할 테고……. 우리 황제파는 앞으로 고아원에다 장학금을 대어줄 것이다. 그래서 고아원에서 중고등학교를 마치고 나면 곧바로 우리 훈련원으로 입소해서 대학을 마치도록 할 계획이다. 그 이상은 아직 계획이 없다.”

“춘호 상. 정말 좋은 계획이다. 우리도 황제파의 정신과 조직을 움직이는 것을 본받아서 그대로 할 것이다. 다라시. 히라카이.”

“네.”

다라시와 히라카이가 고개를 숙였다.

“염두에 둬라. 우리도 그렇게 하면 일본을 통일할 수 있다고 생각한다. 우린 체대를 중점적으로 키워서 조직원으로 활용하도록 한다.”

“네, 알겠습니다.”

“그리고 우리 일본에도 콜라텍을 할 수 있는지 알아봐. 원래 콜라텍은 우리 일본에서 시작한 것이다. 그걸 다시 되찾는 것이다.”

“알겠습니다.”

“춘호 상. 배호 상. 희준 상.”

요시이는 그렇게 부르고 나서 말했다.

“나는 앞으로 한국에 자주 나갈 것이다. 잘 부탁한다.”

“좋지! 우리는 요시이 상이 한국에 나온다면 언제든지 환영하겠다. 긴자파와 우리는 형제처럼 지낼 것이다.”

“고맙다!”

황제파와 긴자파의 의리는 점점 깊어갔다. 요시이가 한국인의 핏줄이 흐르고 있다는 것을 알고 있는 춘호와 배호, 희준은 남다른 애정을 갖고 있었다.

밤이 깊어가면서 산장에는 서늘한 바람이 불어왔다. 나뭇잎이 흔들리면서 연못가의 석등에서 뿜어져 나오는 불빛이 어른 거렸다.

요시이는 오늘밤 산장에서 자겠다고 말을 했다.

술자리가 파하고 나서 춘호 일행이 방으로 들어가는 것을 보고서 다라시와 히라카이는 산장 주변의 경비를 맡기 위해서 바깥에 그대로 남아 있었다.

다음날, 사가까다에게서 연락이 왔다.

요시이가 있는 산장으로 찾아오겠다는 말을 했다.

"몇 시에 올 건가?"

"삼십 분 후에 도착하겠습니다."

사카다는 요시이에게 경어를 썼다.

"그럼 기다리지."

요시이는 전화를 끊고 나서,

"춘호 상. 사카다다. 삼십 분 후에 여기로 온다고 했다."

하고 말했다.

"흠. 그렇다면 항복하겠다는 표시군. 어제 말한 요시이의 조건을 받아들이겠다는 뜻으로 봐야겠군."

"하하. 그런가?"

요시이는 곧 다라시를 불러 사카다가 삼십 분 후에 이쪽으로 올 거라는 말을 했다.

"네, 알겠습니다."

다라시는 곧 밖으로 나갔다.

정확히 삼십 분 후에 산장의 입구에 사카다가 도착했다. 사카다가 직접 운전하고 온 차가 정문 앞에 멈춰섰다.

다라시가 사카다가 혼자 왔다는 것을 알고선 속으로 놀랐다.

"문 열어라."

다라시의 말에 조직원이 정문을 열어주었다. 차는 곧장 안으로 들어와서 멈췄다.

"혼자십니까?"

다라시는 예를 갖춰 인사를 했다.

"그렇다. 안에 계시냐?"

"네. 들어오십시오."

다라시는 사카다를 안내해서 안으로 들어갔다.

문을 노크한 다라시는 안으로 들어갔다. 사카다가 그 뒤를 따라 들어갔다.

"어서 오시오. 사카다 상."

요시이는 기다렸다는 듯, 소파를 가리켰다. 사카다는 춘호와 배호, 희준에게 정중하게 인사를 하고는 소파로 가서 앉았다.

"다라시. 참 좀 들려보내라고 그래."

요시이는 지시를 하고선 담배를 꺼내 사카다에게 내밀었다.

"오시느라 수고했소. 여긴 조용해서 좋은 곳이오."

요시이는 조용한 곳이라는 말로 사카다에게 안심할만한 곳이라는 것을 강조했다. 요시이가 먼저 담배를 꺼내 입에 물고서 사카다에게 담배를 권하고 나서 다시 춘호와 배호, 희준에게도 담배를 권했다.

그들이 담배에 불을 붙였는데도 사카다는 담배를 피울 생각을 하지 않았다. 사카다는 담배를 그대로 쥐고만 있었다.

"요시이 회장."

"말하시오."

"어제 말한 조건을 그대로 받아들이겠습니다."

사카다의 말이었다.

"그래? 좋소. 그렇다면 앞으로 어떻게 할 것이오?"

"고향인 하코다데로 가서 살고 싶습니다."

사카다가 정중하게 말을 했다.

"그럼 조직원들은?"

"일단 부하들과 상의를 했습니다. 나 때문에 조직원들이 피해를 볼 건 없다는 생각에……. 그건 그들이 알아서 할 겁니다."

"그럼 조직은 완전히 없어지는 것 맞나?"

요시이는 철저하게 짚고 넘어갔다.

"그렇습니다. 이제 더 이상 도쿄에 있어서는 안 되겠다 싶어서 그런 결정을 내렸습니다."

"그럼 고향에 가서는 어떻게 지낼 건가?"

"조용히 살고 싶습니다. 정말입니다."

"좋다! 이건 남자대 남자의 약속이다. 나중에 내가 필요하면 사카다를 필요로 할 때도 있을지 모르겠군. 그때는 나를 도와주는 게 어떤가?"

"그럴 일이……."

사카다는 이제 더 이상 가미카제파를 이끌 수 없는 운명이라는 것을 느끼고 있었다. 그리고 요시이가 말하는 나중에 다시 조직생활을 하겠느냐는 그 말에 자신있게 말할 처지도 아니었다.

"……."

요시이는 더 깊이 말할 성질이 아니라서 입을 다물었다.

"일주일 내로 모든 것을 정리하겠습니다. 그 정도 시간이 필요합니다."

"알겠다. 그럼 떠나기 전에 말해라. 그러면 약속한 것은 지키겠다."

"……."

사카다는 춘호를 힐끗 보고는 경의의 눈빛을 보내왔다.

"마지막으로 나한테 부탁할 말이 있는가?"

요시이의 말에, 사카다가 대답했다.

"없습니다. 한국에서 오신 분들과 같이 식사라도 한 끼 했으면 합니다."

"그래? 하하. 좋지. 사카다 상은 보기보다 다른 면이 있군. 여기 있는 춘호 상과 배호 상, 그리고 희준 상은 멋진 사나이들이다. 사카다도 사겨보면 좋은 사람들이란 걸 알 거다."

"고맙습니다."

사카다는 요시이에게 깊이 고개를 숙였다.

그들은 오랜 숙적이었지만 신주쿠파가 허망하게 무너지고 나서 도쿄에 있는 세 개의 조직에서 이제 긴자파만이 도쿄를 장악하게 되어 사카다는 이제 더 이상 긴자파와 싸울 수 없다는 것을 알고 있었으므로 그는 스스로 모든 것을 포기하고 나니 마음이 홀가분해지는 것이었다.

"사카다 상. 춘호 상과 악수를 하지. 여기 있는 춘호 상은 황제파의 회장이다."

요시이는 아까 사카다가 방으로 들어왔을 때에 서로 인사를 시키지 못했던 것을 지금에서야 그 말을 꺼냈다. 춘호가 먼저 손을 내밀자, 사카다는 벌떡 일어나서 춘호의 악수를 받았다.

"그리고 이쪽은 현재 한국 신공항의 국제관광공단의 사장인 배호 사장님이시다."

"네. 반갑습니다."

사카다는 다시 허리를 숙여 악수를 했다.

"그리고 여기 있는 희준 상은 사카다 상도 잘 알 거네. 남대문파의 희준 상이라고."

"네. 반갑습니다. 우리 일본에서도 소문이 나 있어서 잘 알고 있습니다만……."

사카다는 희준과 악수를 하면서 최대한의 존경의 표시를 했다.

"앉으시오. 사카다 상도 가미카제파를 이끄느라 그동안 고생이 많았다. 이제 우리 일본도 점점 경제가 추락하고 있어서 이건 어쩔 수 없는 일이라는 것을 알아야 한다. 조직세계도 어차피 누군가가 천하통일을 해야만 정치권과 타협을 할 수가 있을 것이다. 세 개의 파가 각각 따로 협상할 때는 지났다고 본다."

요시이의 말이었다.

"저도 그때가 온 거라고 생각합니다. 그런 점에서 요시이 상의 안목을 높이 보는 편입니다."

"하하. 나야 뭐 별로 한 일이 없지. 여기 있는 황제파에게서 많은 도움을 받았지. 그동안 한국에 드나들면서 황제파의 조직이 어떻게 운영되는가 많이 살펴봤다. 우리 일본과는 전혀 딴판으로 움직이면서 거대한 조직을 일궈낸 힘을 발견하게 된 것일 뿐이다."

요시이는 새로운 조직에 대해 눈을 뜨게 된 것을 솔직하게 말했다.

"그렇다면……. 춘호 상과 희준 상은 파가 틀리는데 어떻게 힘을 합칠 수 있었는지 궁금합니다."

사카다의 질문이었다.

"사카다 상. 그건 춘호 상과 희준 상이 어려서부터 같은 고아원에서 자랐다는 것일세. 그래서 힘이 뭉쳐진 것이고."

요시이의 설명이었다.

"아, 그렇습니까?"

사카다는 곧 눈길을 춘호와 희준에게로 돌렸다.

"그렇다. 우린 고아원에서 자랐다. 한국에서 고아란 부모가 먹고 살기 어려워서 버려지는 아이들을 말한다. 고아원에 들어가면 먹여주고 재워주지만 배고픈 것은 면할 수가 없다. 사회에서 버린 찌꺼기나 다름없는 것들을 먹고 자란다. 겨울에는 냉방에서 잠을 잔다. 불을 땔 것이 없기 때문이다. 그런 모진 고생을 하는 곳이 고아원이다."

희준이가 말했다.

"……."

사카다는 희준의 얼굴을 빤히 쳐다보았다.

"그런 데서 자란 아이들은 사회에 나와서 눈칫밥을 먹고 살거나, 정 배고프면 훔쳐먹는 일도 서슴치 않고 한다. 죽지 않기 위해서는 무엇이든지 다 할 수 있다."

"……."

사카다는 고개를 끄덕였다.

"한국 사회도 그렇지만, 일본도 역시 그럴 것이다. 춥고 배고픈 시절을 겪은 사람은 나중에 배가 부르게 되면 춥고 배고픈 시절을 잊어버리게 된다. 여기 있는 황제파는 그런 고아들을 모아서 훈련을 시킨다. 나는 남대문에서 큰 놈이다. 여기 있는 춘호와 배호형은 고아원에서 나와 조직을 일으켜 세운 사람들이다."

"네에……."

사카다는 이번에는 배호를 쳐다보았다.

"기구한 운명을 타고난 우리들은 갈 곳이 없었다. 그래서 주먹을 거머쥔 것이다. 살기 위해서……."

희준의 말이 끝나자, 사카다는 다시 요시이에게로 눈길을 주었다.

"사카다. 한국의 황제파는 우리 일본의 야쿠자와는 정신이 틀린다. 우리 일본이 무사도의 정통성을 내세운다면 한국은 살기 위해서 주먹을 쥔 이들이라는 것이다. 나는 그것을 알고 있다."

"……"

사카다는 허리를 약간 굽혔다. 그들에게 존경의 뜻을 표한다는 몸짓이었다.

"나는 일본인이지만 한국인들을 미워하지 않는다."

요시이의 말이었다.

"알겠습니다."

사카다는 이제까지 자신이 갖고 있던 한국인에 대한 선입견을 버린 셈이었다.

"이제 저녁식사나 하지."

요시이가 벽시계를 보고서 자리에서 일어났다. 요시이는 요시무라를 불러 정원에서 식사를 할 수 있도록 해놓으라고 지시를 했다.

요시무라는 정원에 저녁식사를 준비해놨다고 말했다. 밖으로 나온 그들은 연목 옆에 차려진 식탁에서 저녁식사를 했다. 후식으로 나온 커피를 마시면서 사카다가 입을 열었다.

"오늘 저는 좋은 말씀을 들었습니다. 돌아가면 최대한 빠른 시간 안에 아카사카와 록폰기를 비우겠습니다."

사카다는 곧 일어나서 요시이와 춘호, 그리고 배호와 희준에게 깊숙이 절을 하고는 돌아섰다.

"사카다."

요시이가 불렀다. 사카다는 돌아섰다.

"난 사카다의 일본정신을 믿는다."

"……."

사카다는 다시 한 번 요시이에게 절을 하고는 성큼성큼 걸어갔다. 다라시가 사카다를 따라가서 차에 오르는 모습을 지켜보면서 배웅을 하고 돌아왔다.

사카다의 차는 산장의 정문을 빠져나갔다.

요시이와 춘호 일행은 멋진 저녁을 위해 술을 마시고 있었다. 연못에 일렁이는 석등의 불빛을 바라보며 그제야 완전히 마음을 놓을 수가 있었다.

"요시이. 이제 시작이야."

희준의 말이었다. 그 말 속에는 일본 전체를 통일하라는 주문이기도 했다.

요시이는 희준의 말을 듣고서 고개를 끄덕였다.

한국의 아침

도쿄가 긴자파에 의해 통일이 되고 나서 도쿄 시내는 완전히 긴자파에 의해서 장악이 되었다. 신주쿠파가 거주하던 니시신주쿠와 히가시신주쿠도 긴자파의 조직 안으로 들어왔고, 가미카제파의 본거지였던 아카사카와 롯폰기도 긴자파의 차지가 되었다.

요시이는 신주쿠에는 다라시와 부하들을 그곳에 상주시켜 관리 하에 두었고, 아카사카와 롯폰기가에는 히라카이에게 맡겨 조직원들을 그곳에 있게 만들었다.

다라시와 히라카이는 일단 본거지에 출근했다가 점심 때에는 요시이가 있는 본부로 와서 식사를 같이 하고는 다시 본거리로 돌아가서 관할구역을 관리하는 데에 신경을 쓰고 있었다.

요시이의 옆에는 이번 도쿄 정벌에 있어서 무술을 마음껏 발휘

했던 기즈키와 사바시, 가또오, 쓰노다, 이시하라가 있었다. 그들 밑에는 수천 명의 조직원들이 도쿄 시내를 장악하고 있었다.

다라시와 히라카이가 본부에 들르면 기즈키와 시바시, 가또오, 쓰노다, 이시하라는 부두목급으로 깍듯하게 대했다.

"회장님. 안에 있나?"

"네. 계십니다."

다라시는 기즈키의 말을 듣고선 회장실 안으로 들어갔다.

"아, 오는군. 히라카이는 아직 안 왔나?"

요시이는 안경을 벗고서 다라시를 맞았다. 소파로 가서 앉은 요시이는 생수를 반쯤 마시고는 내려놓았다.

"곧 올 겁니다."

그들은 항상 점심시간에 요시이에게 보고를 하러 왔기 때문에 다라시가 먼저 도착하고 나면 히라카이는 늦어봐야 불과 5분 정도 뒤면 얼굴을 나타내곤 했다.

"좀 기다리지. 담배나 피울래?"

요시이는 다라시에게 그 말을 하자, 다라시가 먼저 담배를 꺼내 요시이에게 내밀었다. 두 사람이 담배를 피우고 있을 때에 노크소리가 나고 곧 히라카이가 모습을 들어냈다.

"회장님. 인사드립니다."

히라카이는 요시이에게 깊이 절을 하고는 안으로 들어와서 앉았다.

"앞으로 이곳에다 훈련원을 짓는다. 여기서 훈련을 마친 체대생들을 너희들한테로 보내는 거다. 히라카이는 체대 학생들 건은 어떻게 됐나?"

"각 대학에 공문을 보내 장학생을 선발해달라고 했습니다. 학업성적보다는 체육성적을 우선적으로 고려해서 추천해 달라고 했습니다."

"그래. 그게 낫지. 회사 이름은 부흥물산으로 했나?"

"네."

"다라시는, 신주쿠는 어때?"

요시이가 이번에는 다라시에게 눈길을 주었다.

"일단 술집부터 훑어나가고 있습니다. 이미 그쪽에선 우리 긴자파가 접수했다는 것을 알고 있으니까 별 문제는 없습니다. 술집이나 식당가에서는 미리 우리가 나타날 거라는 걸 알고서 군말없이 나오고 있습니다."

"그래. 너무 세게 다루지 마라. 처음부터 세게 다루면 인심을 잃으니까 신주쿠파가 했던 그대로 다뤄."

"알겠습니다."

다라시는 요시이가 말한, 신주쿠파가 했던 그대로 다루라는 말뜻은, 술집이나 식당가에서 뒤를 봐주는 세금조로 거둬들이는 협조금 내지는 찬조금을 무리하게 올리지 말고 예전대로 받아들이라는 지시였다.

술집이나 식당가에 들어가는 얼음이나 음식 재료들이 모두 부흥물산에서 제공하는 것들만 사용토록 하는 대신에 그들이 안전하게 장사를 할 수 있도록 뒤를 봐주는 것이었다. 그리고 그들이 매달 세금조로 갖다바치는 찬조금이란 긴자파의 조직의 힘을 등에 업기 위해서 그들이 자발적으로 내는 세금의 일종이었다.

원래 술집이란 곳은 눈 먼 돈을 집어삼키는 곳이었으므로 술이 취한 취객이 행패를 부리거나 업소 내에서 난장판을 부릴 때에 영업을 계속하기 위해서는 난장판을 부리는 취객을 야쿠자들이 얼른 뽑아내버림으로써 술집에서는 영업을 하는 데에 지장이 없앨 수 있었다. 그래서 업소 주인들이 돈을 거둬 자발적으로 상납하는 것이 관례였다.

그것이 바로 야쿠자들을 먹여살리는 찬조금이라는 명목이었다.

새로 신주쿠파를 접수한 긴자파가 무리한 찬조금으로 인해서 술집이나 식당가의 업소 주인들에게서 인심을 잃는다는 것은 요시이가 원치 않았다.

"그리고 한국에 간 춘호 상이나 배호 상, 그리고 희준 상에게도 자주 인사를 드려라."

"네."

"그 사람들은 우리 긴자파를 위해 싸워준 사람들이다. 예는 갖추는 게 좋다."

"알겠습니다."

요시이는 다라시와 히라카이가 황제파의 춘호나 배호, 남대문파의 희준에게 의를 상하지 않도록 주의를 상기시키곤 했다.

282

"히라카이는 빨리 서두르고."

요시이는 다시 한 번 히라카이가 맡은 일에 대해서 강조를 했다.

"네. 곧 연락이 오면 곧바로 실행하도록 하겠습니다."

다라시와 히라카이가 보고를 마치고 난 후, 그들을 데리고 근처 식당으로 들어갔다. 점심식사를 마친 후, 사무실로 돌아온 요시이는 오전에 미뤄두었던 결재서류를 훑어보고선 사인을 한 후, 의자에서 일어났다.

헬스클럽으로 가서 운동을 하기 위해서였다. 건물 지하에 있는 헬스클럽으로 가서 격렬하게 운동을 하고 나서 땀을 쫙 빼고 나면 요시이는 기분이 날아갈 것만 같았다. 전에 같았으면 사우나로 가서 잠을 잤지만 춘호의 말을 듣고 나서부터는 요시이도 사무실 한켠에 마련해놓은 간이침대에서 잠을 잤다. 오후 시간에 잠깐 눈을 붙이고 나면 한결 몸이 개운해졌다.

저녁에는 다라시와 히라카이를 불러 도쿄 시내로 나가서 굵직굵직한 인사들을 만나면서 긴자파가 도쿄 시내를 완전히 장악했다는 것을 알려둘 필요가 있었다. 그는 인사들을 만날 때마다 예전보다 더욱 겸손하게 사람을 대했다.

요시이가 만나는 사람들은 정계, 재계, 경시청 간부, 검찰 간부, 자위대 간부, 해상방위대 간부, 기업체 이사급 등 사교의 폭을 넓혀두어야만 했다. 그의 옆에는 항상 다라시와 히라카이가 그림자처럼 붙어 다녔다.

그리고 황자 석유회사의 존재를 알리기 위해선 니가타 앞바다에 시추선을 띄워놓았다. 형식적으로 황자 석유회사를 알리기 위해서였다. 그래야만 한국의 황제그룹과 부흥물산이 합작해서 석유 시추를 계속하고 있다는 것을 보여주기 위함이었다.

　　요시이는 본부 건물의 4~8층을 훈련원으로 개조했고, 3층은 전체를 회장실과 비서실, 회의실로 꾸몄다. 그리고 2층은 원래 상가로 임대를 해주었던 곳이었으며, 1층은 제일은행 긴자 지점이 들어와 있었다. 4층 이상은 일단 도쿄 시내에 퍼져 있는 조직원들의 훈련원과 합숙소로 사용하도록 했다.

　　요시이는 한국에 전화를 걸어 춘호와 통화를 했다.

　　"이제 준비는 다 됐다. 시추선도 띄워놓았다."

　　"어디? 하하. 가짜 시추선을 띄워놓았다는 말인가?"

　　춘호가 껄껄 웃었다.

　　"기자회견 때의 약속은 지켜야지. 니카타 앞바다다. 도쿄에서 열차로 한 시간 거리에 있다."

　　요시이도 그 말을 하면서 웃었다.

　　"또?"

　　춘호는 여전히 웃고 있었다.

　　"히라카이는 체대 장학생을 뽑느라 각 대학에다 공문을 보내놨고, 다라시는 지금 니시신주쿠와 히가시신주쿠에 황제콜라텍을 개업한다."

　　"언제?"

"일주일 뒤다. 올 수 있나?"

"아암. 가야지. 나하고 배호 형. 그리고 희준이도 갈 것 같다."

"오우케이. 그럼 출발하기 전에 연락해라. 내가 마중나가겠다."

"알았어. 일은 잘 돼 가나?"

"하하. 그건 걱정마라. 나는 요즘 바쁘다. 정치계나 재계, 그리고 장사치들을 만나기에 바쁘다. 맨날 밤마다 사람 만나는 것이 일이다."

요시이는 다시 웃었다. 그만큼 요시이는 바쁜 시간을 보내고 있었다.

"그래. 좋다. 어느 정도 일이 끝나고 나면 한국에 한 번 나오지. 그때는 내가 요시이 상을 거하게 한 번 대접하겠다."

춘호는 요시이가 한국인의 핏줄이라는 것을 의식해서 더욱 친밀하게 말을 했다.

"그러지. 춘호 상은 요즘 어떤가?"

"나? 나야 맨날 바쁘지. 울진에 내려갔다가 올라오면 훈련원에 들어가서 훈련생들과 운동하느라 시간을 다 보내지. 그리고 틈틈이 여권 실세 의원과 골프도 치고, 국정원의 간부와 골프를 치고, 민족교의 일도 봐야 하고. 하여튼 바쁘다."

"춘호 상. 이번에 들어오면 저번보다 느긋하게 놀다 가라. 다라시와 히라카이도 좋아할 것이다."

"알았어. 몸이나 건강해."

춘호의 말이었다.

"그래. 배호 상하고 희준 상에게도 전화를 넣을 것이다."

요시이는 춘호와 통화를 하고 나서 곧바로 신공항의 배호와 통화를 했고, 희준과도 통화를 했다. 이번에 도쿄 시내의 신주쿠 거리에 황제콜라텍을 개업한다는 말과 함께 정중하게 초대한다는 말을 전했다.

"좋아! 가지."

배호와 희준은 요시이의 그러한 초청을 흔쾌히 받아들였다. 그동안 요시이는 한국의 황제파가 초창기에 했듯이 그대로 따라하면서 훈련원과 콜라텍 운영을 하고 싶다는 소식을 춘호나 요시이한테서 듣고 있었던 터라 그저 반가울 뿐이었다.

요시이는 기즈키에게 지시를 해서 거물급 인사들에게 인사장을 만들어 보내도록 했다. 그리고 시내에서 장사를 하고 있는 술집 사장들과 식당가 주인들에게도 초청장을 보냈다.

긴자파가 도쿄 시내를 석권하고서 처음으로 갖는 개업식이었다.

다라시는 신주쿠 거리에다 두 개의 황제콜라텍을 열었다.

하나는 니시신주쿠에 황제콜라텍을 냈고, 다른 하나는 히가시신주쿠의 번화한 거리에 황제콜라텍이라는 이름으로 네온싸인 간판을 달았다.

막바지 공사인 외부 치장과 간판을 달 때에 요시이가 와보고서는 매우 흡족한 듯이 다라시를 칭찬했다.

"잘 했어. 간판이 멋지군. 안에는 다 됐나?"

"네. 한 번 들어가보시죠."

"됐어. 나중에 개업식을 할 때에 봐야 정말 멋진 것을 구경하는 거지. 다 알아서 해."

요시이는 다라시를 믿었기 때문에 굳이 실내를 들여다보지 않더라도 믿을 수 있었다. 요시이는 주변의 거리와 황제콜라텍의 위치를 둘러보고는 매우 마음에 들었다. 신주쿠 거리에서 가장 번화한 곳에 휘황찬란한 업소의 문을 열게 되었다는 것이 흡족했다.

"날짜는 맞출 수 있나?"

"네. 요즘 밤샘 작업을 하면서 날짜를 당기고 있습니다. 이젠 거의 다 끝났습니다."

"그럼 수고해."

요시이는 차에 올랐다. 기즈키가 차를 움직이려 할 때에 다라시가 밖에서 말했다.

"이번에 한국에서도 옵니까? 초청을 했으면 합니다."

"하하. 내가 연락해 놨다. 온다고 했어."

"알겠습니다."

다라시는 요시이에게 절을 하고는 물러났다.

다라시는 곧 작업하고 있는 콜라텍 안으로 들어가서 핸드폰으로 전화를 걸었다.

"네. 신공항 관광단집니다."

비서인 명희의 목소리였다.

"네. 안녕하십니까. 전 일본 긴자파의 다라시입니다. 배호 사장님께서 계십니까?"

명희는 곧 긴자파의 다라시라는 말에,

"아, 네. 잠시만요. 회장실로 전화를 바꿔 드리겠습니다. 잠시만 기다리십시오."

반갑게 말하고선 사장실로 인터폰을 했다.

"사장님. 다라시라는 분이 전화를 바꿔 달라는데요."

"알았어. 바꿔 줘."

곧 전화가 연결이 되었다. 다라시는 배호가 전화를 받는 것을 알고선 얼른 인사부터 했다.

"배호 사장님. 안녕하십니까? 저 다라십니다."

"오, 반갑네. 다라시 상."

배호도 반가웠다.

"네. 방금 요시이 회장님께서 다녀가셨습니다. 이번에 우리 황제콜라텍 개업에 오시겠다는 말을 들었습니다. 오실 수 있겠습니까?"

"아암. 가야지. 여기서도 갈 거야."

"사장님. 저희는 영광입니다. 꼭 오셔서 둘러봐줬으면 좋겠습니다. 니시신주쿠와 히가시신주쿠 두 곳에 열었습니다."

"하하. 그러지. 아마 춘호 회장도 같이 갈 걸세. 남대문의 희준 상도 같이 갈 거고."

배호는 서툰 일본말이지만 그런대로 뜻은 통할 수 있었다.

"감사합니다. 그럼 기다리겠습니다."

다라시는 배호와 통화를 끝내고 나서 다시 희준과도 통화를 했다. 다라시는 희준에겐 항상 형님이라는 존칭어를 썼다.

"형님. 저 다라십니다. 그건 편안하시고요?"

"그래. 이번에 황제콜라텍을 낸다고? 다라시가 두 곳의 업소를 책임지고 한다는 말은 들었다."

"네. 방금 요시이 회장님께서 다녀가셨습니다. 방금 배호 사장님과도 통화를 했습니다. 이번에 꼭 오셔야 합니다."

"연락 받았다. 꼭 가야지."

"전 형님을 모시는 것이 영광입니다. 기다리겠습니다."

"하하. 그래. 가서 보자."

다라시는 기분이 좋았다.

춘호 회장에게 전화를 걸까 하다가 이미 일본에 오겠다는 말을 들었으므로 감히 춘호 회장에게는 직접 오라고 말할 수가 없었다. 황제파의 회장인 춘호에게 자신이 전화를 해서 초청한다는 것은 불손한 행동인 것 같아서 감히 전화를 하지 못했다.

한편, 한국에서는 일본 진자파의 황제콜라텍에 참석하기 위해서 춘호와 배호는 이야기를 나누고 있었다.

춘호는 소파에 앉아 있었고, 배호는 책상에 앉아 있었다.

"누구누구 갈 거냐?"

배호가 물었다.

"형하고 나, 그리고 희준이가 가면 안 될까?"

춘호가 대답했다.

"이번에는 정혜도 데리고 가는 게 어때? 일본 긴자파가 어떻게 하는지 구경도 좀 시킬 겸 말이야."

"그럼 정혜도 데리고 가?"

"그럼 좋아라 하지. 정혜도 이때까지 한번도 외국 나들이를 하지 못했잖나. 방송국에만 처박아놓고 일만 시켜먹었으니 이럴 때는 같이 가는 것도 좋지. 일본이 우리 황제파를 따라 한다는데 한번쯤 그걸 구경시켜주는 것도 좋지."

"그렇다면 정혜 사장하고 명희, 성숙이도 데리고 가는 것도 괜찮지. 안 그래? 이번에 일본 구경도 시킬 겸해서 같이 가는 것도 좋을 거 같다."

"하하. 그러면 진란이, 호숙이도 데리고 가야지. 걔들은 콜라텍 사장을 맡고 있으면서 둘만 싹 빼놓고 갔다 오면 섭섭하게 생각할 거다."

"음. 하긴 그렇군. 그러면 이번에 휴가차 같이 가자고 그러는 것이 낫겠어."

춘호는 인터폰을 눌러 명희를 들어오라고 그랬다.

곧 명희가 쥬스를 들고 안으로 들어왔다.

"명희야. 이번에 일본에 갈 때, 너하고 정혜, 성숙이, 진란이, 호숙이도 데리고 갈 거니까 연락을 취해 놔. 여권하고 비자도 발급해놓고."

"어머. 그래요? 일본에서 초청이 왔어요?"

"그래. 이번에 휴가를 가는 거라고 생각해. 그동안 일만 했으니까."

배호가 말했다.

"알았습니다."

명희는 기쁜 듯이 밖으로 나갔다. 명희는 곧 민족교 방송국의 정혜에게 전화를 해서 그 사실을 알렸고, 영등포 콜라텍의 사장인 성숙에게도 연락을 했다. 미아리 콜라텍 사장인 진란이와 신사동 콜라텍 사장으로 있는 호숙이에게도 그 사실을 알려주었다.

"어머? 그래? 그럼 회장님하고 사장님도 다 같이 가는 거지?"

호숙이의 물음이었다.

"응. 이번에는 일본 긴자파에서 초청이 와서 가는 거야. 여권하고 비자는 내가 준비할게."

"그래. 고맙다. 나도 준비해 놓을게."

"그래."

명희는 통화를 하고 나서 다시 사장실로 가서 보고를 했다.

"다들 좋아해요. 회장님하고 사장님도 다 같이 가느냐고 물어요."

"그래. 명희가 준비까지 다 해줘라."

"네, 알겠습니다."

비서실로 돌아온 명희는 날아갈 듯이 기뻤다. 모처럼 일을 떠나 일본에 갈 수 있는 기회였다. 무엇보다도 춘호 회장과 같이 일본에 갈 수 있다는 것이 기뻤다. 그녀는 거울을 꺼내 들여다보면서 얼굴 화장을 고치고 있었다.

그들이 일본으로 떠나기 전날밤에서야 다 모일 수 있었다. 미아리에서 달려온 진란이는 몹시 달라져 있었다. 호숙이 역시 신사동에서 살아서인지 몰라보게 달라진 듯했다.

오랜만에 만난 여자들은 서로 포옹을 하면서 반가운 인사를 나눴다.

"야. 맨날 전화만 하다가 만나니까 다른 사람을 만나는 거 같네."

미아리 콜라텍의 사장인 진란이가 명희를 껴안으며 하는 말이었다.

"너도 많이 달라졌네. 사장이 되니까 그래?"

"호호. 그런 거 없다. 그냥 대충 입고 나온 거야."

진란이는 아직도 날씬한 몸매를 갖고 있는 명희에게 부러운 듯이 말을 했다.

"성숙이는 자주 만나. 가끔 훈련원에 오니까. 근데 니들은 너무 멀어서 내가 자리를 비울 수가 없어."

명희는 오랜만에 보는 친구들이 더없이 반가웠다.

"그래그래. 우리 다들 바빠서 그래. 이번에 같이 일본에 가는 것이 꿈이지 뭐니. 안 그러냐?"

여자들이 서로 손을 잡고서 인사를 나누는 동안에 정혜가 들어왔다. 정혜는 방송국 일을 마쳐놓고서 늦게서야 여의도를 출발해서 이제 막 신공항에 도착한 것이었다.

"언니. 반가워. 언니도 많이 이뻐졌네."

호숙이와 진란이가 정혜에게로 다가가서 반가운 듯이 포옹을 했다.

"그래. 다들 잘 있었니?"

"응. 언니는?"

"난, 야, 바빠. 그래서 광고 찍는 거 보고 이제 출발해서 온 거다. 다 모였네?"

정혜는 희준에게 눈인사를 하고는 소파로 가서 앉았다.

이번에 떠나는 사람은 춘호와 배호, 그리고 희준이, 택기, 울진에서 올라온 울진석유주식회사의 사장인 백호, 신공항 공단의 조직부장인 영호와 여자들이었다.

그들은 늦은 저녁 겸 간단한 파티를 하고선 아침에 출발할 비행기 시간에 맞추기 위해서 황제 호텔로 향했다.

다음날 아침, 일찍 일어난 그들은 모처럼만에 다 함께 모여서 을왕리 바닷가로 조깅을 나갔다. 이른 새벽의 시원한 바다공기를 마시면서 바닷가로 나가 운동을 하면서 그동안 몰라보게 변한 진란이와 호숙이를 지며보면서 춘호는 배호에게,

"이젠 쟤들도 시집갈 나이가 됐네."

배호가 말을 했다.

"야, 시집갈 나이는 벌써 늦었지. 쟤들이 벌써 나이가 얼만 줄 아냐?"

배호가 말을 했다.

"흐음. 형 말이 맞네."

"남자들이야 괜찮지만 쟤들은 벌써 시집갈 나이가 늦었지. 쟤들은 시집도 안 갈 건가 뭐야."

"……."

춘호는 여자들끼리 빙 둘러서 태권도를 하듯이 발과 주먹을 놀리고 있었다.

"자, 가자."

춘호의 말에 그들은 조깅할 준비로 모여들었다. 다시 호텔로 돌아온 그들은 서둘러 샤워를 마치고는 각자의 가방을 들고서 로비로 모였다.

아침 식사 대신에 모닝커피와 간단한 빵으로 때운 그들은 빵을 먹는 동안에 명희가 나눠준 여권과 비자를 받아서는 공항으로 향했다.

공항에는 벌써 신공항 공단의 각 부서 사장들과 훈련원생들이 나와 서 있었다. 훈련생 중에서도 우수한 성적의 특기자 다섯 명이 이번 일본행에 따라가기로 돼 있었다.

그들이 앞으로 나와선 춘호 일행에게 깊숙이 절을 해왔다. 배호는 환송을 나온 각 부서 사장들과 악수를 했다.

"비서실장도 일본에 가니까 김 용성 사장이 잘 알아서 해라."

"네. 사장님. 잘 더녀 오십시오."

골프장 사장인 김 용성이 고개를 숙였다.

"상율이는 다음에 갈 기회가 있을 거다."

신공항 경비대장인 상율이는 저번에 긴자파와 신주쿠파가 싸울 때에 일본에 갔던 적이 있었으므로 이번에는 제외를 시켰던 셈이다.

"네."

상율이가 절을 했다. 악수를 마친 배호는 춘호와 같이 출국장 안으로 들어갔다. 그 뒤를 따라 조직원들이 들어갔다. 신공항 사장들과 훈련생들의 환영을 받으며 출국장을 빠져나간 그들은 곧 공항버스에 올라탔다.

한편, 긴자파 본부가 있는 닛폰은행 건물 3층의 요시이 회장실에는 다라시와 히라카이, 기즈키.시바시, 가또오, 쓰노다, 이시하라가 일찍 출근해서 요시이 옆으로 빙 둘러앉아 있었다.

아침 식사로 깨죽을 먹은 요시이는 죽그릇을 밀어놓고서 쥬스를 마시고는 티슈로 입가를 닦아냈다. 요시이의 부하들 역시 아침식사를 간단하게 하고는 쥬스를 마셨다.

"다라시. 광고는 오늘부터 나가나?"

"네. 후지TV와 NHK에 십오초 짜리 광고가 오늘 저녁부터 나갑니다."

"종업원들은 다 준비됐지?"

"네."

"히라카이는 애들을 시바시와 가또오, 쓰노다, 이시하라를 데리고 안내를 책임져. 안내를 맡을 아가씨들은 언제 도착하나?"

"12시까지 광고회사에서 오기로 돼 있습니다. 아마 그 전에 올 겁니다."

히라카이의 대답이었다.

"이번에 우리 긴자파가 처음 콜라텍을 여는 거니까 다들 신경을 써라. 거물급들에게는 따로 한 사람씩 붙여서 안내를 하도록 하고."

"네."

히라카이가 고개를 숙였다. 요시이는 안내를 맡을 아가씨들이 실수없이 잘 하도록 하라는 말이었다.

"아카사카하고 롯폰기는 어떠냐?"

다시 히라카이에게 묻는 질문이었다. 히라카이는 가미카제파가 맡고 있던 아카사카와 롯폰기를 맡아 관리하고 있었다.

"오늘 한 이백 명쯤 올 거 같습니다."

"흠. 다라시는 오늘 인사할 말들을 생각해놨나?"

"네. 미리 연습을 했습니다."

"그럼 준비는 다 끝이 난 거 같고. 가또오, 쓰노다, 이시하라는 히라카이하고 같이 잘해라."

"네. 회장님."

세 명의 조직원들이 고개를 숙였다.

"됐다. 난 나중에 시간이 되면 나갈 테니까. 그리고 오늘 아침에 한국에서 춘호 상과 배호 상이 출발했다는 연락이 왔다. 열 시 삼십 분에 나리타로 나와라."

"알겠습니다."

회의는 간단하게 끝이 났다. 자리에서 일어선 그들은 요시이에게 절을 하고는 밖으로 나갔다. 기즈키만 남아 있었다.

"기즈키. 너는 좀 있다가 차를 몰고 공항으로 가자."

"네. 회장님."

기즈키는 자리에서 일어나 결재서류를 들고서 밖으로 나왔다. 기즈키는 사무실로 들어와 결제서류들을 분류해서 서류함에 넣고선 대학에서 보내온 장학생들의 인적사항과 각종 대회 입상 공적이 담긴 내용과 대학 총장의 추천서를 챙겨서 다시 회장실로 들어갔다.

"이번에 대학에서 추천해온 장학생들입니다."

기즈키는 대학에서 보내온 추천서를 앞으로 내밀었다.

요시이는 책상에 앉아 서류들을 검토하기 시작했다.

요시이는 추천해온 체육대학 학생들 중에서 학업 성적보다는 무술실력이 몇 단인가부터 살펴보았고, 그 학생이 자술한 가정 환경부터 살펴보아서 가난한 학생의 추천서를 골라 뽑아냈다.

기즈키는 요시이가 따로 골라내는 서류들만 골라서 챙겼다. 각 대학에서는 한 학교당 열 명씩을 추천해왔다. 그 중에서 일 차적으로 선별된 학생은 모두 백 명이었다.

요시이는 다시 한 번 골라낸 추천서를 살피고선, 기즈키 말했다.

"히라카이에게 줘라. 이 학생들에게 합격통지서를 발부하고 학교측에도 장학생으로 선발한다고 공문을 보내라."

"네, 알겠습니다."

기즈키는 곧 히라카이에게 전화를 걸었다.

"형님. 회장님께서 백 명을 골라 뽑으셨습니다. 학교와 학생들에게 합격됐다는 연락을 드리도록 하겠습니다."

기즈키가 히라카이에게 보고를 했다.

"그래. 알았어. 이번 학기부터 장학금이 나가야 하니까 장학금도 보내."

"네, 알겠습니다."

기즈키는 곧 사무원 여직원를 시켜 합격통지서를 보내는 일과, 그들이 보내온 추천서 뒷면에 적힌 온라인 구좌로 장학금을 보내주는 일을 시켰다.

여직원이 작성해준 장학금 지금 서류를 갖고 들어가서 요시이한테서 결재를 받은 기즈키는 곧바로 사무원을 시켜 장학금을 입금하도록 했다.

그리고는 학생들에게 보내는 공문의 내용에, 다음과 같은 글을 첨부했다.

합격을 축하드립니다.

저희 부흥물산에서는 우수한 인재를 양성해서 장차 우리 회사의 재목으로 쓰고자 합니다. 재학 기간 동안 열심히 공부해서 졸업과 동시에 부흥물산으로 입사하시기를 고대합니다.

부흥물산 회장 요시이 배상.

기즈키는 여직원에게 축하 문안을 컴퓨터로 뽑아서 일일이 학생들에게 '친전'으로 보내도록 지시를 했다.

그 일을 하고 나서 곧바로 회장실을 노크했다.

"저, 회장님. 공항으로 나갈 시간입니다."

"그러지. 벌써 시간이 이렇게 됐나."

요시이가 자리에서 일어났다.

밖으로 내려온 그들은 볼보 차를 타고서 나리타국제공항으로 출발했다.

한편, 한국땅을 이륙한 비행기는 신공항 영종도 위를 날아서 한반도 위를 날고 있었다. 일등석에 앉은 춘호와 배호, 정혜는 창밖의 구름 사이를 뚫고 지나가는 모습을 보면서 남다른 감회에 젖어 있었다.

"춘호 회장. 저번에 긴자파를 도와준 것은 참 잘 했네."

정혜는 이번에 일본 긴자파에서 초청이 왔다는 것이 기분좋은 듯이 말을 하고 있었다.

"이번에 요시이도 우리처럼 하기로 했어."

배호가 정혜에게 말했다.

"어떻게? 훈련원 말이야?"

"훈련원도 그렇지만, 훈련원에서 키울 조직원들을 육성하기 위해서 체대에다 장학생을 모집하기로 했거든. 그리고 신주쿠파가 있던 자리에 황제콜라텍을 열겠다는 거지."

"그래? 황제콜라텍? 일본에서 황제콜라텍이라고?"

"그래. 우리처럼 황제콜라텍으로 이름을 짓겠다는 거야. 그러라고 그랬지. 우리처럼 운영하겠다고 했으니까."

"아, 그래서 우릴 초청한 거구나."

"그런 것도 있고. 저번에 우리가 가서 도와준 것도 있고 해서 초청한 셈이지. 우리하고 긴자파는 이제 형제나 다름없으니까."

"그럼 의를 맺은 거야?"

정혜의 말은 일본에 갔을 때에 황제파와 긴자파가 따로 어떤 의식을 가졌느냐는 말이었다.

"그럼 셈이지. 춘호가 약속을 했으니까."

"……?"

정혜는 춘호를 쳐다보았다. 춘호는 눈을 감은 채로 두 사람의 이야기를 듣고만 있었다.

일본으로 가는 비행기 뒷자리에는 명희와 호숙이, 진란이가 나란히 앉아 있었다. 세 사람은 모처럼만의 일본 여행이 남달리 느껴져서인지 계속해서 창밖의 구름을 내다보거나, 한반도 상공을 지나쳐 태평양 바다 위를 날아가고 있는 모습을 바라보면서 즐거운 표정들이었다.

"니들 그렇게도 연락을 안 하니? 난 심심해 죽겠다 야."

명희의 괜한 푸념이었다.

"기집애. 그래도 네가 제일 시간이 많지 않니. 비서실에 있으면서 시간도 많은데 우리한테 자주 전화나 하지 그래. 우리야 콜라텍을 맡고 있으니까 밤과 낮이 바뀌잖아. 전화할 틈이 어디 있니? 성숙이야 훈련원 때문에 일찍 출근하니까 너하고 자주 통화할 일이 많겠지만 우리야 어디 그러냐? 안 그래?"

진란이가 입술을 뾰죽 내밀면서 명희를 나무랐다.

"그래. 명희 네가 제일 시간이 많은 거다. 나는 밤새도록 일하고 나서 집에 들어가면 씻고 자기 바빠. 오전에는 할일도 많고."

호숙이가 진란의 말에 맞장구를 쳤다.

"나도 그래. 아침에 출근하면 각 사장들이 결재서류를 들고 들어오고, 오전 회의가 끝나고 나면 사장님을 찾아오는 손님들이 너무 많아. 그런 걸 다 하고 나면 나도 정신이 없어. 생각해 봐라. 공단 안에 부서들이 얼마나 있니? 그 부서들이 일거리를 들고 오는데 안 바쁘겠니? 나도 퇴근 시간이 늦어. 일 년에 휴가도 제대로 못 가."

명희는 명희대로 바쁜 건 사실이었다. 간혹 영등포에 가까이 있는 성숙에게 전화를 걸었지만 성숙이도 훈련원 원장으로 있어서 만날 수가 없는 처지였다.

"야, 우리 이러다간 시집도 못 가고 늙어 죽는 거 아냐?"

호숙의 말에 다들 깔깔 웃었다.

"회장님하고 사장님도 장가를 안 가는데 우리가 뭐 먼저 시집을 갈 수 있겠어?"

진란이가 일부러 앞쪽에서 들으라는 듯이 크게 말을 했다. 앞쪽에 앉아 있던 정혜가 그 말을 듣고선 뒤쪽을 돌아보았다.

"뭐? 니들 시집가고 싶니?"

"언니. 진란이가 시집이 가고 싶은가 봐요."

호숙이가 고자질하자, 진란이는 주먹을 쥐고서 호숙이의 옆구리를 쿡쿡 찔렀다.

"그래. 니들 먼저 시집이나 가라. 난 뒤차로 천천히 갈께."

정혜도 쿡, 하고 웃고는 앞쪽으로 고개를 돌렸다.

오랜만에 만난 그녀들은 바깥 경치를 내려다보다가 이야기를 하는 데에 정신이 팔려 있었다.

"너, 고아원에서 도망칠 때에 이렇게 되리라곤 생각이나 해봤니? 난 가끔 그런 생각을 해."

성숙의 말이었다.

"아무도 몰랐지 뭐. 고생바가지나 할 줄 알았지 뭐니."

진란이가 맞장구를 쳤다.

"우리는 결혼식을 해도 누가 손을 잡고 들어갈 사람도 없잖아."

호숙이가 말하자, 이번에는 진란이가 놀렸다.

"훗, 그래서? 그래서 결혼 안 한다는 거니?"

"그러니까 말이야. 나이만 자꾸 들고 남자들하고만 사니까 내가 자꾸 여자인지 남자인지 모를 때가 많아."

호숙이가 꽤나 근심스런 표정으로 말했다.

"주위에서 중매 같은 거 안 들어오니?"

진란이가 다시 농담 삼아 말을 던졌다.

"아, 참. 명희야. 니네 회사에 멋진 남자 많잖니? 그런 좋은 남자 있으면 소개해봐. 거긴 멋진 남자들 많잖아."

성숙의 말에, 명희가 다시 농담을 늘어놓았다.

"그래. 자주 놀러와. 내가 있는 비서실에 오면 나이 많은 남자들 많아. 머리 벗겨지고 배 불룩하게 튀어나온 중역들이 많거든."

"하하."

"그런 남자 말구!"

여자들은 다들 명희를 꼬집으려고 대들었다. 명희는 얼른 일어났다가 그녀들의 공격을 피하고선 다시 자리에 앉았다.

"명희야. 제발 부탁이다. 니네 회사에 멋진 남자 있으면 소개 좀 해줘라, 응? 그러면 중매비 톡톡히 낼께, 응?"

호숙이가 일부러 울상을 짓듯이 말하자, 여자들은 또 한바탕 웃음을 터뜨렸다.

앞쪽에 앉아 있던 배호가 뒤쪽을 돌아보다가 명희와 눈이 마주치자, 명희가 먼저 쑥스럽게 웃었다. 여자들이 앉은 뒤쪽에는 희준과 택기, 영호가 앉아 있다가 앞쪽에서 떠드는 소리를 듣고서 영호가 앞쪽에다 말을 건넸다.

"호숙이 누님. 여기 희준이 형님이 어떠세요?"

"뭐? 희준이 형?"

호숙인 희준을 형이라고 지칭했다.

"네. 희준이 형님도 독신이잖아요."

영호가 농담으로 말을 했다.

"야, 우린 같은 고아원에서 같이 자랐는데 어떻게 결혼하냐?"

다시 호숙이가 소리쳤다.

"형님. 같은 고아원에서 있었다고 저러네요."

영호가 옆에 앉은 희준에게 말하자, 희준은 빙긋이 웃고만 있었다.

"야, 희준 형아. 우리 결혼할까?"

이번에는 진란이가 뒤쪽을 보며 말을 했다.

"야, 난 안 해. 그냥 시장통에서 썩을 거다."

"피이."

진란이는 곧 입술을 삐죽 내밀었다.

그들이 농담으로 떠들고 있을 때에 안내방송이 흘러나왔다. 곧 일본 나리타공항에 착륙할 거라는 방송이었다. 잠시 뒤에 비행기는 무거운 바퀴 구르는 소리가 들렸고, 땅에 착지한 비행기는 무서운 속력으로 굴러가고 있었다.

비행기에서 내려 입국수속을 마치고 공항 출국장으로 나오는 그녀들은 즐거운 표정들이었다. 춘호와 배호, 그리고 희준이 앞장서서 출국대를 빠져나갔고, 나중에 여자들이 그 뒤를 따라나왔다.

출구로 나오자, 미리 와서 기다리고 있던 요시이가 손을 들어 환영을 표시했다.

"반갑다, 춘호 상."

"요시이!"

두 사람은 잠깐 포옹을 하고는 요시이는 다시 배호와 희준에게 다가가 포옹을 하고는 다른 조직원들에겐 악수로 인사를 대신했다.

"서로 인사하지. 여긴 정혜. 방송국 사장이지. 저번에 봤지?"

"아, 요시이입니다."

요시이는 정혜와 악수를 하고는 다시 춘호는 명희를 소개시켰다.

"저번에 봤을 거다. 그땐 사회를 봤으니까. 배호 사장의 비서실장. 명희다."

"네. 반갑습니다."

요시이는 일일이 춘호가 소개시켜주는 여자들과 악수를 나눴다.

"가지. 버스 앞에 대기시켜놨다."

요시이는 그의 부하들을 데리고 공항을 빠져나가기 시작했다. 춘호 일행은 그 뒤를 따라 리무진 버스가 있는 곳으로 갔다. 버스는 곧 공항을 빠져나가 일본 동경의 신주쿠가로 달리기 시작했다. 그들이 황제콜라텍에 도착했을 때에는 많은 축하객들이 밀려들고 있을 때였다. 접수대에 앉아 있던 요시이의 부하들이 춘호 일행을 보고선 일어나서 정중하게 인사를 해왔다.

"반갑습니다. 회장님."

"그래. 반갑다. 오늘 축하한다."

춘호는 명희더러 미리 준비한 봉투를 달라고 해서 요시이의 조직원에게 건네주고는 방명록에다 사인을 했다.

한국 황제그룹 회장 나 춘호.

배호와 희준도 각기 준비해온 봉투를 내어놓고선 각각 사인을 했다. 그 옆에 서 있던 요시이가 얼굴에 웃음을 머금은 채로 지켜보고 있다가 사인이 끝나는 것을 보고서 안쪽으로 안내를 했다.

황제콜라텍은 동경 시내에서 가장 번잡한 거리에 위치하고 있었다. 일층 전체를 사용하고 있는 그곳의 실내는 으리으리하게 치장이 되어 있었다. 막 실내로 들어선 춘호는 서울에 있는 황제콜라텍보다 훨씬 인테리어를 잘 꾸며놓은 것에 그저 놀랄 뿐이었다.

"저쪽으로 가지."

요시이는 무대 단상에 마련된 내빈석을 가리켰다.

"요시이. 우린 그냥 밑에 있는 게 좋겠다. 우리 식구들과 같이 앉아 있는 게 좋겠어."

춘호는 무대 단상이 너무 높게 마련돼 있어서 무대 위로 올라간다는 것이 그랬었고, 다른 한편으로는 같이 온 조직원들과 같이 앉아 있고 싶었다.

"춘호 상. 여긴 일본이다. 한국의 황재파가 우리 긴자파에게 얼마나 큰 힘이 되고 있는가를 보여주는 것도 좋다고 생각한다."

"……."

춘호는 요시이의 단호한 요청에 마지못해 무대 위로 올라갔다.

"배호 상. 희준 상도 올라가라."

요시이는 다시 부탁했다. 배호와 희준이 무대로 올라가서 의자에 앉자 그 옆에 요시이가 와서 앉으려다가 바로 옆에 앉아 있는 일본 정계의 거물급인 자민당의 중견 의원인 나카이다 의원에게 목례를 하고는 자리에 앉았다. 나카이다 의원은 도쿄의 신주쿠 출신 의원이었다.

나카이다 의원 옆에는 도쿄 경시청의 특수부장인 헤이요시와 일본상인연합회의 회장인 이치로가 나란히 앉아 있었다.

콜라텍 안에는 많은 축하객들이 앉아 있었다. 그들 중에는 신주쿠 거리에서 술집을 하거나 장사를 하는 이들, 그리고 호텔에서 인사차 온 전무들, 식당의 사장들, 심지어는 가판대의 주인들까지도 참석하고 있었다. 그들은 긴자파가 도쿄 시내를 장악했다는 사실을 알고서 미리 눈도장을 찍어두기 위해서 성의껏 찬조금을 들고온 이들이었다.

다라시가 무대 옆의 마이크를 잡고서 좌석을 둘러보았다. 아직도 콜라텍 안으로 들어오는 이가 있었으므로 그들이 빈자리를 찾아 앉는 것을 보고는 다라시가 입을 열었다.

"오시느라 수고가 많으셨습니다. 오늘 이렇게 자리를 빛내주신 내빈 여러분과, 축하를 해주기 위해서 찾아오신 여러분들에게 심심한 감사의 말씀을 올리는 바입니다."

다라시는 마이크를 잡은 채로 정중하게 인사를 하고는, 신주쿠 출신 자민당 의원인 나카이다를 소개하고 나서 도쿄 경시청의 특수부장인 레이요시를 소개했다. 그리고 나서 일본상인연합회 회장인 이치로를 소개하고 나서 본격적인 행사로 들어갔다.

요시이가 단상으로 나가 부흥물산이 새롭게 황제콜라텍이라는 서비스 업종에 첫발을 내디디게 된 이유를 설명했고, 앞으로 도쿄 시내에 많은 콜라텍을 개점하여 고급한 청년문화를 선도해 나가겠다는 포부를 밝혔다. 그리고 부흥물산에서는 우수한 인재를 뽑기 위해서 성적이 우수하거나 가정형편이 어려운 백 명의 대학생을 뽑아서 장학금을 지급했다는 것까지도 말을 했다. 앞으로 더 많은 학생들에게 장학금을 지급할 것이라는 계획도 밝혔다.

"여건이 되면 고등학교에까지도 장학금을 지급할 계획입니다. 그럼으로써 우리 부흥물산이 젊은층들을 대상으로 좋은 기업이 되리라 확신하는 바입니다."

요시이는 말을 끝마치고는, 배호를 보며 말했다.

"오늘 이곳을 찾아주신 한국의 일류 기업 황제그룹 나 춘호 회장과 한국 신공항 국제관광단지의 사장인 장배호 사장도 이 자리에 참석했습니다. 이 분들은 한국의 고아원에서 자라 모진 고생과 설움을 당하면서 고아원 출신들이 똘똘 뭉쳐 황제그룹이라는 거대한 기업을 이뤄냈던 분들입니다. 이 분들을 소개하겠습니다."

춘호와 배호는 자리에서 일어나서 인사를 하고는 자리에 앉았다. 곧 1부 순서가 끝나고 나서 파티가 시작되었다. 단상에 앉았던 나카이다 의원이 춘호와 배호에게 악수를 청해왔다.

"반갑습니다. 황제그룹이 그런 기업인 줄은 몰랐습니다. 저도 한국에 갔을 때에 서울공항에 있는 황제호텔에 묵은 적이 있습니다. 시설이 아주 좋았습니다."

"고맙습니다. 의원님."

"한국의 한일의원 연맹의 황진모 의원님이 그쪽 호텔을 자랑했지요. 거기서 포럼을 열었고요. 밤에 보는 바다 경치가 아주 좋았습니다."

"네. 감사합니다. 의원님께서 칭찬을 해주시니 더욱 영광으로 생각합니다."

춘호는 나카이다 의원의 입에서 황진모 의원의 이름이 나왔지만 잘 아는 사이라고 말하지 않았다.

"언제 한국에 나오시는 길이 있으시면 연락주십시오."

춘호는 좀처럼 잘 쓰지 않는 명함을 꺼내 나카이다 의원에게 건넸다.

"감사합니다."

"그럼 편한 시간 되십시오."

춘호는 깍듯이 인사를 했다. 다음에는 경시청의 레이요시 부장이 춘호와 배호에게 악수를 해왔다. 레이요시는 젊은 사업가 춘호와 배호를 보면서 경의에 찬 눈빛을 보내오고 있었다. 단상에 앉았던 이들을 일일이 소개하는 요시이를 따라 악수를 한 춘호와 배호는 아래쪽에 마련된 파티장으로 내려갔다.

"야. 춘호야. 니는 사업가라고 해서 의원하고 경시청 부장하고도 악수를 하는데 나는 조직폭력이라고 해서 빠뜨리냐?"

희준이 슬쩍 농담 삼아 말을 했다.

"요시이가 다 알아서 한 거다. 희준이 니를 남대파의 보스라
고 소개를 하면 놀랄 거 아냐? 하하."

"하하. 맞다!"

한국측의 춘호 일행은 파티가 마련된 곳에서 다시 만났다. 여
자들은 춘호와 배호, 희준의 옆으로 와서 와인을 들고서 케잌과
다과를 집어먹고 있었다.

"어때?"

배호가 명희에게 묻자, 명희가 실내를 둘러보며 대답했다.

"성대하네요. 돈이 많은 나라라서 그런지 실내도 잘 되어 있고."

"일본은 지금 경제추락이야. 끝없이 추락하고 있다고 그랬어."

"그래요? 저도 말로만 들었는데……."

명희가 놀란 듯이 물었다.

"요시이가 그랬어. 그래서 저번에 신주쿠파와 가미카제파를
깨버린 거고. 도쿄를 통일한 것도 다 그 때문이지. 그건 잘한
일이야."

요시이와 다라시, 히라카이는 와인 잔을 들고서 파티장을 돌
며 찾아온 축하객들에게 일일이 인사를 하고 있었다. 요시이는
인사를 거의 다 하고 나서 춘호 일행이 있는 곳으로 다가와서는,

"정혜 상. 반갑습니다. 많이 드십시오."

요시이의 인사말에 정혜도 일본말로 인사했다.

"축하합니다. 앞으로 잘 되었으면 좋겠습니다."

"일본말 아십니까?"

요시이가 놀라서 물었다.

"네."

"어디서 배웠습니까?"

요시이는 정혜에게 친절하게 대했다. 민족교 방송국 사장인 정혜라는 것을 요시이는 이미 알고 있었다.

"학교에서 배웠지요. 일본어과를 나왔거든요."

정혜의 말에, 요시이가 고개를 끄덕였다.

"아. 그렇군요. 전 역사학을 전공했습니다."

"네. 저번에 신주쿠파를 깨뜨린 것을 축하드립니다. 늦었지만……."

"하하. 고맙습니다. 한국의 황제파가 이긴 거지요. 그 힘이 컸습니다. 우리 긴자파는 힘을 얻은 것이고요."

요시이는 말을 하면서 정혜의 눈빛을 똑바로 쳐다보았다.

"우리 회장님하고 사장님은 참 좋으신 분이예요. 요시이 상을 칭찬도 많이 했거든요."

"하하. 그렇습니까?"

"우리도 처음에는 서울 밑에 있는 수원에서 황제콜라텍으로 시작한 것도 다 춘호 회장님의 생각이었지요. 거기서 출발해서 서울에 있는 영등포로 올라와서 2호점을 내면서 영등포가 본부가 된 셈이거든요. 그리고 나서 각 구마다 콜라텍을 세웠습니다. 지방에도 세우고요."

"이야긴 들었습니다. 그래서 우리도 황제파라는 이름을 달았지요."

　명희는 요시이와 대화를 나누면서 일본인 같지 않다는 느낌을 받을 정도였다. 친절이 몸에 배어 있는 남자 같았다. 황제파의 힘을 빌려 신주쿠파와 가미카제파를 장악한 요시이이기 때문에 친절하다기보다는 왠지 모르게 끌리는 듯한 인상을 주는 남자였다.

　"네. 한국에 나오시면 저희 방송국에도 오실 시간이 있으시면 오세요. 안 그래도 우리 방송국에서 일본 부흥물산의 회장에 대한 인터뷰 방송을 내보내도 될 것 같네요."

　"하하. 고맙습니다. 한국에 나가면 한 번 들르겠습니다."

　요시이는 시원하게 일본어로 대화를 할 수 있는 정혜가 있어서 마음이 놓였다. 그 옆에 서 있는 여자들과도 인사를 나누었다.

　"얘는 영등포 콜라텍 사장이고요. 성숙 상이라고 해요."

　정혜가 인사를 시켰다. 그리고 나서 호숙이와 진란이도 소개를 시켰다.

　"미아리 콜라텍의 사장이고요. 신사동의 콜라텍 사장입니다."

　정혜가 호숙과 진란이를 가리키며 소개를 했다.

　"아, 네. 반갑습니다."

　요시이는 악수를 하고는 다시 정혜에게로 다가가서 섰다.

　"앞으로 좋은 충고를 부탁드리지요. 춘호 상에게서 많은 이야기를 듣고 있지만 정혜 상같이 일본어를 잘하는 사람은 희준 상밖에 없습니다. 하하."

"희준 상이 일본어 잘해요?"

"네. 아주 잘합니다."

"난 몰랐어요. 아마 남대문에 있으면서 일본 사람들을 통해서 배운 거 같네요. 그쪽은 일본 사람들과 동남아 사람들이 많이 오니까."

"이쪽 일본 야쿠자에 대해서도 잘 알고 있습니다. 우리 일본에 있는 야쿠자들도 희준 상에 대해서는 잘 알고 있고요."

"후후. 아마 그럴 거예요. 근데 일본에서도 희준 상에 대해서 잘 알고 있어요? 어떤 걸로?"

"제가 보기에는 안 그런 것 같은데……. 희준 상이 아주 잔인하다고 알려져 있지요."

"어머? 그래요?"

정혜는 희준을 쳐다보았다. 희준은 춘호와 배호와 같이 서서 콜라텍 안을 둘러보면서 무언가 이야기를 하고 있는 중이었다.

"하하. 일본 야쿠자의 세계에선 희준 상을 모르는 이가 없지요. 한국에서 가장 잔인하다고 소문이 나 있지요. 그래서 이번에도 가미카제파가 미리 머리를 숙이고 항복을 하면서 들어왔지요. 우리는 가미카제파와 싸우지도 않고 끝내버린 겁니다."

"네에……."

잠시 동안의 대화였지만 정혜는 일본에도 이런 남자가 있구나 하는 생각이 들 정도였다. 요시이가 기즈키의 귓속말을 듣고선 얼른 정혜에게 말했다.

"정혜 상. 잠시만. 방금 고향 친구가 미국에서 왔다고 해서 가봐야겠습니다."

요시이는 절도 있게 예를 표하고 나서는 곧 그 자리를 떠났다.

입구로 다가간 요시이는 부하들과 같이 들어오고 있는 오야마를 보고선 반갑게 달려가 악수를 나눴다.

"야, 오야마! 여기 웬일이냐? 어떻게 알고 왔어?"

"요시이! 반갑다! 정말 오랜만이다!"

오야마는 요시이에게 포옹을 해왔다.

"언제 나왔어? 저번에 시모노세키에 갔다가 아버님을 뵈고 왔는데."

"응. 오늘 개업식이구나? 난 그것도 모르고 그냥 도쿄로 왔지. 네가 도쿄에서 긴자파를 이끌고 있다는 말은 들었지만 미국에서 한번도 나온 적이 없어. 이번이 처음이야."

"그래. 웬일로 일본에 나왔냐?"

요시이는 어린 날 중학교에 다닐 때의 오야마의 모습과는 많이 달라진 것을 볼 수 있었다. 그들은 서로 악수한 손을 붙잡고 있으면서 말을 주고받다가 오야마 옆에 서 있는 일본인 여자를 발견하고는 누구인 듯이 물었다.

"같이 온 분이냐?"

"응. 서로 인사해. 내 마누라야. 챠넬리라고. 여긴 내가 중학교에 다닐 때 친구 요시이 상이야."

"안녕하세요. 반갑습니다. 요시이라고 합니다."

"반가워요. 이야기는 많이 들었어요."

챠넬리의 일본어 발음이 정확치가 않았다. 요시이가 오야마를 쳐다보았다.

"응. 한국인 2세야. 미국에서 살았어. 어때? 일본인 같지?"

"그래. 난 일본인인 줄 알았지. 자, 들어가자."

요시이는 오야마와 그의 부인인 챠넬리를 데리고서 파티장으로 들어갔다. 춘호가 서 있는 곳으로 걸어간 요시이는 오야마를 소개했다.

"춘호 상. 저번에 시모노세키에 갔을 때에 말했던 그 친구다. 오야마라고. 미국에서 나왔어."

"반갑습니다. 오야마 상. 요시이 상한테서 이야길르 많이 들었습니다. 중학교에 다닐 때에 아주 친했다면서요."

"반갑습니다. 한국에서 오셨군요. 오야마라고 합니다."

두 사람이 악수를 하고 있는 동안에 춘호는 힐끗 오야마 옆에 서 있는 여자를 보고선 이상한 기분이 들었다.

"인사하지. 이쪽 분은 오야마 상의 부인이다. 챠넬리라고. 한국인 2세다. 미국서 살다가 나왔어."

요시이가 소개를 하자, 챠넬리는 춘호의 얼굴을 보고선 놀라는 기색이 역력했다.

"……?!"

춘호는 챠넬리라는 여자가 놀라는 표정을 보고선 자신도 놀랄 수밖에 없었다.

"춘호? 이름이 혹시 나 춘호가 아니세요?"

챠넬리의 말이 터져 나왔다. 두 사람은 악수를 하려다가 말고 놀라서 서로의 얼굴만 쳐다보고 서 있었다.

"맞습니다! 그럼 너 혹시 찬미? 아니냐?"

춘호는 처음에는 존칭어를 썼지만 찬미라는 확신이 들자 반말로 물었다. 두 사람이 대화하는 것을 보고서 명희와 성숙이, 호숙이, 진란이가 다가왔다.

"너, 찬미구나. 맞지?"

춘호는 다시 확인을 했다.

"응. 맞아! 춘호 오빠구나. 오빠를 여기서 만나다니."

찬미는 곧 춘호의 가슴으로 파고들었다. 춘호 역시 어렸을 적에 본 찬미가 확실하자 찬미를 부둥켜안았다.

"찬미야!"

명희가 소리쳤다. 뒤이어서 호숙이도, 진란이도 부둥켜안은 찬미 곁으로 다가왔다.

"니들도 여기 웬일이니? 어? 희준이 오빠……."

찬미는 다시 희준을 보고선 희준에게로 가서 안겼다.

"야, 세상에. 이런 일도 있나. 너, 찬미 넌 미국으로 건너갔잖아?"

희준도 놀랄 수밖에 없었다.

"희준 오빠! 이렇게 다 만나네. 일본에 살아?"

찬미의 얼굴에는 어느새 굵은 눈물이 흘러내리고 있었다. 찬미는 다시 명희에게 안겼다.

"찬미야. 넌 여기 웬일이니?"

"나? 난 이 사람하고 같이 왔어. 요시이라는 분 친구야."

찬미는 옆에서 그 광경을 지켜보고 있던 오야마를 가리켰다. 오야마는 그들이 다 같은 고아원에서 자랐던 이들임을 알고 있는 듯이 말했다.

"반갑습니다. 오야마입니다. 집사람이 여기서 다 만나는군요."

"그랬구나. 넌 미국에 가서 죽었는지 살았는지 소식도 몰랐잖아. 우린 오늘 아침에 일본에 왔어. 춘호 오빠하고 희준이 오빠하고 같이."

이번에는 명희가 말했다.

"그럼 다 같이 있는 거야? 요시이 상하고 아는 사이야?"

찬미는 아직도 꿈을 꾸고 있는 것처럼 눈을 깜박거리며 호숙이와 진란이를 끌어안았다.

"그래. 우린 다 같이 있어. 고아원에서 나와서 같이 지내는 거야."

"아, 그렇구나……."

찬미는 얼룩진 얼굴로 호숙이와 진란의 얼굴에 마구 부벼댔다. 그 모습은 정말 아름다운 광경이었다. 요시이도 놀랐지만 오야마도 놀라운 일이었다. 춘호와 배호는 여자들이 서로 부둥켜안고서 울고 있는 모습을 보면서 가슴이 찡해 왔다. 희준 역시 마찬가지였다. 그 어렵던 시절, 고아원에 함께 고생을 하며 배고픔을 견뎌가면서 추운 마룻바닥에서 잠을 자야만 했던 시절들이 떠올랐다.

　요시이의 부하들도 그런 광경을 지켜보고 있었다. 뜻하지 않은 곳에서 고아원에서 지냈던 친구들이 만난 것이었다. 파티장은 그들로 인해서 잠시 중단되었다. 술잔을 들고 있던 축하객들은 한국말을 하면서 서로 부둥켜안는 모습을 바라보면서 그들이 어떤 시절을 살았고, 어떻게 해서 헤어졌다가 다시 만났는지 다 알 수는 없었지만 오랜 고생 끝에 성인이 되어서 만났다는 것을 알 수 있었다. 다라시가 마이크를 잡고 말했다.

　"오늘 이 자리는 정말 뜻깊은 자리일 것 같습니다. 한국의 황제그룹 회장인 춘호 상과 신공항 공단 사장인 배호 상, 그리고 한국의 황제콜라텍 사장들입니다. 그들은 어린 시절 고아원에서 자라다가 오늘 여기 축하를 해주기 위해서 오신 오야마 상의 부인이신 챠넬리 여사는 그들과 같이 어렸을 적에 같은 고아원에서 자랐던 사이인 것 같습니다. 오늘 이렇게 뜻깊은 자리에서 만난 것은 참 행운인 것 같습니다. 우리 다같이 축하는 의미에서 와인잔을 높이 들어 주십시오!"

　다라시가 건배 제의를 하자, 거기 모인 모든 사람들은 술잔을 높이 들었다. 다라시는 다시 말을 했다.

　"이분들의 만남을 축하하기 위해서! 건배!"

　"건배!"

　곧 악단의 팡파르가 울려 퍼졌다. 장내는 순간 기쁨으로 가득 찼다. 모든 이들이 그들의 만남을 지켜보면서 흐뭇한 미소를 짓고 있었다.

"춘호 상. 정말 뜻밖이다."

요시이가 다가와 말을 건넸다.

"그래. 이런 곳에서 만나다니. 오야마 상. 우린 어린 시절 고아원에서 같이 자랐던 사람입니다."

"네. 챠넬리로부터 이야기를 들었습니다."

오야마도 기쁜 듯이 말했다.

"난 오야마 상과 요시이 상이 중학교 동창이라는 건 알았지만 찬미의 남편이라는 것은 몰랐습니다. 이렇게 만나다니 꿈만 같습니다."

춘호는 가슴이 무너질 것만 같았다. 희준이와 같이 고아원을 도망쳐 나올 때에 곤히 잠든 찬미의 주머니 속에 그동안 몰래 숨겨놓았던 돈을 넣어주고 또나왔다는 것을 그녀는 알고 있을까.

"저도 그렇습니다. 시모노세키에 갔다가 아버님이 요시이 상이 다녀갔다는 말을 듣고 도쿄로 올라왔던 겁니다. 그런데 이런 자리에서 집사람의 오랜 친구들을 만나다니 믿기지 않는 일이지요."

찬미의 남편인 오야마의 말이었다.

"찬미야."

춘호가 불렀다.

"응? 오빠."

"그때 밤에 희준이하고 나하고 도망칠 때에 넌 자고 있었다.

기억 나니?"

"응."

찬미는 고개를 세차게 끄덕였다.

"그때, 희준이가 돈 넣어놓고 나왔다. 알고 있니?"

"응."

찬미는 눈시울이 젖은 눈으로 희준을 쳐다보았다. 그제야 찬미는 희준이 오빠가 꼬깃꼬깃한 헌 지폐 두 장을 주머니 속에 넣어준 장본인이라는 걸 알 수 있었다.

"많이 컸구나. 그만큼 세월이 지난 거지."

춘호는 가슴이 미어져서 더 이상 말을 할 수가 없었다. 춘호는 돌아서서 희준을 쳐다보고만 있었다.

"찬미야. 미국에 가선 잘 지냈어?"

이번에는 희준이 물었다.

"응. 나를 데려간 아빠는 데이빗이야. 엄마는 클라리나이고. 좋은 분들이었어. 아빠는 한국전에 참전해서 훈장을 받은 군인이었어. 엄마는 초등학교 선생이었고. 근데 아빠는 몇 년 전에 돌아가셨어. 나를 꼭 한국에 데리고 가겠다고 약속을 했는데……."

찬미는 그 말을 하고선 다시 명희의 가슴 속으로 뛰어들었다. 명희 가슴 속에 안긴 찬미는 흐느끼면서 울었다.

"……."

찬미가 울고 있는 동안에 그 누구도 찬미의 울음을 그치게 할 수 없었다. 어느덧 성숙해서 어엿한 어른이 되어 나타난 찬미에게서는 미국인의 냄새가 나긴 했지만 어렸을 때에 고아원에서 같이 자란 코흘리개 찬미만 떠오를 뿐이었다.

"그래. 넌 아주 어렸을 적에 미국으로 갔으니까. 넌 우리들보다도 더 어렸어. 다시 이렇게 만나다니……."

명희는 찬미의 가슴이 떨리지 않도록 꼭 껴안아주었다.

"춘호 상. 자리를 옮기지. 미리 가서 이야기를 하고 있는 게 좋겠다."

"그래. 우리끼리 할 말도 많은 거 같다. 오야마 상하고 같이 나가서 기다리고 있겠다."

"아니다. 오야마 상은 여기서 나하고 같이 있다고 가겠다. 모처럼만에 만났는데 같이 이야기하고 있는 게 좋겠어."

요시이는 오야마를 보며 의견을 물었다.

"그래. 난 요시이 상하고 같이 가겠습니다."

오야마의 말이었다.

"고맙습니다. 오야마 상. 그러면 우리끼리 나가서 이야기를 하고 있겠습니다."

그 말을 한 춘호는 명희에게 말했다.

"우리끼리 먼저 나가지. 나가서 이야기를 하자고."

곧 다라시가 나와서 그들을 식당으로 안내하기 시작했다.

그들이 근처에 있는 식당으로 가서 자리를 잡고 앉았다. 찬미는 여자들과 같이 앉아서 서로 떨어지지 않을 듯이 손을 잡고 있었다.

"춘호 회장님. 전 이만 가보겠습니다. 파티가 끝나면 회장님을 모시고 오겠습니다."

다라시는 정중하게 인사를 하고는 그들이 다시 정담을 나누는 모습을 보면서 밖으로 나갔다.

"그래. 아까 그 사람이 남편이야? 일본인하고 결혼했어?"

호숙은 궁금한 것이 많았다. 찬미가 가까운 거리에서 춘호와 희준이, 그리고 명희를 훑어보고 있었다. 정말 오랜 시간이 흐른 뒤에 만난 그들이었다. 얼굴에는 어렸을 적의 모습이 흔적처럼 남아 있을 뿐이었다.

"응. 오야마라고. 일본에서 대학을 마치고 유학을 왔다가 미국에 눌러앉았어. 요시이 상하고는 초등학교와 중학교 동창생이래. 나도 미국에서 요시이 상이 동창이라는 이야기만 들었었어. 오늘 만나러 온 거지 뭐야."

"그럼 일본에 다니러 온 거네?"

"응. 시댁에. 그래서 요시이 상을 만나러 도쿄로 왔어. 여기서 니들 만날 줄은 꿈에도 생각 못했어."

찬미는 아직도 믿기지 않는 듯한 표정이었다.

"오빠는 그때 도망가서 뭐했어? 난 자고 일어나 보니까 아침에 오빠 둘이 도망쳤다는 말을 듣고서 알았어. 내가 얼마나 울었는지 몰라. 주머니 속에 웬 돈이 있어서 나중에 곰곰 생각해 보니까 오빠들이 넣어주고 간 돈일지 모른다는 생각만 했어. 그땐 어렸으니까."

찬미는 꿈에도 만나보고 싶었던 춘호 오빠와 희준 오빠를 바로 곁에서 볼 수 있다는 것이 더없이 좋았다. 찬미는 춘호와 희준의 손을 잡고서 놓질 않았다.

"찬미야. 언제 한국에 한 번 와봐. 우리가 얼마나 큰 회사를 하고 있는지 모를 거다. 너, 국제공항 알지? 한국에 있는 거 말야."

"몰라. 김포공항?"

"아냐. 영종도에 신공항이 크게 생겼어. 김포에서 옮겨왔어. 김포는 이제 국내선만 움직여. 국제선은 다 신공항에서 날아. 거기 공항 국제관광단지가 다 우리 꺼야. 춘호가 회장님이고, 사장은 저기 있는 배호 사장님이야."

성숙이 말하면서 옆에 묵묵히 앉아 있는 배호를 가리켰다.

"배호 사장하고 춘호 회장은 광명시에 있는 중국집에서 만났어. 배호 사장도 그때 고아원에 나와서 중국집에서 배달하고 있었고, 춘호 회장은 희준이 오빠하고 같이 남대문에 있는 앵벌이 조직에 들어갔다가 도망쳐 나와서 혼자 광명시에 있는 중국집으로 들어간 거야. 거기서 배호 사장을 만난 거지. 그때 배호 사장이 춘호 회장을 동생처럼 잘 돌봐 줬다 아이가. 그래서 나중에 둘이서 수원에서 황제콜라텍을 하면서 우리들을 만나서 우리들이 다 춘호 회장이 하는 황제콜라텍에서 일하게 된 거야. 너, 한국에서 석유 나온다는 말 못 들어봤니?"

"응. 미국서 뉴스 봤어."

"그거 우리 황제그룹이 한 거야. 거기도 우리 회사야. 엄청난 석유가 나오고 있어. 이만하면 우리 회사가 얼마나 큰 줄 알지?"

호숙이의 말에 찬미는 놀라서 입을 다물지 못했다.

"그래?"

찬미는 춘호와 배호, 희준을 돌아보았다.

"응. 배호 오빠는 남대문에서 앵벌이 조직에 잡혀 있다가 손가락 두 개 잘리고. 춘호 오빠만 도망친 거야. 희준이 오빠는 거기서 이거다 이거."

진란이가 말하면서 엄지손가락을 세워 보였다.

"그럼? 조직세계의 보스라는 말이야?"

다시 한 번 찬미가 놀라는 표정을 지었다.

"그래. 우리도 이거야. 황제콜라텍이 이거다. 호숙이는 신사동에 있는 콜라텍 사장이고, 성숙이는 영등포 톨라텍의 사장이야. 난 미아리 콜라텍의 사장이다. 우리 황제콜라텍은 전국에 쫙 깔려 있어. 사장들이 다 고아원에서 나온 출신들이다. 그래서 이번에 요시이가 일본 신주쿠에 콜라텍을 내서 우리를 초청한 거야."

진란이의 설명에 찬미는 다시 한 번 그들을 쳐다보았다.

"하하. 이제 뭐 좀 시키자. 먹으면서 이야기해."

희준의 말에 명희가 말했다.

"그래. 뭐 좀 먹자. 이야기하다간 시간 가는 줄도 모르겠다 야."

"찬미야. 뭐 먹을래? 여긴 횟집이니까 먹고 싶은 거 시켜라."

춘호의 말이었다.

"오빠. 난 오늘 너무 좋아. 언니들하고 오빠들 만나니까 너무 기분이 좋아서 먹고 싶지도 않아."

찬미는 아직도 흥분이 가라앉지 못하는지 들뜬 목소리였다.

"그래그래. 우리들 다 찬미를 여기서 만나서 기분이 너무 좋아. 그래도 저녁을 먹으면서 이야기하자. 오늘 못하면 내일 또 하고, 내일 다 못하면 모레도 하면 돼. 오야마 상하고 한국에 같이 나가도 되고."

춘호의 말에, 명희가 말을 거들었다.

"그래. 찬미야. 신공항에 있는 관광단지에 말이야. 거기 있는 황제 골프장하고 황제 호텔이 다 우리 그룹 것이야. 이젠 한국에 나오면 연락해. 오빠들이 너를 이뻐했는데 가만있겠니?"

"어머? 그래?"

그제야 찬미는 황제그룹이 얼마나 큰 회사인지 짐작이 가는 듯했다.

"그래. 회를 시킬까? 탕을 시킬까? 오늘은 찬미가 정해라."

춘호가 다시 재촉했다.

"오빠. 그럼 나 회하고 탕하고 먹을래. 언니들도 맞지?"

찬미는 마치 어린 시절로 되돌아간 기분이었다. 오빠라는 말과 언니라는 말이 더없이 정겹게 느껴져 왔다.

"그래."

방 안에 둘러앉은 그들은 서로 얼굴만 쳐다보고 있어도 뿌듯했다. 찬미는 마치 기억을 잃어버리기도 할까봐 연신 오빠들과 언니들을 둘러보며 눈시울이 붉어지곤 했다.

춘호가 회와 매운탕, 그리고 술을 주문했다.

"찬미야. 인사해라. 여긴 배호 형이야. 너한테는 오빠가 될 거다. 신공항 사장이다."

그제야 춘호는 배호 형을 소개했다.

"네. 찬미라고 해요. 오빠들하고 같이 고아원에 있었어요."

"그리고 이쪽은 정혜라고. 지금 민족교 방송국의 사장이다. 처음에 배호 형하고 셋이서 같이 수원에서 콜라텍을 시작할 때 부터 같이 있었던 사람이다. 너한테는 언니다."

"네. 언니. 찬미라고 해요. 그동안 고생이 많으셨죠."

찬미가 고개를 숙여 인사했다.

"아니예요. 오늘 이렇게 만나서 이야기를 나누는 걸 보니까 내가 눈물이 날 것 같아요. 전에 춘호 회장하고 희준이한테서 이야기를 들었던 것 같아요. 만나서 반가워요."

정혜도 인사말을 나누었다.

찬미는 다시 춘호와 희준에게로 눈길을 주었다.

"오빠들은 다 이거야?"

찬미가 엄지손가락을 치켜세웠다.

"그래. 우리 황제조직에는 다 고아원 출신들뿐이다."

춘호가 하하 웃었다.

"오빠. 어떻게 그런 일을 했어? 춘호 오빠는 내가 어렸을 때에 고아원에서 나를 막 때리는 애들을 때려줬잖아. 그런데 어떻게 그쪽으로 나갔어? 오빠는 원래 힘이 셌던 거야?"

찬미는 여전히 궁금한 것이 많았다.

"그래."

춘호는 짧게 웃었다.

"희준이 오빠는? 오빠는 고아원에 있을 때에 안 그랬잖아? 맨날 조용했는데……."

"하하. 찬미야. 희준이 손가락 함 봐라. 손가락 두 개가 없다. 희준아. 보여줘라."

춘호가 희준을 보며 말했다.

"이거?"

희준이 오른손을 들었다. 희준의 새끼손가락과 약지가 잘려나간 손이 보였다. 그 모습을 보고 찬미는 얼굴을 찡그렸다.

"희준이도 마찬가지야. 고아원에 나와 남대문에 있는 앵벌이 조직에 들어갔다가 나하고 도망치다가 손가락 하나를 잘렸지. 나도 봐라."

춘호는 자신의 오른손을 찬미를 향해 들어 보였다.

"희준이는 두 개 잘렸지. 두 번 도망치다가 걸렸으니까. 거기선 도망치는 놈에겐 손가락 하나씩 잘리는 거야. 그러다가 난 도망쳤고, 희준이는 거기 남았지. 그때부터 희준이도 이를 악문 거다. 그래서 남대문파의 보스가 된 거고."

"……?"

찬미는 희준이 오빠가 남대문파의 보스라는 것이 믿겨지지가 않았다. 고아원에 있을 때는 누구보다도 온순하고 자신에게 잘 대해줬던 희준이 오빠가 한국에 있는 남대문이란 곳에서 보스라는 말이 실감나지 않았다.

"오빠, 정말이야?"

찬미는 희준에게 물었다.

"찬미야. 그때 내 돈 내놔."

희준이 손가락이 잘린 오른손을 앞으로 내밀면서 웃었다.

"흐으. 오빠. 그 돈 얼마야? 까먹었어. 그때는 큰돈인 것 같았는데. 자고 일어나서 보니까 내 주머니 속에 돈이 들어 있었어. 얼마나 큰돈인지 모르겠어. 나중에 오빠들이 도망치면서 내 주머니 속에 그 돈을 집어넣고 갔을 거라는 걸 알고서 얼마나 울었는지 몰라. 난 그때 오빠들이 없으면 나를 때리는 애들이 무서워서 못 살 것 같았어. 정말 무서웠어."

찬미는 그 장시를 회상이라도 하듯이 얼굴을 잔뜩 찡그려보였다.

"하하."

"하하하."

춘호와 희준이 마구 웃었다.

"정말이야."

찬미가 정색을 하며 말했다.

"그래. 우리 고아들은 맞으면서도 살고, 배고파도 살아. 어디에 가서도 누가 짓밟아도 사는 거야. 원래 그렇게 크는 거야. 그래서 한 번 독한 마음을 품으면 무슨 일이든 할 수 있는 거야. 부모 얼굴도 모르면서 자란 우린데 무슨 일인들 못하겠나? 안 그래?"

춘호의 말이었다.

"오빠. 너무 멋있다! 언니들은 다 결혼했어? 오빠들은?"

찬미는 다시 그들을 둘러보았다.

"야! 너만 결혼했어! 쪼끄만 것이 발랑 까져가지고!"

성숙이가 농담으로 톡 쏘아부쳤다. 그 말에 다들 한바탕 웃어 젖혔다.

"다 안 했어? 정말이야?"

찬미는 다시 춘호와 희준을 쳐다보았다.

"그래. 주먹 하나로 일어서느라 바빠서 못했다. 쟤들은 얼굴이 못 생겨서 결혼 못했고."

춘호가 여자들을 가치키며 말하자, 성숙이가 발끈하듯이 소리쳤다. 일부러 과장된 투였다.

"춘호 오빠!"

"왜?"

춘호가 성숙을 향해 웃었다.

"우리가 뭐가 못 나서 결혼 못해요. 일이 너무 바빠서 못했지. 니들 안 그러냐? 연애할 시간도 안 주면서."

성숙의 말에, 진란이가 옆에서 말을 거들었다.

"그래. 성숙이 말이 맞아! 그동안 우린 연애 한번도 못했어. 오빠들도 마찬가지고."

"하하. 맞다! 여기 있는 애들은 다 결혼 못했어. 찬미 너만 결혼한 거야."

희준이 시인하자, 찬미가 소리쳤다.

"어머! 그럼 언니들 너무 늦었잖아."

"오빠도 결혼 안 한데. 그래서 우리도 안 하는 거야. 누가 먼저 결혼해야 가던지 말던지 하지. 안 그러냐?"

성숙이 여자들을 둘러보며 말을 하자, 진란이가 체념ㅠ섞인 말투로 말했다.

"그래. 결혼하면 뭣하니. 부모도 없는데 결혼식장에 누가 손을 잡고 들어가냐. 고아란 걸 알면 아직도 우리 사회에는 이상한 눈으로 보는데."

"언니. 미국에는 안 그래. 그런 거 없어. 둘이 좋아하면 그걸로 끝이야. 난 오야마 상하고 결혼할 때에 한국에서 입양돼온 여자라고 당당하게 말했어. 그리고 우리 부모님들도 보여줬어. 오야마는 그런 거 신경 안 써."

"애들은 몇이니?"

"둘. 아들 하나, 딸 하나야. 미국에 있어."

"오야마는 뭐해? 너도 일하니?"

여러 가지 질문들이 쏟아져 나왔다.

"우리 오야마는 큰 슈퍼마켓을 해. 난 병원에 다녀."

이야기를 하고 있는 중에 회와 술이 나왔다. 서빙을 하는 여자들이 들어와서 공손하게 절을 하고는 식탁 위를 차리기 시작했다.

"너, 좋겠다. 결혼도 하고 애도 낳고. 오야마는 널 사랑하니?"

"그럼!"

찬미는 미국인처럼 당당하게 말을 했다.

"훗. 재밌어? 남자랑 같이 자는 거지?"

호숙이가 짓궂은 질문을 해놓고선 스스로 얼굴이 붉어졌다.

"자, 먹지. 찬미도 많이 먹어라."

춘호가 중간에 말을 잘랐다.

그들은 곧 식사를 하면서도 하던 이야기를 계속했다. 다시 고아원의 시절로 돌아가서 그때 같이 있었던 아이들의 이름을 들먹였고, 그 애들은 어디로 가서 무엇을 하고 있는지 궁금해 하기도 했다.

"그럼 훈련원에 들어오는 애들은 다 고아들이야?"

찬미는 성숙이가 영등포에 있는 훈련원의 원장이라는 말에 물어왔다.

"그래. 전국에 있는 고아원에서 다 올라와. 중고등학교만 마치면 우리 쪽으로 오고 싶어해. 훈련원에서 검정고시를 쳐서 대학에 들어가고. 우리 애들은 다 체육대학 쪽으로만 가. 우리도 다 체육대학을 졸업했고."

"그래? 그럼 명희 언니도 대학 졸업했어?"

"응. 난 공단에서 비서실에 있어. 배호 사장님을 모시고 있거든."

"오우, 다들 잘 됐네. 난 미국서 아동심리학을 전공했어. 소아 병원에 근무하고 있거든. 그럼 오빠도 체대 나왔겠네?"

찬미의 질문에 춘호는 회를 먹다 말고, 크게 웃었다.

"그래. 희준이만 못 했다. 남대문에서 주먹 휘두르느라고."

"짜식. 대학이 뭐 밥 먹여 주냐. 대학 안 나와도 나야 일본어 중국어 다 한다. 배호 형님. 안 그렇습니까?"

"그래. 희준이도 일본어 잘해. 남대문에서 많이 배운 거야."

배호의 말이었다.

그들은 식사를 하면서 한국산 소주를 곁들여 마셨다. 명희는 술을 못 했기 때문에 혼자서만 맥주를 마시고 있었다. 찬미는 소주를 곧잘 마셨다. 잔을 비우면 춘호와 배호, 그리고 희준에게 술잔을 권했다.

"찬미야. 언니들한테도 술잔 좀 줘라. 넌 오빠밖에 모르니."

"응. 미안해. 너무 반가워서 그래."

"야, 오빠만 반갑니? 우리들도 안 반가워?"

성숙의 핀잔에 찬미는 쑥스러운 듯이 얼굴이 붉어졌다가 언니들의 술잔에도 술을 따라주었다.

식사를 마치고 술을 마시고 있을 때에서야 요시이와 오야마, 그리고 요시이의 부하들이 들어왔다. 춘호와 그의 부하들이 일어나서 그들을 반겼다.

"앉아. 이제 끝났어. 어때? 이야기 많이 했나?"

요시이가 오야마와 같이 앉으면서 물었다.

"네. 지금 이야기하고 있는 중이예요. 찬미가 오야마 상이 무척 잘해준다고 그러는데요."

명희가 유창한 일본어로 말하자, 오야마가 대답했다.

"그렇지 않습니다. 챠넬리가 칭찬하려고 한 말입니다."

"오늘 잘 끝났다. 한국에서도 이렇게 와주시니까 너무 기분이 좋아. 어이, 다라시. 다들 밥 먹지."

요시이는 다라시와 부하들에게 식사를 주문하라고 하고선 회부터 집어먹기 시작했다.

곧 식사가 들어오고, 늦게 온 요시이 일행들이 식사를 하기 시작했다. 그들이 식사를 끝내고 나서 술잔을 기울이기 시작했다.

오야마는 여자들의 질문을 받기 시작했다. 미국에서의 생활에 대해서 물었고, 찬미를 만난 것에 대해서 관심을 갖고서 질문을 퍼부었다.

오야마는 성실하게 대답하면서 찬미를 추켜세웠다.

"이 사람은 우리 일본 여자들보다 더 착실해요. 조그만 것도 버리질 못해요. 그래서 우리 아버지도 어머니도 매우 좋아하는 타입입니다."

"찬미. 너 알뜰하구나. 미국 사람들은 안 그렇지?"

호숙이가 묻자, 찬미가 대답했다.

"고아원에서 클 때에 뭐든지 아끼라고 하던 말들이 생각나서 그럴 거야. 그때는 아무거나 다 아쉬울 때였으니까."

"그래. 오야마 상은 한국 여자가 좋으세요?"

"하이!"

오야마가 크게 소리를 질렀다.

"하하하."

여자들은 깔깔 웃어댔다.

요시이는 오야마와 시모노세키 중학교에 다닐 때에 있었던 일들에 대해서 이야기를 했고, 오야마와는 초등학교 때부터 이웃에서 자란 아주 오랜 친구였지만 중학생 시절에 있었던, 조선인 학생이었던 강학만이라는 친구가 한국인이라는 이유로 요시이가 두들겨팬 것 때문에 나중에 강학만이 다른 일본인 학생들에게서 다시 집단구타를 당한 뒤에 사모노세키 바닷가에서 자살을 해버린 것에 대해서 오야마와 요시이와 사이가 멀어졌다는 말을 했다.

"요시이 상은 한국인을 안 좋아해요?"

정혜가 물었다.

"아닙니다. 그때는 그랬지요. 강학만이라는 학생이 조선 이름을 달고 학교에 다니는 것이 미워서 그랬지요. 나중에 그놈이 죽고 나서 오야마와 다투고 나서부터는 그런 생각이 없어졌지요."

요시이는 미안한 듯이 말을 했다.

"요시이."

오야마가 불렀다. 요시이는 술잔을 들이키고 나서 오야마를 쳐다보았다.

"넌 유독히 한국인을 싫어했잖아. 그때는 그랬어."

"······."

요시이는 말이 없었다.

"난 그것 때문에 미국으로 가서 그곳에 눌러앉고 싶었어. 너하고 다투고 나서. 왠지 일본에 오고 싶지 않았어. 결혼했을 때도 미국서 했어. 아무한테도 연락도 안 했어. 이 사람이 우리 부모님을 뵈러 일본에 왔다가 간 것뿐이야."

"그랬구나······."

요시이는 오랜 동창생을 만나 오야마와 사이에 생긴 그간의 감정을 털어내고 있었다.

"이 친구도 많이 변했지요. 도쿄로 와서 야쿠자가 돼 있다는 말을 듣고 얼마나 놀랐는지 모릅니다."

"하하. 그래서 안 찾아왔나?"

요시이가 웃었다.

"사실 겁이 났지. 어렸을 때에 같이 놀던 친구가 일본 최고의 도시에서 야쿠자가 돼 있다는 말을 듣고 놀랐던 거지."

"그래. 난 많이 변했어. 너도 많이 변했는 걸. 우리 이제 한국 사람들에 대한 이야기나 하지."

요시이가 화제를 바꿨다.

그들은 할 말들이 많았다. 일본과 한국, 황제파와 긴자파와의 만남, 긴자파가 신주쿠파를 누르고서 도쿄 전체를 거머쥐게 된 경위에 대해서, 그리고 오늘 신주쿠 거리에 콜라텍을 열게 된 까닭 등 할 말들이 이루 말할 수 없이 많았다.

오야마는 그제야 요시이가 한국에 대해서 갖고 있던 미워하는 마음이 없어진 이유를 알 수 있었다. 그러나 결정적인 요시이의 뿌리가 한국인이었다는 것은 알지 못했다.

"춘호 상."

오야마가 불렀다.

"말씀하시지요."

춘호가 오야마의 빈 잔에 술을 따라주며 말했다.

"정말 좋은 만남입니다. 전 한국인의 집사람을 얻었고, 요시이는 한국에 대해 다른 인상을 받았으니까요."

"우리 한국은 일본이 한국을 침략해서 지배를 했지만 한국인들은 무턱대고 일본인들을 미워하지 않습니다. 설움을 받은 자는 설움을 준 자를 미워하지 않는 것이 곧 이기는 것입니다. 아직 일본은 경제적으로 우리 한국을 앞질러가기 때문에 단순히 미워할 수만은 없지요."

"……."

요시이와 오야마는 춘호의 말을 듣고만 있었다. 정혜가 춘호의 말을 통역하고 있었다.

"우리들은 한국에서도 설움을 받아봤기 때문에 그 설움이 무엇이라는 것을 누구보다 더 잘 압니다. 찬미가 아주 어렸을 때에 나와 여기 있는 희준이가 같이 고아원을 도망치면서 곤히 잠들어 있는 찬미의 호주머니 속에 숨겨놓았던 헌 돈을 찬미에게 넣어준 친구가 바로 이 친굽니다."

춘호는 희준을 가리키면서 말하고는 술잔을 비워냈다. 춘호
는 안주도 먹지 않고 다시 말을 했다.

"희준이 이놈이 얼마나 잔인한 놈인지 모를 겁니다. 여기 일본
에서도 알아주는 놈이지요. 그런 친구가 나하고 밤에 도망치면서
문득 발걸음을 멈추더니 숨겨놓았던 돈을 꺼내서 자고 있는 찬미
에게 쥐어줄 때는 나도 마음이 났습니다. 이를 악물었지요."

"……."

"그때부터 희준이는 달라지기 시작했습니다. 주먹으로 살아
가야겠다고 마음먹었는지 모르지만……."

"찬미야. 희준이 오빠에게 오빠라고 한번 불러봐라."

춘호는 찬미가 희준에게 진정한 마음으로 오빠라고 부르는
소리를 듣고 싶었다. 더구나 그때 같이 고아원에 있었던 성숙
이, 진란이, 호숙이가 있는 자리에서 오빠라고 부르는 소리를
듣고 싶었다.

"오빠. 고마워요. 잊지 않을 게요."

찬미의 눈에서 눈물이 흘러내렸다.

"그래. 우리는 고아였다. 부모도 없는 아이들이었어. 고아원
을 벗어나면 배가 고파 죽을 인생이었지. 쓰레기통을 뒤져서라
도 고아원을 도망치고 싶었던 우리들이었어."

"오빠……."

찬미가 흐느끼며 오야마에게 안겼다.

"그래. 너한테는 희준이와 내가 영원한 오빠다. 성숙이, 진란이, 호숙이한테도 오빠고."

"……."

춘호는 소주잔을 비우고는 문득 요시이를 바라보았다.

"요시이. 미안하다. 이제 그만하지."

"춘호 상. 난 오늘 멋진 장면을 봤어. 이렇게 만날 수 있다는 것을 본 것이다. 내 친구 오야마가 춘호 상과 같은 고아원에 자랐던 여자와 같이 결혼했다는 것이 얼마나 기쁜지 모른다. 그래, 그만하자."

요시이 역시 마음이 기쁘면서도 한편으로는 우울했다. 중학교 때에 한국인 학생을 때려서 자살을 하게 만든 것 같은 죄책감이 앞섰다.

"찬미야. 언제 돌아가나?"

"……."

찬미는 울고 있었다.

"미국으로 가기 전에 한국에 한 번 놀러와라. 오야마 상하고 같이 와서 쉬었다가 가면 좋을 거 같다."

"……. 네. 오빠."

찬미의 흐느낌은 멈추질 않았다. 그런 모습을 보며 여자들은 눈시울이 붉어졌다. 명희는 돌아앉아서는 손수건을 꺼내 눈가를 닦아내고 있었다.

"……."

춘호나 회준도 입이 무거워졌다.

요시이는 그들의 해후를 보면서 묵묵히 담배만 피울 뿐이었다.

"오야마 상."

춘호가 마직하게 불렀다.

"하이."

"부탁드립니다. 찬미가 행복할 수 있도록……."

"알겠습니다."

오야마는 춘호에게 고개를 깊이 숙여보였다.

"요시이."

"……."

"나가지."

춘호는 그 말을 하고선 말없이 일어섰다. 방에서 나와 구두를 신기 위해 마루에 섰을 때에 다라시가 먼저 나와서 춘호의 구두를 가지런히 내밀었다.

밖으로 나온 춘호는 뒤따라 나오는 그들이 소리를 들으며 밤하늘을 올려다보고 서 있었다. 그의 눈가가 젖을 듯하다가 이내 평온해졌다.

"춘호 상. 오늘은 내가 한 잔 내지. 여자들은 챠넬리 상하고 같이 호텔에 들도록 하고."

요시이가 춘호의 뒤에 와서 말했다.

"좋지."

춘호는 여전히 밤하늘에서 눈길을 떼지 않고 있었다. (계속)

폭풍의 아침

일본에서 찬미와의 만남은 전혀 생각지 못한 일이었다. 여자들이 호텔에 들어 밤을 꼬박 새우며 이야기한다 한들 그들이 지금까지 살아온 날들에 대해서 다 이야기할 수 있었을까. 지나간 이야기를 하면서 웃고 울다가 그녀들은 서로 껴안고서 누워서도 이야기를 계속하고 있었다.

찬미는 달라진 한국의 실정에 대해서 관심을 가졌었고, 명희와 친구들은 찬미의 결혼생활에 대해서 묻고 또 묻고 했었다. 그리고 미국 생활이 어떤지에 대해서도 관심을 갖고 있었다.

찬미는 어렸을 때에 자랐던 고아원에 한 번 가보고 싶다고 말했다.

"그래. 언제든지 와. 찬미가 오면 우리가 데리고 다닐게."

명희는 마치 친동생이라도 만난 듯이 기뻤다. 그녀들이 밤을 새워 이야기를 하는 동안에 요시이와 오야마, 춘호와 배호, 희준은 도쿄 시내의 포장마차에서 술을 마시고 있었다. 포장마차 주변에는 요시이의 부하들이 지키고 있었다.

"그래. 오야마. 네가 챠넬리를 데리고 한국에 나가봐. 그러면 챠넬리가 매우 좋아할 거다."

요시이는 오야마가 한국에 들렀다가 미국으로 가라고 권했다.

"그래. 춘호 상에게 신세 좀 져야겠는데."

"하하. 신세랄 것도 없습니다. 한국에 오면 찬미가 있었던 고아원에도 가보고, 원장님이 아직 살아 게시니까 한 번 만나보는 것도 괜찮지요."

"그러겠습니다."

오야마는 춘호 일행과 같이 한국으로 가겠다고 말했다.

그들 앞에는 장어구이와 오뎅 국물이 놓여 있었다. 오야마는 일본에 들어와 어렸을 때에 먹었던 오뎅 국물이 제일 맛있다고 말을 했다.

"희준 상. 집사람한테 그런 돈을 주고 떠났다는 것이 무척 가슴이 아픕니다. 어렸을 집사람이 그 돈을 보고선 얼마나 감격했을지 짐작이 갑니다. 찬미는 작은 것에도 쉽게 감동하곤 하거든요."

오야마는 여러 번 그 말을 했다.

"찬미가 제일 어렸으니까. 너무 불쌍하다고 생각했기 때문에 그런 거지요. 우리야 그때만 해도 고아원을 도망칠만한 나이가 됐으니까. 하하. 안 그러냐? 춘호."

"야, 우리도 그땐 어렸어. 국민학교 삼사학년 짜리가 뭐가 나이가 먹었겠냐."

"그렇지! 그래도 그때는 고아원에 있던 애들이 국민학교 삼사학년만 돼도 머리통이 컸어. 도둑질도 잘하고, 몽둥이를 맞아도 아픈 줄도 모르고. 하하. 그때는 우리가 어렸지만 어른 못지않았지. 독종들도 있었고 말이야."

"……."

춘호와 희준이 이야기를 할 때는 요시이와 오야마는 잠자코 술만 마시고 있었다. 배호는 술기운이 약간 오른 상태에서 그저 웃고만 있었다.

"춘호 상은 정말 대단한 사람입니다. 어떻게 그런 곳에서 나와 한국에서 큰 기업을 만들 수 있었습니까. 정말 대단한 분이예요."

"오야마 상."

"네."

"사람은 악에 몰리면 무슨 일이든 할 수 있다는 거 아시죠?"

"네."

"우리들이 그런 심정이었습니다. 아마 일본에서는 그런 모습을 볼 수 없었을 겁니다. 고아들이란 정말 비참하지요. 요즘으로 말하자면 애완용 개보다도 못한 존재들이라고 생각하면 딱 맞을 겁니다. 그런 대우를 받았으니까."

"네에……."

오야마는 고개를 끄덕였다.

"그런 심정으로 살면 무엇이든지 못할 게 없습니다. 칼을 들고 싸우라고 한다면 칼잡이가 되는 거고, 살인을 해주면 돈을 주겠다고 하면 청부살인이라도 할 겁니다. 하하."

"그렇군요."

"오야마. 오늘은 나하고 자지. 이제 춘호 상도 피곤할 테니까 일어서는 게 어때?"

"그래."

벌써 새벽이 희뿌옇게 밝아오고 있었다. 그때까지 포장마차에 앉아 있었던 그들은 밖으로 나왔다. 밖에 서 있던 다라시가 차문을 열어놓고 대기하고 있었다. 호텔로 돌아온 그들은 춘호와 배호, 희준이 같은 룸으로 들어가는 것을 보고서 요시이와 오야마는 옆방으로 들어갔다. 다라시는 그들이 방으로 들어가는 것을 보고서야 아래층으로 내려갔다.

늦게 일어난 그들은 호텔에서 식사를 하고는 곧바로 나리타 공항으로 향했다. 황제콜라텍 근처에서 잠을 잔 춘호의 부하들은 따로 리무진 버스를 타고서 공항으로 나왔다. 공항에는 요시이와 그의 부하들이 나와 있었다.

"춘호 상. 배호 상. 희준 상. 와줘서 정말 고맙다."

요시이는 일일이 악수를 했다.

"오야마도 잘 갔다 와라."

오야마의 어깨를 툭 쳤다.

"요시이 상. 언제 다시 만나자."

춘호가 제의를 했다.

"도쿄가 자리잡으면 한국으로 가겠다. 정혜 상. 잘 가요."

요시이는 정혜에게 악수를 청했다. 정혜는 얼떨결에 요시이와 악수를 하고는 쑥스러운 듯이 뒤로 물러났다.

"하하. 명희 상도 잘 가고. 성숙이 상도 잘 가고. 진란이 상도 잘 가고. 호숙이 상도 잘 가요. 이제 됐어요?"

요시이는 정혜와 먼저 인사차 악수를 한 것이 미안하게 생각했는지 여자들의 이름을 또박또박하게 말하면서 일일이 악수를 청했다.

"네. 요시이 상도 한 번 놀러오세요."

인사가 끝나자 춘호 일행은 출국장으로 나가기 시작했다. 환송나온 요시이의 부하들이 일제히 손을 들어 인사를 했다.

비행기에 오른 그들은 찬미는 여자들끼리 앉았고, 오야마는 춘호와 희준과 같이 앉았다. 배호는 뒷좌석에 택기와 조직부장인 영호와 나란히 앉았다. 비행기는 곧 이륙하고 있었다. 일본을 벗어나자마자 곧 푸른 바다가 보였다.

춘호는 오야마가 희준과 이야기를 하는 것을 보면서 태평양을 내려다보고 있었다. 넓은 바다는 한없이 펼쳐져 있었다. 푸른 바다를 내려다보면서 자신도 모르게 바다로 뛰어들고 싶은 충동이 느껴졌다. 그래서 마음껏 헤엄치며 가고 싶은 곳이 있다면 어디든지 가보고 싶었다. 한국과 가까운 일본이라는 나라.

이제 일본의 긴자파와 손을 잡은 그는 한국에서만 머무르는 것이 아니라, 좀 더 큰 나라와도 싸우고 싶은 충동을 느꼈다.

"……."

남자라면 큰 꿈이 있어야 한다는 어렸을 적의 말들이 생각났다. 고아원을 찾아온 인사들이 자주 하던 말이었다. 그때는 으레 고아원을 찾아와서 하는 개소리 정도로만 생각했었지만 지금 춘호는 가슴 깊이 다가오는 말이었다. 그는 눈을 감고서 다시 어린 날의 회상으로 빠져들었다.

같이 한국으로 가고 있는 찬미를 일본에서 만난 것이 서글픈 고아들의 운명이라고 생각한다면 자신의 운명은 어떤 것일까 하고 생각해 보았다.

가물가물한 엄마에 대한 기억.

어렴풋한 기억은 있지만 얼굴조차도 알지 못하는 춘호로서는 아버지의 기억만 날 뿐이었다. 자신의 목전에서 자신의 목에다 칼을 꽂아 쓰러졌던 아버지의 커다란 몸뚱이가 마치 고목처럼 느껴졌다. 사람이란 생명이 있을 때에 사람인 것이지, 영혼이 떠나고 나면 고목과도 같은 것이라는 생각이 들었다. 그 말은 고아원에 있을 때에 일요일마다 고아원에 있는 예배당으로 가서 예배를 볼 때마다 원장이 하던 말이었다. 너희는 썩을 것들을 위해서 씨를 뿌리지 말라. 썩을 것들을 위해 씨를 뿌리는 자는 썩은 것들을 거둔다는 말을 수없이 들었던 그였다.

'사람이 사는 것이 다 썩은 것들이 아닌가. 결국 죽고 나면

흙으로 돌아가는 게 아닌가.'

춘호의 생각은 그랬다. 사는 동안에 얼마나 열심히, 그리고
누군가를 위해 살았느냐가 중요하지 않는가 하는 생각이었다.

춘호가 눈을 떴을 때, 창밖은 구름과 눈부신 햇빛이 들어오고
있는 게 보였다. 아래쪽을 바라보니 어느새 한반도 위를 비행하
고 있는지 초록색의 산과 들이 보였다. 산과 들 사이로 하얀빛
을 띤 강이 흐르고 있었다.

곧 신공항에 착륙한다는 안내방송이 흘러나오고 있었다. 공
항에 도착한 그들은 마중나온 사장들과 직원들의 환영을 받고
서 곧바로 공단 청사로 향했다. 희준은 신공항에 미리 와서 대
기하고 있던 부하들의 마중을 받고선 오야마에게 인사를 했다.

"오야마 상. 한국에 오면 들르시지요."

희준은 명함을 꺼내 주고는 다시, 찬미에게 말을 했다.

"찬미야. 내일쯤 고아원에 가는 게 좋겠다. 오늘은 쉬고."

"네. 오빠. 갈 거예요?"

"그래. 자리를 비워놨더니 가봐야겠다. 애들도 와 있고 하니
오늘은 갈께."

"오빠. 고마웠어요. 내일 꼭 와요."

"그래."

희준은 곧바로 차에 올라 출발했다.

배호는 사장실로 들어서자마자 밀린 결재서류를 결재해 놓고
는 소파에 앉아 있는 춘호를 보고 말했다.

"울진에서 가격을 낮추는 게 어떠냐는 안이 들어와 있어."

"왜?"

춘호가 물었다.

"국제유가가 하락한다는 거군. 울진 연구소에서 국제유가에 맞춰서 내보내는 게 어떠냐고 그러네."

"지금 국제유가가 얼마지?"

"배럴당 29,6달러."

"그럼 그렇게 낮추라고 그러지."

"응. 알았어. 이따 백호가 내려가는 길에 그렇게 지시를 해 놓을께."

배호는 중요한 일은 일일이 춘호에게 보고를 해서 처리하곤 했다. 백호가 일본에 같이 갔다가 다시 일본으로 내려가기 전에 그런 지시를 할 참이었다.

"오빠. 여기가 오빠 사장실이야?"

찬미가 사장실을 둘러보다가 밝게 말했다.

"그래. 피곤하지? 오야마 상. 오시느라 피곤하지 않습니까? 어젯밤에도 잠도 못 주무셨을 건데, 옆에 저희 호텔이 있으니까 거기서 좀 주무시죠."

"아, 아닙니다. 안 바쁘시다면 괜찮습니다."

"춘호 회장. 오늘은 결제가 끝났고 콜라텍 사장들이 가기 전에 찬미 씨하고 어디 다녀오도록 하지."

"그럴까? 찬미야. 고아원에 내일 가기로 하고 오늘은 서울 시내를 둘러보는 게 어때? 그동안에 서울이 많이 변했으니까."

"오빠. 그래요. 고아원에도 오늘 가면 안 돼요?"

"갑자기 가기보다는 내일 간다고 연락해놓고서 가는 게 낫지. 그쪽 사정도 모르고 불쑥 찾아가기보다는. 내일 배호도 온다니까 같이 가는 게 낫겠지."

춘호는 마치 친오빠처럼 대했다.

"그래요 그럼. 오야마 상. 괜찮죠?"

찬미는 오야마에게 묻고는 오야마가 좋다고 하자 그렇게 하겠다고 말했다.

"니들도 내일 같이 고아원에 가자."

춘호는 성숙이와 진란이, 호숙이에게 말했다.

"그러면 좋지요. 내일 하루 더 쉬게 생겼네. 잘됐다."

진란이가 좋아했다.

"그럼 차를 대기시키라고 할게. 나도 갈 거니까."

그 말에 명희는 얼른 인터폰을 해서 조직부장인 영호에게 차를 대기시켜 달라고 부탁을 해놓았다.

그들은 두 대의 에쿠스에 타고선 공항 청사를 출발했다. 앞차는 상율이 운전을 맡았고, 뒤차는 택기가 맡아서 운전을 했다. 쭉 뻗은 공항대로를 따라 달리면서 배호가 설명했다.

"지금 달리는 건 바다 위를 달리는 겁니다. 이 다리를 놓느라 시간이 많이 걸렸지요."

"네."

오야마는 창밖을 내다보았다. 옆에는 바다와 갯벌이 보였다.

"예전에는 김포에서 비행기가 떴는데, 지금은 그곳에선 국내선만 뜨게 됩니다. 국제선은 다 여기서 출발합니다."

"네."

그들이 대화를 하면서 김포로 접어들었다. 88도로를 따라서 가다가 여의도에서 빠져나와서 여의도를 한 바퀴 돌아서 광화문 쪽으로 향했다. 광화문을 지난 차는 종로를 지나 동대문에까지 갔다가 그곳에 있는 두타와 밀레오레 상가를 둘러보고는 다시 돌아서 나와 이번에는 남대문으로 들어갔다.

복잡한 거리를 뚫고서 안쪽으로 들어가서 차를 세웠다. 두 대의 에쿠스가 좁은 골목에 서자 사람들은 차를 피해 옆으로 지나갔다.

골목에 선 차가 황제그룹의 차라는 것을 안 경비라는 완장을 찬 희준의 부하가 와서 춘호에게 절을 했다.

"회장님이 안에 계십니다."

"그래. 시내를 돌다가 이쪽으로 왔다고 그래."

춘호는 그렇게 말하고선 찬미에게 물었다.

"여기 기억 안 나지?"

"안 나요. 내가 이런 델 와봤을까?"

찬미는 사람들이 발 디딜 틈도 없이 북적거리는 모습을 보고는 놀라고 있었다.

"하하. 안 와봤을 거다. 여기가 한국에서 제일 붐비는 데야.

아까 돌았던 동대문도 새벽이면 대낮같이 사람들이 붐벼. 여긴 다 옷하고 액세서리 상가야."

"으응. 희준 오빠가 여기 있는 거야?"

"그래. 올라가자."

춘호는 찬미를 데리고 건물로 들어갔다. 좀 전에 완장을 차고 있던 경비가 말했다.

"오시랍니다."

춘호와 일행은 엘리베이터를 타고 위로 올라갔다. 희준의 회장실 앞에서 노크를 하자, 희준이 기다렸다는 듯이 문을 열었다.

"하하. 오늘 웬일이야? 오야마 상. 어서 오십시오."

희준은 춘호에게 묻고는 오야마에게 인사를 건넸다.

"시내 구경 나왔다가 동대문에서 다시 이쪽으로 온 거다. 찬미한테 니 사무실 좀 보여주려고 왔다."

그 말을 하고선 춘호는 소파로 가서 앉으면서 오야마에게 앉으라고 권했다.

"어머. 희준이 오빠도 멋진 사무실이네."

호숙이가 소파에 앉으면서 말했다.

"그래. 그냥 둘러보기만 했나? 여기서 뭐 좀 살 거 있으면 사지 그래."

희준이 웃으면서 말했다.

"오빠는. 여기가 다 희준이 오빠 관할이면 옷도 그냥 공짜야? 공짜라면 남대문표 옷이나 얻어가지 뭐."

"그래. 돈 없어? 돈 줘?"

희준은 양복 주머니에서 수표 한 장을 꺼내 내밀었다. 백만 원 권 수표였다.

"아냐. 오빠. 농담으로 그래본 거야. 우리가 뭐 남대문표 옷이나 입을까봐. 이젠 다들 사장이고 비서실장인데 백화점 옷이나 입어야지. 안 그러니?"

진란이의 말에, 희준이 내놓았던 수표를 도로 집어넣으려고 했다.

"그럼 이 돈 도로 집어넣을게. 여기도 백화점에 들어가. 상표 만 붙여서 백화점으로 들어가는 거야. 니들은 백화점 너무 좋아 하지 마라."

성숙이가 얼른 수표를 뺏다시피 했다.

"희준 오빠는. 찬미한테는 전에 돈도 주면서 도망가면서 우리한 테는 옷도 좀 사주고 그래. 여기 남대문표 옷이라도 어때. 그지?"

"그래그래. 희준이 오빠가 주는 돈인데 이걸로 우리 쇼핑이나 하자. 찬미야. 일어나."

진란이가 얼른 찬미의 손을 잡고 일어났다. 찬미가 일어서자, 진란이가 수표를 달랑달랑 흔들어 보이면서 물었다.

"희준 오빠. 이거 써도 되지?"

"그래라. 여긴 일본 사람들하고 중국인들이 많이 온다. 개들 은 백화점으로 안 가. 다 여기서 사가."

희준의 말에 여자들은 다들 밖으로 나갔다.

"좀 쉬었냐?"

"쉬긴. 뭐 마실래? 오야마 상. 녹차 좋아합니까?"

희준은 춘호에게는 한국말로 하고선 오야마에겐 일본말로 물었다.

"네. 좋습니다."

"우리는 커피로 하지."

춘호의 대답이었다. 배호도 고개를 끄덕였다.

희준은 인터폰을 눌러 비서 아가씨를 불러 차 좀 가져오라고 했다. 비서는 곧 차를 갖고 들어왔다.

"오야마 상. 안 피곤합니까?"

"괜찮습니다."

희준은 오야마에게 특별히 신경을 쓰는 것이었다.

"좀 있다 여자들이 오면 식사나 하러 갈래?"

춘호에게 물었다.

"아니지. 여기서 강남쪽으로 갔다가 신공항으로 가서 먹지. 내일 찬미가 고아원으로 갈 거니까 너도 와라."

"그래. 가야지. 몇 시에 갈 거냐?"

"오전 열시쯤에."

"그럼 그쪽으로 바로 가지. 열시에 정문에서 만나지."

"알았다."

희준은 오야마에게 남대문에 일본인들이 많이 온다는 것과. 그들이 남대문에 와서 주로 사가는 것들을 이야기했다. 일본 사람들이 한국에 와서 빼놓지 않고 관광코스로 잡는 곳이 남대문이라는 말을 했다. 그러자 오야마가 말했다.

"그렇습니까? 아까 오다가 보니까 매우 번잡하더군요. 희준 상은 여기서 보스입니까?"

"하하. 맞습니다. 어렸을 때부터 여기서 컸지요. 내가 처음에 이곳에 왔을 때는 꼬붕이 노릇을 했지요. 위에 있는 형님들 시다바리나 하면서 맞기도 많이 맞았지요. 그러니까 나도 악이 생긴 겁니다. 조직이야 어차피 피도 눈물도 없는 곳이니까."

"네……."

"첨에 내가 손가락 두 개를 잘리고서 앵벌이부터 시작해서 조직의 세계로 들어서니까 나를 모르는 놈이 없었지요. 여기 있는 상인들도 다 나를 알아보는 겁니다. 고아인 놈이 죽기 아니면 까무러치기라는 식으로 되는대로 덤볐지요. 상인들이 까불면 낫으로 찍어버리는 건 예사고요. 하하."

"네……."

"인생이란 그런 것인 것 같습니다. 내가 약하면 다른 놈들이 얕잡아 보지요. 고아 출신이라고 얕잡아보던 놈은 나중에 피값을 단단히 치러주는 것밖에 없지요. 뭐 그런 거야 손에 피만 묻히면 되는 일이니까."

희준은 대수롭지 않게 말했지만 오야마는 약간 긴장하고 있었다. 찬미가 어렸을 때에 고아원을 도망치면서 돈을 넣어줄 정도의 남자로 알았는데 희준의 말하는 모습을 모습과 그의 행동을 바라보면서 보스다운 기질을 엿볼 수 있었다.

그들이 차를 마시며 오후 내내 이야기를 하고 있었지만 여자들은 돌아오지 않았다.

"어? 벌써 시간이 이만큼 됐나?"

희준은 시계를 쳐다보고선 리모콘으로 쿡쿡 눌렀다. 그러자 희준의 화장실 방 한쪽의 스크린이 걷혀지면서 모니터들이 나타났다.

"어디 있는가 한번 보지."

희준은 다시 리모콘을 눌렀다. 이번에는 벽쪽에 붙은 수많은 모니터가 켜지면서 각 상가와 길거리의 모습들이 나타났다. 상가 안에는 사람들이 옷을 고르는 모습들과 상가 아가씨의 모습이 보였고, 길거리에는 리어카에서 옷을 파느라 고함을 질러대는 모습과 길거리를 지나다니면서 옷을 구경하는 사람들이 보였다.

카메라는 이곳저곳을 움직이면서 비춰주고 있었다.

"야, 여기서 앉아서 다 보는구나."

"그래. 일일이 나가서 볼 필요가 없지. 어디로 갔지?"

희준은 리모콘으로 상가 안의 카메라를 작동하고 있었다. 여러 곳에 카메라가 장치가 되어 있는지 한 상가 안에도 여러 개의 모니터가 제각각 비추고 있었다.

"아, 저기 있네. 저기."

희준은 여자들이 옷을 고르고 있는 장면을 비추고선, 탁자 위의 인터폰을 눌렀다.

"응. 나다. 거기 상가 안에 명희라는 손님 일행이 있는데 곧 사무실로 오라고 방송해라."

그러자 곧 모니터에서는 명희를 찾는다는 방송이 나가고 있었다. 명희가 방송을 듣고서 놀라는 표정이 보였다. 잠시 뒤에 명희와 친구들이 회장실로 들어왔다.

"뭐 좀 샀어?"

"오빠는. 한참 고르고 있는데 방송에서 찾았잖아. 겨우 골라서 왔어."

"여자들은 쇼핑을 하면 시간 가는 줄도 모른다니까. 오야마 상도 있고 한데 얼른얼른 쇼핑하고 돌아와야지. 기다리는 사람도 그렇잖아."

"시장에 구경할 꺼리가 많네요. 찬미야. 다음에 오면 또 남대문에 들르자. 응?"

명희는 남대문 시장에 처음 와본 터라 사람이 많은 것과 많은 패션들이 선을 보이고 있는 것에 미련이 남아 있는 듯했다.

"그래. 언니. 여기 오면 희준이 오빠도 만날 수 있고."

찬미의 말에, 희준이 대답했다.

"찬미야. 여기서 저녁 먹고 호텔로 가지. 어때?"

"다음에. 오늘은 피곤하니까 일찍 들어가서 좀 쉬어야지. 찬미는 시집에 와서 계속 강행군하고 있을 걸? 그러니까 오늘은 내가 내지."

"하하. 그럼 그래. 황제 호텔에 가서 먹는 게 여기 사장바닥보다는 낫겠지."

그러면서 희준이 자리에서 일어섰다. 밖으로 나온 그들은 희준과 그의 부하들의 배웅을 받으며 남대문을 출발해서 다시 시청 쪽으로 해서 여의도로 향했다. 88도로를 탄 에쿠스는 곧장 신공항을 향해 달렸다.

호텔에 도착해서 저녁식사를 하고 나서 춘호와 오야마 상은 바닷가로 산책을 나왔다. 룸에는 여자들이 모여서 서로 이야기를 할 수 있도록 자리를 마련해두고서 두 사람만 빠져나왔다. 솔밭 사이로 바닷가로 다가간 그들은 저물어가는 서해 바다를 바라보면서 서 있었다.

"춘호 상. 고맙습니다."

오야마의 부드러운 말이 흘러나왔다.

"저도 기분이 좋습니다."

"찬미는 매우 기분이 좋은 것 같습니다. 이번에 데리고 나오길 잘했다는 생각이 듭니다. 요시이도 만나고, 춘호 상도 만났으니까. 저는 춘호 상과 찬미가 만나는 것을 보면서 마치 피붙이끼리 만나는 것 같은 착각이 들었습니다."

"하하. 그렇지요 뭐. 우린 피붙이나 다름없지요. 어디 기댈만한 곳이 없는 사람들이니까요."

"전 그게 부럽습니다만……."

"부럽긴요. 다 잘못된 운명을 타고난 탓이지요. 그러나 지금은 틀립니다. 다들 멋지게 살아가고 있습니다."

"춘호 상. 언제 미국에 한 번 오시면 연락 주십시오. 이번에
받은 은혜를 갚겠습니다."

"하하. 미국에 갈 일이 있을지 모르겠군요. 전 미국이 왠지
고아들을 데려가는 나라라는 생각밖에 들지 않아서. 어렸을 때
는 미국인만 보면 더럭 겁이 났습니다."

"그랬어요?"

오야마가 웃었다.

"미국인이 고아원에 오면 다들 예쁘게 옷을 입고서 기다리곤
했습니다만, 전 미국이란 나라에 가고 싶지 않아서 몰래 화장실
로 가서 숨어 있었지요. 화장실 문을 잠그고서 바깥의 동정을
살피다가 미국인이 갔다 싶으면 그때서야 밖으로 나왔습니다.
하하."

"하하하."

오야마는 크게 웃었다.

"희준이 놈도 그랬지요. 그놈이랑 나랑 같이 숨어 있었거든요."

"네에."

"아마 미국에 갔으면 뉴욕에서 야쿠자가 돼 있었을지도 모르
지요. 나하고 희준이는 원래 그런 성격의 소유자라서."

"……."

"희준이 놈이 도망치다가 손가락 두 개를 잘리면서 독기를 품
었다면, 나는 아버지가 내 눈앞에서 목에 칼을 찌르고서 죽는

것을 똑똑히 봤지요. 그래서 나도 악한 생각을 품고 있는지도 모르겠습니다."

춘호는 오야마가 일본에서 대학을 마치고 나서 미국에 유학을 갔다가 그곳에 눌러앉은 사람이라는 것을 알고 있었으므로 자신과는 색다른 성격의 소유자로 알고 있었다.

"제가 보기에는 다들 좋은 분으로 보입니다. 어젯밤에 요시이도 춘호 상에 대해서 좋은 말을 많이 해줬습니다."

"어떤 이야기요?"

춘호가 웃으면서 물었다.

"춘호 상이 자라온 환경과 지금 갖고 있는 배경에 대해서 다 말해줬지요. 참으로 신화적인 존재라는 생각이 들었습니다."

"너무 과찬의 말씀입니다."

"훈련원에서 고아 후배들을 길러서 대학까지 졸업시켜준다는 말을 듣고서 정말 멋진 사람이구나 하는 생각을 했습니다."

"……."

춘호는 바닷가를 거닐면서 오야마의 말을 듣고 있었다.

"요시이가 좋아하는 듯하더군요."

"너도 요시이를 좋아합니다. 솔직하고 좋습니다. 일본인답지 않게."

"……?"

오야마가 춘호를 쳐다보았다.

"오야마 상도 멋진 사람이라고 생각합니다. 찬미를 사랑해주고 있으니까……."

"찬미는 아픈 기억을 갖고 있는 것 같습니다."

"무슨?……."

춘호는 놀랐다. 혹시나 오야마가 찬미가 고아원에 있을 때에 황 총무에게서 못된 짓을 당하지나 않았을까 하는 우려부터 앞섰다.

"처음에는 저를 그리 좋게 보지 않았어요. 일본이라는 것 때문인지……. 남자를 싫어하는 듯하기도 하고. 그래서 제가 설득을 했죠. 챠넬리 상을 좋아한다고 여러 번 고백을 했습니다. 저를 무척 경계를 했습니다. 어쩌면 남자를 안 좋아하는 여자가 아닌가 하고도 생각이 들었습니다. 그러다가 천천히 챠넬리의 마음이 열리기 시작했습니다."

"아마 고아원에서 입양됐기 때문에 그랬을 겁니다. 고아원에서 자라면 그런 일이 있는 거 같습니다."

그 말을 하면서 춘호의 마음은 약간 답답했다.

"네. 맞습니다. 처음에는 사람을 경계하는 듯하다가 서서히 마음이 변했어요. 전 그게 얼마나 감사하던지……."

"잘 된 입입니다. 찬미를 보니까 얼마나 기분이 좋은지. 고아원에서 같이 자란 애들과 같이 있으면서 찬미에 대해서는 잊고 있었지요. 미국에 가서 잘 살고 있지 않을까 하고……. 연락할 방법이 없었으니까."

"전 춘호 상이 요시이하고 친하다는 것이 무엇보다 기분이 좋습니다."

그 말에 춘호는 오야마의 어깨를 껴안으면서 바다 쪽을 바라
보았다. 담배를 꺼내 오야마에게 권하고는 불을 붙여주었다. 춘
호의 입에서 담배연기가 흘러나왔다.

한참 동안 바닷가에 서 있던 그들은 발길을 돌려 공항 청사로
향했다. 대낮같이 환하게 불이 켜진 관광단지 건물과 황제그룹
본부 건물은 창문마다 불이 켜져 있었다. 청사 옆의 황제호텔
주변은 조경이 잘 돼 있어 나무숲 사이로 사이길이 나 있었다.
산책로로 만들어진 그곳을 지나 호텔 가까이 다가갔을 때에 호
텔에서 조금 떨어진 황제골프장의 잔디가 파랗게 펼쳐져 있는
게 보였다. 야간에도 골프를 하는 모습이 보였다.

"여긴 참 크군요. 어떻게 이런 곳에 넓은 땅이 있었습니까?"

"여긴 섬입니다. 육지에서 섬을 다리로 이은 거지요. 아까 우
리가 있었던 곳은 을왕리 해수욕장이라는 곳입니다. 솔밭이 참
아름답지요."

"네……."

호텔 입구로 다가가자 차량 안내하는 호텔맨이 춘호에게 거
수경례를 해왔다. 그리고는 현관문을 열어주었다. 룸으로 올라
갔을 때, 나이트가운으로 갈아입은 그녀들은 포도주를 마시면
서 과일을 먹고 있다가 들어서는 춘호와 오야마를 보고는 소파
로 와서 앉았다.

"어디 갔다 왔어요?"

챠넬리가 오야마의 어깨에 팔을 두르면서 물었다. 찬미의 반가운 표시였다.

"응. 바닷가에. 바다가 아주 좋아. 솔밭도 있고."

"오빠. 정말 너무 좋아요."

찬미는 언니들과 같이 있는 시간이 너무 행복한 듯 보였다.

"그래. 오야마 상도 좋은 남자다. 요시이 상과도 아주 친한 친구고."

"오야마 상. 여기 오래 머무르고 싶어. 오야마 상은?"

찬미가 웃으면서 물었다.

"나도 그래. 그래도 미국에 가봐야 하지 않겠나. 너무 비워두는 것도 그렇잖아."

"나, 여기 좀 더 있으면 안 돼? 언니들이 어떻게 일하나 가서 보고 싶어. 혼자 가면 안 돼?"

"……."

오야마는 춘호를 돌아보며 웃어보였다.

"찬미야. 같이 가야지. 다음에 또 나와. 언제든지 한국에 나오고 싶으면 언니들이 있어. 오야마 상을 혼자 가게 해서는 안 되지."

춘호는 마치 오빠 같았다.

"그래도. 미국가면 또 나오기가 힘들 걸 같아서. 오야마 상. 며칠만 더 있다가 가면 안 돼? 미안해."

찬미가 행복해하는 눈빛을 바라보고 있던 오야마가 말했다.

"그럼 그렇게 해. 나도 더 있고 싶지만 가게 때문에. 애들은 내가 맡을께."

"어머! 좋아라!"

찬미는 오야마에게 달려들어 키스 세례를 퍼부었다.

그런 모습을 보면서 명희는 왠지 모르게 춘호에게로 눈길이 갔다. 무뚝뚝하게 서서 그런 모습을 보고 있는 춘호의 옆얼굴에는 아무런 표정도 없어보였다. 명희는 왠지 모르게 가슴이 답답해졌다.

"오야마 상. 여기서 이야기 좀 하지. 난 먼저 방에 들어가서 쉴 테니까."

"네, 알겠습니다."

춘호는 방에서 나와 옆방으로 들어갔다. 불을 켜지 않은 채로 창가에 서서 바다 쪽을 바라보고 있었다. 그의 손에는 어느새 담배가 들려져 있었다. 하얀 연기가 그의 입에서 흘러나왔다.

"……."

춘호는 창밖을 내다보면서 깊은 생각이 잠겼다. 이제는 늙어서 쉿소리는 내는 황 총무지만 고아원에 있을 때에 그가 여자애들한테 어떤 행동을 했는가를 다시 생각하고 있었다. 내일 고아원에 가기로 돼 있었지만 춘호는 왠지 마음이 무거워졌다. 황 총무는 이미 오래 전에 고아원을 그만두고 집에서 병치레를 하고 있지만 어렸을 때에 감당하기 힘든 상처를 받았을지도 모르는 찬미를 데리고 고아원에 간다는 것이 답답할 뿐이었다. 춘호는 자꾸만 가라앉은 마음을 달래기 위해 냉장고에서 양주를 꺼내 뚜껑을 따고선 병채로 입에 갖다댔다. 독한 술이 가슴을 훑으며 내려갔다.

"······."

양주를 마시고 나서는 다시 담배에 불을 붙여 안주삼아 연기를 빨아들였다가 내뱉었다.

조금씩 마신 술은 벌써 반 병을 비워내고 있었다. 그는 흐려져오는 눈빛으로 밤바다를 바라보다가 욕실로 들어가 시원한 물로 샤워를 하고선 침대 위로 쓰러졌다. 정신은 맑았지만 캄캄한 방 안에서 그대로 잠들고 싶었다.

오야마는 옆방에서 여자들과 같이 이야기를 하느라 시간이 가는 줄도 몰랐다. 찬미가 즐거워하는 것을 보면서 찬미의 언니들이 질문하는 것에 대답하면서 점점 친숙해졌다.

"오야마 상. 요시이 상은 중학교에 다닐 때에 어땠어요?"

정혜가 일본말로 질문했다.

"중학교 때도 싸움을 잘했지요. 그 친구는 일단 한 번 하겠다고 하면 끝장을 보는 사람이지요. 그래서 중학교에 다닐 때도 운동하는 애들도 요시이 상한테는 집적거리질 못했습니다."

"그래요? 좀 차가운 분 같기도 하고, 어떻게 보면 부드럽기도 하고요. 성격은 어때요?"

정혜는 자신에게 부드럽게 대해주던 요시이에 대해서 궁금한 것이 많았다.

"참 좋아요. 정이 많은 친굽니다. 어렸을 때는 야쿠자로 나가리라고는 생각지 않았는데, 그 친구하고 헤어져서 전 미국에 가 있다가 일본에 와서 소문을 들어보니 도쿄에서 야쿠자가 되어 있다는 말을 듣고 놀랐습니다. 대학까지 나온 친구가 야쿠자가 되어 있다는 말에 난 놀랐거든요."

"사람이 살다 보면 다른 길로 갈 수도 있잖아요."

"맞습니다. 전 일본에서 경제학을 전공하고서 미국에 가서 슈 펴를 하고 있으니까요."

오야마가 웃었다.

"오야마 상. 찬미의 어디가 그리도 좋았어요? 전 고아원에서 나라지는 않았지만, 춘호 회장과 배호 사장하고 같이 수원에서 콜라텍을 했거든요. 그래서 찬미를 모르지만 여기 있는 동생들 하고 같이 있었다니까 얼마나 반가운지 몰라요."

다시 정혜가 물었다.

"네. 전 처음에는 일본인인 줄 알았어요. 한국인 이세라는 말 을 듣고 마음이 놓였습니다. 전 한국을 좋아하거든요."

"그런데 전에 요시이는 한국인들을 안 좋아했어요?"

"어제 이야기를 해보니까, 어렸을 때나 그랬지만 지금은 한국 사람들을 좋아하고 있더라고요. 춘호 상이 마음에 든다면서."

"맞아요. 한국 사람들은 정이 참 많아요. 찬미도 그렇죠?"

"네."

그들은 밤이 깊도록 할 말들이 많았다. 맥주를 마시면서 편하 게 대화를 하고 있었다. 찬미는 오야마의 옆에 앉아서 언니들이

질문하는 것에 대해 성실하게 대답하는 오야마가 더없이 믿음
직스러웠다.

"찬미야. 잘래?"

명희가 찬미에게 물었다.

"아니. 안 졸려. 이야기하는 게 더 좋아."

찬미는 일어나 냉장고에서 다시 맥주를 꺼내왔다. 찬미는 언
니들에게 맥주를 따라주고는 오야마의 잔에도 술을 따랐다.

"다링. 우리 언니들 좋지?"

찬미가 일본말로 칭찬을 했다. 정혜와 명희는 찬미가 하는 일
본말을 듣고는 웃고만 있었다.

"응. 정혜 상은 아직 결혼 안 했나?"

"응. 여기 있는 언니들 다 결혼 안했다고 했잖아. 왜?"

"그냥."

오야마는 찬미를 물끄러미 바라보면서 웃고 있었다.

"뭐야? 왜 웃는 거야? 정혜 언니가 왜 결혼 안 했느냐고 물어봐?"

찬미는 오야마가 정혜에 대해서 물은 말이 오야마의 생각이
아니란 것을 알고 있었다. 일본에서부터 요시이와 정혜가 서로
친숙하게 말을 주고받는 것을 봤었기 때문에 더욱 그랬다.

"나이가 된 거 같아서 물어본 거지. 별 뜻은 없어."

"으응."

찬미는 곧 정혜를 처다보았다.

"언니는 일본말을 잘해요. 어디서 배웠어요?"

"나? 대학에서 일본어 전공했어."

"그랬구나. 난 오야마와 결혼하고 나서부터 일본말을 배우기 시작했어요. 시댁에 가서 부모님 뵈려고 배웠는데 이젠 어느 정도 해요. 근데 정혜 언니는 나보다 더 잘해."

찬미는 정혜를 추켜세웠다.

"명희 언니도 잘해."

찬미는 다시 명희를 쳐다보았다.

"나는 학원에 다니면서 배웠어. 일 때문에. 이번에 일본 가서 많이 써먹었어."

"우와. 난 일본어가 되게 어려워. 내가 한국인이라서 그런지 발음은 잘 되는데 쓰기가 잘 안 돼."

그들의 이야기는 끝이 없었다. 침대에 걸터앉아 있기도 했고, 소파에 기대어 앉아 있는 이도 있었다. 오야마와 찬미는 침대에 걸터앉아 이야기를 하고 있었다. 그들은 목이 마르면 맥주로 목을 축였고, 안주로는 오징어와 땅콩 등을 먹으면서 이야기하는 데에 열중하고 있었다. 새벽 4시쯤이 되어서야 오야마는 자리에서 일어났다.

"전 이제 옆방에 가서 자겠습니다. 잘 노십시오."

오야마는 여자들에게 인사를 하고는 나가려고 하자,

"오야마 상. 굿 나잇!"

찬미의 말에 오야마는 어색하게 다가가 찬미의 볼에 키스를 해주었다. 그리고는 방을 나갔다.

옆방으로 들어온 오야마는 캄캄한 방 안에 불을 켜고는 침대 밑의 바닥에서 자고 있는 춘호를 보았다.

"……."

옷을 벗고는 욕실로 들어가서 샤워를 하고 나와서 오야마는 춘호 옆으로 가서 누웠다. 오야마는 왠지 모르게 친구같다는 생각이 문득 들었다.

다음날 아침, 일찍 눈을 뜬 춘호는 운동을 나갈 채비를 하고 있었다. 운동복으로 갈아입고서 나가려는데 오야마가 눈을 떴다.

"어디 갑니까?"

"운동하러. 같이 갈래요?"

"네."

오야마는 벌떡 일어나 세수를 하고는 밖으로 따라나왔다. 옆 방에서는 어젯밤 늦게 잤던 탓인지 조용하기만 했다. 호텔을 나와 천천히 뛰기 시작하면서 춘호는 로드훅을 했다. 춘호의 옆에는 오야마가 따라오고 있었다.

"춘호 상. 매일 이렇게 운동합니까?"

오야마는 다소 숨이 찬 듯이 물었다.

"네. 습관이 돼서 그렇습니다."

"야쿠자들은 운동을 해야 하지요?"

"하하. 뭐 꼭 그렇다고는 할 수 없습니다. 자기 체력 관리죠."

"저번에 도쿄에서 신주쿠파를 아주 멋지게 깨버렸다면서요?"

"하하. 우리야 맨날 깨부수고 싸우는 것이 직업이 아닙니까.

그래야 살아있다는 것을 느끼지요."

"요시이 상도 몸매가 아주 단단하더라고요. 그런 곳에 있는 사람들은 운동을 하지 않으면 안 되는 거죠?"

"하하. 오야마 상. 몸이 생명 아닙니까? 몸뚱이 하나로 사는 사람들인데. 우리는 여자들도 다 고단자들입니다. 체대를 졸업했거든요."

"그래요?"

오야마가 놀라는 표정이었다. 춘호를 쳐다보았다.

"그렇습니다. 우리 식구들은 다 태권도, 합기도, 검도, 유도를 다 해야 돼요. 훈련원에서부터 그런 훈련을 받습니다."

춘호는 로드훅을 하면서 서서히 몸을 풀리기 시작하는 걸 느꼈다. 조금 더 빨리 보폭을 옮기면서 로드훅 동작 역시 거세게 했다. 오야마가 힘이 드는지 조금씩 뒤쳐지기 시작했다. 솔밭을 지나 바닷가에 이르러서야 오야마는 춘호의 옆으로 와서 섰다. 춘호는 희부연 바다를 바라보면서 깊은 심호흡을 하고는 그 자리에서 쪼그려뛰기를 계속했다. 오야마도 춘호를 따라 쪼그려뛰기를 몇 번 해보다가는 힘이 들었는지 모래사장에 엉덩방아를 찧으면서 주저앉았다.

"전 오늘 미국으로 갈 겁니다."

"네. 좀 더 놀다 가시지 않고요."

"찬미는 좀 더 놀다가 오겠다고 했습니다. 오랜만에 고향 나라에 왔으니까 기분 좋게 더 놀다가 오라고 그랬습니다. 언니들도 찬미보고 더 놀다 가라고 그랬거든요."

"……."

춘호는 쪼그려뛰기만 열심히 하고 있었다. 벌써 100회 가까이 쪼그려뛰기를 하고 있었다. 춘호의 이마에선 땀이 흐르기 시작했다.

"춘호 상."

"……?"

춘호는 일어났다 앉았다를 반복하면서 오야마를 쳐다봤다.

"정혜 상은 결혼 안 합니까? 애인이 있습니까?"

"왜요?"

춘호가 묻자, 오야마가 조심스럽게 말을 했다.

"그냥……. 물어보는 겁니다. 방송국 사장이라고 했죠?"

"네. 제가 있는 민족교 방송국 사장입니다."

"종교단체인가요? 어떤 종교죠?"

"한국 민속종교입니다. 우리나라를 최초로 세운 단군신을 모시고 있습니다. 일본으로 말하자면 신사참배와 같은 겁니다."

"아……."

"정혜 사장은 아직 사귀는 사람이 없습니다. 내가 알기론 그래요."

"일본말을 잘 하던데……. 도쿄에서 보니까 요시이하고 이야기를 잘하는 모습을 보고……. 싹 잘 어울린다는 생각이 들었습니다. 제 생각인지 모르겠지만……."

"……?"

춘호는 씩 웃었지만 사실 일본에서 정혜와 요시이가 정겹게 이야기하는 것을 봤으므로 오야마가 묻는 뜻을 알 수가 있었다.

"그래서……. 요시이도 결혼해야 될 거 같아서……. 요시이도 예전과 틀려서 한국에 대한 생각이 많이 바뀐 것 같고 해서……."

"네. 요시이는 한국을 아주 좋아합니다. 전에는 모르겠지만."

"전에는 안 그랬어요. 한국애들만 보면 주먹으로 꼼짝 못하게 했지요. 그런 친구가 요즘 많이 달라졌거든요. 찬미 상하고 같이 도쿄로 오면서도 요시이를 만나면 어떻게 생각할까 하고 약간 걱정을 했거든요."

"……."

춘호는 바다를 바라보고 서 있었다. 안개가 걷히기 시작하면서 밝은 바다가 서서히 모습을 드러내고 있었다.

"춘호 상을 만난 것도 정말 뜻밖입니다. 저의 아내가 더 놀랐을 겁니다. 춘호 상과 요시이가 그런 가까운 관계일 줄은 몰랐습니다."

"오야마 상. 이제 요시이는 도쿄에서 제일 가는 조직을 갖고 있으면서 나와는 더 친해질 것이오. 우린 피로써 형제의 의를 약속했습니다."

"아, 네……."

오야마는 고개를 숙이듯이 대답했다.

"앞으로도 한국에 자주 나올 것이고……."

"그렇다면 좋겠습니다. 전 그냥……."

오야마는 밝은 표정으로 춘호를 쳐다보았다. 춘호는 다시 쪼그려뛰기를 하면서 백사장을 돌아다녔다. 춘호의 발이 모래에 푹푹 빠져서 힘이 들긴 했지만 그만한 짧은 시간에 운동도 없었다. 춘호의 이마에는 곧 땀이 돋았다.

"이제 가서 식사나 해야지요. 여자들도 일어났을 테고."

춘호와 오야마는 다시 호텔을 향해 뛰기 시작했다. 찻길에는 공항으로 들어오는 차들이 벌써 줄을 잇고 있었다.

방으로 돌아와 샤워를 하고 나서 오야마는 옆방으로 갔다. 여자들은 벌써 일어나서 얼굴 화장까지 마친 뒤였다.

"안녕하세요."

오야마는 여자들에게 인사를 했다.

"잘 주무셨어요?"

정혜가 물어왔다.

"네. 전 춘호 상하고 같이 바닷가에 운동하고 왔습니다."

"우리가 늦게 일어났구나."

정혜의 말이었다. 정혜는 청초한 분위기를 풍기고 있었다. 여자들은 오늘 고아원에 방문한다는 것 때문인지 옷에 특별히 신경을 써서 준비하고 있었다.

그들은 방에서 나와 춘호의 방에 들렀다가 춘호와 같이 이번에는 공단의 민속식당으로 갔다. 자리에 앉았을 때에 춘호가 시계를 보더니 명희에게 말했다.

"배호 사장도 출근했으면 아침 먹으러 오라고 그러지."

"네, 알겠습니다."

명희는 곧 핸드폰을 꺼내 배호 사장과 통화를 했다.

"이쪽으로 오신답니다."

"그래. 총각이 아침밥을 먹을 데가 있나."

그 말에 여자들이 한바탕 웃음을 토해냈다.

"회장님은. 그러니까 배호 사장보고 장가를 가라고 그러지 그
래요."

진란이가 말하자, 춘호가 웃으면서 말을 했다.

"맞다. 내가 그랬는데도 배호 형은 장가를 안 가. 안 가는 걸
어떻게 강제로 보내냐."

"회장님도 빨리 가요. 그래야 우리들도 가죠."

성숙의 말이 튀어나왔다.

"그럼 먼저 가. 애인도 없으면서 맨날 시집가겠다고 해봐야
소용없어. 찬미처럼 멋있는 남자를 만나면 얼른 시집가. 가서
애 낳고 지지고 볶으면서 사는 게 좋지. 나중에 애 낳으면 우리
공단에 놀러와서 식사도 하고, 골프도 치고, 외국에 나갈 때는
우리 호텔에서 공짜로 묵고. 어때? 얼마나 좋냐? 안 그래?"

"어이구. 회장님이 나중에 우리한테 돈 받을려구? 돈 안 받죠?"

"핫하. 우리 사장들인데 돈을 왜 받아. 이때까지 고생했는데
시집가면 공짜로 쓰게 해야지."

춘호가 크게 웃으면서 말했다.

"오야마 상. 아침인데 불고기 괜찮아요? 여긴 한식당이라 한국 음식 괜찮겠어요?"

정혜가 물었다.

"괜찮습니다. 미국서도 찬미 상하고 같이 가끔 한국식당에 갑니다. 찬미 상이 한국음식을 좋아하거든요."

오야마는 그 말을 하면서 정혜를 똑똑히 쳐다보았다. 갸름한 얼굴에 동양적인 미인이었다. 키가 훌쩍 커서 의자에 앉아 있어도 다른 여자들보다 늘씬해 보였다.

"언니는. 오야마 상은 찬미가 있는데 마치 언니가 찬미인 것처럼 물어봐."

호숙이가 질투라도 하듯이 말했다.

"어때? 찬미 남편이면 우리한테는 제부씨 아니냐. 안 그러냐?"

정혜가 그렇게 말했다.

"맞는 말이다. 니들은 오야마 상이 제부씨다. 하하."

춘호가 다시 웃음을 터뜨렸다.

"제부씨?"

오야마가 찬미에게 낯선 단어에 대해 물었다.

"으응. 당신이 내 남편이니까 언니들한테는 오야마 상이 제부씨가 되는 거예요. 여동생의 남편을 그렇게 불러요."

"아!……."

오야마는 그제야 여자들이 말하는 제부씨라는 뜻을 알아차렸다.

곧 배호가 나타났다. 자리로 와서 앉자마자 오야마와 악수를 나누었다.

"명희가 여기 있으니까 사무실이 허전하군."

배호가 농담부터 꺼냈다.

"오늘까진 휴가예요. 사장님."

명희가 웃으면서 말하자,

"그래그래. 나도 오늘 그럼 휴가다. 아침 먹고 같이 고아원에 갈 거니까. 하하. 차는 미리 준비를 해놨다."

배호가 춘호에게 말했다. 곧 아침 식사가 나왔다. 회장과 사장이 있어서인지 서빙을 하는 아가씨들은 음식을 들고 와서는 인사부터 하고선 음식을 내려놓았다. 그들은 신공항 관광단지의 비서실장인 명희에게도 고개를 숙여 인사를 하는 것을 보고는, 성숙이 농담으로 한마디 던졌다.

"어쭈. 여기 회장님하고 사장님, 그리고 비서실장이 있으니까 우린 개털이네."

"언니는 영등포에 가면 왕이잖아. 맞지?"

이번에는 찬미가 깔깔 웃으면서 말했다.

그러자, 거기 있던 여자들 모두가 깔깔 웃어댔다.

"그래! 맞다! 성숙이가 영등포에 가면 왕이지. 거기 사장이니까. 훈련원에 가보면 훈련받는 남자들이 원장인 성숙이한테 꼼짝 못해."

명희가 다시 반격을 했다.

"자, 이제 식사하지."

춘호는 그 말을 하고선 오야마에게 어서 들라고 권했다. 한식의 온갖 반찬들이 다 나와 있었지만 불고기 구이가 먹음직스럽게 나와 있었다. 춘호는 불고기를 가리키면서 말했다.

"오야마 상. 한국은 불고기가 유명합니다. 한 번 들어보시죠"

"아, 네."

오야마는 여자들이 상추쌈에 불고기를 얹어 먹는 것을 보고선 그대로 따라했다. 미국서도 한식당에서 먹어보긴 했지만 오야마는 다른 사람들이 먹는 것을 보고서 따라했다.

"찬미야. 너도 많이 먹어. 고아원에 있을 때는 이런 거 못 먹어봤다. 그지? 미국서 먹는 것보단 여기서 먹는 게 맛이 틀릴 거야."

호숙이가 찬미에게 불고기 한 점을 집어서 밥그릇에 넣어주면서 말했다. 찬미와 오야마는 불고기를 맛있게 먹고 있었다.

"고아원에 있을 때는 이런 거 구경도 못해봤지. 기름만 둥둥 뜨는 돼지고기 국물만 먹어도 배가 불렀을 거다. 맨날 시래기국이나 내놓고, 멀건 된장국에다 멸치 한 두 마리 둥둥 뜨는 거밖에 먹어봤니? 그런 거 먹고 나면 금방 배가 고파서 고아원 옆에 있는 밭에 철조망 사이를 뚫고 들어가서 무우를 캐서 먹던 거 기억나니?"

"무우?"

찬미가 물었다.

"그래. 찬미는 그런 거 기억 안 나나? 우린 그때 몰래 밭에
들어가서 무우 하나를 뽑아와서 버썩버썩 씹어먹었는데."

"난 모르겠어. 기억이 안 나."

"호호. 찬미는 모르는 갑다. 너무 어려서 철조망 뚫고 나가는
곳도 몰랐겠지. 그땐 좀 큰 애들만 몰래 다니는 구멍이 있었으
니까."

성숙의 말에, 배호가 웃으면서 말했다.

"니들도 남자들처럼 그런 거 했나?"

"그럼요! 여자라고 해서 배 안 고파요? 남자애들이나 여자애
들이나 배고프면 뭐든지 훔쳐먹는 거죠 뭐."

"하하. 그래, 맞는 말이다. 고아원 옆에 있는 밭들은 싹이 나
기도 전에 고아원 애들이 다 뽑아먹는다고 어른들이 난리였지.
그래서 고아원 옆에는 철조망을 더 쳐놓는 거야. 울타리 밖으로
못 나오도록 말이야."

배호가 식사를 하다 말고 킬킬 웃었다.

"오빠도 그런 거 해봤어요?"

진란이가 물었다.

"어느 고아원이든 안 그랬던 고아원 있으면 나와보라고 그래.
원래 고아원에는 먹을 것이 없는데, 맨날 배고프면 그런 거 안
하겠니? 그때는 돈 많은 사람이 오면 애들 중에 소매치기하는
애들도 있었다, 야."

"......?"

여자들은 배호의 그 말에 놀라서 쳐다보았다.

"정말이라니까! 내가 있던 곳에선 어떤 애가 고아원에 온 손님 가방에서 돈을 꺼내 도망친 일이 있었어. 그것 때문에 고아원 원장이 얼마나 기분이 상했던지 그날 밤에는 애들을 하나도 안 재우고 밤새도록 꿇어 앉혀 놓고서 돈을 가져간 애는 자수하라고 그랬어. 그런데 나중에 알고 보니 딴 애가 돈을 훔쳐서 이미 고아원을 도망쳤던 거야. 그것도 모르고 우리는 밤새도록 벌을 서고 있었거든."

배호가 웃었다.

"아아, 그건 너무 했다. 손님 가방에서 돈을 꺼내가면 그 손님이 다신 고아원에 안 올 건데."

성숙의 말에 여자들은 다들 고개를 끄덕였다.

"그래. 그때는 배도 고프고 돈만 있으면 뭐든지 사먹을 수 있으니까 고아원에 온 손님 주머니라도 털어서 도망치고 싶었을 때야. 니들도 배 고파봐라. 뭐든지 훔쳐서라도 실컷 먹고 싶은 게 사람이야. 고아원에서 그런 버릇만 들이니까 나중에 나가서도 그런 버릇을 못 버리는 거고."

성숙의 말이었다. 그들은 식사를 하면서 오늘 고아원에 간다는 것 때문에 어렸을 때의 일을 상기하곤 했다. 식사가 끝나고 나서 나온 그들은 청사 앞으로 와서 미리 대기시켜놓은 에쿠스 두 대에 올랐다. 곧 청사를 출발해서 은평구에 있는 고아원으로 향했다. 미리 연락을 해둔 탓에 고아원에선 대청소를 해놓았던 것인지 들어가는 입구애서부터 마당까지도 말끔하게 청소해놓은 듯했다. 희준이 먼저 에쿠스를 몰고 와 있다가 들어서는 춘호의 차를 보고는 차에서 내려 다가왔다.

"벌써 왔네. 들어가자."

"조금 전에 청소하고 야단났다."

희준이 웃었다.

"누가?"

"누군 누구야. 애들이 우리 온다고 하니까 대청소를 한 거지. 여기서 기다리다가 원장 눈에 띌까봐 저쪽으로 가서 있다가 다시 온 거다."

"하하. 들어가."

그들은 곧 차에 타고선 정문 안으로 들어갔다. 구 세달 원장과 교직원들과 원생들이 미리 고아원 건물 앞에 서 있다가 들어서는 춘호 일행의 차를 맞았다.

"원장님. 그간 잘 계셨지요?"

"어서 오게나. 우리 춘호가 온다니까 직원들하고 후배들이 다 이렇게 나와 있는 걸세. 자, 애들아. 이 분이 황제그룹의 나 춘호 회장님이시다. 인사해라."

원장은 아이들에게 소개를 했다. 그러자, 조그만 아이들은 영문도 모르는 표정으로 꾸벅 인사를 해왔다.

"안녕하세요."

아이들은 미리 교육을 받았던 탓인지 똑같은 말로 인사를 했다.

"그래. 반갑다. 나도 여기서 컸어."

춘호와 희준은 아이들의 머리를 쓰다듬어주고선 교직원들과도 악수를 나눴다. 그리고는 원장의 안내를 받아 안으로 들어갔다. 구 세달 원장은 벌써 칠순을 바라보는 노인이었다. 소파에 앉자마자 춘호는 옆에 있는 찬미를 가리키면서,

"원장님. 얘 알겠습니까?"

"누군데?"

원장은 시력이 좋지 않은지 안경을 끼고서도 더듬거리며 찬미를 훑어보고 있었다.

"찬미입니다. 찬미 아시죠? 미국으로 입양간……."

"엉? 그래? 찬미 맞냐?"

구 세달 원장은 돋보기를 추켜세우며 다시 찬미를 훑어보았다.

"네. 맞습니다. 저, 찬미예요. 데이빗이란 분이 저를 데려갔잖아요. 엄마는 클라리나고요."

"아! 맞다! 진짜 찬미구나. 미국서 나왔나?"

"네. 여기 있는 오야마 상이 제 남편이고요."

찬미는 오야마를 소개시켰다. 오야마는 인사를 하고는 한국말로 긴단하게 말했다.

"반갑습니다."

"어허. 이런! 그럼 춘호하고 어떻게 만났지? 여기 있는 분들은?"

구 세달 원장은 춘호 옆에 있는 여자들과 희준을 알아보지 못했다.

"원장님. 그간 건강하시네요."

찬미가 먼저 원장에게 인사했다.

"원장님. 저 모르세요?"

성숙이가 물었다.

"그래. 누구지?"

"원장님도 이젠 노인네가 다 되셨나봐. 전 성숙이고요. 얘는 진란이, 얘는 호숙이예요. 얘는 명희 알죠? 그리고 여긴……."

성숙이가 희준이라고 말하려는데 희준이 입을 열었다.

"전 희준입니다. 저 아시겠어요?"

"뭐? 희준이? 남대문에 있다는?"

원장이 눈을 크게 뜨고는 희준일 쳐다보았다.

"네. 맞습니다."

"저번에 춘호가 왔길래 물어봤더니 네가 남대문에 있다는 말은 들었다. 근데 다들 어떻게 같이 왔냐? 정말 반갑다. 이젠 다 컸구나."

"네. 원장님 뵙고 싶어서 같이 왔어요."

진란이가 대답했다.

구 세달 원장은 마치 노인네처럼 일일이 여자들의 손을 잡아 보고선 말을 꺼냈다.

"그래. 니들도 다 춘호하고 같이 있냐?"

"네. 여기 있는 분은 다른 고아원에서 나왔고요."

성숙이는 배호를 가리켰다.

"이 분은 춘호 오빠하고 같이 있는 회사의 사장이세요."

성숙은 다시 정혜를 가리켰다.

"그럼 춘호도 벌써 결혼했구나."

"그게 아니고요. 사업상 같이 있는 분이세요."

성숙이 놀라면서 얼른 다시 말했다.

"아, 같이 있는 분."

그제야 원장은 미안한 듯이 말을 고쳤다.

"네."

"명희도 왔구나. 넌 결혼 안 했냐?"

"……."

명희는 대답을 하지 못했다.

"그래. 니들 잘 왔다. 춘호는 회장이 되어 있다는 말을 들었
고. 다들 춘호 밑에 있는 거냐?"

"네. 그동안 찾아봬야 하는데 못 찾아봬서 죄송해요."

"그래. 괜찮다. 바깥에 나가서 살다 보면 이곳을 잊어버릴 때
도 있는 거다. 사는 게 어디 쉽겠냐."

"그래도……."

성숙이는 원장이 그동안 무척 늙어버렸다는 것을 바라보면서
마음이 메어왔다. 다른 여자들도 역시 마찬가지였다. 그만큼 세
월이 흘러버렸다는 것이 실감났다. 전에는 원장이 카랑카랑한
목소리로 듣기 지루할 정도의 잔소리들을 늘어놓을 만큼 젊었
던 분이었던 것 같았는데 앞에 앉아 있는 원장은 할아버지와도

같았다.

"그래. 이렇게 찾아봐주는 것만도 고맙다. 뭐 마실래?"

원장은 곧 일어나서 교무실로 나갈 듯이 서둘렀다.

"아녜요. 원장님. 그냥 계세요. 저희들 절 받으세요."

성숙이가 먼저 일어나서 서자, 다른 여자애들도 자리에서 일어났다. 춘호와 희준도 일어서서 여자들 옆에 섰다.

"원장님. 저희들 절 받으세요."

성숙의 말에 그들은 모두 절을 했다.

"그래. 앉아라. 너무 고맙다. 안 그래도 우리 고아원에서 보낸 애들이 니들 회사에 가서 열심히 공부해서 대학도 가고, 그곳에서 일한다고 하니 얼마나 기분이 좋은지 모른다. 여기 있는 애들한테도 니들 선배인 춘호가 멋진 회사의 회장이라고 가르치고 있단다. 참 훌륭하게 컸구나."

노구인 원장에게 절을 한 그들은 다시 소파에 앉았다. 구 세달 원장은 흐뭇해하면서 여직원을 시켜 차를 갖고 오라고 해서는 다시 말을 꺼냈다.

"난 전국 고아원에서 원장들이 모일 때마다 춘호 자랑을 늘어놓는다. 내가 얼마나 칭찬을 듣는지 모른다."

"네에……."

그들은 모두 원장의 말을 경청하고 있었다.

"니들이 어렸을 때에는 얼마나 고생했는지 나도 안다. 우리 고아원을 나간 애들 중에 다시는 이 고아원을 돌아보지 않겠다는 거 나도 다 안다. 여기 있었다는 것이 부끄럽다고 생각하지만, 그건 어쩔 수 없는 일이 아니겠느냐. 그런다고 없는 부모가 나타나는 것도 아니고. 사람은 다 부끄러운 걸 갖고 살아가는 거다. 얼마나 자신이 열심히 노력해서 성공하느냐에 달린 거다."

"네에……."

춘호와 희준은 원장의 말에 고개를 숙였다. 희준은 부끄러웠다. 자신이 살아 있는 동안에는 절대로 고아원을 찾지 않겠다고 다짐을 했던 지난날이 부끄럽게 다가왔다.

"차 마시지. 차 마시고 나서 한 번 둘러볼래?"

"네. 원장님."

여자들이 먼저 대답을 했다.

"찬미는 미국에 가서 고생은 안 했냐? 남편은 일본 사람이라고?"

"네. 원장님. 부모님들이 잘 해주셨어요. 이 분은 오야마 상입니다. 미국에서 만났어요."

"그래. 다른 애들은?"

원장이 명희를 쳐다보았다. 명희는 고개를 숙인 채로 눈물을 흘리고 있었다.

"우린 아직 다 결혼 안 했어요. 남자들도 다 안 했고요."

성숙이 대답했다.

"그래. 이렇게 와줘서 고맙다. 후배들이 지내는 거 보고 갈래? 이따 점심식사도 같이 하고."

"네."

대답을 하고 나서 그들은 원장님에게 줄 선물을 내놓았다. 그리고 따로 봉투에 든 것을 내놓았다.

"허허, 이게 뭔가?"

"선물이예요. 받으세요. 그동안 찾아뵙지 못해서 미안해요."

성숙의 말에, 구 세달 원장은 손사래를 치면서 봉투를 턱짓으로 가리켰다.

"뭐 이런 걸 갖고 왔냐. 사는데도 바쁠 텐데. 이건 뭐냐?"

"원장님. 따뜻한 국물이라도 사드리라고 저희들이 따로 준비한 거예요. 나이 드셔서 건강도 안 좋으실 텐데. 약이라도 좀 해드시라고 준비해온 거예요."

봉투는 각자 마련한 것이었다. 춘호와 희준이 내민 봉투 속에는 적지 않은 돈이 들어 있었다. 그 속에는 따로 고아원에 있는 애들에게 쓰라고 넣은 수표가 따로 들어 있었다.

"그래. 너무 고맙다. 차 마시고 나서 한 바퀴 둘러보자. 니들이 옛날에 여기 있을 때하고 같을 거다. 요즘에는 지원금도 적어서 시설에 손을 못 대고 있다."

그들은 차를 마시고 나서 원장을 따라 밖으로 나왔다.

교무실로 나와 원장은 춘호 일행을 일일이 소개를 시키고 나서 직원들에게도 훈시를 했다.

"옛날에 여기 있다가 나간 분들입니다. 그때는 여기서 도망쳤지만 다 착한 애들이었어요. 지금은 한국에서 최고 가는 황제그룹 아시죠? 그 황제그룹에서 회장이고, 사장이고, 다 간부들인

분들이 됐습니다. 우리도 애들을 황제그룹으로 보내고 있는 거 아실 겁니다. 전국에서 고아들을 모아다가 다시 교육을 시켜서 대학까지 보내주는 사람들입니다. 여러분들도 이 분들에게 격려의 박수를 보내드리도록 해요."

원장의 말에 직원들은 박수를 보냈다. 존경의 박수를 받은 그들은 몸둘 바를 몰랐다.

"나가지. 애들이 어떻게 지내고 있나 보고 가야지."

원장은 기분이 좋은 듯했다. 먼저 앞장을 서서 교무실을 나갔고, 그 뒤를 따라 춘호와 여자들이 따라나갔다.

고아원은 옛날이나 지금이나 마찬가지로 달라진 것이 없었다. 달라졌다면 건물 벽에 칠해진 하얀색 페인트가 벗겨져 군데군데 시멘트 자국을 들어내고 있었다. 비가 오면 진흙탕이 돼버리는 마당에 건물과 건물 사이를 잇는 곳에 진흙이 발에 묻지 않게 하려고 중간마다 발을 디딜 수 있게 깔아놓은 보도블록들이 마구 깨어져 흙 밖으로 튀어나와 있었다.

춘호는 원장의 뒤를 따라가면서 말을 건넸다.

"원장님. 여기 보드블록 좀 깔았으면 좋겠네요."

"응? 그래. 너무 오래 돼서 깨져서 그래. 옛날에 해놓은 그대로지?"

"돈이 모자라면 더 보내드리도록 하겠습니다."

"으응. 됐네. 요즘에는 외부 지원도 줄어서 정부에서 지원해주는 걸로 해야 하니까 이런 데에 신경 쓸 겨를도 없어."

"……."

그들은 원생들이 자치생활을 하고 있는 생활관으로 들어갔다. 아직 원생들이 학교에서 돌아오지 않은 시간이라 잘 정돈된 방 안을 구경하고는 아까 현관 앞에서 마중을 했던 어린 아이들이 뒹굴고 있는 생활관으로 향했다.

그곳에는 젖먹이 아이부터 시작해서 초등학교에 들어가기 전까지의 아이들이 함께 모여서 놀고 있었다. 여자 선생님 한 분이서 아이들과 같이 놀다가 들어선 원장과 춘호 일행을 보고는 자리에서 일어났다.

"여긴 알지? 전에는 강당으로 쓰는 던 곳이다. 요즘에는 결혼한지 얼마 안 되는 부부들이 이런 애들을 데리고 와서 맡기는 통에 여길 놀이방으로 개조를 해서 쓰고 있어."

"요즘도 이런 애들이 많이 들어옵니까?"

춘호가 물었다.

"암. 전에는 가난해서 들어왔지만, 요즘에는 금방 결혼한 부부들이 어떤 일로 갈라서게 됐는지 모르겠지만 하여튼 결혼해서 얼마 안 있다가 금방 이혼하고서 애를 맡길 데가 없어서 이곳으로 데리고 오는 사람들도 많다. 경찰서 앞에다 버리고 간 애를 데려오는 경우도 많고. 요즘은 더해."

"……?"

춘호와 명희는 어린 아이들이 콧물을 흘리면서 마룻바닥에 기어다니는 모습을 보고선 앉아서 머리를 쓰다듬었다. 그러자 애들은 낯선 얼굴을 보고선 놀란 듯이 여선생님에게로 기어가느라 애를 쓰고 있었다.

다행히 놀라서 울지는 않았다.

"그래도 울지는 않네요."

명희가 말하자, 원장이 혀를 끌끌 찼다.

"이렇게 어린 애들을 버리고 도망가는 젊은이들을 보면 한심하지. 서로 좋아서 결혼했다가 금방 애를 낳아선 언제 그랬느냐는 듯이 애를 버리고 가는 요즘 젊은이들이 많아. 요즘에는 못 살아서 애를 버리는 것이 아니라, 헤어지면 애를 내팽개치는 사람들이 많아."

"……."

"원장들이 만나서 이야기를 해보면 전국적으로 이런 애들이 점점 늘어난다는 거지. 요즘 젊은이들은 애를 하나밖에 안 낳는데도 이러니 원……. 이런 애들이 커서 잘 되면 다행이지만 잘못 되면 결국은 우리 사회에서 버림받는 애들이 되고 마는 거지. 춘호야."

"네, 원장님."

"희준이도 들어라. 니들은 그래도 잘 돼서 고아원에서 애들이 데려가서 대학도 시키고 하지만, 저런 애들이 여기서 나가서 잘못 되면 나라가 어지러워지는 거다. 교회가 아무리 구원을 하고 그래도 사람의 심성이 바뀌지 않으면 그대로인 거야. 그런 사람들에게 하나님을 믿으라고 한다고 해도 거짓 믿음을 가질 수는 있지만 제대로 된 믿음을 가질 수는 없는 거야. 사람은 심은 대로 거두는 거다."

구 세달 원장은 교회 장로였기 때문에 교회식으로 설교를 했다.

"네. 원장님."

"우리 사회는 이런 애들을 버려놓고 엉뚱한 곳에다가 문화니, 복지시설이니 하면서 얼굴 드러내는 데에만 정신이 팔려 있는 게야. 빛 좋은 개살구처럼 생색만 내다가 마는 짓만 골라서 하고 있어. 이런 애들이 커서 사회에 대해 악을 품고 살아간다는 것을 모르고 있는 게야."

"……."

"이런 애들을 놔두고 어디 딴 데에다가 정신이 팔려서 도와주겠다고 허풍을 떨어대니 외국 사람들이 우리나라를 보면 웃음이 나오는 게지. 제 앞가림도 못하는 주제에 남을 돕겠다는 식의 쇼일 뿐이지. 그런 허풍이 많아지면 많아질수록 사회는 점점 엉뚱한 방향으로 커 가는 게지. 그건 잘못된 게야."

"네, 알겠습니다. 원장님."

희준은 구 세달 원장의 긴 설교를 끊기 위해서는 얼른 대답을 해버리는 것이라고 생각했다. 옛날에도 구 세달 원장은 일단 연설을 시작하면 끝도 없었다. 애들이 지루해서 몸을 틀고 있어도 원장은 애들이 정신을 못 차려서 그럴 거라고 생각하고서 하던 이야기를 몇 번이나 반복하면서 하고 또 했던 것을 기억하고 있었다.

"그래. 나가자."

밖으로 나온 그들은 고아원 뒤편에 있는 나무숲의 벤치로 가서 앉았다. 화장실 옆에 있는 그곳 나무숲은 춘호가 처음 이곳 고아원에 들어왔을 때에 남자애들이 춘호를 혼내주기 위해서 자주 불러냈던 곳이기도 했다. 희준 역시 그러한 기억이 있었다. 남자 아이들은 새로 들어온 남자애가 있으면 첫날부터 신고식을 치르려고 그랬다. 그래야만 기가 죽어 고아원에 있는 날 동안에 고참인 아이들에게 고분고분하기 마련이었다. 건물 뒤편은 새로 들어온 아이들의 기를 죽이는 곳이나 마찬가지였다. 그러나 구 세달 원장은 그러한 아픔이 스며 있는 곳인 줄은 까마득히 모르고 있었다.

"난 너희들에게 기독교 정신을 심어주려고 애를 썼다. 니들도 알겠지만, 난 이 고아원을 하면서 하나님의 정신으로 애들이 똑바로 자라기를 바랐던 게야."

"네……."

"하나님은 만홀히 여기시는 분이 아니시기 때문에 너희들이 부모 없이 이곳에 와서 살면서 나중에 어른이 돼서는 고생 끝에 사는 보람을 느끼며 살 수 있도록 올바르게 키워나가는 것이 내 꿈이라고 생각했다."

"네……."

"이젠 나도 늙어서 젊었을 때처럼 애들을 잘 보살피지 못한다. 월급을 주고 선생들을 부리면서 애들을 데리고는 있지만 예전처럼 애들을 따뜻하게 보살필 겨를이 없어. 하나님의 뜻은 죽을 때까지 내가 이런 일을 하도록 하시지만 여기서 나간 애들이 사회에서 큰 사고를 쳐서 신문이나 방송에 나오는 것을 보면 가슴이 무너지는 것 같은 심정을 느낀단다."

"……."

"다행히 너희들은 그래도 큰 회사를 세워서 보란 듯이 떳떳하게 살아가고 있는 모습을 보면서 나는 하나님의 뜻일 거라고 생각했다."

"……."

"내가 나이가 들어서 아직도 다 큰 너희들한테 연설을 하는구나. 헛허."

"아닙니다. 원장님께서 그런 말씀을 해주셔서 얼마나 감사한지 모릅니다."

춘호가 말했다.

"그래. 나야 너희들이 잘 되기만을 바라는 거지. 딴 거 있겠나. 그래, 희준이는 남대문에서 오야붕이라며?"

"……."

희준은 씩 웃기만 했다.

"여기서 나가서 어떻게 그런 오야붕이 됐나 그래. 넌 여기 있을 때는 싸움도 안 하고 그랬는데……. 저쪽에 저 사람도 고아원에서 나왔다고 그랬나?"

원장은 배호를 쳐다보며 물었다.

"네. 화곡동에 있는 초록원에서 컸습니다."

"그래? 그럼 거기 있는 원장이 김성달이지."

"네, 맞습니다."

배호가 얼른 대답했다.

"거기서 도망쳐 나왔나? 아니면 그냥 나왔나?"

"네. 도망쳐 나왔습니다."

"그래. 어릴 때는 다 고아원을 도망쳐 나오고 싶을 거다. 거기 원장은 나하고 친한데……. 사람이 참 좋지. 그 사람도 어렸을 적에 전쟁고아로 자란 사람이다. 그거 아나?"

"그건……. 잘 모르겠습니다."

"그 원장이 원래 입이 무거워서 그래. 전쟁고아였어. 전쟁통에 부산에서 부모를 잃어버리고 고아원에서 자랐기 때문에 누구보다 더 정이 많은 사람이다."

"네."

배호는 고개를 숙여서 대답했다.

"찬미는 미국가서 결혼까지 했는데, 여기 있는 니들은 결혼도 아직 안 했나. 빨리 결혼해야지."

원장은 여자들을 보며 안타까운 듯이 말했다.

"원장님. 저희들이야 다 때가 되면 하겠지요 뭐. 아직 애인도 없는 걸요."

진란이가 쿡, 웃으면서 말하자,

"그래. 사람이란 다 인연이 있는 거야. 아무리 애를 써도 안 되는 건 안 되는 거다. 사람에겐 운명이란 것이 있다. 운명을 어떻게 만들어가는냐가 중요한 거지."

"네……."

그들은 정말 오랜만에 찾아온 원장의 말을 들으면서 다시 어린 날로 되돌아간 기분이 들었다. 구 세달 원장은 자상하기는 했지만 이미 나이가 들어서 그런지 춘호와 희준이를 아직도 어린애 취급을 하는 것이었다. 그럼에도 불구하고 춘호와 희준은 싫은 기색을 내보이지 않았다.

저녁이 다 되어서 벤치에서 일어난 그들은 원장의 양 옆으로 둘러서서 사무실 안으로 들어갔다. 교무실에 있던 선생님들이 일어나 그들을 맞았다.

"오늘 여기까지 왔는데, 큰 애들이 다 학교에서 돌아왔으니까 니들이 선배로써 한마디라도 하고 가는 게 어떠냐?"

"괜찮습니다."

"그래. 여기 와서 설교 좀 하고 가도 괜찮다. 여기 있는 애들이야 선배인 니들이 얼마나 부러운지 모를 거다. 내가 입이 닳도록 하는 말이다. 이보게, 김 선생."

원장은 곧 남자 선생을 불렀다. 김 선생이란 남자가 얼른 원장 앞에 와서 섰다.

"애들이 다 들어왔으면 저녁 먹기 전에 잠깐 이 선배들을 보게 하는 것도 괜찮지. 애들 모아 주게나."

"네."

김 선생이란 남자는 곧 교무실을 나갔다.

원장실로 들어가 소파에 앉아 있을 때에 좀 전의 그 김 선생이란 사람이 들어와서 애들을 다 모아났다고 말했다.

"나가지. 자네들 후배들이야. 가서 한마디라도 따뜻하게 해주고 가게."

"네."

그들은 곧 넓은 방으로 들어갔다. 그곳은 옛날에는 창고로 쓰던 곳이었는데 지금은 말끔히 비우고는 강당으로 사용하고 있는 곳이었다. 그곳에는 코흘리개 애들부터 시작해서 중고등학교에 다니는 학생들까지 다 모여 있었다.

김 선생과 교직원들이 다 들어와 벽쪽으로 늘어섰고, 김 선생은 앞쪽으로 나가서 말하기 시작했다.

"오늘 여러분들에게 귀한 손님이 오셨어요. 여기 계신 분들은 다 이곳 고아원에서 여러분들과 같이 생활했던 분들입니다. 오늘 이곳을 방문했는데, 원장님께서 특별히 부탁해서 여러분들의 선배께서 한마디 말이라도 해주고 가시겠다고 해서 이곳으로 오시라고 한 것입니다. 여러분들은 자주 들었을 것입니다. 이곳 출신인 춘호라는 회장님과 희준이라는 분이 한국에서 최고 가는 신공항 국제관광단지의 회장님이 되셨고, 여기 서 계시는 여러분들의 누나나 언니가 되시는 분들도 황제그룹이라는 회사에서 사장님으로 계십니다. 앞으로 여러분들은 여기서 나가게 되면 황제그룹으로 가서 열심히 공부해서 대학까지 마치

도록 해주시는 분입니다. 여러분들의 선배가 전국에서 올라와
서 그곳에 있는 훈련원에서 열심히 닦고 가꾸어서 다 대학을 졸
업했습니다. 이제 나오시면 뜨거운 박수로써 환영하시기를 바
랍니다."

그 말이 있고 나서 김 선생은 춘호보고 웃어보였다. 앞으로
나선 춘호는 어색했지만 어린 후배들을 바라보며 천천히 입을
열었다.

"저는 나 춘호입니다. 제가 아주 어렸을 때에 여길 들어왔습
니다. 아버지가 돌아가시고 나서 저는 고아였습니다. 여기 제
옆에 서 있는 희준이도 역시 마찬가지였고, 그 옆에 서 있는 여
자들도 다 여기서 같이 있었던 친구들입니다."

춘호는 옆에 서 있는 그들을 일일이 소개하면서 고아원을 나
와서 먹을 것이 없어서 쓰레기통을 뒤져서 먹었던 이야기와 남
대문에서 앵벌이 조직으로 들어가서 배가 고팠던 일들을 말하
기 시작했다. 그리고 희준이는 남대문의 앵벌이 조직에 붙잡혀
들어갔고, 자신은 오류동에 있는 중국집에서 손가락 하나가 없
다는 것 때문에 퇴짜를 맞고서 광명시에 있는 중국집으로 들어
가서 고아원에서 나와 그곳에서 일하고 있던 배호를 만났다는
이야기와, 배호와 같이 일하면서 실컷 먹을 수 있는 그곳에서
다시 헤어지게 된 이야기와, 수원의 술집으로 들어가게 된 내막
을 설명하면서 정혜를 만나 검정고시를 쳐서 체육대학을 나와
서 콜라텍을 하면서 전국의 고아원에서 후배들을 불러올려 훈

런원에서 교육을 시킨다는 설명을 덧붙였다.

"나는 여러분들이 고아원에 있으면서 얼마나 지루하고 답답한가를 너무 잘 알고 있습니다. 그러나 세상에 나와 보면 그렇지 않습니다. 고아들은 우리 사회에서 어디 들어갈 곳이 없습니다. 차라리 고아원에 더 편했을지도 모른다는 생각이 들 때가 더 많았습니다. 여러분들은 내가 손가락 하나가 없다는 것과, 제 친구 희준이는 손가락 두 개가 없습니다. 그건 남대문에서 앵벌이를 하면서 너무 배가 고팠기 때문에 껌을 판돈으로 자장면을 사먹었기 때문에 앵벌이 선배들로부터 손가락을 잘렸기 때문입니다."

춘호의 그 말에 아이들은 얼굴을 찡그렸다.

"여기서 열심히 공부해서 나이가 차면 황제그룹이 있다는 것을 자부심으로 여기고 지원하면 됩니다. 황제그룹은 전부 다 고아원 출신들입니다. 다 여러분의 선배들입니다."

"……."

아이들은 새까만 눈동자를 빛내며 춘호의 말을 듣고 있었다.

춘호는 할 말이 참 많았다. 새까만 눈동자를 빛내며 듣고 있는 아이들을 바라보며 자신이 어렸을 때에 고아원을 찾아온 인사들이 하나같이 어떤 마음이었을까 하는 생각이 들었다. 할 말을 다 하고 난 춘호는 희준을 소개하면서 뒤로 물러났다. 희준은 엉겁결에 춘호의 소개를 받고 나서 앞으로 나설 수밖에 없었다.

"나는 장배호다. 남대문에서 상인들이 장사를 잘 할 수 있도록 도와주는 일을 하고 있다. 여기서 나는 너희들과 같은 시절을 보냈지만 사회에 나와서는 모진 설움을 겪었다. 그리고 나서 나는 높은 곳에까지 올라갈 수 있었다. 참는 자만이 승리를 할 수 있다는 걸로 내 말은 마치겠다."

희준의 말이 끝나자 아이들은 손바닥이 부르트도록 박수로 환호했다. 김 선생이 나서서 아이들을 식당으로 데리고 가는 모습을 바라보다가 춘호 일행은 그곳을 나왔다.

"원장님. 저희들은 이만 가보겠습니다. 필요한 것이 있으시면 언제든지 연락주십시오."

"그럼세. 내가 원장이지만 자네들한테 손을 벌리기는 싫네. 그냥 뜻이 있으면 가끔 들러주게나. 오늘 아이들이 무척 좋아하는 것 같네."

"고맙습니다."

춘호는 정중하게 허리를 굽혀 인사를 하고는 원장과 악수를 하고는 그곳을 나왔다. 마당에 세워진 에쿠스에 올라 출발했다. 원장과 교직원들이 손을 흔들며 그들을 배웅하고 있었다. 검정색 에쿠스 두 대는 언덕길의 정문을 빠져나갔다.

새로운 도전

　찬미는 오야마와 함께 사장실에서 춘호와 배호에게 고개를
숙였다.

　"정말 여러모로 고마웠습니다."

　"오빠. 정말 난 오빠들이 존경스러워."

　"그래. 미국 가거든 잘 살아라. 오야마 상도 우리 찬미 잘 사
랑해 주시기를 바랍니다."

　춘호는 오야마와 악수를 나누고선 찬미의 어깨를 가볍게 끌
어안았다가 놓아주었다. 배호도 오야마와 악수를 하고는 찬미
와도 악수를 나눴다.

　"그래야지요. 자주 한국에 나오겠습니다."

　찬미와 오야마와 같이 공항에까지 따라간 춘호와 배호와 명
희는 오랜 포옹과 악수를 나누고는 떨어졌다.

"언니. 정말 고마워. 나도 한국에 나와서 살고 싶어."

찬미는 마치 어린아이처럼 울먹거리며 말했다.

"그래. 언제든지 나와. 우리는 여기에 항상 있을 거니까."

"그래. 한국에 나오고 싶으면 언제든지 나와. 희준이도 남대문에 있으니까."

"응. 고마워. 오빠. 건강해."

그들은 석별이 아쉬워 출국장을 향해가면서도 찬미와 오야마는 시선을 떼지 않았다.

찬미는 출국장 끝에 서서 기어코 눈물을 닦아내기 시작했다. 오야마가 찬미의 흔들리는 어깨를 붙잡고선 춘호와 배호에게 미안하다는 듯이 고개를 숙여보이고는 안으로 들어갔다. 그들이 보이지 않게 되자, 배호가 말했다.

"가자."

춘호와 명희는 돌아서서는 괜히 눈시울이 붉어질 것만 같은 기분을 느꼈다. 명희의 눈에는 축축한 이슬이 맺히기 시작했다.

춘호는 명희의 손을 잡아주고는 어깨를 툭 쳤다.

"회장님."

"왜?"

"찬미가 그래도 행복해 하니까 다행인 것 같아요."

명희는 찬미가 행복하다는 것을 강조하고 싶었던 모양이었다.

"그래. 저만하면 됐지. 미국서 대학까지 나와서 소아병원에 근무하고 있고, 오야마를 남편으로 두고 있으니 행복한 거지."

"……."

명희는 혹시라도 눈물이 내비칠까봐 고개를 약간 숙이고서 걸었다. 춘호 옆에는 배호가 걸으면서 상쾌한 아침의 해를 바라보고 있었다.

"형."

춘호는 배호를 보며 불렀다.

"응? 왜?"

배호가 문득 춘호를 쳐다보았다.

"나 저번에 일본 갔을 때에 생각해 논 게 있는데……."

"어떤 거?"

"일본 신주쿠에서 돌아다닐 때에 본 건데, 그곳에 호프집이 많더라. 호프란 것은 주머네가 가벼운 사람들이 들어가서 마실 수 있는 것이잖아."

"그래."

배호가 고개를 끄덕거렸다.

"우리 황제콜라텍 말고 비어텍을 해보면 어떨까 하는데 형은 어때?"

춘호는 일본에서부터 생각했었던 것을 꺼내놓았다. 요시이가 일본 경제가 추락하고 있다는 말을 듣고서 신주쿠 거리를 다니면서 본 춘호의 머릿속에는 황제콜라텍 외에도 성인들을 대상으로 할 수 있는 비어텍을 하는 것이 좋겠다는 생각을 했었다.

"비어텍? 맥주집 말이냐?"

"응. 성인들만 상대하는 곳이지. 우리 콜라텍이 청소년들을 상대하는 곳이라면 앞으로는 성인들을 상대하는 곳을 만들어보면 어떠냐는 거지."

"성인들을 상대로?"

배호는 걷던 걸음을 멈추었다.

"그래. 앞으로 우리나라도 일본경제의 영향을 받으면 휘청거릴 게 확실하지. 그러면 주머니가 가벼운 샐러리맨들을 위해 간단하게 스트레스를 풀 수 있는 비어텍을 하자는 거지. 비어텍도 콜라텍과 똑같이 밴드가 있고, 무대가 있어서 마음대로 나가서 춤을 출 수 있도록 해주면 좋지 않을까 생각하는데……."

"……?"

배호는 춘호가 꺼낸 말을 의미심장하게 받아들이고 있었다.

"가능하지. 콜라텍과 똑같이 운영하는 거니까. 단지 콜라텍은 음료수하고 간단한 음식만을 제공하지만 비어텍은 성인들이기 때문에 맥주와 간단한 안주 위주로 나가는 거지. 어때?"

"거 좋은 생각이다!"

배호가 엄지와 중지로 딱, 하는 소리를 내며 환하게 웃었다.

"하하. 괜찮아? 콜라텍보다 비어텍이 더 매상이 오를 수 있을 거 같지 않나?"

"당연하지! 우리나라도 이제 주5일 근무제가 되니까 그런 비어텍이 딱 맞아떨어진다! 그것 좋은 생각이다!"

"하하. 그럼 됐어!"

배호는 춘호의 어깨를 세게 내어지르면서 춘호에게도 자신의 어깨를 세게 치라는 듯이 어깨를 내밀었다. 춘호는 주먹을 쥐고서 힘껏 쳤다. 배호가 휘청거리다가 멈춰서고선 뒤쪽에서 따라오고 있는 명희에게,

"명희야. 춘호가 일본에서 비어텍을 구상해갖고 왔는데.. 어때?"

"......?"

명희는 딴 생각을 하고 있다가 갑자기 들은 비어텍이라는 말에 영문을 모르고서 춘호와 배호를 쳐다보기만 했다.

"하하. 형하고 나하곤 통했어. 명희한테 다시 설명하지."

춘호는 기분 좋게 웃고는 다시 설명하기 시작했다.

"명희야. 지금 있는 콜라텍 옆에다 새로 비어텍이라는 술집을 내는 거다. 비어텍은 선인들만 상대하는 곳이지. 그러면 맥주와 간단한 안주만 제공하면 된다. 매상은 콜라텍보다도 더 올라갈 수 있다. 어때?"

"......."

명희는 춘호의 얼굴만 쳐다보고 있었다.

"어떻게 생각해?"

춘호가 다시 다그치듯이 물었다.

"모르겠어요. 회장님."

명희가 아무 표정도 없이 대답했다.

"그래? 전국에 비어텍을 열게 되면 콜라텍보다 더 나은 매상을 올릴 수 있는 거다. 콜라텍하고 똑같이 하는 거지. 단지 맥주

하고 안주만 제공하는 것만 틀리지. 어때?"

"괜찮을 거 같네요."

"핫하. 그래. 그렇게 되면 전국에 있는 고아원에서 더 많은 애들을 올려서 훈련시킬 수가 있지. 그만큼 더 많은 인원이 필요한 거니까."

"그래. 들어가서 이야기하지. 이건 아주 큰 건이야!"

"그러지."

춘호는 일본에서 구상해온 사업계획이 배호한테서 힘을 얻자 기분이 날아갈 듯했다.

청사 앞에서 수위들이 거수경례를 하면서 그들을 맞았다.

사장실로 올라온 그들은 곧 진지한 회의로 들어갔다.

"사장들 다 불러?"

배호가 춘호를 향해 물었다.

"됐어. 둘이 해도 돼."

"그럼 커피나 한 잔 하면서 하지."

배호는 곧 명희를 불러들여 커피 두 잔을 갖고 오라고 했다. 명희가 커피를 갖고 들어왔다가 춘호가 거기 앉으라는 말에 명희도 소파에 앉았다.

"잘 들어. 일단 서울부터 시작한다. 서울에 있는 콜라텍 옆에 비어텍을 여는 거다. 그러면 콜라텍과 비어텍이 같이 붙어 있어서 조직관리를 하는 데도 좋고, 두 개의 콜라텍과 비어텍이 맞붙어 있으면 여러모로 좋은 거다. 그만큼 많은 조직원들이 필요하니까 영등포와 신공항의 훈련원도 꽉 찰만큼 애들을 불러올려도 되는 거지."

"그럼 우리는 이제 황제콜라텍과 황제비어텍, 그리고 황제 골프장까지 다 갖추는 거 아닌가?"

"핫하. 그렇지!"

춘호는 손바닥을 탁 치며 말했다.

"이러다간 나라 통째로 다 들어먹는 거 아니냐? 하하."

"그러면 더 좋지! 가진 놈들이 더 가지는 것보단 없는 놈도 가지는 세상도 와야지. 그래야 공평해지는 거다. 명희야."

"네?"

명희는 잠자코 듣기만 하고 있다가 춘호가 부르는 바람에 놀라면서 대답했다.

"다른 좋은 생각도 있으면 말해봐라."

"전……. 없어요. 좋으신 것 같아요."

명희가 힘없이 대답했다.

"명희 너 어디 아픈 거 아냐? 안 좋은 것 같은데?……."

"괜찮아요."

"아, 찬미가 떠나서 그렇지? 얼굴 좀 펴봐. 하하. 찬미는 미국에서 잘 살 거니까 염려 안 해도 된다."

춘호는 오히려 찬미가 대견스럽게 여겨지고 있는 중이었다. 찬미와 오야마를 마나봤으므로 속이 후련할 뿐이었다.

"네……."

"형. 그럼 이 프로젝트를 서울대 나온 애들한테 맡겨보는 게 어때? 신공항 연구소에 맡겨서 이 프로젝트를 한 번 검토해보라고 시켜볼까?"

"그것도 좋지. 그러면 앞으로 비어텍이 얼마나 폭발력이 있는가도 알 수 있고, 콜라텍과 비교해서 얼마나 더 많은 매출이 오를 것인가도 연구해낼 수가 있을 거고, 우리 황제그룹에 얼만큼의 이익을 가져다줄 것인가를 상세히 연구해서 올려주겠지. 내가 맡겨서 연구해보라고 하지."

"그럼 빨리 연구해서 보고서를 올리라고 그래."

"그래. 알았다. 이런 일은 당장 해치우는 게 낫지. 명희야. 연구소의 소장하고 수석연구관 좀 들어오라고 그래라."

"네."

명희는 곧 밖으로 나와서 비서실에서 전화를 했다. 연구소의 오 혜린이 전화를 받았다. 오 혜린은 춘천 은혜원에서 올라와 영등포의 훈련원을 거쳐 경희대 체육학과를 나온 애였다.

"응. 언니. 웬일이야?"

오 혜린이 반갑게 말을 해왔다.

"응. 잘 지내니?"

"응. 언니는? 바쁘지?"

"조금. 오늘 찬미가 방금 미국으로 떠났다. 회장님과 사장님께서 소장님과 수석연구관을 좀 오시라고 그러네. 지금 기다리고 있거든."

"응. 언니. 알았어."

오 혜린은 회장과 사장이 기다리고 있다는 것을 알고선 얼른 전화를 끊었다.

잠시 뒤에 명희가 있는 비서실에 오 찬진 연구 소장과 김 을 영 수석연구관이 들어왔다.

"기다리고 계시거든요. 안에 계세요."

명희는 일어나서 두 사람을 데리고 사장실을 노크했다.

"들어와요."

명희는 문을 열고서 안으로 들어가면서 말했다.

"소장님하고 연구관님이 오셨습니다."

명희는 두 사람이 사장실로 들어오는 것을 보고선 다시 밖으로 나갔다.

"부르셨습니까?"

오 찬진 소장과 김 을영이 춘호와 배호에게 인사를 하고는 다가갔다.

"앉지."

"네……."

두 사람이 앉자 배호가 입을 열었다.

"오 소장하고 김 수석 연구관은 오늘부터 빠른 시간 안에 이 문제를 연구해서 보고서를 올리도록 하시오."

"어떤 문젭니까?"

"현재 우리 콜라텍이 전국에 있는데, 거기다가 비어텍을 다시 한다는 말이오."

"그럼 콜라텍을 그만두고 비어텍으로 바꾼다는 말씀입니까?"

"아니지. 현재 있는 콜라텍에다가 그 옆에 비어텍을 새로 만들어서 콜라텍과 비어텍을 같이 한다는 말이지. 콜라텍은 미성년자들을 출입시키는 데지만, 비어텍은 선인들이 들어올 수 있는 업소 말이오. 그렇게 되면 앞으로 우리 황제그룹의 위상이 어떻게 변하게 되는 것이며, 매출면에서 어떤 변화가 나올지, 또 콜라텍과 비어텍을 같이 했을 때에 얼마나 큰 수입이 나올지에 대해서 연구해보라는 것이오. 앞으로 장기적인 매출에 대해서도 연구해보고 말이오."

"아, 알겠습니다. 현재 있는 콜라텍에다가 다시 비어텍이라는 성인 업소를 한다는 말씀이지요. 그렇게 연구를 해보겠습니다."

"하하. 이제 알아들었군. 그러면 우리 황제그룹이 많이 달라질 거란 말이지. 서비스업에서 우리 황제그룹이 최고가 될 수 있나 생각해보란 말이오."

춘호가 자신의 생각을 다시 덧붙였다.

"알겠습니다."

오 찬진 연구소장은 옆에 있는 김 을영 연구관을 돌아보고선 고개를 숙였다.

"최대한 빨리 보고서를 만들어서 올리도록 해요."

"알겠습니다."

오 소장과 김 수석연구관은 인사를 하고선 밖으로 나갔다.

"이제 난 울진에 내려갔다가 올라올게. 보고서 나오면 연락줘라."

"지금 갈 거야?"

"그러지 뭐. 여기 있어봐야 그렇고……. 참, 보고서가 나오면 전국에 있는 고아원들에게 공문을 보내 더 많은 애들을 올려보내도 좋다고 그래. 여긴 괜찮지만 영등포가 좁으면 여기다가 훈련원을 하나 더 짓는 것도 괜찮고."

"그래. 누구랑 갈 건데?"

"애들 데리고 가지. 지금 갈 거다."

춘호는 자리에서 일어났다. 배호가 따라나왔다가 문 앞에서 춘호를 배웅했다.

"잘 갔다 와라. 며칠 정도 있을 건데?"

"한 일주일 정도."

춘호는 대답하고는 손을 들어보였다가 곧 복도를 걸어갔다.

"……."

배호는 춘호의 뒷모습을 바라보고 서 있었다. 춘호는 넓은 복도를 다 걸어가서는 엘리베이터가 있는 곳에서 우뚝 멈췄다. 무심코 손목시계를 보다가 배호가 아직도 자신을 지켜보고 있는 것을 알아차렸지만 배호에게 시선을 주진 않았다. 곧 문이 열리면서 직원들 몇 명이 나오다가 춘호를 보고 얼른 허리를 굽혔다. 춘호는 인사를 받으면서 얼른 엘리베이터 안으로 들어갔다.

건물 밖으로 나오자, 청사 앞에는 검정색 에쿠스가 대기하고 있었다. 춘호가 밖으로 나오는 걸 보고선 최 일구와 박 여삼,

오 팔수가 얼른 차 안에서 나와 문을 열어주고선 허리를 굽혔다. 춘호는 뒷좌석으로 올라탔고, 그들은 곧 운전석과 조수석, 그리고 뒷좌석으로 올라타고선 차는 곧 출발했다.

전에 정만과 은수, 영호가 춘호의 일급 보디가드의 역할을 했었지만 춘호는 충실하게 일을 맡아서 잘했던 그들 세 명을 모두 울진 석유단지의 회계부장, 총무부장, 조직부장을 맡도록 해서 내려보내고 나서 훈련원 출신으로써 훈련을 받는 중에 각종 무술에서 최고단자인 최 일구와 박 여삼, 오 팔수를 뽑아 운전수와 경호원으로 채용했던 것이다.

춘호는 자신의 충실한 심복으로써 최선을 다해 보디가드의 역할을 충실히 해내면 석유개발단지의 간부급으로 내려보내서 핵심 조직원으로 키워나가는 것이었다. 그랬으므로 회장의 심복이 된다는 것은 곧 조직 내에서 최고의 영광이 아닐 수 없었다. 그들은 회장의 경호원 역할을 충실히 하다가 황제그룹 내에 새로운 조직이 생겨나게 되면 자연히 그곳의 간부가 되었기 때문에 회장의 경호원을 맡고 있는 동안에는 회장을 위해서 목숨을 걸고서 충성을 다하게 되는 것이었다. 뒷좌석에 앉은 춘호는 점잖게 말을 했다.

"울진으로 가자."

"네."

차는 곧 청사 앞을 한 바퀴 돌고선 그곳을 빠져나갔다. 신공항 해안도로를 달려 대교로 들어섰을 때에 춘호는 희준에게 전화를 걸었다.

"응. 나다."

춘호가 반갑게 말을 꺼냈다.

"그래. 어딘데?"

"지금 울진 내려가는 길이다. 찬미는 오늘 출발했다. 좀 전에."

"수고했다. 찬미가 좋아했을 거 같다. 앞으로 한국에 나오면 남대문에도 들르라고 그러지 그래."

희준도 찬미가 미국으로 떠났다는 말을 듣고선 약간 서운한 듯했다.

"안 그래도 그랬다. 다음에 나오면 니한테 들를 거다."

"참! 가미카제파의 오야붕 알지? 사카다 말이야."

"응."

춘호는 담배를 꺼내 불을 붙이려다가 말고 대답했다.

"그놈이 어제 죽었다!"

"응? 왜?"

춘호는 놀라서 담배에 불을 붙이려다가 라이터를 거둬들이고는 물었다.

"고향인 하코다테로 내려갔다가 거기서 바닷가에서 죽었다는구만."

희준의 싸늘한 말투였다.

"왜? 무슨 이유라도 있나?"

춘호는 약간 놀란 듯이 물었다.

"아마 자살인 것 같다. 배를 갈랐다는군. 바닷가에서 발견이 됐는데 벌써 일주일쯤 된 시체로 발견되었다는구만. 창자가 이리저리 다 튀어나와 있었다는데?"

"그럼 저번에 일 때문에 고향으로 가서 그랬다는 거야?"

"그런 거 같다. 요시이가 사카다가 철수하는 조건으로 오십억 엔을 줬다는데 말이야. 사카다 그놈이 그 돈을 한 푼도 안 갖고 부하들한테 다 나눠주고는 고향으로 내려갔다는 거지. 거기서 배를 갈랐다는군."

"……."

춘호는 눈을 감았다. 사카다의 모습이 눈에 선했다. 바닷가의 달빛 아래서 깨끗이 승복하던 그의 모습이 떠올랐다.

"장례가 내일까지라는군. 방금 요시이한테 전화를 해봤다."

"그랬더니 뭐래?"

"내일이 장례라는군."

"알았어. 내가 전화를 해보지."

춘호는 전화를 끊고 나자 곧바로 요시이한테서 전화가 걸려왔다.

"나다. 요시이다. 챠넬리 상은 잘 갔나?"

요시이의 목소리가 흘러나왔다.

"그래. 오전에 미국으로 출발했다. 방금 희준이한테서 연락을 받았다. 사카이 상이 죽었다면서?"

"그렇다. 어제 발견이 되었다. 아마 고향에 내려가서 있다가 곧바로 죽은 것 같다. 자살한 거다."

"흠. 내일이 장렌가?"

"왜?"

"하코다데는 동경에서 얼마나 되나? 먼가?"

"북해도다. 왜? 일본에 오겠다는 말인가?"

"그렇다. 사카이가 자결을 했다면 당연히 가봐야 하지 않겠
나. 그건 망자에 대한 예의다."

"장례식장에는 위험하다. 사카다의 옛날 조직원들이 다 모일
것이다."

"그래도 나는 간다. 요시이도 당연히 가봐야 한다. 위험이 있
더라도 해야 한다고 생각한다. 그래야 나중에 요시이 상의 부하
들이 요시이 상을 존경하는 마음을 갖게 되는 것이다."

"흠……."

요시이는 잠깐 고뇌하는 듯했다. 가미카제파의 두목이 고향
의 바닷가에서 배를 갈라 자결했다는 것이 만약 요시이가 장례
식장에 찾아간다면 사카다의 부하들이 어떤 일을 저지를지 모
르는 일인 것이다.

"요시이. 나는 요시이가 가봐야 한다고 생각한다. 물론 나도,
배호도, 희준이도 갈 것이다."

"…… 알았다."

요시이는 어렵게 대답했다.

"하코다데까지 비행기가 들어가나?"

"도쿄에서 비행기가 뜬다. 하코다데까지 한 시간 이십분 가량 걸린다."

"오늘 저녁에 도쿄로 가겠다. 나하고 배호, 희준이가 같이 갈 것이다."

"그래? 그럼 공항으로 마중 나가겠다. 한국에서 출발하는 비행기편을 알려달라."

"알았다. 저녁에 보자."

춘호는 전화를 끊고 나서 곧바로 일구에게 지시했다.

"차 돌려. 공항으로 가자."

"네."

차는 곧 중앙선을 넘어 오던 길을 달리기 시작했다.

춘호는 다시 희준과 통화를 했고, 배호와 통화를 해서 저녁 시간에 도쿄로 가자는 말을 했다.

"그래. 신공항으로 가지."

희준은 흔쾌히 승낙했다.

청사로 돌아온 춘호는 곧바로 배호의 사무실로 올라갔다.

"사카이가 그렇게 죽어버렸다고? 장지가 어디야?"

"하코다데."

"하코다데가 어디지?"

배호는 곧 뒤쪽 벽면에 붙어 있는 세계 지도를 살폈다. 도쿄 근방으로 알고서 배호가 찾았지만 하코다데는 쉽게 찾을 수가 없었다.

"북해도다. 일본에서 위쪽 지방이야."

"아, 여기 있다. 도쿄에서 한참 멀군."

배호가 하코다데를 찾아서는 손가락으로 짚었다.

"희준이가 오면 곧바로 출발하지. 검은 양복 있나?"

"명희더러 갖고 오라고 해야지. 니 옷도 갖고 오라고 할까?"

"그래."

춘호는 소파에 기댄 채로 눈을 감았다. 곧바로 명희가 들어왔다.

"회장님. 차 좀 드릴까요?"

"됐어."

춘호는 눈을 감은 채로 말했다.

"명희야. 지금 일본에 가야 하니까 숙소에 가서 내 꺼하고 회장 꺼하고, 검은 양복 좀 갖다주라."

배호가 명희에게 지시했다.

"네? 일본에요? 검은 양복을 입고 가요?"

명희가 의아한 표정을 지으면서 물었다.

"그래. 사카다가 죽었다. 희준이도 이쪽으로 오기로 했다. 오면 곧바로 일본으로 갈 거니까. 참, 명희도 같이 가는 게 어때?"

배호는 눈을 감고 있는 춘호더러 물었다.

"그러지. 가도 돼나?"

춘호는 눈을 감은 채로 물었다.

"네. 가도 돼요. 차 대리가 있으니까 괜찮아요. 언제 오실 건데요?"

"오늘 갔다가 내일 올 거지?"

다시 배호가 춘호더러 물었다.

"응."

춘호는 여전히 눈을 감은 채로 대답했다. 명희는 곧 밖으로 나갔다가 숙소로 가서 배호와 춘호의 양복을 찾아선 다림질을 해서 갖고 왔다.

"명희야. 너도 빨리 준비해."

"네."

명희는 비서실로 나와서 차 주옥 대리에게 업무지시를 해놓고는 일본에 갈 준비를 했다.

"언니. 언제 와?"

"내일 온대. 회장님하고 사장님이 장례식에 가는 거니까."

명희는 세 명의 여권과 비자를 준비했다. 항공사에다 전화를 해서 저녁 시간의 비행기 좌석을 미리 예약을 해놓았다.

그리고는 다시 사장실로 들어가 보고했다.

"좌석 예약해 놨어요."

"그래. 몇 시냐?"

"일곱 시 반입니다."

"희준이한테 연락해서 어디쯤 오고 있는가 물어봐."

"네."

명희는 곧 핸드폰을 꺼내 희준에게 전화를 걸었다.

"희준 오빠. 지금 어디쯤 왔어요?"

명희는 희준에게 오빠라는 말을 썼다.

"지금 대교를 넘어가고 있는 중이다. 춘호하고 배호 형은?"

"지금 사무실에 계세요."

"그래. 곧 도착한다고 그래."

"네."

명희는 전화를 끊고 나서 희준이 곧 도착할 거라고 보고했다. 그리고는 밖으로 나갔다가 쥬스 두 잔을 들고 들어왔다.

"회장. 이거 마셔."

그제야 춘호는 눈을 떴다. 잠깐 눈을 붙인 셈이었다. 시원한 쥬스로 목을 축인 춘호는 명희에게 말했다.

"명희야. 부조금 좀 준비해놔. 사카다 집에 가면 줄 거니까."

"네. 얼마나……."

"한 일 억만 넣으면 될 거다. 우리 성의니까."

"네."

명희는 다시 비서실로 가서 봉투에 일 억원 수표를 넣어서 들어왔다.

잠시 뒤에 희준이 도착했고, 희준의 옆에는 명수와 찬종이 따라들어왔다가 춘호와 배호에게 깊숙이 인사를 했다.

"그래. 일곱 시 반 비행기다. 아직 시간이 남았으니까 미리 여기서 저녁을 먹고 출발하지."

배호의 말이었다.

"사카다가 죽었으니……. 요시이도 부담이 되겠어."

희준의 말이었다. 희준은 부하들에게 나가 있으라고 하고선
소파로 가서 앉았다.

희준의 부하 명수와 찬종이 나가자 배호가 먼저 서둘렀다.

"나가지."

밖으로 나온 그들은 공단에 있는 한식당으로 가서 저녁을 먹
고는 곧바로 공항으로 향했다. 모든 수속은 명희가 알아서 했으
므로 그들은 출국장을 빠져나갔다.

도쿄에 도착해서 출국장을 빠져나왔을 때는 요시이 일행이
미리 마중나와 있었다.

"하하. 먼저 와 있었군. 반갑다."

춘호는 요시이와 악수를 하고 나서 수십 명이나 되는 그의
부하들을 둘러보았다. 다라시와 히라카이는 춘호와 배호, 희준
에게 공손하게 절을 해왔다.

"가지."

요시이는 부하들과 같이 춘호 일행을 에워싸고서 공항 청사
밖으로 나갔다. 밖에는 일산 대형차들이 대기하고 있었다.

제일 앞쪽의 차에 탄 그들이 출발하자, 뒤이어서 여러 대의
차들이 움직였다.

"명희 상도 같이 왔군."

요시이가 반가운 듯이 말했다.

"네. 그간 잘 계셨어요?"

"하이! 정혜 상은 이번에 안 오셨나 보지요? 바쁜 모양이죠?"

"아마 바쁠 거예요. 요즘 특집방송이 있다고 그랬어요."

명희가 요시이에게 설명했다.

"네에. 바쁜 건 좋죠."

요시이의 대답이었다.

"요시이 상. 내일 갈 건가?"

춘호가 물었다.

"그게 낫겠지. 내일이 마지막 날이니까."

"사카다 부하들은?"

다시 춘호가 물었다.

"이미 다녀간 부하들도 있고, 아직까지 빈소를 지키고 있는 걸로 알고 있다. 내일 우리가 가면 그쪽에서 긴장할 텐데……."

요시이가 조금 염려스러운 듯이 말을 했다.

"그래도 어떻게 하겠나. 그런 곳에는 가봐야 하는 게 당연한 도리지 않나."

이번에는 희준이 말했다.

"맞다. 사카다에게는 매우 애석한 일이다. 난……. 이번에 콜라텍을 시작하면서 조직이 넓어지면 사카다에게 어떠한 일을 맡기기 위해 연락을 취할 생각이었다. 그런 사카다가 죽어버렸으니 할 말이 없지만……."

요시이는 진지한 표정으로 말을 했다.

"다시 쓸 생각 말인가?"

"그렇다. 사카다는 의리가 있는 놈이다. 내가 준 돈을 한 푼도 안 쓰고 그대로 부하들에게 다 건네주고는 혼자서 하코다데로 내려갔다. 사카다는 조직이 와해더되었다는 죄책감 때문에 자결을 한 것 같다."

"흠……."

"사카다가 자결을 할 줄은 몰랐다."

요시이는 다소 침울한 표정이었다. 신주쿠 거리로 들어선 차는 황제콜라텍 앞에서 멈추었다. 뒤따라오던 차들도 일제히 멈추고선 요시이의 부하들이 내렸다. 차에서 내린 춘호 일행은 요시이를 따라 안으로 들어갔다. 실내는 요란한 사이키 조명과 함께 귀가 찢어지는 듯한 밴드 음악이 흘러나왔다. 무대 쪽에서는 젊은 학생들이 춤을 추느라 정신없이 흔드는 모습이 보였다. 실내는 자욱한 담배 연기로 꽉 차 있어서 마치 조명발을 더 실감나게 하기 위해 일부러 안개를 피워놓은 것 같았다.

"어서 오십시오."

요시이의 부하들이었다. 콜라텍에 근무하는 부하들이 다가와서 요시이와 춘호 일행에게 깊이 허리를 숙였다.

"어떤가?"

요시이가 춘호 일행에게 물었다.

"좋아! 학생들이 많네."

"하하. 하루 매상이 만만치 않아. 진작 이런 걸 했을 걸 하는 생각이 들어. 배호 상. 이만하면 된 거 같습니까?"

요시이가 물었다.

"됐다. 일단 성공이군."

"이젠 나가지. 장사에 방해가 되니까."

요시이는 그들을 데리고 밖으로 나갔다. 밖으로 나온 그들은 콜라텍 옆에 있는 일식집으로 들어갔다. 미리 요시이가 예약을 해놓은 곳인지 주인 여자는 방으로 그들을 안내했다. 요시이와 춘호 일행만 마주앉은 오붓한 자리였다. 그곳에서 간단하게 회를 안주로 해서 술을 마시고는 밖으로 나왔을 때는 제법 밤이 깊어 있었다.

"춘호 상. 오늘밤은 저번에 묵었던 산장이 어떤가? 거긴 조용한 곳이다."

요시이는 춘호의 의견을 묻고는 춘호가 좋다고 하자 곧 다라시를 불러 차를 대기시켰다. 다라시가 운전을 했다. 산장에 도착해서 요시이는 다라시에게 차를 몰고 가라고 지시를 했다.

"춘호 회장님. 배호 사장님. 희준 형님. 잘 주무십시오."

다라시는 정중하게 인사를 하고는 차를 몰고선 곧 정원을 빠져나갔다.

"어서 오십시오. 춘호 회장님. 반갑습니다."

산장 주인인 동시에 요시이의 부하인 요시무라가 종업원들과 함께 서서 그들을 맞았다.

"반갑소. 요시무라. 저번에는 신세가 많았소."

춘호는 요시무라에게 악수를 건넸다.

"별 말씀을요. 저희는 그저 고마울 따름입니다. 안으로 드시죠."

요시무라는 더욱 공손하게 춘호를 대했다. 넓은 방으로 안내한 요시무라는 다시 절을 하며 말했다.

"식사는 하고 오셨다기에 술을 올리도록 하겠습니다. 오늘은 손님을 받지 않았습니다. 조용하니까 마음껏 드시다가 방으로 드시면 됩니다. 여자분은 요 앞의 방을 쓰시면 됩니다."

요시무라는 그렇게 말하고선 명희를 데리고 나가 방을 확인시켜 주었다. 방을 확인하고 온 명희는 밝은 표정으로 앉았다.

"방이 참 깨끗하군요. 마치 산사에 들어온 기분입니다."

명희가 요시이에게 일본말로 얘기했다.

"네. 여긴 아주 조용합니다. 도쿄에서 드라이브를 나온 이들이 묵는 곳입니다. 이곳은 한 번 찾아온 사람들이 주로 찾습니다."

요시이가 대답했다. 곧 요시무라가 여종업원들을 데리고 들어와서 술과 안주를 내려놓는 것을 보고선 여종업원들과 같이 나가면서 다시 인사를 했다. 요시이는 춘호가 좋아하는 한국산 소주를 따서 춘호의 잔부터 따라주었다. 배호와 희준의 잔에도 술을 따라준 그는 명희에게도 술을 따르려고 하자,

"전 소주는 못해요. 맥주로 할게요."

명희가 난색을 표하자,

"네. 그럼 이걸로……."

요시이는 맥주를 따서 명희의 잔에 채워주었다.

"명희야. 네가 요시이 상한테 한 잔 따라주지."

배호의 말에 명희는 곧 소주를 들어 요시이의 잔에 술을 따라

주었다. 그들은 곧 잔을 들어 건배를 했다.

"오늘 다시 만나게 돼서 더욱 기쁩니다."

요시이가 말했다.

"요시이 상."

춘호가 불렀다.

"하이."

요시이가 명쾌하게 대답을 했다.

"사카다란 어떤 인물인가? 좀 알고 싶다."

"사카다? 음. 그 자는 원래 도쿄에서 큰 자가 아니다. 하코다데에서 배를 타던 선원이었다는 것밖에는 모른다. 사카다에 대해서 아는 사람이 별로 없다."

"그래?"

춘호가 요시이를 쳐다보았다.

"나도 하코다데에 있는 사카다의 상가에 가보면 알겠지만, 사카다는 도쿄에 들어와서 오락실에서 일하면서 아까사까와 록폰기가 유흥지역이 되면서 갑자기 부상한 자이다. 원래 출신은 뱃놈 출신이라는 말이 있지만, 내가 보기에는 매우 신사적인 면이 있는 사람이라고 생각한다."

"……."

"나도 사카다에 대해선 자세히 알지 못했다. 가미카제파를 이끌고 있으면서 신주쿠파와 손을 잡으려는 기미를 알고는 있었지만 그게 쉽지 않았던 것 같다. 가미카제파는 신주쿠파와 손을 잡았어도 결국 신주쿠파에게 먹히게 돼 있었다."

"왜?"

춘호가 다시 물었다.

"신주쿠파는 우리 긴자파를 목표로 하고 있었기 때문에 가미카제파를 이용만 할 뿐이다. 그걸 안 사카다가 신주쿠파와 쉽게 손을 잡지 않았을 거라고 본다."

"흠……."

춘호는 요시이의 말을 들으면서 요시이가 울진에까지 찾아왔을 때의 절박한 심정을 이해할 수 있었다.

"신주쿠파가 무너지고 나서 가미카제파는 스스로 힘을 잃은 것이라고 보면 될 것이다. 우리 긴자파와는 협상의 여지가 없었기 때문에 이번 일은 사카다가 스스로 결정한 것이라고 생각된다."

"그렇군……."

그제야 춘호는 도쿄를 세 등분해서 거머쥐고 있던 세 개의 조직이 서로 보이지 않는 세력다툼이 있었다는 알 수가 있었다.

"자, 술이나 들어."

희준의 제안에 그들은 하던 이야기를 중단하고서 술잔을 들었다. 명희는 맥주잔을 들어 입으로 가져갔다.

"요시이 상. 조직을 키워라. 콜라텍을 전국으로 퍼뜨리는 게 좋겠다."

"나도 그럴 생각이다. 지금 체대생들에게 장학금을 지급하고 있다. 우리도 곧 콜라텍을 키울 생각이다."

"혹시 인원이 필요하면 우리 훈련원에서 키운 조직원들을 요시이 상 조직으로 보내주는 건 어떨까?"

춘호가 그 말을 꺼내자 배호는 춘호를 쳐다보았다.

"……?"

요시이는 춘호와 배호를 번갈아 쳐다보며 다음 말을 기다리고 있었다.

"일종의 파견인 셈이지. 내 생각을 받아들일 생각이 있나?"

"어떤 조건으로?"

요시이의 말이 곧 튀어나왔다.

"조건은 없다. 그 대신에 우리 황제그룹과 긴자파가 혈맹의 약속을 하면 되는 일이다. 긴자파에서 그걸 받아들일 수 있나?"

"……?"

춘호가 갑자기 꺼낸 제안에 대해 요시이는 물론 배호와 희준도 진지한 표정으로 춘호를 쳐다보고 있었다.

잠시 침묵이 흐른 뒤에 희준이 입을 열었다.

"그건 좀 곤란한 일일 것 같은데……."

"왜?"

춘호가 진지한 목소리로 물었다.

"한국과 일본은 아직 적대감이 있는 나라잖아. 그건 좀 곤란할 것 같지 않나?"

희준은 아직 요시이가 한국인의 핏줄이라는 것을 까마득히 모르고서 하는 말이었다. 그러나 춘호의 생각은 달랐다. 일본 도쿄를 거머쥐고 있는 긴자파와 혈맹의 관계를 갖는다는 것은 곧 황제그룹이 긴자파를 거머쥐게 되는 것이라고 생각하고 있었다. 춘호는 희준을 바라보면서 웃었다.

"희준아."

"……?"

희준이 춘호를 바라보았다. 요시이는 춘호와 희준을 바라보고만 있었다.

"우린 서로 돕는 위치에서 처음부터 약속을 했는 거니까. 그렇게 할 수 있다고 보는 거지. 일본이 우리나라를 침략해서 36년 간이나 다스렸지. 일본이 우리나라를 미워할 이유는 없는 거야. 미워했으면 우리나라가 미워할 일이지. 왜 일본이 우리를 미워하나?"

"그거야 일본이 잘못된 거지. 안 그러냐?"

"조직세계에선 그런 생각을 가질 필요가 없다고 본다. 우리와 긴자파는 그런 관계가 아니라고 본다."

춘호는 희준이 기분 나쁘지 않도록 설득조로 이야기를 했다.

요시이는 두 사람의 대화 내용을 알아듣는 듯했다. 잠자코 듣고 있을 뿐이었다.

"희준 상. 나는 춘호 상과 희준 상의 말을 대충 알아들었다. 우리 긴자파가 한국의 황제파를 배신하지는 않을 것이다. 우리 조직원들은 저번 신주쿠파와 가미카제파를 제거하는 데에 한국의 황제파가 얼마나 큰 힘이 되었는지 알고 있다. 우린 그때 황제파의 힘이 없었더라면 도쿄 통일은 꿈도 못 꾸는 상태였다. 나에게 도움을 달라."

요시이가 희준에게 간청을 했다.

"……."

희준은 요시이의 말을 들으면서 요시이의 눈빛을 들여다보고 있었다. 요시이는 진지한 표정으로 말하고 있었다.

"우린 피를 나눈 셈이다. 이미 남자들끼리 약속을 한 것이나 마찬가지다. 우리 조직원들이 한국을 좋게 생각하도록 하겠다. 그건 약속하겠다."

요시이가 결정적으로 말했다.

"요시이."

희준이 요시이를 불렀다. 그리고는 입을 열었다.

"내 말은 한국에서 황제파가 일본으로 와서 뛰게 되면 여러 가지 문제점이 생기게 된다는 것을 지적하고 싶다."

"어떤?"

요시이는 희준을 쳐다보며 물었다.

"도쿄 경시청에서 주목하게 될 것이고, 일본 사람들이 알게 되면 좋지 않은 시각을 가질 수 있다고 본다. 그걸 해결할 수 있는가가 문제이다."

희준의 지적은 바로 그것이었다.

"맞는 말이다. 거기에 대해서는 앞으로 한국에서 황제파가 우리 긴자파에 들어와 있다는 걸 바깥으로 드러나지 않도록 하면 될 것이다. 내부적으로 철저하게 단속을 해서 한국의 황제파가 우리 긴자파에 들어와 있다는 것을 드러나지 않게 하겠다. 만약 경시청이 알고서 간섭을 해온다면 내가 나서서 해결하도록 하겠다. 이건 약속할 수 있다."

"흠……."

희준은 소주잔을 비워내고선 요시이에게 잔을 건넸다. 요시이는 잔을 받아 두 손으로 희준이 따라주는 술을 받았다.

"앞으로 나는 한국의 황제파가 했던 것처럼 콜라텍을 전국으로 퍼뜨릴 계획이다. 그리고 한국에서 비어텍이 성공하면 우리도 비어텍을 해서 콜라텍과 비어텍을 같이 할 것이다. 땅이 좁은 우리 일본에서 콜라텍이 있는 각 지역마다 한국처럼 골프장을 짓는 건 좀 무리라고 생각한다. 골프장은 허가가 잘 나지 않는다. 그러나 콜라텍과 비어텍은 가능하다고 생각한다. 희준 상. 내 계획은 이렇다. 한국의 황제파와 희준 상이 도와준다면 우리 일본이 한국과 손을 잡고서 중국과 동남아시아까지 제패할 수 있으리라고 생각한다. 동남아시아는 중국과 홍콩만 제패하면 우리는 아시아권에서 세계적인 조직을 만들 수 있을 것이다."

"……?"

희준은 요시이의 말을 듣고서 놀라는 표정을 지었다.

"무슨 말인가?"

춘호가 희준에게 물었다. 희준은 요시이가 방금 말한 것을 그대로 옮겼다. 희준이 춘호에게 말하는 것을 보면서 요시이는 술잔을 비워냈다. 그리고는 춘호와 배호의 얼굴을 쳐다보았다.

"요시이 상."

이번에는 배호가 요시이를 불렀다.

"말해라."

배호는 희준에게 요시이한테 말하라고 하고선 질문을 했다.

"그렇다면 한국과 영원히 손을 잡겠다는 말인가? 그리고 동남아시아까지 정복하자는 말인가?"

희준이 배호의 말을 받아 그대로 요시이한테 말했다.

"그렇다. 나는 이번에 황제파와 손을 잡고서 신주쿠파를 제거하면서 그런 계획도 가능하다고 생각했다. 그렇게 되면 한국과 일본이 동남아시아를 다 거머쥐게 된다고 생각한다. 내 생각이 어떤가?"

"흠……."

춘호는 요시이의 말을 듣고 놀랄 수밖에 없었다. 요시이가 그런 생각을 갖고 있었다는 것이 놀라울 뿐이었다.

"요시이. 지금 긴자파는 도쿄를 이제 겨우 통일한 것일 뿐이다. 내가 보기에는 긴자파가 그만한 힘을 얻게 되려면 일본 전국을 통일하지 않으면 불가능한 일이다. 단지 우리 황제파의 힘을 빌리는 것만으로는 힘들 것이다."

춘호가 그 말을 꺼내자, 요시이는 춘호와 희준을 보며 물었다.

"맞는 말이다. 일본은 북해도와 남쪽의 규슈가 길어 한국과는 다르다. 북쪽과 남쪽은 서로 다른 나라라고 해도 될만큼 긴 나라다. 옛날부터 우리 일본은 막후시대가 알맞았던 나라다. 지방 영주들이 성을 지키면서 막후정치를 했던 곳이다. 그런데도 전국 통일이 가능하겠는가?"

"요시이. 그건 가능한 일이다. 옛날에는 교통이 멀어서 중앙 통치가 어려웠겠지만 지금은 사정이 다르다. 일본도 일일 권에 들어가지 않는가. 우리 황제파와 같이 콜라텍으로 전국을 통일하고 나서 우리 황제파와 동남아를 거머쥐는 것은 가능한 일이라고 본다. 내 생각은 어떤가?"

이번에는 춘호가 다시 요시이에게 질문했다. 요시이는 춘호를 쳐다보면서 얼굴에 웃음을 띠었다. 그는 다시 명희를 쳐다보고선 희준에게로 시선을 가져갔다.

"역시 춘호 상은 생각하는 바가 틀리다는 걸 알았다. 희준 상. 춘호 상의 맞다고 생각한다. 그 말을 명심하겠다."

요시이가 고개를 끄덕였다.

배호는 곧 춘호에게 그 뜻을 통역했다.

"요시이. 우리는 앞으로 할일이 많다고 생각한다. 우선 긴자파가 할일을 해놓고 나서 더 큰 일을 할 수가 있는 법이다. 우리는 항상 긴자파와 가까이 있을 것이다. 언제든지 힘이 필요하다면 도와줄 수 있다. 우리 황제파는 지금 석유사업과 신공항 사업과 콜라텍과 비어텍 사업에서 한국에서 최고가는 기업이 될 것이라고 생각하고 있다. 이제 긴자파도 힘을 키워서 우리와 힘을 합치면 무슨 일이든 가능하다고 본다."

428

"알았다. 깊이 명심하겠다."

요시이는 일본식으로 깊이 고개를 숙이면서 대답했다.

"자, 요시이 상. 내 술을 한 잔 받지."

배호가 기분 좋게 말을 꺼내면서 소주병을 들었다. 요시이는 얼른 소주잔을 비워내고는 잔을 내밀었다.

"역시 너희들은 뭔가 다르다."

요시이가 웃으면서 말하자, 춘호가 물었다.

"무슨 말인가?"

"보통 사람들과는 다르다는 걸 느낀다. 고아원에서 자랐던 것이 큰 힘인 것 같다."

"하하. 요시이."

춘호가 술잔을 털어넣으면서 요시이를 쳐다보았다.

"난 고아였다는 걸 부끄럽게 생각지 않는다. 여기 있는 우리는 모두 그렇다. 배호 형, 희준이, 명희도 같은 생각일 것이다. 사람은 어려움을 겪고 나봐야 고통의 아픔을 안다고 생각한다. 평탄하게 자란 사람은 평탄한 길밖에는 모르는 법이다. 시련을 겪어보지 않은 사람은 절대로 성공할 수 없다는 말은 고아원에 있을 때에 귀에 못이 박히도록 들었던 말들이다. 이만하면 우리를 알겠나?"

춘호는 배호와 희준이, 명희를 돌아보면서 말했다.

"흠……."

요시이는 고개를 끄덕였다.

그들은 새벽 3시까지 술을 마시면서 대화를 나누었다. 명희는 그들이 나누는 대화를 들으면서 남자들만의 세계를 들여다보는 계기가 될 수 있었다. 남자들이란 꿈과 야망이 있어야만 한다는 것과, 그 꿈과 야망을 이루기 위해서는 피나는 노력과 고된 훈련이 있어야만 이루어질 수 있다는 사실을 어렴풋이 알아차릴 수 있었다.

"요시이 상은 어렸을 적에 어떻게 살았어요?"

명희가 조심스럽게 입을 열었다.

"나? 내가 자랄 때의 이야기 말입니까?"

"네."

"어렸을 때는 가난하게 자랐지요. 시모노세키 바닷가에서 비린내를 맡으면서 초등학교와 중등학교를 다녔으니까요."

요시이는 농담식으로 그렇게 말을 꺼내고는 춘호의 얼굴을 쳐다보았다. 춘호가 웃으면서 술잔을 비워내는 것을 보고선,

"중등학교에 다닐 때에 조선인 학생이 한 명 있었는데, 그 학생을 무척 미워했었습니다."

"왜요?"

"그냥. 한국인이라는 이유 때문에. 그것밖에는 없죠."

그러면서 요시이는 웃었다.

"왜 한국인이 미우세요?"

"아닙니다. 이젠 그렇지 않습니다. 그때는 한국에 대한 감정이 있었던 때지요. 우리가 중등학교에 다닐 때는 한국에 대해

좋지 않은 감정이 있었지요. 일본 역사에도 나오지만 안중근 상이 우리 일본 천황에 대해 폭탄테러를 가한 것도 일본에 대한 도전이라고 봤을 때였으니까. 그리고 한국의 독립운동은 대일본 제국에 대한 도전이라고 생각했던 때였으니까."

그 말을 하고 요시이는 춘호를 보면서 웃어보였다. 춘호 역시 요시이에게 웃음으로 답했다. 명희는 두 사람이 마주보며 웃고 있는 것이 이상했는지 다시 배호와 희준을 쳐다보았다.

희준은 다소 심각한 표정으로 요시이를 쳐다보고 있었다.

"그때 나한테 맞았던 그 친구가 바닷물에 빠져 죽었습니다. 자살을 한 거지요."

"어머!"

명희가 얼굴을 찡그리면서 요시이를 차갑게 쳐다보았다.

"다른 애들이 집단구타를 한 거지요. 말하자면 한국인 학생에 대한 이지메라는 것이지요. 그래서 자살한 겁니다. 나중에 나는 시모노세키를 떠나 도쿄로 올라오면서 야쿠자가 된 거지요. 대학 다닐 때부터 나는 유흥가에서 아르바이트를 했습니다."

"그랬어요?"

"하이! 가난했으니까. 아버지는 부두 노동자였고, 맨날 술에 취해 바닷가에서 사는 사람이었고, 키가 작은 어머네가 생선을 팔아 아버지의 병치레를 맡아 했었으니까 가난할 수밖에 없는 거지요."

"……."

명희는 처음에는 농담식으로 말하던 요시이가 진지하게 말하는 것을 보고선 안타까운 눈빛을 보내고 있었다.

"그래서 지금 긴자파까지 오게 된 것입니다. 이제 다 이야기했죠? 됐어요?"

요시이가 다시 웃었다.

"그럼 요시이 상도 파란만장한 삶을 살았겠군요 뭐."

"저야 여기 있는 춘호 상이나 배호 상, 희준 상에 비하면 아무것도 아니지요. 그래도 부모가 있었으니까. 아버지는 나에게 일본 사람이라는 것을 잊지 말라고 당부를 하셨으니까."

"……."

명희는 약간 어색한 표정으로 요시이를 쳐다보았다.

"하하. 나중에 나에 대해서 다 알게 될 겁니다. 오늘은 이만하죠."

그 말을 하고 요시이는 명희의 잔에다 소주를 따라주었다.

"전 소주는 못하는데……."

명희가 난색을 표했다.

"한 잔만 하십시오. 저희 아버님이 한국 소주를 들고 오셔서 저한테 소주맛을 가르쳐줬거든요."

"네? 아버님이 한국 소주를 좋아하셨다고요?"

명희가 놀라서 춘호와 배호, 희준을 쳐다보았다. 춘호와 배호는 웃고 있으면서도 요시이를 눈여겨 바라보고 있었다. 요시이는 얼른 말을 꺼냈다.

"뭐 바닷가에서 부두 일을 했으니까. 한국에서 들어오는 소주와 막걸리를 구경할 수 있었던 거지요. 그냥 한국에서 들어오는 소주와 막걸리 맛이 좋아서 사들고 왔던 겁니다."

"그랬어요? 그럼 아버님께서는 한국 술을 좋아하셨네요."

"하하. 그렇습니다. 그런데 나는 한국인 학생을 때려서 자살을 하도록 했으니 참 우스운 일이지요."

"그랬구나……."

명희는 요시이가 전혀 남 같지 않다는 기분이 들었다. 요시이는 비록 일본인이라지만 그의 아버지가 한국에서 건너온 배에서 사온 소주와 막걸리를 좋아했다는 것만으로도 가깝게 느껴져왔다. 그러나 요시이는 춘호에게 고백했던 자신이 한국인의 핏줄이라는 사실을 더 이상 말하고 싶지 않았다. 그들의 술자리는 새벽 2시가 다 되어서 끝이 났다.

"이제 자지. 아침에 일찍 비행기를 타려면 일찍 자둬야 하지 않나."

배호의 말에 요시이는 곧 미안한 듯이 물었다.

"오늘 내가 너무 늦게까지 잡고 이야기를 한 것 같다. 춘호상. 술 더 할 생각인가?"

"이제 됐어. 희준이는 어때?"

"나도 됐다. 이제 자야지."

그제야 그들은 자리에서 일어났다. 술자리가 파하고 나서 남자들은 같은 방으로 들어갔고, 명희는 따로 방으로 들어갔다.

샤워를 하고 자리에 누운 명희는 통유리를 통해서 석등이 켜져 있는 정원을 바라보면서 쉽사리 잠이 오질 않았다.

'요시이라는 사람은 누굴까? 일본인이면서도 일본인 같지 않아……'

그런 생각이 자꾸 들었다.

"왜 한국인 학생을 때려서 자살하도록 만들었지?……"

그런 생각을 하자 명희도 안타까웠다.

다음날 아침, 일찍 일어난 그들은 찻길이 있는 곳까지 구보를 하고 난 뒤에 산장으로 돌아왔다. 정원에서 간단하게 몸을 푼 다음 어젯밤 술을 마셨던 넓은 방으로 들어갔다. 넓은 다다미 방에는 미리 깔끔한 식탁이 차려져 있었다. 요시무라는 특별히 신경을 써서 한국식 된장국과 불갈비를 차려서 내놓고선 요시이 옆에 무릎을 꿇고 앉아서 춘호 일행이 부족한 것이 없는가 살펴보고 있었다.

"요시무라 상도 같이 식사를 하지 그래요?"

명희가 친절하게 말하자 요시무라는 황송하다는 듯이 두 손을 저으며 말을 하고는 무릎 걸음으로 뒤로 물러나 앉았다.

"아, 아닙니다. 전 좀 있다가 종업원들과 같이 식사를 합니다. 부족한 것이 있으면 말씀해 주십시오."

식사를 하고 난 뒤에 요시무라는 따뜻한 녹차를 끓여서 갖고 왔다. 차를 마신 그들은 곧 산장을 나섰다. 두 대의 볼보 승용차에는 앞쪽에는 요시이와 그의 부하들이 탔었고, 뒤차에는 희준이 운전석 옆에 앉았고, 뒷좌석에는 춘호와 명희, 그리고 배호가 앉았다.

그들은 하네다 공항에 도착해서 하코다데로 가는 비행기에 올랐다. 도쿄에서 하코다데까지는 불과 한 시간 남짓한 거리였다. 공항을 빠져나오자마자 다라시와 히라카이는 택시 두 대를 불러서 각각 나누어서 타고선 공항을 빠져나갔다. 앞쪽에는 요시이와 다라시, 히라카이, 기즈키가 타고 있었다. 춘호가 탄 택시는 앞차를 따라 바닷가 쪽으로 달려갔다.

바닷가의 허름한 어촌에 들어선 앞쪽의 택시가 멈추어서고, 요시이와 그의 부하들이 내렸다. 춘호 일행도 곧 차에서 내렸다. 그들 앞에 있는 어촌의 마을 입구에는 상가집을 알리는 조등이 걸려 있었고, 마을 사람들은 두 대의 택시에서 내린 그들을 바라보면서 무언가 말을 주고받고 있는 듯했다. 요시이는 그들 노인네들이 앉아 있는 곳으로 다가가서 공손하게 물었다.

"어르신. 사카다 상의 상갓집이 어디입니까?"

"으응. 도쿄에서 왔구만. 저기. 저 집일세."

나이가 많은 노인들은 요시이의 차림새나 말투를 듣고선 곧바로 도쿄에서 온 조문객이라는 것을 알아차렸다. 요시이가 노인네들이 손으로 가리키는 곳을 보니 바닷가 동네의 외딴 곳에 서 있는 허름한 집이었다.

"네. 감사합니다."

요시이는 절도 있게 절을 하고는 춘호에게로 다가와서 말했다.

"저쪽에 있는 외딴 집인 것 같다."

그들은 곧 그 집을 향해 걷기 시작했다. 마을 골목을 지나면서 북해도 지방의 거친 사투리가 흘러나왔다. 아마도 도쿄에서 온 손님들에 대해서 자기들끼리 무어라 말을 하는 듯했다. 외딴집으로 가까이 다가갈수록 좁은 길목에 차들이 수없이 서 있는게 보였다. 아마도 조문객들이 타고 온 차들인 것 같았다. 그중에는 외제 승용차들도 있었다. 대개가 도쿄의 차 넘버인 걸로 봐서 사카다의 옛날 부하들이 타고 온 차들임이 분명했다. 요시이는 걸음을 늦추면서 춘호에게 말을 했다.

"조심해. 여긴 사카다의 부하들이 많이 와 있는 것 같다."

"그래?"

춘호는 그제야 좁은 골목길에 군데군데 서 있는 차들의 넘버판을 훑어보았다. 차들이 전부 중형차 이상인 것으로 봐서 사카다의 부하들이 타고 온 차들임이 분명했다.

"다라시하고 히라카이는 좀 있다 들어오지."

요시이는 그렇게 말하고는 춘호와 같이 외딴 집 안으로 들어갔다. 다라시와 히라카이를 데리고 들어가는 것은 그들을 자극하는 것 같아서 그런 지시를 내렸다. 다라시와 히라카이는 요시이와 춘호 일행이 대문 안으로 들어서는 것을 보면서 골목에 서 있었다. 마당 안에는 북해도 지방의 상갓집답게 천막 포장이 들러쳐져 있었고, 천막 포장 안 밑에는 멍석을 깔고서 문상 온 사람들이 앉아서 음식과 술을 마시고 있다가 방금 들어서는 요시

436

이 일행을 보고서 일순 긴장하듯이 자리에서 일어났다. 그들이 일제히 일어나면서 갑자기 마당으로 들어선 요시이를 쳐다보고선 길을 터주었다.

"사카다 상에게 문상을 왔네. 빈소가 어딘가? 안내 좀 하게."

요시이는 입구에 서 있는 사카다의 심복이었던 가가야를 알아보고선 말을 건넸다.

"요시이 상. 여긴 올 곳이 아니라는 것을 알 텐데. 어떻게 여기까지 왔나?"

가가야는 시비조로 나왔다.

"……"

요시이는 그대로 서서 아무 말도 하지 않고 있었다.

"형님이 돌아가셨다는 걸 어떻게 알았나? 여긴 당신이 올 곳이 아니라는 걸 알 텐데."

가가야가 다시 똑같은 말을 해왔다. 가가야의 주위로 예전의 가미카제파의 조직원들이 모여들었다. 요시이는 그들이 전부 가미카제파의 조직원들이라는 것을 금방 알 수 있었다.

"가가야. 일단 문상하게 해달라. 나는 사카다 상에게 문상을 드리러 왔다."

"뭐? 문상을 드리게 해달라고?"

가가야의 거친 말에 그의 부하들이 요시이와 춘호 일행을 둘러쌌다. 춘호와 희준은 꼿꼿하게 선 채로 안채에 마련돼 있는 빈소를 쳐다보고 있었다. 안채의 빈소를 지키고 있던 무라사끼가 요시이를 보고는 빈소에서 나왔다.

"요시이 상. 여긴 올 곳이 못 된다. 도쿄에서 이겼다고 해서 사카다의 죽음을 욕보이지 말라. 돌아가라."

무라사끼의 말이었다.

"……."

요시이는 잠자코 서 있었다. 가미카제파의 조직원들이 요시이와 춘호 일행을 에워쌌다. 명희는 불안한 표정으로 그들의 행동을 지켜보고 있었다. 그들은 상복을 입고 있었다.

"돌아가라. 여기 더 있으면 어떤 화를 당할지 모른다. 사카다 형님은 지금 구청에서도 울고 계신다. 도쿄에서 아카사카와 록폰기를 빼앗기고 나서 여기로 와서 자결을 한 형님이시다. 가지 않을 텐가?"

성난 그들은 곧 칼이라도 빼들 기세였다. 그때에 희준이 앞으로 나섰다.

"너무 흥분하는 것 같군. 사카다는 멋진 사람이다. 요시이가 건네준 돈을 한 푼도 쓰지 않고 조직원들에게 돌려준 사카다를 문상하기 위해 왔다. 길을 비켜주는 게 망자에 대한 도리가 아닌가?"

"……?"

희준의 말에 그들은 주춤거렸다. 다시 요시이를 노려보던 그들은 춘호에게로 시선을 돌렸다.

"……."

춘호는 아무 말이 없었다. 두 눈을 부릅뜬 채로 빈소만 쳐다보고 있었다. 잠시 침묵을 지키고 있던 요시이가 무겁게 입을 열었다.

"망자 앞에서 실례를 범하고 싶진 않다. 이미 끝난 일이다. 사카다 상이 자결을 할 줄은 몰랐다. 문상을 하게 해달라."

"뭐라고?"

가가야가 화를 내며 가미카제파의 조직원들을 둘러보았을 때에 무라사끼가 중간에 끼어 들었다.

"가가야 형님."

무라사끼는 곧 가가야의 뒤에 서서 섣불리 행동하지 말 것을 요구하는 듯한 표정이었다. 무라사끼의 표정을 읽은 가가야가 무라사끼를 따라 나갔다가 다시 돌아왔다.

"요시이. 용건이 뭐냐?"

가가야가 따지듯 물었다.

"문상만 하고 가겠다."

"좋다!"

그제야 가가야는 화가 누그러진 듯했다. 그들이 길을 비켜주었다. 요시이와 춘호는 곧바로 움직이지 않고 선 채로 빈소만 바라보고 있었다.

"형님께 분상만 하고 돌아가십시오."

무라사끼의 말이었다. 그말에 요시이와 춘호는 움직였다. 그 뒤를 따라 희준과 명희가 빈소로 들어갔다. 요시이와 춘호가 나란히 서서 문상을 하고 나서 회준과 명희가 문상을 하고선 돌아섰다. 빈소에는 사카다의 가족들은 보이지 않고 옛날 그의 부하들만 빈소를 지키고 서 있었다. 춘호와 요시이는 빈소를 지키고 서 있는 가가야와 무라사끼와 조문을 하고선 무릎을 꿇고 앉았다.

"사카다 상의 가족은?"

"형님은 원래 가족이 없는 분이다. 이곳에서 고아로 자라 도쿄로 와서 살았던 분이다. 혼자 이곳에 와서 바다를 바라보다가 자결을 택하신 것이다."

요시이의 말에 가가야는 무거운 말로 사카다를 설명했다.

"……?"

춘호는 사카다가 고아였다는 말에 놀라고 말았다. 요시이 역시 그랬다.

"이제 일어나라. 형님이 화를 내실 것 같다. 이곳까지 와준 것에 감사한다."

"……."

요시이와 춘호는 일어서서 가지고 온 부의금을 가가야에게 내밀었다.

"이건 필요치 않다. 가져가라."

가가야의 거친 말이 튀어나왔다.

"받아라. 망자에 대한 예의다."

요시이의 말이었다. 가가야는 요시이를 노려보다가 다시 무라사끼의 제지를 받고선 마지못한 듯 부조금 봉투를 받아들었다.

희준과 명희도 준비한 봉투를 꺼내놓았다. 그들이 봉투를 받는 것을 보고서야 명희는 안도의 숨을 내쉴 수 있었다. 요시이는 돌아서다가 말고 가가야에게 입을 열었다.

"도쿄에 오면 한 번 들렀으면 좋겠네."

"뭐하러? 이미 다 끝난 일이지 않는가?"

"상의할 일이 있다."

요시이의 말은 간단했다.

"좋다! 무라사끼와 가겠다."

요시이는 다시 한 번 빈소에 차려진 사카다의 웃는 표정을 살펴보고선 발걸음을 돌렸다. 그들이 빈소를 나와 마당을 가로질러 나갈 때에까지도 그들은 이제 더 이상 시비 따위는 걸지 않았다. 가가야와 무라사끼는 빈소에 서서 요시이와 춘호 일행이 마당을 걸어 나가는 모습을 지켜보고 있었다. 바깥으로 나온 요시이는 바다 쪽으로 걷다가 우뚝 걸음을 멈추었다.

"왜 가가야를 오라고 했나?"

춘호가 옆에 서서 물었다.

"……."

요시이는 말이 없었다. 담배를 꺼내 춘호에게 내밀고는 춘호가 담배를 꺼내 입에 물자 요시이는 라이터를 켜서 불을 붙여주었다. 요시이는 연기를 내뿜으면서 희준에게 말을 했다.

"희준 상. 사카다의 조직원들을 받아들이겠다."

"뭐라고?"

"난 사가까다에게 죄를 진 거다."

요시이의 말이 무겁게 흘러나왔다.

"……."

"쓸만한 사람이 가버렸어. 가지."

요시이는 그 말을 하고선 발걸음을 옮겨놓았다.

다라시와 히라카이가 차문을 열어놓고 기다리고 있었다. 차에 탄 그들은 곧바로 하코다데 공항으로 향하고 있었다.

혈맹

　한국으로 돌아온 춘호는 배호의 사장실에서 연구보고서에 대
한 브리핑을 듣고 있었다. 신공항 공단 연구소 소장인 오 찬진
이 일어서서 보고를 하기 시작했다. 그 옆에는 수석연구관인 김
을영 이 오 찬진을 보좌하고 서 있었다.

　"보고를 드리겠습니다. 향후 십년 간 황제그룹에 비어텍이 생겼
을 때에 발생하는 부분에 대해서 보고를 드리도록 하겠습니다."

　오 찬진 소장은 소파에 앉아 있는 춘호와 배호를 쳐다보고선
보고서를 들여다보면서 설명을 하기 시작했다.

　"현재 전국에 있는 황제콜라텍 칠십이군데와 전국의 골프장
23군데에서 들어오는 수입이 한 달 수입이 사백칠십이 억입니
다. 그것은 이곳 신공항 공단에서 들어오는 더 큰 수입과 울진
석유공사에서 들어오는 막대한 수입을 제외한 지난달 총 순수

입입니다. 만약 전국에 있는 황제콜라텍에다가 비어텍을 새로 개업했을 시에는 전국에 있는 황제콜라텍에서 올라오는 한 달 수입액 이백십사 억보다도 두 배 가량 더 높은 사백이십 억 정도의 수입이 더 들어올 것이라고 판단이 됩니다. 그것은 현재 콜라텍이 청소년들을 상대로 하기 때문에, 성인 비어텍이 문을 열게 되면 청소년층이 드나들던 콜라텍에서 성인이 되면서 비어텍으로 그대로 올라오는 인원과, 현재 콜라텍을 이용하지 않은 청소년층과 시골에서 도시로 대학진학과 동시에 올라온 청소년층들이 성인이 되면서 비어텍을 이용하는 인원이 콜라텍을 이용한 인원보다도 삼십퍼센트 가량이 더 늘어날 것이라고 생각이 됩니다. 향후, 비어텍이 문을 열었을 경우, 저희 황제그룹에 미치는 영향에 대해서 간략히 보고를 드리겠습니다."

오 찬진 소장은 다음 장을 넘기면서 다시 설명하기 시작했다.

"저희 황제그룹은 신공항 공단과 호텔업, 골프장, 울진 석유 개발공사를 통해서만 성인들에게 접근하고 있으나 앞으로 비어텍을 함으로써 성인들에게 더 가까이 다가갈 수 있는 기회가 될 것입니다. 비어텍은 이용한 성인들이 외국 나들이를 나갈 때에 저희 신공항 공단의 호텔과 면세점, 식당가를 손쉽게 이용할 수 있을 뿐만 아니라, 저희 황제 골프장을 낮익게 이용할 수 있는 이점이 생기기도 합니다. 비어텍을 광고함에 있어 울진석유공사를 부각시킴으로써 전 국민들에게 퇴근 후에 편안하고도 값싼 비어텍을 통해서 퇴근 후의 편안한 안식처를 제공해주는 기업이라는 이미지와, 울진석유공사를 통해서는 국민들에게 희망을 주는 기업이라는 시너지 효과를 극대화할 수 있다고 사료됩니다. 퇴근 후에 마시는 맥주를 통해서 황제그룹이라는 이미지를 줄 수 있으며, 국민들에게 희망을 안겨준 기업 황제그룹이라는 두 마리의 토끼를 동시에 잡는 효과를 얻을 수가 있습니다. 앞으로 비어텍의 자리가 황제콜라텍 옆으로 할 경우, 콜라텍과 비어텍이 나란히 있어 성인들도 청소년들의 문화를 이해할 수가 있을 것이며, 청소년들도 어른들의 건전한 음주문화가 곧 사회 생산성을 높이는 퇴근 후의 휴식공간으로써 인식이 될 것입니다. 이때까지 한국의 음주문화는 여자와, 검은 거래와, 섹스의 불가분의 관계를 유지해왔지만 저희 황제그룹이 추진하고자 하는 비어텍이 생김으로써 전 국민의 값싼 유흥 장소를 제공하게 되고, 그렇게 되면 이제까지 사회에 깊숙이 뿌리박고 있던 불건전한 음주문화가 값비싼 술값으로 인해서 샐러리맨들의 주머니를 비웠다면, 비어텍의 등장으로 인해서 건전한 유흥문화로 선도해 나갈 수 있는 장점이 있으므로 정부의 간섭을 받지 않고서 오히려 건전한 음주문화를 선도함으로써 문화광광부로부터 충분히 재정적인 지원 내지는 정부 차원의 협력을 얻어낼 수 있다고 봅니다. 앞으로 향후, 십년이 지났을 때에는 우리나라에 단란주점이나 룸싸롱같은 불건전한 음주장소가 사라지게 되고, 값싸면서도 충분히 즐길 수 있는 노래와 춤을 출 수 있는 공간에서 일본과 같은 음주문화가 자리잡게 될 것이라고 생각

됩니다."

오 찬진 소장은 보고서를 읽고 나서 춘호 회장을 쳐다보았다.

"그렇다면 민족교 방송국과는 어떤 효과가 있겠나? 아니면 민족교와는 어떤 관계가 있나?"

"네. 있습니다. 민족교 방송국을 통해서 울진석유공사의 광고와 비어텍의 광고를 내보냄으로써 민족교 방송국에 광고 수입이 늘어날 것입니다. 그리고 전국 육십만 명에 달하는 민족교 신도들이 비어텍의 손님이 될 수 있습니다. 물론 광고에는 황제그룹이 민족교에 지분을 출자한 모 회사라는 것을 드러낼 수는 없지만, 민족교 방송의 CF에 비어텍의 광고와 울진석유공사의 광고가 나감으로써 신도들은 은연 중에 친숙한 이미지를 갖게 될 것입니다. 그리고 비어텍이 불건전한 휴식공간이 아니라, 종교 방송국을 통해서 광고가 나가면서 더욱 믿음이 가는 비어텍이 되리라 판단이 됩니다."

"흠."

춘호는 오른손으로 턱을 괴고선 배호를 쳐다보았다.

"오 소장. 그렇다면 앞으로 비어텍을 운영하게 된다면 앞으로 우리 기업에 히야 할 일은? 그건 생각해봤나?"

이번에는 배호가 질문을 던졌다.

"저희 기업은 서비스업 쪽으로 치중해 있습니다. 자본이 된다면 항공업 쪽으로 진출할 수가 있을 것 같습니다. 그리고 전국에 있는 골프장을 중심으로 주변경관이 빼어난 곳을 물색해서 전

국민들의 주 5일 근무제에 맞추면서 우리 황제그룹이 특색있는 콘도사업을 벌인다면 황금알을 낳는 거위가 될 수 있습니다."

"콘도 사업? 그거야 이미 있는 게 아닌가?"

배호가 서둘러 질문했다.

"저희 그룹이 하는 콘도사업은 좀 틀립니다. 만약 일본 긴자파와 우리가 손을 잡게 된다면 한국과 일본 전역을 동시에 이용할 수 있는 콘도사업을 말하는 겁니다. 그렇게 되면 황제 콘도 회원권 한 장으로 일본의 콘도까지도 마음대로 값싸게 이용할 수도 있습니다. 지금 일본 물가는 살인적이라 한국에서 일본 콘도를 이용할 경우, 환율 차이로 인해서 일본의 콘도를 이용할 경우, 한국 콘도를 이용하는 금액보다도 열 배나 비싼 값을 내야만 하겠지만 만약에 황제 콘도 회원권 한 장으로 한국에 있는 콘도와 일본에 있는 콘도를 마음대로 이용할 수만 있다면 저희 황제 회원권이 로얄이 될 것입니다."

오 소장은 폭넓게 연구한 자료를 이용해서 보고를 하고 있었다.

"일본까지?"

배호는 곧 춘호를 바라보았다.

"흠. 아주 멋진 구상이군. 만약에 그런 회원권이 나온다면 우리는 땅 짚고 헤엄치기지. 핫핫. 오 소장. 나중에 제시한 그 건이 아주 멋져! 됐어! 그건 극비 보고서로 남겨두게."

춘호의 치사가 떨어졌다.

"네. 감사합니다."

오 소장은 땀을 흘리며 브리핑을 한 보람이 있었다. 옆에 서 있던 김 수석연구관도 긴장하고 있었다가 찬사가 나오자 비로소 안심하는 듯한 표정이었다.

"앞으로 긴자파는 오년이면 그런 힘을 가질 것이다. 그 계획은 앞으로 5년 정도는 일급비밀로 넣어두게. 알겠나?'

"네, 알겠습니다."

오 소장은 허리를 굽혀 대답했다.

"일본은 우리나라와 아주 가까운 나라다. 아직은 적대감이 있지만 앞으로 서서히 자라나는 세대들에게선 그런 감정이 없어질 것이다. 그때는 한국과 일본은 이웃집이 될 수 있다. 그 계획은 아주 멋진 계획이다."

춘호는 다시 찬사를 보냈다.

"……."

오 소장은 다시 배호를 쳐다보았다.

"흠. 좋아. 그 정도면 앞으로 우리 황제그룹이 할일이 태산같이 많다. 앞으로 오년 간은 그 계획안에서 움직이지. 오 소장. 그 계획에 따라 비어텍부터 실천할 사업계획서를 만들어서 올리게. 조직을 짜는 건 조직부장인 영호와 같이 연구해보도록 하지. 오늘부터 비어텍부터 시작한다!"

"네, 알겠습니다."

오 소장은 춘호 회장이 흡족해하는 모습을 보며 인사를 하고선 김 수석 연구관과 같이 사장실을 나갔다.

"난 황 의원님을 만나고 나서 천천히 울진에 내려갔다가 올라올 거다. 올라와서 희준이한테도 들리고."

"지금?"

"응. 황 의원님하고 저녁 식사를 약속해놨어. 명희보고 술값하고 봉투 좀 가져오라고 그러지."

춘호가 말하는 봉투란 황 의원에게 건네는 정치자금이었다.

"그래. 알았다."

배호는 곧 명희에게 인터폰을 해서 춘호가 필요한 돈을 준비해서 들어오라고 했다. 잠시 뒤에 명희가 들어왔다. 그녀의 손에는 두 개의 봉투가 들려져 있었다. 황 의원에게 건네줄 봉투의 겉봉에는 명희가 쓴 '항상 고맙습니다. 형님.'이라는 글씨가 씌어져 있었다.

"됐어. 명희는 이번에 일본 가서 혼났지?"

춘호가 웃으면서 묻자, 명희가 웃으면서 대답했다.

"후훗. 정말 살벌했어요. 무슨 일이 일어날 것만 같았어요."

"요시이도 간뗑이가 크지?"

춘호가 넌지시 물었다.

"네?"

"요시이 말이야. 그 친구도 간이 큰 놈이야. 가가야가 그런 식으로 나오는데도 눈 하나 까딱 안 하잖아."

"네에. 맞아요. 전 싸움이 붙는 줄 알았어요."

"하하. 이미 진 자는 싸울 힘이 없는 거다. 요시이는 벌써 그걸 알고 있는 거지. 그게 대단한 거야. 간뎅이라는 거지. 하하."

"회장님. 오늘 황 의원님 만나세요?"

"그래. 만나고 나서 난 울진으로 내려갈 거다."

"네에. 그럼 전 나가보겠습니다."

명희는 춘호에게 인사를 하고는 사장실을 나왔다. 자신의 책상으로 돌아온 명희는 왠지 모르게 서글퍼지는 것이었다. 잠시 뒤에 사장실을 나온 춘호는 비서실에 들러 명희에게 간다는 말만 남기고는 나가버렸다. 명희는 인사를 하고선 뒷모습을 보이며 나가버린 춘호를 생각하며 멍하니 앉아 있었다.

"언니. 회장님 어디 가세요?"

앞쪽 맞은편에 앉아 있던 차 주옥 대리가 말을 걸어와서야 정신이 들었다.

"응. 울진에 내려가셔. 누가 찾으면 울진 출장이라고 그래."

"네."

밖으로 나온 춘호는 대기하고 있던 차에 올라탔다.

"여의도로 가자."

차는 곧 움직였다. 차 안에는 항상 춘호를 그림자처럼 따르는 일급 경호원인 일구가 핸들을 잡았고, 여삼이와 팔수가 조수석과 뒷자리에 타고 있었다. 차는 공항대교를 넘어 김포 쪽으로 달렸다. 여의도로 들어선 차는 일식집 '흑해.'의 주차장에서 멈췄다. 춘호가 차에서 내리도록 문을 연 팔수가 '흑해.'로 들어가는 춘호에게 절을 하고는 차 안으로 들어갔다.

"아이구, 어서 오세요. 미리 오셨네요."

"네."

"안으로 들어가시죠."

주인 마담은 일찍 도착한 춘호에게 조용한 방을 안내했다. 춘호가 거기 들를 때는 다른 아가씨가 방을 안내하지 않고 주인이 직접 안내를 했다.

"뭐 좀 드릴까요?"

"하하. 됐습니다."

춘호가 소탈한 것이 마음에 들었는지 주인 여자는 늘 춘호가 오면 부담 없이 대하곤 했다. 그러고 나선 다시 카운터로 갔다. 방에서 춘호는 담배를 피우면서 황 의원이 오기를 기다렸다. 잠시 뒤에 주인 마담이 황 의원에게 인사를 하는 소리가 들렸고, 곧 이어서 황 의원이 방으로 들어왔다. 춘호는 일어나서 그를 맞았다.

"앉게. 그동안 바빴나 보지?"

"네. 의원님. 그간 바쁘셨지요?"

춘호는 황 의원이 먼저 앉는 것을 보고서 자리에 앉았다.

"그러네. 요즘 시국이 별로 신통치 않아서 할일이 많네. 울진에선 석유가 잘 나오나?"

황 의원은 그것부터 물었다.

"네. 하루 이천 오백 배럴로 올렸습니다."

"하하. 어마어마한 돈이 들어오는군. 그래, 동생은 그동안 연락도 없고 뭐 그리 바빴나?"

황 의원은 차분하게 물었다. 춘호는 얼른 담배를 꺼내 황 의
원에게 권했다.

불을 붙여주었다.

"요즘 새로운 사업을 준비하느라 일본에도 가고, 오늘밤에는
울진에 내려가봐야 할 것 같습니다."

"새로운 사업?"

"네. 먼저 식사나 하시면서 말씀을 드리지요. 뭘로 시킬까요?"

"하하. 동생이 나한테 뭐 부탁할 것이라도 있나?"

"아닙니다."

"하하. 괜찮네. 내가 이 자리에 있을 때에 동생이 부탁하는
건 다 들어준다고 하지 않았나."

"이번 일은 건전한 쪽입니다. 형님께서 신경 안 쓰셔도 되는
일입니다."

"그래? 좋아. 일단 동생을 오랜만에 만났으니까 동생하고 같
이 식사나 하면서 이야기 듣지. 난 회로 하지."

"그럼……"

춘호는 벨을 눌러 서빙하는 아가씨를 불러 황 의원이 좋아하
는 자연산 놀래미 회와 양주를 갖고 오라고 주문했다.

"그래, 뭔가?"

"이번에는 콜라텍 말고 비어텍을 하기로 했습니다."

"비어텍? 비어? 맥주 말인가?"

"네. 콜라텍과 같이 비어텍을 해보고 싶습니다. 비어텍은 성인들만 들어오는 곳입니다. 비싼 맥주집이 아니니까 샐러리맨들이 쉽게 들어오는 곳입니다."

"그래?"

황 의원이 호기심을 나타냈다.

"강남에 있는 술집들이 비싼 술집 아닙니까? 그래서 그런 비싼 술집보다는 퇴근하면서 가볍게 맥주를 마실 수 있고, 노래도 부르고, 춤도 출 수 있고, 밴드도 있는 그런 비어텍을 할 계획입니다."

"음. 그런 구상을 하느라 바빴군 그래. 그거야 좋지."

춘호는 비어텍을 하면서 비싼 술집에 못지 않는 밴드 시설과 무대 시설을 갖춰 값싼 맥주를 전문으로 하는 체인점 형식의 술집이라고 설명하면서 그렇게 되면 정치에 울분을 가진 서민들이 쉽게 이용할 수 있는 곳으로 만들겠다고 포부를 밝혔다.

"오!, 그거 좋지! 그런 곳이 많아야 우리, 정치하는 사람들도 좋지. 요즘 말이야. 정치하는 것도 힘들어. 뻑하면 여론이 안 좋아서 힘들어지는데 동생이 그런 맥주집을 체인으로 하게 되면 서민들이야 술을 마시고 울분을 풀어버리게 되니까 우리야 좋은 거지. 하하. 그거 잘 생각했네."

"그렇습니까?"

"그럼! 정치란 국민들의 울분을 풀어주는 것도 정치야. 세금만 자꾸 올려봐. 그러면 국민들은 정부에 반감을 사게 되지. 그럴 때는 서민들의 울분을 다른 곳으로 돌려놓는 작업도 필요한 거지. 하하. 그걸 국민 기만술이라고 하지. 나쁜 쪽으로 기만하는 게 아니라, 그런 울분을 다른 곳으로 돌려놓는 것도 정치술의 한 일종이야. 하하. 그거 아주 잘 생각했어. 청와대에 들어가면 보고할 꺼리가 생겼어. 하하."

"저야 의원님께서 좋아하시면 뭐든지 하겠습니다."

춘호는 형님 대우를 하듯이 황 의원에게 고개를 숙여보였다.

"핫하. 그런 건 장려할 판이야. 그래야 서민들이 정치에 관심을 안 갖고 술로써 스트레스를 풀어버리는 거 아닌가? 정치는 국민들이 울분이 쌓였다 싶으면 커다란 행사를 해서 국민들의 울분을 그쪽으로 돌려버리는 것이지. 안 그런가? 그래야 정치가 편해지는 거야. 하여튼 잘 생각했어. 내가 힘이 돼줄 거 있으면 말해. 그런 거야 얼마든지 도와주지."

"감사합니다."

춘호는 다시 절도있게 허리를 숙였다. 곧 식사가 들어오고 술이 따라 들어왔다. 춘호는 황 의원에게 양주를 따라주었다. 황 의원은 춘호의 구체적인 사업계획을 듣고선 더욱 반색을 했다. 전국망을 갖춘 비어텍의 구상이 여권의 실세인 황 의원에게는 딱 들어맞는 사업 구상이었다.

"그럼 박 동생에게도 말해두겠네. 미리 청와대로 그런 사업이 들어갈 거라고 말해두면 박 국장도 좋은 보고 꺼리가 돼서 좋아할 거야. 어때?"

"의원님께서 그렇게 생각하시니 저야 더할 나위없이 고마울 따름입니다. 콜라텍보다 더 큰 사업이 될 것 같습니다."

"하하. 동생이 이제 보니 아주 사업가구만. 그런 머리가 다 나오고."

"저야 뭐 부족합니다. 밑에 있는 직원들이 보고서를 올리는 거지요."

"하여튼 이번 건은 우리 여권에도 좋은 거야. 안 그래도 요즘 노동계다, 재계다 싸움인데 말이야. 그놈들을 지 밥그릇밖에 몰라. 노동계는 노동계대로 머리 터져라 싸우고, 재계는 재계대로 안 지겠다고 버티고 있으니 정치하는 우리야 머리만 터지지. 요즘 시국이 그래서 안 좋은 거야. 이대로 가다간 나라가 엉망이 되겠어."

황 의원은 나라를 걱정하듯이 술잔을 거푸 비워냈다. 잔이 빌 때마다 춘호는 두 손으로 정중하게 술을 따라주었다. 식사를 마치고 양주 한 병을 다 비우면 황 의원과 춘호의 술자리를 끝이 났다. 황 의원은 양주 한 병 이상은 마시지 않는다는 것을 알고 있는 춘호는 양복에서 봉투를 꺼내 황 의원에게 다가가 양복 안 주머니 안에 집어넣었다.

"의원님. 인사도 제대로 드리지 못하고 이렇게라도 인사를 드립니다."

춘호는 봉투를 건네는 것이 쑥스러웠지만 매번 그런 식으로 건네는 것이었다.

"어허, 동생이 또 이런 걸 주나. 그래. 동생이 주는 건 내가 잘 챙겨서 더 좋은 일에 쓰지. 고맙네."

"의원님. 술 더 드시겠습니까?"

자리로 돌아온 춘호는 그런 식으로 묻곤 했다.

"아, 아닐세. 동생도 바쁘잖은가."

"네. 전 밤에 울진으로 내려가봐야 할 것 같습니다."

"그래? 울진에선 석유가 펑펑 쏟아지고, 신공항에선 금싸라기가 좍좍 쏟아지니 동생 몸이 얼마나 바쁘겠는가. 그럼 일어나지."

언제나 황 의원이 먼저 자리에서 일어났다. 춘호는 뒤따라 일어나서 식사비를 계산하고는 황 의원을 따라 밖으로 나왔다.

"동생. 오늘 고마웠네. 이 은혜는 잊지 않겠네."

"뭘요. 편히 가십시오."

춘호는 황 의원이 타고 온 차가 흑해를 빠져나가는 것을 보고서 차에 올랐다.

"이제 울진으로 가자."

"네."

차는 여의도를 빠져나와 88도로를 달렸다. 한강에는 도심에서 뿜어져 나온 불빛들이 영롱하게 빛나고 있었다. 춘호는 이제 한 시름 놓은 것처럼 울진으로 내려가는 기분이 홀가분하게 느껴졌다. 그동안 숨가쁘게 움직이느라 일정이 빡빡하게 밀렸지만 그러한 것들을 다 처리하고 나서 울진으로 내려가는 기분은 이루 말할 수 없었다. 고속도로로 접어들었을 때는 이미 춘호는 잠에 빠져 있었다.

울진에 거의 도착해서 팔수가 깨웠을 때서야 춘호는 창밖의
바다를 내다보았다. 한밤중이었지만 춘호는 파도소리만 듣고서
도 바닷가 옆을 달리고 있다는 것을 알 수 있었다. 차는 백사장
으로 들어가면서 환하게 불이 켜진 경비초소가 눈에 들어왔다.
미리 연락을 받은 경비대장 차 왕수가 직원들을 데리고 기다리
고 있다가 방금 도착한 차의 문을 열어주었다. 차에서 내린 일
구와 여삼이, 팔수가 왕수에게 정중히 인사를 하고는 물러났다.

"이제 오십니까?"

왕수는 곧 차문을 열어주고선 고개를 숙였다. 왕수의 옆에는
정만과 은수, 영호가 서 있다가 인사를 해왔고, 그 뒤로는 경비
실의 직원들이 서 있다가 춘호에게 절을 해왔다.

"잘 있었나?"

춘호는 자신의 경호원을 지냈던 정만과 은수, 영호에게 악수
를 하면서 말을 건넸다.

"네. 회장님. 저희들이야 여기서 잘 지내고 있습니다."

"그래? 얼굴들이 많이 탄 거 같네. 운동도 열심히 하나?"

"네. 회장님."

"들어가자."

춘호의 말에 왕수와 정만과 은수, 영호가 앞장서서 보트가 있
는 선착장으로 걸어갔다. 춘호의 뒤로는 일구와 여삼이, 팔수가
곧 따라붙었다. 보트에 탄 그들은 시추선으로 달려갔다. 초소에

서 연락을 받은 백호가 시추선 위로 올라오고 있는 춘호의 손을
잡아 끌어올렸다.

"오시느라 고생이 많으셨습니다. 회장님."

"그래. 퇴근 안 하고 기다렸나?"

"네."

백호는 고개를 숙이며 대답했고, 춘호는 곧바로 사무실로 들
어갔다.

"위렌과 반느는 퇴근했나?"

춘호가 자리로 가서 앉으면서 물었다.

"네."

"별일은 없고?"

"네. 없습니다. 위렌과 반느도 열심히 일을 하고 있습니다."

"알렉스는?"

춘호는 지금 앉아 있는 사장실로 쓰고 있는 사무실 겸 회의실
의 옆의 주조정실과 부조정실 쪽을 흘낏 눈짓으로 가리켰다.

"알렉스는 조정실에서 일하고 있습니다."

"그래? 퇴근 안 했나?"

"낮에는 반느와 위렌이 일하고, 밤에는 알렉스와 강 재구 기
술이사가 같이 일합니다."

"호오, 그럼 강 재구도 아직 있나?"

"네."

"둘씩 맞교대를 하는 건가?"

"그렇습니다."

"나가 보지."

춘호는 의자에서 일어났다. 사무실 밖으로 나와 캄캄한 바다 한가운데에서 불을 뿜고 있는 채굴공의 채취 파이프를 올려다보고는 시추선 위를 한 바퀴 돌아보았다. 야간 작업 인부들이 환하게 불이 켜진 갑판 위에서 열심히 구슬땀을 흘리고 있었다. 채굴선 위의 갑판에 있는 거대한 두 개의 송유관은 바닷물 속에서 뽑아 올린 석유와 가스가 육지에 있는 백사장으로 가는 송유관이었다. 그 송유관은 갑판을 지나 다시 바닷물 속으로 해서 백사장으로 연결되어 있었다.

그들은 춘호 회장이 밤에 찾아왔다는 것을 알고선 더욱 열심히 일을 하는 모습이었다. 춘호가 가까이 다가가면 인부들은 하던 일손을 멈추고선 인사를 해왔다.

"수고한다. 밤참은 먹었나?"

"네. 조금 전에 먹었습니다."

인부의 대답을 듣고선 춘호는 옆에 서 있는 백호에게 물었다.

"밤참은 주로 뭘로 하나?"

식당에서 주로 고기 종류로 내놓습니다. 간혹 가다가 자장면을 만들어 내놓기도 합니다."

"식당에는 조리사가 몇 명이지?"

"여섯 명입니다."

그러면서 백호는 춘호가 식당에 대해 관심이 있다는 것을 알고선 식당 쪽으로 안내를 했다. 식당 안으로 들어선 춘호는 식당 내부를 둘러보고선 주방으로 들어갔다. 주방에서 일하던 여섯 명의 조리사들이 갑자기 들이닥친 춘호 회장과 백호 사장을 보고선 놀라서 화들짝 인사를 해왔다. 춘호는 말없이 그들이 설거지를 하는 것과, 한쪽에선 아침식사를 장만하느라 반찬들을 만드는 모습을 옆에서 지켜보고선 대형 냉장고의 문도 열어보았다. 그 속에는 온갖 고기 종류들과 양념류들이 채워져 있는 게 보였다. 주방장격인 이강우가 백호와 춘호 회장을 따라다니며 춘호가 묻는 말에 대답을 하곤 했다. 춘호는 그곳을 둘러보고는 이번에는 조정실로 들어갔다. 그 안에서 일하고 있던 알렉스와 강 재구가 반가운 듯이 일어나서 인사를 했다.

"수고하네."

춘호는 그들에게 악수를 하고는 조정실 안을 둘러보았다. 각종 계기판과 모니터에는 불이 켜져 있었다. 바닷속에서 나오는 석유의 량을 체크하는 모니터가 있는가 하면 가스밀도를 표시해주는 계기판의 바늘이 움직이고 있었다. 조정실의 사방 벽은 온통 복잡한 계기로 가득 차 있어서 춘호가 봐도 알 수 없는 것들이었다. 알렉스와 강 재구는 일어나 춘호가 계기판을 둘러보는 것을 지켜보면서 서 있었다.

"힘들지 않나? 야간만 작업한다며?"

"괜찮습니다."

강 재구 기술이사의 답이었다.

"알렉스는?"

"나도 괜찮습니다."

알렉스가 서툰 한국말로 대답했다. 알렉스의 '나도 괜찮습니다.'란 그 말에 춘호와 백호는 웃었다. 조정실 옆의 부조정실에서는 채굴선에서 바깥으로 나가는 백사장의 집유탱크를 체크하는 곳이었다. 그곳 역시 온갖 계기판으로 가득 차 있었다. 기술자들이 일어나서 인사를 하고는 다시 일에 매달리고 있었다. 춘호는 의자에 앉아 무언가 열심히 컴퓨터를 조작하고 있는 기술자들의 어깨 너머로 일하고 있는 모습을 내려다보고선 밖으로 나왔다.

"백호는 숙소가 어디지?"

"읍에 있습니다. 민가를 쓰고 있습니다만 주로 여기서 자는 편입니다."

"왜? 저녁에 퇴근했다가 아침 일찍 출근하지 그래."

"……."

백호는 그저 웃을 뿐이었다.

"건강은 괜찮나?"

"아침에 직원들과 같이 백사장 구보를 합니다. 괜찮습니다."

"이런 곳에 있으면서 운동도 열심히 해. 운동은 안 하면 몸이 녹스는 거야."

춘호는 마치 형처럼 다정하게 충고를 했다.

"네."

춘호는 바다 쪽을 바라보았다. 두 개의 채굴공에선 시커먼 연기와 함께 불이 활활 타오르고 있어서 바다를 환하게 만들고 있었다. 먼 바다 쪽에 떠 있는 오징어잡이 배들이 불을 켜놓고 있는 모습이 보였다.

그제야 춘호는 담배를 꺼내 물었다. 백호가 곧 라이터를 켜서 불을 붙여주었다.

"백호 사장도 피워."

"괜찮습니다."

난간에 선 춘호는 백사장에 웅크리고 있는 커다란 집유탱크들과 그 둘레를 감싸고 있는 철조망과 경비원들의 숙소, 그리고 입구에서 출입통제를 하는 검문소가 한 눈에 들어왔다. 그러한 모습을 지켜보면서 춘호는 자신이 일구고자 했던 야망의 꿈이 다 이뤄진 듯했지만 그는 지금 새로운 사업에 대한 도전의식이 더욱 용솟음치고 있었다. 그것은 바로 비어텍이라는 새로운 프로젝트였다.

"백호."

춘호가 부르자, 백호는 한 발짝 춘호에게로 가까이 다가섰다.

"네."

"앞으로 우리 황제파는 새로운 사업에 도전할 것이다."

"…… 네."

"비어텍 아나?"

"모릅니다. 어떤 건지……."

백호는 갑자기 나온 춘호의 말에 어리둥절했다.

"하하. 비어 모르나. 맥주 말이야."

"아, 네."

그제야 백호는 간단한 영어 단어도 몰랐다는 것이 쑥스러운지 머쓱해져서 춘호의 옆얼굴을 쳐다보았다. 춘호는 바다 쪽을 바라보면서 말했다.

"이제 앞으로 콜라텍 옆에다가 비어텍이라는 걸 하게 된다. 그러면 두 개의 업소가 나란히 하게 되는 셈이지."

"네."

"백호도 알고 있어라."

"네, 알겠습니다."

백호는 춘호 회장이 그런 사업을 할 거라는 계획을 들려주는 것이 그저 고마울 따름이었다. 그건 곧 울진에 있는 백호에게 회장이 직접 말해주는 가장 빠른 정보랄 수 있었다.

"백호도 여기에서 있다가 나중에 서울로 오게 될 것이다. 여기서 하는 일이 우리 조직의 힘이 되는 거고."

"네……."

백호는 춘호 회장이 자신을 신임하고 있다는 것을 알 수 있었다. 그리고 춘호는 황제그룹의 회장으로써, 배호의 밑에서 착실히 일을 했던 백호를 누구보다 더 아끼는 마음이었다.

"어디서든 열심히 해라."

"네."

백호는 늘 대선배인 춘호에게 존경심을 갖고 있었다. 맨주먹으로 황제그룹을 일으킨 그의 역정을 알고 있었다.

"넌 고아원에 어떻게 들어갔었나?"

"저는……. 아버지와 어머네가 이혼하고서 아버지 밑에 있다가 아버지가 병들어 죽고 나서 고아원으로 들어갔습니다."

"그럼 어머니는 살아 계시겠네?"

"그럴 겁니다."

"어디 사는지는 모르고?"

"네."

"그럼 찾지 그래. 이젠 백호도 사장이 됐으니까. 울진석유공사의 사장이 아니냐."

"……."

백호는 대답이 없었다.

"왜? 찾고 싶지 않아서 그러나?"

"네……."

"어머니가 살아 있다면 찾아보는 것이 좋지. 찾고 싶은 마음이 없어?"

"네……."

"왜?"

"……."

백호는 말이 없다가 춘호가 자신을 바라보고 있다는 것을 알고는 입을 열었다.

"제가 아주 어렸을 때에 아버지가 바깥에 일 나갔을 때에 어머니는 바람을 피웠습니다."

"……?"

"제가 어렸을 때의 일이지만……. 기억에는 아직 남아 있습니다."

"그래?"

"네. 제가 초등학교 막 들어갔을 때였습니다. 봄날에 어머니는 나를 데리고 어느 다방으로 들어갔습니다. 나한테 우유를 시켜주고선 어떤 남자랑 같이 이야기를 하는 것을 봤습니다. 제가 어렸지만 아버지 아닌 딴 남자와 같이 자주 만나는 것을 보고 나서부터 괜히 미워지기 시작했습니다. 결국 어머니는 딴 남자와 눈이 맞아 외박까지 했고, 그것도 모르는 아버지는 어머니가 바깥으로 나돌아다니는 것에 대해 손찌검을 하기 시작했습니다. 결국 헤어졌지요."

"……."

"아버지는 어머네가 바깥으로 나돌아다니는 것만 알았지, 딴 남자와 만나 어떤 곳으로 가는 것까진 몰랐습니다. 저는 알고 있었지요."

"그래?"

"제가 어렸을 때지만 어머니는 나를 제과점 같은 곳에 데려다 놓고 거기서 빵을 먹으라고 해놓고선 그 남자하고 어디론가 갔다가 돌아오곤 했습니다."

"……."

"조금씩 알았을 때는 엄마가 딴 남자와 바람을 피우고 있구나 하는 생각을 했지만 이미 아버지와 어머니는 금이 갈라질대로 갈라진 뒤였습니다. 매일 싸우다시피 하는 집에서 결국 두 사람은 이혼을 했습니다. 아버지는 나를 데리고 키우겠다고 했지만 일을 나가는 것보다 술로 사는 날이 더 많았습니다."

"흠……."

"아버지가 병들어 죽고 나서 저는 친척집에도 갈 수 없었습니다."

"친척이 있나?"

"네. 고모와 사촌집이 있습니다."

"사촌도?"

"네."

"사촌이라면 가까운 사인데 왜 안 찾아봐?"

"제가 고아원으로 가기 전에 사촌집에서나 고모집에서는 내가 들어오는 것을 겁냈습니다. 어린 저도 그만한 눈치쯤은 알아차릴 때였습니다."

"그랬구나……."

"서로 안 받으려고 하는 데에 갈 수가 없었습니다. 사촌집에서 나를 고아원에 가면 공부도 할 수 있고, 먹을 것을 준다고 하면서 고아원으로 데리고 갔습니다."

"그래서 찾고 싶지 않다는 말이냐?"

"……."

"백호."

"네."

"고아원에 있는 애들은 친척이 없는 애들이 더 많다. 그런 애들은 찾아가고 싶어도 찾아갈 수 없는 애들이다. 넌 그래도 친척이라도 있군 그래."

"……"

"우리 고아들은 다 불쌍한 애들인 셈이지. 어른들의 잘못 때문에 엉뚱하게 고아원으로 가야 하는 신세들인 셈이지. 백호."

"……"

백호는 춘호를 쳐다보았다.

"난 찾아갈 어머니 아버지도 없다. 배호 역시 그렇고. 남대문의 희준이 역시 그렇다. 이건 운명이라는 거다. 참 기구한 운명인 셈이지."

"……"

"여자란 남자에 의해 좌우된다고 해야 하나. 여자가 남자에 눈을 뜨면 모든 걸 걸어버리는 거다. 그런 애들을 많이 봤다. 내가 고아원에 있을 때도 봤고, 앵벌이를 할 때도 그런 애들이 많았다. 그런 애들은 더 불쌍한 거지. 엄마가 사랑에 눈을 떠서 아이들을 버리고 떠났다고 한다면 아이들은 개만도 못한 셈이지. 안 그런가?"

"……"

"요즘 우리 사회도 그렇다. 옛날에는 그래도 참아가면서 살았지만 요즘은 섹스에 한 눈이 팔린 사회나 마찬가지다. 우리 조직에서는 앞으로 그런 일 같은 것은 절대로 일어나지 않을 것이다."

"…….네."

"남자가 사랑에 빠지면 일부분을 주지만, 여자는 그렇지 않다. 나도 고아원에 있으면서 어린 나이에도 그런 것들에 대해 많은 생각을 하게 됐다. 사랑이란 것은 인간이 가진 가장 본능적인 문제일 거라는 생각이 바로 그것이다."

"……."

"여자가 모든 걸 버리고 떠날 수 있는 것이 사랑이라는 말이다."

"네……."

"사회에서는 웃기는 말을 하지. 사랑이 가장 위대한 거라고. 그래서 사랑을 찾으면 언제든지 떠날 수 있는 거라고. 너도 그 말 믿나?"

"전 안 믿습니다. 회장님."

"그래?"

춘호가 백호를 돌아보았다.

"네. 전 제 자신을 믿을 뿐입니다."

"하하. 맞는 말이다. 우린 다 주먹만 믿을 뿐이다. 고아원에서 귀가 따갑도록 목사의 말도 들었고, 유명한 인사들이 와서 떠들어댔지만 그건 그놈들이 자신을 거룩하게 포장하기 위해서 아무렇게나 뱉어대는 말일 뿐이지. 자신에게 그러한 일이 닥치면 언제 그랬느냐는 듯이 태도가 달라지는 놈들이 허약한 인간의 탈을 쓰고 그런 말을 뱉어내지."

"……."

"종교 지도자들도 그런 곳에 안 가서 그럴 뿐이지, 만약에 그런 곳에 간다면 그런 장담을 할 수가 없을 거다. 가식적인 탈을 쓰고 살아갈 뿐이다."

"네……."

"자신은 자신이 지키는 거다."

"네."

"아침에 어떻게 일어나나?"

춘호는 벌써 새벽 기운이 감돌고 있는 먼 바다 쪽을 바라보다가 물었다.

"훈련원에 있을 때처럼 여섯 시면 정확하게 일어납니다."

"핫하. 그래?"

"네."

"좋아! 이제 들어가서 눈 좀 붙이자."

"회장님. 나가서 주무시는 게 어떻겠습니까? 여긴 제가 쓰는 간이침대밖에 없습니다."

"하나냐?"

"네."

"됐어. 둘이 잘 수 없으면 한 사람만 위에서 자지. 그런 됐잖아? 난 간이침대에서 많이 잤다. 들어가지."

두 사람은 갑판에서 사무실로 들어갔다. 백호의 사무실 한쪽에는 커튼으로 막아놓은 간이침대가 놓여 있었다. 백호가 사용했던 흔적이 뚜렷하게 드러나 있었다.

"회장님. 불편하시더라도 여기서 주무십시오. 전 아래쪽에서 자겠습니다."

"됐어! 나도 침대보단 밑이 낫겠다. 밑에 깔아라."

"알겠습니다."

백호는 침대 위에 있던 시트를 내려 바닥에다 깔았다. 베개가 하나밖에 없었으므로 춘호 회장이 누울 자리에 베개를 갖다놓았다. 춘호가 옷을 벗고 눕는 것을 보고는 백호는 책을 가져와서 베개를 만들어서 춘호 옆에 조심스럽게 누웠다.

"불을 꺼."

춘호의 말에 백호는 불을 껐다.

"……."

춘호는 눈을 감은 채 바깥에서 들려오는 파도소리를 듣고 있었다. 바닷물 속에 박혀 있는 파이프라인에서 석유가 올라오는 소리가 묵직하게 들려왔다. 그것은 마치 작은 진동처럼 울리고 있었다. 그 소리를 들으면서 잠이 들 것만 같았던 춘호는 창문을 통해 들어오는 달빛에 그만 잠이 달아나고 말았다.

"자나?"

"아닙니다."

"……."

춘호는 다시 눈을 감았다.

"부모에 대한 원망이 크냐?"

"네."

"할 수 없는 일이다. 그들이 우리를 버린 것도 다 운명일 뿐이다. 지금 우리가 서 있는 이곳도 운명이고."

"네……."

"그래도 나를 낳아준 부모를 미워하는 건 좋지 않다. 부모가 나를 낳아주지 않았다면 현재 우리는 없는 거니까. 애를 낳아놓고 버린 것은 잘못이지만 그렇다고 너를 낳아준 부모를 미워할 필요는 없다는 말이다."

"……네."

"사람도 짐승처럼 새끼를 낳아놓고서 도망가버릴 수도 있구나 하고 생각하면 그만이지. 사람도 짐승과 똑같으니까."

"……."

"우리 고아들은 다 자기를 낳아준 부모를 미워하는 거 나도 알고 있다. 나도 그랬으니까……."

춘호는 그 말을 하면서 한숨을 내쉬었다. 황제그룹이라는 대조직을 거느리고 있는 자신이었지만 자신이 거느리고 있는 황제그룹에 속해 있는 직원들 중에서 중요한 핵심부서를 제외하고는 모두 다 고아들이라는 사실이 그의 가슴을 아프게 했다.

"너는 이제 그 미움을 버려라."

"네."

백호는 순순히 대답을 했지만 자신의 마음을 그대로 실행에

옮길지는 자신도 모르는 일이었다.

"앞으로 너는 우리 황제그룹에서 중요한 핵심 인물로 크기 위해서는 그런 미움 따위는 잊어버리는 것이 좋다. 사람의 가슴 속에 미움이 가득 차 있으면 결코 되는 일이 없다. 조직세계에서는 미움이 가득 차면 결국 사람을 죽이게 된다. 칼날이 자신도 모르는 사이에 힘이 들어가서 결국 사람을 죽이게 되는 것이다. 나중에 후회해봤자 그때는 다 소용없는 일이다."

"네."

"너는 니 후배들이 불쌍한 고아라는 것을 잊지 말고 후배들을 친동생처럼 아끼면서 키우는 것이 부모가 너를 버린 것에 대한 복수라고 생각해도 좋다."

"네. 알겠습니다."

백호는 고개를 끄덕이면서 대답했다. 달빛에 비친 춘호의 얼굴은 하얗게 빛나고 있었다.

"이제 자자. 딴 생각하지 말고."

"네. 잘 주무십시오. 회장님."

"……."

춘호는 눈이 감기면서 곧 잠 속으로 빠져들었다. 그는 잠이 올 때에는 곧바로 잠 속으로 빠져들었다가 일찍 일어나는 습관이 있었다. 광명시에 있는 중국집에서 일할 때나, 수원의 콜라텍을 할 때부터 춘호는 절대로 늦잠을 자는 버릇이 없었다. 어렸을 때, 고아원에 있을 때는 아침에 일찍 일어나야 했으므로 그것이 습관이 돼버린 셈이었다.

백호는 잠든 춘호 회장의 모습을 들여다보면서 왠지 모를 존경심이 우러나왔다. 그 숱한 어려움 속에서 꿋꿋이 일어나 국제적인 공항단지 안에서 황제그룹이라는 대기업을 일으켜 세운 장본인이 자신의 옆에 누워 있다는 것만으로도 가슴이 뿌듯해져 왔다.

아침 일찍 일어난 춘호는 백호와 같이 백사장 구보를 했다. 모래밭에 발이 푹푹 빠졌다. 평지보다는 두 서너 배는 더 힘든 것이 모래사장 구보였다. 두 사람은 땀을 흘리며 구보를 하고선 위렌과 반느가 출근하는 것을 보고서 그들은 울진 읍내로 나갔다. 아침 식사를 하기 위해 춘호와 백호, 그리고 위렌과 반느, 춘호의 경호원들이 식당으로 들어갔다.

"회장. 난 이제 한국 사람이 다 됐다."

위렌이 그 말을 하면서 웃었다. 위렌은 제법 한국말을 구사할 줄 알았다. 그러나 존칭어와 평어를 구분하지 못했다.

"그래? 그거 좋지. 아예 한국 여자를 맞아서 사는 건 어때?"

춘호가 농담으로 말했다.

"그럴까? 저번에 브리핑을 할 때에 본 명희라는 아가씨가 참 이쁘던데."

"그래? 명희가 마음에 들었어? 내가 만나게 해줘?"

춘호는 여전히 농담식으로 말하고 있었다.

"오우! 노! 너무 성급해. 너무 성급해."

위렌이 손사래를 치며 춘호의 말을 가로막았다.

"하하. 알았어. 서울 올라가면 명희한테 말하지. 위렌이 명희를 이쁘게 봤다고. 그럼 됐지?"

"이쁘게 봤다? 이쁘게 봤다는 게 무슨 뜻이야?"

위렌은 그 말뜻을 알지 못해서 물어왔다.

"좋은 이미지를 가졌다는 뜻이다. 됐나?"

"하하. 오우케이! 그건 괜찮다. 아주 좋아."

위렌과 춘호가 농담을 하고 있는 사이에 얼큰한 해물 된장국과 밥이 나왔다.

"얼큰한 게 맛있는데?"

춘호는 해물 된장국의 국물을 떠먹어보고는 입맛이 도는 것을 느꼈다.

"춘호 회장. 나도 이거 아주 좋아해. 삼겹살도 좋아하고."

위렌이 말했다.

"그래? 이젠 한국놈 다 됐군."

춘호가 웃으면서 말했다.

"회장. 한국놈이라는 말은 싫어. 놈 자가 들어가면 욕이라고 들었어. 맞지?"

"하하. 그냥 친한 친구에게도 하는 말이다. 야, 이놈아, 하면 그건 욕이 아니다."

"오우! 야, 이놈아, 라는 소리 많이 들었어. 한국 인부들이 야, 이놈아, 라는 말을 많이 했어."

"하하. 위렌, 반느, 많이 먹어. 술도 한 잔 할래?"

"오우! 노! 아침에는 술 싫다. 저녁에 사줘라."

"알았어!"

춘호는 흔쾌히 승낙을 했다. 식사를 하고 돌아온 그들은 곧 보트를 타고 시추선으로 다가갔다. 갑판 위에 올라선 춘호는 백 사장 쪽을 보며 백호에게 말했다.

"백사장에서 여기까지 거리가 얼마나 되나?"

"약 이킬로미터는 됩니다."

"그럼 다리를 놓는 건 어때? 매일 보트를 타고 들어오고 나가는 게 그렇지 않나? 돈이 많이 들어?"

춘호의 지적에 백호는 곧 허리를 굽혔다.

"그렇게 하겠습니다."

"들어가지."

그들은 조정실로 들어갔다. 간밤에 야근을 한 알렉스와 강 재구 기술이사가 충혈된 눈으로 그들을 맞았다.

"오늘 교대가 늦었군. 나하고 식사를 하고 오느라 그랬으니까 나가서 둘이 식사나 하지."

그러면서 춘호는 지갑에서 백만 원 권 수표 한 장을 꺼내 강 재구에게 주었다.

"회장님. 너무……."

강 재구 이사가 큰 액수의 수표를 보고선 난처한 기색을 보였다.

"괜찮아. 맨날 밤을 새우면서 야근을 하는데 받아둬."

춘호는 그렇게 말하고는 의자로 가서 앉았다. 알렉스와 강 재구 이사가 퇴근하면서 인사를 하는 것을 보고서 춘호는 위렌과 반느가 조정실의 계기판을 만지는 것을 지켜보고 있었다. 어젯밤에 뽑아 올린 석유의 양이 그래프에 표시되어 나오고 있었다. 그걸 뽑아본 위렌은 반느에게 건네주었고, 반느는 인터폰을 해서 집유탱크가 있는 바깥과 연락을 취하고 있었다.

"12탱크로 보낸다. 밸브 열어."

반느는 모니터에 나타난 12탱크의 저장용량을 확인하고는 다시 인터폰에다 말을 했다.

"열었나?"

"네. 준비 됐습니다."

집유탱크에서 목소리가 흘러나왔다.

"좋아! 들어간다!"

반느는 조정실의 벽 위쪽에 있는 스위치를 당겼다. 그러자 컴퓨터 모니터에는 집유탱크 속으로 들어가는 석유의 양이 막대 그래프로 표시되고 있었다. 간밤에 채취한 석유는 일단 시추선 바로 옆에 있는 저장탱크에 저장이 돼 있다가 아침이 위렌고 반느가 출근하면 저장탱크 속에 저장되어 있는 석유의 양을 확인하고는 다시 백사장 쪽에 있는 집유탱크로 보내서 탱크 안에 저장이 되도록 하는 것이었다. 위렌과 반느가 작업을 마치고는 의자를 빙그르르 돌려서 춘호를 바라보며 담배를 꺼내 불을 붙였다.

"십이탱크에 들어가고 있다."

위렌이 보고를 했다.

"이젠 한국말도 잘하네."

춘호가 웃으면서 추켜세웠다.

"나, 며칠 전에 월급 타서 여자 따먹었다."

위렌이 느닷없이 그 말을 했다. 그 말을 들은 춘호와 백호는 크게 웃었다.

"뭐? 여자 따먹었다니? 술집에 갔었나?"

"야스! 반느하고 같이 갔다."

"어디에?"

춘호는 위렌과 반느가 외박을 했다는 것을 그런 식으로 표현하는 것을 보고서 계속 웃고 있었다.

"울진읍에 가면 자주 가는 곳이 있다. 거기 여자들 많아. 아주 이뻐."

"핫하하. 그래?"

"회장. 오늘밤 거기 같이 가볼까?"

"거기 가보고 싶나?"

"야스! 회장이 오면 같이 온다고 그랬다."

춘호는 위렌의 말을 듣고서 계속 웃음만 나왔다.

"그래. 알았어. 이따 퇴근해서 한 번 가보지. 어떤 여자들이야?"

춘호가 궁금해서 백호에게 묻자, 백호가 웃으면서 대답을 했다.

"그냥 대폿집입니다. 위렌과 반느가 대폿집에 가보고서 저러는 겁니다."

춘호는 조정실에 있다가 위렌과 반느가 열심히 일을 하는 모습을 보면서 한결 기분이 좋았다. 춘호가 옆에 있어서인지 위렌과 반느도 더욱 열심히 일을 하는 듯했다. 그들이 일을 하다 말고 가끔 한국 인부들에게서 배운 야한 농담을 해오면 춘호는 배꼽을 잡고 웃었다. 외국인 기술자인 위렌과 반느에게 한국 인부들이 그런 농담을 가르쳐주곤 하는 모양이었다.

"춘호 회장. 이번에 일본에서 긴자파하고 같이 신주쿠파를 없애버렸다면서?"

반느가 물어왔다.

"응? 그걸 어디서 들었나?"

춘호가 놀라서 묻자, 이번에는 위렌이 대답을 했다.

"백호 사장한테서 들었다. 춘호 상이 그렇게 센 줄은 몰랐다."

"긴자파를 도와준 거지. 도쿄는 긴자파가 완전히 정복한 셈이다."

"오우! 정말 멋져! 칼로 싸웠나?"

"몽둥이로! 이렇게!"

춘호는 몽둥이를 휘두르는 모습을 해 보였다. 그러자, 위렌과 반느는 눈이 휘둥그레져서 백호를 쳐다보았다. 그 모습을 본 춘호는 웃지 않을 수 없었다.

점심때가 되어서 조정실에 직원 한 사람을 남겨놓고서 다들 식당으로 가서 점심식사를 하고선 조정실에 남아 있던 직원과 위렌과 반느가 교대를 했다.

오후에는 춘호는 갑판 위로 나와 시간을 보냈다. 태평양 바다 위에 떠 있는 거대한 시추선 위에 있으면서 춘호는 서울을 떠나 조용한 바닷가에 와 있는 마음의 여유를 느낄 수 있었다.

"회장님. 바다낚시라도 하시겠습니까?"

"낚시?"

"네. 준비돼 있습니다."

"그럴까? 몇 대나 있는데?"

"이삼십대는 있습니다. 여기서 낚시 대회도 열었습니다."

"그래? 그거 좋은 일이군. 가져와봐."

백호는 곧 가서 낚싯대를 갖고 왔다. 춘호가 낚시를 할 수 있도록 자리를 만들어주고선 그 옆에는 일구와 여삼이, 팔수가 낚시를 할 수 있도록 낚싯대를 놓아주었다.

"니들도 해봐. 여기서 잡는 건 다 횟감이니까."

춘호는 경호원들에게도 그렇게 말하고선 낚싯줄에 먹이를 매달아서 바닷물에 던졌다. 백호는 춘호 옆에서 낚싯대를 드리우고 있었다.

"거 좋네. 이런 곳에선 이런 낙밖에는 없을 거야."

"회장님께서 여기 계시면 이것밖에 할 게 없습니다. 바다를 쳐다보는 것도 한두 번이지 맨날 보고 있으면 내가 바다 위에 떠 있는 것도 잊어버릴 정돕니다."

"하하, 그러겠지."

춘호는 처음 해보는 낚시인지라 낚싯줄에서 눈을 떼지 않았다.

"그래서 가끔 조정실과 부조정실, 그리고 탱크반이 모여서 세

팀으로 나눠서 낚시대회를 합니다."

"어디가 이기지?"

"일등은 탱크반입니다. 그리고 조정실과 부조정실은 별롭니다."

"하하. 위렌하고 반느가 있는 팀이 지겠지. 쟤들은 낚시하고
는 거리가 멀 걸?"

"왜요? 회장님."

백호는 춘호가 호탕하게 웃어젖히자 되묻고 있었다.

"위렌하고 반느는 밤에 색시집에 가서 술이나 퍼마시는 게 더
좋을 거다. 전에도 부상에까지 도망쳐서 술을 퍼마시고 퍼져버
린 적이 있어서 그래. 하하. 요즘은 안 그러냐?"

"네. 요즘은 일을 잘합니다."

백호도 웃으면서 대답했다.

"이젠 한국 물정에 대해서 좀 알겠지. 우리 황제파가 어떤 곳
이라는 것을 알았을 거니까."

"네, 맞습니다."

이야기를 하고 있는 도중에 춘호의 낚싯줄에 신호가 왔다. 춘
호는 재빨리 낚싯줄을 걷어 올렸다. 그리고는 릴을 마구 잡아당
겼다. 그러자 바닷물 속에서 손바닥보다 조금 큰 광어가 물 밖
으로 따라 올라왔다.

"여! 이거 큰 거 걸렸군!"

춘호는 릴을 감아서 바늘에 꿰어 파닥거리는 광어를 바라보
고는 손으로 잡아챘다. 백호가 일어나서 춘호가 잡은 광어를 바

늘에서 떼어내는 방법을 가르쳐주었다.

"흠. 이거 오늘 횟감 좀 잡겠는데."

춘호는 기분이 좋았다.

"초장을 좀 가져올까요?"

"그러지."

백호는 곧 직원을 시켜 식당에서 초장과 칼과 도마를 갖고 오도록 했다. 그리고선 잡은 광어를 회를 떠서 초장에 집어넣었다.

춘호는 하얀 살점을 하나 집어 입에 넣었다.

"야. 니들도 이거 먹어봐. 맛이 죽이는데."

백호와 춘호의 경호원들이 한 점씩 먹어보고는, 부하들에게 말했다.

"바로 이 맛입니다. 회장님께서 잡으신 광어맛이 서울 일식집에서 먹는 것보다 나은 거 같습니다."

"그래. 좋아. 오늘 많이 잡아봐. 여기서 싱싱한 회나 실컷 먹자."

그들은 오후 내내 낚시에 정신이 팔렸다. 잠깐 밖으로 나온 위렌과 반느도 회를 먹고선 다시 조정실로 들어갔다.

바다가 어두워질 때쯤 해서 춘호는 낚시를 그만두고서 일어섰다.

"이젠 심심하진 않겠군. 위렌하고 반느는 퇴근할 시간이 안 됐나?"

"지금 퇴근입니다. 나가시죠."

백호는 저녁 시간에 출근한 알렉스와 강 재구에게 조정실을 맡기고는 위렌과 반느를 데리고 밖으로 나왔다. 백사장 나간 그들은 두 대의 차를 몰아 위렌이 말한 울진 읍내의 대폿집으로 향했다. 버드나무집이라는 간판을 달아놓은 기와집인 걸로 봐서 옛날로 말하자면 기생집이나 마찬가지인 그런 술집이었다. 그들이 타고 온 차가 마당으로 곧바로 들어가서 멈췄다.

"어서 오세요. 위렌 씨. 반느 씨. 오늘은 손님분들까지 모시고 오셨네."

"우리 회장이야."

위렌은 엄지손가락을 세워 보였다.

"네. 어서 들어오세요."

술집에서는 위렌과 반느가 여러 명의 손님들을 데리고 왔기 때문에 제일 큰 방으로 안내를 했다. 한 눈에 봐도 기생집이었다. 한복을 입은 기생들이 야한 화장을 하고 들어와 남자들 옆에 앉았다.

"야, 여기 우리 회장님이야. 인사해."

위렌이 기세등등하게 기생들에게 말했다. 그러자 기생들은 춘호에게 살짝 고개를 숙여 인사를 해왔다.

"안녕하세요. 춘심이라고 해요."

"안녕하세요. 전 보련이라고 해요."

기생들이 차례대로 인사를 해왔다. 위렌의 옆에는 춘심이가 앉았고, 반느 옆에는 보련이가 앉아 있었다.

춘호 옆에는 홍련이가 앉았고, 백호 옆자리에는 예진이라는 기생이 앉았다. 일구 옆자리에는 혜정이라는 기생이, 여삼이 옆자리에는 창옥이, 팔수 옆에는 민숙이라는 기생이 앉아 있었다.

"오빠들 아주 멋져. 다 서울서 오신 분들인가봐. 꼭 조폭 같애."

기생들은 버릇없이 깔깔 웃으며 제멋대로 말을 하고 있었다. 하긴, 시골 기생집이라 그런지 서울에서 내려온 손님들에 대해서 그녀들이 최선을 다한다는 것이 그 정도였다.

"야야. 조폭이 뭐냐. 우린 사업하는 사람들이다."

백호가 얼른 기생들을 나무랐다. 춘호는 이런 기생집에는 처음 와봤으므로 위렌과 반느가 자주 들른다는 곳이 어떤 곳인가 하고 들러본 것뿐이었다. 약간 기분이 상하더라도 춘호는 여자들을 나무라지 않았다. 백호는 여자들이 아무렇게나 말을 해서 춘호 회장을 보기에 민망스러웠지만 춘호가 재밌다는 듯이 웃고 있으므로 그녀들의 막된 행동을 제지하지 않았다.

"옵빠아. 난 옵빠가 좋아! 옵빠도 나 좋지?"

위렌 옆에 앉은 춘심이가 아양을 떨 듯이 말을 하면 위렌은 마치 애인이라도 되는 듯이 춘심이를 끌어안아 가슴을 만지곤 했다. 반느 역시 애인의 집이라도 온 양 춘호와 백호가 있었어도 아무런 거리낌없이 여자들과 그러한 장난을 치곤했다.

곧 거한 술상이 차려졌다. 기생들이 일어나 거하게 차려온 술상을 받아 남자들 앞의 술상에다 상을 차리기 시작했다. 50대의 주인 여자는 서울서 내려온 건장한 남자들이 턱 앉아 있는 것이 믿음직스러운지 약간의 수다를 떨면서 인사를 하고선 문을 닫아주고는 나갔다.

술상에는 백숙과 찜닭, 오리고기, 개고기, 돼지고기 볶음, 소고기 갈비 등 푸짐하게 차려진 안주들이 놓여 있었다.

"제가 술 따를게요. 회장님이라고 하셨죠? 저, 춘심이예요."

춘심이가 먼저 춘호의 잔에 소주를 따라주었다. 춘심이는 다시 애인인 위렌에게도 술을 따랐다. 다른 여자들도 각자 옆에 앉아 있는 남자들에게 소주를 따라주고는 남자들에게서 술을 따라달라고 해서 여자들도 옆에 있는 남자들이 따라주는 술잔을 받아 들었다. 술잔이 몇 차례 오가면서 분위기는 점점 흥겨워졌다. 춘호는 옆에 있는 홍련이와 백호가 따라주는 술을 받아 마시면서 위렌과 반느, 그리고 자신의 경호원들이 기분좋아 하는 모습을 바라보고 있었다.

"회장. 울진에 자주 내려와. 내가 술 살게. 오늘 이런 거 얼마나 좋아."

위렌은 마치 어린애처럼 굴었다. 옆에 있는 춘심의 젖가슴에 손을 넣고는 다른 한손으로 춘심의 허벅지 속에 집어넣고 있었다.

"그래. 시간이 나면 자주 오지. 오늘 기분이 좋나?"

"야스! 춘심이가 나를 사랑해. 나도 춘심이 좋아."

위렌의 말이었다. 그러자 춘심이는 눈을 흘기면서 위렌에게 키스를 해주었다. 춘호는 마치 어렸을 때에 시장통에서나 볼 수 있는 그런 선술집에 와 있는 기분이었다.

'그래. 사람이 살아가는 거란 다 이런 거지…….' 춘호는 술잔을 들이키면서 그런 생각을 했다. 이때까지 그는 한눈도 팔지 않고 오로지 앞만 향해 달려온 시간들뿐이었다. 이런 술자리가 다소 어색했지만 시골 읍내의 술집에서 사람이 살아가는 모습을 보는 것 같아 기분이 그리 나쁘지는 않았다.

"회장님. 제가 술 따라 드릴게요."

옆에 앉아 시중을 드는 홍련이가 춘호가 마시고 내려놓는 소주잔에 술을 따랐다.

"넌 집이 어디냐?"

"저요? 서울요."

홍련이가 대답했다.

"멀리서 왔네. 서울 어디?"

"면목동요. 여기가 좋아요."

"왜?"

춘호가 묻자, 곧 홍련이가 대답했다.

"바다가 옆에 있으니까 좋아요. 서울서는 먼지하고 매연만 잔뜩 있잖아요. 여긴 조용하고 시골스러워서 좋아요."

"그래. 조용해서 좋다. 근데 이런 곳에 오면 돈을 많이 버나?"

"별로요. 월급만 받아요. 가끔 따로 버는 돈도 있고요."

홍련이는 부담없이 춘호에게 털어놓고 있었다.

"따로 버는 돈? 그건 외박 나가는 거 말이냐?"

"네. 가끔 손님들이 나가자고 그래요."

"하하. 넌 그런 거까지 다 말하냐?"

춘호는 홍련의 솔직한 대답이 마음이 들었다. 비록 술자리에서 시중을 드는 아가씨지만 그녀에게도 자존심이란 게 있기 마련인데 처음 본 춘호에게 그런 것까지 다 말한다는 것이 약간 우습기도 했다.

"어때요 뭐. 저야 어차피 이런 데서 술을 따르며 사는 건데 내숭을 떨고 말고 할 게 어디 있어요."

"핫하. 그렇지. 사람은 다 자기 사는 모양대로 사는 거야. 아무리 겉치장을 잘하고, 속인다 해도 드러날 건 다 드러나니까."

춘호는 기분이 좋아서인지 홍련에게 술잔을 건넸다.

"고맙습니다."

홍련은 두 손으로 술잔을 받았다. 춘호는 느긋한 마음으로 술을 마시고 있었다. 위렌과 반느가 신이 난 듯이 옆에 앉은 아가씨들을 주무르고, 껴안고, 아가씨의 옷 속으로 손을 집어넣어 짓궂은 장난을 치곤했지만 춘호는 못 본 척하며 앉아 있었다.

일구와 여상이, 팔수도 어느 정도 술이 들어간 상태이지만 위렌과 반느의 그러한 짓궂은 장난을 보면서도 그대로 따라하진 않았다. 보스인 춘호가 위렌과 반느의 그러한 행동을 제지하지 않고서 못본 척하면서 묵인하는 것이었지만 그들은 옆에 있는 아가씨가 따라주는 술잔을 받아 마시면서 절도 있는 행동을 보이고 있었다. 백호 역시 춘호와 마찬가지로 옆에 있는 아가씨가 따라주는 술만 마시고 있었다.

"어머. 왜들 이러실까? 진짜로 조폭같네."

백호의 옆에 앉은 예진이 눈을 흘기며 백호와 춘호를 바라보며 말했다. 처음부터 끝까지 꼿꼿한 자세를 보이고 있는 백호와 춘호를 보고서 하는 말이었다.

"왜? 분위기가 어색하냐?"

백호가 예진에게 물었다.

"네. 너무 딱딱해요. 저봐요. 쟤들은 희희낙락하면서 잘 놀잖아요."

예진이 부리운 듯이 위렌과 반느가 있는 쪽을 눈짓으로 가리켰다.

"하하. 위렌하고 반느야 기분파 아니냐. 저렇게 주무르는 게 좋아?"

"아이. 그게 아니고요. 여기 사는 사람들도 이루 집에 오면 못 주물러서 환장을 하는데, 서울서 오신 분들은 우리가 마음에 안 드는가봐. 그렇죠? 서울선 고급 술집에 가면 우리보다 더 멋진 아가씨들이 많아서 그렇죠?"

여자들은 남자들이 어느 정도 술이 들어가면 여자들에게 손길도 보내주고 가끔씩은 진한 애무를 보내주어도 좋지 않겠느냐는 듯이 나왔다.

"술 마시러 왔지, 니들 주무르러 온 건 아니니까. 이게 좋지 뭘 그러냐."

백호는 춘호를 쳐다보며 그런 말을 했다.

"피이, 오늘밤에 멋있는 옵빠하고 연애 좀 할렸더니 다 틀렸

네 뭐. 그지?"

예진이 춘호 옆에 앉은 홍련에게 그 말을 하면서 입술을 삐죽 내밀었다. 예진의 애교스런 모습이었다. 위렌이 자리에서 일어나서 가라오케 반주에 맞춰 한국 노래를 부르기 시작하자, 위렌의 옆에 있던 춘심이가 같이 일어나서 위렌과 같이 노래를 불렀다. 위렌은 노래를 부르다가 일어선 춘심에게 마이크를 대어주고는 옆에서 춤을 추기 시작했다.

"옵빠. 저봐. 위렌 옵빠가 얼마나 기분이 좋아."

"훗. 위렌이 오늘 뽕을 빼는구만."

백호가 기분 좋게 웃었다. 위렌의 노래가 끝나자 이번에는 반느가 보련과 같이 일어나서 노래를 불렀다. 그리고 나서 춘호의 옆에 앉은 홍련이 마이크를 잡고서 노래를 불렀지만 춘호는 술을 마시면서 홍련이 부르는 노래를 듣고만 있었다.

다시 백호와 일구, 여삼, 팔수의 옆에 앉아 있던 여자들이 일어나서 노래를 불렀다. 노래가 끝날 때마다 박수소리가 터져나왔다. 술자리는 점점 흥이 났다. 춘호와 백호는 노래가 끝날 때마다 박수만 보냈을 뿐, 흐트러진 자세를 보이진 않았다. 위렌과 반느가 흥이 나서 노는 모습을 보고 있던 춘호가 백호에게 말했다.

"백호."

"네. 회장님."

"오늘, 위렌하고 반느가 기분이 좋은 것 같은데 둘씩 외박이라도 내보내지."

"알겠습니다."

백호는 춘호 회장이 먼 나라에 와서 기술자로 있는 위렌과 반느를 위로해주기 위해서 그런 것까지 신경을 쓴다는 것을 곧 알아차렸다. 새벽이 되어서 술자리가 파하고 나서 일어설 때에 백호가 위렌하고 반느에게 말했다.

"위렌, 반느. 오늘밤 나가서 자고 오지. 오늘 회장님이 그렇게 하는 게 좋겠다고 말씀하셨다. 어때?"

"오우! 오우케이! 우리 회장. 정말 멋쟁이!"

위렌은 춘호에게 다가와서 포옹을 해왔다.

"하하. 우린 이만 들어갈 테니까 더 놀다 와."

"야스!"

위렌과 반느는 백호가 춘심이와 보련에게 수표 한 장씩을 건네주는 것을 보고선 기분 좋게 웃었다. 그곳에서 춘심과 보련이 같이 따라나왔다. 차에 오른 춘호는 먼저 출발을 했고, 뒤차에 탄 위렌과 반느는 춘심이와 보련과 같이 읍내 모텔에서 내렸다.

춘호는 시추선의 숙소로 돌아오자 샤워를 하고는 잠이 올 것 같지 않아 다시 갑판으로 걸어 나갔다. 바깥바람이 상쾌했다. 술을 마셔서인지 오늘밤은 그냥 잠이 들 수 없을 것만 같은 밤이었다. 갑판 위의 한쪽에선 야간작업을 하는 인부들이 대낮처럼 밝은 불빛 아래서 작업을 하고 있는 게 보였다. 춘호는 작업하는 곳에서 뒤편의 난간으로 가서 담배를 꺼내 물었다. 언제 뒤따라 나왔는지 백호가 옆으로 와 서 있었다. 바닷물 위에는 밝은 달빛이 고요하게 비추고 있었다.

"회장님. 안 주무십니까?"

"오늘 달이 밝군. 보름인가?"

"그런 것 같은데요."

백호는 밝은 하늘을 올려다보며 말했다.

"넌 여자를 보면 연애할 생각도 없냐?"

춘호의 입에서 느닷없는 질문이 튀어나왔다.

"네? 그야……. 별로 취미가 없습니다."

"취미가 없다고?"

춘호가 웃으면서 돌아보자 백호는 겸연쩍은 듯이 쳐다보고 있었다.

"네."

"왜?"

춘호는 오늘따라 누군가 말상대를 해줄 사람이 필요했다.

"모르겠습니다. 그냥 취미가 없는 것 같습니다."

"하하. 아직 연애 한번도 못 해봤나?"

"네."

"고아원에 있을 때에도 그런 감정 안 가져봤나? 친한 여자 친구가 없었나?"

"그거야 있었습니다."

"누군데?"

"회장님께서는 모르실 겁니다. 저만 훈련원으로 왔고, 그 애는 그냥 고아원에 그대로 남아 있습니다."

"흠……. 친하게 지냈던 사이냐?"

"네. 저하고 친구같이 지냈던 사입니다. 지금은 고아원에서 식당 일을 하고 있습니다."

"백호."

"네."

백호는 춘호의 얼굴을 쳐다보았다.

"고아들은 말이다. 피붙이가 없기 때문에 고아원에 있을 때에 가까이 지내던 여자하고 어떤 감정을 갖게 되는 경우가 많다. 그런 거 아냐?"

"……."

"나도 그런 걸 느꼈지. 누구나 다 그럴 거다. 고아원에 있으면서 같이 고생한 여자 아이를 보면 나중에 커서 그 여자 아이와 같이 행복하게 살고 싶다는 생각을 하게 되지. 너도 그런 거 아니냐?"

"맞습니다."

"흠. 내 말이 맞을 거다. 고아들이기 때문에 서로 의지하고 싶은 마음이 있기 때문에 그런 마음이 생길 거다. 내가 지금 불행하기 때문에 여자 아이를 행복하게 해주고 싶다는 생각을 갖게 되는 거지."

"네……."

"그건 좋은 거다. 우리는 어딜 가더라도 영원히 고아이기 때문에 어디에도 기댈 곳이 없어서 서로 우리들끼리 기대고 싶은 마음이 생기게 되는 거다."

"네."

"넌 그 애를 좋아하냐?"

"그건 모르겠습니다."

백호가 쑥스러운 듯이 대답하자,

"그럼 우리 훈련원으로 입소하라고 그래."

춘호의 말이었다.

"네? 무슨 말씀이십니까?"

"우리 훈련원으로 입소하라는 말이다. 그러면 훈련원에서 훈련을 마치고 나서 대학을 졸업하면 네가 있는 이곳에 배치를 받을 수 있지 않나."

"네에……"

그제야 백호는 춘호 회장이 어떤 뜻으로 한 말인지 알아차렸다.

"네가 연락해서 그 애한테 올라오라고 그래라. 거기 있는 것보단 나을 거다."

"……."

"고아원이란 중고등학교만 마치면 더 있을 곳이 못 돼. 그때부턴 정지하는 거지, 후배들을 위해서 식당에서 일한다고 해봐야 자기 발전이 없는 곳이다. 그런 곳에 있다가 보면 발전이 없어."

"네."

백호는 춘호의 깊은 생각에 고개를 숙였다.

"들어가서 먼저 자라. 난 좀 더 있다 들어갈 거니까."

"네, 알겠습니다."

백호는 춘호 회장에게서 물러나서 절을 하고는 사무실로 향했다. 그러나 백호는 사무실로 들어가지 않고 난간으로 가서 섰다. 갑판 위에서 작업을 하고 있는 인부들이 백호가 난간에 서 있는 걸 보고선 눈치를 보며 조용히 작업에 임하고 있었다. 백호는 난간에 서서 담배를 꺼내 물었다. 백호가 서 있는 조정실 바로 뒤편에는 춘호가 서 있었다.

"······."

백호는 바다를 바라보며 서 있다가 길게 담배 연기를 내뿜으면서 손목시계를 쳐다보았다. 그리고는 핸드폰을 꺼내 다이얼을 눌렀다. 신호가 가고 나서 잠시 뒤에 숙향의 잠이 묻어 있는 목소리가 흘러나왔다.

"자냐?"

"네? 누구세요?"

숙향은 한밤중에 걸려온 낯선 목소리에 놀라는 듯했다.

"나다. 백호. 자는구나."

"으응. 이 밤중에 웬일이야? 아직 안 잤어?"

그제야 숙향은 제 목소리로 돌아왔다.

"괜히 잠을 깨웠구나. 피곤한가 보네."

"괜찮아. 근데 아직 안 잤어? 요즘 일 바쁘잖아?"

숙향은 가끔 걸려오는 백호의 전화를 받을 때마다 백호에 대한 안부부터 묻는 것이었다.

"회장님하고 같이 술을 마셨어. 회식했지."

"으응. 회장님이 왜 오셨어?"

"그냥. 둘러보러 온 거야. 지금 저쪽에 서 있어."

"왜? 잠 안 자?"

숙향은 한밤중인데도 아직 자지 않고 있는 백호가 궁금했다. 더구나 황제그룹의 회장이 그곳에 와 있다는 말을 듣고는 염려가 되는 말투였다.

"방금 들어왔어. 회장님도 잠이 안 오는지 바다를 바라보고 서 있네. 그래서 나보고 들어가라고 해서 내가 먼저 잘 수가 없잖아. 그래서 나도 이쪽편 난간에 서 있다가 전화를 한 거다."

"안 피곤해?"

"응. 넌 피곤하지?"

"아냐. 나도 안 피곤해. 그냥 자다가 깼어."

"거기 원장님하고 총무님 잘 있지?"

"응."

"너, 여기 올라올래?"

"응? 왜?"

숙향은 백호의 말을 듣고선 놀랐다.

"회장님이 나보고 너를 우리 훈련원에 들어오는 게 좋겠다고 그러네."

"왜? 네가 그런 말 했어?"

"그래. 나하고 친하다고 했더니 네가 그런 곳에 있는 곳보다는 이곳에 올라와서 훈련원에 있으면서 대학을 하는 게 더 나을 거라고 그러네."

"……?"

"너, 올라올 생각 없어?"

"그럼 여기는 어떻게 하고?"

"거기야 다른 사람을 뽑으면 되지. 네가 꼭 거기 있어야 한다는 건 아니잖냐."

"그래도……."

숙향은 자신이 어렸을 때부터 그곳 고아원에서 자라 고등학교를 마치고 나서 식당에서 일하는 직원으로 있으면서 바깥 세상에 나가서 일한다는 것은 생각해보지도 않은 일이었다. 백호가 황제그룹의 훈련원으로 지원해서 떠날 때에도 그녀는 그곳에 남아 직원으로 일하는 것이 더 보람있는 일이라고 생각했던 그녀였다.

"여기서 대학을 하는 게 좋을 거 같다. 그렇게 생각 안 하나?"

"더 공부하는 건 좋지만……. 그렇다고 이곳을 그만두는 건 싫어."

"그래? 그럼 잘 생각해봐. 여기 있으면 체대를 졸업해서 직원으로 일할 수 있으니까. 거기 있어봐야 맨날 식당에 있는 거잖아."

"회장님이 올라오래?"

"그래."

"……."

숙향은 말이 없었다.

"잘 생각해보고 천천히 대답해도 돼. 난 네가 여기 올라와서 대학을 다니는 게 좋을 거 같다."

백호는 숙향이가 올라와서 훈련원에 있으면서 체육대학이든 일반대학이든 들어가서 황제그룹에 같이 있었으면 하는 마음이었다.

"알았어. 생각해 볼게."

"그래. 잘 자라."

백호는 전화를 끊고 나서 뒤를 돌아보았다. 춘호 회장이 사무실로 걸어가고 있는 게 보였다. 백호는 곧 춘호 회장의 앞으로 가서 절을 했다.

"아직 안 잤나?"

춘호가 불쑥 앞에 나타난 백호를 보며 물었다.

"네. 회장님. 들어가시죠."

백호가 사무실 문을 열어주었다. 춘호는 사무실 안으로 들어가서 옷을 벗었다. 백호가 옆에 서 있다가 옷을 받아 걸어놓고 나서 춘호가 먼저 잠자리에 드는 것을 보고는 옆에 누웠다. 춘호는 곧 깊이 잠이 들었다.

아침 일찍 일어난 그들은 백사장 구보를 하고 나서 샤워를 하고선 식당으로 들어갔다. 그때는 벌써 야간작업을 한 직원들이 아침 식사를 하고 난 뒤라서 식당 안은 한가하기만 했다.

　백호는 읍내로 나가서 식사를 하고 싶었지만 춘호는 시추선 안의 식당에서 먹는 걸 좋아했으므로 작업인부들과 똑같이 반찬을 내오도록 지시를 했던 것이다. 식당에 앉아 식사를 하고 있는 사람은 춘호와 백호, 정만과 은수, 영호, 일구와 여상이, 팔수가 둘러앉아 있었다. 춘호는 맞은편에 앉아 있는 백호를 쳐다보며 넌지시 말을 꺼냈다.

　"백호야."

　"네. 회장님."

　백호가 춘호를 쳐다보자,

　"정만이하고 애들은 일 잘하냐?"

　춘호는 옆에 앉아 있는 정만과 은수, 영호를 가리키며 웃었다.

　"네. 빈틈없이 잘하고 있습니다. 회장님."

　"그래? 니들도 백호를 잘 모셔라."

　"네. 회장님."

　그들이 식사를 하다 말고 정중하게 말을 했다.

　"사람은 배신을 당하는 것보다 더 큰 아픔은 없다. 우리는 부모로부터 배신을 당했기 때문에 어렸을 때부터 고아라는 딱지를 달고 사는 것이고, 이혼한 사람들은 사랑의 배신을 당했기 때문에 가슴에 시커먼 멍을 안고 살아가는 것이다. 사업하다가 배신을 당한 사람은 사람에 대한 배신감 때문에 사람이 무서워지는 법이다. 세상에서 사람이 제일 가깝고 정다운 것이지만 사람이 사람을 미워하게 되는 것은 바로 배신감 때문이다. 그러니까 니들은 이 말 명심해라."

"네. 회장님."

그들은 식사를 하면서 춘호의 말을 깊이 명심했다. 춘호는 가끔 진심에서 우러나오는 말을 해주고 싶을 때는 서슴없이 장소와 때를 가리지 않고 했지만 그렇다고 아무 곳에서나 마구 하는 스타일은 아니었다.춘호의 말은 곧 조직 내의 엄격한 규율이나 마찬가지였다.

식사를 하고 나서는 갑판 위에서 바다낚시를 하고선 저녁 무렵에는 백호와 같이 울진석유연구소의 연구원들과 같이 울진 읍내로 나가 식사를 하는 자리를 가졌다. 울진석유 연구소는 백사장에 따로 건물이 있어서 시추선에 있는 직원들과는 달리 그곳 사무실에 출근해서는 조정실에서 보내주는 각종 자료들과 산유국에서 보내오는 자료들을 검토하면서 국제 경제와 국내 경제를 분석하는 일을 맡고 있었다. 그들이 분석한 정보는 곧 울진석유회사의 사장인 백호와 신공항의 배호에게로 직접 보고서가 올라갔다.

횟집의 방에 앉은 그들은 황제그룹의 회장과 연구소의 연구원들이 회식 자리를 가진 셈이었다. 연구소의 연구원들은 서울대를 나와 미국 MIT 공대의 박사과정을 거친 엘리트들이었지만 엄연히 황제그룹에 소속된 연구소의 연구원일 뿐이었다.

"여기가 너무 지방이라서 힘들지 않나?"

소주잔을 입으로 가져가면서 춘호가 물었다.

"괜찮습니다. 토요일, 일요일은 서울로 올라가기 때문에 그런 건 못 느끼겠습니다."

"그래. 힘든 거 있으면 백호 사장한테 건의해서 편하게 생활해. 우리 연구소에서 올리는 보고가 다 나한테도 들어오니까."

"네."

그들은 식사를 마치고 나서 춘호가 건네는 술을 마시면서 기분 좋게 대답을 했다.

"지금 무슨 작업을 하는 게 있나?"

춘호는 회식 자리였지만 그들이 하는 일에 대해서 은근히 물어보는 것도 잊지 않았다.

"지금 동남아에 있는 각 나라들이 연구한 자료를 분석하고 있습니다."

"뭔데?"

춘호가 관심을 나타냈다.

"네. 일본과 중국, 대만, 베트남 등에 관한 연구입니다. 그쪽은 인도에서 어느 정도 석유가 나오고 있기 때문에 나올 가능성이 높다고 봅니다. 그래서 그쪽 나라에서 연구한 자료를 입수해서 분석하고 있는 중입니다."

"그래? 그거 좋은 계획이군."

"현재 베트남이 나올 가능성이 가장 높습니다."

"그래?"

춘호가 관심을 나타냈다.

"베트남은 열대 지방이라는 조건과, 해양성 기후과 함께 바다를 끼고 있어서 가능성이 높습니다. 아직 베트남은 사회주의 국가라서 석유개발에 대한 연구가 그리 활발하지 않습니다. 앞으로 베트남이 석유개발에 대한 연구가 본격적으로 시작되려면 사회주의가 성공하고 난 시점인 향후 10년쯤 돼야 바다를 뒤질 여유가 생길 나라입니다."

"흠, 그래?"

"베트남 국립대학에서 아주 조심스럽게 바다 밑을 탐사는 하고 있지만 기술력과 자본력이 뒷받침되고 있지 않아서 대학 자체가 석유에 대한 연구를 해놓은 자료를 검토하고 있는데, 그 수준이 아주 미미합니다. 그렇지만 우리가 분석한 바로는 베트남이 동남아에서 가장 유력한 석유 지층을 가진 나라라고 봅니다."

"알았네. 앞으로 그런 쪽으로 계속 연구하는 게 좋겠어. 만약 우리가 그쪽으로 가서 석유를 캘 수도 있으니까."

"알겠습니다."

"그러면 일본은 어떤가?"

춘호가 다시 물었다.

"일본은 가능성이 없다고 봅니다."

"왜?"

"일본의 기술력은 세계에서 알아주는 정도입니다. 그런데 지금까지 동경대나 민간 연구소에서 줄기차게 연구해놓은 자료를 검토해보면 나올 가능성이 없는 셈입니다."

"흐음……."

낭 승수 연구소장은 춘호를 쳐다보면서 다시 말을 이었다.

"일본 근해는 태평양을 끼고 있어 심해가 깊습니다. 그리고 화산 활동을 하고 있는 나라이기 때문에 더욱 나올 가능성이 낮다고 봅니다."

"그건 왜?"

"원래 화상활동을 하고 있는 라에서는 석유가 나온다는 보고가 없습니다. 그건 석유지층이 화산활동을 통해서 석유가스가 분출돼버리기 때문에 유징이 없어져버리기 때문입니다. 오랜 시간 동안 화산활동을 하게 되면 지층 속에 있던 유징이 화산폭발과 함께 석유 가스가 타버리기 때문입니다. 그때는 석유도 같이 분출이 되면서 타버리기 때문에 석유가 있을 리가 없게 됩니다."

"그런 것도 있군."

그제야 춘호는 술잔을 들어 입 안으로 털어넣었다.

"베트남 다음으로는 중국을 예의주시하고 있습니다."

낭 소장이 다시 말을 꺼냈다.

"중국?"

"네. 중국도 아직 석유개발에 대해선 별로 연구를 하지 못하고 있지만, 이미 러시아에서는 석유가 나오고 있기 때문에 같은 지층 대라면 중국 대륙에서도 석유가 나올 가능성이 아주 높습니다. 중국은 러시아와 붙어 있기도 하지만 넓은 바다를 끼고 있어 연근해에서 석유층이 발견될 가능성이 높습니다."

"중국에서 연구한 자료는 있나?"

"별로 없습니다. 중국의 각 대학에 연구한 자료가 있으면 보내달라고 조회를 보냈습니다만, 다음 주에 저희 연구소에서 중국에 들어가 볼 생각입니다. 들어가서 대학에서 연구한 자료들과 문화재국이나 산업부 밑에 있는 연구기관에서 갖고 있는 자료들이 있으면 찾아볼 생각입니다. 아직 중국은 민간인들은 석유개발을 연구할 단계는 아닙니다. 중국은 그런 통제가 엄격하기 민간인들이 석유개발을 한다는 것은 꿈도 못 꿀 정도입니다."

"그럼 다음 주에 가나?"

"네. 저하고 여기 있는 연구진들이 다 들어갈 생각입니다."

"그렇다면 중국에 들렀다가 이왕이면 베트남을 거쳐서 자료를 갖고 오지. 이왕 중국에 들어갈 거라며 베트남까지 거쳐서 오는 게 낫지 않나?"

"그렇게 하도록 하겠습니다."

낭 승수 소장이 대답하자,

"백호."

춘호가 백호를 돌아보았다.

"네."

"해외 연구비 부족하면 공단으로 지원요청을 해. 그런 지원은 아끼지 않을 거니까."

"알겠습니다."

백호가 고개를 숙였다.

"중국에 갔다가 나중에 베트남에 들어가는 것보다는 차라리 한꺼번에 도는 게 낫지. 자료를 다 모아와서 이곳에서 연구하는 게 더 쉬울 거야."

"알겠습니다."

낭 소장은 다시 고개를 숙였다.

"자, 한 잔 들지."

춘호가 잔을 들어 술잔을 들기를 권했다. 그들이 술잔을 들어 올리자 춘호의 잔이 부딪쳤다. 연구소의 직원들과 술을 마신 춘호는 밤이 깊어서야 시추선으로 돌아왔다.

황제의 나라

울진에서 일주일 간을 보낸 춘호는 서울로 돌아오자마자 민족교의 본부로 출근해서 정상적인 업무복귀를 한 셈이었다. 누구보다도 정혜가 더 좋아했다. 여의도에 있는 새 사옥인 민족교의 총본산 건물은 순복음교회 건물 바로 옆에 있었다. 12층 건물 전체가 민족교의 각 재단 사업체가 들어와 있었고, 민족교 방송국도 새 건물로 이사를 들어와 있었다. 건물 옥상에는 방송국의 송신탑이 설치돼 있었다.

춘호의 10층 사무실에서 창밖을 내다보면 서강대교와 한강의 둔치가 한눈에 다 내려다보이는 곳이었다. 춘호의 앞에는 정혜가 소파에 앉아서 쥬스를 마시고 있었다. 춘호는 책상에 앉아 오전에 가진 전국 각 교령들과의 회의에서 올린 지방의 교세확장 보고서를 들여다보다가 소파로 가서 앉았다.

"드세요."

정혜가 춘호 앞으로 쥬스 잔을 밀어놓았다. 춘호는 쥬스 잔을 들어 한 모금 마시고는 내려놓았다.

"아까 광주 교령이 말한 거는 어떻게 생각해요?"

정혜는 춘호에게 존칭어를 사용하면서 물어왔다.

"그거? 종교단체에서 씨름장까지 한다는 건 좀 그런데……광주에서 그런 거 하기도 그렇고……."

오전의 회의에서 광주 교령인 김홍백이 보고한 내용은, 광주에 민속씨름장을 열어 복권을 판매한다는 계획서였다. 말하자면 민속씨름을 경마장과 같이 운영해서 복권을 판매하고 그 수익금을 민족교의 재단으로 유입하자는 안이었다.

"왜요?"

정혜가 물었다.

"안 그래도 강원도에 있는 수련원을 유료로 관광지를 만들었다고 시비를 거는 판에 우리 민족교에서 복권을 발행하는 민속씨름장을 열겠다고 하면 국회에서 가만있을까?"

"그거야 민속씨름을 널리 보급하기 위해서 우리 민족교의 차원을 넘어서 하는 거라고 하면 안 돼요?"

"말이야 쉽지. 일단 복권을 판매하는 건 무리야. 만약에 우리 민족교에서 그런 씨름장을 유치한다면 체육부에서도 가만 안 있을 거고, 다른 종교 단체에서도 그런 이권 사업을 하겠다고 뛰어들 텐데 말이야."

춘호는 담배를 꺼내 불을 붙였다. 소파 뒤로 몸을 기대면서 정혜를 바라보고 있었다.

"일단 한 번 해봐요. 민속씨름협회에다 먼저 이야기를 해놓고서 작업에 들어가면 쉬울 거 같은데……."

"물론 씨름협회와 미리 교섭이 돼야지. 수익금의 몇 프로를 준다는 조건을 걸어야 하겠지만 다른 곳이 문제야. 그런 거 하나 하려면 걸리는 데가 많아서 힘들어."

"춘호 회장도. 이때까지 그런 거 잘해왔잖아요. 그런 거 없이 되는 게 있어요?"

"핫하. 그렇지."

춘호는 웃음을 터뜨리고는 문득 정혜를 바라보다가, 마치 지나가는 말투로 말했다.

"요즘 요시이가 잘하나 모르겠네."

마치 지나가는 말투로 말했다.

"그 사람 괜찮죠?"

정혜가 물었다.

"그럼! 아주 멋진 놈이야. 왜?"

"그냥 물어보는 말이에요. 저번에 일본 갔을 때에 아주 사람이 좋던데요."

"우리 정혜 사장을 이쁘게 봐서 그렇겠지. 요시이는 일본 사람과는 틀려."

"그래도 일본 사람이잖아요?"

"하긴 뭐 그렇지……."

"명희가 나보고 그러데요. 저번에 일본 갔을 때에 요시이 상이 나한테 인사를 좀 전해달라고 그랬다는 말을 들었어요."

"명희한테서?"

"네."

"……."

춘호는 담배를 비벼 끄고는 다시 쥬스잔을 들어 마셨다.

"제가 보기에는 요시이 상이 좋은 사람인 것 같은데요."

정혜는 약간 어색한 듯이 말을 했다.

"하하. 아주 멋진 남자라니까 그러네. 요시이 상도 정혜 사장에게 좋은 감정을 갖고 있는 것 같던데?"

"정말이예요?"

"그럼!"

"이러다가 친해지는 거 아닌지 몰라. 만약에 제가 요시이 상과 친해지면 회장님은 어떠세요?"

"뭐가 어때?"

춘호가 웃자, 정혜도 그런 질문을 하면서 웃었다.

"한국 여자가 일본 남자하고 친해지는 거 어떻게 생각하냐고요."

"괜찮지 뭘 그래. 요즘 세상에 남녀 간에 그런 거 뭐 따질 게 있나."

"정말이죠?"

"하하. 그렇다니까. 정혜 사장은 요시이를 좋아하는 것 같은데? 맞나?"

"아니예요. 그냥 대화가 통하니까 친해질 수는 있다는 거죠 뭐."

"그건 그렇고. 이번에 울진 내려갔을 때에 거기 연구소에 있는 낭 소장의 말로는 베트남하고 중국이 유징이 날 가능성이 높다고 하더라."

"그럼 그쪽으로 진출하겠다는 생각이 있으세요?"

"모르지. 좀 더 연구결과가 나와봐야지. 다음주에 중국에 들어간다고 그러더라. 자료도 모을 겸해서……."

"회장님."

정혜가 불렀다.

"응? 왜?"

"비어텍을 시작하면 우리 황제그룹이 엄청나게 커질 것 같아서요. 그 많은 돈을 벌어서 어디다가 쓸 거예요?"

정혜가 농담 삼아 그런 말을 했다.

"돈이야 많으면 많을수록 좋지. 글쎄, 아직은 조직을 키우는 일과 돈을 버는 일에만 신경쓰고 싶어. 왜?"

"내 생각에는 이젠 우리도 전국에 있는 고아원에다가 지원금도 좀 더 많이 내려보내주고, 우리도 체육 고등학교와 체육대학을 하나쯤 세웠으면 해서요. 그쪽으로 투자를 하는 것이 더 낫지 않을까 해서……."

"흠……."

춘호는 그런 안을 내놓은 정혜를 쳐다보고만 있었다.

"이젠 우리 조직 안에서도 다 체육대학을 나왔기 때문에 자체에서 체육대학 하나쯤은 세울 수 있을 것 같아요. 그렇게 되면 외부로 나가지 않고 자체 내에서 대학을 마칠 수 있어서 좋잖아요."

"그것도 좋은 생각이다. 한 번 생각해보지. 배호 형하고 같이 생각해봐서 그럴만한 가치가 있다고 생각되면 한 번 해보는 것도 좋지. 그런데 아직은 그럴만한 단계가 아닌 것 같다."

"왜요?"

"지금 비어텍을 시작했으니까 이번 사업이 끝나고 나서 생각해봐도 늦지 않으니까."

춘호의 생각은 그랬다. 이때까지 쌓아온 황제그룹이라는 거대한 조직이 앞으로도 발전적으로 굴러가려면 조직에 대한 끊임없는 투자와, 투자에 대한 이익의 창출이 따라주지 않으면 그날로부터 조직은 제자리걸음을 하는 것이라고 생각하고 있었다.

정혜는 그런 춘호가 믿음직스러웠다.

"일은 잘 돼요?"

"그럼. 지금 한창 일을 하고 있지. 좀 있다가 내가 직접 전국을 돌면서 일하는 걸 볼 거다."

춘호는 지금 전국의 황제콜라에서 현재 있는 콜라텍 옆에 비어텍을 할 만한 건물을 매입하도록 지시를 내려놓았기 때문에 공사가 들어가는대로 자신이 직접 전국을 돌며 일이 진행되는 상황을 살펴볼 생각이었다.

"식사하러 나갈래요?"

정혜가 시계를 보고선 물어왔다.

"난 바빠. 오늘 점심은 박 국장과 선약이 있어. 다음에 하지."

"네."

정혜는 춘호에게 웃어보이고는 자리에서 일어나 밖으로 나갔다. 정혜는 밖으로 나오다가 종주실 옆의 비서실에 들러 청자를 보고는 그녀 옆의 의자로 가서 앉았다.

"시간 있으면 놀라와."

"언니. 요즘 안 바빠?"

"바쁠 거 없지 뭐. 국장들이 다 알아서 하니까. 점심 먹으러 나갈래?"

"회장님이 아직 안 나가셨는데."

청자가 종주실을 쳐다보았다.

"곧 약속이 있어서 나가신대."

"그럼 나가면 같이 나가요."

"그래."

정혜는 의자에 몸을 파묻고는 눈을 감았다. 그동안에 청자는 일을 처리해놓고는 춘호가 사무실을 나오는 것을 보고는 일어나 인사를 했다. 춘호는 밖으로 나왔다가 비서실에 정혜가 있는 것을 보고는,

"어? 아직 안 갔어?"

정혜는 감았던 눈을 뜨면서 의자에서 일어났다.

"네. 청자하고 모처럼만에 점심이나 같이 먹자고 그랬어요."

"그래? 오늘 청자가 점심 얻어먹겠네. 비싼 거 사줘."

"네. 그럴게요."

정혜가 대답을 했다. 춘호가 나올 때에 정혜와 청자도 식사를 하러 가기 위해 밖으로 따라나왔다. 건물 밖으로 나오자 일구가 차문을 열어놓고 기다리고 서 있었다. 춘호는 정혜와 청자의 인사를 받고선 차에 올랐다. 민족교 총본산에서 가까운 거리에 있는 일식집 '흑해'로 향했다. 춘호가 방문을 열었을 때에 박 국장이 미리 와서 앉아서 기다리고 있던 중이었다.

"아이구, 죄송합니다. 형님."

춘호는 미리 와 있는 박 국장에게 깊숙이 허리를 굽혀 절을 하면서 들어섰다.

"앉지. 시간이 나서 미리 왔네."

박 국장이 손을 내밀었다. 춘호는 두 손으로 악수를 하고는 맞은편에 앉았다. 춘호는 곧 박 국장이 좋아하는 회를 주문했다.

"형님. 술은 뭘로 할까요?"

"낮이니까. 동생하고 식사나 하고 들어가야제. 낮에 술을 마시기는 그렇다."

"네, 알겠습니다. 그럼 식사로만 하지요."

춘호는 곧 회와 매운탕만 주문했다. 서빙하는 아가씨가 나가고 나자 춘호는 담뱃갑을 꺼내 박 국장에게 내밀었다.

"그래. 요즘 바쁘지?"

"네. 형님. 요즘 비어텍 때문에도 바쁘고, 민족교에도 조금 바빠지는 것 같습니다."

춘호는 그동안 바쁘다는 것을 보고하는 형식으로 말을 했다.

"그래. 바빠지니까 좋은 거지. 얼굴이 많이 탔네."

"울진에 가서 한 일주일 간 탔습니다. 연구소의 낭 소장이 베트남과 중국으로 들어갔습니다."

"거긴 왜?"

"그쪽에도 석유채굴이 가능한가 어떤가 자료를 모으기 위해서입니다. 베트남하고 중국이 동남아에서 가장 유망한 곳이라고 합니다."

"그래? 이젠 동생이 석유 재벌이 되려고 그래? 하하."

"하는 데까지 해보는 겁니다. 형님."

"하하. 그거 좋지! 난 동생이 그런 점이 마음에 들어. 내가 밀어줄 거 있으면 확실하게 밀어줄 테니까 동생이 하고 싶은 거 있으면 화끈하게 해."

"네. 형님."

춘호는 형님에게 하듯이 허리를 굽혀 대답을 했다. 곧 회와 식사가 나왔다. 그들은 식사를 하기 시작했다.

"형님도 이젠 정치권으로 나가셔야죠."

춘호가 넌지시 말을 꺼냈다.

"나? 하하. 난 이 자리가 더 좋지! 정치권에 나가봐야 골치만 아파. 정치야 황 선배님이 잘 하잖아. 나는 그냥 이 자리에 있는 게 좋아. 왜? 동생은 내가 정치권으로 나가는 게 더 좋아?"

"아닙니다. 형님. 형님께서도 정치권으로 들어가셔서 멋지게 정치를 한 번 해보시는 게 어떤가 하고 물어보는 말입니다."

"핫하. 그러면 동생이 나를 도와줄 텐가?"

"그럼요. 제가 형님께서 정치를 하신다면 못 도와드릴 게 없지요."

"흠. 동생이 든든한 재력으로 도와준다면 나도 얼마든지 정치로 나설 수 있지. 내가 정치인들을 사찰하면서 보니까 정치인들이야 뭐 돈밖에 더 있나. 돈하고 학벌만 있으면 되는 거 아냐? 하하하."

"그렇습니다. 형님께서 정치권으로 진출하시면 저야 도울 일밖에 없습니다. 돈을 벌어서 그런 곳에 쓰는 것도 좋은 일이라고 생각합니다."

"하하. 오늘 동생이 정말로 마음에 드네."

박 국장은 기분이 좋았다. 믿음직스런 춘호를 볼 때마다 든든한 재력가를 옆에 두고 있는 것 같은 마음이었다. 가끔 돈이 필요하다 싶을 때마다 춘호 쪽에서 먼저 만나자고 해서 만나고 나면 춘호는 미리 준비한 자금을 내어놓으면서 필요할 때에 쓰라고 했기 때문에 박 국장으로선 춘호의 그런 마음씨를 아끼지 않을 수 없었다.

"근데 요즘 말이야. 좀 골치 아픈 일이 생겼어."

박 국장이 식사를 마치고 나서 수정과를 마시면서 말을 꺼냈다.

"무슨 일입니까?"

"으응. 한국 내에 거대한 뽕조직이 있다는 거야. 그걸 캐내야 하는데 말이야."

박 국장은 말을 꺼내놓고서 담배에 불을 붙여 연기를 내뿜었다.

"거대한 뽕조직 말입니까?"

"그러네. 원래 뽕조직은 나하고는 관계가 없는 일인데. 정치적으로 관련이 돼 있어서 그래. 나야 원래 국내 정치인들만 상대하는 부서 아닌가."

"……"

춘호는 수정과를 들어 마시고 나서는 담배를 꺼내 불을 붙였다.

"근데 말이야. 그 뽕조직이 일본 야쿠자하고 중국 야쿠자 세계로만 들어가면 문제는 틀리는데, 그 조직이 일본 조총련계와 손을 잡고 있어서 문제야. 그 조직의 실체도 파악하지 못하고 있고……. 어떤 놈인지 모르겠어. 그런 조직이 한국에 있다니까 말이지."

"그렇다면 일본 조총련계에도 뽕을 판다는 말입니까?"

"그럴 수밖에 없지. 일본 야쿠자들한테 뽕을 파는 놈이라면 조총련계라고 해서 거래를 안 할 리가 없지. 그놈들이야 돈만 벌면 되는 거니까. 그게 문제야. 일본 조총련계와 거래를 하게 되면 국내 정치와도 관련이 있게 되거든."

박 국장은 담배연기를 길게 내뿜고는 다시 수정과로 입 안을 헹궈냈다. 박 국장이 맡고 있는 1과는 국내 정치인들과 국내 여론, 그리고 국내 정치에 관한 일만을 전담하는 부서였다. 그런 부서의 수장이랄 수 있는 국장으로써 국내에 있는 조직이 일본 조총련계에도 히로뽕을 수출해서 일본 조총련계가 다시 국제시장에다 히로뽕을 밀거래해서 북한으로 자금을 보내는 일을 맡고 있다는 것이 포착된 것이다.

조총련계가 국내의 히로뽕 조직과 연계가 되어 있다는 것은 국내 담당부서의 총책임자인 박 국장에게는 문제가 아닐 수 없었다.

"어떤 조직인지 짐작이 안 갑니까?"

춘호가 물었다.

"흠. 그게 말이야. 경찰 특수대나 보사부 마약반, 검찰 마약팀에서도 전혀 냄새를 맡을 수 없어. 정말 귀신같은 놈이야."

"……."

"혹시 동생도 알아두면 좋을 것 같아서 하는 말이야. 그런 조직의 냄새를 맡으면 나한테 좀 도움을 줬으면 좋겠네. 그것만 해결하면 난 편히 잘 수 있는데 말이야."

"알겠습니다. 저야 뭐 사업하는 놈이라 그런 쪽으로는 관계가 없지만 형님을 돕는 일이라면 최선을 다해 알아보겠습니다."

"하하. 동생이야 국제공항 단지나 울진에서 나오는 석유만 해도 끔찍한 돈이 글러 들어오지 않는가. 그런 건 대개 조직폭력 세계에서나 취급하는 물건이지. 조그마한 보따리 하나만 해도 수천억이 왔다갔다하니까. 조직을 키우기 위해서 그런 짓을 한다는 것을 알지. 일본 쪽에도 정보를 달라고 그래놨는데 일본

경시청에서도 꼬리가 안 잡히는 모양이야. 분명히 한국산이라는 것은 아는데, 그것이 어느 조직에서 어떤 방법으로 일본으로 건너가는지 전혀 냄새가 안 난다는 거야."

"네……."

"하하. 이제 그 이야긴 그만 하지. 그거야 내 일이니까."

"네. 앞으로 형님께서도 천천히 정치계로 발을 옮겨놓는 것이 좋을 것 같습니다. 나중을 생각해서 말입니다."

"하하. 그러지. 동생의 말을 깊이 명심하지."

"그리고 이건……. 제가 형님께 드리는 조그마한 선물입니다."

춘호는 양복 안주머니에서 하얀 봉투 하나를 꺼내 일어나서 박 국장의 양복 안주머니 속에다 집어넣었다. 이번에는 울진 석유 건과 지금 시작하려는 비어텍 건도 있고 해서 큰 액수의 수표를 담았던 것이다.

"뭘 이런 걸 또……."

"형님. 받으십시오. 제가 열심히 돈을 벌어 형님의 뒤바라지를 할 수만 있다면 얼마든지 하겠습니다."

"그래. 고맙게 받겠네. 이건 동생이 형님한테 주는 용돈이라고 생각하지. 저번에도 큰돈을 줘서 미안하이."

박 국장은 저번보다 더 많은 액수의 수표가 들어 있다는 것을 몰랐다. 그것은 춘호가 일이 바빠서 자주 만나뵙지 못했던 탓에 인사치레로 더 많은 액수의 돈을 건네는 셈이었다.

일식집 '흑해'에서 나와 박 국장이 먼저 차를 몰고 나가는 것을 보고서 춘호는 자신의 차에 올라탔다. 오전 일과를 끝낸 뒤 였기 때문에 그는 영등포로 향했다. 사장실에 들러 성숙과 대화를 나누고선 훈련원을 들러보았다. 지방의 고아원에 새로 올라온 원생들이 열심히 무술단련을 하는 모습을 보고선 춘호도 옷을 벗고 도복으로 갈아입었다.

"성숙이도 도복으로 갈아입지."

"저하고 같이 대련해요?"

"그래. 입어봐."

춘호의 말에 성숙은 훈련원생이 내민 도복으로 갈아입었다. 두 사람은 곧 대련에 들어갔다. 성숙의 발이 춘호를 향해 공격해 들어올 때마다 춘호는 가볍게 성숙의 발을 물리쳤다. 춘호는 송과 발을 이용해서 툭 치듯이 성숙의 발을 비켜내면 성숙은 곧 다시 공격해 들어왔지만 번번이 춘호의 방어에 걸려 발이 휘청거렸다. 성숙은 뒤로 물러났다.

"자꾸 치기만 하니 공격이 안 되잖아요. 이번에는 회장님이 한 번 공격해 봐요."

성숙이 약간 화가 난 듯이 소리쳤다.

"그래? 좋아! 한 번 막아봐."

그 말과 함께 춘호의 몸이 공중으로 붕 날아오르면서 이단 옆차기로 성숙의 옆구리를 공격해 들어갔다. 성숙이 재빨리 피하면서 둘러치기를 시도했지만 이미 춘호의 또 다른 공격에 미처 손 쓸 틈도 없이 옆구리를 맞았다. 성숙은 저만치 가서 떨어지면서 바닥에 나뒹굴었다.

"다시!"

춘호가 고여자세를 취하면서 소리쳤다. 성숙이 발끈하면서 일어나 다시 공격을 해왔다. 이번에는 발로 먼저 공격을 한 다음에 주먹을 춘호를 향해 날려왔다. 이단 공격이었다. 춘호는 성숙의 발을 위로 걷어차낸 뒤에 주먹의 공격을 팔목으로 막아냈다. 그와 동시에 춘호의 돌려차기가 이어졌다. 성숙의 몸은 균형을 잃고 바닥으로 주저앉았다.

"안 되겠다. 훈련생들 중에 잘하는 놈 두 놈이 같이 덤벼봐라."

춘호의 말에 성숙이 일어나면서 훈련생 두 명을 지적했다. 훈련생 두 명은 성숙의 지적을 받고서 춘호 앞에 섰다.

"좋다! 나를 회장으로 생각지 말고 덤벼봐. 잘못하면 나한테 차이니까 내 빈틈을 보고서 신속하게 공격해라!"

그러면서 춘호는 약간 옆으로 비키면서 허점을 보인 다음에 공격해 들어갔다. 두 명의 훈련생들이 재빠른 춘호의 몸동작을 보면서 동시에 공격해 왔다. 춘호는 휘리릭, 몸을 틀면서 발로써 그들의 공격을 막아낸 다음에 바닥에 닿자마자 다시 튕겨오르듯이 이단차기로 훈련생들의 가슴을 공격해 들어갔다. 두 명을 동시에 이단차기로 제압해버린 것이었다. 훈련생들이 뒤로 넘어질듯이 주춤거리자, 춘호의 발은 다시 공중으로 날아올라 이번에는 돌려차기를 했다. 훈련생 두 명이 어깨를 맞고서 뒤로 나동그라졌다. 춘호는 저만치 떨어진 곳에 착지했다.

"야! 니들 아직 멀었어! 공격하는데 그렇게 맞고 있나! 내 빈 틈을 보고서 공격하란 말이다! 다시!"

춘호는 다시 공격 자세를 취했다. 그와 동시에 그의 몸이 다시 날아올랐다. 공격자세를 취하고 있던 두 명의 훈련생들이 옆으로 비켜나면서 춘호의 발공격을 막아냈지만 이미 춘호의 두 발은 동시에 두 명의 훈련생들을 향해 날아가고 있었다. 한 명이 가슴팍을 맞고서 쓰러졌다. 다른 한 명이 재빨리 춘호를 향해 발공격과 주먹 공격을 거의 동시에 해왔지만 춘호는 가볍게 막아내고선 훈련생을 향해 공중에서 내려찍기를 했다. 퍽, 하고 훈련생이 맥없이 쓰러졌다.

"니들! 여기 온지 얼마나 됐나?"

춘호가 버럭 고함을 질렀다.

"회장님. 아직 여기 온지 6개월도 채 안 된 훈련생들입니다."

성숙이 난처한 듯이 대답을 했다. 훈련생들은 춘호의 고함소리에 겁을 집어먹고 있었다.

"향도 나와!"

춘호의 고함에 훈련원생 중에서 향도를 맡은 훈련원생이 달려와서 춘호의 앞에 섰다. 향도란 훈련원생 중에서 훈련원생들을 대표하는 그런 지위였다.

"너! 향도냐?"

"네! 회장님."

향도가 고개를 숙이며 대답을 했다.

"실력이 엉망이다! 내가 보는 앞에서 전체 원생들에게 기합을 준다! 실시!"

"실시!"

향도는 춘호가 말한 실시! 라는 말을 복창을 하고는 뒤돌아서서 전체 훈련원생들에게 명령을 내렸다.

"쪼그려뛰기 준비!"

"준비!"

훈련원생들이 마리 뒤에다 손을 갖다대고는 쪼그려뛰기를 할 준비태세를 갖췄다.

"실시! 하나!"

향도의 명령에 훈련생들은 점프를 하면서 외쳤다.

"하나!"

그들이 펄쩍 뛰어 점프를 하고선 다시 준비태세로 들어갔다.

"둘!"

"둘."

다시 훈련생들이 점프를 했다. 춘호는 화가 났는지 훈련원의 앞쪽으로 가서 그 모습을 지켜보고 있었다. 성숙이 훈련원생들 사이로 다니면서 그들이 점프하는 것을 돌아보면서 조금이라도 꾀병을 부리는 원생이 있는가를 살폈다.

"하나!"

"하나."

향도의 구령에 따라 원생들이 절도 있게 점프를 하고선 다시

지를 했다. 향도는 계속해서 구령을 붙였고, 원생들은 향도의 구령에 따라 움직였다. 50회를 넘어가자 원생들 중에는 동작이 느려지는 사람이 있었다. 그걸 안 향도는 춘호 회장의 지적이 나오기 전에 재빨리 또 명령했다.

"쿳샵 준비!"

"준비!"

원생들은 곧 쪼그려뛰기 자세를 풀고는 바닥으로 엎드렸다. 두 팔로 바닥을 짚은 원생들은 다시 향도의 지시에 따라 팔굽혀 펴기로 들어갔다.

"하나!"

"하나."

"둘!"

"둘."

"하나!"

향도의 말에 따라 그들은 팔굽혀펴기를 하면서 이마에선 땀이 흐르고 있었다. 100회를 넘어가자 원생들 중에는 바닥에서 못 일어나는 사람이 생겼다. 향도가 다시 소리쳤다.

"원산폭격 실시!"

그 말에 원생들은 재빨리 일어나서 바닥에다 머리를 박고선 양손을 등 뒤로 올렸다. 그리고선 향도는 겁먹은 표정으로 춘호를 쳐다보았다. 춘호는 벽에 걸려 있는 목검을 꺼내들었다. 그리고는 앞쪽 줄부터 차례대로 원생들의 엉덩이를 목검의 배 부분으로 내리쳤다. 목검의 옆부분이 엉덩이 살을 치면서 철썩거리는 소리가 들려나왔다.

"니들은 육 개월이 지났는데도 이 모양이냐? 이래서 뭐가 되겠다는 거야."

엉덩이에 두 대씩 갈기면서 지나갔다.

"이 자식들아! 고아원에 있으면서 악을 못 배웠어! 우리는 악으로 사는 거다!"

춘호는 팔을 걷어부치고서 목검을 내리쳤다. 엎드려 있는 원생들의 절반쯤을 내려치다가 춘호는 목검을 내려치기를 멈추고 소리쳤다.

"잘 들어! 니들은 부모도 없는 고아들이란 말이다! 이렇게 훈련해서 뭐가 되겠어! 누가 니들 입에 밥을 먹여준다고 그래! 바깥에 나가서 양아치가 되겠다는 거야!"

춘호는 말을 마치고는 다시 목검을 내려치기 시작했다. 그러다가 춘호는 성숙을 불렀다.

"원장! 원장이 교육 좀 시켜!"

춘호는 얼른 다가온 성숙에게 목검을 건네주었다. 목검을 건네받은 성숙은 춘호 회장이 내려치던 식으로 원생들의 엉덩이에 목검을 내려치기 시작했다. 춘호는 성숙이가 훈련생들의 엉덩이에 목검을 내려치는 것을 보고선 다시 입을 열었다.

"너희들은 이 세상에서 누구도 거들떠보지 않는다. 눈물을 흘리며 빵을 먹은 자는 성공할 수가 있다! 그러나 게으른 놈은 절대 성공할 수 없다! 힘이 있는 자는 성공한다! 그러나 힘이 없는 놈은 절대 성공할 수 없다! 알았나!"

"네!"

훈련생들이 일제히 대답했다.

"내가 상대방으로부터 칼을 맞지 않으려면 훈련을 열심히 하는 수밖에 없다. 몸이 새처럼 날아오를 때까지 뛰어오르는 연습을 하란 말이다! 그러면 사람도 새처럼 날아오를 수 있다! 사람이 독한 마음을 품으면 안 되는 것이 없다!"

춘호는 그 말을 하고선 의자로 가서 앉았다. 성숙이가 훈련생들을 다 두들겨 패고 나서야 춘호의 곁으로 와서 섰다.

"혹독하게 훈련시켜. 그래야 안 맞는 거다."

"알겠습니다."

성숙이 허리를 숙여 대답했다. 춘호는 자리에서 일어나 밖으로 나왔다. 성숙이 뒤를 따라나왔다. 사장실로 들어간 춘호는 소파로 가서 앉았다.

"성숙아. 힘들지?"

춘호가 부드럽게 말했다.

"아니예요. 애들 훈련을 철저하게 못 시켜서 죄송해요."

성숙은 춘호의 맞은편 소파로 가서 앉았다.

"우리가 초창기 때, 얼마나 어렵게 이곳에 올라왔는가를 생각해보면 돼. 그때는 힘에서 밀리면 우린 끝장이었잖아. 조직세계란 힘이 없으면 밀리게 되는 거다. 그런 걸 애들한테 잘 가르쳐

쥐라. 고아원에서 자라서 패배주의에 빠져 있거나, 비굴한 행동을 익혀서 올라온 애들한테는 가혹하리만치 엄격한 훈련을 시키는 것이 좋을 것이다."

"네, 알겠습니다."

"여기서 부실하게 훈련을 시켜놓으면 나중에 졸업할 때에 그 실력이 그대로 나와. 나중에 신공항팀과 맞붙었을 때에 영등포팀이 깨지면 다 드러나는 거지. 저번에도 영등포팀이 깨졌잖아. 그건 싱공항팀보다 훈련이 약해서 그런 거라고 생각해."

"알겠습니다."

그곳에서 간단하게 몸을 푼 춘호는 사장실을 나와 밑으로 내려갔다. 차에 오른 춘호는 일구에게 수원으로 가자고 말했다. 영등포를 빠져나온 차는 서부간선도로를 달려 수원으로 향했다. 수원 콜라텍에는 모처럼만에 가보는 곳이었다. 수원역 앞에서 좌회전을 해서 황제콜라텍 앞에 멈춘 차에서 춘호가 내렸다. 춘호는 곧바로 콜라텍 안으로 들어갔다.

"회장님. 웬일이십니까?"

입구의 유리창을 닦고 있던 성식이 춘호를 알아보고는 넙죽 절을 했다.

"사장 안에 있나?"

"네."

성식은 얼른 안으로 뛰어들어 갔다가 천수 사장을 데리고 나왔다. 그 뒤로 부사장인 학기와 인준이가 따라나오다가 얼른 고개를 숙였다.

"회장님. 오십니까?"

"그래. 잘 있었냐?"

"네. 회장님. 안으로 들어가시지요."

천수가 안내를 해서 안으로 들어갔다. 콜라텍 실내의 문쪽에서 있던 직원들이 일제히 고개를 숙여왔다.

"……."

춘호는 한창 열기를 뿜고 있는 무대 위의 밴드와 앞쪽 무대에서 춤을 추고 있는 학생들을 보고 나서 테이블 쪽으로 시선을 옮겼다. 오후 5시가 가까운 시간인데도 빈 테이블이 없을 정도로 손님들이 꽉 차 있었다. 자욱한 담배 연기 속에 귀를 찢는 듯한 밴드 음악소리에 따라 몸을 흔드는 학생들을 둘러보고는 사장실로 발길을 옮겼다. 예전에 춘호 자신이 썼던 집기들이 그대로 놓여 있었다. 소파로 가서 앉은 춘호는 천수가 앉는 것을 보고는 담배부터 꺼내 물었다.

"장사는 잘 되나?"

"네. 회장님. 하루 매출이 천오백만 원 정돕니다."

사장인 천수가 머리를 조아리며 답했다. 천수의 옆에 앉아 있는 학기와 인준이 따라서 머리를 숙였다.

"그래. 아버님은?"

춘호는 사무실을 둘러보며 물었다.

"지하실에 계실 겁니다. 이쪽에는 도통 안 나오십니다."

"왜?"

춘호가 불을 붙이려다가 말고 묻자, 천수가 난감한 듯이 머리를 긁었다.

"모르겠습니다. 지하실에는 아무도 못 내려오게 해서……."

"식사는?"

"나가셔서 하시는 것 같습니다."

이번에도 역시 천수는 매우 난처한 표정을 짓고 있었다.

"잠은 어디서 주무시나?"

"그게……. 지하실에서 주무실 때도 있고, 나가셔서 주무시는 것도 같습니다. 저는 잘은 모릅니다."

"……?"

춘호가 놀라서 천수를 쳐다보자,

"그게……. 회장님께서 일체 지하실에는 내려오지 말라고 하셔서……. 저희들은 회장님의 명령에 따라서 지하실에는 안 내려가는 편입니다."

"왜? 뭐가 잘못됐나?"

그제야 춘호는 담배에 불을 붙이면서 물었다. 아버님이 뭔가 불편한 게 있어서 그러지 않느냐는 물음이었다.

"아닙니다. 회장님께서 워낙……. 회장님께서는 모든 걸 다 알아서 할 거라고 하셔서……. 그래서 저희들은……. 회장님께서 싫어하시는 건 안 하는 편이어서……. 그럽니다."

"회장님이 지금 지하실에 계시냐?"

"계실 겁니다."

천수의 말에 춘호는 소파에서 일어났다. 사장실을 나오자 천수와 그의 부하들이 춘호의 뒤를 따랐다. 춘호는 지하실로 내려갔다. 지하실로 내려가는 입구에 철제 방범막이 쳐져 있는 것을 보고 뒤에 서 있는 천수에게 물었다.

"이게 뭐냐?"

"네. 회장님께서 전에 해놓은 겁니다. 그래서 저희들이 못 내려갑니다.."

"그래? 회장님이 여길 잠궈 놓는단 말이지?"

"네. 회장님."

천수는 대답을 하고는 지하실로 통하는 철제 방범문이 안쪽에서 자물쇠로 채워져 있는 것을 보고선 철제문을 흔들었다.

그러나 지하실에선 아무런 반응이 없었다.

"회장님! 회장님!"

천수가 불렀지만 역시 지하실에선 아무런 기척이 없었다.

"그럼 여기로 나오실 거 아니냐?"

춘호가 재차 물었다.

"아닙니다. 회장님. 회장님은 이쪽은 사용하지 않고 지하실에서 곧바로 바깥으로 나가는 출입구를 만들어 놓았습니다. 바깥쪽에 출구가 있습니다."

"어디?"

춘호는 천수를 따라 다시 홀로 나왔다가 바깥으로 나와서 건물과 건물 사이로 따라 들어갔다. 그곳에는 지하실에서 곧바로 나올 수 있도록 벽을 뚫어서 만든 철제문이 보였다.

"여깁니다."

천수는 입구의 문이 자물쇠로 잠겨져 있는 것을 보고는 춘호에게 말했다.

"왜 이쪽으로 드나드시나?"

"그건……. 회장님께서 직접 이 문을 달았습니다. 홀로 나오시기가 그래서 따로 문을 만드셨습니다."

"그럼 어디로 가셨어?"

춘호는 자물쇠로 채워진 문을 바라보면서 물었다.

"……. 모르겠습니다."

천수는 어찌할 바를 모르는 듯이 말했다.

"……?"

춘호는 덩치가 큰 자물쇠로 채워져 있는 것을 보고선 좀 전에 들어왔던 길을 되돌아나갔다. 사무실로 들어온 춘호는 소파로 가서 앉자마자,

"전화해봐. 내가 왔다고 그래."

"저, 회장님 핸드폰을 모릅니다. 안 가르쳐주셔서……."

"뭐?"

춘호가 버럭 화를 냈다.

"회장님이 핸드폰 번호를 안 가르쳐주셔서 모릅니다. 죄송합니다."

천수는 춘호에게 고개를 푹 숙였다.

"그것도 모르냐? 그럼 회장님이 지하실에서 무얼 하고 있는지도 모른단 말이야?"

"……"

천수는 꼿꼿이 선 자세로 춘호의 얼굴을 마주 바라보지 못하고 있었다.

"그럼 회장님이 어딜 나가시는지, 언제 들어오시는지도 모른단 말이 아니냐?"

춘호의 목소리에는 화가 묻어 나왔다.

"……"

"……?"

춘호는 담배를 꺼내 불을 붙이고는 꼿꼿이 서 있는 천수와 학기를 쳐다보았다.

"정말 모릅니다. 회장님께서 전혀 안 가르쳐주셔서……. 죄송합니다. 회장님."

"허어, 참. 같은 건물에 살면서도 그걸 몰라? 니들은 회장님이 지하실에서 살도록 그냥 보고만 있었단 말이야?"

"……"

천수는 여전히 말이 없었다. 푹 숙인 그의 얼굴에선 난처한 표정이 역력했다. 그걸 본 춘호는 화를 꾹 눌러참으면서 학기와 인준을 쳐다보았다. 그들 역시 임 황원 회장이 언제 지하실을 나와서 언제 지하실로 들어가고 나오는지 알지 못하고 있었다.

"지하실에서 사시기는 하냐?"

"······.네."

"그걸 어떻게 알아?"

춘호의 목소리에는 화가 여전히 묻어나오고 있었다. 자신에겐
비록 의붓아버지이지만 모처럼만에 들른 콜라텍에서 의붓아버지
가 지하실에서 기거하고 있었다는 것이 믿겨지지가 않았다.

"가끔 밑에서 소리가 나는 것 같았습니다······. 그래서······."

"니들한테는 일체 안 타나나신다는 말이냐?"

"네······."

천수는 다시 고개를 숙였다.

"왜?"

"그건······."

"······?"

"회장님이 일체 간섭하는 걸 싫어하시기 때문에······."

"천수!"

춘호가 버럭 소리를 질렀다.

"네. 회장님."

천수가 고개를 들자, 춘호의 명령이 떨어졌다.

"그게 예의냐? 그래도 회장님이 아니냐? 그런데도 같은 건물
에 있으면서도 그걸 몰라? 지금 당장 찾아와!"

천수는 곧바로 옆에 있는 학기와 인준이에게 지시를 내렸다.

"애들 다 풀어라. 수원 시내를 샅샅이 뒤져서 모시고 와라."

"네, 알겠습니다."

학기와 인준이 사무실을 뛰쳐나갔다.

"……."

춘호는 소파 뒤로 머리를 기댄 채 눈을 감았다. 그의 손에는
담배가 들려져 있었다. 화가 난 춘호는 눈을 감은 채로 담배연
기를 빨아들였다가 내뱉고 있었다. 그는 눈을 감은 채로 천수에
게 말했다.

"천수."

"네, 회장님."

"그래도 내 아버님이 아니냐. 같이 있으면서 그것도 모른다니
말이 되냐?"

"……."

천수는 아무 말도 하지 못하고 있었다.

"아버님이 뭐 기분이 안 좋은 일이 있었나? 솔직하게 말해봐라."

"없습니다. 회장님."

"그러면? 왜 지하실 입구에 철문을 했지? 출입구야 홀로 드
나들기 싫어서 그랬다고 하지만 말이야. 지하실로 내려가는 계
단에 철문을 만든 이유가 뭐지?"

"그건 회장님께서 그렇게 하겠다고 그랬습니다. 저는 단지…….
회장님의 부탁만 들었을 뿐입니다. 정말입니다. 회장님."

"……?"

춘호가 눈을 떠서 천수를 쳐다보았다.

"정말입니다. 회장님이 지하실에는 일체 사람을 내려보내지 말라는 부탁이었습니다."

"부탁?"

춘호가 천수를 빤히 쳐다보았다.

"네. 회장님."

천수는 고개를 꺾고서 대답했다.

"……."

춘호는 천수의 말이 진심일지도 모른다는 생각이 들면서 아버님의 그러한 행동에 의문이 갔다.

"지하실에 손님이 찾아오냐?"

"전혀 없는 것 같습니다. 가끔 지하실에서 웃는 소리가 들리긴 했지만……. 안 내려가봐서 모릅니다."

"흠……."

춘호는 천수의 말에 믿음이 갔다. 그동안 천수를 가까이 데리고 있으면서 자신에게 절대적인 충성을 보이던 천수가 난처해하는 기색을 보면서 지하실에서 뭔가 이상한 일이 일어나고 있을지도 모른다는 생각이 얼핏 들었다.

"그럼 회장님을 본 게 언제야?"

"그게……. 한 육 개월쯤 된 거 같습니다."

"……?!"

"도통 얼굴을 보이시지 않으니까 저는 일부러 내려가볼 생각을 못했습니다. 죄송합니다."

"……."

춘호는 다시 소파 뒤로 머리를 기댔다. 홀에서 들려오는 요란한 밴드음악 소리가 벽면을 타고 들어왔다.

한 시간 가량이 지났을 때서야 학기와 인준이 들어왔다.

"회장님. 시내를 다 찾아봐도 회장님이 보이지 않습니다."

학기의 보고였다.

"그래? 그럼 회장님이 들어오시면 나한테 전화하라고 그래. 핸드폰 번호 알아서 나한테 전화를 하던지."

춘호가 일어나면서 천수에게 말했다.

"알겠습니다."

천수가 고개를 숙이며 대답했다.

춘호는 홀로 나와서 콜라텍 안을 둘러본 후, 차가 있는 바깥으로 나왔다. 천수와 학기, 인준이 춘호의 뒤를 따라나와 춘호가 차에 타는 것을 지켜보고 서 있었다.

"천수는 앞으로 나한테 하루에 한번씩 전화를 해라."

춘호가 차 안에서 지시를 내렸다.

"네, 알겠습니다."

천수가 깊이 고개를 숙였다. 차는 곧 미끄러지듯이 움직였다.

벌써 어두워지기 시작하는 저녁 시간이었다. 춘호가 탄 차는 수인 산업도로를 따라 달리고 있었다.

신공항 청사로 들어선 차는 헤드라이트를 끄며 멈췄다. 일구와 여삼이 얼른 차에서 내려서 뒤쪽 문을 열어주었다.

"가서 저녁 먹고 있어라."

춘호는 공항의 한식당으로 가서 저녁을 먹으라는 말이었다.

"네. 회장님."

춘호는 곧 건물로 들어갔다. 수위가 춘호를 보고선 얼른 거수 경례를 붙이고는 엘리베이터가 있는 데로 안내를 했다. 춘호가 엘리베이터 안으로 들어가는 것을 보고는 곧바로 비서실로 회장이 도착했다는 사실을 알렸다.

"늦게 오셨네요?"

사장실에 딸린 비서실에서 명희와 차 주옥 대리가 일어나서 인사를 해왔다.

"그래. 배호 형 있나?"

"네. 계세요."

춘호는 곧장 사장실로 들어갔다. 명희로부터 미리 연락을 받은 배호는 춘호가 들어서자마자 책상에서 일어나 춘호를 맞았다.

"웬일이냐?"

"응. 수원에 좀 갔다 왔다. 저녁은 했나?"

"아직 안 했어. 같이 나갈래?"

"그러지."

두 사람은 자리에서 일어났다. 밖으로 나오려는데 명희가 차를 갖고 들어오다가 마주쳤다.

"어머, 그냥 나가세요?"

"식사하고 올께."

배호가 말하고는 춘호와 같이 엘리베이터를 타고 아래층으로 내려왔다. 차가 있는 청사 바깥으로 나와서 배호가 물었다.

"어디로 갈래? 식당으로 가?"

배호가 말한 식당이란 가까운 거리에 있는 민속식당을 말함이었다.

"그냥 밖으로 나가지."

"왜? 무슨 일 있냐?"

배호가 재빨리 물어왔다.

"아니. 오늘은 안에서보다 바깥에 나가서 다른 걸 먹자는 얘기지. 타."

춘호의 말에 배호는 웃으면서 춘호의 차에 올랐다. 뒷좌석에 춘호와 배호가 타자 팔수는 차에서 내렸다.

"내 차로 따라와라."

배호가 말했다. 팔수는 청사 앞에 세워져 있는 배호의 전용차로 가서 찬융이가 운전하는 차로 앞차를 뒤따르기 시작했다. 배호의 전용차에는 찬융이가 핸들을 잡았고, 옆과 뒷좌석에는 로버트 김과 일창이가 타고 있었다. 팔수는 선배인 찬융에게 깍듯이 인사를 했고, 로버트 김과 일창이는 신공항 훈련원 12기 출신으로 팔수에게는 2기 후배인 셈이었다. 로버트 김은 춘천 고아원에서 올라온 자로 혼혈아였다.

"형님. 어디로 가죠?"

팔수가 신공항을 빠져나가는 앞차를 보며 물었다.

"글쎄. 바깥으로 나가서 식사를 하나 보지 뭐. 넌 저녁 먹었냐?"

"네. 형님. 형님은 저녁 먹었습니까?"

"그래. 우리야 항상 미리미리 저녁을 먹어두고 차에서 기다리잖냐. 니들은?"

"저희들도 먹었습니다."

팔수는 찬용에게 대답하고는 옆에 앉은 로버트 김을 보고 물었다.

"오늘 사장님이 기분이 안 좋으시냐?"

"아닙니다. 그런 것 같진 않던데요."

로버트 김은 외모만 혼혈아였지 한국인이나 마찬가지였다. 춘천에 있는 미군 기지촌에서 태어나서 아버지가 본국으로 돌아가버리고 나서 어머니는 마약중독으로 정신병원에 들어가게 되면서 로버트 김은 춘천 희망원으로 가서 자라다가 황제그룹 신공항 훈련원에 입소해서 2등으로 졸업한 태권도에 우수한 실력을 가진 이였다.

"그런데 왜 바깥으로 나가지."

팔수가 다시 찬용을 보고 물었지만 찬용은 대답을 하지 않았다. 그저 뒤를 돌아다보며 웃었을 뿐이었다. 앞차는 신공항을 빠져나와 을왕리로 거쳐서 무잠포로 향하고 있었다.

"포구로 갈 건가 본데……."

찬용이 말하면서 앞쪽 바다 쪽을 가리켰다. 춘호가 탄 차는 무잠포 다리를 건너 포구로 들어갔다. 바다와 작은 산이 굽이도는 곳에 포구가 있었다. 포구에는 포장마차 한 대가 야트막한 산 밑에 자리 잡고 있었다. 차에서 내린 춘호와 배호는 포구에서서 담배를 피워 물었다.

"여기 와 봤나?"

배호가 물었다.

"응. 전에 한 번 와봤지. 조용해서 좋더라고. 저기 포장마차도 있고."

춘호가 턱짓으로 포장마차를 가리키자,

"저기 가서 먹자고?"

배호가 허술한 포장마차를 보고선 웃었다.

"응. 금방 따온 굴이 맛있더라고. 입에 넣으면 살살 녹지. 생선튀김 종류도 팔던데."

"그럼 가서 먹지."

배호가 먼저 포장마차로 향했다. 춘호는 바다에서 몸을 돌려 포장마차로 걸어가면서 차에서 나와 서 있는 부하들에게 말했다.

"야, 니들도 와라."

그들은 포장마차 안으로 들어갔다. 그곳 포구에는 포장마차가 딱 한 대밖에 없었다. 산모퉁이를 도는 포구의 너른 공터에서 산 밑에 자리 잡은 포장마차였다.

포장마차 주인 부부는 건장한 남자들이 여럿 들이닥치자 얼굴에 웃음을 띠며 맞았다.

"뭘로 드릴까요? 골라서 잡수시면 됩니다."

남자 주인은 갓 튀겨낸 생선튀김들을 가리켰다.

"야, 니들 먹고 싶은 거 골라서 먹어."

춘호는 그렇게 말하고는 배호와 같이 먹을 것들을 골라 접시에 담았다.

"여기 생굴도 좀 줘요."

"네, 알겠습니다."

"소주도 한 병 꺼내놔요."

"네에."

곧 생굴과 소주가 나왔다. 춘호는 소주를 따서 배호의 잔에다 술을 따랐다. 배호 역시 춘호의 잔에 소주를 따라주고는 생굴을 집어 입에 넣었다.

"거, 맛있네. 여긴 어떻게 알았지?"

"하하. 그냥 바람 쐬러 들어왔다가 여기 포장마차가 있는 걸 알았지. 맛이 괜찮지?"

"응. 한 잔 해라."

배호는 술잔을 들어 춘호의 잔에 부딪치고는 곧 입으로 가져갔다. 그들이 술을 마시고 있는 동안에 한쪽에서 튀김을 먹고 있던 부하들이 슬그머니 자리에서 일어났다.

"회장님. 저희들은 바깥에 나가 있겠습니다."

"응. 그래. 그래라."

춘호와 배호는 단 둘이 앉아 술잔을 기울이고 있었다.

"근데, 수원에는 왜 갔나? 거긴 어때?"

배호가 슬쩍 말을 꺼냈다.

"손님은 많던데."

"……?"

배호는 다시 춘호의 얼굴을 쳐다보았다.

"근데……. 수원에 있는 아버님이 좀 이상한 거 같아."

춘호가 소주잔을 비우면서 말을 꺼냈다.

"왜?"

"지하실 있지? 거기다가 내려가는 입구에다가 철문을 해놨더라."

"왜? 거기 누가 들어갈 일이 있나?"

배호가 춘호의 잔에 소주를 따라주면서 물었다.

"없지. 아버님 혼자 거기서 지내시는 거 같은데. 천수 그놈이 그것도 모르고 있더라고."

"응? 아버님이 거기서 살아? 왜 거기서 살지? 지하실에서 말이야?"

"내려가는 통로에는 철문을 해놓고, 우리 건물과 옆 건물 사이에 작은 통로에다가 출입문을 따로 만들어놨더군. 그쪽으로 드나드는 모양이야."

"뭐? 아버님이 왜 그래? 천수하고 사이가 안 좋나?"

"그런 것 같지는 않고. 천수 말로는 육개월째 얼굴을 못 봤다고 할 정도니 말이야."

그 말을 하면서 춘호는 다시 소주잔을 비워냈다. 춘호는 생굴을 집어 입에 넣고는 담배를 꺼내 물었다.

"무슨 이유가 있는 거 아냐? 안 그러면 그렇게 지낼 리가 없잖아."

"글세…… 지하실에서 그렇게 지낸다는 게 이상하지 않나?"

"그럼! 그게 뭐야? 돈이 없어? 뭐가 없어? 그런 지하실에서 지낸다는 게 이상하지."

"……"

춘호가 담배연기를 훅 내뱉으면서 포장마차 천정에 매달린 가스등을 쳐다보았다. 주인 남자와 여자는 포장마차 리어카 밑에 쪼그리고 앉아서 생굴을 따느라 춘호와 배호에겐 시선조차 주지 않았다.

"그건 좀 이상하다. 아버님 만나봤냐?"

"지하실문도 잠겼고, 바깥쪽 출입문도 잠겼어. 그래서 천수한테 아버님 오시면 나한테 곧바로 연락하라고 그랬는데 아직 연락이 안 오네."

"그래?"

배호는 곧 핸드폰을 꺼내 천수한테 전화를 걸었다. 곧 천수의 목소리가 튀어나왔다.

"응. 나다. 아버님 들어오셨냐?"

"아직 안 들어오셨습니다. 그래서 아직 연락을 못 드리고 있습니다."

"그래? 연락도 안 되고?"

"네. 핸드폰 번호를 모르고 있습니다."

천수는 죄송한 듯이 말을 해왔다.

"그럼 쓰나. 네가 그곳 사장 아니냐. 그런데도 아버님 핸드폰도 모르냐?"

"그게……. 아버님이 일절 간섭하지 말라고 해서…….저희들은 지하실에 내려오는 것도 싫어하시기 때문에…….사장님. 죄송합니다."

"그래. 알았다. 회장하고 나하고 같이 있다. 오시면 이쪽으로 연락해라."

"네, 알겠습니다."

핸드폰을 끈 배호가 춘호의 잔에 술을 따르면서 물었다.

"천수도 쩔쩔매는 것 같은데? 아버님이 천수한테 간섭하지 말라고 그랬다는데 말이야. 아버님이 왜 그러시지?"

"모르겠어. 교도소에서 나오고 나서 사람을 피하는 건지 뭔지 모르겠다."

춘호는 술잔을 들어 단숨에 비워버리고는 배호에게 술잔을 권했다. 춘호는 생굴을 맛있게 먹고는 오징어 튀김 하나를 집어 먹었다.

"이제 전국을 한 바퀴 돌아야 하겠는데."

"왜?"

"비어텍이 얼마나 됐는지 알아볼 겸 말이야."

"으응. 바람도 쐴 겸 그거 좋지. 나야 자리를 비울 수 없으니

따라갈 수도 없고."

"형은 못 움직여."

춘호가 웃으면서 말했다.

"그래. 알아. 언제부터 갈 건데?"

"봐서. 당장이라도 내려가서 비어텍이 빨리 개업하도록 했으면 좋겠다."

"전국을 다 돌려면 너무 시간이 많이 걸려. 그럴 바에는 차라리 여기로 불러올려서 사장들을 족치는 게 좋지 않나?"

"그럴까?"

춘호는 자신이 직접 전국을 돌까 했던 생각이 달라졌다. 만약 자신이 전국을 다 돈다고 해도 한 달 정도는 걸릴지도 모르는 일이었다.

"그게 차라리 낫지. 사장들이 알아서 할 거니까. 이미 지원금이 내려가 있으니까 중앙으로 불러올려서 족치기만 하면 빨리 되게 돼 있어. 그럼 일단 불러올리도록 하까?"

"좋아! 그게 낫겠어."

"하하. 조직의 힘을 뒀다가 뭣에 쓰려고 하냐? 이럴 때에 불러올려서 한 방 놓는 거지."

배호는 그 말을 해놓고 나서 술잔을 기울었다. 어느 정도 술기운이 오른 그들은 포장마차 밖으로 나왔다. 포장마차 밖에는 그의 부하들이 일정한 간격으로 서서 회장과 사장을 경호하고 있다가 밖으로 나온 그들을 보며 인사를 해왔다.

"니들도 바닷바람 좀 쐬라?"

"네. 회장님."

그들은 일제히 고개를 숙였다.

"그래. 조금만 더 있다가 가자."

춘호는 그렇게 말하고선 배호와 같이 포구로 가서 걸터앉았다. 담배를 꺼내 배호에게 내밀고는 춘호도 한 개피를 꺼내 입에 물었다. 두 사람은 담배를 피우며 먼 바다 쪽을 바라보고 있었다. 그들 뒤에는 그의 부하들이 그들을 경호하고 있었다.

"춘호야. 비어텍을 하면 다음에는 뭘 하지?"

배호가 말을 꺼냈다.

"할 일이 많아."

"어떤 거?"

"사업을 하겠다고 마음만 먹으면 할 게 수두룩하지."

"계속 사업을 벌려나갈 거냐?"

"왜?"

춘호가 문득 배호를 돌아보며 물었다.

"너도 이젠 장가를 가는 게 낫지 않나."

"장가? 형은 장가가고 싶어?"

춘호가 웃으면서 물었다.

"난 아직 그럴 생각 없다. 근데 넌 결혼하는 게 나을 거 같아서. 만약 네가 결혼하면 내가 더 편할 것 같아서 그런다."

"왜? 형이 뭐가 불편해? 나하고 같이 단 둘이 있는데."

춘호는 바다 쪽을 바라보며 말을 던졌다.

"이젠 한 달에 들어오는 돈이 자그마치 이천 억이 넘는다. 비어텍이 성공하고 나면 더 들어올 거다. 그런 돈만 자꾸 벌면 뭐하겠냐? 안 그러냐?"

"형!"

춘호는 배호가 결혼 이야기를 꺼낼 때마다 의지가 약해지는 것 같아 그런 말은 하지 말았으면 하는 마음이었다.

"알아. 네가 안 가니까 여자애들도 안 가잖아. 네가 가면 여자애들도 갈 수 있을 거라고 생각할 건데 하는 생각이 들어."

"……."

"정혜도 그렇고, 명희도 그렇고, 이젠 걔들도 나이 삼십 대를 넘었어. 계속 그대로 놔둘 거야?"

"……."

"어제 요시이한테서 전화가 왔다."

"……?"

"니 안부부터 묻더라."

배호는 그 말을 하고선 다시 담배에 불을 붙였다. 그리고선 천천히 연기를 내뿜고서 말을 이어나갔다.

"요시이가 정혜한테 좋은 감정을 갖고 있는 거 같더라."

"그래? 요시이가 뭐라고 그랬는데?"

"정혜 잘 있느냐고 물었다. 그 말은 곧 요시이가 정혜를 달리 보고 있다는 뜻이다. 넌 그걸 알고 있었냐?"

"몰랐지……."

춘호가 무덤덤하게 말하자, 배호가 설명했다.

"난 저번에 일본 갔을 때에 그런 걸 알았다. 요시이가 정혜한테 친절하게 한다는 걸……."

"그랬나?"

춘호가 배호를 돌아보며 웃음을 지어보였다.

"내 눈은 못 속여. 고아원에서부터 중국집에서 눈치밥만 먹은 놈인데 그걸 모르겠냐. 요시이가 일본에서 콜라텍이 아주 잘 된다고 하더라. 하루 매상이 천만 엔 대를 넘어섰다고 그러더라."

"후우, 그거 잘 됐군."

춘호가 다시 웃었다.

"조금 있다가 봐서 한국에 나올 생각이더라."

"그래? 언제?"

"보름쯤 뒤에. 그때는 일본에서는 명절이라서 잠깐 쉬러 나올 생각인 것 같더라."

"그럼 그때 정혜하고 같이 어울리도록 해주면 되겠네?"

다시 춘호가 웃자, 배호가 물었다.

"그럴 생각 있냐?"

"요시이가 한국 핏줄인데 뭐가 문제가 돼. 지금 정혜는 요시이를 어떻게 생각하는데?"

춘호는 정혜가 요시이한테 좋은 감정을 갖고 있다는 것을 알면서도 배호한테 물어보는 식이었다.

"물론 정혜도 요시이가 일본인 줄로만 알고 있지. 그런데도 정혜는 요시이를 좋아하는 거 같아."

"흠. 그럼 잘 됐네 뭐."

춘호는 담배를 꺼내 불을 붙이면서 말했다.

"정혜는 아까운 여자야. 그동안에 우리 조직을 위해서 열심히 일했고……. 너랑 나랑 좋아했던 여자 아니냐."

"……?"

춘호가 배호를 쳐다보자, 배호는 얼굴에 웃음을 띠고선 다시 말을 했다.

"솔직히 정혜는 너를 좋아했던 거 같다. 너 아냐?"

"……?!"

"나이는 너보다 위지만 정혜는 너를 좋아한 거라는 걸 알아."

"푸하. 나한테는 누난데?"

춘호가 웃었다.

"남녀 간의 사랑이라는 건 모르는 거다. 넌 명희에 대해서 아냐?"

"명희? 걔는 왜?"

춘호는 피우던 담배를 바닷물 속으로 던지면서 배호를 쳐다보았다.

"명희, 걔 전에 얼마나 불쌍한 여자인 줄 몰랐지?"

"무슨 말이야?"

"명희는 내가 알아본 바로는, 고아원에서 나와서 쌍문동에서 봉제공장에 다녔다고 했잖아?"

"응."

"명희는 그때 결혼한 거야. 너무 어렸을 때지만……. 나이가 많은 남자하고 동거를 시작한 거야. 봉제공장에 있으면서 사귀게 된 남자라는 거지. 그 남자가 누군지 아나?"

"형이 그걸 어떻게 알아? 난 모르지."

"내가 전에 명희가 수원교도소에 면회를 온다고 그랬잖아? 내가 교도소에서 나오고 난 뒤에 교도소를 찾아간 적이 있었지. 아는 교도관한테 부탁을 해서 명희가 면회를 다녀간 남자에 대해서 물어봤다."

"……?!"

"아는 교도관이 그러더라. 명희가 면회를 한 그 남자하고는 동거인이라고 씌어져 있다고. 명희는 그때 그 남자하고 같이 살다가 헤어진 거야. 그래서 면회를 온 거고."

"흠……."

춘호는 낮은 신음소리를 냈다.

"이런 건 말 안 하려고 했다. 다 같이 불쌍한 존재들인 우리가 왜 그런 일을 당하지 않겠느냐 하면서. 그래서 난 네가 모르는 줄로 알고 입을 다물고 있었다."

"그렇구나……."

춘호는 캄캄한 바다를 바라보며 중얼거렸다.

"명희, 걔는 아주 똑똑해. 일도 잘하고. 수석으로 졸업했으니. 내 밑에 있으면서 부족할 게 없을 정도로 일을 잘한다."

"그럼 그 남자는 그때 뭘로 들어갔지? 근데 명희는 요즘 면회를 안 가잖아?"

"명희 밑에 있는 차 주옥이라는 애 있지?"

"비서실의 차 주옥 대리?"

"응. 명희는 개 이름으로 청주정신감호소에 있는 그 남자한테 돈을 보내주는 걸로 알고 있다."

"지금도?"

춘호가 놀라서 물었다.

"지금은 아닌 것 같다. 이젠 관계를 끊은 것 같다."

"……."

춘호는 다시 먼 바다를 바라보고 있었다.

"청주 정신감호소에 있다는 건 정신병자라는 말이다. 아마 수원 교도소에 있을 때부터 정신이 이상해진 것 같다. 어쩌면 바깥에 있을 때부터 정신이 이상해진 건지도 모르지."

"명희가 그런 남자하고 살았구나……."

"불쌍한 거지. 봉제공장에서 일하다가 알게 된 남자하고 같이 살면서 명희만 죽도록 고생한 거지. 그러다가 남자가 절도죄로 교도소에 들어가면서 정신이 돌아버린 거 같다. 교도관이 명희가 접견한 접견록을 보고서 나한테 그대로 말해준 거니까. 남자하고 명희가 대화한 내용이 다 적혀 있으니까."

"……."

"난 명희가 그런 일을 당했다는 것이 처음에는 믿어지지가 않았다. 어렸을 때에 고아원을 나와서 봉제공장에 있으면서 철없이 만난 남자라는 생각이 들지만……. 나중에는 그 남자가 봉제공장에서 쫓겨나서 빈털터리가 돼서 명희가 수원으로 내려와서 뒤 바라지를 하면서 낮에는 공장에 나갔다는 거야. 그런 내용이 다 접견록에 적혀 있다고 그랬으니까."

"명희는 그런 거 누구한테도 일절 말하지 않았어. 나도 못 들었으니까."

"그럴 테지. 남부끄러운 일을 겪었으니까. 그때는 명희도 지칠대로 지쳤을 거다. 너를 만나서 수원에 데려왔을 때만 해도 명희는 얼굴이 말이 아니었잖아? 너, 그거 생각나냐?"

"흠……."

"그래서 명희는 더 이를 악물고 공부를 했던 거고……. 열심히 살았는지도 모르지만……."

"……?"

춘호는 배호를 쳐다보았다. 달빛에 드러난 배호의 얼굴은 안타까운 표정이 역력하게 드러나 있었다.

"나도 사실은 똑똑한 명희를 은근히 좋아했었다. 전에는 그랬어."

"그럼?……."

"지금은 그런 감정이 없어졌지. 그저 불쌍한 애다 하는 생각만 들 뿐이지."

"……."

"명희는 아마 우리를 만나지 못했다면 그런 곳에서 살아갔겠지. 쌍문동에서 돈이 떨어져서 아마 수원으로 내려왔다가 빈털터리인 남자가 절도죄로 들어가고 나서 교도소로 면회를 다닌 것 같다."

"흠⋯⋯."

춘호는 갑자기 마음이 답답해지기 시작했다. 벌떡 일어나 기지개를 켜고 싶었지만 방파제에 그대로 앉아 있었다.

"⋯⋯."

배호도 가슴이 답답한지 바다만 바라보고 있었다.

"형. 우린 다 불쌍한 존재들이었잖아. 배운 거 없이 피붙이 하나 없이 사회로 나오면 누가 반겨줄 사람도 없어. 명희가 그런 과거가 있었다는 것을 이제 알았어. 형이 데리고 있으니까 잘해줘라. 그런 내색을 않고 있는 명희는 우리보다 더 불쌍한 거지. 형이 나보다 더 생각이 깊겠지만, 명희 일은 형만 알고 있으면 돼."

"그래. 그래서 너한테 말하는 거다. 여자들은 남자들한테 이리 찢기고 저리 찢기면서 살고, 남자들은 밑바닥에서부터 기다가 마치는 거지. 그게 우리 고아들의 운명이니까."

"⋯⋯."

"차라리 난 요시이가 명희를 좋아한다면 더 좋았겠다는 생각을 했다."

"⋯⋯?"

"명희를 볼 때마다 그런 생각이 들었다. 너무 똑똑하고 일을 잘해서 일본에 있는 요시이가 만약 좋아한다면 둘이 결혼했으면 하고……."

"흠……."

"이제 일어나자. 너무 늦었다."

배호의 말에 춘호는 기다렸다는 듯이 일어났다. 두 사람은 방파제에서 일어나 차가 있는 곳으로 걸어갔다. 그들이 다가오자, 그의 부하들은 차문을 열어놓고 기다리고 있었다. 차는 곧 그곳 포구를 빠져나와 신공항으로 향했다. 청사 앞에서 내린 그들은 건물 안으로 들어서자, 수위가 얼른 다가와 문을 열어주면서 경례를 해왔다. 엘리베이터를 타고 사장실로 올라갔을 때, 명희는 아직도 퇴근을 하지 않고 있었다. 그들이 안으로 들어서자 명희는 책을 보고 있다가 일어나,

"이제 오세요?"

명희는 사장실문을 열어놓고선 서 있었다.

"아직 퇴근 안 해?"

"천천히 퇴근하려고요."

명희가 웃으면서 말했다.

"시원한 거나 한 잔 갖고 오지."

배호가 말하자, 명희는 곧 알았다는 듯이 고개를 숙여보이고는 밖으로 나갔다가 오렌지 쥬스를 갖고 들어왔다.

"명희도 앉아. 이거 마시고 나가지."

"네."

명희가 앉자, 배호가 웃으면서 말했다.

"오늘 무잠포로 가서 생굴 실컷 먹고 왔다. 둘이서 말이야."

"아이, 그러면 저도 좀 데려가시지 그랬어요. 저는 밑에 내려가셔서 식사하고 오시는 줄 알았죠 뭐."

명희는 춘호를 쳐다보며 웃어보였다.

"모레쯤 호텔에서 전국 사장단 회의를 한다고 알려놔라."

"네."

"이번에 비어텍을 개장하기 전에 모이는 거니까. 사장들이 한 사람도 빠짐없이 올라오라고 그래."

"네. 알았습니다."

"호텔에도 그렇게 이야기를 해놓고."

"네."

"이번에는 훈련생들도 다 참석시켜라. 영등포에도 연락하고."

"네. 그럼 제일 큰 회의장으로 해야겠네요."

"그렇지!. 훈련원생들도 사장단들이 회의를 하는 걸 보여주는 것도 괜찮은 일이니까."

"알겠습니다."

명희는 고개를 숙이면서 대답을 했다. 배호가 지시하는 것은 빈틈없이 처리하는 명희였다. 어떤 회의인가 하는 성격만 알면 명희는 부수적인 일까지도 완벽하게 처리는 여자였다.

쥬스를 다 마신 춘호가 배호에게 말했다.

"이제 나가지. 명희도 퇴근해야 하고."

배호가 덧붙였다.

"그래. 명희도 같이 퇴근해."

배호가 덧붙였다.

"네. 전 준비 다 됐어요. 나가요."

명희는 얼른 쥬스잔을 쟁반에 담아 밖으로 나갔다.

춘호와 배호가 사장실 밖으로 나오자 명희는 곧 그들을 따라 나섰다. 건물 안에는 군데군데 불이 켜져 있어 밤늦도록 일을 하는 부서가 있어 복도는 늘 새벽까지 환하게 불이 켜져 있었다. 춘호와 배호의 뒤를 따라 엘리베이터를 타고 내려온 그들은 청사 앞에서 대낮같이 불을 밝힌 공항 쪽을 바라보면서 춘호가 입을 열었다.

"명희야."

"네."

명희가 춘호 뒤에서 대답을 했다.

"우린 어두침침한 곳에서 자랐지. 늘 일찍 불을 꺼야 하고, 새벽같이 일어나야 하고, 어린 우리들이 어른의 명령에 따라서 기계처럼 움직였지. 그런 시절 생각나니?"

"네."

"그때는 밥을 먹는 것도 눈치를 볼 때였으니까. 밥을 조금이라도 더 먹으려고 애를 쓰면서 우리끼리 서로 싸우던 때였지."

"네."

명희는 대답을 하면서 춘호의 옆얼굴을 쳐다보았다.

"오늘은 술 한 잔 하고 싶다. 형은 어때?"

"나? 난 좀 피곤한데. 아까 마신 술이 조금 취하는 것 같다. 둘이서 한 잔 하지."

"그래? 그럼 일찍 들어가 잘 거야?"

"그러지 뭐. 다음에 같이 해. 오늘은 둘이서 한 잔 해봐."

"알았어. 명희 넌?"

"네. 회장님하고 같이 한 잔 해요. 전 늦게 자도 일찍 일어나요."

명희가 쾌활하게 대답했다.

"그래. 가자."

춘호와 명희가 차로 가는 것을 보고서 배호도 따라갔다가 차에 타는 걸 보고서 핸들을 잡은 일구에게 웃으면서 말을 건넸다.

"오늘 잘 모셔라. 난 피곤해서 빠진다."

"네. 사장님."

일구도 웃으면서 대답하고는 차의 시동을 걸었다. 차는 곧 청사 앞을 빠져나갔다. 일구 옆에는 여삼이 앉아 있었고, 뒷좌석에는 팔수와 명희, 그리고 춘호가 나란히 앉았다.

"아까 갔던 무잠포로 가자. 아까 그 포장마차가 있는지 모르겠다."

"네."

차는 해안도로를 따라 달리다가 곧 무잠포로 들어가는 길을 택했다. 신공항에서 불과 3,4킬로 떨어진 포구였다. 포장마차는 아직 그대로 장사를 하고 있었다. 한적한 산모퉁이라서인지

554

아직도 손님이 들지 않고 있다가 다시 춘호가 들어서자 주인을 더욱 반가운 듯이 그들을 맞았다.

"어이구. 또 오십니까?"

여자 주인은 춘호 옆에 서 있는 명희를 보고 홍합 국물부터 내놓았다.

"이쁜 색시까지 오셨네. 앉으세요."

춘호와 명희는 나란히 나무의자에 걸터앉았다.

"여기 생굴하고 소주 좀 줘요. 명희는 맥주로 할래?"

"아니예요. 저도 오늘은 회장님하고 같이 소주로 할게요."

"그래. 그럼 소주로 줘요."

춘호의 말에 주인은 곧 생굴을 접시에 담아 소주병과 같이 내놓았다. 춘호는 술병을 따서 명희의 잔에 따르려고 하자, 명희가 병을 나꿔채서는 춘호의 잔부터 채워주었다.

"회장님 먼저 드세요. 이리 주세요."

그런 다음에 명희는 술잔을 들고서 춘호가 따라주는 술을 받았다.

"자, 우리 건배하자."

"네."

명희는 술잔을 들어 춘호의 잔 밑에 다가오다가 멈추었다.

"회장님. 건배하는 말을 뭐라고 하죠?"

명희는 술잔을 든 채로 물었다.

"뭐라고 할까? 우리들의 행복을 위하여 하고 할까?"

"네. 좋아요!"

"우리들의 행복을 위하여!"

"우리들의 행복을 위하여."

두 사람은 잔을 부딪치고는 입으로 가져갔다. 명희는 술잔을 입으로 가져가면서 오늘따라 분위기가 달라진 춘호의 얼굴을 유심히 쳐다보았다.

"회장님. 오늘 기분이 좋으신 거 같아요."

"그래? 그냥 술 한 잔 하는 건데?"

"그렇게 보여요."

명희는 밝게 웃었다.

"그래. 명희가 기분이 좋게 보인다면 맞는 말이지. 난 맨날 기분이 좋아."

그 말을 하면서 춘호는 소주잔을 쭉 들이켰다. 톡 쏘는 소주 맛에 그는 생굴을 움푹 집어 입 안에 넣고 나면 쌉싸름한 생굴의 맛이 혀끝에 와 닿았다.

"맨날 기분이 좋으세요?"

"그럼! 명희도 맨날 기분이 좋아야 돼. 왜냐면 우리는 아무것도 없는 빈손에서 시작해서 지금 이렇게까지 왔거든. 그러니까 기분이 좋은 거지."

춘호가 웃었다.

"그러네요. 저도 때로는 그런 걸 잊고 살아요. 회장님께서 그런 말씀을 하시니 저도 행복한 사람인 것 같아요."

"명희야."

춘호가 부드럽게 불렀다.

"네."

"사람은 고생한 만큼 보람을 얻어야 된다. 보람을 얻지 못하면 불행한 거지. 세상 사람들은 그래서 불행한 거야. 꿈이 이뤄지지 않았거든."

"그럼 회장님의 다음 꿈은 뭐예요."

"꿈?"

"네."

"나는 꿈이 많아. 우리 회사가 더 크게 돼서 세계적인 그룹이 되는 것이고, 앞으로 중고등학교도 세우고, 대학도 세우고, 전국에 퍼져 있는 고아원들을 다 합쳐서 영종도에다 제일 큰 고아원을 세우고 싶고…… 그래서 우리 고아원에 들어온 애들은 멋대로 공부할 수 있고, 대학까지 무조건 마치게 하는 거다. 그래서 대학을 마치면 우리 회사에 자동적으로 취직이 되도록 하면 어떨까?"

"그렇게 되면 정말 세계에서 알아주는 그룹이 되죠."

"그래. 우리는 그런 꿈을 가져야 돼. 우리가 얼마나 불쌍했니? 안 그러냐?"

춘호는 다시 소주잔을 들이켰다. 명희가 나무젓가락으로 생굴을 집어서 춘호의 입으로 가져왔다. 춘호가 놀라서 명희를 쳐다보자 명희는 활짝 웃고 있었다.

"드세요. 오늘은 우리 회장님께 이러고 싶은 걸요."

"됐어. 내가 먹을게. 명희는 나중에 좋은 데 시집가서 좋은 남편한테 그렇게 하는 거야."

춘호는 명희가 집어서 넣어주려는 생굴을 마다하고선 자신이 직접 생굴을 집어먹었다.

"전 시집 안 가요."

명희가 쓸쓸하게 말했다.

"왜? 여자가 시집을 안 가면 혼자 살 거야?"

"네."

명희가 또렷하게 말하자 춘호가 바로 되받았다.

"그건 안 돼지. 정혜나 명희나 성숙이나 다 시집을 가야 돼. 앞으로 늙으면 혼자는 외로워서 못 산다. 여자들은 남자처럼 꿈과 야망이 없으니까 남자한테서 꿈과 야망을 찾는 거다. 그게 바로 행복인 거다."

"회장님도 결혼 안 하시잖아요."

"남자는 꿈이 있어야한다니까. 꿈이 없는 놈은 죽어야 하는 거야. 난 꿈을 이루면서 사는 거다."

"……."

명희는 고개를 숙여 술잔을 들여다보고 있었다.

"왜 두렵니?"

"네?"

명희가 놀라서 고개를 들었다가 춘호의 얼굴과 정면으로 마주쳤다.

"명희는 이제 두려울 게 하나도 없어. 대학을 수석으로 나왔잖아. 그리고 대 그룹 황제의 비서실장인데 뭐가 두렵니?"

"……."

"너도 이제 야무진 꿈을 가져라. 여자는 말이다. 결혼해서 보란 듯이 사는 것이 곧 행복이다. 우린 이제 고아가 아니라는 말이다. 누가 우리더러 고아라고 하겠니? 안 그래?"

춘호는 약간 술이 취한 듯이 말했다.

"회장님도. 전 그런 뜻이 아니예요. 그냥 결혼하고 싶지 않다는 거거든요."

"왜?"

"그냥요. 혼자 사는 게 편해요."

"아니다. 넌 내 말을 듣는 게 좋은 거다. 정혜도, 성숙이도, 진란이도, 호숙이도 다 결혼해야 돼. 그래야 니 밑에 있는 애들도 클 거 아니냐. 언니들이 결혼해서 잘 사는 것을 보여주면 후배들도 용기를 얻잖나? 안 그러냐?"

"……."

"언제까지 혼자 살 거는 아니지. 나이 먹기 전에 이왕 할 거라면 결혼하는 것이 좋을 거다. 니들이 이젠 삼십 대야. 이제부터 금방 나이 먹는다. 지금이야 이쁘다는 소리 듣지만 나이 들면 꽃도 시들게 돼 있어."

"……."

춘호는 술잔을 비우고서 명희에게 잔을 주었다. 명희가 술잔을 받아들고선 술을 따라주는 춘호를 물끄러미 바라보고 있었다. 춘호는 명희가 바라보고 있는 줄도 모르고서 다시 말을 꺼냈다.

"나중에 나이 들어서 그냥 이대로 있으면 우리 회사로서도 좀 그래. 사십 대의 아줌마가 비서실에 그냥 그대로 있을 수는 없잖나? 안 그러냐?"

"그럼 나이 들면 나가야 돼요?"

"그건 아냐. 다른 데서도 근무할 데야 많지. 자꾸 새로워지려면 니 후배들이 자꾸 올라와야 된다는 말이다. 그래야 새로운 피가 수혈이 되는 거지."

"회장님도……."

명희는 안타까운 눈빛으로 그를 쳐다보았다.

"지금부터라도 그냥 있지만 말고 좋은 남자 있으면 사귀어봐라. 니들은 겁 먹을 필요가 없어. 다 갖췄는데 뭐가 겁이 나냐?"

"전 그런 게 아니예요."

"……?"

춘호가 명희를 쳐다보았다.

"회장님은 여자들의 속을 너무 몰라요."

"왜? 내가 뭘 모른다는 거야?"

"……."

명희의 눈가가 붉어졌다. 잠시 뒤에 주루룩 눈물이 흘러내렸다. 명희는 얼른 손수건을 꺼내 물기를 닦아냈다. 그리고선 소주잔을 들어 비워냈다.

"……."

춘호는 담배를 꺼내 불을 붙이고는 앞쪽만 바라보고 있었다. 포장마차의 부부는 리어카 뒤에 앉아서 생굴을 따느라 그런지 아니면 손님들의 대화에 방해가 되지 않으려고 그러는 것인지 좀처럼 고개를 들지 않았다. 명희는 다시 술잔을 비우고는 춘호에게 잔을 권했다. 두 사람은 묵묵히 술잔만 비워냈다. 생굴이 다 비워지자 춘호는 다시 생굴을 더 달라고 하고선 술잔을 비워냈다. 춘호도 어느 정도 취기가 올라 있었다. 벌써 다섯 병째의 소주를 비워내고 있었다.

"회장님은 저 싫으세요?"

"무슨 말이냐?"

춘호가 명희를 바라보자,

"나이 들도록 있으면 안 돼요?"

"……."

춘호는 말이 없었다. 묵묵히 술잔만 비워냈다.

"……."

명희는 춘호의 대답을 기다렸지만 대답이 없자 포기한 듯 술잔만 비워내고 있었다. 명희는 벌써 약간 취한 셈이었다.

"여긴 답답해요. 술 더 마실래요?"

"그래. 됐다."

춘호가 술값을 계산하고 일어서자 명희도 따라 일어섰다. 밖으로 나온 그들은 포구를 향해 걷기 시작했다. 춘호를 경호하고 있던 부하들이 차문을 열고서 기다렸다가 그들이 포구로 걸어가는 모습을 보고선 다시 차문을 닫았다. 바다에서 불어오는 바람이 부드럽게 얼굴에 와 닿았다. 명희의 눈에선 가느다란 눈물이 흘러내리고 있었다. 춘호에게 들키지 않으려고 고개를 숙인 채로 걷고 있는 명희의 발걸음이 약간 휘청거렸다.

"오늘 많이 마셨지?"

"……."

"이렇게 너하고 같이 이야기를 해보니까 기분이 좋다. 마치 어렸을 적에 고아원에서 있었던 것처럼 그런 기분이 난다. 넌 안 그러냐?"

"……."

명희는 묵묵히 걷기만 하고 있었다.

"너, 비어텍이 개업하면 서울에 사장으로 갈래? 거기 가서 시간도 좀 내고 하면 편하지 않겠냐?"

"……?"

명희는 걸음을 멈추고선 춘호를 쳐다보았다.

"비서실에 있는 것보단 시간이 더 많을 텐데……."

"회장님."

명희가 입을 열었다. 춘호가 걸음을 멈추고서 그녀를 쳐다보았다.

"전 그냥 여기 있는 게 더 편해요. 저를 인사이동시키지 않았으면 좋아요."

"여기가 더 편하냐?"

"네."

춘호는 명희를 물끄러미 바라보았다.

"그래. 그럼 그 자리에 있는 것도 좋지. 배호 형도 네가 옆에 있으니까 편하다고 생각할 거다."

사실 그랬다. 명희는 비서실장으로 있으면서 배호가 보좌하는 데에 전혀 손색이 없을 정도로 깔끔하게 일을 처리하는 유능한 비서였다.

두 사람은 포구 끝까지 걸어갔다가 다시 되돌아 걷기 시작했다. 어두컴컴한 산모퉁이 너머로 신공항에서 내뿜는 불빛이 산모퉁이와 바다를 환하게 비추고 있었다.

"난 니들이 다 행복했으면 싶다. 이젠 다 갖출 건 다 갖췄으니까 니들도 각자 자기 행복을 찾았으면 싶어서 그런다. 더 나이 먹기 전에 말이다."

"……."

그들은 다시 포장마차가 있는 데까지 걸어왔다. 경호원들이 차에서 내려 그들이 다가오는 것을 보고는 기다리고 서 있었다.

"이제 가지. 오늘 기분이 참 좋았다."

"네. 저도요."

그들은 차 안으로 들어갔다. 차는 곧 포구를 떠나 신공항을 향해 달리기 시작했다. 헤드라이트 불빛에 비친 산모퉁이와 바다의 모습은 전혀 다른 모습을 보여주고 있었다.

"잘 주무세요."

청사 앞에서 멈춘 차에서 내린 명희는, 춘호에게 인사를 하고 는 걸어가기 시작했다.

"……."

춘호는 혼자 걸어가고 있는 명희의 뒷모습을 바라보면서 담 배를 꺼내 불을 붙이고선 길게 연기를 내뿜었다.

"니들도 들어가서 자라."

"네. 회장님."

일구와 여삼이, 팔수가 춘호에게 깊숙이 절을 하고는 그들의 숙소로 걸어가는 것을 보고 나서 춘호는 숙소를 향해 걷기 시작 했다.

숙명

　요시이가 공항에 도착할 때쯤, 춘호는 배호와 함께 공항으로
가고 있었다. 차에는 춘호와 배호, 정혜와 명희가 각각 두 대의
차에 나눠 타고 있었다. 미리 신공항에 도착한 정혜는 배호의 사
장실에 들러 춘호와 배호, 그리고 명희를 만나 인사를 나누고 나
서 커피를 한 잔씩 마시고는 공항으로 영접을 나가는 길이었다.
　"언니. 요시이 사람 좋지?"
　"후후, 모르겠어. 일단 사람은 좋은 거 같아. 일본 사람이지만
일본인 같지 않지?"
　"으응. 점잖은 분인 것 같애."
　"너도 같이 따라갈래?"
　"난 못 가. 회사일이 있는데 어떻게 같이 가."
　"휴가 내면 안 되겠니? 배호 사장한테 말해서 우리 둘이 같이

갔으면 좋겠어."

"모르겠어. 차 대리가 있으니까 휴가를 내도 되지만……. 근데 경남에는 무슨 일 때문에 내려간다는 거지? 부산에 가는 거아냐?"

"아니라던데? 경남이라고 그랬어. 함안에 볼일이 있는가봐."

"함안? 거기 무슨 볼일이 있지?"

명희는 요시이가 경남 함안에 볼일이 있어 한국에 나왔다는 것이 믿기지가 않았다.

"모르겠어. 일단 통역이 필요하니까. 너도 일본어 잘하니까 나하고 같이 가면 좋은데."

정혜는 어떻게든 명희와 같이 여행을 했으면 싶었다.

"그럼 언니가 사장님한테나 회장님한테 그렇게 말해봐. 난 못하겠어."

"그래. 알았어."

앞차가 먼저 공항 청사 앞으로 서자, 명희와 정혜가 탄 차도 그 뒤에 가서 멈췄다. 여삼과 팔수가 먼저 차에서 내려 춘호의 차문을 먼저 열어주었고, 곧바로 뒤로 와서 명희와 정혜가 탄 차의 문을 열어주었다.

"고마워요."

명희는 경호원들에게 고맙다는 말을 하고는 곧 춘호와 배호의 뒤를 따라 공항 청사 안으로 들어갔다. 대한항공 비행기에 탑승한 요시이는 신공항에 내려앉기 위해 고도를 낮추는 비행기 안에서 내다본 창밖의 넓은 바다는 마치 초원 같았다.

"……."

요시이는 안내방송에 따라 안전벨트를 매고선 다시 창밖으로 시선을 주었다. 비행기가 고도를 급강하하면서 넓은 공항 건물이 눈에 들어왔고, 공항 옆의 호텔 건물과 파란 잔디밭의 넓은 골프장이 한 눈에 들어왔다.

'저런 것을 가질 수 있다니…….'

요시이는 춘호의 황제그룹이 한국에서 얼마나 큰 조직이라는 것을 실감할 수가 있었다. 국제공항 안에 특급 호텔과 규모가 큰 골프장을 갖고 있다는 것만으로도 황제그룹의 위력을 알아차릴 수 있었다. 요시이는 상냥하게 말하던 정혜의 모습을 떠올리고선 왠지 모르게 입가에 웃음이 번져갔다.

'정혜…….'

정혜라는 이름의 발음이 다소 서툴기는 했지만 요시이는 춘호가 정혜 이름을 불렀을 때의 발음을 그대로 따라하기 위해서 여러번 정혜라는 이름을 불러보았다.

비행기가 착륙하는지 바퀴가 구르는 소리가 요동치며 들려왔다. 비행기가 활주로에 멈추고 나서 그는 자리에서 일어났다.

"안녕히 가십시오."

스튜어디스의 웃음어린 인사를 들으면서 요시이는 한 손을 들어 답해주고는 트랩을 내려왔다. 출국장을 빠져나오면서 앞쪽을 본 요시이는 춘호와 배호가 서 있는 것을 보고는 손을 들었다.

"요시이!"

춘호가 요시이를 알아보고선 손을 들어보였다. 요시이는 춘호와 배호 옆에 서 있는 정혜와 명희를 보고는 입가에 웃음을 머금었다.

"잘 왔다! 요시이 상!"

"반갑다. 춘호 상! 배호 상!"

요시이는 춘호와 배호와 악수를 나누고선 정혜와 명희에게도 악수를 청했다.

"반가워요, 요시이 상."

정혜의 말에, 요시이가 답을 했다.

"반갑습니다. 이렇게 나와 주셔서."

"자, 가지."

춘호는 요시이의 어깨를 툭 치며 걷기 시작했다. 요시이를 둘러싸고 춘호와 배호가 양옆에 서서 걸었다. 정혜와 명희는 그들의 뒤를 따라 밖으로 나갔다. 차에 탄 그들은 곧장 호텔로 향했다.

"아까 내릴 때에 보니까 바다가 너무 멋졌어!"

요시이가 옆에 앉은 춘호에게 한국 상공에서 본 공항 주변 풍광에 대해 말했다.

"여긴 섬이다. 섬과 육지를 다리를 놓아서 차들이 다닐 수 있도록 해놓은 곳이다."

춘호가 요시이에게 설명을 했다.

"요시이 상. 콜라텍은 어떤가?"

배호가 옆에서 물었다.

"좋다! 하루 매상이 천만 엔을 넘어가고 있다. 지금은 도쿄 시내 전체에 콜라텍 문을 열고 있다. 시내에 서른군데의 콜라텍을 열어놓았다. 도쿄 외에 요코하마, 아타미, 이토, 시모다, 후지산, 마쓰모토, 다카야마, 나고야, 나라, 고베, 오사카, 히메지, 오카야마, 구라사키, 다카마쓰, 마쓰야마, 히로시마, 시모노세키, 후쿠오카, 벳푸, 아소, 구마모토, 가고시마, 닛코, 니기타, 센다이, 아기타, 아오모리, 하코다데에까지 다 퍼졌다. 하하. 일본 대도시에는 다 콜라텍이 들어선 거지."

"그럼 몇 군데나 되나?"

춘호가 놀라서 물었다.

"백오십 군데다. 춘호 상도 놀랐을 거다."

요시이가 자랑스럽게 대답했다.

"흠. 짧은 시간 안에 그렇게 많이 퍼졌다니 놀랄만하군. 어때? 요시이. 그만하면 전국 통일이 된 게 아닌가?"

"춘호 상. 아직은 안심할 수 없다. 일본 전역에 콜라텍을 퍼뜨려놨지만 도쿄 외에는 지역 야쿠자들한테 세를 주는 것으로 약속이 돼 있다. 그것 때문에 힘들었다."

"세를? 그럼 어떻게 되는 건가?"

"일본은 각 지역마다 지역을 관할하는 야쿠자들이 있다. 그 조직에 자릿세를 주는 형식으로 콜라텍을 연 셈이다. 전국 통일이라고 보긴 힘들다."

"그렇다면 연합인가? 아니면 조직 간 계약인가?"

"계약이라고 말해야 할 것이다."

"흠······."

춘호는 고개를 끄덕였다.

"그렇다면 앞으로 어떻게 할 작정인가?"

이번에는 배호가 물었다.

"콜라텍이 성공하면 전국 통일은 쉽다고 생각한다. 지금은 지방의 야쿠자들이 우리 긴자파가 내는 세금에 눈독을 들이지만 콜라텍이 성공하게 되면 자금력으로 그들을 통일할 수 있으리라고 본다."

"그럼 싸우지 않고도 가능하겠나?"

다시 배호가 물었다.

"일본은 경제대국이다. 일본의 모든 것들이 자본에 따라 움직이는 것이다. 야쿠자 세계 역시 그럴 수밖에 없다고 본다. 일단 우리 긴자파가 경제적으로 성공하게 되면 야투자의 세계도 달라지게 마련이다. 자본역이 모든 걸 좌우한다."

"······?"

춘호와 배호는 요시이의 얼굴을 살폈다.

"난 이번에 황제그룹이 어떻게 발전해 왔는가에 대해서 연구를 했다. 조직이 사는 길은 자꾸 새로운 조직을 만드는 것과. 자본이 커져야 한다는 것이다. 그런 점에서 보면 황제그룹이 지금 하고 있는 콜라텍과 비어텍은 한국 경제를 파고드는 가장 유력한 핵심이라고 말할 수 있을 것 같다. 우리 일본도 역시 한국과 같이 하면 성공할 것이라고 생각한다."

"흠……."

춘호는 요시이의 야심찬 눈빛을 바라보며 흡족한 듯이 미소를 지었다.

"그럼 훈련원은 어떠냐?"

"지금 전국에 오백 명에게 장학금을 주고 있다. 체육대학을 졸업하면 일단 긴자 훈련원에 입소시켜서 2개월 간 힘든 훈련을 시킬 것이다. 그리고 나서 황제파와 같이 각 콜라텍에 배치를 시킬 계획이다. 그렇게 되면 우리 긴자파의 조직생리를 알게되고 상하 간의 엄격한 규율이 잡힐 것이라고 생각한다."

"그건 좋은 생각이군!"

배호가 찬성의 뜻을 표시했다. 그들이 탄 차는 곧 호텔 앞에 도착했다. 차에서 내리면서 그들의 대화는 그쳤다. 춘호 일행이 호텔로 들어서자, 호텔 지배인과 종업원들이 현관에 서서 그들에게 정중하게 인사를 했다. 지배인은 곧 앞장서서 특실 연회장으로 안내를 했다. 화려한 조명이 달린 특실룸이었다. 요시이는 황제호텔의 화려한 실내를 바라보면서 부러운 듯한 눈길을 보내고 있었다. 둥근 원탁 테이블에 둘러앉은 그들에게 지배인이 직접 시중을 들고 있었다.

"여기 식사 준비됐나?"

춘호의 말에 지배인은 잔뜩 허리를 굽히고서 입을 열었다.

"네. 곧 올리겠습니다. 술은 어떤 걸로 할까요?"

"난 소주로 하고. 요시이 상은?"

"나도 소주로 하지. 배호 상은?"

요시이의 말에 배호는 옆에 앉은 정혜와 명희에게 물었다.

"나도 소주로 하지. 여자들은 포도주가 어때?"

"네. 좋아요."

지배인은 곧 인사를 하고는 뒤에 서 있는 종업원들에게 눈짓으로 지시를 내렸다.

"지배인은 나가서 일 봐. 여긴 신경 안 써도 돼."

"네, 알겠습니다. 그럼 편히 쉬십시오."

지배인은 다시 인사를 하고는 종업원들을 데리고 밖으로 나갔다.

"다라시와 히라카이는 잘 있나?"

춘호의 질문에 요시이는 환하게 웃으며 대답했다.

"안 그래도 춘호 상과 배호 상에게 안부를 묻는 인사를 해왔다. 희준 상은 안 왔나?"

희준에 대해 물어왔다.

"그 친구는 요즘 바쁘다. 희준이도 요즘 조직을 키우기 위해 체육대학에 선을 대고 있는 중이다."

"어떤 선?"

요시이가 물었다.

"하하. 남대문에 훈련원을 세울 계획인 것 같다. 요시이 상과 같이 체육대학생들에게 장학금을 주기 위해 알아보고 있는 중이다."

"아, 그럼 우리처럼 조직원을 키우겠다는 말인가?"

"그렇다."

"일본으로 가기 전에 희준 상과도 만나보고 싶다."

"좋다. 그렇게 되도록 하겠다."

춘호의 대답이었다. 곧 음식들이 들어왔다. 서빙카를 몰고 온 종업원들이 조심스럽게 음식을 내려놓고는 뒤로 물러났다.

식사를 하면서 춘호는 요시이의 술잔에 소주를 따라주었다. 요시이는 일어나서 춘호와 배호의 잔에 술을 따라주고는 정혜와 명희에게는 포도주를 따라주고는 다시 자리에 앉았다.

"자, 요시이를 위하여 건배하지."

"건배!"

그들은 술잔을 부딪치고는 단숨에 비우고는 다시 식사를 하기 시작했다. 그들 앞의 테이블에는 한식과 양식, 일식, 중식이 다 나와 있었다. 지배인이 특별식으로 만든 요리들이었다.

식사가 끝나고 술잔이 어느 정도 오갔을 때, 밴드들이 룸으로 들어왔고, 그들은 모처럼만에 같이 어울려 노래를 부르는 순서를 가졌다. 요시이는 마이크를 잡고서 한국말로 인사를 했다.

"안녕하십니까. 요시이입니다. 노래를 부르겠습니다."

요시이는 정혜를 바라보면서 노래를 부르기 시작했다.

눈물을 보였나요. 내가 울고 말았나요

아니야 아니야. 소리없이 내리는 빗물에 젖었을 뿐이야

싫다고 가는데 밉다고 가는데 울기는 내가 왜 울어

잊어야지 잊어야지. 어차피 떠난 사람.

요시이의 부른 노래 일절이 끝나자 다들 박수를 보냈다. 아직 이절 간주가 시작되는 중이었지만 요시이가 부른 한국 노래는 웬만큼 연습하지 않고는 부를 수 없는 노래였다.

"요시이 상! 그 노래 정말 멋져요!"

정혜가 약간 상기된 얼굴로 칭찬의 말을 던졌다. 요시이는 춘호와 배호, 그리고 정혜와 명희에게 허리를 굽혀 답례를 하고선 다시 이절을 부르기 시작했다. 요시이의 발음은 다소 어색한 부분이 있긴 했지만 일본에서 무수히 노래 연습을 한 노력이 역력하게 드러나 있었다. 이절이 끝났을 때, 요시이는 춘호와 배호의 열렬한 박수를 받았다. 물론 정혜와 명희도 일본인인 요시이가 한국 노래를 잘 불렀다는 것에 대해 박수를 아끼지 않았다.

"그거 누구 노래지?"

춘호가 물었다.

"모르겠다. 듣긴 들었는데 누구 노래야?"

배호가 정혜와 명희를 쳐다봤지만 정혜도 명희도 그 노래를 누가 부른 것인지 알지를 못했다.

"요시이 상. 어디서 배웠어요?"

정혜가 물었다.

"가라오케에서. 한국사람. 설 운도."

"설 운도? 아닌 것 같은데?"

배호가 고개를 갸우뚱거렸다.

"사장님. 그 노래 설 운도가 부른 게 아닌 것 같아요. 아마 일본 가라오케에서 설 운도가 불렀을 거예요. 그래서 요시이 상이 설 운도라고 알고 있을 거예요."

정혜가 그 말을 했다.

"하하. 그렇지! 요시이! 그 노래 정말 잘 불렀어."

배호의 말에 요시이는 쑥스러운 듯이 자리로 와서 앉았다. 정혜는 곧 소주를 따라 요시이에게 주었다.

"고맙습니다. 정혜 상."

"이번에는 정혜 사장이 한 번 불러보지."

춘호의 말에 정혜가 눈을 흘기면서 자리에서 일어났다. 그녀는 마이크를 잡고서 일본말로 간단하게 말했다.

"오늘 요시이 상이 한국 노래를 불러서 무척 놀랐습니다. 여기 계신 회장님과 사장님도 놀라셨을 겁니다. 저는 한국 노래를 일본 노래로 바꿔서 불러보도록 하겠습니다."

정혜는 곧 '립스틱 짙게 바르고.'를 일본어로 바꿔서 노래를 불렀다. 정혜의 노래가 끝나자 요시이가 제일 먼저 박수소리를 냈다. 그 다음은 춘호가 나가서 노래를 불렀다. 춘호는 배호가 부른 '돌아가는 삼각지.'를 불렀고, 배호는 조용필의 '돌아와요, 부산항에.'를 불렀다. 명회의 순서가 되자 마이크를 잡은 명회

는 조용하게 '엄마야 누나야.'를 불렀다. 명희가 노래를 부르고
서 자리로 와서 앉자, 요시이가 물어왔다.

"정혜 상. 명희 상이 부른 노래의 뜻이 뭡니까?"

"네. 저 노래는 엄마하고 누나하고 같이 강변에서 살자는 뜻이
예요. 조용하고 아늑한 강변에 가서 행복하게 살자는 뜻이예요."

정혜가 일본말로 설명하자, 요시이가 서툰 한국말로 말했다.

"아, 알겠습니다. 명희 상, 그 노래 아주 참 좋아요."

"오이, 요시이 상이 한국말을 많이 배웠군!"

춘호가 칭찬을 보냈다.

"하하. 춘호 상. 한국말이 어려워. 나 한국말 조금 알아."

다시 요시이가 서툴게 한국말로 답했다.

"하하하. 그럼 나도 일본말 배워야겠어. 형도 이참에 좀 배우
지 그래?"

춘호의 말에 다들 웃었다.

그들은 다시 술잔을 돌리면서 술을 마셨고, 술이 돌고 나서는
다시 노래를 부르기 시작했다. 이번에는 요시이가 일본 노래를
선보였다. 요시이가 노래를 부르는 동안에 정혜는 자리에서 일
어나서 요시이 옆에 서서 중얼거리는 식으로 요시이를 따라서
노래를 불렀다. 그런 모습을 바라보고 있던 명희는 춘호를 쳐다
보면서 왠지 모르게 슬픔이 밀려오는 듯했다.

춘호와 배호는 요시이와 정혜가 자연스럽게 마주서서 노래를
부르고 있는 모습을 보며 그쪽에만 신경을 쓰고 있었다. 요시이

와 정혜의 노래가 끝나고 나서 다시 박수갈채를 받았다.

"정혜 사장은 일본어를 잘해서 아주 좋아. 두 사람 분위기가 딱 어울리는군."

배호의 말이었다.

"요시이 상. 수고했어."

춘호는 요시이와 정혜의 잔에 술을 따라주고는 문득 고개를 돌리다가 명희와 눈이 마주쳤다. 명희는 춘호의 시선과 마주치자 곧 입가에 어색한 웃음을 지어 보였다.

"명희는 배호 형하고 같이 한 번 해봐. 어때?"

"나하고?"

배호가 자신을 손으로 가리켰다. 그리고는 얼른 명희를 쳐다보았다.

"그래. 둘이 불러봐. 나가."

춘호는 배호를 떠밀다시피 했고, 어색하게 앉아 있는 명희의 손을 잡아서 앞으로 내보냈다.

마이크를 잡은 배호가 옆에 서 있는 명희에게 말했다.

"뭐하지?"

"사장님이 고르세요."

명희가 사양하듯이 말하자, 배호가 억지로 명희에게 선곡을 권했다.

"명희가 골라. 난 따라갈 테니까."

명희는 사장인 배호의 말에 무슨 노래를 부를까 생각했다.

"이걸로 하면 어때요? 사장님, 두만강으로 해요."

"그래. 틀어!"

배호가 밴드에게 말하자, 곧 밴드가 흘러나왔다.

두만강 푸른 물에 노 젓는 뱃사공

흘러간 그 옛날에 내 님을 싣고 떠나간 그 배는

어디로 갔소

그리운 내 님이여. 그리운 내 님이여

언제나 오시려나.

배호의 구수한 목소리와 갸냘픈 명희의 목소리가 한데 어우
러져 아름답게 흘러나왔다. 노래가 끝나자 요시이가 박수를 치
며 일본말로 무어라 환호를 했다.

"아, 배호 상. 명희 상. 아주아주 좋아. 너무 잘 보여."

요시이가 잘 어울린다는 말을 잘 보여, 라고 말을 했기 때문
에 박수를 치던 춘호와 정혜가 재밌다는 듯이 마구 웃었다.

"왜?"

요시이가 물었다.

"잘 보여? 그게 무슨 뜻이지?"

춘호가 웃으면서 물었다.

"잘 보여. 잘 보여가 맞지 않나?"

요시이가 정혜를 보며 말했다.

"요시이 상. 잘 보인다는 뜻이예요? 아니면 잘 어울린다는 뜻이예요?"

정혜가 일본말로 묻자, 요시이는 잘 어울린다는 뜻이라고 말을 했다.

"회장님. 요시이 상은 잘 어울린다는 뜻으로 말한 거래요."

정혜가 보충 설명하자, 춘호는 배꼽을 잡고 웃었다.

"우하하. 그럴 줄 알았다. 배호 형. 둘이 잘 어울린단다. 하하. 명희야. 둘이 너무 잘 어울린다는 말을 했다. 근데 잘 보인다고 그랬어. 크하하하."

춘호가 크게 웃는 것을 보고는 요시이도 따라서 웃었다. 정혜는 요시이에게 잘 어울린다, 라는 말의 뜻을 가르치고 있었다. 요시이는 정혜의 설명을 듣고선 하얀 이를 드러내며 웃고 있었다.

"하하. 미안해. 아직 몰라서 그래."

"요시이. 내가 명희하고 잘 어울려?"

배호가 물었다.

"맞다! 잘 어울려."

요시이의 대답이었다.

명희는 낯을 붉히며 춘호를 쳐다봤지만 춘호는 요시이와 대화하느라 그쪽으로만 정신이 팔려 있었다.

"……."

정혜는 문득 명희를 쳐다봤다가 그녀가 춘호를 쳐다보고 있는 모습을 보면서 왠지 모르게 가슴이 아파왔다.

술자리는 새벽 늦게야 끝이 났다. 요시이의 방에까지 따라간 춘호는 요시이가 낯설어하지 않도록 다시 맥주를 마시고는 배호와 정혜, 그리고 명희와 같이 그 방을 나왔다.

"춘호 상. 오늘 고맙다. 잘 자."

요시이가 로비에까지 따라나와 인사를 했다.

"그래. 잘 자라. 술 더 안 마셔도 되지?"

"하하. 됐어. 정혜 상도 명희 상도 잘 가요. 잘 자요."

요시이는 정혜와 명희에게 인사를 하면서 정혜에게는 애틋한 눈길을 보내고 있었다.

"네. 요시이 상도 잘 주무세요. 아침에 올께요."

"고맙습니다."

요시이가 정혜에게 깍듯하게 말하는 것을 보고선 그들은 복도를 걸어나왔다. 지배인이 얼른 다가와 춘호와 배호에게 절을 했다.

"오늘 재미있었습니까?"

"그래. 수고했어."

"내려가시죠."

지배인은 엘리베이터가 있는 곳으로 안내를 하고선 그들이 안으로 들어가는 것을 보고서 나중에 안으로 들어왔다. 밑으로 내려온 그들은 종업원들이 두 줄로 서서 인사를 하는 것을 받고선 호텔 밖으로 나왔다.

"우리. 차 보내고 걸어가요."

정혜가 말했다.

"왜? 정혜는 오늘 걷고 싶나?"

춘호가 물었다.

"네. 모처럼만에 우리끼리 걸어서 가요. 명희야, 넌 어때?"

"……."

명희는 말없이 고개만 끄덕였다.

"좋지. 야, 니들 그냥 가라. 걸어서 갈 거니까."

"네, 알겠습니다."

춘호는 차문을 열고서 기다리고 있는 경호원들에게 그렇게 말하고는 걷기 시작했다. 달빛이 유난히 밝은 새벽이었다. 호텔 앞의 숲에서는 풀벌레들이 우는 소리와 가까이서 파도소리가 한데 어울려 들려오는 듯했다. 호텔 옆에 있는 골프장에서는 눈이 부시도록 환한 불빛이 주위를 밝게 비추고 있었다.

"내일 정혜하고 명희가 잘 안내해라. 가끔 연락도 하고."

"네."

정혜가 대답을 했다.

"차 한 대면 되겠지? 찬용이하고 일창이만 데리고 가라. 그러면 앞에 두 명이 타고 뒤에 요시이하고 타면 되니까."

이번에는 배호가 말했다.

"네. 그럼 됐어요."

그들은 호텔에서 걸어서 숙소로 갔다. 정혜는 명희의 숙소로 가기 위해서 춘호와 배호에게 인사를 했다.

"잘 주무세요."

"그래. 명희도 잘 자고. 잘 갔다 와. 내일 아침에는 출근 안 해도 되니까."

배호가 손을 들어 여자들에게 답했다. 춘호와 배호는 숙소로 들어갔다.

다음날 아침. 정혜와 명희는 여섯시에 일어나 춘호와 배호와 함께 바닷가를 구보하고는 돌아와 떠날 채비를 했다.

"명희야. 식사는 어떻게 할래? 빵으로 해?"

"응."

명희는 어젯밤 잠을 설친 셈이었다. 바닷가에까지 구보를 하는 데도 힘이 들었다. 정혜는 기분이 좋은지 토스트를 구워서 우유와 같이 내놓았다. 명희는 토스트를 반쯤 먹고는 우유만 마셨다.

"우와. 우리끼리 여행을 한다. 얼마나 좋으니? 그지?"

"함안까지 가려면 얼마나 걸릴까?"

"몰라. 아마 부산쯤 되겠지 뭐."

정혜는 갖고 온 슈트 케이스에서 옷을 꺼내 입어보기 시작했다. 정혜는 특별히 신경써서 옷을 골라 입고선 거울 앞에 서 보고선 명희에게 옷이 잘 맞나 봐달라고 했다.

"어떠니?"

"괜찮네."

"이걸로 받쳐 입으면? 이건 어때?"

정혜는 블루 계통의 블라우스를 가슴에 대어보고선 다시 물었다.

"그게 좋아. 밝은 색은 안 갖고 왔어?"

"핑크색? 그럼 연한 핑크색으로 할까?"

정혜는 다시 파스텔 계통의 연한 핑크색의 블라우스를 가슴에 대어보고선 명희를 쳐다보았다.

"어때?"

"……."

명희는 고개를 끄덕였다. 그제야 정혜는 윗옷을 벗고 블라우스로 갈아입었다. 그리고는 서두르기 시작했다.

"늦었어. 빨리 가자."

명희와 정혜는 곧 숙소를 나와 호텔로 걷기 시작했다.

정혜는 호텔 가까이 가서 요시이에게 전화를 걸었다.

"일어났어요? 안 피곤했어요?"

"네. 정혜 상. 아까 일어났어요. 준비 다 됐습니다."

"지금 호텔로 다 왔어요. 금방 올라갈께요."

"네, 알겠습니다."

전화를 끊고 나서 잠시 뒤에 노크소리가 났다. 요시이는 작은 손가방 하나를 들고선 문을 열었다. 밖에는 정혜와 명희가 서 있었다.

"식사는 못했죠?"

"괜찮습니다. 아침은 녹차 한 잔만 마셔도 됩니다."

"가다가 식사를 하죠."

정혜와 요시이가 정답게 대화를 나누는 모습을 바라보며 명희는 그저 웃기만 했다. 호텔 앞에는 배호의 에쿠스가 서 있었다. 찬용이와 일창이가 나와서 요시이와 악수를 했다.

"아, 사장님이 오시네요."

일창의 말에 뒤를 돌아본 그들은 춘호와 배호가 걸어오는 모습을 볼 수 있었다.

"일찍 일어났네. 요시이."

춘호는 다가와 요시이의 어깨를 툭 쳤다.

"이제 떠나려고 하던 참이다."

"그래. 잘 갔다와. 정혜하고 명희도."

"네."

그들이 차에 타는 것을 보고는 배호는 찬용에게 말했다.

"잘 모셔라."

"네, 알겠습니다."

곧 찬용과 일창이가 인사를 하고선 차에 올라탔다. 차가 곧 출발했고, 춘호와 배호는 차가 호텔을 빠져나가는 모습을 보고선 다시 청사로 걸었다.

"잘 찾아갈 수 있을지 모르겠다."

배호가 말하자, 춘호의 대답이었다.

"함안에 가면 어떻게든 찾아보겠지. 정혜하고 명희가 따라가니까 됐어."

"정혜하고 명희도 그쪽에는 깡통이야. 나도 함안이 어디 붙었는지 모르는데. 하하."

"일단 함안에만 가면 좁아. 삼사일일 간 찾아보면 요시이도 만족하면 돼. 만약 친척이 살아 있다면 만나는 거고. 못 만나면 할 수 없는 거지."

"그럼 정혜하고 명희도 아나?"

"모르지. 요시이가 사실대로 말하겠지. 말 안 해도 되고."

"그래도 요시이는 핏줄이 거기 살아 있을지도 모르니까 그래 도 행복한 거지."

"못 찾아도 할 수 없어. 그거야 운명이니까."

춘호와 배호는 청사 안으로 들어갔다. 신공항을 빠져나간 에 쿠스는 신공항대교를 달리고 있었다. 뒷좌석에 나란히 앉은 요 시이는 옆에 앉은 정혜를 바라보다가 창밖의 바다를 내다보면 서, 요시이에게 말했다.

"이런 바다 위에 공항이 들어섰다는 것이 신기합니다. 전에는 김포공항이었는데."

"거긴 이제 국내선만 다녀요. 일본의 하네다 공항처럼 말예요."

정혜가 친절하게 설명했다. 명희는 창밖의 바다를 내다보고 있었다.

"명희 상은 바다를 좋아합니까?"

요시이가 일본어로 물었다.

"네……."

명희는 일부러 두 사람이 어색해지지 않도록 웃음을 띠면서 대답했다.

"명희 상은 아주 미인이신데 결혼은 안 하지요?"

"그냥요……."

명희가 웃자, 정혜가 웃으면서 말했다.

"얘는 얼굴이 예뻐서 총무과에 있는 멋있는 남자들이 자주 프로포즈를 해요."

"아, 그렇습니까?"

"그런데 명희가 결혼을 안 하겠다고 프로포즈를 안 받아줘서 그래요."

다시 정혜가 말했다.

"호오, 그렇다면 남자를 고르고 있는 중이군요."

"네."

정혜는 대답을 하면서 깔깔 웃었다. 옆에 앉았던 명희가 정혜의 옆구리를 쿡 찔렀다.

"얘, 눈 아주 높아요. 시시한 남자하고는 커피도 안 마셔요."

정혜는 재미있다는 듯이 명희가 꼬집는 것을 무시하고서 말을 했다.

"하하. 그거 맞습니다. 요즘 젊은이들은 남자가 프로포즈를 하면 너무 쉽게 받아주는데 명희 상이 그렇게 하는 것도 좋은 일입니다. 쉽게 판단했다가 쉽게 헤어지는 것이 요즘 풍속이지요."

"일본에서도 그렇죠?"

정혜가 물었다.

"네. 일본의 젊은이들은 한국처럼 가리는 것이 없어요. 마음에 든다 싶으면 쉽게 사귀다가 또 쉽게 헤어지는 것이 풍속이지요. 그래서 조금 염려가 되기도 합니다만……."

"요시이 상은 마치 한국사람 같아요."

정혜가 웃으면서 하는 말에, 요시이가 대답을 했다.

"춘호 상이 마음에 들어서 나도 따라가는 건지도 모릅니다. 하하."

"근데 함안에는 왜 가는 거예요? 무슨 일로……."

"전에 아버님이 살아 계실 때에 아버님이 한국분을 알고 계셨다고 해서……, 그래서 한 번 찾아가보는 겁니다."

"그러세요? 아버님이 아는 한국분 이름은요? 주소라도 알고 계세요?"

"주소는 모릅니다. 성함은 오 창용이라는 분입니다."

"오 창용? 주소도 모르면서 어떻게 찾지?"

정혜는 요시이를 쳐다보고 있는 명희에게 되물었다.

"글쎄. 시청이나 동사무소에 가서 알아보면 어떨지 모르겠어. 주소를 전혀 몰라요?"

"네. 아버님이 얼핏 이야기를 하셨는데……. 냇가 옆에 살았다는 말을 들었던 것 같습니다. 아주 오래된 일이라 냇가야 없어졌을 수도 있겠지요?"

"그럼요. 함안이 어떤 곳이지 모르겠지만 옛날에 냇가가 있었다면 지금은 없어졌을지도 몰라요. 함안이라면 아마도 읍 정도의 시골로 보이는데. 찬용 씨. 함안 알아요?"

핸들을 잡고 있던 찬용이 앞쪽을 주시하며 대답했다.

"일단 경부고속도를 타고 내려가서 대구에서 구마고속도로를 탑니다. 마산에 도착해서 바로 옆이 함안입니다."

"아, 그럼 남쪽 바닷가쪽이예요?"

"바닷가는 아닙니다. 마산이 바닷가고, 사천이 바닷간데, 함안은 바닷가에서 위쪽으로 좀 떨어져 있지요."

다시 찬용이가 설명을 했다.

"그럼 몇 시간이나 걸려요?"

"경부를 타면 마산까지 6시간이면 갈 거 같습니다."

"요시이 상. 함안이 한국에서 제일 아래쪽에 있는 곳이래요. 바닷가에서 좀 윗쪽으로 올라와 있는 곳이라는데요. 대략 6시간 정도 걸린다고 그래요."

"네에."

요시이는 고개를 끄덕였다. 찬용이는 인천에서 서해안 고속도로로 접어들면서 신갈 쪽으로 달렸다. 차는 시속 150킬로의 속력을 내고 있었다.

"좀 천천히 몰아. 너무 세게 몬다."

일창이가 속도계를 훔쳐보고 나무랐다.

"야, 이 정도 가지고 그러냐. 시원하게 달려보는 거다. 속도카메라에는 안 찍을 거니까 염려 말어."

찬용이는 더욱 세게 가속 페달을 밟았다가 속도계의 바늘이

가파르게 치솟는 것을 보고선 다시 속도를 낮추었다.

그들은 천안휴게소에 들러 식당으로 들어갔다. 아침 겸 점심으로 한식을 주문하면서 요시이가 먼저 돈을 지불해 버렸다.

"요시이 상. 이건 저희들이 내는 거예요."

정혜가 말렸지만 이미 요시이가 돈을 내밀었으므로 계산대의 아가씨는 그 돈으로 음식값을 계산해 버렸다. 식당에서 식사를 하고 나서 커피를 마실 때에는 정혜가 미리 돈을 지불하고선 커피를 쟁반에 받아와서 각자에게 나눠주었다. 휴게소 안은 사람들로 북적거렸다. 바깥에 놓인 파라솔 의자로 가서 앉은 요시이는 휴게소 안으로 들어가고 나오는 사람들을 구경하고 있는 모습을 보고선 다들 웃었다.

"요시이 상. 한국 사람들이 이상해요?"

"아, 아닙니다. 일본 사람하고 똑같지요. 그런데 한국 사람들이 더 야무지게 보입니다."

"어머? 그래요?"

"여자들도 더 이쁜 것 같습니다. 일본 여자들은 한국 여자들보다 덜 이쁩니다."

요시이가 웃으면서 말했다.

"괜히 그러시는 거 아니세요?"

"아닙니다. 정말입니다."

요시이는 그 말을 하면서 명희를 쳐다보았다. 요시이의 시선을 받은 명희는 괜히 얼굴이 붉어졌다. 휴게소 안으로 차들이 들어왔다가 빠져나가는 차들로 건물 바로 앞에는 조심하지 않으면 안 되었다. 커피를 마시고 난 그들이 움직일 때에 정혜는 자신도 모르게 요시이의 손을 잡고서 차가 있는 곳으로 걸어갔다. 정혜는 마치 길을 안내하는 사람처럼 자연스럽게 요시이의 손을 잡은 것이었다.

"잘 먹었습니다. 요시이 상."

찬융이가 뒤를 돌아보며 말했다.

"찬융 상이 잘 먹었다고 그래요."

정혜가 일본말로 통역을 했다.

"아, 네. 저도 커피 잘 마셨습니다."

차는 곧 휴게소를 빠져나와 다시 고속도로로 올려졌다. 찬융이는 시계를 보고선 지긋이 엑셀을 밟기 시작했다. 대구를 지나 구마고속도로로 접어들었다가 내서분기점에 이르러 남해고속도로를 타고선 함안군으로 들어섰다.

"어디로 가요?"

찬융이가 뒷좌석을 돌아보며 물었다.

"군청이 어디 있는지 알아보고 군청부터 가요."

명희의 말에 찬융이는 길을 걸어가고 있는 사람을 불러 군청이 어디 있는지를 알아내고선 그쪽으로 차를 몰았다. 군청으로 들어간 차는 마당에서 차를 멈췄다.

"여기 있어요. 저하고 요시이 상, 명희하고 같이 갔다 올께요."

세 사람은 차에서 내려 군청 청사 안으로 들어갔다. 민원실에 들러 민원실장인 중년 남자에게 자초지종을 말하고는 잠시 기다리라는 말을 듣고선 소파로 가서 앉았다. 요시이는 낯선 곳이라선지 내내 침묵하고 있거나, 정혜와 눈길이 마주치면 웃기만할 뿐이었다.

"지금 오 창명이란 사람을 찾아본다고 그랬어요. 오 창명이란이름이 확실하죠?"

"네. 맞습니다. 오 창명이란 분의 위의 할아버지 이름은 오창용이라고 했습니다."

요시이가 대답했다.

"그래요? 그럼 그것도 알려줘야지."

정혜는 소파에서 일어나 민원실장 곁으로 다가가서 오 창명이란 사람의 아버지 성함이 오 창용이란 사실을 말해주었다.

"네, 알겠습니다. 그럼 찾기가 더 쉬울 겁니다. 잠시만 기다려주십시오."

정혜는 소파로 와서 기다리면서 민원실의 공무원들이 자꾸만이쪽을 바라보는 것을 느낄 수 있었다. 민원실장이라는 남자는남자 직원 한 명과 여자 직원 두 명과 같이 컴퓨터에 매어달려무언가 열심히 자판을 두드려대면서 말을 주고받고 있었다. 한참만에 실장이라는 사람이 다가와서 말했다.

"함안면 외암리 백칠십칠번지에 살았다고 나오는데요. 오 창용이라는 사람이 조부로 돼 있고, 오 창명이라는 사람이 아들로나와 있는데, 오 창명이라는 사람은 호적말소가 돼 있습니다."

"네? 말소가 뭐죠?"

"옛날에 일본에 징용으로 끌려가서 돌아오지 않아서 여기서 말소를 시킨 겁니다."

"그래요?"

정혜는 곧 일본말로 통역을 했다.

"요시이 상. 뭐 물어보고 싶은 거 있어요?"

"그럼 오 창명이란 분의 친척들이 있는가 봐줄 수 있나 물어보십시오."

그 말을 듣고서 정혜는 다시 실장에게 물었다.

"이 분이 혹시 그 분들 친척들이 있는가 물어봐 달래요. 그것도 알 수 있어요?"

"네. 일단 찾았으니까 호적을 보면 친척들이 있는가 알 수 있습니다. 잠시만요."

실장이라는 남자는 다시 직원들과 같이 컴퓨터를 두들기기 시작했다. 그리고는 종이에 무언가를 적어서 갖고 왔다.

"있습니다. 함안면에 가시면 구십삼번지에 오 창식이란 분이 살아 계시네요. 그 분은 오 창명 씨와 육촌이 되는 사람입니다. 그 외는 찾을 수가 없네요."

그러면서 실장은 자신이 메모한 종이를 정혜에게 내밀었다. 종이에는 함안면 외암리 구십삼번지. 오 창식. 오 창명. 외암리 백칠십칠번지라고 씌어져 있었다.

"고맙습니다."

정혜는 실장이란 남자에게 인사를 하고는 핸드백에서 수표 한 장을 꺼내 내밀었다.

"너무 수고하셨어요. 음료수라도 사드려야 할 것 같아서. 직원분들에게 음료수라도 사드렸으면 좋겠어요."

"아닙니다. 이런 거 못 받습니다."

실장이 사양을 했다.

"받아도 괜찮은데……. 그럼 나가서 음료수라도 사다 드릴께요."

정혜는 요시이의 손을 잡고 밖으로 나왔다.

"요시이 상. 찾았어요. 그 동네에 가면 오 창명이란 분의 육촌이 되는 사람이 살고 있대요."

"그렇습니까."

"네. 어서 가요. 육촌이라는 사람을 만나도 돼죠?"

"네."

정혜는 요시이와 명희를 차에 태우고선 군청 앞에 나갔다가 음료수 두 박스를 사들고는 다시 군청 민원실로 들어갔다가 나왔다.

차는 군청을 빠져나와 함안면으로 달렸다. 외암리에 도착한 그들은 정자나무 아래에 모여서 장기를 두고 있는 노인들에게 다가가서 물었다.

"아저씨. 안녕하세요. 혹시 이 동네에 오 창식이란 분 계세요?"

"엉? 오 창식? 그 노인네 저 끝집에 살지. 저 냇가 말이야."

노인들은 외지에서 찾아온 남자와 아가씨들이 묻는 말에 친절하게 가르쳐줬다.

"아, 네. 고맙습니다."

정혜는 돌아서서 요시이를 보고 웃었다.

"저 집이래요. 저 끝에 있는 집."

정혜는 그 집을 가리키고는 개울을 따라 걷기 시작했다. 냇가 옆으로 동네가 길게 펼쳐져 있었다. 그 끝집 너머로는 사과 과수원이 보였다. 요시이는 걸어가면서 왠지 모를 흥분에 휩싸였다. 그동안 함안을 찾아오기 위해 한국말을 배워 두었던 것인지도 모른다. 양철 대문 앞에 선 정혜는 열려진 대문 사이로 안쪽을 들여다보고는 요시이를 돌아보면서 이 집이라는 듯이 싱긋 웃어보이고는 마당으로 들어섰다. 요시이는 명희와 같이 마당으로 들어서면서 툇마루가 있는 허름한 집을 둘러보았다. 마당에는 아직도 우물이 그대로 있었고, 우물 곁에는 향나무가 심어져 있는 게 보였다.

"누구 계세요? 안에 누구 계세요?"

정혜가 툇마루로 가까이 다가가면서 안채를 향해 말했다.

"거, 누굽니껴. 누가 왔써요."

안방문이 열리면서 60대 가량의 할머니 한 분이 얼굴을 드러냈다. 활짝 열려진 문 안쪽으로 남자 노인이 담배를 피워물고서 마당 쪽을 내다보고 있었다.

"저, 서울에서 왔는데요. 여기가 오 창식 씨 댁이 맞나요?"

"맞는디. 왜 찾아."

할머니의 말에 정혜는 밝은 얼굴이 되어서 요시이를 돌아보았다. 요시이는 안방 안에 앉아서 바깥을 내다보고 있는 육촌 형님과 형님댁을 번갈아 쳐다보고 있었다.

"요시이 상. 여기가 맞아요."

정혜가 소리쳤다.

"정혜 상. 그럼 잠깐 대화를 나눌 테니까 바깥에서 좀 기다려요. 차에서 기다려도 될 겁니다."

"네. 알았어요."

정혜와 명희는 요시이가 툇마루로 올라가 어른들에게 절을 하는 것을 보고는 마당을 빠져나갔다.

"누고?"

절을 받은 노인이 요시이에게 물었다.

요시이는 절을 하고 나서 일어나서는 안방에 있는 노인네들에게 서툰 한국말로 자신을 소개하기 시작했다.

"저, 요시이입니다. 오 창명 씨 아시죠?"

"응? 창명이? 알지. 왜?"

안방에 있던 노인이 일어나 툇마루로 나왔다. 뒤따라 할머니가 서툰 한국말을 하는 요시이 앞으로 와서 섰다.

"오 창명 씨가 제 아버님입니다. 오 창용 씨가 제 할아버지시고요."

"뭐라꼬? 창명이 아들이라꼬?"

노인이 놀라서 물었다.

"네. 시모노세키에서 자랐습니다. 아버님이 거기서 사시다가 돌아가시고⋯⋯."

"그래. 맞다! 니 할배가 그카드라 마. 니 할배 아나?"

"모릅니다."

요시이는 고개를 숙이면서 말했다.

"네가 정말 창명이 아들이가?"

"네."

"우짜꼬. 시상에 이런 일이 어딨노? 네가 정말 창명이 아들이 란 말가?"

"네?"

요시이는 억센 경상도 사투리를 전혀 알아듣지 못했다. 무언가 확인하는 듯한 노인네의 얼굴 표정을 읽을 수는 있었지만 말뜻은 전혀 알아들을 수가 없었다.

"네가 정말로 창명이 아들이란 말이가?"

"네. 저희 어머님은 일본 사람이었습니다."

"그래! 맞다 아이가! 그라믄 정마로 창명이 아들이 맞네! 내가 니 육촌 아제다. 아부지가 내 말 하드나?"

"아제가 무슨 말입니까? 전 한국말을 잘 못합니다. 죄송합니다."

요시이의 눈가에 눈물이 맺히기 시작했다.

"아제도 모르나? 육촌이란 말이다."

"아, 네."

요시이는 다시 고개를 숙이며 대답했다.

"일마가 벌써 이렇게 컸나. 이리 와봐라. 내가 니 아제다."

노인은 요시이를 덥썩 끌어안고는 등을 두드렸다. 그리고는 요시이의 얼굴을 두 손으로 들어 찬찬히 들여다보고 있었다.

"아부지는?"

"벌써 십오 년 전에 돌아가셨습니다."

"뭐라꼬? 그럼 니 어무이는? 일본 여자 아이가."

"어머니는 십년 전에 돌아가셨고요."

"그랬나? 그럼 니 혼자가?"

"네."

"참 시상도 별일도 다 있네. 창명이 그 노마가 부관에서 뱃일 할끼다 하는 소문을 들었제. 일본에 끌려간 기라. 니 할부지가 얼마나 속을 썩힌 줄로 아나? 니 할부지도 고마 죽었다 아이가."

"네?"

요시이는 다시 사투리를 알아듣지 못했다.

"니 할부지 말이다. 오 창용 할부지 말이다."

"네."

"할부지가 돌아가셨다 아이가. 니 아부지 찾을라꼬 그렇게 애를 썼다만서도 결국 돌아가셨뿌렀다 아이가."

"……."

요시이는 그제야 말뜻을 알아차리고는 고개를 숙였다. 그의 눈에서 눈물이 떨어지고 있었다.

"아이고마! 시상에! 창명이 동상 아들이 여기까지 우짜게 찾아왔노."

그때 옆에 있던 할머니가 요시이의 등을 두드리면서 눈물을 글썽거렸다.

"아제. 미안합니다. 아부지가 돌아가시고 나서도 몰랐습니다."

"와?"

"네?"

요시이는 와? 라는 말이 무슨 뜻인지 전혀 감이 안 잡혔다.

"뭐라꼬?"

그제서 요시이는 뜻을 알아차리고는,

"아버님이 돌아가시고 나서 어머님이 돌아가시면서 저한테 넌 한국인이다, 라고 말해줬습니다."

"뭐라꼬? 그럼 그 전에는 몰랐다 말이가?"

"네."

"그 노무 자슥도! 지 아들한테 그것도 안 가르쳐줬나? 와 그랬노?"

할아버지는 요시이의 아버지를 나무라고 있었다.

"죄송합니다. 그때는 제가 일본 학생이라서……."

요시이가 아버지가 한국인이란 걸 숨긴 것에 대해 설명을 했다.

"와? 일본에서 조선 사람이라고 괄세 당할까봐 그랬나? 그 노무 자석. 지 아들한테는 말해줘야제. 할마이. 요기꺼리 좀 갖고 온나."

"……?"

요시이는 할아버지가 할머니에게 무어라고 말을 한 것 같았는데 할머니가 일어나서 허둥지둥 부엌으로 나가는 것을 보고는 할아버지를 쳐다보았다.

"뭐 좀 먹고 왔나?"

"아, 네. 오다가 휴게소에서 먹고 왔습니다."

"그래. 이눔아. 네가 창명이 아들 맞제?"

"네."

요시이가 고개를 숙이자, 할아버지는 다시 요시이를 껴안고 목쉰 소리로 흐느끼기 시작했다.

"그래도 그노마가 핏줄은 남겨뒀구마. 내가 니 아제다. 니 팔촌들은 아나?"

"네?"

"니 팔촌 말이다. 내 아들하고 니하고는 팔촌 아이가."

"아, 네. 아제의 자녀들 말씀이시죠?"

"그래. 맞다 아이가. 그놈아들도 네가 살아 있다고 하믄 얼매나 좋아하겠노. 그놈아들 다 서울하고 부산에 아인나. 이리 들어와봐라."

노인은 곧 일어나서 요시이의 손을 잡고선 안방으로 들어갔다. 방 안 한구석에 놓여 있는 전화기를 들고선 곧 다이얼을 꾹꾹 눌렀다.

"나다. 애비다. 여기 창명이 행님 알제? 일본에 간 창명이 말이다."

노인은 아들과 통화를 하는지 눈물이 죽죽 흘러내리면서 통화를 하고 있었다. 요시이는 노인의 손에 잡힌 채로 수화기에서 들려나오는 남자의 목소리를 들을 수 있었다.

　"그래. 맞다 아이가. 지금 여게 창명이 아들놈이 와 있다. 일본에서 봤다 카드라. 창명이하고 애미는 죽었다 칸다. 전화 바꿔주께 받아봐라."

　노인은 요시이를 잡고 있던 손에 수화기를 쥐어주었다.

　"니하고는 팔촌 행님이 된다. 행님이라고 캐라 마."

　요시이는 고개를 끄덕이고는 전화를 받았다.

　"저 요시이입니다. 아버님 이름이 오 창명입니다."

　"그러나? 반갑다. 내가 형님되니까 말 놓으께. 요시이라고?"

　"네."

　"정말 반갑다. 거기 어떻게 찾아갔노? 나는 용만이라 칸다. 나도 모르게 사투리가 막 튀어나오네."

　"네. 군청에 들러서 물어봤습니다. 같이 온 한국 사람이 있습니다."

　"그래. 잘 찾아왔다. 난 서울시경에 근무하고 있다. 부산에서 학교 다녔다. 니는 일본에서 학교 나왔겠네?"

　"네. 형님."

　"서울에 언제 오나?"

　용만이가 물었다.

　"오늘이나 내일쯤 서울로 갈 생각입니다."

"그래. 서울 오면 전화 한 번 해라. 창명이 형님은 돌아가셨다고?"

"네. 형님. 십오 년 전에 돌아가셨습니다."

"그래. 이렇게 찾아오니 정말로 반갑다. 서울 오면 나한테 전화해라. 나는 시경 마약감식반 반장이다. 전화해서 내 이름 대면 곧바로 나하고 연결이 될 거다."

"네, 알겠습니다."

"오늘 거기서 자고 내일 올라와라. 내일 내가 시간을 비워놓을 테니까. 모처럼만에 시골에 왔는데 아제하고 같이 이야기도 좀 하고. 내가 내려가는 것보다는 네가 거기서 하룻밤이라도 자고 올라오면 좋겠다."

"네. 형님. 알겠습니다."

요시이는 전화를 끊고 나서 아제를 쳐다보았다. 시골 노인이라 벌써 기력이 쇠락해져 있었다.

"서울가면 한 번 찾아봐라. 둘째는 부산에 살고 있다. 그놈은 부산항만청 과장으로 있다 아이가."

"네."

"그리고 딸년들은 다 시집가서 잘 살고. 넌 결혼은 했나?"

"아직 못했습니다."

"그러믄 어쩌노? 니 애비가 널 장가도 못 보내고 저 세상으로 갔구마. 니 혼자가?"

"네."

그때, 할머니가 작은 상에 먹을 것들을 담아서 갖고 들어왔다. 작은 반상 위에는 인절미와 식혜, 사과가 올려져 있었다.

"이거 무거봐라. 니 애비가 어렸을 때에 인절미를 얼매나 좋아했는지 아나? 장가가기 전에 술도 잘 했제. 니 애비는 술 잘했나?"

"네. 돌아가시기 전에도 술을 아주 좋아했습니다. 이게 인절미라는 겁니까?"

요시이는 흰 떡을 가리켰다.

"그래."

"아제도 좀 드시지요. 할머니도 좀 드시고요."

요시이의 그 말에 아제는 허탈하게 웃었다.

"여기 있는 여편네는 할매가 아니다. 니한테는 아지메다. 아지메 모르나?"

"아, 네. 아지메."

요시이는 미안한 듯이 고개를 숙여보이고는 젓가락을 집어 아제와 아지메에게 쥐어주었다. 그리고는 아제가 떡 하나를 집어먹는 것을 보고는 인절미 하나를 집었다.

"그 당시에는 다 가난했능기라. 피죽도 못 먹을 현편이었다. 그래서 이 애비가 돈 벌러 일본으로 간 기라. 그 뒤로 소식이 끊어졌지라. 니 할부지는 니 애비가 죽었는갑다 하고 술로 사시다가 돌아가셨다. 우리 집안은 원래 술이 센 기라. 결국 니 애비도 술로 저 세상으로 갔구마."

"……."

요시이는 아버지를 생각할 때마다 눈물부터 났다. 어렸을 때는 일본 학생들한테 맞고서 들어오면 집 안으로 발도 들여놓지 못하게 했다. 일본인 어머니는 아버지의 그러한 불같은 성격이 무서워서 감히 요시이를 집 안으로 들여놓지를 못할 정도였다. 그런 뒤로부터 요시이는 남한테 맞지를 않았다. 바닷가에서 자라면서 거친 주먹을 키워오면서 아버지로부터 자신이 한국인이라는 사실을 몰랐다가 어머니로부터 그 말을 처음 들었을 때에 요시이는 한동안 갈등을 하지 않을 수 없었다. 한국인 학생을 무지막지하게 손을 대준 뒤로 그 학생이 일본인 학생들로부터 집단 구타를 당하고서 바닷물에 빠져죽은 죄책감이 요시이를 괴롭혔다.

요시이가 인절미를 먹고 있는 것을 바라보고 있던 아제는 눈가의 눈물을 닦아내었다.

"그래. 이만큼 큰 아들을 두고 갔으니 그래도 천만다행이다. 오늘밤 여기서 자고 가라."

아제는 요시이의 손을 따뜻하게 거머잡았다.

"네. 아제."

"같이 온 손님이 있다고 캤나?"

"네. 밖에 차에 기다리고 있습니다."

"그라믄 손님도 들어오라고 캐라. 먼 길을 왔는데 와 집에 안 데려오노."

아제가 일어나려 하자, 요시이가 일어났다.

"제가 나갔다가 모시고 오겠습니다."

요시이는 밖으로 나와서 차가 있는 데로 걸어갔다. 차 밖에 서서 동네를 구경하고 있던 정혜와 명희는, 요시이가 걸어오는 것을 보고는 가까이 다가갔다.

"저기 오네."

"아제하고 아지메가 손님들을 데리고 오라는군요."

"네? 무슨 말이세요? 아제라고요? ……. 그럼?"

정혜와 명희가 놀라서 요시이를 쳐다보았다.

"제 아버지가 원래 이곳에 사셨던 분입니다. 아까 그 분이 저한테 아제되시는 분이고요. 미리 말씀을 못 드려서 죄송합니다."

요시이는 정혜와 명희에게 사죄의 뜻을 표했다.

"정말이세요? 그럼 요시이 상은 한국인이란 말이예요?"

"네. 맞습니다. 일본에서는 아무도 나를 한국인이라고 알지 못합니다. 일본인으로 알고 있습니다. 다라시와 히라카이도 그렇습니다. 이건 춘호 상과 배호 상만 아는 사실입니다."

"후아, 잘 됐군요! 명희야. 요시이 상이 한국인이란다. 얼마나 멋지니!"

정혜는 명희의 손을 잡고서 한동안 놓아줄 줄 몰랐다.

"축하해요!"

명희는 그제야 축하의 말을 던졌다.

"나도 축하해요. 요시이 상!"

"고맙습니다. 우리 조직에는 비밀로 해주셔야겠습니다."

"네에. 알았어요."

"훗. 근데 아제라는 말 아세요?"

정혜가 물었다.

"네. 아제한테서 배웠습니다. 근데 어떻게 하지요? 오늘 하룻 밤 자고 가라는데……."

요시이가 어려운 말을 하듯 난처한 기색을 보였다.

"괜찮아요 뭐. 명희 넌 어떠니? 괜찮지?"

정혜가 활짝 웃으며 명희에게 물었다.

"응. 나도 괜찮아. 근데 빈손으로 왔잖아."

"맞아! 요시이 상. 그냥 빈손으로 들어갈 수 없잖아요. 어디 가서 뭐 좀 사들고 들어가요."

"좋습니다."

요시이도 깜박 잊고 있었다는 듯이 여자들의 말에 동의를 했다. 그들은 차를 타고서 동네를 벗어났다.

면소재지로 나온 그들은 여자들이 알아서 소고기 갈비와 우족을 한 짝씩 사선 다시 슈퍼로 가서 과일 한 상자와 꿀 한 병을 사서 차에다가 실었다. 그런 모습을 지켜보고 있는 요시이는 정혜의 행동에 깊은 감동을 느끼고 있었다. 명희는 언니인 정혜를 따라 이것저것들을 챙겨주는 모습이었다.

"또 뭘 사지?"

정혜가 명희에게 물었다.

"됐습니다. 이제 가죠."

"아녜요. 그동안 못 찾아뵈었는데 인사는 두툼히 하시는 게 좋아요. 그지?"

정혜가 더 반가운 표정이었다. 명희에게 그렇게 말하고는 다시 명희의 손을 잡고선 할인마트로 들어갔다. 그곳에선 박스에 든 음료수랑 어른들이 좋아할 것 같은 과자와 아이스크림, 햄소시지 세트를 사가지고 나왔다. 차의 트렁크에는 그러한 선물들이 잔뜩 실려졌다. 요시이는 정혜가 수표를 꺼내 물건을 구입하는 것을 보고선 자신이 돈을 지불하려고 그랬지만 정혜가 만류했다.

"됐어요. 이런 건 저희들이 하는 거예요. 요시이 상은 그냥 계세요. 우리가 축하하는 의미에서 사는 거니까요."

여자들이 물건들을 사서 차에 싣고는 다시 그 집으로 갔다. 아직 찬웅이와 일창이는 요시이가 왜 그곳에 다시 가는지를 알지 못하고 있었다. 요시이와 정혜, 명희는 어른들에게 드릴 물건들을 들고서 안으로 들어갔다.

"안녕하세요."

정혜와 명희는 어른들에게 인사를 하고는 툇마루에다 사온 것들을 내려놓았다.

"이기 뭐꼬? 같이 온 손님이가?"

"네. 아제. 한국 회사에 근무하는 분들입니다."

요시이는 말하고는 다시 차로 가서 여자들이 옮겨나르는 것을 도와서 날랐다. 툇마루에 잔뜩 올려놓은 뒤에서야, 아제가 여자들에게 말했다.

"들어가자 마. 뭘 이렇게 많이 쌌노. 들어가입시더."

그들은 방으로 들어갔다. 정혜와 명희는 아제라는 분과 아지메라는 할머니에게 공손하게 절을 하고는 자리에 앉았다.

"그래. 참 이쁜 색시들이구마. 그라마 니 회사 하나?"

요시이에게 물었다.

"네. 아제. 한국 회사에 나왔다가 같이 내려왔습니다."

"그라마 오늘밤 여기서 자고 가소. 여기사 불편하지만 하룻밤이라도 자고 가야 하지 않겠능교."

"네에."

정혜가 대답했다.

"할마이. 저녁 좀 준비하게. 손님들이 왔으니까."

아제의 그 말에 아지메는 떡과 식혜, 과일을 다시 갖고 와서는 들여놓고는 다시 부엌으로 나갔다.

"두 분이 말씀 나누세요. 저희들은 부엌으로 나가서 돕겠습니다."

정혜가 먼저 일어나자 명희도 같이 따라 일어났다. 그녀들은 부엌으로 나갔다. 요시이가 일어나려다가 다시 앉았다.

"그래. 여게 방 많다. 서울에서 아들놈하고 애들이 다 모이면 잘 방이 많다 아이가. 저 색시들 참 인상이 좋으네."

"네. 아제."

요시이는 왠지 모르게 기분이 좋아지는 걸 느꼈다. 두 사람은 그동안 헤어져 있으면서 궁금했던 것들에 대해 이야기를 하고 있었다. 어른은 요시이에게 아버지가 어렸을 때의 이야기며, 그 당시 동네에서 있었던 일들을 이야기하고 있었다.

"그 당시에는 먹을 것이 없어서 일본으로 가기도 하고, 만주로 가기도 했다. 돈 없고 힘 없는 민초들이 풀뿌리라도 먹을 것만 있었으면 니 애비도 일본으로 안 갔지. 그게 다 나라 잃은 기구한 팔자인 기라 마."

"니 애비는 일본에서 뭐하고 살았노?"

아제의 말에 요시이는 아버지의 생전에 대해서 낱낱이 이야기를 했다. 두 사람의 대화는 그칠 줄을 몰랐다. 그동안에 부엌에선 할머니와 정혜와 명희가 저녁상을 차리느라 바빴다. 옛날식 부엌을 그대로 갖고 있는 그곳에는 그나마 엘피지 가스를 쓸 수 있어 한결 쉬웠다. 정혜가 척척 음식을 만들어내는 것을 보고 할머니가 한마디했다.

"아이구 우짜꼬. 서울사는 색시가 일도 잘하네."

"할머니. 그냥 계세요. 저희들이 할게요. 저는 시골 출신이고요. 얘는 서울 토박이예요."

정혜가 말했다.

"서울 색시도. 참 곱기도 해라. 손에 물도 안 담궜을 텐데. 일은 우찌 이리 잘하노."

할머니는 명희를 쳐다보며 부러운 듯이 말을 했다.

"할머니. 얘, 참 이쁘게 생겼죠?"

정혜의 말이었다.

"그라마. 이렇게 이쁜 색신데 아직 시집 안 갔나?"

"네. 둘 다 아직 안 갔어요."

"하이구. 요새는 이쁜 색시들도 시집을 안 간다 카데. 좋은 직장 다니면 시집도 안 가고 혼자 산다 카데."

"호호. 그래서 안 간 게 아니고요. 할머니, 좋은 사람이 없어서 안 간 거예요."

"뭐라꼬? 남자들이 눈 삐었나? 이렇게 이쁜 색시 놔두고 어데 가서 찾노."

그 말에 정혜와 명희는 마구 웃었다.

"할머니. 저희들이 그렇게 안 이뻐요. 할머니가 그렇게 보시니까 그렇죠."

"하이고, 나도 사람 볼 줄 안다 마. 서울 사는 우리 며느리도 서울서 일류 대학 나왔다 카드라. 그런디 색시들만큼 안 이쁘다 아이가. 이만하면 얼매나 이쁘노."

할머니는 다시 정혜와 명희를 쳐다보았다.

"할머니는……"

정혜는 웃으면서 다시 부엌일에 몰두했다. 명희보다는 정혜가 더 부엌일에 낯익었다. 정혜는 어려서부터 시골에서 자라면서 어머네가 하는 부엌일을 가까이 할 기회가 있었고, 서울로 올라와서는 자취생활을 하느라 반찬을 만드는 데는 낯설지가 않았다. 그리고 수원에서 술집에 나갈 때도 혼자서 자취를 했기 때문에 더욱 그랬다.

푸짐한 저녁상을 정혜와 명희가 같이 들고 왔다.

"엇따. 우리 며느리도 아닌데 할마시는 다 시켜먹노. 툇마루에 나가서 먹자. 방은 좁은기라. 마루에 나가서 먹으면 하늘도 보이고 마당도 보이고 좋다 아이가."

할아버지의 말에 그들은 다시 상을 들고 툇마루로 나왔다. 저녁식사를 하면서 할아버지는 뚝 떨어져서 앉은 할머니에게 말했다.

"오늘 창명이 아들놈이 와서 기분이 좋다 아이가. 술은 없나?"

"색시들도 있는데 뭔 술이래요. 밥이나 많이 먹지."

"아이다. 여게 색시들도 서울서 왔지만은 같이 술 한 잔씩 하는 것도 괜찮다 마. 어서 갖고 오이라."

곧 술이 곁들여졌다. 시골에서 담군 동동주와 정혜가 사갖고 온 맥주가 같이 나왔다.

"요시이라고 캤나? 이 아제비한테 술 한 잔 따라봐라. 글고 색시들한테는 맥주를 따라줘봐라."

"네."

요시이는 동동주 병을 들어 아제한테 따라주었다. 그리고 아지메한테도 술을 따라주려고 하자 사양을 했기 때문에 정혜와 명희에게 맥주를 따라주었다.

"카아! 니도 한 잔 해라. 색시들도 한 잔 하소 마. 내사 마 이쁜 색시들을 보니 며느리같은 생각이 드누마. 짜석, 이런 색시 하나 물어서 장가나 가지 그러노."

그리고선 아제는 요시이에게 동동주를 따라주었다. 요시이는 처음 보는 낯선 술을 잠시 쳐다보았다.

"그거 집에서 찹쌀로 담근 술이다 아이가. 옛날에는 그걸로 배 채웠다. 니 아부지도 그것도 먹을 게 없어서 술찌깨미로 배를 채웠다 아이가. 술찌깨미가 뭔지 아나?"

"모릅니다."

요시이가 멋쩍게 웃었다.

"일단 마셔봐라. 내가 설명해주께."

아제는 요시이가 동동주를 쭉 들이키는 것을 보고는 말을 했다.

"술찌깨미는 찹쌀로 술을 만들고 난 찌끼란 말이다. 그것도 먹으면 배 부른기라. 이 아부지가 그걸로 배 채웠다 아이가. 그러다가 돈 벌러 일본에 갔는기라."

"네. 술맛이 아주 좋은 거 같습니다."

"허허. 그래. 그때는 동동주 한 사발 마시는 것이 얼마나 행복했는지 모른다 카이. 가난한 집안에서는 이것도 못 묵었다."

"네에."

정혜와 명희는 반쯤 맥주를 비우고는 다시 식사를 하면서 어른의 말을 듣고 있었다. 억센 경상도 사투리에 자꾸 웃음이 나오려고 했지만 진지하게 듣고 잇는 요시이를 쳐다보면서 웃음을 참을 수 있었다. 어른은 식사를 마치고 나서도 계속 요시이와 술잔을 기울이고 있었다.

"니도 니 아부지 닮아서 술이 세다 아이가? 술 안 취하는 거

보니까 그러네."

어른은 벌써 약간 취한 듯했다. 눈자위가 약간 벌겋게 충혈돼
있었다.

"네. 아제. 저는 술이 셉니다."

"그래? 술도 아부지 닮는기라. 니 할부지도 술 많이 마셔댔다
아이가. 그건 우리 집안 내력이다. 이거 동동주는 진짠기라. 진
배기라서 몇 잔만 마시면 다 취하는기라. 이거 양주보다 낫다
아이가."

그러면서 아제는 요시이가 따라주는 술을 사양하지 않고 받
아마셨다. 정혜와 명희도 맥주를 조금씩 마시면서 두 사람의 대
화를 들으면서 요시이의 아버지가 이곳에서 자라서 가난에 못
이겨 일본에 징용으로 끌려갔다가 시모노세키의 부두에서 하역
일을 하다가 생을 마쳤다는 것을 알 수 있었다.

명희는 요시이를 쳐다보면서 한국인 아버지와 일본인 어머니
사이에서 태어나 그동안 한국인임을 모르고 자랐다가 나중에
야 자신이 한국인의 핏줄이라는 것을 알게 됐다는 것을 알 수
있었다. 정혜 역시 요시이가 기구한 운명의 사나이라는 것을 알
게 되었다.

"할마이. 저쪽 방에 불 지펴놨나? 여게 색시들 그쪽 방에 가
서 자라고 캐라. 나사 마 요시이하고 잘란다. 오늘밤에는 할 말
이 참 많구마."

벌써 자정을 넘긴 밤이 되어서야 정혜와 명희는 할머니를 따

612

라 건넌방으로 갔다.

"요게서 주무시소 마. 방이 누추하지만 서울 사는 아들하고 며느리도 오면 이 방에서 잔다 아입니껴."

"괜찮아요. 할머니도 편히 주무세요."

할머니의 말에 정혜가 싹싹하게 말했다.

"색시도 참 곱게 말하네. 우툿게 이런 색시들이 시집도 안 가고 있으까."

할머니는 정혜와 명희를 우두커니 바라보다가 이부자리를 꺼내주고는 밖으로 나갔다.

아랫목이 따뜻했다. 이불 속으로 다리를 넣어 벽에 기대앉은 정혜와 명희는 약간 오른 술기운에 얼굴이 발그레해져 있었다.

"요시이가 한국인이었다는 걸 넌 알았니?"

정혜가 명희에게 물었다.

"아니."

명희가 도리질을 했다.

"나도 처음 알았어. 어쩐지 일본 사람같지 않다고 느꼈어. 춘호 회장하고 배호 사장하고 같이 있으면 셋 다 한국사람 같았거든."

"……."

"아마 긴자파에서도 모르는 것 같아. 그러니까 말을 안 한 거지."

"그럴 거야. 요시이 상은 어려서부터 일본인으로 살아왔으니까 한국인이라는 걸 말하고 싶지 않았을지도 몰라."

"그건 이해해. 아직도 일본은 우리 한국을 우습게 보니까. 나

같아도 그랬을지도 몰라."

"……."

명희는 그렇게 말하는 정혜를 부러운 눈길로 쳐다보았다.

"오늘 정말 잘 찾았어. 친척이 여기 산다는 걸 쉽게 찾았으니까."

"언니."

명희가 불렀다.

"왜?"

"언니는 요시이가 좋지?"

"응? 넌?"

"나도 좋은 사람인 것 같아. 사람이 참 착해. 일본에서 어떻게 야쿠자가 됐는지 모르겠어."

"일본은 우리하고 달라. 우린 야쿠자라면 못 배우고 머리가 빈 남자들이 깡패라는 소리를 듣지만 일본은 안 그래. 야쿠자의 사회의 한 일부분이라고 생각해. 우리나라처럼 비겁하게 약자를 울궈먹는 야비한 사람들이 아냐. 그 사람들은 그들 나름대로 정정당당하게 살아가고 있어."

"그래도 난……."

"우리도 그렇잖아. 남한테 피해 안 주고 우리끼리 떳떳하게 살아가고 있잖니. 일본 야쿠자들이 그런 식이야. 우리하고는 개념이 달라."

"언니는 만약 요시이 상이 언니한테 프로포즈를 한다면 받아줄 거야?"

"프로포즈?"

그 말을 하고선 정혜는 웃었다.

"왜? 요시이가 언니를 좋아하는 것 같애. 저번에 일본에서도 그랬고……."

"또?"

정혜는 계속 웃음을 짓고 있었다.

"춘호 회장님이랑 배호 사장님도 그런 식으로 생각하고 있는 것 같아."

"그러니?"

"응. 아까 보니까 물건 살 때에 요시이가 언니를 물끄러미 쳐다보더라. 언니는 못 봤지만 나는 봤어. 얼마나 부러웠는지 몰라."

"그랬니? 난 못 봤어."

"언니. 요시이가 언니를 좋아하는 거 같아. 언니한테 프로포즈를 하면 어떻게 해?"

"그렇담 받아줄 거다. 나도 요시이가 한국 사람이란 걸 몰랐어."

"정말이야?"

명희가 환하게 웃으면서 반겼다.

"그래. 믿음직스럽잖아. 더구나 우리 황제그룹하고 손을 잡은 조직이고. 거기다가 요시이는 일본 최고의 조직의 보스잖아. 난 조직보다는 요시이라는 사람이 마음에 들어."

"언니는 좋겠다. 내가 부러워."

그제야 명희는 부러움을 나타냈다.

"너도 결혼해야지. 좋은 남자가 생기면 결혼해서 사는 거야. 남자들이야 더 큰 뜻이 있어서 결혼 못한다고 하지만 넌 여자니까 결혼해야 돼."

"……."

"안 그렇니?"

"언니."

"왜?"

"아냐. 그냥……."

명희는 무언가 말을 하려다가 말고 일어나 백 속에서 잠옷을 꺼냈다. 그리고는 잠옷으로 갈아입었다

"우물에 나가서 씻고 와. 밖에 무서워. 같이 가."

"훗. 기집애도. 할 말이 없으니까 잠자는 거지?"

정혜는 웃으면서 일어나 잠옷으로 갈아입고선 명희와 같이 조심스레 밖으로 나갔다. 툇마루로 나오자, 안방에서는 아직도 불이 켜져 있었고, 아제라는 노인과 요시이는 두런두런 이야기를 나누고 있는 소리가 들려나왔다. 두 여자는 발꿈치를 들고서 조심스레 툇마루 아래로 내려갔다.

"쉬이. 들릴라."

정혜가 손가락을 입술에 세워서 말했다. 우물 가로 나간 두 여자는 쏟아지는 달빛에 지붕이 젖어 잇는 것을 보고는 우물가에 쪼그리고 앉았다.

"달빛이 참 곱다. 이런 곳에서 살았으면 좋겠다."

정혜의 말에 명희는 웃었다.

"그래. 언니. 언니는 결혼해서 이런 곳에서 살아. 아이 낳고 알콩달콩 지내면서 살면 얼마나 좋아. 맨날 달빛만 바라봐도 좋을 거 같아."

명희가 한숨을 지으며 말했다.

"그래. 달빛이 차암 곱다. 시골이라서 더 그럴 거야. 우물 옆에 앉아서 달빛을 보고 있으니 우리가 전설 속에 나오는 공주 같지 않니? 늙은 공주 말이야."

정혜가 킥킥 웃었다.

"늙은 공주가 뭐야. 공주는 다 젊어."

"그래. 우린 앳된 공주야. 검은 기사가 나타나서 우릴 데려갈 거야."

"난 기사 없어."

"나도 그래."

"언니는 흑기사가 나타났잖아. 기사랑 같이 말을 타고 달려가면 돼. 저쪽 일본으로."

"야. 그거 너무 나갔다 야."

명희가 그렇게 말하자, 정혜가 웃으면서 명희의 손을 잡았다.

"후훗. 그런가?"

명희의 눈가에 물기가 맺힐 것 같았다가 말았다. 눈물샘이 터질 듯하다가 마는 듯한 기분이었다.

"얼른 씻고 들어가자. 이러다간 밤새도록 이러고 있겠다."

정혜가 먼저 조심스럽게 두레박을 내려 물을 떠서는 세수를 하기 시작했다. 옆에 수도꼭지가 있었지만 명희 역시 두레박에서 건져 올린 물로 세수를 하고선 건넌방으로 들어갔다.

　안방에서는 아직도 요시이와 아제가 두런거리며 이야기를 하는 소리가 들렸다.

　"언니."

　"응."

　명희는 정혜에게로 돌아누우며 정혜의 손을 잡아서는 자신의 가슴 위에 올려놓았다.

　"난 언니가 요시이 상하고 같이 결혼했으면 좋겠어."

　"……."

　"언니가 결혼하면 다들 섭섭해 할거야. 그지?"

　"……."

　"언니가 나보다 먼저 수원에 있었잖아. 난 그때 새카맣게 그을려서 왔고……. 난 그때 정말 힘들었어. 하루하루 먹고 살기가 정말 힘들 때였어. 죽고 싶었어."

　"……."

　"그때 춘호 회장을 만나지 못했더라면 난 아직도 봉제공장에서 실밥을 뜯으며 셋방에서 살아가고 있을 거야."

　"얘는……."

　정혜는 헛된 소리하지 말라는 투로 눈을 흘겼다.

　"아냐. 정말이야. 그때는 그랬어. 매일 라면만 끓여먹었는 걸. 라면이라도 한 박스 사놓고 나면 얼마나 부자인지 몰랐어. 라면 한 박스 사다놓고 펑펑 울었던 적도 있어. 우리 같은 고아가 기댈 데가 어디 있어. 어디 가서 돈 한 푼이라도 빌릴 데가 없으니까."

"……."

"언니는 몰라. 라면 한 박스 사놓기 위해 공장에서 가불을 해놓고 나서 그 돈으로 라면 한 박스를 사다놓고 나면 갑자기 눈물이 펑펑 쏟아지는 거야. 고아원에 있을 때는 몰랐는데……. 바깥에 나와 보니 그렇게 살기 힘들다는 것을 알았어. 나만 그랬던 건 아닐 거야. 같이 나온 애들이 다 그랬을 거야. 밥이라도 실컷 얻어먹으면 그것만큼 편한 게 없었는데……."

"명희야. 넌 이제 행복해. 대학도 수석으로 졸업했잖니? 너만 한 애는 총무과에 있는 인재들도 결혼할 수 있어. 넌 이제 아무 것도 부족한 게 없어. 부모만 없을 뿐이지."

"언니……."

명희는 정혜의 가슴으로 다가들면서 얼굴을 파묻었다. 명희의 눈에서는 뜨거운 눈물이 흘러내리기 시작했다.

"그래. 니들 다 어렵게 자랐어. 춘호 회장을 처음 봤을 때, 손가락 하나가 잘린 거 보고 얼마나 놀랐는지 모른다. 어린 애가 손가락 하나가 잘려 나갔다면 얼마나 가슴이 아프겠니. 난 내 동생 희준이가 생각났어. 첨에는 동생같다는 생각이 들었어. 그렇지만 오래도록 같이 있으면서 나는 춘호 회장에게 사랑을 느끼고 있었다."

"언니가?"

명희가 놀라서 쳐다보았다.

"응. 이건 솔직한 심정이다. 춘호 회장이 얼마나 단단한 남자
인지 넌 아니?"

"……."

"여자란 듬직한 남자에게 사랑을 느껴. 나를 포근히 안아줄
수 있는 남자라면 나이완 상관이 없는 거야. 난 수원에서 술집
에 있으면서 나이 많은 남자들을 겪어봤어. 그래서 남자들이 다
허풍뿐이라는 걸 알아. 춘호 회장은 그렇지 않아. 왜 그런지 춘
호 회장이 마음에 들더라."

"……?"

명희는 속으로 놀라고 있었다. 정혜 언니가 춘호 회장에게 마
음을 갖고 있었다는 말을 들으면서 슬퍼지는 것이었다.

"명희야."

정혜가 불렀다.

"응……."

"남자와 여자의 관계란 아무도 모른다. 사이좋게 살던 사람도
이혼하는 거 봤니? 사랑이란 게 그런 거야. 내 멋대로 되는 게
아냐."

"……."

명희는 잠자코 듣고 있었다. 정혜의 가슴이 뛰는 것을 느낄

수 있었다.

"저쪽 방에선 아직도 소리 들리네. 잠을 안 잘 건가 봐. 이만 자자."

"……."

명희는 눈을 감았다.

다음날 아침, 잠자리에서 눈을 뜬 명희는 옆에 있던 정혜가 보이지 않아 얼른 옷을 입고 나갔다.

"벌써 일어났니?"

명희는 정혜가 낯선 옷을 입고 있어서 얼른 알아보지 못했다. 할머니의 몸빼 바지를 입고 있었으므로 마치 딴 여자 같다는 생각이 들었다. 정혜는 부엌 앞에 서서 하얗게 웃고 있었다.

"언니. 그게 뭐야?"

명희가 낯선 옷차림에 놀라 눈을 찡그렸다.

"어떠니? 할머니가 입던 옷이야. 이게 편해."

"뭐해?"

"아침밥 짓고 있다. 할아버지가 맨날 새 밥으로 지으라고 그러신데."

정혜는 마치 시집온 여자처럼 말을 했다. 그 말을 듣고서 명희는 그저 웃을 수밖에 없었다. 마침 부엌에 있던 할머니가 밖으로 나오면서 안방 쪽을 바라보며 말했다.

"아직 다 자는 모양이우. 이 색시가 아침밥을 짓는다고 야단이라니께. 늙은 할마시 도와주러 일찍 일어나서 나오니까 내가 편해."

할머니의 말을 들으면서 명희는 안방 쪽을 쳐다보았다. 어젯밤에 밤새도록 이야기를 나눈 두 사람은 아직도 새벽잠인 듯했다.

"명희야. 이리 와서 도와줘."

정혜는 마치 집주인인 것처럼 말했다. 명희는 정혜를 따라 부엌으로 들어갔다. 어제 면소재지에서 사온 것들로 반찬을 만들고선 뜨거운 쇠솥밥을 퍼서 상에 올려놓고선 쇠솥에다 물을 부어 누룽지를 만들었다.

"니도 이런 거 잘하네?"

정혜가 웃으면서 말했다.

"나도 이런 건 할 줄 알아. 언니."

명희는 활짝 웃으면서 대답을 했다. 밥상을 차려놓고 남자들이 깨기를 기다리는 동안, 정혜와 명희는 마당으로 나가 체조를 하고는 동네 바깥으로 나가 골목길을 걸었다. 동네 앞쪽으로는 들판이어서 넓은 논들이 드러났다.

"어? 저기 냇가가 있네? 요시이 상이 말했잖아. 냇가가 있었다고. 저쪽으로 가볼래?"

정혜가 냇가를 가리키고는 명희와 같이 냇가 쪽으로 걸어갔다. 동네 앞쪽으로 흐르는 냇가는 냇가와 동네 사이에 넓은 들을 펼쳐놓고 있었다. 냇가에는 작은 자갈들이 널려 있었다.

"나도 어릴 때, 냇가에 놀러 많아 가봤어. 어렸을 때는 냇가에서 먹을 감기도 했다."

정혜가 자랑처럼 늘어놓았다.

"언니는 좋겠다."

명희의 말이었다.

"왜?"

"앞으로 여기 자주 올 수 있을 거 같아서."

명희의 그 말에, 정혜는 한 술 더 떠서 말을 했다.

"그랬으면 좋겠다 뭐. 이런 소리 듣고 싶지?"

"난 언니가 빨리 결혼했으면 좋겠어. 그래서 언니가 애를 낳
아서 기르는 걸 보고 싶어. 그러면 내가 애도 봐주고……."

"난 명희, 네가 얼른 결혼했으면 좋겠다. 성숙이나 진란이나
호숙이보다도 난 네가 먼저 결혼하는 게 좋겠다고 생각해."

"왜?"

"그냥. 넌 남자랑 결혼하면 남자가 아주 좋은 여자라고 할 거
같애. 착하고 똑똑하고 일 잘하고."

"나 안 그래. 일이야 그냥 하는 거지 뭐."

두 사람이 대화를 나누고 있을 때에 동네에서 부르는 소리가
들렸다. 뒤를 돌아보니 마을에서 요시이가 냇가 쪽을 보면서 자
신들을 부르고 있었다. 정혜와 명희는 곧 강둑에서 일어나 논길
로 걸어갔다.

"요시이 상. 저기가 냇가예요."

"그래요? 무슨 이야기했어요?"

"그냥요. 이런저런 이야기했어요."

"가요. 식사를 해야지요."

그들이 집 안으로 들어오자, 마당에서 세수를 하던 할아버지가 그들을 바라고는 웃었다.

"들어가자. 밥 먹어야제."

툇마루로 올라선 그들을 따라 할아버지가 안방으로 들어왔다. 할머니가 미리 밥상을 차려논 뒤였다. 아침 식사를 하고 나서 커피를 마시면서 요시이는 아제에게 말했다.

"아제. 전 오늘 올라갔다가 서울에 있는 형님을 만나고 일본으로 갈 겁니다. 다음에 나와서 다시 찾아뵙겠습니다."

"그래. 네가 준 돈은 잘 쓰께. 니 형님한테도 말해서 네가 준 거라고 할 테니께. 우선에 니 할아버지 묘에 비석이나 세워드려야겠다."

"네. 아제."

아제는 요시이가 내민 적지 않은 돈을 소중하게 생각하고 있는 듯했다. 커피를 마시고 나서 그들이 떠나려고 할 때에 할머니는 미리 싸둔 보따리 두 개를 정혜와 명희에게 각각 쥐어주었다.

"이거, 풋고추 말린 거하고 가지 쪄서 말린 거다. 서울 가서 해먹으면 맛있을 거다. 이거밖에 줄 끼 없구마."

할머니는 그러면서 요시이의 손을 잡고는 눈물부터 흘렸다.

"아지메. 일본 갔다가 다시 나올 깁니더. 나올 때마다 아부지의 고향에 찾아올 깁니더."

요시이는 밤새 경상도 사투리를 배웠는지 사투리로 말하고 있었다.

"그래그래. 다음에는 이쁜 색시 데리고 온나이."

"네. 알겠심니더."

요시이는 아제와 아지메에게 깊숙이 절을 하고는 걸어나가기 시작했다. 할머니는 정혜의 손목을 붙잡고선 놓아줄 것 같지 않았다.

"아이구, 색시요. 우리 저눔아 색시 하나 물어주소 마."

할머니는 안타까운 듯이 정혜를 쳐다보았다.

"네. 할머니. 서울 가서 이쁜 색시 하나 알아볼께요."

정혜의 말에 할머니는 그제야 웃음을 띠었다.

"들어가시소. 아제."

요시이가 돌아서서 아제에게 말했다.

"그래. 가라 마. 내사 싸립짝까지만 나갈 끼다."

아제는 정혜와 명희의 뒤를 따라 싸립문 밖에까지 나왔다가 손을 흔들고 있었다.

"……."

요시이는 아제와 아지메의 얼굴을 쳐다보고선 괜히 가슴이 물컹거려왔다. 얼른 뒤돌아서서 걷기 시작했다. 그들이 탄 차가 마을을 빠져나갈 때까지도 두 노인네는 그대로 서 있다가 차가 보이지 않을 때쯤 손을 흔들고 있었다.

"……."

요시이는 창밖의 들녁을 내다보고 있었다. 들녁을 따라 강둑이 보였다. 강둑에는 커다란 버드나무가 줄지어 서 있어서 여름이면 그 그늘막에서 어렸을 때의 아버지가 멱을 감았을지도 모른다는 생각이 들었다.

"요시이 상. 춘호 회장님께 전화 할래요?"

명희가 묻자, 요시이는 잊었다가 생각난 듯이 핸드폰을 꺼내서는 다이얼을 눌렀다. 곧 전화가 연결이 된 듯했다.

"네."

"요시이다."

요시이의 목소리는 약간 잠긴 듯했다.

"그래. 잘 찾았나?"

춘호는 배호의 사장실에 앉아 있었다. 방금 아침 식사를 하고 와서 배호와 같이 커피를 마시고 있던 중이었다.

"함안군 함안면이다. 찾았다. 육촌 아제하고 아지메가 살아 계셨다."

"그래? 그래, 어때? 핏줄을 찾았으니까 기분이 어때?"

춘호는 마치 자기 일인양 들뜬 목소리였다.

"좋다. 지금 올라가는 길이다. 올라가면 시경에도 들러봐야 할 것 같다."

"거긴 왜?"

춘호가 의아하게 물었다.

"여기 아제의 아들이 되는 사람이, 나한테는 형님이다. 거기 시경의 마약감식반 반장으로 있다고 했다. 어제 통화를 했다."

"그래? 하하. 그거 잘 됐군."

춘호가 기분좋은 듯이 웃었다.

"그리고……. 올라가면……."

요시이는 말을 하다 말고 정혜를 돌아보았다. 정혜와 명희가 자신을 쳐다보고 있는 것을 보고는 조심스럽게 말을 꺼냈다.

"결혼을 할 생각이다."

"뭐?"

춘호의 놀라는 목소리였다.

"아직 말은 못했지만……. 이젠 내 생각을 말할 때가 된 것 같다."

"흠……."

춘호는 핸드폰을 들고 있으면서 배호를 쳐다보았다. 배호가 무슨 일이냐는 듯이 춘호를 쳐다보자 씩 웃어주고는 의미있는 눈빛을 보내주었다. 배호는 춘호와 요시이가 어떤 대화를 주고받는 것인가를 대충 알아채고선 담배에다 불을 붙였다.

"내 생각을 밝힐 계획이다. 내 말뜻 알아듣겠나?"

이번에는 좀 더 강한 목소리였다.

"그래. 그럼 알지."

춘호가 고개를 짧게 대답했다.

"그래. 고맙다. 이렇게 도와줘서……."

요시이는 고맙다는 말을 해놓고는 잠시 창밖으로 눈길을 주고 있었다.

"그럼 됐어! 이제 모든 건 나하고 배호 형이 다 알아서 처리할 거다! 그래도 되겠나? 요시이."

"……그래. 고맙다. 올라가서 이야기하겠다."

요시이는 춘호의 화끈한 태도에 재빨리 대답을 했다. 전화를 끊은 요시이는 창밖으로 시선을 돌렸다가 자신을 바라보고 있는 정혜에게 눈길을 주었다.

"뭐래요?"

정혜가 떨리는 목소리로 물었다.

"빨리 올라오라는 말입니다."

요시이의 말을 들은 명희는 정혜의 손을 꼭 잡았다.

정혜의 눈 속에 알지 못할 슬픔의 눈물이 어리기 시작하고 이었다. 요시이는 말없이 담배를 꺼내 연기를 내뿜고는 정혜를 바라보았다. 그녀의 눈 속에서 피어오르기 시작한 작은 뭉게구름이 후두둑 빗물이 되어 떨어질 것만 같았다. 요시이의 손이 다가와 그녀의 눈물을 닦아주었다.

"둘이 행복하세요."

명희의 입에서 그 말이 흘러나왔다. 정혜가 요시이의 가슴에 쓰러질 때에 명희는 먼 하늘을 올려다보며 이 세상에서 가장 뜨거운 눈물을 흘리고 있었다.

* 춘호에게 바치는 헌시

사랑은 영원히

그대 바람이었나요
갈대밭을 헤집고 강가를 거슬러올라
산기슭에 다다른 오후의 햇살처럼 숨가쁘게
살아온 그날부터 우리는
바람으로 만나 길고 긴 여행을 떠난다
삶과 인생과 사랑과 기쁨을 준 그대에게 감사하리니
사랑은 영원히 ㅋ
시들지 않는 바람같은 것
측백나무 울타리 진 희망원에서 은혜원에서 모여든
가난한 이들이 뼈아픈 사랑을 고백하기 시작했네
부둣가에 부는 바람은 늘 새로운 삶을 채찍질하며
행복하라 하네
낯선 그대를 만나 그 힘들었던 시간들은 이제
아름다운 꿈속으로 접어두리라
시들지 않는 꽃잎으로.